情生以南 ^上

谁家MM◎著

重庆出版集团 重庆出版社

图书在版编目(CIP)数据

情生以南 / 谁家MM著. —重庆：重庆出版社，2015.6

ISBN 978-7-229-09442-3

Ⅰ.①情… Ⅱ.①谁… Ⅲ.①言情小说—中国—当代 Ⅳ.①I247.5

中国版本图书馆CIP数据核字(2015)第026259号

情生以南
QINGSHENG YINAN

谁家MM 著

出 版 人：罗小卫
责任编辑：张德尚
责任校对：刘 艳

重庆出版集团
重庆出版社 出版

重庆市南岸区南滨路162号1幢 邮编：400061 http://www.cqph.com

重庆出版集团艺术设计有限公司制版

重庆升光电力印务有限公司印刷

重庆出版集团图书发行有限公司发行

E-MAIL:fxchu@cqph.com 邮购电话:023-61520646

全国新华书店经销

开本：700mm×1 000mm 1/16 印张：35.75 字数：800千
2015年6月第1版 2015年6月第1次印刷
ISBN 978-7-229-09442-3

定价：56.80元

如有印装质量问题,请向本集团图书发行有限公司调换:023-61520678

CONTENTS
目录

▶▶▶ Chapter 01
在他遥远而明媚的记忆里

　　大一穿着绿军装在太阳底下暴晒的样子还恍如昨日，转眼已经到了大四的下学期，她来到Z市上大学的第四个年头。

　　外面正下着小雪，今年北方的三月还很冷。

　　阿年看书时有几分心不在焉，她拿出了手机，知道可能会继续被对方应付，但她还是硬着头皮打了过去。

　　那边接了，问道："是阿年吧?"

　　"您好，是我!"阿年一怔，答得干脆。

　　她有些受宠若惊，那位女助理居然会记得她的名字，瞬间，她预感这次见管先生可能有望了——果然，那位女助理痛快地对她说了见面的时间和地址。

　　阿年差点高兴得跳起来!

　　……如果不是在图书馆的环境里。

　　晚上在宿舍里，同寝的影子在上铺躺着问："什么时候和那个管先生见面?"

　　"定的三天后，不过也说随时可能更改时间。"阿年在下铺答。

　　"答应你了，应该就没什么问题。"

　　"但愿吧。"

　　阿年在看书，要等头发干了再睡。不多时，她被子上的手机响了，拿起来看了一下号码，阿年立刻放下书起来接："您好。"

　　阿年边听边看了一眼时间，点头："我马上出来。"

情生以南

宿舍里一共四个人，阿年，影子，乔辛，向悦，可是这会儿只有影子和阿年在。影子问她，你要干吗去？阿年说，管先生的车路过 A 大，助理让我现在出去，三天后管先生的行程可能有变。

"小心点儿。"影子叮嘱。

阿年匆忙地拿了一件外套就跑了出去。

半分钟左右，阿年又匆匆地跑了回来："影子……你跟我一起去吧。"

出宿舍楼，影子双手插在大衣口袋里，说阿年："你真有自我保护意识。"

"防人之心不可无，尤其晚上。我是没有美色，但也不是每一个惨不忍睹的凶案都是因为美色。"阿年说完，心里打着草稿，斟酌该怎么跟一个投资商谈事。

A 大正门的路边，停着一辆黑色轿车。

影子心不在焉地对阿年说："我在这等你。"

"嗯。"阿年点头。

女助理见过阿年，看到阿年走了过来，就打开副驾驶座车门下了车，主驾驶座也下来一个男的，一般这种老板车，主驾驶座下来的都是司机吧？

"上车说。"女助理身材高挑，一身干练，站在阿年面前。

阿年说了谢谢，忐忑地走向了车身一侧，司机站在老远处抽烟，阿年打开了车门，车窗都降下了。

车内，尤其的静。

"管先生，您好。"阿年对商人有着畏惧。

他没有开腔，抽完手中的烟随即又点了一支。阿年没再说话。他眉头紧锁地抽了一口，风一吹，他唇边的烟味四散，轻拂过她的鼻息。

"我没有转手再卖的打算。"他开腔。

阿年心中一急，下意识对他说出自己的难处："管先生，那座四合院是我家的祖屋。我爷爷年轻时把它卖了，主要是里面立了祖宗牌位，没敢迁移，这些年家里很多事都不顺，我爸又出了事，我奶奶和我爸想把祖屋买回来自己打理。"

"你信这个？"他抽了一口烟，一直望着车外的大街。

阿年摇头："我不迷信，祖屋影响运势这种说法在我看来几乎不现实。可我奶奶和我爸特别信，我爸的案子马上要开审，他认为官司赢不赢跟祖屋有直接的关系。管先生，希望您能理解一下。"

他不答腔。

阿年气馁地说："冒昧问一下，方便知道您买四合院的用途吗？"

他在此时转头望她。

阿年这才看清了他的五官，成熟稳重？一副贵公子眉眼？她一个中文系的，居然只想到了不太恰当又贴边的"姿色"二字，可谓词穷。

他抽了口烟，看她："因为你，我才买了四合院。"

"您开玩笑吗?"阿年觉得这个人真难沟通。

"不过，的确是送人用……"

"……"

无语也还是要耐心地问："管先生，您能不能考虑送别的?"

"她非要四合院，否则不嫁——嗯……或者，你嫁我?"他更加专注地望她。

轻佻无礼!

阿年敛眸低头，粉颈微露，果断地打开车门下了车，甩上车门!

影子跑过来。"怎么谈的?"

"好像喝酒了，还没少喝，根本没法儿谈。"阿年心里堵得慌，回头看，那台车已经扬长而去了。

转眼到了4月初，阿年放下正在整理的论文稿，选择先忙四合院的事。爸爸的案子月底开审，奶奶催得紧，一天打来至少两个电话问情况，甚至今天在电话里骂她："是不是想让你爸在监狱里待到死，你就可以吞你爸的这笔遗产了!"

阿年就那么听着，一句话也不辩驳，因为多说无益。奶奶眼中，她这个孙女一直心属南方外婆舅舅那边，来了北方读大学，指不定什么目的。

如果不是方默川，阿年不会考A大，也不会来到北方努力地习惯北方生活。当年填志愿时，方默川扳过她的脸认真地说："阿年，我一路从北方追你到南方，不是在跟你开玩笑。这辈子，你，就跟着我走。"

第一次心颤，阿年十分不确定未来会如何地说："先，走走看。"

来到北方之后，方默川跟她同一所大学，他大四时她大一，她大二时他去当兵，是家里给他拿的主意，不过能让他妥协去做不愿做的事，可想而知家长的厉害。临走前方默川没出息地喝多了，哭了，大冬天躺在马路牙子上一遍遍地说："我能不能带我媳妇儿一起去?把她留这儿我不放心。"

认识5年，两个人没有总腻在一起，除了大一他还没去北京那年。

两个月前，刚过完年阿年就去了北京看四合院，本想在北京见一见马上要退伍的方默川，可他有事无法出来。

阿年正在想事，影子的电话就打了进来，阿年接起："影子，怎么了?"

"……"

阿年高兴，"认识你哥?真的?"

"巧吧!我哥居然和管止深经常打交道，很熟。"影子说。

阿年心里是抱有希望的，上次谈得不愉快，的确是因为管先生喝了酒，事后他的助理对她说明了。

四合院在售时，阿年就要拿爸爸的钱去买回来。如果不买，爸爸官司没赢会在狱中每天骂她，可是四合院却被人抢先一步买走，以前她不知道那人买下四合院是什么目的，现在知道了，送人——送女人。

什么女人，不跟那种有钱的男人要珠宝豪宅，非要一座四合院？阿年又一想，也对，现在的四合院也等于豪宅了。

四十分钟的车程，阿年到了酒店，见到了影子和她哥江律，阿年跟她哥打招呼，还来不及说上几句话，江律就对她直说："不介意车上谈吧？止深下午赶一个重要会议，车在酒店的门前停着，准备出发，路上你有充足的沟通时间，错过估计就没有下次了。"

阿年点头，说谢谢。

上车，车驶离酒店门前。

这辆车很快出了市区，车内十分宽敞，阿年和管止深保持着一段距离，阿年不敢看他，忐忑，心里琢磨，到了那边人家去开会了，她怎么办？

希望能有大巴之类的可以返回。

江律说只有一个小时，可她从上车就听女助理在汇报公务，根本插不上话。

时间一点点过去，终于等到女助理接了一个电话，助理讲完电话阿年趁机说："对不起，打扰一下，江影子的哥哥江律说，四合院这事您这边有商量的余地？"

"管总先前不知道你和江律的妹妹认识。"张助理微笑道。

"我和影子是一个宿舍的。"阿年急忙说。

管止深两腿交叠而坐，双腿上放着一台手提，阿年偷瞥一眼，见他是在认真地留意股市信息，似乎有意将所有都交给助理代他表达，始终没有看她。

张助理对阿年说："年后初六到上个月底我一直在四处奔波，跑了几趟北京规划局。买四合院真的很麻烦，我以为找代理机构会很顺利，谁知光是理清产权关系就费了好些时间。那套院子一共有九个产权人，每一个都要根据房本谨慎对照，对照完再进行交涉，十分繁琐，这些产权人偏偏又都居住在天南地北。"

阿年很想知道，自己需要做些什么，他才答应转让四合院？

车一路行驶。

一个小时代表什么？

她看着手表，明明时间才过半，可司机说已经到了地方。阿年知道时间要一分一分地过，却并不知道这车的车速，以及这公里数距离。仿佛只是车外树影从车窗上飘拂而过，只是刚看到公路两旁隐约可见的几座工厂，已抵达了目的地。

看来，距离并不远。

说一个小时的是江律，不是车上的人，阿年不知该怨谁。

酒店前阿年鼓起勇气问："管先生，请问四合院怎么才转让？"

在车上不给她机会，除非她大喊"都别说了让我说"，可那只会让人反感。

"应酬结束后我再见她。"管止深指着助理吩咐，转身迈步走向了酒店。

留下在原地不明白为何被他那样审视了一眼的阿年。

张望开了一间房，让阿年先进去休息等电话，拍了拍她的肩说："管先生转让四合院的条件我不知道，见了他，你自己问。"

阿年点头。

临近毕业，阿年的压力很大，出校门后的工作方向还没确定，招聘会也根本没时间和精力去，四合院这件事死死地缠住了她。

张望下午4点多打来电话，说管止深参加的商讨会起码要在晚上7点结束，让她做好今晚回不去Z市宿舍的准备。

阿年打给影子，说今晚回不去宿舍了。

以往别的情况阿年回不去宿舍，影子多半会说：在外面小心点。

这次影子的语气尖锐起来："不回宿舍？你现在跟谁在一起呢？"

"我自己啊……"

"他没跟你在一起？这是晚上，你们……"

"只说正事！"阿年恍然大悟。

不用担心，她是影子的室友，江律又是影子的亲哥，影子的亲哥又是管止深的好朋友，如此，还能出什么别的事不成！

晚上9点，张望打电话让阿年到××酒店来。

出租车是绿白相间的新款捷达，穿过一条条街。

阿年在××酒店的门口下了车，此时管止深一行人已经出来，其中一个穿灰色西装的男人喝高了，摇摇晃晃丑态百出，需要人扶才站得稳，还口口声声强调自己没醉。最后被代驾和保安扶上了一辆凌志4700。

阿年抬头，管止深在她身边与人握手道别。他没有对谁作任何介绍，阿年只得转过头去不与人搭话。

那些人望向她的眼神，甚是诧异。

人渐渐都撤了。

"能帮我买个解酒药吗？"他看她。

管止深那双瞳孔里的颜色，不知是抽烟熏的还是酒喝多了的缘故——让人生畏。

大街上最不缺超市和药店。阿年快速地跑到了附近一家24小时药店，买了个25元两片装的解酒药片，外加一瓶喝的力克，她也不知哪一种管用。出了药店，阿年见他站在车外面，就此天气来说，他穿得实在是少，这城市的夜晚不是凉，是冷飕飕的入骨春风在吹。

他低头吃了药片，也喝光了液体解酒药，把空袋和空瓶放在了她的手里。阿年愣

情生以南

住……不过只得接着，先放在自己的衣服兜儿里。

车，张望，司机，全都不在。

他有就这样在附近走一走的意思，问她："习惯了北方的冬天？"

阿年微微讶异，他知道她不是北方人？

"还好，外面冷，但是室内的暖气很热，比我家乡好。"阿年说。

"岂能尽如人意。"他道。

阿年点头，认同。

走了几步看到一个垃圾桶，阿年过去扔了解酒药的包装袋和小瓶。

跟他走了很长一段路，阿年穿得不少，可还是觉得单薄了。

"冷吗？"他站住了，路灯下高大的身影转过来，问她。

阿年彻底沉默了，难道说，这么冷您感觉不到？

北方的男人，习惯了冷？

管止深喝了酒后，不觉得冷。

阿年的性子在他眼中，一直是腼腆怕生的，旁话也不多，秀气白净的样子甚是温顺，所以他真不适合脱下外衣给她穿，怕会吓到她。

走进一家全市连锁粥店，她还没吃晚饭，他也只喝了酒，胃受不住。

去了粥店，桌上的东西都是阿年点的，阿年在低头剥水煮蛋，片刻，抬头斟酌着说正题："管先生，四合院的产权人您全都联系上了？"

……自然的切入点。

"已经在跟最后一个产权人协商。"他说。

阿年低头偷偷合计，协商？那就是协商价钱问题了吧。他是投资商，估计会惯性地不愿吃亏，哪怕他有一掷千金的资本。

"如果协商成功，月末之前就能解决完？"

"应该没问题。"

"哦。"

阿年想说出自己的目的，又不敢。

他伸手，不客气地拿过了她手里的水煮蛋，眉眼不抬："一个星期后我要去北京，你如果有时间，就一起，顺便了解一下四合院的情况。"

"……"

她望着他，这个男人的手指不仅修长，指甲剪得也非常干净好看，可是，那是她的白水煮蛋……阿年低头，对他感激不尽地只吃白米粥。

第二天，阿年和管止深一行人一起返回Z市。

A大北门。

阿年接过管止深递给她的名片，客气地说了一声"再见"，然后目送着他的车开走。

回到宿舍，倒是没人刨根问底地问阿年什么。

大一来到北方开始，阿年每天上网的时间都在3小时左右，雷打不动地保持到了现在……

阿年的毕业论文题目是《老舍小说的京味特征》，在毕业论文上阿年没有太大压力，引言、论点、论据，这些她都弄出来了一个大概，只是一直没有时间静下心来好好整理。下个星期要去北京，距离月底开庭的日子也近了，开庭之前奶奶一定会过Z市来，阿年想趁着今晚，把论文整理出来先交上。

手机响了，是一个不认识的号码，136××××××××。

阿年用食指滑动，接起："喂，您好。"

"是我。"

"管先生？"阿年觉得是他。

他说有事要见她一面，车已经到校外了。

阿年穿了厚厚的外套就立刻跑了出去。

在校门口看到了他的车，阿年过去。

"管先生。"阿年诧异地接过他迈开长腿下车时递给她的东西。

北京的往返机票？

"这个……我自己买就行了，这太麻烦您了。"阿年抬头不好意思地说，非常感谢，其实她自己在网上订就行啊。

"不要太客气，我还有事，再见。"他挑眉说。

管止深转身上了车，司机开车。

车渐渐开远了，管止深一手搭在了车窗外，他的深沉目光，从车的后视镜中依稀可见阿年越来越小的身影。

阿年站在原地目送着车开走，直到转弯消失。她手里拿着去往北京的机票，往宿舍楼那边走，虽说机票的钱不算多，但也不是该拿人家的，刚才贸然掏钱给他只会令气氛尴尬，无奈想着，也只能等到四合院的事情解决搞定，一起算在内。

车出了市区……

再开大约二十几分钟，就是管止深的家。放眼望去黑夜里的这边，一路上除了路灯的灯光，周围全是一片寂静舒适的黑。清晨这里的空气会很清新，除了小别墅和门前停的车，窄街道，宽阔的公路，其余都是大片的绿色草地、树木。

抵达家中，管止深先上楼去了书房，坐下，闭着眼睛，弯曲着的修长食指支着眉心，最终他拿过了手机。

A大宿舍，阿年笔记本旁边的手机在振动。

是一条短信……

他说：记得把我的号码存储。

阿年快速地回复：好的。

然后，她把那个136×××××××存储成了——管先生。

第二天早上，全宿舍的人一起去吃早餐。

熬夜整理论文的阿年不意外地顶着两个黑眼圈儿，校外早餐店里的东西很全：包子、豆浆、馅饼、烧麦、馄饨、紫菜鸡蛋汤，等等。

她们4个人坐在一张方桌上，东西南北各占一边。阿年低头，吹着白瓷勺儿里皮薄馅大的馄饨，还没吃一口，就听见身后那桌的几个女生讨论："我一定要坚守大学里不谈恋爱这条原则，毕业分手，我可伤不起。"

"谁告诉你的毕业了准会分手？"

"就算有百分之几十的毕业可能分手率，那也是可能吧！我可不敢赌我在那些不分手的幸运儿当中。"

阿年她们几个互看了一眼，低头吃东西。

吃完早餐回宿舍的路上，乔辛她们几个在讨论毕业后干什么，基本也早都有了打算，阿年无精打采地说："我想做一名编辑，这是我感兴趣的工作，赚月薪，养我自己。"

影子看她，皱眉说："你毕业后，面临的第一件事应该不是找工作吧，默川不是说了，一毕业立刻就要结婚。"

阿年叹气。

出发去往北京的这天早上，阿年被机票和身份证折磨得焦头烂额。早上阿年准时接到了管止深的电话，她一边点头说着"好的"，一边就打开了抽屉拿机票和身份证。

可是，阿年瞬间惊讶地皱眉——抽屉里怎么会是空的？

"你们谁看到我的机票和身份证了？"阿年一边焦急地找，一边回头问影子她们几个，手机在通话中还没挂断。

"没看到啊，你放哪儿了？别急慢慢想……"乔辛说。

下床，大家都一起帮她找机票和身份证。

阿年不是一个平时爱乱放东西的人。

管止深问她："都找不到了？"

"对不起，在找，等会儿我再打给您……"阿年非常不好意思。

管止深顿了顿，说："尽快通知我，北京那边下午有事要处理，如果实在找不到，我们就开车去北京，两个小时足够了。"

"嗯。"阿年先放下了手机。

她打开另一个抽屉，里面的东西全都翻了出来，也没见到身份证和机票。单没了机票还好说，身份证也一起没了就不行了。

阿年打开床上的电脑包，翻了翻，里面也什么都没有。

向悦在翻自己乱七八糟的床，怕是起床时张牙舞爪地卷了进来。乔辛几乎趴在地上了，在看掉没掉地上被谁不小心踢柜子底下。影子在上铺床上找，回头说："阿年，你自己好好想想放哪了，也许是你熬夜赶论文脑袋累糊涂了呢。"

阿年说："二十几分钟之前，我还把用不着的护照放在另一个抽屉里，把身份证和机票搁在了一起，走时方便拿。"

大家的表情，是不可思议。

宿舍一个早上被翻了个底朝天，机票和身份证就这么凭空消失，阿年在宿舍里沉默了半天，想不通了。

最后她看了眼时间，拿起电脑包说："我先走了，也许被风吹跑了吧！"

说完，阿年就离开了宿舍。

"哪有风啊？"向悦指着宿舍紧关的窗子，又指着阿年的抽屉，"风还能吹跑抽屉里的东西哇？靠——这东西丢得真神奇。"

暂且先没时间理会机票是怎么没的，阿年首先对管止深道了个歉。走出了校门口，她拎着东西在电话里对他说，让他自己先飞北京，她坐长途汽车或者高铁。

在她和他通话时，一辆黑色的轿车出现在了 A 大北门。阿年抬头，那辆车缓缓而停，手机通话中短暂未开腔的管止深开腔，不过是他放下车窗，在驾驶室注视校门口的阿年，好听的声音在手机里说道："你早说啊，我人已经来了。"

没有任何可以容她矫情一下的时间，因为已经耽误了他一个早上的宝贵时间，阿年朝他的那辆车走了过去。

上车后，阿年说了谢谢，又解释了一通机票的事。

安全带还没系完，阿年的手机响了，看号码是方默川打来的。

"还有 3 个小时就能到北京了。"

"早饭？吃了啊，晚上就能见到了。"

"嗯，我也是……"

在一旁的人，听见她回答对方的简短内容，完全可以大概猜出对方说了什么才会让她腼腆地说"嗯，我也是……"。

无非就是小情侣之间说——

"我很想你"

"嗯，我也是……"

管止深的车驶离 A 大门口，这款车是全景天窗覆盖的设计，采光和视野都极好，阿年收起了手机后，开始安静。无意中视线瞥到了他握着方向盘的那只手，让阿年注意的不是他的手表，而是他手表下延至手背的一片浅浅疤痕。

注意到阿年的视线，他转头看她："是大火烧伤留下的疤痕，你吓到了?"

阿年摇头……

他继续目视前方开车，阿年重新打量他，他穿着浅灰色衬衫，领口的扣子解开了两颗，黑色西装外套随意地披在厚实的身体上。能看见的外表皮肤，除了衬衫袖口手表下的浅淡疤痕，其他地方并没有。

去北京的高速公路上，阿年接了个电话。

"我往北京去呢，二叔，你先和我奶奶在附近住下，我明天晚上就回来。"

"钱?"阿年无语，"不用说理由了，我稍后让我的同学给你送过去。"

按了挂断键，阿年打给了向悦。

通了之后，阿年说："小悦，我二叔和我奶奶来了Z市，嗯，是突然来的，你取1000块钱吧，先给他送过去，地址我马上短信给你。"

再挂断，阿年开始埋头发短信。

她手指刚触了一下"发送"按键，就听到管止深说："你二叔在多少年前就已经是成年人了，身上没有钱还跟你要?"

嗯? 阿年抬头看他。

手机漏音吗?

阿年对他说："他为了我爸的事在奔走，事情解决后我就不会给了。"

突然她想到，一直以来管止深都未曾透露这座四合院的价钱。

"管先生，请问这座四合院现在值多少钱了?"阿年看他侧脸，试探地开口问。

他反问："你手上有多少资金?"

阿年心想……跟他哭个穷吧。

就说了一个数字。

"有点少。"他说。

"哦。"

阿年抿唇。

她听父亲说，爷爷是在中年的时候卖了这座四合院，钱一直攒着没用，卖完了四合院，爷爷总会梦见老祖宗，久而久之四合院成了爷爷的一块心病。多年后爷爷想要再买回来的，可是爷爷已经拿不出四合院价格翻番后的钱数了。爷爷在他六十大寿的时候，把家产分给了大儿子和小儿子，也就是阿年的爸爸和阿年二叔。

阿年二叔几年时间就挥霍光了所有的钱，婚结了又离，现在是靠啃老母亲的腰包。

阿年爸今年56岁，拿到那笔钱的时候才23岁。

因为年轻，所以不知道珍惜，那笔钱阿年爸一部分拿去在外面潇洒了，后来结婚，妻子总数落他啃父亲给的老本，人不中用!

妻子的话也许是难听，但对阿年爸挺管用的，妻子说得对，所以他听，开始努力上进。那个时候跟现在大不一样，那个时候做小生意发家的人比比皆是，阿年爸刚赚了一笔，人就变了，用他现有的成就讽妻，妻子不育，他就在外面有了人，后来离了。

阿年爸33岁认识的阿年妈妈，一个江南温柔女子，结婚9个月，阿年妈妈生下了阿年。此时阿年回忆起来，自己好像得到过父爱？忘了，太过久远。后来阿年的妈妈怀着二胎意外去世，阿年很小就被外婆带回了江南的小镇上抚养，开始和爸爸这边不亲了。

现在四合院的这事儿，是因为阿年的奶奶年岁已高，阿年爸哪敢把钱放在老人手里？更怕被不争气的亲兄弟给骗了去，所以只能找上了女儿阿年。

父女虽这些年未再亲近，但拘留所中阿年见了老爸，确实也还难受得眼泪在眼窝里绷着，倔强地不掉下来。

阿年很着急知道，老爸的存款在管止深眼中到底少到了什么程度？

可她又不敢问……怕瞬间绝望。

阿年窝在副驾驶座上，被太阳晒得有了困意，昨晚熬夜整理论文，加上早起导致的。

管止深拿过他的西装外套，盖在她身上："睡吧，到了北京我叫你。"

他的外套落在她的身上时，阿年心惊。

还给他，摇头："我不想睡。"

"为什么？"他接过外套，颇有几分不高兴地问。

为什么？阿年觉得，总不能直来直去地跟他说，盖一个陌生男人的外套睡觉有点尴尬吧？阿年只能胡编乱说着不睡的理由，她对他说："要尊重首都，我不想顶着一个鸡窝头进京……"

抵达北京，在酒店门口阿年意外见到了张望。

一下车，她就被张望先带进酒店。张望往里走，说："管先生亲自开车来北京，这还是第一次，高速上开两个多小时也很累啊。"

阿年没说什么。

阿年回头，酒店外管止深被同张望一起等候在外的人前呼后拥，他走上了两个台阶后停住，其余的人也就跟着停住，他抽着烟，另一手拿着手机在跟什么人讲电话，片刻，他转身下了台阶。

管止深没有进来，离开了。

下午1点多，阿年和张望来到四合院。

进去四合院，阿年看到了老祖宗的牌位，旁边厚厚的灰尘上有猫爪子踩下的印子。一个月前，四合院里住着的人都搬了。张望说："只差一个产权人还没谈妥，其余的都是一起谈的，这次既然你来了，就参与一下，交易都是按照规定走正常手续，没人会在价钱上作假，你得清楚地知道，管先生他不会蒙你的这几个钱。"

阿年点头。

晚上6点的饭局，阿年也在，桌上总共三个人。

产权人的儿子代表父亲而来，四十多岁，先握了手，再开门见山地说："我家里的老父亲和母亲，现在住在廊坊习惯了，都不愿意搬，我和爱人现在在海南定居，也有些年头了，不会回来。这边四合院的价格如果合适，我们就一次性地敲定，海南那边我也还有事，明早我就得撤！"

听着……倒还算爽快。

酒桌上，谈着谈着两个生意人就撇开了四合院，管止深和这个人一直在谈生意心得，阿年就安静地听着。管止深是在得知了产权人的姓名背景后，先在这边找了人，经人介绍，才接触了这个产权人唯一的儿子。

产权人的儿子很高兴多一位管止深这样的朋友，席间不停举杯，洽谈过程愉快顺利，那人站起身，把酒倒满，给管止深满上了，举杯，笑声爽朗："来，今天……"

话说一半被他打断。

"阿年。"管止深叫她。

阿年错愕："嗯？"

包厢里太热，导致阿年白皙的脸颊上一片潮红，他目光狡黠地从她脸上转了一小圈儿，似笑非笑，露出一口整齐洁白的牙齿："你帮我喝了这杯。"

他身上的酒气很重，话里也辨不出玩笑与认真，阿年为难……她属于是喝白的"一口倒"那种，饭局过后，她还要去见方默川的，可是阿年也明白，自己和管止深一无亲，二无故，他只是凭影子的哥哥江律才会帮她到此地步，如果事成，她是欠了他一份还不起的人情，这酒，怎么说都该喝。

阿年起身接了过来。

对方豪爽，先干为敬了……

这可是白的，度数不低，如此情况下，阿年浅抿一口也说不过去，阿年尽量地喝了一大口，皱着眉头咽下去，快见底了。

"对不起，我先出去一下。"阿年急忙说，脸瞬间热了。

被白酒辣到了……

管止深抽着烟，并没看她。

阿年对那人点点头。

打开包厢的门，没走几步阿年就要飘了。阿年记得，上一次喝白的是认识方默川那年，冬天他带她来北方看雪，很冷，他让她喝口酒暖暖身，结果喝完她站在飘雪的大街上，觉得自己在飘，怎么抬脚踩都踩不稳。

阿年走出酒店大门，张望迎了上来扶住阿年："刚接了管总的电话，让我下车来看看你，走吧，先上车。"

"谢谢。"阿年被张望带上了车。

阿年窝在车上，很快就睡着了……

后来，张望留下跟产权人的儿子继续商议细节，管止深先行离开，他上车后，脱下了西装外套披在阿年身上。

车子驶离，夜里，他的眼眸更加深邃漆黑，阿年完全沉睡状态，手机响了两次，管止深拿过来看，见到来电显示的名字毫不意外，他直接替她关机，面色冰凉地把手机扔在了一旁。

回到住的酒店，管止深把她带进房里……

阿年的手，抓住了他腰部的衬衫。

管止深看着怀里柔软的阿年，阿年已经不是青涩得让人只可远观，这张藏在他心底的旧模样，越发动人。他的大手按在她纤细的肩上，她太瘦了，好像用力都能折断，酒醉真的迷了人眼，管止深气息渐渐不稳，对她吻了下去。

怀里的人皱眉推他，轻轻地"嗯"了一声，挣脱着他的束缚，可是，手推着的仿佛是铜墙铁壁，根本无法逃开，他手抬起，拂了拂她微红的脸颊，继续亲吻她。

他的嘴唇覆上来一点都不温柔，她的手很无力，抚摸到他的侧颈，他的五官，然后，阿年在他怀里不动了。

乘人之危偷吻，在他看来是一件很俗气的事……

这晚，方默川整夜未睡。

第二天。

早上起床，头疼的阿年先跟方默川解释了手机为什么一直关机，又哄了哄这少爷，让他别对旁人发火。

吃早餐时阿年问张望，昨晚她是怎么回来的？张望说，你忘了吗？我把你带到了车上，代驾开车送我们回的酒店。

"哦。"阿年低头喝牛奶。

管止深走了过来，一起吃早餐。

阿年和张望都没有说话……

十几分钟后，管止深用完早餐就走了。

"吃完早餐我要出去一趟，中午回来。"阿年对张望说。

张望惊讶了一下："出去？没时间了，我们马上要出发回Z市。"

这么快？阿年说："明天我自己回去，可以吧？"阿年不想来一次北京却见不到方默川。

"你不想月末之前办完四合院的事？刚才我也说过了，昨天管先生喝了酒头疼，早上还是很早就出去办完了北京这边的所有事，为的就是早点处理好，你看你，还不配合了……"张望的话，尽是责怪阿年的不懂事。

阿年为难……

阿年打给方默川，说马上要动身回Z市，方默川失望地在那端沉默了半晌，最后有气无力地问她："阿年，为什么我觉得你有些不对劲儿？"

阿年不知道他为什么总是多疑，问他："你在怀疑我什么？"

他道歉，"对不起，可能是因为我们分开太久了。"

"不用道歉。"阿年说。

方默川说了很多，怕阿年生他的气，他说还有一个月退伍回Z市，一定带她去见他的家人，解决完婚姻大事再工作。

回到Z市管止深就出差了，要四天才能回来。

因为四合院这件事，阿年每天在宿舍和他的投资公司两点一线地跑。

4月21号。

管止深一下飞机就接到了母亲方云的电话。

车从机场直接开回家。

见他回来，方云把翻开的杂志撂在了茶几上："自己看看，写得太不像话！"

管止深走了过来，俯身拿起杂志看，是北京那晚他和阿年一起进了酒店的照片，拍的是他的正脸，阿年的一个背影。

"有什么问题？"管止深放下杂志，身体斜倚在沙发里，长腿交叠。

方云看着儿子摇头叹气，34了，她着急儿子的婚事，不是想看儿子带谁去开房了，开房能给她当妈的开出活蹦乱跳的孙子？

"你爸可给我来了电话了，不光骂了我一顿，还说了，让你给他一个解释！"方云气得不轻，"你爸不是没说过，正准备把朋友的宝贝女儿介绍给你，我们怎么也得尊重人家，好端端的这种报道就出来了！"

管止深站起身，上楼前扔下一句："报道上这个，我会尽快跟她登记注册。"

方云怔住，反应过来朝儿子大喊："什么样的姑娘我和你爸还不知道！起码得带回来先给妈看看吧！"

一直在楼上偷听的管放，吓得跌跌撞撞地跑了下来，跟在正上楼的管止深身后，激动地问："就要给我娶嫂子了？哥，你搞大人家的肚子了吗，这么着急？"

管止深："……"

下午，张望通知阿年，管总出差回来了。

在投资集团附近的一家西餐厅见的面，他脸上有出差后的疲惫。

餐厅很静，管止深对她开门见山："我需要一个妻子，为期一年，原因是婚后我爷爷会把他GF医院的股份给我，我不能让我姑姑比我母亲先拿到，这股份我要送给我母亲。还有，我父亲是个很严厉的人，端午会给我介绍见了面百分之九十我就要娶的人，在这之前，我需要一个人先跟我领了证，我的所有心事就会迎刃而解。"

阿年完全呆了……

他继续慢条斯理地讲："这座四合院市场价已经炒到了2800万，你爸爸一辈子的积蓄也不够，如果你答应了我，你的麻烦一样会迎刃而解。或者你拒绝我，9天之内筹到足够的钱。哦，也不对，即使你筹到了钱，我一样可以选择天价不售。"

这些天的接触，他一直对四合院的价格闭口不谈，一开口便是如此咄咄逼人，没有可回旋的余地。

阿年愣了有多久才缓过来？

……是一支烟那么久，他已经又抽完了一支烟。

他问："考虑得怎么样了？"

"管先生，一开始您就是这个目的？"阿年的态度，算是在质问吧。

他做出回答："A大门口第一次见你，我就说过，'或者，你嫁我。'这话并不是在开玩笑。"

"您当时说四合院是送其他人的，语气就是在跟我开玩笑！"阿年理论。

管止深见她这样激动，一字一句地说："在我看来，你需要这座四合院，我有这座四合院，为什么我要去找别的女人而不找你？"

"我一个什么都不懂的学生，即使是假婚，也自认配不起您——"阿年的眼角眉梢都是坏情绪。

他蹙眉，笑意渐深："第一，我怕别的女人在这一年里爱上我，原谅我一贯很自信，不得不防对方中途耍花招。第二，听说你有一个你深爱的男朋友，这解决了我担心的第一条，希望他比我优秀，你不会移情别恋。"

"影子的哥哥江律介绍我跟您去邻城开会，还有上次去北京，那些时候怎么不跟我说这些话？浪费我的时间！"

他望向窗外，并不看她："抱歉，我也需要一个了解你的过程。"

时间过半，张望准时进入餐厅。

他离开了。

张望盯着低头的阿年半分钟，不知如何安慰，直接公式化地开口："我说一下大概，首先，不是一年婚姻值1500万。一年之后的五一，你跟管先生办理离婚，你家人需要一次性或分期，支付1000万的四合院钱。另外的500万，管先生说总听下面的人讲，初来投资集团的应届毕业生多数都有中五百万大奖的梦，这500万，当做是你很懂事，同意签字，管先生提前给你圆的梦。"

"其次，这段婚姻你要做到辅助管先生一起隐瞒，配合管先生，你们不会举行婚礼，这一点管先生会去说服父母及亲人。婚后你们生活照常，彼此不得干涉对方的私生活，经允许例外，婚前具有法律效益的一些公证，明天我这边会尽快准备好。"

说完，张望抬头看阿年，把协议推了过去。

情生以南

见她憋得要掉眼泪又不敢掉，张望递了张纸巾："协议你带回去慢慢看，同意就签，你这边如果不出意外，管先生后天早上会到A大接你，去民政局登记。"

晚上宿舍已经熄灯很久了，阿年还没困意。

那一厚叠协议在双肩挎包里，她没有看。

上次失眠严重，还是初来北方那阵，整夜整夜地睡不着，阿年刚来北方时是个寒冬，她经常是被冷风吹着，想起外婆和舅舅舅妈，眼泪就掉出来。

上铺的影子醒了，小声问："阿年，你还没睡？"

"嗯……"阿年心里事多，了无睡意。

向悦没醒，乔辛醒了，问阿年："怎么了？"

乔辛起来，到阿年床上来了。

阿年舅舅家不特别富裕，但也不穷，自小她去了那边生活，就是一家人最疼的。妈妈去世她还太小，哭过，四年前送她上火车时舅妈挥手哭了，她也哭，那年就满19了。方默川要去北京的那段日子，是她最难熬的时光，其余的日子里阿年算冷静坚强的，也才22，没经过什么大挫折，不开心的事，十个手指都数得过来。

四合院这件事，是影子的哥哥江律帮忙说的话，阿年让影子代她谢谢江律，然后把协议拿了出来，影子和乔辛听阿年讲了个大概。

宿舍里的人都很珍惜大学四年这份友谊，无话不谈，不过，阿年没忘机票在宿舍丢了那件事。

乔辛看影子："姓管的简直不是人！把你哥也利用了？"

"结婚一年？"影子抬头看阿年，"你千万不能同意！"

"我没同意，结了再离我就是二婚，把方默川置于何地？"阿年把那堆协议收了起来，"明早我去说个明白，中午见我奶奶，下午去北京。"

一夜过去，早上6点多。

清静的街道上，一道颀长挺拔的身影伫立在一辆轿车旁，逐渐明清的晨曦中，他正准备出门，手机却响了。

管止深看着远处，接起。

"昨晚收到短信，据说阿年不准备签字，今天早上阿年打算见您，中午见她奶奶，试图说服她奶奶别迷信了，并且昨天阿年就买了今天下午的高铁票，要去北京。"

管止深点头，虽笑，却冷了那张棱角分明的脸。

墨黑的一双眼眸，几分妖娆。

上午9点。

市中心一家叫做"名门居"的餐厅，阿年在等管止深和张望。

"先生，这边请。"

这是二楼，楼梯口一位女服务员伸手做请姿……

见管止深来了，阿年站起身。

他身后还跟着一个年龄不大的女孩子。

二人落座。

位子是张望临时订的，管止深平时习惯坐在"名门居"里这个位置用餐，视野较好。

他介绍："我的妹妹，管放。"

刚做介绍，他手机上就来了一个电话。

他站起身，修长干净的手指捏着手机，单手插在裤袋走到了不远处的落地窗前，站定伫立，早已按了接听键，却走到很远他才把手机放在耳边，说话。

管放对阿年笑："小嫂子，你好！"

阿年："……"

不等她窘迫后纠正称呼，管放巴拉巴拉嘴巴不停地说："我哥说小嫂子你读大四，学中文的，南方长大，人很懂事，小嫂子，你中文系的说话应该不是《武林外传》里吕秀才那样，总是'子曾经曰过'的吧?"

阿年满头黑线。

管止深接完电话回来，脸色明显不太好。

让放放下楼，去给他买包烟。

楼上只有两个人了。

阿年从旁边座位的双肩挎包里拿出协议，放在桌子上。

"管先生，我爸有1300万，剩下的1500万您说一年后我家人还1000万，另外500万是我跟您登记的酬劳，我没理解错应该是这样的吧。我一个普通学生，从您身上赚了500万这么一个看不见摸不着的数字，我到底是吃亏了还是占便宜了，我就不说了，其余的产权人我没接触过，这2800万里有多少泡沫成分，您最清楚。"

管止深忍俊不禁，倒是不傻，示意她继续……

"别人拿我不识数，我不能回头拿我男朋友不识数。"阿年拿起双肩挎包，废话没有多说。

站了起来对他说："再见。"

离开座位阿年就走了……

管止深一个人坐在明亮的餐厅二楼，点了支烟，抽了一口，薄唇一点点吹出轻薄的片状烟雾，起伏升高，幻灭在他的瞳仁里。

在他遥远而明媚的记忆里，清晰记得，阿年走在青石板路上的样子，黄昏灿烂的颜色从天边倾斜铺陈而下，千尺万尺，尽数落在青石板路的尽头，光影照射的，是阿年放学回家的那条路……

情生以南

公交车绕了小半个Z市，才到了阿年奶奶和二叔住的小宾馆。

在车上，阿年几次打给方默川，他都关机。

以前从没这种情况，他习惯了24小时开机。

从宾馆左侧的门往里走，阿年正在通话，让二叔带奶奶下楼，她侧眸瞥见右侧门出去一个人，眼熟的背影，有几分像张望。

"阿年，你跟二叔说实话，你是不是打算不买四合院了，下午去北京拿回祖宗牌位？"手机那边阿年二叔问。

阿年怔住，二叔怎么知道？

"是的。"阿年回答。

那边，阿年二叔对阿年奶奶说："妈——看阿年做的这是什么事儿啊？铁了心不让我哥出来？我哥在里头天天盼，最后真得栽在亲闺女手里？"

"二叔你说什么呢？"阿年刚开口，就听那边大喊一声："妈——"

接着，就没了动静……

"二叔？"

阿年叫了一声，宾馆的电梯门此时开了。

老太太手里攥的药瓶掉在地上，嘴里还往外流液体，阿年二叔朝外面喊："叫车！老太太喝药了，快帮忙叫救护车——"

宾馆前台的姑娘魂儿都吓丢了，摸过座机拨120。

阿年的脑袋嗡地一声，跑过去……

老太太躺在儿子怀里，攥着儿子的手哭着摇头："你哥在里头出不来，妈也不活了……"

阿年被吓得发抖，俯向地上和二叔一起往起抱奶奶。

可是，当不到一分钟，救护车和一辆在A大门口出现过的黑色轿车，同时出现在宾馆外，阿年的眼泪在眼圈儿里流不出来了。

这根本不是刚打120叫来的。

司机打开宾利的车后座门，一脸严肃的管止深走了下来，他的修长手指扣着西装其中一颗纽扣走了进来，张望要对他说什么，他摆手制止，目光沉沉地注视着阿年。

张望噤声……

老太太死活不让医生碰，嘴唇发紫，年轻时就是个能撒泼的女人，医生拿着地上的药瓶说："喝的是有机磷类农药，毒害性较大，再不救恐怕……"

阿年抹了一下眼泪，不可思议地看着自己二叔，阿年二叔含泪对阿年喊："二叔求你了！你想不想让你奶奶活没关系，你别让你奶奶因为你死啊！"

说着阿年二叔就"扑通"一声跪下了。

宾馆的门关了，服务员被经理赶去了外面。

阿年很懵，弄不清楚这都是怎么回事，管止深来得这样快，未免对她的行踪了如指掌得过分了！

阿年把目光瞪向了管止深，眼泪在眼睛里打转。

管止深不表露任何心疼，一双手轻轻地捏住她瘦弱的肩，目光看向了别处，附在她耳边轻声说："你爸那笔钱，在一个给他生了刚满3岁儿子的女人手里，你爸防的是走到今天这个地步账户会被冻结，在你奶奶心里，你爸出不出得来要顺天命。老太太偏向你二叔，拿了1300万买这四合院，不管怎么算，老太太都觉得这1300万重新姓时了，且是她二儿子的了。"

这些，他不讲阿年也知道。

管止深把姓时的人了解得太透太透了，透得叫人不安，他钻了时家某个人心的空子，奶奶和二叔也钻进了他双手奉上的空子。

盯着她湿湿的眼眶，管止深像老师给懵懂的学生讲题一样，一步一步："签字，让你奶奶上救护车，或者给你奶奶送葬，千万别认为你奶奶是在吓你，为了你二叔过得好，为了四合院姓时，你奶奶舍得出一条命，还有……别忘了，买回四合院是你爷爷在世一辈子都没完成的心愿。"

管止深转头，对阿年二叔开口："1300万，无需再多加一分。"

张望拿着协议和笔，站在一旁劝："阿年，命不等人，你奶奶和你二叔逼你，管先生左右不了。"

阿年二叔一听管止深说只要1300万，也不要了老脸，不停给阿年磕头："阿年哪！你奶奶就要不行了，二叔在这儿给你磕头了！二叔给你磕头了！"

阿年忍不住低头哭，她觉得自己像一条有生命的湿毛巾，被人攥着两头拧，已经没了水分，仍没停止被拧，浑身的每一个地方都在绞痛，粗粗细细的血脉，全部被拧断了一样……

奶奶的脸色发青，浑身抽搐，为难的医生看着这局面，额头急得出了一层冷汗，张望把签字的笔强塞到了阿年的手里，阿年的手发抖，视线模糊地看着协议，是早上她还给管止深那份吧？

她迟迟不肯签字，手里的笔掉在地上，张望捡起来重新塞在了她手里。

阿年想象着，奶奶若是死了，自己会寝食难安夜不能寐？下不去手签字，这是在坚持什么？她也在想，奶奶是吓人的吧？二叔再怎么没心，也不至于就这么看着老母亲死吧？医生护士有准备地来了，是否说明奶奶其实不愿意死？

张望似乎看破阿年心思，出言打击："医生来得快，跟你奶奶是否一心以死相逼，是两回事。"

"你奶奶看样子快不行了……"张望把需要签字的纸张下角，递到了阿年攥着的笔尖下，催促，闹出人命总归是不好的。

阿年看着全身抽搐厉害的奶奶，大颗的眼泪掉下来，笔下字迹没有了往日的工整，手是抖的，她把名字写在了协议上。

二叔还在跪着磕头……

救护车快速离开了，宾馆里不多时就恢复了正常，这期间宾馆电梯里没有下来一个人，阿年望着四周无言了，热泪滚落，是因为无法面对未来的明天。

张望对许多不知情愣住的人微笑道歉："很抱歉，不应该在别人家庭发生内部矛盾时来谈生意。"

言下之意，一切的一切都与管止深这个人无关，他只是在一个不恰当的时候，来谈了一笔正常的生意。

大街上车来车往，绿灯穿梭，红灯停止，阿年在他的车里蜷缩成一团，抱着膝盖是在哭，又不想让任何人听到。

回想着自己在 A 大门口第一次见到管止深，直到今日妥协于他的这个过程，用时将近一个月，到今天她才看见他耍了什么手段，这也只是突然看见的，有没有看不见的？

应该，是有的吧。

阿年二叔将户口簿交给了管止深。

民政局里一出一进，阿年变了身份……

出了民政局，管止深把结婚证给了她一本："收好。"

阿年转身，接起电话，阿年二叔哭着说："阿年哪，你奶奶送来晚了，情况不太乐观……"

"别再给我打电话！"阿年喊着眼泪又要掉下来。

挂断后，阿年拿过那本结婚证，手指用力捏着，她把结婚证撕成了一片片的，抬手全扬在了他的脸上："你这种人不会有好报应的！自私卑鄙！"

她不知要如何表达愤怒，只有热热的眼泪不停地往下滴。离开民政局，阿年沿着马路往前走，低头快步，眼睛干涩心烦意乱地坐在马路边，抱膝埋头，由着刺骨的春风吹进毛衣缝里。

冷得起了一身鸡皮疙瘩。

不远处街上的车里，管止深视线看向远处的阿年，蹙起眉头问车上的助理："默川那边什么情况？"

"他的手机找不到了，本就是偷偷用的，没人敢借他。他可能察觉了什么，今早说自己有生理疾病不适合继续服役，他要求提前退伍回 Z 市，如果上级领导不给通过，恐怕他会做出一些违反部队条令条例的事。"张望担忧地说。

"……"管止深。

黑夜把整个 Z 市覆盖，白天发生的一切都开始平静下来。

阿年回到宿舍的时候，宿舍没人，洗了澡，手无力地往牙刷上挤了牙膏，低着头刷牙，头发有点湿地贴着脸，她抬头看镜子里的自己，憔悴得很吓人。

回了床上窝着，手机振动，是一条短消息：阿年，你奶奶脱离了生命危险，抢救不及时，以后会有运动障碍表现，先不说了，你消消气。

是二叔发来的。

阿年头很疼。

一会儿一个喷嚏地睡着了。

"阿年，阿年……"

睡梦中听见有人叫自己的名字。

睁开眼睛，一室漆黑变成了一室刺眼的亮。

"你没去北京？冻着了吧，摸你额头有点儿烫。"乔辛说。

Z市的供暖已经结束，宿舍有点冷。

一起出去吃晚饭的路上，大家问她怎么没去北京？阿年说，已经解决了。

她们追问，阿年沉默没说什么。

吃完饭要去诊所，乔辛和向悦去超市买吃的，怕到了诊所无聊。

影子跟阿年在外面，影子伸手把阿年衣服上的帽子给她扣上了，"来，病美人儿，乐一个。"影子拿出手机，拍了一张阿年抬头看她的样子："我要是把你冻感冒的照片给方默川发过去，他不得心疼得把Z市用大棚给扣起来啊？"

阿年低头。

影子低头找了一个号码，却不是方默川的，照片发了出去。

诊所里一排长长的椅子上坐了好些人，都是打针的，护士跟阿年推销着某个没听过牌子的针剂消炎药，说效果好，阿年点头，说行，把体温计给了护士。

这一晚阿年睡得不实。

第二天早上，又是被叫醒的。

影子把手机递她："方默川打来的，说话跟吃了枪药似的！"

阿年眼眶发烫地坐起来，嗓子比昨天跟管止深喊完还疼，哽着的疼法。

阿年把手机搁在耳边，问他怎么了？

那边很嘈杂，手机到了别人手上，是他的战友，叫阿年"嫂子"，说方默川被打了一顿，他们干站一旁，没人敢上前。

阿年问，方默川为什么挨打？老兵欺负新兵？不对啊，方默川的姑父在，谁敢欺负方默川这个祖宗？

手机被默川抢了回去，他大吼一声："我日！"

阿年还没反应过来，就听他在那边说："晚上6点机场等我！通知乔易左二这帮孙子老子他妈终于凯旋了！"

默川逗她。"部队里少见雌的，老子阳气儿都快没了，还没到迎风流眼泪的年纪，尿尿就快呲脚背了……"

阿年囧。

胡言乱语!

5:20左右,向东开车到 A 大门口接阿年,一起去机场。

影子开的是辆白色奥迪,向江律借的,见了向东他们这帮东西狠狠瞪了一眼:"直接机场见就完事儿了!用得着你们接?吉普了不起?"

向悦调解:"就别和舍友的亲哥计较了,先开车?"

影子点头,开车。

阿年在奥迪的副驾驶座上,才刚打完针不到十分钟,手背有点疼,不小心滚针了,大家都没吃饭,都等着晚上一起给方默川接风。

以前默川在 Z 市读书,大家玩儿在一起,后来默川走了,就阿年宿舍里女生一伙儿形影不离,向东他们男生一伙儿每天混一起。

默川是 Z 市人,阿年是南方来的,左正,向悦和向东,乔辛和乔易,这些人都是一座城市的,家长都是好友,也有点亲戚关系。阿年听默川说,起初左正是追随着一个高三爱上的女生来的 Z 市读大学,大二分了,然后左正一个人在 Z 市,招来了好几个打小认识的伙伴儿来 Z 市。

Z 市机场。

大家到的时候6点多,阿年等得焦急,眼睛都不敢眨。

管止深5:00左右从家中出发,所以,他提前到了。

方默川一下飞机往出口走,就被一身黑色大衣的管止深截了个正好。他对方默川说:"哪怕约了人,也要先吃了家里的饭再去。"

另一边,左正皱眉:"不是诓人的?"

阿年已经原地愣了半分钟了,不经意中看到那边有地勤人员站在方默川身边,方默川和一个男人在说话,地勤人员离开,那抹背对阿年的身影忽然转身。

她心跳控制不住地加速,是……管止深?

向东的手机响了,方默川打来的,他说:"晚点儿,这会儿脱不开身,外公叫人来接我了。"

当所有人都准备离开机场时,阿年低着头没动,向悦弯腰从下往上看阿年的小脸儿:"阿年,脸色怎么这么难看?发着烧呢快回宿舍,晚点儿就见到你家默川了……"

方默川在车里拨阿年的号,在部队打给阿年是一种感觉,在 Z 市打给阿年又是一种感觉,可是一直不通。

打到影子的手机上，影子递给阿年："是默川。"

阿年拿过手机，知道自己因何这样心里不安，方默川跟那个人在一辆车上？

"你手机不通？"方默川问。

阿年窘迫："死机了。"

方默川问她，怎么搞的？

阿年说手机有问题，刚买没几天，可以换。

方默川点头，让阿年带大家先去Ａ大对面的火锅城开一桌，他很快就从家里脱身。

阿年说好。

方默川按了挂断键……

"女朋友？"管止深问。

方默川点头："嗯。"

"什么样的姑娘？"管止深手指间夹着香烟，伸出了车窗外。

"……"方默川回避了这个问题。

管家老宅。

方默川和管止深一起进去，放放追着方默川说："伤得不重啊！这点伤就得瑟回来了？想当年我哥……"

方默川回头捂住放放的嘴，把放放推到了一边儿去。转身利索地朝外公跪下了："我错了，我对不起党和人民对我的期望，我觉得姑父打我打得轻，外公，您不应该让我直着下飞机，而是应该让我躺在担架上被人抬下来，顺便让我仰望一下Ｚ市的天空今天是分外的蓝……"

"不知悔改！"管老爷子用拐杖指着跪在客厅中间的外孙，气得手抖。

方云伸手就给了方默川的脑袋一下："你就作吧！"

方默川心里憋着一口气，姑父送他上飞机时告诉他，回去跟你外公认错，方默川笑，认了错，我能把我外公也揍成我这德行么？

管老爷子叫人把方默川扔到了厨房，厨房门一锁，窗户外有钢筋护着，插翅难逃！

方默川踹得厨房门直颤——老头子你有本事把我放出去！

管老爷子——老子没本事！

方默川——我约了朋友吃饭！今晚不去买单我以后怎么在Ｚ市混？

爷孙在客厅正下着棋。

管止深修长手指捏一枚棋，准备落下，但见爷爷如此纠结紧张，他便让了爷爷一步："在车上听见他约了朋友在哪吃饭，我去帮他把单买了。"

"去吧，这小子今晚就在家反思反思。"老爷子说。

管止深对方云说："妈，今晚我不回来住。"

Chapter 01

在他遥远而明媚的记忆里

方云听儿子这么说，眼睛一亮，她可没忘了前些日子儿子说，马上给她带儿媳回来。难不成，这都已经同居了？

管止深上了车，倒车。

方云上前敲了下车窗，管止深放下车窗，一边点烟一边抬眉听母亲指示。

方云一脸期待。"儿子，你爸军务繁忙，一时半会儿回不来Z市，不如就近选个日子，把那女孩子带家里来给妈瞧瞧？"

"好。"管止深点头。

"路上慢点开。"家门前，方云满面带笑，目送儿子的车驶离。

管家钱势不缺，对管止深找妻子的标准，也随着管止深的年龄往上涨而一降再降，方云认为只要这姑娘懂事，不跟长辈撒泼耍横，长得五官端正，对自己丈夫知冷知热，其余长辈都不挑。

方云相信自己儿子的眼光，不会差。

A大对面的火锅城。

二楼的靠窗位置上，别人闹得欢腾，阿年有点蔫，一会儿一个喷嚏实在不讲究，不经意地往火锅城楼下看，不知何时那里停着一辆熟悉的黑色轿车，车牌号处贴着一张白纸，上面的字是：车牌丢失，正在补办。

火锅城侧面的LED显示屏上闪着满多少送啤酒之类的红色字，闪得阿年不再往外看，刺眼。

服务员走了过来。"请问哪一位是阿年？"

"是我，怎么了？"阿年诧异。

全桌的人都诧异。

"有人打来电话，让您去接。"

打到火锅城？阿年跟着服务员往下走，在前台接了电话："您好。"

阿年捏着有点疼又不通气儿的鼻子，听见一道低沉的声音说："我是管止深，方默川来不了了，单我已买过了。"

阿年脑子有些不转。

他这是在正面承认他认识默川，并且也知道她是默川的女朋友。

那逼着她领证儿算怎么回事？

"找个借口出来，我们谈一谈……"他说话极慢，"你不能不明情况地去找默川直说，说我和你领了证，他受不了。"

机场看到他和默川站在一起，看到他们一起离开机场，阿年就已经开始不明情况。好奇他和默川是什么关系？他是什么时候知道她是默川女朋友的？

若非疑问太多，阿年是不准备见他的。

阿年上去跟影子她们说了，先离开一下，一个朋友找。

大家惊讶，阿年有什么朋友她们不知道？

管止深见她出来了，车打着双闪，示意她过来。

车离开火锅城，管止深淡淡地开口："我不会告诉默川你是我的妻子，一年很快会过去，这期间他需要稳定他的事业，如果一年后你仍深爱他，他也深爱你，会比你现在嫁给他幸福。"

阿年一个接一个的喷嚏，听得清楚他的话。

他让阿年跟他去他家拿四合院的钥匙，好几把，四合院各个大小门的，路上谈谈，顺便拿了钥匙，以免以后多次不必要的见面。

管止深说，方默川的妈在方家说了算，典型的女强人，他姐姐是他妈一手培养出来的事业型女人，所以，不是事业型的女人很难嫁进方家，方默川的妈妈管三数认为儿子正处在不成熟阶段，要么暂时不结婚，要么直接娶个能当儿子好帮手的女人。

显然阿年不符合标准。

阿年始终没有跟管止深说话，对他的厌恶没有消除。

市中心一处小区，他的车开进去驶入地下停车场。

可是，管止深找不到自己家那栋怎么走了，阿年囧，跟着他到处转悠，这个小区好大。

最后打给张望，他才知道哪一栋。

"抱歉，我是第二次来。"

阿年了然，他不熟悉这里。

到了楼上，他拿出钥匙开门……

"进来。"他叫阿年。

他的手推开了门，室内的一幕让两个人怔在了当场！

客厅的地毯上，一男一女，男孩儿女孩儿一丝不挂地叠在一起……

电视屏幕里播放着一男一女，不雅画面……

阿年懵得不知东南西北了。

管止深错愕，反应过来转身伸臂揽过了惊呆的阿年，他把阿年带向了门外……关上了门，让这道门阻隔了里面不堪入目的画面。

"吓到了吧？"他在她耳边问，他的气息，现在一样也喘不匀。

阿年心跳加速，他的大手捂着她的双眼，另一只手固定着她的后脑没让她磕在墙上，阿年的嘴巴鼻子紧贴着他的胸膛衬衫，可是，温热的男性体温很快就让她不自在了。管止深心跳也很快，他抵着她的身体，抬起头，喘了几口。

门开了，男孩儿瞄了一眼阿年。

管止深进去了。

那男孩跟在他后头："舅舅，来了怎么也不提前说一声儿？外面那人是谁啊？舅舅……您别都给我扔了啊……"

管止深在抽屉中拿了四合院的钥匙，打开抽屉时，把外甥的军刀和其他玩具都扔进了垃圾桶里。

拿了钥匙之后，管止深回身问："不是已经搬走了？"

"这不是跟我爸又吵架了嘛！所以就来你这儿住两天……"

"行了，有事回头说。"管止深走了出去。

外甥一直恭送到门口，跟舅舅说拜拜，也跟阿年说拜拜。

走向电梯，他说："不好意思。"

"没事……"阿年尴尬地说。

离开管止深那处房子之后，阿年和他之间谁都没有说话，没有话题，彼此不了解，又是在那样咄咄逼人的情况下才有的交集，实在没有办法像朋友一样聊天。身份是合法夫妻。气氛是看到尴尬画面后的窘迫。

向悦打来电话，说大家准备离开火锅城了，散了。

阿年收起总死机的手机。

管止深问她："跟默川认识多久了？"

"5年多。"阿年说。

A大门口。

阿年下了车，管止深也下了车，他从车后身绕过来，高大的身躯拦住要走的阿年。

"用不用再打个针？"

"不用啊，五点的时候打了。"阿年好奇，他怎么知道她先前打过针？

管止深拉过她，拥抱了下，鼻息在她发间，他的力量，她这副病着的小身子挣不开，待怀中的阿年真急了，管止深安慰。"好了，回去吧，喝了牛奶再睡，以免做梦……"

"……"

做梦，什么梦？

一晚好眠，阿年的脑门儿不太热了。

方默川被他外公放出来了，到A大先接的阿年。大家在市中心一家饭店订了一桌，等阿年和方默川来。

方默川攥着阿年的手到的时候，向悦和影子起哄："来晚了要罚！"

"罚什么呢？"乔易恶趣味地挑眉。

"法式舌吻，起码十分钟……"影子拿着手机开始准备录下来。

方默川听了，了然点头，正合他意，伸臂一把就将不在状态的阿年按在了怀里，他刚抱着阿年狠狠地吻下去，阿年就推开了他："都在看呢。"

　　方默川俯身，额头轻抵着阿年的额头，没过瘾地轻啄了一下阿年的小嘴儿。

　　阿年和他一起坐了过去。

　　酒菜上来，方默川和左正他们聊起了他在部队的事。

　　影子低头整理刚才录的视频，方默川饥渴地朝阿年吻下去的那副德行，找到号码，发了出去。

　　投资集团。

　　管止深在公司，江律刚好在他这里喝咖啡，收到妹妹影子发来的视频时，他看完了很惊讶，摘下耳机，手指按键，立刻传给认真忙碌中，距离他几米远的管止深。

　　管止深收到视频，抬起头看江律——好奇他传的这是什么。

　　管止深看完，问："刚才的事？"

　　"不过就是亲了而已，淡定。默川和她是男女朋友关系，即使做点高清无码限制级的，谁又管得着？"江律说。

　　管止深的五官转瞬为黯，他点了支烟，似笑非笑地站起了身，颀长身躯伫立在整片视野开阔的落地窗前，拇指在手机上查找阿年的号码，自言自语："是不是表现得比较冲动沉不住气，才会让我显得更年轻。"

　　管止深拨了阿年的号码，阿年却关机。

　　饭店，影子的手机响了，她低头看到来电显示是老哥。

　　"去一下洗手间。"影子起身。

　　洗手间外，影子问江律："哥，你先听我说，我怎么感觉管先生，他对阿年好像别有用心呢？"

　　"……"

　　"什么？好吧……我照做就是……"

　　影子挂断，表情很衰地回到了大家吃饭的地方。

　　大家吃完饭离开时，已是下午3点多。

　　默川当着这么多人没对阿年过分亲密，离开时他在她耳边说："回Z市我爸妈还没见着我，我先过去我姑家，接受一下我爸妈的批斗，晚上找你。"

　　阿年点头。

　　方默川离开，阿年她们上了出租车。

　　一条繁华街上，影子拉着阿年说："向悦、乔辛没少喝，让她们先回宿舍吧，你陪我去商场一趟，我自己没意思。"

情生以南

"没多!"向悦喊。

"还没喝多!"影子拉着阿年下车,弯腰说,"司机师傅,A大门口把她俩放下,我记你车牌号了哦。"

司机师傅开了车。

一转身,影子一惊一咋的:"阿年,你站在这儿别动等我,那个人怎么那么像我一朋友呢……我去看看……"

说着就跑向了一家顾客很多的店,风一样的速度。

阿年原地等……

喝几口啤酒就喝迷糊了。

几分钟后,阿年实在站得累了,蹲在地上,此时,一辆车缓速停在了她面前。

下车的人,是一身正式西装的管止深。

"……"

阿年抬头,想继续埋头装作不认识。

阿年站起来,四处看了看,对他小声地说:"我跟我同学一起出来的,你能先离开一下吗?有事下次说。"

"你老公见不得人?"他问。

"谁老公?你别瞎说!"阿年脸色难看。

管止深二话不说,拎小鸡一样把她往车上塞:"上车,等会儿打给你同学,就说你临时有事先走了。"

"你有病!"

阿年在他怀里扑腾,就是不上车!

管止深打开了车门,低头看她:"性病,你怕不怕?"

阿年本就嘴笨的,遇他,更显得嘴笨了……

在阿年被管止深用具有"法律效益"的协议理由带到餐厅后,阿年就懵了。

他问,"合同,你拿回去没看?"

阿年摇头。

没想签字,看它干嘛?

宾馆签的时候,那个情景,容她仔细阅读了吗?

管止深一副欺负了人,感到抱歉又认为对方活该的表情在用餐:"面对任何事都不能大意,出了校门儿步入社会,准吃亏。"

阿年牙痒痒:"合同给我一份儿,我研究研究。"

"晚上,你要见我?"管止深抬头。

什么时候说了晚上要见他了。

"我要见合同。"

"晚上，我送过来。合同，和我。"

"管先生，您和默川是亲戚，对我可以稍微尊重一点吗？"

阿年意思是让他不要对她轻佻，这不合适。

管止深笑，五官上一片黯色："抱歉，我不是学中文的，只会说SORRY！"

阿年无语！

餐后，他和阿年一前一后走出餐厅。管止深打开车门，问她："想让我晚上给你送过来，还是现在跟我去取？"

"现在取。"阿年说。

不想晚上见他，一次性解决了这个问题吧。阿年想仔细看看合同，上面没有别的猫腻了吧？

合同上写了，一个月跟他回家见父母两次，并住下，这点阿年觉得过分。

去他家，他说他的妈妈是默川的姑姑，而默川离时，说去了姑姑家。

管止深说："默川二十分钟前已经离开我家了。"

那就没问题了。

车上，啤酒让阿年困成了浆糊。

独栋别墅前他把车停了，听见鸟叫声。

下车时，他忽然以躲敌人枪口之速把她压倒，阿年瞬间被他箍进了他的怀里——不明情况中。

随后他吻了她……

阿年挣扎，脑海闪过他是变态，流氓！有病！……这些为时已晚的定义。

管止深的舌头，在她猝不及防时钻进了她的口腔，他嘘了一声，"别说话，默川和我妈出来了。"

阿年惊——

他再度地身躯覆盖上她，在他结实的身体下，阿年觉得自己要被揉碎了，管止深喘着安抚："我妈站在车窗前看我们呢，演得不逼真，你和我能混得过去？来……往我怀里缩，默川看见你怎么办？解释不清！"

阿年脸刷一下红了，紧张，他妈不会打开车门拽开儿子看看底下的女生到底是谁吧？

当妈的……居然有看儿子跟女生亲热的嗜好？！

几分钟后，他从她身上起来说："好了，现在没人了。"

阿年缓缓地起身，拍了拍她受到惊怕的心口。

两个人下车进去时，方云刚好也下楼，见到儿子的身边跟着一个女生，问："这难道就是……"

管止深攥着阿年的手："妈，她是阿年，我跟您提过的。"

"长得干净，也很漂亮！"方云审视了有半分多钟，眼里是满足。

本不想进他家，不过管止深说，假的妻子每个月要来住两次，今天，就当每个月那两次其中的一次。

阿年只能点头，少一日是一日。

阿年很尴尬，可是他妈眼神中，全没有看过儿子和她在车上亲热后的尴尬。

"别在门口站着了，进来。"方云把阿年往客厅带。

阿年给方云的第一印象是，温顺。用阿年外婆的话说就是"我们阿年长得看着就好欺负，唉……"

方云笑起来特别和蔼，阿年被方云热情地按坐在沙发上。

管止深坐在落地窗边的沙发上，这个角度和光，让他的脸色忽明忽暗。

"王妈，倒两杯水，家里来客人了！"方云朝里头喊。

"就来——"王妈应了一声。

方云对阿年说："阿姨就做主了，没课的话今天就留下来吃晚饭，止深他爸在北京忙，抽不开身，他爷爷也不在，所以不用拘谨。"

"我和阿年领证了。"管止深开腔，随后，他将一本结婚证扔在了眼前的茶几上，看了眼阿年，嘴角挑动地笑了笑。

方云拿起来，打开，哪怕儿子事先提过领证，她当妈的还是没免掉惊讶。

准儿媳的外表她很满意，真实性格，还有待相处久了仔细观察看看。

当婆婆的头一次见儿媳，纵使对这先斩后奏有千般埋怨，也只能回头怨儿子，眼下方云对阿年亲近着："领了证了也好，不过读书住校也得照顾好自己的身体，经常和止深回来家里吃个饭。"

阿年努力，让自己的笑别太假。

方云眼下想的是，先了解一下阿年的家庭背景，普通无妨，别是乱七八糟的名声差的就行。

又对儿子说："止深，过日子上你可不能欺负阿年，你比阿年大很多，理应得让着她。这要是我女儿，我都不能同意嫁你这个整天忙得不见人影的男人……阿年好姑娘，多担待自家老公。"

这最后一句，是看阿年说的。

阿年点头。

管止深听了方云的话，目光深邃地落在阿年身上，淡淡开口："我自己选的媳妇儿，哪舍得真欺负。"

阿年抬头，迎上他的深沉目光，只是片刻，便躲开，岔开了话题："阿姨，这次来我没有什么准备，他事先也没跟我说，两手空空地来见您，很抱歉。"

方云说，"没事，咱们家里不挑这个。"

他的家人，居然都很好相处，和阿年想象的不一样。

晚饭之前，阿年漫不经心的地跟他保持着距离上楼，上了二楼，到了他的书房，他把抽屉里的一份协议给她。

阿年翻看。

"今晚住下，你了解吗？"

他居高临下地问她，点了一支烟。

"了解。"阿年点头。

每个月在他家住两天，合同上写了。

阿年把合同背在身后，掩护着跑下楼了。

晚上，默川打来电话。

阿年说，我身体不舒服，在寝室里先睡，明天见好吗？语气上都是心虚和歉疚。默川说，好好休息，明早我去接你一起早餐。

管止深开车出去了一趟，他回来已经九点多，放放和方云在楼下看电视，方云见他回来了，说："上楼看看阿年，听放放说，她外婆病了，轻重咱们也不知道，这孩子接完她舅妈的电话就很闷。"

管止深看了眼楼上。

走了上去。

推开门，他的卧室漆黑一片。

阿年是等他回来研究今晚怎么睡？却等睡着了。

他走到窗边，伸手把窗帘拉开了一点缝隙，白色月光安静地钻了进来。

他在床边一动不动地站了几分钟，凝视她，小脸儿在月光下泛着光泽。他又走到床的另一边，侧身躺下，轻拉了一下被子，阿年不安地动了动，他手顿住，全身僵住，等她蹭了蹭静下来，他手里的被子才盖在她身上。

贴近了她，呼吸相近。

阿年醒来还不到5：30，见他穿着完整地躺在自己身旁，阿年怔愣。困惑的视线从他五官上一闪而过，想起早上约了默川吃早餐，阿年匆忙地下床。

离开卧室。

在楼下遇到王妈，阿年说同学找自己有急事，麻烦王妈稍后代为转告一下还在睡的其他人。

王妈说好。

这里等出租车很难，尤其是早上，几乎没有。等了二十几分钟，阿年上了一辆经过的大客车，从郊区载客开往市区的。

情
生
以
南

Chapter 02 ◄◄◄
合法丈夫

很快，Z市中级人民法院开庭审理了时宏栋涉嫌非法集资一案。检察机关对时宏栋涉嫌非法吸收公众存款罪进行了指控，时宏栋被法警押入被告席。

阿年不知案子细情，也没接触过爸爸的公司，甚至她连爸爸的为人都不了解，从小离开北方，自妈妈去世，奶奶和外婆就处于水火不容的状态。

庭审现场，控方认为时宏栋以诈骗方式非法集资，数额较大，应当以诈骗罪追究其刑事责任。

2个小时过去，法官宣布休庭，择日宣判。

走出法院，阿年二叔很抬不起头地跟阿年道了歉，阿年没理，往前走。阿年二叔跟上去，问阿年，那天在宾馆她签字的协议是什么？有没有补救的可能？

阿年站住，转头看这位二叔。

有车停下，她什么也没说，不想说虚假的废话，就上了车。

阿年二叔叹了口气，和阿年只见过几次，长辈晚辈间一直沟通不了。阿年话少，无谓的从不理会，对四合院，她爸有多少钱，也不打听，对时家有些抵触，阿年二叔认为，也许阿年的外婆和舅舅，在阿年小的时候给阿年灌输了什么时家的坏话。

出租车上，阿年看到管止深的来电。

这个136开头的号码，阿年从存储变成了删除，怕默川看到，可能是心虚的缘故。

管止深很少打来，从昨天早上她离开他的卧室，直到现在，他是第一次联系她。

"案子结果出来了？"他问。

阿年不知他为何关心这个案子，如果非要有个理由，她觉得，也许是因为四合院，他才稍微知道一些这个案子，所以打听一下吧？

阿年说，不太乐观，我爸可能被判刑。

管止深顿了片刻，说："你父亲曾通过新闻媒体造势，将虚构的一些事实向社会广为传播，这让部分金融理财知识不丰富的人受了骗。你爸确实害了很多个家庭。他在你面前是爸爸，其他人面前，他是个不能原谅的不法分子。"

"然后呢？"阿年问他，语气算不上好。

"这个案子，恐怕会被媒体曝光，我想说，如果被默川的家人知道你是时宏栋的女儿，你和默川也就彻底……"

阿年听着，管止深的话没有说完，那边传来其他声音，由远而近的熟悉声音，最后一句阿年听清了，是方默川的声音在问管止深："都在等你下来吃饭，跟什么人通话，这么长时间？"

阿年，心提了起来。

接着，他触了挂断键。

没了声音……

五一假期，案子还没有等来宣判，阿年和大家一起去南京玩儿了一趟。

途经外婆家，住了一晚，见外婆精神不错才走。这期间，管止深没有联系阿年，阿年以为，他是知道她跟默川在一起，而他是默川的表哥，知道避嫌了吧。

5月3号下午，回程，4人抵达宿舍。

向悦第一个冲去浴室，以谁也别跟我抢的姿势。

阿年把旅行箱里的东西拿出来，在汤山七坊买的特产。

影子在上铺通话中，点头不高兴地说："是，安全回宿舍了，我到底是去玩儿还是去帮某人看着某人和某人？"

乔辛问了一句："三个某人分别谁啊？神神秘秘的还用代号。"

"我哥爱上了你，哥怕这次去南京玩儿你被左二那个贱人给强了行么？我就不能有点儿秘密？"影子把外套脱下扔一边，下床，出了宿舍。

阿年抬头，突然的这是怎么了？

"更年期吧？"乔辛说。

影子和乔辛总吵，阿年见怪不怪了，把箱子立起来放一旁，拿着手中的身份证愣了一会儿，当时身份证和机票一起消失，从北京回来，发现身份证在抽屉里，居然，自己跑回来了。

晚上，大家休息好了，一起吃饭。

一群公子哥儿偏爱街边小店，左二伸手拿过一瓶本地产的啤酒，叫方默川。

影子坐在对面儿，接了刚响的手机往外走，避开人说："放过我吧，我发誓，阿年抵达南京就来了大姨妈，能有什么事儿？"

店里面，乔易看着手里的八卦杂志，看乐了："这个叫管止深的，绯闻蛮多。"

阿年转头。

大家都看乔易。

乔易把杂志扔桌上，摊开来的一幅画面是，一身黑色西装的管止深，和一个女人早上同出上海某酒店。杂志小编分析，前一天，著名投资商管止深受邀参加上海豪华游艇展，被拍和他一起的女人，疑似是游艇展上身材火辣的比基尼游艇宝贝。

方默川拿过来。

翻看。

阿年在他旁边坐着，淡淡地瞄了一下。

方默川很认真地在看杂志那页，没有过多的表情。

乔易目光故作不经意，扫了眼阿年。

浏览完了一整页的文字和配图，方默川把杂志合上扔了一边儿。"吃饭。"

喝了点酒，乔辛记起白天宿舍影子惹了自己，这会儿就不管不顾张口挤对影子："向悦，你怎么不坐左二旁边？影子，你坐左二那边儿几个意思？"

"什么？"向悦抬头，正在啃外酥里嫩的鸭腿。

左二挑眉，看乔辛。

影子抬头，冷笑地说："我坐左正身边，你炸什么毛啊？向悦喜欢左正人尽皆知，难不成你也想插一腿？"

乔易头疼，姑娘们真不消停。

"江影子！你别把我想成是你！贼喊捉贼！"乔辛摔了筷子。

影子离席。"回见！"

方默川跟了出去，对大家说："我去看看。"

店外，影子一边叫出租车一边对方默川说："如你所愿，我们宿舍几个吵起来了，我有办法让阿年在宿舍待不下去，你可以顺理成章带阿年出去住了。"

马上毕业离校，影子不明白，方默川那么久都等了，为何急于最近要跟阿年同居？

方默川点头："谢了。"

他招手拦了辆出租车，影子上车，方默川给司机塞了一百块。

影子比阿年她们晚到宿舍。

乔辛和影子吵了起来，两个人沾火就燃！

影子要收拾东西搬出宿舍，卡通编织袋在乔辛床底下，来宿舍时，大家的袋子都铺在了乔辛床底下。

乔辛生气地拦着影子不让拿，说早扔了，影子非拿不可，掀开乔辛的床板扯编织袋，扯出来的……还有一张机票。

"这不是阿年丢了的机票吗？"影子捡起，问乔辛。

向悦抢过机票，看了一眼，不可思议地替乔辛跟阿年解释："乔辛绝对不会藏你的机票，没有理由！"

"……"

宿舍一共四个人，是谁拿的阿年心里有数，阿年觉得离校后顺其自然地不联系，好过现在撕破脸。

向悦把机票砸在影子脸上："江影子，你没来之前天下太平！"

影子指着向悦鼻子："警告你别跟我撒泼！"

争执中，影子冷笑："我不搬出宿舍了，我就要在宿舍继续呆着，看我不爽你搬走啊……"

结果是……

阿年申请了搬出宿舍。

一气之下的决定，搬走后住哪，还没谱儿。

第二天上午，阿年站在系主任办公室，有点胆怯，不知道寝室吵架这件事会不会让大家摊上别的处罚。

系主任对阿年讲："通知了你家长，马上就到。"

"家长？"阿年讶异。

"对，你的家长。"系主任抬头说，"前段时间，校上级领导打过招呼了，你有什么不寻常举动，都要通知到你的家长本人。阿年你不是个让人不省心的孩子啊，那就是家长太不放心你了。"

由于不敢跟系主任多对话，阿年就静等家长。

妈妈去世多年，爸爸在拘留。

见鬼了……

寂静缓慢的时间在流逝，门终于被推开。

阿年回头看门口，心情，难以形容。

系主任站起来，迎接校领导，看向了另一个人，管止深，点了点头问："这位就是阿年的？"家长的话，也太年轻了吧。

"合法丈夫。"管止深跟阿年的系主任握了下手。

校领导、系主任、合法丈夫，这三个男人寒暄客套着，管止深寥寥数语，倒是不端架子不摆阔，在认真解决阿年的问题。

他要带她正式离校，到外面住。

他怎么可以随意在系主任面前说是"合法丈夫"？阿年隐忍着反驳他的冲动，忌惮那明明就是的事实。就这么看着，他以隐晦不强求的姿态，达到了他想要的目的——带她离校。

没有发生宿舍吵架这事之前，阿年不想这么早离校的。如果找到了合适的工作，就六月离开，如果没有找到合适的，就跟大家一样，七月一号过后再走。

被系主任召见之前，阿年想过，系主任百分之八十会先调解她们宿舍的内部矛盾，实在不能调解，就给换一下宿舍。

没想到会惊动了这个工作繁忙的……所谓的合法丈夫。

A大门口，马路另一边远处。

阿年怕人看见说什么，所以上了他的车说。

"我们宿舍吵架不是大事，大学宿舍里舍友不和，这也正常。管先生跟系主任说您是我的合法丈夫，怎么听都不合适。不经过我的允许就叫系主任监视我，这更加不合适。"

阿年在尽量保持理智跟他沟通，这番话在他看来，六个字可以概括她的心声，就是"你算什么东西？"

此时，方默川打了电话过来，阿年接了，说马上过去找他。

"再见！"阿年匆忙打开车门下车，这时有车快速经过，管止深手快一把拽住了她，见车擦边过去，他皱着眉头："过马路看着点儿车！"

阿年回头，他干嘛那么严厉？

四目相对，彼此目光僵持了片刻，他松开了她，阿年试着张口说些话，终究，还是没说出什么。

她跑向了A大门口……

A大门口，阿年在距离方默川的车越来越近时，平稳着心跳，一点点地让自己喘匀了呼吸。

敲了下车窗，他看到她，下来。

"去哪儿了？打到你宿舍，她们说你被系主任叫去了。"方默川审视着阿年，他不知道她刚才是从哪个方向过来的。

阿年有些心虚。

"网银里没钱了，到外面充的话费。"

"怎么不用她们的网银？"

"跟你说过了，昨晚跟她们闹得不太愉快。"阿年抬起头，看他。

"充话费，却没带手机？"方默川的眉眼中，尽是疑惑。

充话费一定要带手机？

阿年硬着头皮说谎："没带……"

方默川皱眉看了她半晌，很快表情换上了往日的漫不经心少爷模样，伸手搂过阿年，长吁短叹地跟她鼻对鼻诉苦："阿年，体谅我的小气吧，不可以不经我允许，你就有了我不认识的异性朋友。"

他看着她，她眼睫毛动了动。

方默川早上就准备来A大，但影子说，你一副渔翁得利的样子不请自来接阿年，别被阿年看出端倪。

来之前，他没听说阿年调宿舍，那多半就是直接到外面住。

在方默川明确地说让阿年跟他住时，阿年拒绝了。

方默川以为阿年是怕，就说，是分开住的，两个房间。

阿年摇头，不是这个问题。

阿年的东西都收拾好了，在方默川的吉普车上，阿年在副驾驶座上跟他说："我要提前搬进员工宿舍，七月一号正式上班，就在A大附近。"

"你什么时候找好工作了？"方默川挑眉。

阿年如实说："我和影子参加过一次招聘会，影子说要我广撒网，我就投了很多简历出去，以为都石沉大海了，原来没有全沉。"

投简历这事，当时影子拽着阿年一起去，阿年抱去的那些简历都投了，后来接到面试通知，去了几家。这家饮料公司在Z市很有名，吃火锅时喝的纸盒装果汁，就是这家公司的产品。

文秘一职不是阿年喜欢的，但刚出校门资历不深就先凑合了，一边干着这个赚钱养自己，一边再观望很向往的编辑那行。

校门口车上，阿年拿到管止深给的宿舍钥匙。

阿年拿到，惊讶。

管止深针对阿年的疑问做了合理解释："我担心你和默川会同居，你们如果同居，不小心被我妈知道了，谁来收拾这个烂摊子？"

他的公司是多元化的投资公司，涉及面很广，早在几年前，他就看准时机买进了这家饮料公司的部分股份，几年时间，股票单价已翻了5倍，获利颇丰。

综上，管止深给阿年安排工作，太简单了。

方默川送阿年去了员工宿舍，员工宿舍占地面积很大，宿舍管理员大姐带路，方默川和阿年一起走进去，走廊上并没有看到其他员工。

"那个男的，你快出来啊。"管理员大姐说了这么一句。

方默川回头，看站门口不走的大姐，怒了："我能偷你们宿舍的木床板子，还是偷塑钢窗户？"

"身为员工宿舍的管理员，要保证女员工……啊——"

管理员大姐还没说完话，大叫一声，见方默川旁若无人地抱着阿年，开始亲。

宿舍大姐立刻踹上了门。

阿年了解，方默川是想逼走管理员大姐。

窗外下起了小雨，今年的第一场雨。

方默川站在阿年宿舍的窗前，身子斜倚着立式衣架……

整理了一天，阿年很累。

晚上十点，员工宿舍会准时熄灯，阿年已经躺下。

白天阿年在员工宿舍楼下熟悉环境，跟住在别楼的同龄女孩聊天，八卦参与者甲说："晚上十点熄灯这规定很变态啊。"

参与者乙："为了保证员工睡眠？次日工作状态良好？"

参与者丙："其实尼玛是不是老总为了省电费呀？"

"……"

阿年是倾听者，排名，丁。

手机响了，阿年迷糊地接起："小悦，啊？影子男朋友？"

阿年用手机电筒照亮，把衣服穿好，头发乱不乱没管，跑到了宿舍管理员大姐那，说抱歉打扰了，我要出去一趟，同学受伤住院了。

大姐掀开帘子，拉开小窗口："你们这帮小年青的！出去约会撒什么谎！"

阿年无语。

"等着！"管理员撂下帘。

阿年在外面等，等管理员出来给开门。

管止深打了过来，阿年犹豫了一下，接了。

"还没睡？"他问得很轻。

应酬上喝了点酒，头疼，想起上次阿年给他买过解酒药，便打了过来，响三声没人接就准备挂了的。

两声，她接了。

阿年说，我要出宿舍，在等钥匙。

管止深听了，蹙眉："等一下，我有其他来电。"

他指路边，示意开车的司机把车停在路边，车停下了。他又让司机把前面那部手机拿过来，是关机了，他开了机。

很快，开机的手机，有管理员大姐的号码进来。

阿年在走廊里，趴在门口看，怎么没动静？帘子挡着什么也看不见，阿年小声地试着问："张姐？还醒着吗？睡着了？忘了我在等钥匙？"

管理员大姐突然打开门，阿年吓得手一缩。

"外面冷，进我屋等着吧，十来分钟让你走。"管理员大姐说。

阿年进了管理员的屋子。

"张姐，现在给我开一下门行吗？谢谢了。"阿年态度始终不错。

"去一下洗手间，等姐出来哈。"管理员大姐说完就进去了。

"……"

阿年站在地中间，十分钟过去七八分了，管理员大姐还不出来。

阿年环视这屋子，生活必需品都不缺，还看到几样打着包装的礼品，有整箱的水果，保健品，还有小奢侈一点牌子的护肤品。

有了今晚出去这么艰难的教训，阿年琢磨，改天是不是也要送点东西给管理员大姐？真的走出校门，和大学里的生活相比，有差别的，大概要随俗了。

十五分钟左右，洗手间的门开了。

管理员大姐拿了钥匙，带阿年出去……

阿年以为，管理员大姐为难了这十几分钟，还特意把她带到屋子里，是为了让她看到那些别人送的礼品，以此告诉她，赶紧送东西才是王道！

阿年出宿舍楼，就见到一辆车开了过来，晃眼的车大灯朝她打着双闪，车缓缓地停在面前。

管止深打开车门，下了车。

阿年心里产生疑惑，她的确跟他说过等钥匙要出去，可是，他来的时间至于这么分秒不差？

"送你过去。"他高大的身躯站在她面前，脱了他身上的大衣，给阿年披上了，并说："白天下过雨，晚上会凉。"

"谢谢了，我一点儿都不冷。"阿年下意识地躲，不过，大衣还是沉甸甸地披在她身上了，他用双手按住了她的肩："湿冷春风，你这小骨头受不了。"

他拿起她的手，帮她把手和胳膊伸到了大衣袖子里。像极了大人亲手在给自己怕冷的小孩穿衣服……

而后一语说服她："这附近晚上没车，也不安全。"

阿年抬头看了他一眼，用很奇怪的眼神。

"我喝酒了，别惹我。"他威胁恐吓地，把吓得缩头的阿年塞上了车。

一路上，他没有说话，喝酒后他有头疼的症状。

到了医院，真相是，影子把男友打了。

阿年和向悦负责安抚影子男友。

向悦不知怎么称呼这个男生，医院走廊里，向悦说："喂！那个影子她男朋友，好聚好散嘛，身为男人要有风度一点，别计较了好吗？"

"是前男友！"男的大声纠正。

阿年点头再点头："好的好的，是前男友。"

"我就在校外KTV见过她一次！随口夸了她句——你真漂亮！她说——当你女朋友啊？妈的，算今天我才跟她见过两次！"男生咆哮着站起来，"今天她找我，我还在宿舍睡觉！翻身醒了，她看到我后背上粘着个避孕套这成了分手理由！压根儿没在一起过分个蛋啊分！二锅头喝撑着了吧她？靠——"

向悦看阿年……

阿年＝＝

病房里。

乔辛在陪影子，没主动说话，昨天刚吵完架，怎么拉得下脸？

阿年和向悦进来，向悦说："把你前男友打发了。"

影子低头，"没想到你们还会来看我。"

一片沉默……

在一起同住一年，吵架时常发生，可感情还在。冷静下来倒没吵架时的那么针锋相对了，乔辛说："不是要在这儿住吧？"

"我有话说。"影子抬头。

乔辛，向悦，阿年，都看影子。

影子说："机票是我藏的……"

"我知道阿年要跟那个姓管的一起去北京，不放心，担心姓管的对阿年有想法，方默川是我好朋友，所以我得帮默川守着阿年，就把机票和身份证藏了。"

阿年皱眉。

"那你藏我床底下？"乔辛问。

"随手嘛，当时太慌。"影子接着解释，"昨晚气不顺，跟你吵架才故意把机票抖出来，对不起。"

向悦摇头："差点误会大了！"

不管影子说的是不是事实，阿年说："以后别这样了。"

大家离开医院，影子和乔辛她们去了附近酒店住。

管止深在等阿年，有事要说，阿年出医院上了他的车。

"我妈明天生日，儿媳不出现说不过去，今晚回我家住，明天直接给我妈庆祝生日。"管止深怕她拒绝，补充："这是5月份的最后一次。"

阿年迎上他的目光，他的意思是，每个月两次住他家这事？明天过后，两次清了。5月份的剩余20天，彼此可以一面不见，很好不是？

阿年点头："好的。"

"礼物张望帮你准备好了，在后备箱，我本想明天接你。"管止深抬手看了眼腕表，

"这个时间，你回不了员工宿舍了。"

阿年摸了摸鼻子。

已经凌晨1点，车匀速行驶，红灯经过几个，阿年在车上成功被睡神召唤走了。

车到了家，方云听见一点动静就醒了。

管止深让王妈拿了条薄毯出来，动作很轻，灯都没开，怕晃了阿年的眼睛阿年会醒，管止深小心地把阿年抱上楼了，阿年动了动，他站住，等她睡好，才重新走了上去。

方云在楼下"嘘"了一声，让王妈和司机去休息。

方云上楼，进了儿子的卧室，把拖鞋脱在了门口，光脚进的。

管止深见此，皱眉。

他疼阿年归他疼，母亲不用如此小心翼翼。方云掀开床上被子，管止深先把自己的手臂稳稳挨在枕头上，轻放下手臂中怀里的阿年，还好，阿年睫毛动了动，没真的醒。

方云和儿子一起走出去。

"妈，不用这样。"关了卧室的门，管止深说。

方云穿上拖鞋："这拖鞋碰了地板也有动静儿……"

天亮。

一家人六点半已经坐在了餐桌前，阿年缺席。

八点多，阿年醒了，一不小心在别人家睡到自然醒。

状态安全……

阿年愣了一会儿，整理好他的床，然后拿过手机，在发短信。今天管妈过生日，阿年知道自己要留下应付。

短信对方默川说：今天单位还有一场面试，很重要，手机要关机。

方默川回复：OK，刚好下午我有事。

说谎的罪恶感……布满了阿年的眼角眉梢。

管止深进来。

阿年回头看他。

他把早餐放在了床头。

管止深浑身散发纯粹的男性气息，说道："有个准备，我爷爷下午过来，不过不用怕，老人很和蔼。"

管止深伸手拨了一下她微乱的发丝，收回手，走出卧室。

点了根烟，一个人下了楼，早晨他抱着她一起睡了一个小时，她也许未必记得，他笑，一口烟，深深吞吸入肺。

管止深的卧室内置洗漱间，宽敞明亮，清爽整洁，他一个人独自用的。他叫人给阿年准备了一套全新洗漱用品，阿年拿着牙刷往上挤牙膏，扫视了一眼洗脸台的黑色台面，入目之处，干净得一滴水渍不见，摆放着寥寥几样男士用品。

下楼后。

一家人坐在沙发那边，方云让阿年吃水果："咱们家吃早餐吃不惯面包牛奶，今早这是止深亲手给你准备的。"

阿年讶异，管止深怎么知道她吃煎蛋爱吃双面煎过的？还有，面包片上抹的果酱也是爱吃的草莓口味。

巧合？

管止深坐在阿年身边，没有邀功。

方云看向阿年："止深对女孩子一向不太热情，阿年，这方面你担待他，多多主动，赶紧给他生个孩子，他爸和他爷爷盼着呢，妈是这家中唯一的女性长辈，负责督促大任，你们配合妈也好交差。"

方云三句不离生孩子。

阿年拿着面包片的手指在抖……

中午12点。

方云跟阿年说："阿年，你跟止深一起去机场接机。他爸的老战友也一起回来了，他爸这人要面子，娶了儿媳得跟人可劲显摆。"

阿年很慌，觉得不妥，一年后她跟管止深一定不会有任何关系，见这么多外人真的好吗？以后管止深拿什么收场？

去机场的时候，他的车刚离开家门。

阿年就问："我不知道你打算一年后怎么在你家人面前收场，可你带我见你家人以外的人，以后你们家怎么在外人面前收场？"

管止深点了支烟，阿年看不清他的眼神，只见棱角好看的侧脸，他抽烟的姿态隐晦收敛，并不张扬。他望着别处开口："一年后我的解释，不出意外会说我已经婚内出轨，如果我的父母劝你原谅我，我会坚持说我爱着我的出轨对象。"

"……"阿年。

车上了公路，恰好转弯时与一辆橘色吉普错过。

阿年不镇定了："默川刚才会不会看见我了？"

"不会。"他不在意。

管止深的手机瞬间响了，他拿起看了眼号码，接了："默川，嗯，刚才是我，你看见什么女人？"

阿年忐忑地盯着管止深。

"你看错了。"管止深笑。

他说完就给挂了……

"说了什么？他看到我了是不是？"阿年紧张。

管止深手上拨了母亲的号码，转头对阿年说："那么快的车速闪过，看不见。"

阿年对他的话将信将疑，这绝对是在挑战她的心脏功能……

管止深打通了，对母亲说："阿年家中临时有事，长辈生病您知道，她必须尽快赶回家一趟。嗯，我现在直接带她去机场见我爸，稍后她不回来给您过生日了，让我跟您说声对不起。"

"嗯……她会照顾好自己。"

"还有，默川和我爷爷马上到咱们家了，妈你别提阿年。"

交代完了，管止深把手机放在了一旁，认真驾车。

他没有再跟阿年对话。

不用参与他母亲的生日，阿年心下放松。

机场。

管止深跟他叔字辈的人交谈，阿年被他介绍着微笑回话。

他父亲的战友有亲人来接，家属中的女人们见了阿年，知道是管止深的媳妇儿就都夸长得好看，端庄温柔，两个人有夫妻相。

不过是一些客套话，阿年不自在。

出了机场，上车。

管父这个人跟阿年想象中的差不太多，跟阿年说了几句话，懂得适时掐住话头，不多过问晚辈们的事。

交谈过后是安静，阿年看向了车外。

管止深目不斜视，专心开车。

A大门口，管止深把阿年放下，已经对父亲讲明了阿年有要事，回家一趟。

车停在路边，阿年下车，管止深也下了车。

"不回员工宿舍，来A大干什么？"管止深把一些现金塞给了阿年，"拿着，你身上一分钱没带出来的。爸他，在车里看着我们呢。"

"我来学校处理一点事。"阿年说。

管止深点头，看了一眼A大这附近："自己注意安全，有事记得要打给我。"

阿年低头，能有什么事？

假的关系也这么逼真，好像真的很关心她一样。他要走了，阿年抬头问："我的东西在你家，怎么办？"走的时候匆忙，包在楼上忘了带，钱身上也没有，只得暂时先接下他刚才给的一点现金。

"晚上，我给你送到员工宿舍？"他问。

合法丈夫 Chapter 02

阿年点头。

包里有证件现金很多东西，他不送来，她怎么去取？

管止深望她，目光深邃："晚上见，我还有话说。"

有话说？

阿年没什么反应。

车驶离 A 大门口，开往他家的方向。

阿年在 A 大门口站了很久，其实也不知道接下来去哪儿，只知道机场—A 大—他家，这三个点，可以转成一条直线。他开车从机场那边下高速，经过 A 大把她放下，直接开车回家，中间不会绕路。

严格来说，阿年急于下他的车，是心虚了，公婆对儿媳拿出的一分好，她自认都接受不起。

在路边超市买了一瓶水，他给的钱都是一百元的，阿年接了一张，坐车要用零钱，买水，找零，等车来，坐车回了员工宿舍。

管父回到家中，方云迎出来："怎么刚一回来就拉着一张脸？"

管父看向客厅，老父亲，默川和放放，方默川的爸妈，都在。

他站在门口低声："儿媳妇半路下车了，回来的路上儿子说，跟儿媳妇这以后还没个定数！婚姻当儿戏？"

方云看了一眼在院子外通话的儿子，解释："儿子稳当，心里有数！登记的确是匆忙，杂志刊登了儿子在北京带儿媳妇住酒店的消息，你不是不知道！"

"报道不是已经压住了？"

"压住归压住，你非要找机会给儿子介绍你朋友的女儿，看顺眼了不娶这两家关系就闹不好了，儿子匆忙结婚也是被你逼的！"方云把理儿往儿子这边兜，"我的儿媳妇可不是能随便凑合的，家世再好，天仙似的，我看不顺眼也别想进门儿！"

"行了行了。"管父摆手，往里走。

方云扯着让他站住，小声说："得讲清楚，儿子不办婚礼也是有他的长远打算，别说是这匆忙结婚的，那认识很多年的结了还有离的，儿媳妇岁数小，短时间内万一真出了什么事要闹离婚呢？"

"眼下这考虑的就是个万一，要真是发生了，没办婚礼好离，偷偷摸摸民政局就办了。大操大办婚礼过后再离，丢的是咱们家的人。看得出儿子是真喜欢这姑娘，至于俩孩子婚姻能走多远，就看俩孩子怎么经营了，儿子对她百般好，我希望儿媳妇也别伤了儿子的心，儿子也别干出喜新厌旧的事儿。今天儿媳妇不回来了，就别跟你爸还有你妹妹说了，儿子不让说。我看，就等儿媳妇怀了孩子，办结婚的时候再说出来，到那时候也都稳定了。"方云一口气说服了丈夫。

客厅，方默川看到姑姑和姑父走过来，问道："姑父，机场外没看到我哥车上有个女的？"

"什么女的？"方云坐下，问。

"来的路上我和我哥打照面儿，一晃就过去了，车上有女人。"方默川说。

方云脸上表情淡淡："下回见着你哥车上有人，一定得给姑姑逮回来，这么些年了，就不见你哥给姑姑带回来一个半个的！"

"一定。"方默川笑意颇深。

管止深上楼，几分钟后下来。

他手中拎着一个黑色袋子，里面装的是阿年的包，提前放车上，晚上要送过去，管止深走到外面，打开车的后备箱，把袋子放了进去。

方默川有意无意地透过落地玻璃窗，看了几眼。

方云的生日，在市中心某酒店摆了一大桌。

蛋糕是方慈开车去拿的。

一大家子用餐时，谈得很多。

老爷子喝了杯泡的药酒，喝高了，先是针对方默川退伍后的工作安排说了一阵儿，又对管止深物色对象结婚这事催促了半天，还有未婚的方慈，老爷子问：马上三十岁了，还不着急结婚？

方慈笑笑："外公，就快了。"

最后轮到放放，老爷子问孙女儿："在家养伤养得懒了，以后重回学校，脑子里生的锈能不能自己清理干净？"

"放放，尽快回学校吧。"管止深突然说。

全家人没有异议，管父也同意儿子说的。

管止深说的，放放也不敢拒绝。

放放对管止深尊敬，大概是因为从小父亲常年不在，母亲工作忙碌，她的大事小事都由大哥来处理。

管止深烧伤后的那段日子，发脾气的样子让放放记忆深刻，不只放放记得深刻，全家人，一直存在心理阴影。

生日蛋糕吃了，方慈说有事，所以就先走了。

从下午过生日，到晚上回去，方默川都没怎么跟管止深说话。

长辈看在眼里，却不知道能说什么调节兄弟二人的感情，火灾之后，管止深对方默川态度明显冷淡了。

晚上八点多，管止深说出去一趟。

黑色轿车从家人视线里开走，方默川从沙发上站起来："外公，爸，妈，姑姑，姑父，雨宁有事找我，我差点忘了。"

一提去找杜雨宁，管三数点头，"去吧，开车注意安全。"

方默川离开。

宽阔的公路上，远远的只能看见车灯，漆黑的夜里看不清车身颜色，方默川心弦绷紧的程度如同攥紧方向盘的程度。

管止深的车进了市区，遇上红灯，他拿出一支烟，打火机，清冷的眼光从后视镜看向后面的车流，蹙起眉头，目光找寻目标的同时，点了唇上的烟，火光闪烁，他抽了一口，一口白烟如薄雾样子而出。

迷惘的烟色。

绿灯，车继续穿梭在夜色中。

员工宿舍。

阿年的手机响了。

阿年还没有睡，趴在床上放下正在看的书，接起："默川，这么晚了有事吗？"

"你在宿舍？"方默川直接问。

阿年点头："我在宿舍，你在哪儿？"

如果默川说想见她，阿年会想办法出去，她不知道管止深几点来，如果来了，把东西放在管理员那就可以了，至于管止深说的那句"我还有话说"许是重要，可阿年终究是不在意的。

街道一片漆黑，方的车距离管的车很远，管的车停在员工宿舍外，安静的夜，一声关上车门的响声，方默川望着前方停止不前的双闪车灯，觉得那样刺目。

他听着阿年的声音，阿年好像真的不曾背叛过他一样，方默川白皙的脸，越发惨白，退伍回Z市，养得皮肤近乎一天变白一度，嘴唇如淡粉色桃花一般，方默川皱眉，难过窒息得快要哭了。

方默川沉默了半响，通话中对阿年说："我去宿舍找你。"

他挂断。

方默川下车，走向了那辆黑色轿车。

阿年来Z市的头一年，他想过带阿年见管止深。

可终究没有胆子那样做。

管止深已经下了车，进了宿舍，可就在刚才阿年还跟他保持通话，难道两个人没见面？

管止深刚刚进去，大门没关，方默川进去有人拦着，问他身份。

方默川不知道今晚到底能不能进得去阿年宿舍，他说了名字，几栋宿舍几号房间。

保安拨通了阿年宿舍电话，阿年确认了身份，再三感谢，保安叔叔对方默川放行，要了方默川的身份证儿，留在了值班室。

每进去一步，方默川都产生一分疑惑，管止深在吗？

被管理员大姐带到了阿年的宿舍门口，站在门外，他觉得心脏静止了。

阿年开门，对管理员大姐说谢谢。

"早点出来！"管理员大姐态度差，瞪了方默川一眼，方默川送阿年来的那天，结下的仇。

阿年让方默川进来宿舍里。

方默川紧盯阿年，她并无异样，还是往日的她，细细想来，她跟往年的她也是一样的，她始终很乖。所以他不敢带她去见父母，怕她不够坚强，怕她被母亲的话伤到，伤得一点一点开始退缩，从他的世界退得没了踪影。

阿年的房间很暖，五月初Z市早已停止供暖，她房间里开着电暖气，方默川伸手烤了一下。

阿年说："管理员大姐给我送的电暖气，让我偷偷用。"

"宿舍规定不准用？"方默川问。

阿年点头："不让用。"

方默川看阿年，她老实地站在那儿，穿着睡衣，像刚从被窝里钻出来，头发微乱，方默川看向她的床，一本书，一个手机。

阿年的房间不大，一目了然。

方默川强迫自己去释然，也许一切只是巧合，一切都是心里有鬼，猜忌过多，他抱住阿年，重重地吻了阿年的脖颈："阿年，我做错了事，要怎么补救？"

"怎么了？"阿年问。

方默川抱得她紧，阿年不懂，什么事能让他这样？

她比他小三岁，可是，方默川从小是被溺爱着长大的。家世好，对他有利也有弊，他总惹事，一般钱就替他解决了，他妈乐意，外人插不得手。方默川常常被阿年用"分手"这个理由压制着，被压制过后他埋头沉默，独自颓废，他反省，自己除了会对人大把扔钱，什么也不会。

方默川骨子里透着凶狠，打架时最看得出，阿年每次用"分手"这个理由压制他后，阿年不难过吗？非常难过。总不能这样管他一辈子，难道结婚后要整天把"离婚"挂在嘴边儿上来约束他一辈子？

一辈子太长，不敢说，谁又能说得准，日后谁能对谁一辈子展着笑颜不厌烦？

某年大年初五的晚上，阿年和外婆聊到半夜。

外婆说，将来嫁过去，怕是日子过得要累。

听完，阿年一夜没睡踏实，刚开始跟方默川在一起，阿年没想过结婚嫁人，觉得自己真的还小，女孩子有时候心界窄，窄得一旦恋爱了，眼里心里就装着这一个男的，真心，

合法丈夫 Chapter 02

047

假意，傻傻分不清楚。有时候心界也很宽，宽到想得相当长远，远得可能想到了……那对方也许无法给的没想过要给的——将来。

缘分好坏，只待时光给个答案，可时光却偏偏过得那样缓慢温吞。

管理员大姐来催，阿年送方默川走了。

一直送到员工宿舍大楼外面，方默川指着远处，车在那边。

阿年好奇，怎么把车停得那么远？

让阿年回了宿舍之后，方默川望着空荡荡的宿舍大楼外，皱了眉头。

那辆车离开了，管止深来过这里到底是干什么？

次日清晨。

阿年去A大附近见影子她们。

今早，管父应该已经离开Z市了。

向悦不明白阿年为什么不和方默川同居，接过吧台服务员喊好了的咖啡，重新坐回桌上说："同居多好，默川退伍回来，他妈给他买了套很大的公寓，他也有车，阿年跟他一起住多悠哉。"

"表示赞同，数一数A大出来的，有多少女生毕业后像阿年这么幸福？其他男的，有钱的不一定有默川的家世背景，有家世背景的不一定有默川的帅气外表！"影子说。

乔辛接话："拉倒吧……左正跟向悦提过，方默川搞不定他妈那边儿，就打算同居后让阿年怀孕奉子成婚！"

向悦点头，表示这是真的："我听左正说的，后来我告诉阿年了，真这样圈阿年一个人可不行，方默川他妈不同意，就是奉子也不一定成得了，到时候阿年怎么办？孩子打掉离开方默川？就算往好了想，也顶多是嫁过去，生完孩子受婆婆的气！"

阿年来的时候，一口东西还没喝，大家就问她同居这件事顾虑的是什么，对同居是怎么想的。

一句两句说不清，阿年便含糊其辞。

都是同学，以后的路大家相伴，会看清楚。

中午，阿年她们几个排队买电影票，准备看个电影，今天是周末，阿年抱着可乐和爆米花在那边坐着等时间。

下午，阿年要用身份证，可东西在管止深手里，昨晚他没来，等了一个上午也没有消息，阿年只好联系管止深。

管止深很快答复了她，五点之前，一定送来给她。

Z市一幢大楼顶层。

有桌有椅，设计精致不俗，站在顶楼上面眺望四面八方，任何一处，都是能让人心情豁然开朗的景色。

方默川伫立，双手插在白色休闲裤的口袋中，对一侧的表哥管止深说："这里繁华胜过了往昔，没人记得了几年前，火灾把这幢大楼烧得面目全非。"

管止深点了一支烟，看着火机上的火苗，摇晃灭了，收起打火机。烟，烧伤之后本已戒了，后来再度抽了起来。

母亲曾劝，身体为主。

管止深笑着跟母亲保证，少抽一些，不会拿自己的身体不当回事。

火灾烧伤身体痊愈，肺却伤了。

"哥，我有女朋友了，想带她回家见我爸妈。"方默川这话，就像个没有主意的孩子，找表哥问意见。

事实上，几年前兄弟二人的感情不就深厚到如此吗。

"爱情事业，打算同一年收获？"管止深问方默川。

望着远处，视线空洞。

方默川苦笑："一个普通家庭的女孩子，有点腼腆，我担心我妈会为难她，明天晚上你去我家吃饭吧？帮我个忙，有你在我妈不会翻脸，我不想让她初次见我爸妈难堪。"

下午四点半多。

阿年见到了管止深，在A大附近。

走向他的车，他刚好下车，把包给她。

阿年接过来。"谢谢。"

"有时间吗，我有话跟你说。"他说。

"……"

四目相对，阿年点头。

她心里想的小算盘是，这是五月份的最后一次见面，在这类似合作关系的两个星期，发生了太多本不该发生的，下个月，甚至未来剩下的11个月里，是不是要避免一下？

要讲清楚的。

他似乎不是那种习惯约女孩子去餐厅，或者去雅致的地方喝点东西的男人。

上了他的车，车开向了一个安静的路边。

"在车上，还是下来说？"他问她。

"下车吧。"

跟他同处在车内，经过上次有了心理阴影。

车停在路边，这条路是从A大通往一个葡萄园的平整柏油路，不是特别宽阔，道路两旁夏天时都是花草，人工栽种，里面掺杂着野生的，现在残枝在春风中孤立，这里车不常经过。

"你先说吧。"阿年觉得他的话可能简单，而自己要说的挺多。

情生以南

阿年生活的那个南方小镇，五月份已经很热，穿短袖就可以，Z市不行，这种不避风的空旷大路，风劲很强。

他把西装外套脱了下来，阿年躲开，这样不好。

可是他执意非要她穿，阿年直白地说："管先生，我真不冷，如果你觉得我是冷了，那我们上车说吧。"

总之，不想穿他的衣服！

忽然……他封住了她的嘴。

管止深结实的手臂用力箍紧了她在怀中，吻下去的感觉有些疼，彼此都疼。

阿年怎么动，都动不出他的怀。

温热而坚硬的怀。

"其实，我早就认识你。"

他这样说，怀中挣扎的阿年全身紧绷地定住了。

抬头看他。

管止深说："大三的时候，你参加过招聘会吧。"

大三，招聘会。

她努力回忆，参加过的。

"参加过很多次，记不清了。"

他说："其中一次招聘会，我有要事过去找一个人，恰好看到了你。你和你的两个同学走在一起，你被人撞了，简历掉在地上，你在跟她们聊天，我听见你说，'大一刚进A大，我就是个啃书的书呆子，眼界狭隘。'然后你的同学取笑你，你们嬉笑在一起。"

"然后呢?"阿年不明白。

联想起来这段时间他的举动，阿年错愕，千万不要说一见钟情了，那太扯了！

管止深闻着她脸上淡淡的香："不想瞒你，北京四合院那件事之前我认识你。从大三那场招聘会之后，你的简历就一直在我手里，一直攥到你前天住进员工宿舍。你找工作，张望从中拦截，所以哪家公司都不要你。我本意是让你毕业后来我的公司，却没料到后来发生的事。"

他低头，亲了一下阿年的嘴角。

阿年抬起手抹了一下嘴，愤怒地推开他："你没想到我是方默川的女朋友吧?"

阿年站在距离他一米远的地方，仿佛进入了一个漩涡，偌大的，他掌控的漩涡！

他不解释。

阿年说："行行好，为了以后都不至于难堪，我们去把婚离了?"

"我什么时候说过要离婚?"管止深扬眉，看阿年。

阿年看着他，他是面相严厉的人。

心情特别复杂，说不出哪里不对，但她就是觉得很多地方对不上。阿年头大了："请你高抬贵手……"

心里堵得难受，阿年姿态放得特别低了。

他没有任何回应，阿年突然觉得像走进了死胡同，眼睛里都是雾气，气哭了。

扔了他的衣服，很用力地扔了！

一个人沿着路边往A大的方向走。

走回去，用不了多久。

管止深弯身捡起外套，随手扔在了车上，车门打开着，他倚着驾驶座位而站，单手插在裤袋中，抽了一支烟。

回到宿舍，阿年洗了澡倒头就睡。

头发湿湿的没吹，心里乱七八糟，这样睡着做了梦。

一觉醒来，已经是晚上了，想起什么，头疼地坐起身，下床。

那份协议在行李箱的最底层放着，装得严实，阿年踩在椅子上，从柜子上搬下行李箱，举得胳膊酸了，小心一点点让箱子落地。蹲下身，开了箱锁，把协议拿出来翻看，一切都正常，除了管止深后加的几条是阿年签字时没有来得及看的，但也不是多触人底线的要求，阿年烦了起来。

计较，能计较得过管止深这个狡诈的人吗。

协议上写明，如果一年后他不离婚他违约，他要支付给第三方他的一半身家。

晚上8点多，方默川到了阿年宿舍，车照旧停在了外头，进去之前，要必经大门口的保卫室。

方默川来过，保安大叔一眼就认了出来。

"不知道抽不抽得惯这个牌子？"方默川给保安大叔拿了一条烟，从小窗口递了进去。

开车过来，大街上等灯的过程中他看到了一家烟草店，买烟给保安，如果收了，以后晚点来兴许不会为难，直接放行，如果不收，谁也不会少块肉。

保安大叔收了，回身儿塞在了保安室那件不太新的大衣底下。

保安大叔看方默川的打扮，和停在门口的吉普座驾，加上这出手大方，知道这小子是个富家子弟。

保安大叔照例扣了方默川的身份证，怕出了什么事兜不起。

方默川跟管理员大姐一路来到阿年房间，推门进去，手里拎着给阿年买的晚饭，还有一杯可乐。

屋子里不只是阿年一个人，方默川诧异地望着这几个陌生女孩子，大晚上的，都来阿年宿舍干什么？

阿年房间的人也看方默川，不认识。

阿年介绍了一下，房间里正在聊天的几个人，是住在这宿舍楼的同事，虽然哪个部门的阿年还没搞清，不过也认识了好几十个小时了，就是一起议论过晚上熄灯时间的八卦同

情生以南

事甲乙丙三人。

"我男朋友，方默川。"阿年说。

几个人分别打了个招呼。

几分钟后，甲乙丙三人该聊什么聊什么，她们欢了，方默川不乐意了！看了甲乙丙一眼，问阿年："她们什么时候走？"

"不知道，不是我叫来的。"阿年无辜。

同事在熄灯之前来串门联络感情，能阻拦吗？

时间一点点从八点走向九点，方默川在阿年耳边说："等会儿让她们走。"

阿年看向颇兴奋的甲乙丙……

"阿年，你着急睡觉吗？"同事甲问。

"不，不急。"阿年诚实地说，换来方默川的不高兴表情。

阿年垂头，还是不要重色轻友的好，囧，虽然方默川那张脸也好吓人。

同事甲乙丙欢呼："就是嘛，你说过你是夜猫子的啊！那既然都睡不着，我们来打扑克好不好？"

对啊，说过是夜猫子，说出的话泼出的水，夜猫子哪有九点睡觉的，九点睡觉的夜猫子不是称职的好夜猫子……

别人的男朋友来了，不知道避一避给两个人让出独处的空间？方默川皱眉，从没见过这么一群不懂事的女生！

一个不懂事，两个不懂事，妈的三个统统都这么不懂事！

方默川忍住怒火："你们玩吧，我先走了。"方默川出去后回头，说："阿年，明天下午我来接你，晚饭跟我爸妈一起吃。"

阿年点了点头，总是要面对他爸妈的。

次日接近晚上，阿年在方默川的车上了。

"不要紧张，当自己的家一样。"方默川一手攥住阿年的手，一手开车。

昨晚他跟家人说了，要对阿年好一点，不要把人吓跑，可他昨晚说这些话时，并没有得到母亲的明确回应。

也许带阿年回家的这个时机还不是很成熟，可方默川等不了了。

方默川家住市中心。

所有人来方默川的家里，第一心理反应都会觉得，这个家是姓管的，管三数的强势盖过了这个家里姓方的男主人，丈夫如同摆设。

家中保姆给开的门。

打量了一眼方默川身边站着的阿年，阿年紧张，点头打招呼，保姆三十来岁挺年轻的，朝阿年笑了笑。

方默川攥着阿年的手，走了进去。

刚过玄关，方默川就听见一个让他厌恶的声音。

"阿姨，我怎么没看过呢？"是杜雨宁在说话。

方慈说："现在看也不晚啊，默川小时候趣事儿多着呢，等会儿姐上楼给你拿下来，雨宁你随便看就是了，挑两张喜欢的照片拿走。"

阿年有点退缩了。

没想过自己会受欢迎，但是，他家里今晚好像有其他客人。

方默川唇边浮了冷笑，到底，给了阿年难堪。

情生以南

他想过她们不给阿年好脸色，没想到，母亲把杜雨宁叫了来。

管三数从楼上下来，整个人显出高贵大方气质："刚才开门，是我宝贝儿子默川回来了吧？雨宁，跟阿姨过来。"

杜雨宁心思都在方默川小时候的事上，没注意有人来。

管三数带着杜雨宁从客厅走过来时，方默川攥着阿年的手往里走，阿年站着不动，方默川转过身，抱歉地吻了阿年一下，在她唇上轻轻点了一下就离开："阿年，带你见她们只是一个形式，你如果说以后再也不见她们，我都没有异议。"

阿年眼睛里干涩涩的。

勇气这东西，到了用时方根少。

管三数看到阿年，意外："这位是？"

杜雨宁也很好奇地看方默川，脸色已经难看，因为她看到，方默川的手紧紧攥着阿年的手。

阿年抬头，看了眼杜雨宁。

方默川的手机响了，他拿出来看了眼上面的号码，接了："嗯，我们到了。"

是管止深来了。

阿年跟管三数打招呼："阿姨，您好。"

礼貌，其实真的不需要。

没转身走，留下来接受难堪，她是为了跟方默川以后能好好的。

第一次见面，阿年该做的做圆了，管三数怎么对待已经不重要，即使好言好语，也心知肚明是虚假的。

"进来吧，我有话说。"管三数没什么表情。

阿年手指尖更加凉了。

方默川攥着阿年的手，攥得更紧，带阿年去了客厅。

"阿姨。"杜雨宁一双乌黑大眼瞪圆，求一个答案，她不知道那个跟方默川一起的女孩子是谁。

管三数和蔼地笑："没什么的，等会儿听阿姨说，你先到客厅跟你方慈姐坐一起。"

杜雨宁点头。

方慈赶紧赔笑脸："来，雨宁，坐姐这边。"

很快，门铃响了，保姆要过去开门，抱着手臂站在玄关处的管三数制止了，她亲自开了门。

管止深到了。

"默川打给你让你来的吧？"管三数看透地说。

管止深点头。

一起走向客厅，他在视线中见到了阿年。

方默川暗暗地攥住阿年的一只手，对于管止深盯着阿年看，方默川装作没有看到，站起身挡住了管止深看向阿年的视线："正式介绍一下，阿年是我交往了五年多的女朋友，今年打算结婚了。"

阿年站起，不知道该说什么好。

管止深看她，阿年不敢对视管止深，心慌，说了不管任何场合见到都要装作不认识。

"阿姨，他说什么？"杜雨宁不知道朝谁要个答案。

管三数没理阿年，只跟方默川说："你当结婚是过家家一样简单？你不打算要你爸你妈了？今天你带人回来，妈事先点过头没有？妈没点头！但是！妈也没给她多难看的脸色！儿子不听话当妈的很生气，我这个态度过分吗？"

"怎么不过分？"方默川眉头紧皱。

管止深双腿交叠，倚着深色单人沙发而坐，面色平静。

阿年低头，想逃的心情。

管三数和方慈对杜雨宁的态度，看杜雨宁时的眉眼带笑，让阿年一点都不敢抬头去看，待遇悬殊。

"儿子，妈都是为了你好。"管三数苦口婆心的样子。

方默川驳回："这份好——您有没有问过我到底需不需要？我是缺个胳膊还是少条腿非要娶她那样的女人！难道靠女人我才算个真正的男人？您怎么知道我吃不了苦不能自己奋斗？"

被方默川指了一下的杜雨宁火了，站起来："我是哪样的女人？"

一直未动的管止深站身："别吵了，到晚饭的时间了吧，曾姐？"

客厅的保姆听见立刻点头，回答："可以开饭了。"

陆续地走向了餐桌。

方慈把杜雨宁安排坐在了管三数身边，显得亲近，转身方慈上楼了，把装着方默川小时候照片的相册拿了下来，搁在一旁。

餐桌上，方默川给阿年夹菜。

阿年哪吃得下去。

"六一我准备先登记，秋天举行婚礼，我没有开玩笑，她愿意嫁，我愿意娶，谁也不能左右我的决定。"他说，"阿年很好，不是坏女孩，我说非她不娶您爱信不信，今天话我先撂这儿了。"

"妈不同意！没得商量！我不同意跟这个叫阿年的孩子好坏没一点关系。"管三数不想跟儿子吵，也不想用难听的话敲打阿年，怕招来儿子的不满和记恨，头疼。

杜雨宁突然站起来。

经过来来回回的一些话，她明白了，双手拍在桌上，问他："既然有喜欢的人了，那我去北京部队看你的那些日子，我住下，退伍之前差点跟我发生关系！这是什么意思？"

阿年头嗡的一下。

"杜雨宁,你给我住嘴!"方默川碗砸在地上!

他认为入伍就是母亲逼婚的圈套!

杜雨宁跟方默川对峙:"有一次有个女生打电话找你,说她来北京了,问你有没有时间? 你说忙,没有时间,找你的女生就是她吧?"杜雨宁指着阿年,"可当时陪在你身边的是我! 你在我身上忙,的确好忙!"

方慈见老妈不拦,她也就不说话,只听。

管止深蹙眉。

方默川哑口无言……

保姆小曾在收拾被方默川扔在地上的碗。

"阿年,回头我跟你解释。"方默川喘着粗气。

阿年眼睛里一闪而过的泪光,不过她一闭眼睛再睁开,很快就消失没有了。

"解释什么?"她问。

方默川望着阿年,无言。解释没吻过没摸过杜雨宁,没有差一点就发生关系? 她去北京,他说没时间,当时没有陪杜雨宁?

都是事实,所以解释什么。

阿年没有给自己制造难堪,和方默川就算要吵,也不是在这个时间这个地点这些人面前:"回头说吧。"

抬头,淡淡一声:"我先走了。"

依次地对桌上的人告了别。

管止深点了支烟,深邃目光盯着阿年的背影。

方默川走到杜雨宁身边,一把抢过相册,愤怒:"谁让你碰我照片的? 你算什么? 离我远一点!"

"默川!"管三数站起来,"怎么跟雨宁说话呢!"

杜雨宁震惊:"方默川,你在骂我?"

方默川的眼睛瞪得老大,好像一个黑洞般深,手臂用力一甩,他浑身都在紧绷,手中的水晶玻璃面儿相册甩得老远,碎裂在地上:"就是在骂你!"

水晶相册,被摔碎的玻璃在地上蹦了几下,保姆提了口气,收拾碎玻璃和照片。小时候的方默川,根本不怎么笑,照片里的少年,白皙,干净模样。

方默川晚了一步,下楼时根本没找到阿年。

空荡荡的外面,不见了阿年的踪影。

他打给阿年,不接。

阿年很乖,听话,唯独难过了很犟。

方默川反复拨打阿年的手机，回头，管止深也下来了。

方默川问："来时一直盯着我女朋友看，是不是跟我一样也觉得，她比杜雨宁好看，好看一百倍……"

"跟我以前认识的一个人，长得很像。"管止深这么随口一说，"你们家的事，我插不了嘴，走了。"

管止深上车，方默川分外不解地盯着管止深。

管止深的车开出一条街，在前方换了道，就见到了张望的车，张望按了一下喇叭，挥了挥手，是说先撤了。

阿年浑然不知地在低头走路，周围声音也不太听得清，直到管止深的车突然就停在了她的面前，阿年有些震惊。

他怎么知道她走这条路？

他下了车，关上车门走近阿年，准备，就这样跟她走一走。

"我姑姑，有她做母亲对儿子的期盼，默川也有他自己的志向，可惜的是，母子想法不一致。"

阿年点头："是啊，人各有志吧。"

就这么一直走着，真正的漫无目的，时间一点一滴过去，也不知走了多远，从人多的地方，走到了人少的地方，再到抬头发现周围没了人，阿年没力气想其他。

天忽然下起了小雨。

距离车已经走出了一段距离，管止深没有办法，风雨难测，现在的Z市下雨淋在身上会很冷，不比南方。

两个人，被雨水淋了个狼狈。

管止深用手臂撑起西装外套，遮着阿年，遮住雨水不要淋得她睁不开眼，他拿出手机看了一眼，还能打得出去。张望刚才离开，是去医院接方云，管三数今天早下班回家，方云今晚有事情处理，就在医院待的时间久。

"嗯，一起过来。"管止深对张望说。

他把手机关机了，皱眉看着衣服已经遮不住的大雨。

附近，一个人没有，一辆车不见。

他让张望接了方云再一起过来，此举意图，明显。

医院那边，方云一听说儿子和儿媳在淋雨，匆忙上车。

这边，阿年看着渐大的雨不停止，蹲了下身，被雨水淋得身体开始发抖。抱着膝盖蹲在路边，他的西装刚开始可以遮住一点雨，现在也不行了，大颗的雨珠从阿年脸上滴落，掉在被雨水击打的地面上。

望着雨水，忽而，阿年眼中有泪意。

终究，今天心冷了。

那个叫"雨宁"的，口中一句连着一句质问方默川的话，听在阿年耳中，好像一双无形的大手把她推去了寒冷冬天，方默川无法否认的样子，是那寒冷中的大风，卷起了一片肮脏残雪，尽数落进了她毫无防范衣襟微敞的脖颈里，化在温热的皮肤上，凉得人身体直打颤。

管止深发觉她捂着脸身体在抖，弯下身，问她："哭了？"

阿年摇头。

"转过来我看看。"管止深叫她。

阿年没动，管止深伸手强硬地扳过她的脸，修长手指捏着她滴水的下巴，雨水太大，也分不清是眼泪还是雨水，阿年眼睛周围有点儿红地看他，他的样子很生气。

"没事。"阿年哽咽地说。

把头半埋进了膝盖里。

这些问题到底出在了谁的身上？

同一个城市的雨中，方默川站在阿年员工宿舍外，一手举着雨伞，一手拿手机给阿年发短信。保卫处大叔说，阿年没有回来，他以为她回到了这里，可是没有。

雨水淋湿了他一边的肩膀，伞拿偏了，没觉察到。

方默川眼里开始湿湿的，舔了下唇，眼里的湿意更浓，站在斜坡路上，看着雨水顺着地面，流向了下坡去。

他迷惘……对整个未来。

发出去的短信，没有回复，打过去，提示是关机。

大雨在下，雨刷来回摆荡在吉普车的前风挡上，方默川手机响了很久，是母亲的号码。

心痛，无法自抑。

他接了母亲的来电。

"说。"一个字，吝啬给母亲好态度。

管三数问他去哪儿了，几点回来？

方默川沉默不答，一只手攥着方向盘，熙熙攘攘的车流在大街上爬行，速度缓慢，下班高峰期。

大雨下得天阴沉，才几点，天就见黑。

方默川的吉普车停在红灯的第一个位置上。

管三数放低了语气："儿子，回来，跟妈谈谈。"

"没什么好谈的。"方默川攥着方向盘的那只手，手指定不下来，抖得厉害，他眼里湿湿地望着大雨中，阿年去哪儿了？

管三数在那边讲："妈都是一片好心为了你，杜家就这么一个女儿，你外公有的多，可你外公姓管，他在世妈尽量让你依靠你外公，你外公去世了所有的都还姓管，是你表哥的，妈想给你攒点底！"

"杜雨宁她爸身体不好，她妈是个家庭主妇，什么都不懂，雨宁以为自己聪明，其实她特单纯。你们两个结婚了，趁着妈还年轻，未来两家老人辛苦攒下的家底就都是你的，儿子，别跟妈生气，听妈的话，回来跟妈聊一聊，你有什么想法跟妈说，看看有没有调和的余地。"管三数哄着宝贝儿子。

方默川完全不为所动，隐约听见有汽车鸣笛，方默川拿着手机，听着母亲还在说的那些话，他以为红灯秒数结束了，有人鸣笛是催他怎么还不开车？他麻木地启动了车，忘了看灯，车开出去。

砰！

接着，是刹车声。

倾听周围，除了大雨声，仿佛再无其他。

阿年没有看到方默川发来的短信，被雨淋得，手机报废了。

上了张望的车之后，张望开了车内暖风。

淋雨那么长时间的冷，又突然的热，阿年头疼，不光阿年头疼，方云都头疼了，方云特别怕阿年生病。

在方云的眼中，儿媳是挺好的姑娘，跟儿子在一起这么长时间，料得准哪天肚子里就有小生命？

所以，这病生不得。

车上，阿年身上湿的，那边是婆婆方云，这边是管止深，她在中间，车在市区行驶时特别缓慢，堵车堵得阿年头晕犯困，靠在管止深的肩上也浑然不知。

不久就睡着了。

如果不是车上有方云这个婆婆，阿年不会再跟管止深回家。管止深说，你淋了雨如果不跟我一起回家，妈会多想，当着妈的面拒绝跟我回家，妈会以为我们吵架了。

到家，阿年醒了。

睡得热，浑身很潮，一吹大雨中的风，头上一层汗凉了。

方云让王妈上楼放洗澡水，阿年说不用，她一个跟管家不相干的人不敢接受这个待遇，就自己跑上了楼。

跑到了楼梯半截，回头。

看向管止深。

管止深身上也是湿的，接过王妈拿的毛巾在擦脸，不经意看到阿年在望着他，管止深问她："怎么了。"

"上来。"阿年说。

这样叫管止深上来，有点奇怪。

可是不叫他，她洗澡完不知道穿什么换什么。

管止深在更衣间找她适合换的衣服，站在衣橱前，手指摸着衬衫，如果给她一件衬衫，她是不会穿出来露双腿给他欣赏的。

最终他拿了一件睡袍，料子柔软舒适，他的。

管止深听见她在淋浴，问她："为什么不好好泡个热水澡？"

"不了。"阿年在里头说。

管止深把睡袍搁在门口，告诉阿年，洗完澡出来穿上就可以。

洗完澡，阿年用温水把自己的衣服洗了，裤子，上身的衣服，内衣，都洗了，不然走时没穿的。

穿他准备的睡袍很大，系上腰间的带子，散着没干的头发，滑稽可笑。

管止深上楼，进了卧室，把她带到了床边，掀开被子："睡一觉，晚饭的时候我再上来叫你。"

阿年点头，钻进了被子里。

管止深站在床边没离开，半分钟左右，阿年感觉到他没走，伸手用被子把自己仅露的脑袋也蒙严实了。

他莞尔，离开。

他洗澡的过程中，阿年睡着了，被窝很暖。

阿年是被电吹风吹醒的，虽然他用了很小很小的风吹，阿年还是醒了，梦里以为是邻居家在装修的噪音。

阿年看到是管止深，意外归意外，起床气还是有的："我在睡觉。"

管止深关了吹风，阿年，脾气真大。

放放在房间里，阿年没看到而已。

出声替哥说话："小嫂子，我妈说你淋雨了，头发没干睡觉晚上偏头疼会整宿睡不着，怕吵醒你，只好我哥给你吹喽，你骂我哥好带感。"

"……"阿年转头。

凌乱了。

一脸尴尬地坐了起来，管止深的手摸了摸她额头，对放放说："去把药拿上来。"

"嗯！"放放跑下去了。

方云过分关心阿年的身体，生孙子的人不能病。

量了体温，阿年发烧了。

"哪经得住这么淋，冻着了，上车又热得要命，把饭吃了，再吃了药，睡一觉看看，不行明天要打针。"方云说。

阿年喝了口水："明天肯定能好了。"

她在南方那个从小长到大的镇上，淋雨从没淋生病过，也不觉冷。打从到了Z市，除非七八月真正入夏，否则五月十月这种天，一淋雨就准生病，这成了大学来到Z市四年没变过的定律。

不过，吃上药大被一捂也就好了。

在方云这个婆婆的监督下，阿年勉强吃完了晚饭和药，躺下睡不着，只觉得头疼。阿年望着紧闭的门口几秒钟，管止深跟他的家人在楼下，阿年下床，找到了放放收起来的电吹风，把手机盖子给打开了，吹手机里的水。

进水死机了。

阿年把电吹风从小风挡调到了大风挡上，管止深走到了她身后她还没听见。

突然一只大手伸了过来，把她手中的手机夺走，阿年看着空空的手，拿着电吹风回头，看他。

他五官很冷。

阿年不知道他怎么了，心情好像不太好，她伸手要自己的手机，他却把拿着手机的手垂下了。

他把她的手机揣进了裤袋，转身走了出去。

阿年关了电吹风，问他："你收我手机干什么？"阿年光着脚跟出去，到门口，他站在楼梯口回头，见她光着脚。

"手机给我。"阿年说。

阿年说话的声音不大，怕惊动了这房子里的其他人。

管止深拿出手机，问阿年："要它干什么？你有什么事需要通知什么人？告诉我，我帮你联系。"

"不用你。"阿年努力做到心平气和。

他问："想联系默川？"

"不关你事！"阿年生气了。

"要我把结婚证公诸于众，你才承认，这些早已都关我的事？"他皱眉，手指用力捏着那部进了水的手机，手指故意一松，手机从楼梯口摔到了楼下。

大概，四分五裂了。

阿年抬头，不知所措地站在门口，嗓子里干干的："你跟我发什么脾气？我没想联系默川，就算我想联系他，很主动很主动地联系他！你能把我怎么样？威胁我，你无不无耻？"

阿年的声音有点哑了。

听上去，就要哭了。

被他吓的。

管止深五官清冷，当他听见电吹风的声音进了卧室，看她病了还不忘吹那部进水的手

欲语还休　Chapter 03

机，那一刻他生气了，以为她吹手机只为方默川一人，即使她不主动打过去，也是准备拿着手机等方默川的来电，等短消息，等他道歉，最后，两人和好。

家中接到姑姑的来电，说默川为了找她而发生车祸了。

管止深走到了卧室门口，阿年低头不看他一眼，他伸手轻轻一揽，她的额头便抵着了他坚硬的胸口。

阿年挣扎！

"别动！"他开口，"阿年，我是你的合法丈夫，这并不是玩笑，如果你哪一天点头，愿意不跟我离了，一半身家我真的就不要了。"

阿年发烧头疼，大脑一片混乱，被他吓来吓去已是六神无主，听了他这话，再次吓得缩了一下，从他怀里退出来，像个受惊的兔子，后背撞上了卧室的门，吓得，烦躁得，一个人躲到了卧室里。

关上了门！

就算有一天，她和方默川真的无法再走下去了，未来要考虑的恋爱对象，也不会是管止深，因为他是方默川的表哥。

雨还没有停下，一下就下了一下午加晚上，也许会就这样不停地下到天亮。

外面，管止深坐在车里，他今晚没有自己开车，司机刚从医院回来，分别送了放放回到家里来，送了爷爷回省委大院。

他把阿年手机扔到楼下时，家里没人。

家中的所有人接到消息，都去了医院看默川。

去医院之前，管止深叮嘱，谁也不要上去打扰阿年休息，放放点头，肯定不去打扰小嫂子。他最后望了一眼楼上房间的门，才真的转身离开，他怕阿年知道方默川车祸住院，怕她因此原谅默川。

车行驶在雨中，抵达医院。

司机提醒："管先生，到了。"

管止深睁开眼睛，抬起手捏了捏眉心，下了车。

一把雨伞举在他的头顶，他的司机。

他接过雨伞，进了去。

该走的人都走了，方云在，管三数也在。

"要被气死了，真不知道你这么闹下去我还能不能活得过五十岁！"管三数这话是对病床上的儿子说的。

管三数今年49了，生方慈的时候20岁整，方和管家人关系好，两家孩子从小就认识，到了年龄，两家的家长就做主给办了，从小玩儿到大的，也不讨厌。方云和管三数，小时候要好得情同姐妹，长大了嫁给了对方家里的亲哥哥。

友情上加了一层亲情，以为这样便是一辈子都能和和气气，互相扶持，可随着人年龄增长，管三数和方云同为学医的，同进了自己家中的医院工作，攀比中一个不让一个，就有了摩擦和埋怨。

管止深见方默川并无大碍，心放下了。

半夜，方默川发现医院病房门口有人看着，多半是老妈的主意。

手机响了一下。

他激动，号码是阿年的，一条短消息，说：我回了外婆家，回来再谈。

半夜管家的别墅里，去卫生间的放放被管止深逮到，管止深拿出自己的手机，放了阿年的手机卡，让放放帮他编一条短消息，发给默川，阿年完全不知道。

放放发出去之后往洗手间走，半只眼睛睁着半只眼睛闭着晃晃荡荡的："困死啦，你不自己编，谁回外婆家了呀，知道给你媳妇儿做早餐，短信我编，我不是你亲妹妹一定是捡来的……呜呜，厕所门在哪边。啊！"摔了一跤，接着没声儿了。

医院。

方默川快速度地回复了一句：好，不要生气。

管止深一键删除了短消息，上楼。

方云出来望了望楼上方向，还是不放心，拿了药噔噔噔上楼了。

"妈，怎么还不睡？"管止深刚进卧室，就听见敲门，打开门问。

"我给阿年量量体温。"方云说着就进去了。

阿年睡着，睡得不是很熟，昏睡状态所以醒不过来，量完体温，方云摇头说不行，得再给吃一遍药，不然到明早就烧坏了。

一边弄了药，一边说，明早吃点东西就得送去打吊针。

管止深摸了摸阿年的额头，很烫，她好像冷，抱着被子缩了一团儿，他担心阿年身体，几年前就知道，她爱生病，是小时候的问题。

管止深抱起阿年靠在自己身上，方云把退烧的药拿过来，放进阿年嘴里，用勺子喂着温水。

阿年咽不下去，方云勺子里的水洒在了阿年身上，湿了睡袍，水从睡袍的领口流进了阿年的胸前……

阿年半睁开眼睛，没力气。

以为是梦，听见方云说："这吃不进去药怎么办？唉！"

管止深蹙起眉头，心疼阿年，冷静地拿过两片白色片状儿的退烧药，放在自己的口中咀嚼了，俯下了身，嘴唇对准阿年的小嘴儿，一点一点把药给喂了进去。

自己的妈，他也不用避讳，他回头："妈，给我水。"

方云把温水递了过去，那白色药片很苦很苦，儿子嚼得眉头都不皱一下，喝了小口水，又喂给阿年。

喂完了水，他准备放下阿年。

情生以南

也许是动作较大，阿年睁开了眼睛，管止深的五官近在咫尺，他的气息，很热。

"吃了药，睡一觉就好了。"方云在一旁安慰。

阿年低头，昏昏欲睡地躺在他怀里不动，整个人病得发蔫，管止深含了一口水，再喂了她喝，她苦得皱着眉头。

没有力气推开他了。

"妈你去睡吧，有我。"管止深对方云说。

方云点头，见阿年退烧药也全吃进去了，叮嘱了几句，就离开了儿子的卧室。

管止深放下迷糊到看不清他是谁的阿年，拿了水杯往洗漱间走，喝了一大口水，双臂撑在洗脸台上，漱口，吐出水，再漱口。

口中很苦，白色药片，他生平第一次用咀嚼方式喂人。

他关了灯，只留下床头一盏小灯。

他下了楼，无目标地走向了厨房，而后出来，在楼下翻出了一瓶没开封的蜂蜜，他上楼，不知道蜂蜜这东西跟发烧有没有关系，他只知道它甜。

兑了半杯蜂蜜水，尝了一口，甜。

他刚把杯子放下，又传来敲门声，管止深走向了门口，打开门："妈，还没去睡？"

"阿年还没睡实吧？妈给她冷敷一下。"方云走到了大床边，"发烧了睡觉时就别给她穿这么多了，等会儿你给她脱了，利于散热。"

方云回头跟儿子说："你也早点休息，这都几点了。"

"我先洗澡。"管止深转身去了浴室。

管止深洗完澡之前，方云就离开了儿子儿媳的卧室，在浴室外再三嘱咐了儿子两句，管止深说记住了，方云才放心地走了。管止深穿着睡袍出来，身材颀长，弯身拿过手表，看了一眼。

已经是半夜了。

床上阿年安静地躺着。

管止深站在床边，俯身把阿年身上的被子掀开，阿年身上穿着他的睡袍，她侧身蜷缩着，像个病猫。柔软的料子贴在她身体的曲线上，深色睡袍，映衬得她露出的脖颈，泛着白皙细腻的光泽。

他抱起阿年，她口中许是吃药后太苦，小脸儿上表情一直不见放松。

管止深拿过蜂蜜水，喝了一小口，贴上阿年的唇，轻轻地撬开，将口中的蜂蜜水喂了进去。

他亲吻着她的小嘴儿，气息，渐渐紊乱。

次日清晨，家中吃早餐并没叫阿年，让阿年好好休息睡到自然醒。

该上班的上班，该出门的出门。

管止深一个人在厨房，做另一份特殊早餐。

在国外读书的时候，别人会做的简单早餐他都会。阿年下楼后，看到了他在做早餐，本想说自己来，可又真的不愿意跟他多说一句话。洗漱完阿年坐在餐桌前，趴在一张铺开的报纸上发呆，枕着手背。

心思走远了，在想，其实手机坏了也好，如果看了方默川的道歉短消息，接了方默川的道歉电话，也不知如何是好，不如冷静一下，再去面对。

9点整了，老式挂钟在房子里响，阿年无聊地转头，枕着手背的另一面，瞧见穿着白衬衫的管止深，在一楼厨房里忙碌的背影，他衬衫下隐约可见的男性背部线条，不知他做的什么早餐，阿年起来去了厨房。见到，他做的是三明治。

"不用这么麻烦，我不太饿。"

阿年觉得，他做的三明治真好。

"拿个盘子。"他说。

阿年进过他家厨房，知道盘子在哪，弯腰去拿，脸不小心碰到了他的胳膊，管止深转头，衬衫袖子挽到了胳膊肘处，手臂肌肤碰到了她的光滑脸颊。

阿年蹙眉，脸噌地一红，找……对，是找盘子。

阿年吃早餐的时候，管止深走过去，拿起阿年的牛奶杯，浅浅地，喝了一口。

"……"阿年。

一个上午，管止深都没有去公司。

阿年起初跟他单独相处在一个房子里，是不放松的。以前每次，是管放和方云她们都在，即使婆婆和小姑子不在楼下，起码还有一个王妈时不时地走出来在客厅转。上楼休息一般阿年也是一个人，他不出现，他大概是怕她紧张。

吃完早餐大概一个半小时的时候，家里来了个给阿年打吊针的，也不知道是谁叫来的，到了，量体温这些进行着，最后针扎在阿年的手背上。

吊针在客厅打的。

阿年歪在沙发里，背靠一个抱枕，困了可以睡一会儿。

她还没睡意，家中没其他人，管止深在那边长条沙发上平躺着，身高问题，他双腿交叠搁在了茶几上，男人这种姿势，挺好看的。阿年看他，觉得他是很缺觉的，他眼睛很红，比早上看起来还红。

阿年想提醒他，如果困了就去楼上睡，可又觉得这样说太奇怪了。

管止深不上去休息也不去公司，大有一副"君王从此不早朝"的架势。怎奈昨夜的"芙蓉帐暖度春宵"，是他偷的。

阿年在南方小镇生活时，接触的男生很少。

管止深记得，整条巷子，都没有年龄上适合的男孩子。阿年外婆是个明事理的慈祥老人，茶余饭后，搬个小凳子和阿年坐在外面。好像从阿年几岁开始婆孙俩就这样，婆孙不聊东家长西家短，外婆会讲阿年爱听的老故事，灌输给阿年一些好的思想。

情生以南

阿年多少受了外婆的影响，表面温顺，心里却有自己的想法，立场坚定。

舅舅、舅妈，把阿年当亲生的女儿一样。舅舅和舅妈怕阿年长大后会有想法，觉得自己不是舅舅和舅妈亲生的，心有间隙相隔，所以舅舅、舅妈，一直加倍地对阿年好。

站在管止深的角度，他认为，他跟阿年这样年龄的女孩子沟通，需要慢慢来，要有耐心和技巧，这种技巧其实极简单。跟阿年聊天，他琢磨，要聊些什么。阿年没有步入社会，没有正式工作，阿年生活中的一些事，他不了解，了解阿年生活中事情的人，是方默川，不是他。

为了沟通不冷场，管止深从她大学生活开始切入，他问她："当初去招聘会，你都考虑过什么公司。"

阿年看了他一眼，手打着针，不敢乱动，随口答道："大三的时候，说实话还没想过做什么工作。"

管止深没说话。

"我心太大了，是吧。"阿年窘迫。

他摇头："我没有这个意思，你别误会。"

阿年说。"大四的时候想过，想做杂志编辑，自我诋毁一下吧，就是我只会纸上演兵，人际交往上，实际不行。"

"最大的志向就是杂志编辑？你学中文的也不至于。为人处事，只要你有胆子，不远的将来你会变得不一样，人的潜力都是被现实逼出来的。"管止深讲。

他在脑海中转了转，学中文的毕业了都能做些什么？新闻工作者？阿年的专业方面他了解过，其实她也可以考虑文史类教师这职业。

思来想去，他没有给她任何工作方向的建议，怕她有压力。

未来工作方向，社会大小事上，阿年懂得不多，跟管止深聊这些，话竟然是无尽没完了的，她一直问，他一直给她讲解，彼此不厌不烦。

阿年听得无比认真，打针的手一直没动，聚精会神。

管止深不知道阿年平时都听些什么，接触的都是什么人，他讲的这些，是他和周围的人平时会常提的，阿年却什么都不知道，不能说这是无知，毕竟男人感兴趣的女孩子一般不会特别感兴趣。

阿年说自己英语水平一般，管止深点头。

见她好像丢人丢得都抬不起头了，他笑："我也没说你什么，你不是中文系才女吗？你们系主任说的，有长处有短处，这才是一个正常人。"

"才女？柴女吧。"阿年囧。

系主任瞎说的，在纸上、文字表述上，瞬间变才女，现实中本人张口说话，完全是另一个样子，所以貌合神离大抵就是如此。

由于阿年着重中文这一个方面，英语不好，所以就业面儿窄了些。不过管止深认为，阿年这只是读了个大学而已，每到毕业，总会有这样一部分人，根本不知道自己未来会是什么，就业方向也未必一定跟所学专业有关。

管止深淡淡地一句："英文学得不好，时间都拿去谈恋爱了？"

阿年抬头，他这个语气，这个表情……真是……

管止深的眼神，渴望暧昧，欲语还休。

一整天，他都是极度疲惫的模样，眼睛里血丝很重，他熬夜后的症状。

晚上，阿年先睡的，她没有担心没有怕。他在书房不知忙到何时，或许没有在忙，只是为了等她睡着他再睡。

次日一早。

阿年烧彻底退了，早上起来和放放一同进厨房帮忙。

不到7点，家里来了陌生人。

一个女人，从江律的车上下来的，艳红色的大衣，艳红色的嘴唇，高跟鞋加上美腿。

放放对阿年小声说："好火辣，这是个什么货？"

阿年看这个女的怎么有些眼熟。

"我找这个人啦，在哪里呢？"美女甜声细语，艳红色指甲指着杂志上的一幅图，阿年看过去，恍然大悟，她指着的杂志上那个男人身影，分明就是参加上海豪华游艇展的管止深啊。

阿年打量，她是传说中身材火辣的游艇比基尼宝贝？

来干什么？如果她是管止深在外面养的情人，大清早这样登门没顾虑吗？

"你找我哥？"放放问她。

红唇美女惊讶："你是他的妹妹？长得好可爱。"

"没有你可爱啊……"放放马上换了自愧不如的表情。

红唇美女只当放放人小不懂事，没计较。

"他在楼上睡觉，还没起。"阿年表情淡淡。

放放噔噔噔跑上了楼。站在门口敲门，连续敲了好几下，大声喊道："哥，楼下有人找你，你快下来吧！"

敲完门了，放放迅速跑下楼梯。

楼上卧室的门打开，阿年回头，视线定在管止深的身上。管止深是一副没睡醒的模样，白色衬衫袖子卷起，露出男人精壮的小臂，他的手上拎着一件西装外套，走下来，手指捏着眉心，先和阿年眼神有了相接，转瞬，他又看到红唇美女。

他走下来后，叫住转身的阿年："你干什么去？"

"去厨房帮忙啊。"阿年说。

管止深昨夜睡得晚，可能是没睡醒就被吵醒的缘故，眼睛里浮现的血丝更重，他蹙起眉，双眼皮的痕迹因此加深，别样一番男人风姿。

他点头，阿年去了厨房。

管止深问那个红唇美女，你怎么来了？

语气不暧昧，能直接从管止深的表情中感觉到，这朋友关系并不深。管止深问完了就朝外走，江律的车停在外面他看到了。那女的跟在管止深身后，两个人一路说着话走出去，那女的说，她是路过Z市。

江律下车，和管止深人手一支烟，男人倚着车身，一脸疲惫的管止深，在晨光中和朋友谈笑风生。

江律指着红唇美女，对管止深说："CC专程来谢你。"

"有什么感谢的？"管止深应付的表情。

CC拿出礼品，说："给伯母买的。你帮我忙我怎么不谢？游艇这个活动我和我姐妹们赚了好多，如果不是你的一句话引荐，轮不到我们，游艇宝贝很多，竞争其实也好激烈的。"

管止深薄唇上叼着烟，蹙眉："客气了。"

美女CC笑了："我也觉得不用跟闺蜜的老公说谢谢嘛，太见外了！可秋实知道我有活动来了Z市，非要我登门表示一下感谢。"

江律无语，这CC和李秋实虽是闺蜜，性格却属于两个类型，怎么就能成为从初中到大学又到同为28岁待嫁女的闺蜜呢？江律对这CC没好感，如果不是李秋实专程打过来，拜托他开车载CC过来道谢，他不会理CC。

CC放下东西，管止深明显不愿多聊，他困倦的样子CC看见了，知趣地离开。

那些CC给方云的礼品，王妈看到，出来都拿了进去。

管止深上楼，叫上了阿年。

阿年跟他身后，一前一后来到了卧室，阿年以为他有什么话要说，可是，进门他整个人就困意很浓地趴在了阿年身上，阿年重心不稳地往后倒去，两个人一起倒向了墙边，他俯身把脸埋在阿年的颈窝儿，蹭着，有一点香烟味道的薄唇摩挲在阿年唇边："不敢呼吸了？如果你觉得，我身上的味道让你记住了，并且熟悉得感到心安，那你要小心了，那是你爱上我的前兆。"

他戴着腕表的那只手抬起，修长手指揉了下她的头发，阿年推开了他，皱眉："管止深，请你自重！"

阿年对他的话感到厌恶，匆匆跑下楼。

早餐的时候，阿年说，今天下午离开。

方云诧异，以为阿年不会走了，也着实好奇阿年为什么不在这边长住？毕竟结婚了，嫁给了姓管的。

管止深在替阿年说话，碍于儿子，方云没说什么。

早餐之后，管止深要出去一趟，方云跟了出去，上车之前，管止深感觉母亲有话要说，就停下："怎么了，妈？"

"妈有些话就直说了。"方云回头看了一眼客厅，阿年在楼上。

管止深点头。

方云说："你媳妇儿年龄小，妈各方面都担待着她，可她把这个家当成旅馆？怎么隔些日子回来一趟，住一晚两晚就走？那未婚先孕的现在太多了！妈以为你着急结婚是她有了孩子，你们结婚之前她肚子没个动静也就算了，结婚后这么分居住着，我看她的肚子有动静太难！"

"不会。"管止深笑。

"还说不会！"方云一副不信的样子，"你说，妈对阿年可比对咱们放放还好，她要出去住？是她年龄小还是她对妈有意见？你们两个偶尔住在一起，妈和你爸这孙子哪辈子能真抱上？"

这些的确是个问题，管止深料到会有这一天，母亲惦记上抱孙子这件事，就不会轻易罢休。他跟母亲讲，阿年出去住，住的是大学宿舍，要七月份毕业了才能搬来这边，敷衍一时是一时。

方云知道儿子在搪塞当妈的。

阿年下楼，方云看到了就叫阿年过来沙发这边，跟婆婆说说话。

阿年心里忐忑。

方云让阿年坐下，直接就问："阿年，当婆婆的本不该管儿子和儿媳的事，可妈真是为你们着急，止深说，你和他认识很久了，结婚的日子短是短，可这结婚了就该到婆家来住，自古以来不就这样？阿年，你自己身体也不太好，大学这四年多半是三餐吃不好，你又熬夜，这身体怎么受得了？听妈一句，从宿舍里搬出来跟止深回家来住。"

阿年愣住，赶紧地解释说："妈，我住宿舍觉得很方便。"

"方便到哪？A大离咱们家一点都不远。"方云皱眉说，"甭管你什么时候去学校有事，咱们家的司机，还有止深，你随叫随到！退宿也不难办，一切有止深给你处理。再说，七月初离校，这都五月中旬了，也没什么课了吧？"

方云把阿年的所有理由都封死了，阿年也的确再找不到理由了，结婚了，正常夫妻是要住在一起，可这不是正常夫妻，管止深说过，一切麻烦障碍他解决，阿年是绝对不会因为一纸合同就跟管止深住在一起的。

每个月来两次他家，已经是力所根本不能及地勉强在做。

阿年说："妈，我跟他研究研究。"

"研究什么？"方云的表情，是生气了。

"……"阿年。

方云见阿年为难，心下就想多了，阿年老实，一点脾气没有，在她这个婆婆的旁观眼下观察，是阿年和儿子的相处上，总觉得差点什么，不够亲昵，对，方云觉得阿年和儿子一点都不亲。

甚至有的时候躲人，怕丈夫一样。

方云弄不明白，不了解现在年轻人都在想什么。可能儿子跟儿媳妇吵过架，动过手了？儿子让阿年这么怕？

方云心软了。"行，回头你们商量，妈是关心你，回这儿来住好处只多不少，有个什么事儿妈还能给你做主，婚姻里女人也难做。"

"谢谢妈。"阿年叫得生涩，一直都是。

方云和阿年聊了一会儿，气氛渐渐缓和，方云灌输给阿年的是，要守住自己老公，止深这人专一，执着，可这好男也怕妖女死缠。

阿年连连点头，说一定守住。

方云语重心长："这就对了。像今天早上来的那个女的，那德行的！妈年轻时没少对付！你公公这人年轻时也招女人，止深可比他爸强百倍，让人省心，可是也难保，止深这类事业有成的男人，就成了外面那帮女人眼中的草船。"

"草船？"阿年讶异。

"朝这草船发"贱"呗……"方云叹气。

阿年："……"

方云夸了儿子一个多小时，把管止深夸回来了。

方云问儿子，当初怎么认识的阿年？管止深思考片刻："见到了，就觉得这姑娘长得真好看。"

"是好看！"方云喜欢儿媳妇长相，看着舒服。

阿年脸烧起来，认真说："我外婆说，一白遮了我的百丑，我长得丑。"

管止深蹙眉，看阿年："你哪儿也不丑。"

阿年："……"

下午，管止深送阿年离开家中。

回到宿舍。

阿年拿出路上买的新手机，熟悉了一下功能。

管止深的手机号码阿年没有再存，怕方默川看到疑心。

阿年平时基本不给管止深打电话，每次都是他打来，阿年只记得他的号码是136开头，后面的数字没有记下，模模糊糊，反正136开头的数字蹦出，显示在手机屏幕上，阿年就可以一眼认出。

洗了一个澡，阿年躺在床上盖着被子，拿着手机看到上面的无数短消息，阿年犹豫，回不回复方默川的短消息？

进来一条短消息，还是方默川发来的，他问："哪天回Z市？我去接你。"

"……"阿年。

以前也发生过冷战的状况，那是冬天，距离除夕夜还有两天的时候。

阿年收到一条短消息，内容是说方默川和美女在夜店鬼混，发消息的人还拍了几张照片附上。照片里看出，一些人是夜店玩过后散场，有左正他们在，他们这些男孩子不如女孩子，乔辛、向悦早早回家过年了，他们和方默川一起在Z市鬼混，每年都要到新年那天下午才往家赶，雪天路滑开车，让家人们担忧。

阿年记得最清楚的，是一张有方默川脸的照片，被人挡着身体，下雪的夜里，一辆出租车前，方默川不知是搂着一个女人，还是一个女人搀着喝了酒的他，总之，看着暧昧。

阿年是他的女朋友，见到这种画面会生气，明明半个小时前打电话他还说，已经准备睡了，让她也早点睡。

阿年打了过去，他想也没想就在出租车上接了，阿年问他："不是说已经睡了，怎么这么吵？"

方默川顿时酒醒一半。

他是个心思细腻的人，很敏感。

问阿年："你怎么打了过来？还没休息？"

他印象中，阿年从不会查男朋友的岗，今天突然打过来直接问，方默川生疑。阿年二话不说，把照片给他发过来，就挂了。

那是晚上。

阿年把手机放在小炉灶旁了，锅里烧着热水，阿年是在帮外婆看着。而且厨房里通话外婆在屋子里听不见。

放下的手机，再也没响过。

经历这种事，女人一定会胡思乱想，阿年也不例外，以为和方默川的感情没准儿就会断在那天。用他手机发短信的人太神通广大，一定是他亲密的人，不然，哪碰得到他的手机。

阿年哭了，看着锅里烧到翻滚的水，锅底冒起了小小的白色水泡，再看一会儿，即将烧干了，阿年轻轻闭上眼睛，眼泪一滴一滴的，就掉在了手背上，抬起手，拧了炉灶的开关，关火。

一夜，辗转反侧。

次日清晨，阿年赖床了，心情不好，还有天气冷也是赖床的原因。直到外婆说默川来了，在外面，还有他的朋友。

阿年记得，自己当时听完在被子里就不动了。

在外婆面前，方默川什么也不说，阿年也不敢表现得很生气，怕外婆问起。

去了街角的小咖啡店，比不得Z市，咖啡一般，不过是坐着聊天的好地儿。

方默川就是这样的人，他怕手机中解释不清，阿年心里会疑惑，这个年过不好。他不光搞到了机票过来，还把事件当事人也带到了阿年面前。阿年听他说，看着那女的被方默川说得无地自容，头都抬不起，女人穿着白色的外衣，黑直长发遮住了脸。

原来是误会一场，只是这女的单方面想往方默川身边凑，方默川那帮人圈子里很乱，什么牛鬼蛇神都有。方默川也许一不小心就着了谁的道儿，但千万别让他知道。

马上过年，飞来阿年这边，方默川来了就没打算即刻走，准备留下过年。他弄到了来的机票，弄不到回去的机票了，阿年更没那个本事，也觉得他的做法不对，一掷千金地夺取别人春运期间难求的机票，专为解释这件事。

别人为我的钱所动，放弃了机票，我有什么办法？一个愿打，一个愿挨。——这是方默川的理由。

那个新年，那两个被方默川强带来当面跟阿年解释的女人，不知道怎么过的年。回不去Z市，南方没有认识的人。阿年看她们委屈在方默川的愠怒眉眼下，有些无奈。

方默川那时跟阿年保证，以后，再也不会发生类似的事害她哭。

这次那个叫"雨宁"的指着他鼻子说，他却头都抬不起来，那么所有指控都是事实？阿年不知道男人究竟是怎么回事，可以心中爱一个，手上碰一个。

她没有回复方默川的短消息。

睡了一觉，晚上了，手机响了几次，是方默川打来的。吵醒阿年，阿年看了看，没回复他。手机上显示还有舅妈打来的电话。

阿年起床，给舅妈回了一个电话，讲着讲着就掉眼泪。

晚饭在A大附近吃的，和向悦她们。

阿年说，想家了，准备回南方一趟。

当晚订的机票。影子她们都建议她回南方散散心，呆些天再回来。

早上阿年在出租车上，去买了北方的特产，而后接到管止深的来电。

阿年对他撒谎说："我还没起，再见。"

挂了之后，阿年又后悔了，怎么对他撒气？跟他也没关系。

机场。

阿年办理好了一切，拉着拉杆箱往安检口那边走。Z市的机场太大了，人多，一步，两步，三步……阿年低头看着手表的时间，突然，身后是谁抓住了她的拉杆箱，包括，把她的手一并抓住了。

她回了头，喧哗的机场中，他的样子静止，让她找不到任何一个适当表情面对。

阿年错愕。

管止深这个男人怎么无处不在？

阿年的航班是10点多的，现在才不到9点。

他的手还没放开阿年的手，说道："今天我有事要飞其他城市。"

阿年是觉得巧。

管止深从她的手上拿过旅行箱，立在身旁，拿过阿年手中登机牌，他一手拿着登机牌拉着旅行箱，一手攥着阿年的手带她走。

他说："跟我到那边休息一会儿。"

阿年把手从他的大手中抽了出来，他很自然地放开了阿年，只是他没放开她的小小旅行箱。

阿年不走了。

他回头："想在机场里跟我拉拉扯扯被人拍?"

阿年当然不想。

到底还是跟着他去了机场里一个喝东西的地方，喝东西的这个消费，对于阿年来说简直是在做冤大头，还没上班赚钱，囊中羞涩。他要了两杯喝的，阿年要的可乐他给果断地否了，换成鲜果汁。

阿年坐在他的对面，低头喝东西。

他没有问阿年去哪里。

他垂首，手上翻看一份报纸，喝的东西在他面前俨然成了摆设，或者他不习惯喝这里的东西，只是坐下等待时间而已。

十点钟很快就到了，阿年起身，拉着旅行箱跟他说了再见。

他点头，没有理会。

阿年头也不回地过安检，准备登机。

四个多小时，抵达阿年长大的城市。

坐车，再去小镇。

进了街里就有人跟阿年说话，问阿年，回来看你外婆了啊。

阿年点头，说是啊。

一路走到家，跟人说话浪费了些时间。

没有告诉外婆和舅妈、舅舅说今天回家，拉着旅行箱往家的方向走，心里激动。

阿年舅妈在外头择菜，听人喊说阿年回来了，出来接的。

到了家里，外婆让阿年先洗澡换一身衣服，睡一觉休息。阿年睡了不到一个小时，舅妈叫她吃晚饭，熟悉的亲人和菜肴，吃得特别开心。

晚上，阿年睡得还是很早。

次日清晨，阿年刚起床，洗了脸早餐还没吃，手机就一遍遍地响了起来。

打着哈欠去接了。

欲语还休 Chapter 03

"你好，请问是……"

那边说话，阿年一听声音，立刻就知道是管止深，他用的另一个号码，这个号码显示的归属地是这个小镇。

他来了这边？

手机号码新买的？

早餐阿年吃得走神儿，琢磨他究竟是来干什么的，不是出差了吗，怎么出差到这个小地方了。还神通广大地知道她家住在哪里，阿年缩了缩肩，这人简直太可怕了。

"阿年怎么了？"舅妈给阿年夹了菜，问。

阿年摇摇头："没事，天气暖和喜欢呢。"

"你自己在那边，得注意天冷多穿，别管好看不好看，身体重要。"舅妈嘱咐。

阿年点头。

从小在这边长大，一到冷天，阿年就被舅妈穿上很多衣服，人长得不大，穿得像个球，不过的确暖和。

外婆和舅舅问阿年，在Z市见到了爸爸和奶奶这些亲人了吗？阿年点头，诚实地说见到了。但阿年没说四合院的事情，没说已经登记结婚的事情，只说爸爸非法集资马上要被判刑了。

阿年外婆放下碗筷："你爸那人活该！不是什么好人，否则你妈也不能早早地就去世……"

"妈，别提了。"阿年舅妈放下碗筷，安慰婆婆。

阿年皱眉。

上午十点多，温暖阳光普照的街上，阿年遇到了管止深，几分意外，也有几分不意外。

"你很厉害，这都可以找到。"阿年没什么表情。

管止深跟她这样站在窄窄的小街上，四处是人，他开口："所以，你怕我这样的有心人接近了么？"

阿年摇头。

有心无心，都改变不了什么。

阿年低头跟他往街的那边走，不想在街中间说话，被人看到会说闲话，外婆舅妈听见不太好。

跟他走在一起，回头率简直不忍抬头直视。

管止深离开Z市，身边没有了别人的陪同和跟随，他很轻松。他身上穿的是昨天的衣服，显然没换，也没有看到他带行李箱，这真的是出差来了？

他让阿年带他去买一套衣服，走在街上，穿了一身正式西装，会不自在。

阿年也这么觉得。

可是，这小镇买什么衣服给他？

阿年只见过他穿西装的样子，不知道他穿平常衣服如何。上了出租车，到街上找了几家店，里面的男士衣服都不适合他穿。

管止深完全是在跟着阿年走。

阿年带他去了小镇上最贵的地方，他选了一件白色衬衫，领口两颗扣子敞开，袖口微卷起，他还选了一条浅灰色休闲裤，阿年看了看他，再看了看店内模特海报，他应该能穿的，海报上的欧美型男腿也很长。

试衣间试衣服的人排队，管止深蹙眉，阿年觉得他可能不习惯排队试衣服这种事，下意识地抓着他衣袖，让他别走，马上就轮到他试裤子了。

"不用试了，买几条回去试。"管止深拿过裤子，准备刷卡走人。

阿年闷头把他扯回。"白排这么久了。"

管止深看她，咳了一声。

到他的时候，阿年把裤子给他，让他去试一试，试完不太合身。服务员换了一条，给了阿年，服务员转身就被别人叫去了，那就只能阿年送进去。

他在试衣间里，只穿了一条内裤，西裤在一旁放着。

阿年尴尬，低头给了他。

一身普通的衣服走出去，他变成很有气质的温和男子。

管止深跟阿年走在街上，他双手插在裤袋，衬衫袖下露出半截结实手臂，方默川暂时不会告诉阿年他住院的事，他怕阿年知道后会心软去医院，那岂不是再次让阿年和管三数碰了面？有了上一次管三数给阿年难堪的教训，方默川再也不会重蹈覆辙。

阿年外婆打给阿年，让阿年回家吃午饭。

接完电话，阿年转头对他说："我先回家吃饭了。"

管止深看她："我手表在你那。"

阿年拧眉。

他换衣服时手表给了她拿着，换完衣服和换衣服的中间，他没要回去吗？阿年看他手腕，手腕上没有手表，阿年心一惊，丢了？丢了么？怎么丢了？

一点印象都没有。

阿年心慌意乱地在衣服口袋里翻，可是，翻来翻去就是找不到了。

她抬头问他："我没还给你？"

管止深蹙眉。

错愕地对视了一会儿，阿年只能道歉，说以后赔给他一块，虽然未必赔得起。可是阿年心里不服气，也许是他自己弄丢的，中间真的不记得到底还给他没有。

好心好意陪他买衣服，却出了这事。

阿年表面道歉，一口一个对不起，会赔。

欲语还休

Chapter 03

管止深的表情上有一些严峻："手表算了，可以去你家吃午饭么？我早餐没吃就来找的你。"

阿年无语，这么可怜？

听着感觉是骗人的，开始怀疑他手表没丢，藏在他身上他就是想去蹭饭吧……

他叫了一辆的士，的士停下，他回头攥住阿年的手，让阿年先上车。车内的卫生情况良好。

阿年对的士司机说去哪里，的士开走。

前后车窗都打开着，车开起来，风吹得阿年头发乱了，小镇这边天气好，没到最热的月份。车辆行驶速度缓慢，阿年心里琢磨，怎么跟外婆介绍他？

到了外婆家。

下了的士他一直走在前，就在阿年担心他别走丢时，他却好像带她去他家一般，熟门熟路地到了外婆家门，这让阿年更加错愕。

他回头："我脸上有什么？"

阿年在盯着他看，摇头："没有，我好奇你怎么知道我家门牌号？"

管止深没有回答。

阿年舅妈此时经过门口，看到两个人很诧异，问阿年："这位是？"

阿年紧张，到底要怎么介绍。

"他是，我毕业后上班那家公司的老板。"阿年这样说。

"是阿年的上司啊，快进来坐！"阿年舅妈热情地招呼着管止深进去。

阿年跟着一起走了进去，心虚中。

阿年外婆出来了，听着儿媳妇介绍，说这位是阿年的上司。阿年说他叫管止深，是来南方出差的，恰好来这边游玩，经过这里所以才碰到了，邀请来家里坐一坐。

管止深很礼貌地跟长辈逐一打招呼。

阿年舅妈一心为阿年未来的工作着想，让管止深一定在家里吃了午饭再走。

他点头，恭敬不如从命。

阿年在一旁觉得很痛苦……自从认识管止深，开始跟方默川说谎，开始跟他一起欺骗方母这个善良的婆婆，来了南方也不走空，还要骗舅妈和外婆。

阿年舅舅要晚上才回来。

午饭的饭桌上，管止深话并不多，阿年外婆和阿年舅妈的话比较多。阿年听外婆在问，Z市和小镇上这边的差异。

管止深从容应答，他和方默川不太一样，以前方默川是听着外婆问，方默川老实回答，怕说错了什么，说完就低头吃饭，很像老师提问，同学回答。可是管止深毕竟34了，平时接触的人事和方默川接触的不一样，他和外婆深入交谈，从现代社会一直聊到了解放前。

外婆说起了蒋介石、孙中山，又把话题延伸到了张作霖身上。

阿年听得头大。

午饭之后，阿年听到外婆在问管止深："我们这儿的菜你们北方人还吃得惯吗？"

阿年和舅妈在收拾桌子，看了管止深一眼。

管止深扶着腿脚不好的阿年外婆，点头："吃得惯，以前在这边住过一年多，那段时间都在吃这边的菜。"

外婆被他扶着坐在了外面的摇椅上，晒晒太阳。

阿年舅妈在厨房问阿年："只是你上司？"

阿年舅妈看着俩人不像上下属那么回事儿，兴许多疑了，不过阿年舅妈看人很少差过，这个男的对阿年那点心思，都在眼神里。

"真的就只是上司，不是很熟。"阿年低头说，有那么几分不自然。

阿年舅妈没再多问。

"去把水果端出去。"舅妈催阿年。

"嗯。"阿年很不乐意地端着水果出去。

管止深在门口，跟坐在椅子上的外婆聊天，阿年外婆身体越来越不好了，老人一身病，前段时间刚病重住院，心态乐观地配合治疗，所以挺了过来。现在外婆不能长时间站着，就在摇椅里半躺着。

外头地面是石板铺的，有了裂缝，缝里也长出了青草。

"外婆，吃水果。"阿年端出水果来。

从门口迈出去几步就是巷子里的小街，有人经过就会朝阿年这边看一眼，估计就顺便把管止深当成了阿年从Z市带回来的什么人。

阿年外婆看了，让阿年扶她进去休息一会儿。

阿年把外婆扶进去，出来时，管止深正站在门口抽完了一支烟。

他回头，看阿年。

"我外婆让我带你四处走走，你有特别想去的地方么？"阿年问他，没想到来了南方一样躲不开他，现在外婆下令，让她尽到招待的责任。

她招待得心不甘情不愿。

管止深说，随便吧，哪里都可以。

见他如此，阿年有些愧疚，是不是自己态度差？导致他没心情。阿年进去拿了一件外套，带了钱和手机跟他走了。

中午过后，天气闷闷，让人有点昏昏欲睡。

从北方到南方，他除了一个人其他没带什么，开车除非现在买、租，可他显然不是爱显摆的人，所以多富贵的身份，这会儿也要听她的。

他不是阿年想象中的样子，她以为他不食人间疾苦什么都不懂。可他叫出租车比她叫得自然，付钱的时候许是太大方了一点。

情
生
以
南

　　这一路走出了小街，他的视线一直流连在街上，前后左右在看，偶尔阿年走着走着，就见他回头在看什么，可是，他到底在看什么？

　　管止深蹙眉，那栋老房子，才几年，已经变成了另一番样貌。曾经的这条街上，有过他的身影，阿年的身影，只是，时光把那两道影子拉长，分开。隔了山，隔了水，再次重逢，是在Z市。

　　这是否，叫做宿命？

　　出去小镇阿年走得累了，小镇东有一个能游泳的地方，这是距离家最近能走一走看一看风景的地方。来这个小镇上游玩的人也会来看一看，游泳的人也多。

　　人虽然多，可比旅游旺季少很多，现在来最合适了。

　　他……真的准备下去游泳。

　　他买了岸上商店卖的泳裤，阿年买了两支冰棍，三元一支，其实家附近才卖8毛钱一支。管止深接过一支。

　　他问："看我干什么。"

　　"你挺没架子的，冰棍，批发价八毛。"阿年说。

　　他反应了几秒钟，突然点头说："那我跟你过吧，穷也无妨。"

　　阿年："……"

　　别开玩笑，一点都不像玩笑。

　　管止深敲了下她的小脑袋："八毛不稀奇，我小时候吃的两毛一支还算贵的。"

　　跟他往小沙滩那边走。

　　阿年问他："手表是不是被你藏起来了？"

　　"没有，真丢了。"管止深说。

　　阿年低头，没说话。

　　他下水了，恍惚地轻语了一声，你什么时候能把自己弄丢。

　　他在游泳，阿年在远处踢着沙子，时而抬头看一眼他的那边。

　　一个人不知道玩什么，提不起兴致，回来南方家里一趟以为心情会很好，可是，变得有一点糟糕。

　　在卖水的老奶奶这儿买了一瓶水，坐在冰柜前的椅子上喝，跟老奶奶聊天，后来有人来买水，她就闭着眼睛感受家乡的阳光，居然被晒睡着了。

　　睡得很安静舒服。

　　直到，阿年被熟悉的气息和声音吵醒。

　　睁开眼，管止深就站在她的眼前，他手中提着一双鞋子，是她的，他轻声说："四点多了，如果困就回去睡。"

　　已经这个时间了？

阿年四处看了看，的确，人少了。

管止深蹲下身，帮阿年把赤裸小脚上的沙子弄掉，准备给她穿上鞋子。阿年唇干干的，低头说："我自己来，谢谢。"

他蹲着没有起身，阿年就在他眼前弯下腰穿鞋，黑发在他唇边轻拂过。

回去小镇的路上，他走在前，高高的个子，宽厚身型。

阿年一直跟在他身后，抬头看他背影。

他只穿了裤子，把今天买的那件衬衫拎着拿在手里，从裤袋里掏出烟盒和打火机，抽出一支烟，蹙眉点上了。

一路从原来走过的地方走回去，小镇这边路上行人很多，阿年和他路上没再说话，不看周围，各怀心思。

突然，"轰隆"一声。

声响巨大，阿年吓得站住不敢动了，管止深也愣住，声响震天，他回身抱住了阿年，大手抚摸阿年的后脑安抚："别怕，没什么事，你听，没声音了。"一边安慰，管止深一边望向这个街上。

周围的人皆是惊恐，然后，声音很久像是从街头传过来的，一个传一个，传到了这边，是哪个工地爆破，属于正常情况。

"是工地实施爆破，没事。"他对她说。

阿年心跳渐渐平缓，这感觉就像寂静黑夜走在无人的路上，突然被人拍了一下肩，回头被一串鞭炮突然炸了是一样的。周围行人都拍着胸口松了一口气，阿年恢复了，才知道尴尬。

他笑，转身穿上衬衫。

某年某月，某人的温软的唇，惊怕中亲吻了某个男人的皮肤，结实胸膛，最接近他心脏的位置。

情
生
以
南

Chapter 04 ◀◀◀
不知忧愁为何物

　　阿年外婆对管止深说，别嫌家里简陋，洗澡的地方估计比不了Z市你家，但管止深不嫌弃。

　　阿年听外婆的话，把他的另外一套衣服准备好，等他冲完身体出来换上。

　　突然觉得，外婆怎么这么喜欢他。

　　怎么不曾对方默川这样热情？

　　舅妈对自己老公说："你觉不觉得，阿年说这个是她上司，是骗妈和咱们。"

　　阿年舅舅是个看上去就让人放心的男人，洗衣做饭什么都会，花钱也省，阿年舅舅说："阿年说是上司，那就是上司，错不了。阿年的男朋友是那个方小子。"

　　阿年舅妈剁饺子馅："阿年很长时间没回来了，这孩子从来报喜不报忧，你知道在Z市发生了什么变数？兴许和方小子早就分了，那个方默川当兵三年，家庭好，出身好，一天没扯证，一天没结婚这事儿都没个谱儿。"

　　舅舅点头："一晃阿年过去三年了，都没听阿年说过见方小子爸妈。"

　　"就是！一年里发生多少事儿？阿年分手了不告诉咱们，不让咱们知道，怕咱和妈担心也说得过去。妈身体现在不好，阿年更不会说了。"阿年舅妈想了想，又说，"那么说就对了，你看啊，阿年这次回来，没提过一句方小子。也没见跟方小子通宵聊电话不睡觉。八成就是分了，新人带来了不好意思跟咱们说。"

　　阿年舅舅憨厚老实，老婆分析的他认为挺对，点头叹气："孝顺孩子。"

　　"晚饭之后走？"没人听见，阿年才问他。

他点头。

阿年笑，仿佛在说太好了。

阿年的房间很小，东西也少，一个衣柜，一台电视机，一盏台灯，一张单人床。管止深斜倚在阿年的单人床上，无处可坐。阿年坐在椅子上看电视，动画片，除了广告这个时间没什么看的，房间里没个声音也怕相处上不大自然。

他问："默川以前来了都做些什么，会不会无聊？"

"不会无聊。"阿年回忆，"看电视，到处走一走吃美食，抱着笔电整宿地看动漫和拳赛，他就这么消磨时间。"

管止深不语。

"你喜欢看那些吗？"阿年好奇，问他。

"……"他无视了。

阿年无语。

许是太困的原因，他的声音尤其沙哑："不知疲劳地从Z市追到小镇，这么明显，你认为我是过来出差么。从小到大，没有受过任何人给的不好待遇，阿年，你却总给。我快乐，我痛苦，都可以跟你没有关系，我不需要安慰，可是，别赶我走，玩笑也不行。"

阿年听着，错愕得不敢回头。

手捏着遥控器，张了张口，不要说让她回应一句完整的话，她就连一个字都说不出口。安慰一定给不了。

阿年的舅舅敲门，说马上吃晚饭了。

管止深收起一切不该有的情绪，阿年低头先出去。

晚饭的餐桌上，阿年舅舅留管止深今晚一定住下，管止深随便找了个理由拒绝了，说出差还有事要忙，舅舅没再挽留，男人，当以事业为重。

阿年低头吃饭。

管止深离开，阿年受外婆的命送他出小巷子，落日余晖将尽，阿年转身回了家。

凌晨5点多，阿年被手机来电吵醒，头疼地起来接了："嗯，小悦，这么早怎么了？"

"方默川一开始知道你回了你外婆家？他妈打给我找你，我这才赶紧打给你。他脑袋受伤住院了，不知道默川听谁说了什么，说你跟别人一起回的南方！昨晚在医院对拦着他的护士和医生发了脾气，差点动手跑了出去，他妈妈查过了，他订了机票已经离开Z市。"

向悦问阿年，默川怎么跟捉奸一样？

阿年稳定不了心跳地说："先不说了，我问问……"

挂了，阿年拨了一个号码。

手机不通。

Chapter 04

不知忧愁为何物

情
生
以
南

起床匆忙穿起衣服，阿年洗完脸拿了件薄外套，天刚蒙蒙亮，打开家门跑出了小镇的巷子。

阿年一口气跑到了巷子外，站在路口喘着气，打给向悦："帮我问问，问问左正他们，谁帮默川订的机票，还有，他们了不了解默川到底怎么了？怎么会突然发脾气就来了南方？他头上受伤怎么回事？"

最后一句，阿年声音哑了，跑得口干，喉咙也干，接着脑海里都是方默川以前受伤后的样子，那太可怕。他打架向来下死手，哪怕打得会跟对方同归于尽，也不愿留着命吃别人的亏。

阿年到了街上那家旅馆，进去，拨管止深的手机。

他关机了。

小镇范围不大，如果管止深出现在方默川的视线里，就解释不清了。

阿年进了那家旅馆，跟前台的人再三沟通，才知道管止深已经离开了，不知道去了哪里，前台的人只说他退了房了。

早饭时，阿年舅妈问："阿年，管止深那个你上司，今年多大？"

外婆和舅舅也好奇。

"有二十七八？"舅舅随口问。

阿年抬头："他……今年34了。"

"34了……"阿年外婆脸上的慈祥笑容僵住，叹气，"比咱们阿年大了整整12岁还多，阿年生日是阴历十二月二十九的，腊月里生的，要是数着日子算，才够21……"

阿年觉得，外婆和舅妈舅舅误会了什么。

8点多，阿年的手机响了。

是管止深的号码，136开头的，阿年接了："你在哪？"

阿年站在街上看旅馆方向，以为，他会从旅馆出来，以为，他还在小镇上。

"十分钟前，到了Z市。"他疲惫的声音。

Z市？

一转眼已经在Z市。

将近9点，阿年坐在邻居家门口的木墩上，抱着膝盖被阳光晒得就要睡着了，整个人缩成了一团儿。

方默川一眼就认出了阿年。

他蹲下身。

感觉到了有人，阿年抬头，抬头看到近在眼前的方默川。

他看她，不敢说话。

阿年看他头上的伤："怎么回事？"

方默川笑说："阿年，我真的不是来博取你同情的，可是，现在能换来你的心疼也好。找你，那天下了大雨你记得吗，我到处找你，我妈在电话里不停对我说杜雨宁，我车被撞了，被几辆正常行驶的车一起撞了。"

"……"

阿年吸了一口冷气。

先没有去见外婆，阿年和他随便走了走。

有些话要说开的。

坐在小镇东边的一处山坡上，阿年低头，手指揪了揪草叶，拇指和食指的手指尖，染上了草叶的青绿。

方默川语速极慢，艰难地说："阿年，认识你时，你一个男朋友没交往过。我呢，我身边早已不缺女孩子了，可是那些女孩子，要么仗着老子有钱走到哪儿都只记得炫富，要么就是衣着暴露，浓妆艳抹逛夜店，还跟我装得多清纯无瑕。没有我喜欢的类型，见了她们这帮富家小姐，烦。

"认识你，是我大二寒假的时候来这边玩，我没在你身上见到那些讨人厌之处。我观察了你一段时间，你是不是真的有那么好，是不是真能让一个挑剔的男人为你倾心。我发现，直到追你的时候我都不知道你究竟哪里好，我带你认识我的朋友们，从他们旁观者的口中我听见了你究竟有哪些优点，可我从来不夸你，我怕我夸你，你骄傲了，你看不上我了，甩了我。我不自信，我知道如果有很成功的人跟我抢你，如果他让你动心，我未必赢。所以我总逗你，我说你长得一般，身高一般，聪明一般，配一事无成的我，刚刚好。

"刚开始交往，我没想过结婚，没想过我爸妈同意不同意这些问题。我从初中开始，大小假期我的朋友们都会组织一次旅行，作为辛苦学习一学期的犒赏，其实我们就是不想放假了也在爸妈眼皮子底下。从认识你开始，我们旅行的地点必然是这个小镇，因为有你在。我身边的朋友换了一茬又一茬，你和我的关系却没散。从最初一群人跟我来小镇上旅行，到最后他们来这边来腻了，换成最后只有我一个人来，暑假多少天，我就在这儿呆多少天，寒假多少天，我就在这儿呆多少天，过年前一天才肯回Z市。有一年，我突然想见你外婆这个家长了，故意说没订到票不回Z市去。

"我了解你没有妈妈，爸爸在北方Z市附近的城市，我了解你家的一切。我想，我搞定了你外婆，你这姑娘一定是我方默川以后能带走的……最后，我真的就把你带走了。你跟我来了Z市读大学，同时我也意识到，我把你带来了这边，接下来我们怎么办？我想到了结婚。我第一次因为你打架的时候，你吓哭了，跟我生气说分手。阿年，我意识到我只会打架，其他什么也不会，我想我除了跟你结婚我不知道怎么才能保证你不离开。我不夸你漂亮，不夸你可爱，我原本是想让你迷着我的。可是为什么到头来永远是我不自信，永远是我怕失去你？

不知忧愁为何物

Chapter 04

"我不止一次想过这个问题，渐渐我懂了，因为我没有想跟你结婚就能跟你结婚的本事，我说服不了我妈，我只说服了我自己，那个一点本事没有只能靠父母的我。可是只有我想娶你有什么用，为了你抛弃我的父母？为了父母抛弃你？都不可能。我居然想不到两全的办法。我们朝夕相对整整一年，我没有一天有能力把你带到我妈面前让她见一见你。

"我去当兵，我懂我如果不去当兵就会一事无成，纨绔一辈子就这么到底。我妈和我谈，我妈要我前程似锦，我要我妈能接受你，我妈点了头。

"我要服役三年，刚开始两年好好的，我经常有机会回来Z市，我妈也不阻止我见你，我那时候真的相信我妈没骗我，再等一年，只要我再等一年，我就退伍回来了。可是第三年，我发现变了，我不再有经常回来Z市的机会，过节我也在部队里出不来。我恨我没有能力，25了，不及别人那么自由。

"我就猜，先前答应我的是不是我妈在哄我？让我好好地服役不犯错。其实她根本不想我跟你在一起，杜雨宁我小时候就认识，她动不动就哭，我们从小认识，圈子里的人都好奇，日后谁娶她这个麻烦精？可是我妈把她送来了我身边，我妈说，正因为杜雨宁蠢，自以为是，给两句好话立刻不知道东南西北，才适合做我的妻子。

"在北京，我被灌醉了，我不知道酒里有没有其他成分，我差点跟杜雨宁发生关系，你跟你二叔来北京那次，杜雨宁的确在北京，我不能出去见你是另有原因。违反军纪惩罚严重，唯一一次，我想回Z市了，我姑父不准。"

方默川抬起头，眼里的泪光和阿年的一样。

他看阿年："阿年，你懂了吗，我妈对儿媳的要求并没有贫富之分，即使我要娶一个有钱的千金，但她聪明，我妈就不允许。我妈要一个蠢到可悲的儿媳，我妈强势，儿媳妇不听她的摆布那怎么可能？杜雨宁，如果我娶了，不出五年，杜雨宁会变得哭都找不到合适地儿。"

方默川在小镇旅馆住下了，阿年让他去医院，他却说头上的伤没事，没有那么重。

他洗澡出来，穿了一条白色休闲裤，棕色皮带。方默川瘦，在部队三年身体锻炼结实了，有腹肌了，胸肌也匀称。阿年一直期望方默川能成熟，可是，谈何容易？从少年时心里就没扎下任何志向，成年再空手奋斗，试图反抗能给他一切的母亲，他还来得及吗？

阿年让他给家里打过去，报一个平安。

方默川不打，不认为有这个必要。

他趴在床上，精瘦的身体上有疤痕，是什么东西抽的，一条一条，结痂后这伤痕变成了暗色。

阿年第一年到Z市的时候，有女生找过阿年的麻烦，阿年那时才顿悟，方默川是很抢手的男生。阿年亲耳在食堂听人花痴地说，"方默川和左正不会有基情吧？他俩都那么白，我见过的长相最干净，最帅，最标准的男空乘，都不及他们。"

方默川在A大有一美名，形容此男五官，得用——仿若桃花正吐芬芳时。可是因为这话，方默川教训过一个暗恋他，在书上写下这句话的学长。——都是爷们儿你他妈不去找女生在这儿意淫老子？还他妈吐芬芳！怎么吐？方默川亲手把沐浴乳盖子拧开，沐浴乳倒进那人嘴里，很快那人嘴里起了无数泡沫，亲口吐了一把芬芳，方默川看爽了才罢休！

以前的左正一点不压事儿，也很混账，指着那人脑门儿好笑地警告——下次再意淫我的男人，非让你嚼一整块的舒肤佳。

在小镇上安顿好了方默川，阿年一个人回了家。

一路上，阿年表情难过，她不喜欢在人前哭，现在是心疼方默川了？摇头。就这样原谅他了？也摇头。想家了吗？人就在家乡想什么呢？

阿年自己也不知道因为什么而难过。

接到管止深来电的时候，她在自己房里的小床上闷着自己，手机搁在耳边，传来他说的话："阿年，明天回来Z市好吗？"

小镇上的旅馆里。

方默川打给了左正，点了一支烟斜倚在床上抽了一口，闭着眼睛对左正说："我不管你用什么办法，帮我去查一查，我表哥管止深这两天出差去的目的地，到底是哪里？从他订的机票上查吧。"

阿年接完管止深的来电不久，向悦的电话打了进来。

"阿年，我去套左正的话了，左正也不清楚到底谁告诉的方默川，他样子也不像是撒谎。在你背后戳坏的这个人，一定对你的行踪了如指掌啊。机票不是左正、乔易他们订的，我哥说，这个背后说你的人很明确地告诉了方默川，你是跟男人一起去的南方。"

"他的伤怎么回事？"阿年暂时先把那个问题搁着了，靠打听不容易打听到究竟这个人是谁，转而问方默川的伤。

"找你的时候出车祸了，人没大事，车报废了。那天下了大雨吧，前风挡视线本来就模糊，他妈一直烦他，他就没看清灯是红的还是绿的，车开了出去。"向悦特意去打听了这起交通事故。

自打听说方默川和杜雨宁的这件事，向悦心里隐隐地就对方默川有了一点看法。以前大家天真地认为，只要方默川一心一意对阿年好，一切不成问题，可是现在，方默川和阿年面对的这些艰难，是以前大一到大三，甚至大四前半年，作为阿年朋友的向悦和乔辛，都不曾想过的。

以前大家那么无忧无虑不知忧愁为何物。

方默川不一定准是扶不起的阿斗，不一定准是一块儿朽木，从小家中教育方式严重不对，家长给他灌输的进取思想被势力扭曲。阿年不跟他同居，正是怕方默川轻易得到一切想要的，仍是贪图眼前享乐，继续纨绔地依靠母亲。

很多人说，这样的富家子弟，他日依靠家人一定是前途大好，一般人也就高攀不得。所以，等方默川他日有所成就了，哪会记得一个大学时被他爱过的普通女孩子？也有人说，男人到了一定的年龄，心会变的，喜欢的那种女人，不再会是年少轻狂时爱慕的，青涩单纯的。

以前阿年跟方默川吵架，在宿舍里大家轮番安慰阿年。可向悦那个直爽的性格，会忍不住发火儿，不想劝阿年和好，不如就真的分一次给方默川一个教训，哪有那么往死里打架的？真想让阿年以后嫁给了他守寡？就算仗着他姓方的在Z市很牛，可人的命不是Z市的什么人来收，阎王他老人家不会买你方默川账的！

阿年也很萎靡，不知道如果真的以分手收场，下一步要怎么走才自然，不至于太可悲。她跟外婆舅舅和舅妈保证过，方默川不是不好的人，请放心。来了Z市阿年全为了他，分手之后难道要狼狈地滚回南方？

方默川的专一，阿年的朋友们都亲眼所见。这会儿搞出来一个杜雨宁，向悦和乔辛在宿舍里轮番长吁短叹，乔辛说："阿年没跟方默川同居明智！真同居了还得上演从家搬出来的戏码，多伤心的一道程序！"

"男人都是得寸进尺的！方默川现在没得到阿年当宝贝，谁能一眼看到他以后是什么德行？万一同居后方默川不珍惜阿年了呢？哪还会在乎阿年是不是伤心。不管结没结婚，只要同居了，有一些贱男人就直接把这女人当糟糠之妻来对待了。"

乔辛赞同："所以有时候距离产生美不是没有道理。可是也不能距离一辈子。结婚这种事，真是在拿自己当筹码的赌博。"

"还好吧。"影子好半天嘀咕了三个字。

中午的小镇上。

阿年跟外婆和舅妈说，约了人，出去跟别人吃饭。

"我们阿年人缘儿好，这么久不回来还有认识的人来找吃饭。"阿年舅妈对婆婆说。阿年外婆笑了笑，点头。

阿年囧，人缘儿一点都不好了才对，跟以前的初中高中同学渐渐都不常联系了。好像这就是规律，从分开的时候起，大家生活上没了交集，聊天也没有了共同话题。一个这城市，一个那城市，都长大了，也许见了面会在心里激动，亲切，可都不一定像当年学校里那样玩得来。Z市四年，把阿年彻底和这边隔开了，平日高中同学群里聊得热闹，阿年插不上嘴，因为她都不了解大家在干什么。每次聚会，阿年都是一如既往地缺席着。

一南，一北，如果离得不这么远，阿年也会尽量去的。

Z市太远了。在阿年心中远到了一个什么程度？刚到Z市那年，阿年总想家想得偷偷地哭，方默川偶尔陪她回南方，这总会让阿年有一种回娘家的感觉。可惜这种感觉并没有在阿年心里维持多久。Z市的一整年过完，阿年都没有见到方默川的家人，不受他家人的待见，这是阿年自己强制自己要明白的事实。

后来阿年告诉自己，别有回娘家的感觉了，就是回家，也是外婆的家！方慈曾找去了A大，对阿年说的那番话和姿态，更加证实了阿年的一切想法。也更让阿年觉得，最初自己想过嫁给方默川这种自我感觉良好的感觉，真是太让人想立马抱住阿波罗号到月球上去了。

小镇的旅馆，方默川补觉完毕洗澡换了一身衣服，清爽地走出来。昨晚离开医院，随手拿了两套可换的衣服塞进袋子里。他不光是人长得精神干净，衣服上一般没有了他喜欢的清香味道，或者味道出去转一圈儿淡了，他就要立刻换一身新的清香味道的，比女生还爱臭美。

他站在外面，看着阿年缓缓地朝这边走来，速度很慢，有邻居不停地跟阿年聊天，就把阿年绊住了。

方默川手机响了，是左正打来的。

"查到了么？"方默川问。

"叫人查了，管止深的确是出差过，不过他出差去的地方是南京。我试着在他的公司打听了一下，南京的确有事情需要他亲自到场。至于到没到场，这话真假，我可不敢说。毕竟那是人家的公司，从上到下，各个部门的都精明能干，嘴严。"

"南京？"方默川挂了。

垂下手，他捏着手机的机身，很轻地捏着。他望着远处的阿年，皱眉靠在墙边点了一根烟。

去南京也会途经这里，管止深可以买了南京目的地的机票，然后中途下机。不过到底只是猜测，方默川微笑着牵起阿年的手，去吃午饭。

以前寒假或者暑假，方默川来了小镇这边，阿年就会带他来吃这家拉面。店面很小，味道很正，主要是还很便宜，就是环境真的很一般。

一碗面，阿年吃了半碗不到，不是面不好吃了，也不是不饿，是总觉得哪里不一样了。以前可能因为年龄还小，没有为任何事情难过，吃什么玩什么都开心。现在，吃着面条，跟方默川一起也笑不出来，不会像以前那样笑着打闹，吃完一碗面还抢着喝掉汤。

离开面馆后，阿年和方默川走在街上，往东边走，方默川双手插在裤袋里，转头对阿年说："回到Z市后，我可以叫杜雨宁出来说清楚，我真的没有跟她发生关系，也没有出于本意地吻过她。"

阿年转头看他："不用，这太尴尬了。"

"可是你不信我。"方默川紧盯着阿年的小脸儿。

"没有。"阿年摇头，"不是不相信你，是很为难。我和你，以后我们怎么办？这是个逃避不了的问题。"

一面是母亲，一面是阿年，方默川头疼，他靠近阿年，搂着阿年在自己的怀里："让我想想，阿年，别放弃我。"

阿年曾经对他说过，只要他不放弃他自己，她一定不放弃他。

情生以南

方默川先对阿年开口,他说,我们尽快回Z市吧。

阿年点头,那就明天。

回到家中,阿年先订了机票,跟外婆说明天回Z市。出奇地,外婆以前都会留她多呆几天,回来一趟不容易,可是这次却没有,外婆舅妈甚至是希望阿年早早回Z市,以后想回来有的是机会。

"日子还长着呢,是大姑娘了,在外面儿没人督促也得自己知道把握机会。"阿年舅妈这么说了一句。

阿年点头。

虽然完全不知道舅妈指的是什么,八成是在说毕业后的工作。

方默川没被阿年带回来见外婆,一晃有一年多方默川没见过阿年的外婆了。主要是他头上有伤,侧脸也有一点,阿年担心外婆看到会对他的印象不再好。

Z市的天气逐渐暖和,阿年和方默川一起出了机场,方默川帮阿年拉着旅行箱,里面装着小镇上带来Z市的土特产,每次回来Z市,阿年箱子里都被外婆和舅妈塞得满满的土特产,用特产做菜阿年也没地方去做,送给谁也是问题,都是拿回来给系里的本地同学分了,可阿年又担心大家嫌弃。

刚走出机场,一辆大巴开过去。

接着,尾随大巴停下一辆轿车。

"上车吧。"副驾驶座的车窗子落下,管三数对儿子说。

阿年震惊。

方默川也没想到,老妈能准确地知道他今天回来Z市?并且能准确地抓到他本人?方慈在驾驶座位上,瞥了阿年一眼。

若是搁在以前,方默川一定发火带阿年走,跟母亲对着干!可是经历了母亲给阿年的难堪,他想好好的,方默川妥协,想跟母亲谈谈,不想母亲再针对阿年。

方默川回头看阿年,很怕母亲以为是阿年勾引他去的南方。

他走过去抱住阿年,紧抱着,抱得阿年身体很痛。

"我先走,你自己打的,到了宿舍记得打给我。"方默川的眼神,阿年明白,不想再闹僵,点头,"你不要跟你妈吵。"

阿年看着方默川上了车。

她的视线追着那辆车,直到那辆车没了踪影。

阿年被拉回思绪,是因为她身边的旅行箱被人碰了一下!轮子和地面摩擦发出声音,阿年回头,管止深伸手攥住了阿年的一只手。

"你安排的?"阿年问他。

昨晚他问过她,明天几点的航班,阿年没多想就直接告诉他了,方默川和她一起下飞机出机场,估计他是不敢出现。可是阿年没想到他有这一招,让他姑姑先来接走了儿子方默川，他再堂而皇之出现。

明目张胆地站在她面前。

"我坐大巴。"阿年试图拿回旅行箱。

管止深手中的旅行箱阿年抢不动，他拿出手机打给了张望，不到三分钟，张望开车过来了，车上还有方云。

方云，阿年最怕自己会一不小心辜负了的婆婆，方云似乎成了管止深控制她的杀手锏，方云让阿年上车，阿年表情开始纠结了。

若不上车，方云又会以为俩人吵架了。

心不甘情不愿地上了车，阿年萎靡。

张望笑说："管总，觉不觉得今天 Z 市的天气挺好的。"

他没有开腔，看向阿年。

阿年低头，你看我干什么？

张望说她是开车送方云去办事。总之，在车上张望说的意思就是，她知道管止深和阿年今天一起回来，所以送方云去办事顺便来机场接人。——阿年看管止深，他明明早就回来了，在他妈面前装成和她一路去一路回的干什么？

阿年以为又是要回管家别墅。

可是车在市区一处高档小区外停了，方云下车，阿年和管止深也下车。张望带路和方云走在前面，阿年和管止深在后面，他一手提着阿年的旅行箱，一手拉着阿年的手。

阿年被他攥得手心发热，方云总回头她又不敢使劲往外挣。

进去后，阿年小声问他："来这里干什么？"

管止深淡淡地答："解决一个困扰你我的问题。"

"什么问题？"她问。

这小区中均是高档住宅，绿化绿地和房屋结构，环境上，都没得挑。

方云听张望介绍这小区，方云听了很满意，点头。

从进小区，到走过去到那栋方云和张望站住的住宅门前，用了十几分钟。张望和方云边走边说，所以很慢，阿年和管止深也放慢速度，走走停停。

管止深说这房子是他新买的。

准备跟她住。

管止深及时安抚炸毛的阿年："我妈为了抱孙子，一直在催我尽快把你带出大学宿舍，跟我们一起住，这样催下去会催出事。"

阿年拧眉。

这婚姻是什么情况彼此心里有数。不能真的住在一起，又要应付长辈，他就只能把房子买在市区，两个人说以后在外面住了，如果回那边跟方云一起住，不久方云便会看出夫妻间的问题。

阿年7月份开始要上班工作，所以选择的居住地点，对阿年来说各方面都要很方便，有事赶过来不用多久时间。

"我不可能和你住一起。"阿年保持着理智，跟他理论。

在方云回头时，管止深对阿年说："带你来认门，这不代表我要求你以后过来住，当然长辈如果来突击检查，要尽力配合一点。"

阿年……还是不太同意。

皱眉。

跟他进去里面，发现里面更大。这房子风格和管家郊外别墅不同，那边的房子比较传统，是很老式的风格。这边的房子，简约大方，房子内部的设施比较时尚新潮。

适合年轻人居住。

方云进去转了一圈儿后，叫阿年。

阿年过去，方云一手拎着皮包，一手拉着阿年说："看看哪里不满意，缺什么，直接跟止深或者张望说。"

"不缺什么，挺好的。"阿年表情心虚。

"这孩子，怎么什么都不挑？得亏遇见的是我们止深，要是嫁给了别人，这老实性子，指不定在婆家就得挨欺负了！"方云笑笑，轻拍了拍阿年的手，和阿年往楼上走。

上到楼梯半截，阿年回头看楼下，眼神在找管止深。不用找，刚好他也一直在盯着阿年，视线不曾移开。

方云叫她。

"哦。"阿年回神儿，跟婆婆往上走。

楼梯拐角上，身影消失。

张望跟管止深说，"管总，看上去一切都很OK，我先出去打个私人电话。"

管止深点头。

方云跟阿年边走边聊，话题无非也就是生孩子这事，方云问阿年，是不是觉得自己年龄还小，想再玩儿几年？

阿年无措，怕一不小心说错。

"如果有了就要。"阿年应付。

方云点头，对这儿媳妇一百个满意，人呢不傻，不会做什么丢人的事情给丈夫拖后腿，儿子是那么精明的人，不会找一个差的老婆，各方面方云也都放心了，更不用花时间去了解阿年，儿子觉得好的，就一定好！

楼上的朝阳卧室，双人大床。

书房客厅，方云也问阿年满意不满意？阿年全说满意，反正以后也不会在这里住，管止深他自己喜欢就可以了。

下楼时，方云见儿子坐在沙发上，靠着落地窗的深灰近黑色沙发。同时也看到了阿年的旅行箱，方云指着那旅行箱："止深，那是阿年的旅行箱吧？你快拿到楼上去。"

"……"阿年看着那个旅行箱。

"刚下飞机，从南方那边飞了一趟Z市，一定累坏了。洗个澡换身衣服，赶紧带阿年出去吃饭。"方云吩咐。

阿年紧张："妈，我们在飞机上吃了。"

每次叫"妈"，阿年就心动过速。

"飞机餐也不好吃。"方云推阿年，非要阿年上去洗个澡。

阿年无奈，不好吃她也全吃光了还吃饱了……

阿年不想在这里洗澡，求助的眼神看向沙发上坐着的管止深。

他蹙眉，起身走到阿年面前，对方云说："妈，放心，她饿了我会带她去吃饭。"

"那就洗个澡上楼休息休息，养足了精神晚上再吃饭。"方云坚持。

好像没有办法了，他看阿年，阿年却一眼都不看他。

对于管止深的老婆来说，这可能是无上幸福，婆婆这么关心！可是对于阿年来说，这戏份演得太重太逼真，压力会很大。

管止深看着这样的阿年，他拿过旅行箱，手按在阿年的肩上，好言好语，低头看她说："跟我上来。"

她一步不动，管止深无奈，俯身在她耳边轻声说："听话，别闹脾气。"

阿年抬头看他。

他眼神中是期待，期待她体谅，不要让他夹在中间为难。

最终阿年和他一起上楼。

他把旅行箱放卧室的地上，脱下西装搁在床边，打开了旅行箱，许多特产在箱子里，他帮她整理箱子。阿年囧，蹲在地上把旅行箱拉了过来捂住："我自己就行。"

管止深点头，退居其后。

阿年把特产堆在地上，脸烧得厉害，他一定觉得装满箱特产这很土吧，可是特产就是这样。

方云见两个人半天谁也没下来，就走上去，站在楼梯拐角处："阿年，你听妈说，洗个澡休息一会儿，睡一觉，你那小身子骨经不住这长途奔波！"

方云没有进去，儿子和儿媳妇的卧室她怎么好进？

阿年蹲在地上收拾东西，管止深摸了摸她的头："你在楼上洗澡，我先下去，放心我不会上来。"

他下了楼，西装外套还在这床上放着。

阿年找出了箱子里的睡衣，去洗了澡。浴室应该是没人用过的，就连洗漱用品都没有，不过阿年箱子里有，是带回南方用了几天的。

匆忙洗完澡阿年回到卧室，手机在闪，是一条短消息，他在楼下发来的，他说：妈短时间内不会走，你先睡一觉。

阿年删除短信。

拧眉把手机放在了床上。

婆婆短时间内不会离开，她下去了一定也尴尬，话题也就是围绕着毕业后主攻生孩子这项女人事业，既然这样还不如在楼上闷着。

方云没走，刚才开导完阿年，这又开导自己儿子。管止深送母亲出去的时候，再三保证，一定努力。

方云上车前说："你是妈儿子，不用在妈面前不好意思。妈着急抱孙子，你是男人，你不努力谁努力。"

"一定。"管止深打开车门，让母亲上车。

张望送方云离开，路上，方云就跟张望唠叨，说总觉得儿媳妇和儿子之间有问题，就拿洗澡这件事来说："洗个澡过分吗？自己家里你有什么放不开的？可阿年的样子就是不情愿。"

方云亲眼所见了，心里生疑，就更逼着阿年非洗澡睡觉不可了，阿年洗澡睡下了，方云这才放心。

下午三点。

阿年醒了，被巨大的响声吵醒，揉着头发惊慌地看着房间，自己又睡着了。最近生活完全乱套，在大学宿舍醒过来，在那边别墅醒过来，在员工宿舍醒过来，在外婆家醒过来，又在这豪华住宅醒过来，改天还会以什么方式在什么场合醒来？

她起床没看到管止深。

找出手机，看时间，先给方默川发了一条短消息，说已经到了宿舍，不小心睡着了，所以才告诉你。等会儿要跟同事出去，有事短信联系。

撒谎的感觉，不舒服。

阿年下楼，视线在寻找着管止深的身影，却没看到。无聊地甩了甩睡衣的袖子，拖鞋踩在地上声音很轻。走到客厅，透过落地窗阿年看到了他的身影。他一个人蹙眉站在外面，在眺望什么？那么专注。

打开了门，阿年走到他身后，靠近管止深。

"举行婚礼？"阿年看过去。

他点头："小区有人结婚。"

这个住宅区很大，住的人非富即贵，婚礼也是盛大至极。看了一会儿热闹，他带阿年进去了。

阿年身上的睡衣很保守，那种在大学宿舍可以穿着来回穿梭走廊不必担心的款，穿着出去买早餐也不成问题，阿年规规矩矩地坐在沙发里，管止深看了她半天，阿年窘迫："我很奇怪？"

管止深看她，"我想说，你这个睡衣睡觉会不会不舒服？"

"我睡衣怎么了。"阿年不懂。

"有点儿厚。"他笑。

阿年囧。

噔噔噔跑上楼换了一身衣服，她冬天的睡衣比这个还保守还厚。

管止深说他家里晚上会来客人，他一个人招待客人会很不好看，要求阿年留下来帮忙扮演他的女友。当然，他是霸着阿年的行李箱威胁阿年的。

下午4点，阿年跟管止深置身在大超市中，买一些今晚要用的食材，他换下了西装，穿的一身休闲衣服。往购物车里装了一箱本地产罐装啤酒，招待客人喝的。红酒和白酒管止深说家中的酒柜里都有，不必再买，超市中的也太一般了。

回到家中，阿年开始准备做晚餐，一切食材都弄好了，却不知从何下手。该怎么炒？什么和什么一起炒？

系着一个小花围裙，阿年杵在厨房里发呆。

客人还没有来，车在路上。管止深在厨房外不时走动，看看里面的情况，结果他看着手表上的时间看不下去了。怕她弄不好心情糟糕，回头再伤到她自己，而且客人也真的快来了。

管止深走进来，阿年回头。

"我来。"他开了火，动作不紧不慢。

阿年不好意思，退到一旁帮忙。他让她去摆放餐具，酒，做这些简单的。阿年听话地去了，有些时候管止深感到很幸福，阿年在他的视线范围内，只要他和她不碰触敏感话题，阿年是很听他话的，他怎么指，她就怎么转。

外面都准备好了，阿年再次进来，闻到了香味，忍不住在他身边指着那道菜："我不知道它叫什么，我外婆知道。"

他做的这道菜，用的是阿年带来Z市的特产，一种真空包装的绿色菜梗。

"我以前吃过。"他说，此时菜在他手中出锅装盘了。

阿年抿了抿唇，点头，他不光是西餐做得好，中餐也厉害，做得色香俱全，就是不知道入口味道如何。

他用筷子夹了一点给阿年，阿年张嘴吃了，吃完竖起拇指，真情实意地赞了一个。"好厨艺！"

"也会是一个好老公。"他说。

阿年尴尬，独自地失神了好半天。

管止深在家中招待的客人是一对儿情侣，男的是澳大利亚人。阿年对外国男人看不出大概年龄，估计是跟管止深一样三十几岁了，看上去是个很金贵的主儿。

带来的这个女的，年轻一些。

Z市的天气说暖就暖，尤其今天的气温，升高幅度较大，晚上一丝丝凉爽的风在吹，大家决定了在一楼的院子里喝酒聊天。

两个男人把桌子搬了出去，小心翼翼，菜和酒都在桌上。阿年和澳大利亚男人的女朋友把椅子拿了出去。一对儿一对儿地挨着坐下，管止深和那个澳大利亚男说话，那个客人的中文说得太拗口。

那个女客人一直没有说话，最多也就是对阿年笑一笑，阿年也笑。

管止深和那个澳大利亚男聊得开心，其间啤酒一罐一罐地不多时转眼变空。澳大利亚男指着阿年在说话，阿年小声问管止深："他说我什么？"

"说你年纪小，漂亮，便宜了我。"管止深在她耳边说。

"……"阿年。

用餐期间，阿年喝了一点酒，两罐啤酒，一杯红酒，白的阿年死活不碰。一杯倒，沾了真的会倒，啤酒和红酒掺着喝，阿年也不是第一次了，可是她疏忽了，管止深家的红酒和她以往喝的红酒怎么能一样？

送客时，阿年眼睛酸痛，红酒后劲儿上头了。

阿年走到楼上，半迷糊状态，看到大床，一头就栽倒在了上面。

次日清晨。

阿年在他的卧室里醒过来，床上的被子已经滑到地上了。

不过，她很安全。

阿年起床去洗漱，拿过行李箱，找出一身衣服换上。

浴室内的所有他的东西，都是阿年昨晚放置的。他的客人来之前，他和她在超市一起购买的，这房子是第一次住人，很多东西还缺，刚好买了，她一样一样地摆放进浴室中。恍惚地，像了一个照顾男人的女主人。

张望开车送阿年回宿舍，一路上阿年都在想事情。

即将正式入夏的Z市，喧嚣胜了往常，黑夜更甚。阿年回到宿舍就接到了向悦的电话，约她一起去逛街买夏天的衣服。阿年点头，还有40天左右的时间入职上班，上班后还要起码一两个月才拿得到薪水，阿年算了算自己卡里的余额，要省着点用。

方默川说，他今天一整天都有事要忙。

向悦在街上问阿年："不担心方默川是去见杜小姐？"

"担心有什么用。"阿年很少忧虑，最近的忧虑比这二十来年的都多，这种状态要改变，烦心事应该清理清理了，面对生活还是要乐观。

晚上，方默川来了阿年的员工宿舍。

门口的保安大叔放行了。进去时由于过了熄灯时间，超过了十点整，方默川见阿年很困难，所以阿年去找了管理员大姐。

管理员大姐说："不行，这是规矩！"

阿年说了很多，但还是没能说服管理员大姐。管理员大姐口中振振有词："我一个打工的，每个月领着可怜的薪水，家中上有老下有小，大姐一个离婚妇女不容易，你一个小年青的别因为处对象把我工作搞没了。"

阿年点头，要疯了："好的好的，我不出去了。"

阿年直接回了房间。

她站在走廊上看不到外面，方默川已经进来了员工宿舍小区，单元门不开阿年根本出不去。她打给方默川，说了自己出不去的原因，告诉他以后不要在十点以后来，这个管理员大姐特别难搞。

"因为找你的是我，她才不让？"方默川问。

他很无语，这个管理员大姐有这么记仇？

方默川只得离开，研究着要给管理员大姐送点贵重东西。阿年也是这么想的，可是她还没上班，手里的钱不宽裕。以前做过家教，但是那个孩子的爸爸是个下流禽兽，对她动手动脚，所以阿年就一直没再做。主要是没熟人介绍的不太放心去，受骗的例子太多。

夜晚的霓虹映亮了人的眼眸。

十点多了，李秋实坐在管止深的车里，两人这个晚餐吃得有些晚，她转过头问他："我想在Z市玩儿几天再住院，可不可以？"

"已经安排了，明天住院。"他很温柔。

李秋实点头，手伸过去帮他系上了衬衫第三颗快要开了的纽扣："都听你的。"

管止深对于在摆弄他衬衫扣子的手指，稍微躲避。

车速平缓地行驶在路上，喧嚣之中的Z市夜景不能吸引他的目光，忽然觉得，有些相逢实属不该。

每个人都有自己的寂寞世界，小时候，管止深觉得学习是一件寂寞的事情，做功课是他最感到寂寞的。当年从南方返回，辗转几番，不知过了多久以后，精神一度被病痛折磨得抑郁，家人担忧陪伴在旁。最雪上加霜的是，他再也见不到阿年了，那个根本不识得他是哪一个的阿年。

病愈后，年近三十一切的一切尽握在手，风光无限，但他还是感到很累。

只因陪伴在他身边的那个人，不对。

车行驶在往李秋实在Z市住所的路上，忽而下起了小雨，有风在吹，薄而直下的细雾一般的雨水，被风吹得失去方向，摇摆，次第降下。

红灯时，他落下车窗，伸出手触碰薄雨，湿了修长有力的手指。李秋实望着他，沉默着一句话没有说，感受着雨水伴着清风的清新空气。

"绿灯了。"李秋实眼睛明亮地提醒他。

管止深回神，重新启动了车。

到了地方，李秋实下车时没有雨伞，这个月份的天气风雨难测，他脱下西装给她，李秋实用他的西装遮在头顶上方，问他："不进来坐？"

"还有事。"他看她。

李秋实点了点头，用他的西装遮着雨水，进去了。

管止深望着车外半晌，才启动了车，开走。

李秋实上了楼，站在二楼窗口，拉开窗帘。笑意温柔在脸上，她目送着那辆车和那个男人离开，走远。

手机响起，她在窗边接听："喂，CC，嗯，我已经回Z市了。"

……

"手术痊愈后再回老家看我妈。"

……

"还没定呢。"

……

雨夜对于喜欢雨的人来说，听着雨声睡觉才舒服。可是对于不喜欢雨的人来说，心情会很不好，会被雨声干扰到失眠。

阿年在宿舍还没睡。

手机响了。

她手伸到床上拿过来，看了一眼号码，接了起来。

"没睡？"他问。

"睡不着。"阿年答。

"怕下雨的天气吗。"管止深走到里面。

阿年想了想，摇头："不是怕下雨，是怕打雷吧。其实就是还不困，如果真的困了打雷我也听不见。"

"我在你宿舍外。"他突然说。

阿年心里暗叫糟糕，早知道就说很困了，马上睡觉了！估计他就不会说在宿舍外了。正不知怎么办，阿年想起了严厉的管理员大姐，就对管止深说："你回去吧，我们宿舍的管理员管理得很严格，不会让你进来。"

"我在你门外。"他又说。

阿年觉得这是比雷声还可怕的五个字。

放下手机，听到走廊有人走动的声音，大半夜的……这比见鬼还可怕。

阿年打开门。

看到他只穿了一件衬衫，有一点淋湿了，管理员大姐拿着雨伞，刚收起来，看来管理员大姐是亲自去接的管止深。

他进来，关上了门。

阿年平时就老实，话也不多，其实阿年自己都奇怪，从初中起就有同学们早恋了，可是就没人追她。阿年觉得自己性格太闷了，跟谁谈恋爱谁都会觉得没趣，可是不知怎么，偏偏就入了他的眼。

阿年低头，通常不知道该干什么的时候就低头原地不动，能让她这样的人少之又少，管止深是最厉害的一个。

他往她面前一站，她就木了。

"管理员也算是我的员工。"他说。

阿年抬头看他。

点了点头，懂了，他是回答她前面说的关于管理员不会给他开门的那句话吧？难道手机这么高科技的通信工具也不靠谱地说话会卡掉？她都已经说完快两分钟了，居然才到他这里被他听见……

也许是下雨信号不好，阿年觉得。

阿年去了书桌和椅子那边看书，怎么就让他进来了，阿年告诉自己只此一次。

"还是想做编辑？"他看了看她小书桌上的材料。

阿年点头："犹犹豫豫，决定不了。"

管止深坐在她对面的一把椅子上，问她："你怕什么。"

"别人都怕因小失大，可我没有那个资本，我现在连因大失小都豁不出去……总怕大的拿不住，小的不想拿，可我需要工作，需要暂时在Z市站住脚跟。如果做得好，真是这块儿料，以后再择机跳槽也不晚。"阿年翻书，继续说，"我看到我的同学，有的直接进了大的杂志社，但我又担心我的资质不如人。"

总之，真的毕业了心里是这么烦。

他蹙眉，语气温和："你这样的性格其实很好，但也有不好的地方，优柔寡断会错过很多机会。"

阿年低头："我胆小我知道，天生的。"

"生气了？"他笑。

阿年摇头。

犹豫不定了，她总觉得自己是刚出校门，没有自信挑战大的企业。可是她也记得，管止深上次在那边家里跟打吊针的她讲，大企业你自己认为进不去，可某些大企业每年都招收许多应届的毕业生，你为何不能是他们中的一员？何况你一个中文系的只是想做编辑而已，这没多大的难度。

阿年又听他说："好的单位有胆子你就上，没胆子找胆子你也要上，要么就干脆别觊觎大企业。上了，大不了不成功。你愁的所有事情，只要无关生死，就都不是人生里最危险的悬崖，这个社会这么大，它几乎可以比作地球一样，它是圆的，社会也是圆的。你再落魄，也一定跌不出社会这个圈子，顶多是生活在社会的最底层。"

阿年跟他小小地抬杠："地球外面还有月球呢。"

"有啊，可是外太空你去不了，现实社会就在这摆着。"他很愿意开导她。

在找工作的事情上，他没想过要用钱或者权来帮助她，有些路要靠自己站直了走才是

情
生
以
南

好的。

"杂志社有限……"阿年言下之意，编辑的位置也实在有限，"我去了干什么，应聘高的职位，我怀疑自己的能力是次要，人家要不要我才是最主要的。"

"一个企业的平台能决定员工站的高度。"管止深像个老师一样，外面下着淅沥沥的小雨，室内他耐心给她讲了许多。他把职场比作一幢高高的大楼，阿年如果想站在高处，就需要拿出一份走上去的勇气。阿年不是生在富贵的家庭，方默川现在什么未来的保证都没有给她，她这样一个只身一人来了北方的女孩子，刚毕业，会因为生计的问题而恐慌，再正常不过了。

阿年想暂时先做职位低一点的工作，赚钱稳定生活。她嘴上说以后会转行到编辑界，但她是有了"宁做鸡头，不做凤尾"这八个字退一步的错误想法。管止深认为，如果阿年在小行业里做了鸡头，她的水准一样会变得很低，且会随着周边的环境和接触的人，水准变得越来越低。

如果阿年有勇气一毕业就去高端企业，去做凤尾，那么那只凤凰会带阿年这凤尾飞得更高，见识和眼界与鸡头相比，必然不在一个高度上。他希望阿年工作上尽量选择好的企业，进大公司，因为这可以让她学到很多东西，那都是未来择机跳槽的黄金资本。

聊着聊着，已经到十一点多了，阿年下了决心要准备准备，过一段时间去大企业应聘，哪里缺凤尾的，她就去做凤尾。

管止深给她讲的东西，对她都有帮助，阿年听得不困了，总想问他一些事，又觉得是不是太啰唆了，他会觉得很烦？

他说明天带她去练一下胆子。

阿年点头。

他说今晚先给她出个题试一试。

他问："阿年，我真的很喜欢你，你相信吗？"

这个月份屋子里至于这样热吗，阿年脸烧得很，选择不回答。

管止深笑："到大的企业应聘，什么变态的问题保不准都会问出来。我问这个你就怕了？"

这问题真的是为了练她的胆子和勇气吗，阿年怎么觉得他动机不纯，可是除了他，阿年发现身边一个在这方面帮助她的人都没有。

"羡慕那些当了主编又很有才华的人，迷茫。"阿年叹气。

"迷茫没人会怪你。"他很温柔地看她，她没有同学帮她参谋，妈妈不在了，爸爸有跟没有是一样的，他安抚她："不用去羡慕别人，国家主席永远只有一个在任，羡慕那些不太现实。"

阿年点头，心怦怦乱跳地回答他的问题："刚才是问我喜不喜欢你吗？不对，是问我你喜不喜欢我？"

阿年觉得回答这个问题仿佛真的可以挑战胆子和勇气，也可以叫做锻炼脸皮，不是有这么五个字么——脸大吃四方。

他点头，示意她说。

阿年咳了咳，回答得很认真："我觉得，这不是真的。"

阿年翻开桌上记事本的某一空白页，低头写着好看的字：

爱上管止深

犹如，得了一场病

怎么会

轻易，到了要去世这程度。

阿年写完了推过去，让他看看。

"这个是我舍友说的，听说以前一个外语系的学姐很喜欢你，夸张地用英文写下的，我这是中文翻译过来的话，大概意思是对的。"

管止深拿过来看，头疼。

他把这记事本扔在了一旁，站起了身，双臂撑着阿年的椅子和书桌，把她圈在了他的胸膛范围里面，他盯着阿年忽闪忽闪的睫毛："你也喜欢我。"

"没有。"阿年抬头看他。

他沉默着。

管止深离开阿年的宿舍时，将近凌晨一点。

第二天，雨后的外面阳光明媚。

管止深说要带阿年去练胆子，可是，他最终没有来。

第一次两个人事先约好，他食言了。

中午张望打给阿年的，对阿年说："抱歉，管总今天临时有其他的事情要处理，恐怕抽不开身过去。"

阿年忙说："没关系，让他先忙。"

"我这里有事要处理，就先这样？"张望问。

"嗯嗯，您忙您的。"阿年微微错愕，张望干什么对她这样客气，不用搭理她的。按了挂断键，阿年很羡慕这些忙人，有用的人。

阿年呆在员工宿舍里翻书看，网上查找资料，稀里糊涂地就这样日复一日，在跟大家一起熬着快点到毕业的日子，也和大部分人一样，思想上丰满又积极，到了实际行动上很艰难地才挪一步。

张望在医院，拿着手机凝神半天。

李秋实从上海回到Z市之前，在上海的一家医院已经检查过身体，回来这边，作进一步的检查，进行手术。

江律来的时候，问张望："李秋实怎么样了？"

"挺好的。"张望说。

江律看了张望一眼，点头，靠在医院走廊里，一起等待。

"你很关心她。"张望看他，随口说了一句调侃江律。

江律挑眉，不说话。

两个人一起望着手术室的方向，不知道手术几时才能结束。从前张望很乐意为李秋实服务，因为张望觉得，李秋实一定会是管止深的妻子。

方家。

管止深和方慈，还有管三数，等了方默川一个上午。

"他的手机打不通了。"方慈手里拿着手机，站在沙发边上说。

"打到通了为止！"管三数一脸怒意。

管止深微微蹙眉抬起手腕，看了一眼手表上的时间，已经下午两点了。他对管三数说："姑姑，今天我看就算了吧。"

"你今天有重要的事情要忙？"管三数问侄子。

"没什么事。"他又看了眼手表，这个时间，李秋实的手术应该已经结束，张望没有打过来，便是一切顺利。和阿年约好了今天要一起出去，可是，已经这个时间了，算了，只能改天。

方家的人吃完了晚饭，方默川才回来，样子明显是喝了不少酒。

"去哪儿了？"管三数问儿子。

方默川错过母亲，笔直走到了客厅，身体"砰"地一声倒在了沙发里，双腿交叠搁在了茶几上，吐着酒气："出去玩了。"

"知不知道我们都在等你回来，答应了回来怎么说话不算话？"管三数跟着过来，站在沙发前问。

方默川点头："知道。"

他要表达的意思是，正是因为知道你们在等我，所以我才不回来！抠了手机电池，让你们找不到老子只能在家干着急！

"是去见那个阿年了？"方慈问。

方默川火大："哪儿轮得到你问我去见谁了？我找不找阿年是次要！你他妈少给我招惹阿年！"

"妈！"方慈一听弟弟骂自己，指着沙发上的弟弟对母亲说："您管管他呀！当弟弟的跟当姐的一口一个他妈的，这像话吗？我在家里一点儿话也说不得了？谈个破恋爱，还真把女朋友当祖宗供着了！"

管止深坐在另一侧的沙发上，始终沉默。

这一家人吵得不可开交。喝了酒的方默川在言辞上完全失去了分寸。

▶▶▶ Chapter 05
当时那年

管止深晚上没有去医院。

开车直接回了家，陪母亲吃了一顿晚饭，换来母亲的喜笑颜开。哪怕再忙，每个星期还是会抽空陪自己母亲吃饭。

方云问儿子："今天几点回去?"

他蹙眉："在这边住。"

方云疑惑："那阿年呢?"

"她学校有活动，马上毕业了事情比较多，舍不得同学们，毕业聚会的安排也比较多。"他安慰母亲不要多想。

方云点了点头，又想起了什么，对儿子说："听说秋实做了手术，妈没过去，觉得要适当地保持点距离，你也是。"

"嗯。"管止深点头。

"妈改天再去看她，这孩子也挺无辜的。一开始你把她安排到上海工作，妈还是不同意的，挺喜欢这孩子。现在你婚结了也就结了，阿年也是个老实的好孩子，这中间你们可别再出什么岔子。"方云担心地说。

管止深听着，点头。

次日清晨。

管止深开车到阿年宿舍外。

经过了一天，阿年对练胆子这件事的热情有些消退。不过他人已经来了，她也不好拒

Chapter 05
当时那年

绝，就跟着他上车了。

车开向了Z市一幢很高的大楼，地址偏僻。蓝天，白云，她抬头看，站在这么高的顶层，晕得眼仁都疼。

管止深说，他非常热爱极限运动，蹦极、空中冲浪、跳伞，他全部都试过。

她摇头说："我不敢跳。"

"不让你跳，一般人受不了这种极限运动，你站在一旁看我就好。"他带的是自制的蹦极工具，在国外跟朋友玩儿的时候研制的。他说，在国外读书的时候才刚刚二十出头，身边没有女朋友，时间都放在了玩和研究兴趣爱好上。

他准备跳了，非让她亲眼看着他纵身一跃的样子，阿年站在高楼顶层边缘，已经腿软，这对于恐高的孩子来说就是一场受刑。阿年不知道蹦极会是一种什么感觉，会心脏一瞬停止跳动吗？

他说，根据人吧，每个人感觉不同。他说一般他做极限运动，一定是有些事想不通了，不知如何走下一步，才会来玩这些。他描述自己蹦极的感觉，好像就是跳楼，高到让人跳下去就粉身碎骨渣都不剩的高楼，但是你却没摔死，完全失重，心跳让身体的感官一瞬都死去了一般。到了极点，人向上弹回的时候大脑会充血，所以，身体素质很重要。

他说完，回头看了她一眼，然后纵身一跃！

人已消失，阿年吓得眼泪一下子就跑出来了。

万一，万一工具不安全呢？

体验极限运动的明明是他，可等待中的阿年紧张心情是和他接近的，害怕。

中午他开车带她去家里吃饭，王妈准备的午餐，家常可口。家里的这个时间长辈们都不在，放放带着轻微的胳膊伤回学校了，学习严重跟不上。

午饭，阿年吃东西时看他一眼。

管止深用他手上的一双筷子，给她挑了菜中的西芹块儿，阿年非常爱吃西芹，却不爱吃里面其他一起炒的东西。

她诧异："你怎么知道我爱吃？"

"你刚才连续夹了三次。"他说。

阿年皱眉："是吗？"

自己怎么不记得夹了？到了Z市这边，阿年很久没有吃过西芹了。平时不是吃食堂，就是在外面吃，自己做也不是太会。

在南方的小镇上，阿年经常会吃炒的西芹。舅妈爱吃，外婆爱吃，阿年从小跟着她们吃。阿年十六七岁的时候，跟同学们经常出去聚餐，每次的餐桌上同学们都会给她点一道炒西芹。

王妈过来问阿年，味道怎么样？咸了淡了尽管说，下次好注意。

阿年连忙说好吃，不咸不淡，刚刚好。

王妈笑。

王妈离开，他突然说："下次不放腰果，换成鲜肉。"

"你不爱吃腰果?"阿年问他。

他说："你不爱吃。"

"可是我也不爱吃肉啊。"

"不吃肉怎么会长一副好身体?"

"我22岁了，早都不长身体了啊……"阿年窘迫。

"看上去，还有发育的余地。"

他意味深长地说。

"……"

阿年彻底对他黑脸。

一直都不爱吃肉，没来Z市还在小镇上生活时，十六七岁正在发育，可是阿年不吃肉，导致营养不均衡。外婆和舅妈最唠叨的时候，就是在她14岁到16岁这个年龄段里，很怕她发育得不好。

在她16岁的时候，胸部的发育更加明显，14岁胸部就已经开始变了，16岁时真正发现变大了，需要穿文胸了。有时候阿年自己会悄悄低头看看，长多大了，穿文胸那时还会觉得丢脸，阿年第一次穿了去上课，是不敢抬头的。

少女的那个年龄，大概心里都有一点小秘密和小尴尬。

而在管止深遥远的记忆中，他见过她在小镇的街上跑，被人撞了胸部，她似乎被撞得很痛。那人道歉之后骑着自行车走了，四处无人，那个清晨是才五点不到，阿年去买豆浆的路上，她低头小心把衣领扯开了一点，看了一下。

午餐快要吃完，阿年的手机响了起来。

阿年看了一眼号码，紧张："是……默川。"

她接了起来。

"在哪?"方默川问她。

阿年沉默片刻，被撒谎的滋味儿折磨得快要透不过气了。"我在外面逛街，跟宿舍的同事。"

管止深点了一支烟，起身，去外面抽。

阿年跟方默川说了一会儿话，然后结束了通话。

她没有再吃东西，也吃饱了，阿年拿了包准备走，她走到门口，管止深转身站在她的面前，问她："怎么说的?"

"默川找我有事。"阿年说。

他莞尔："你很纠结，这是为了什么?"

管止深让她说出原因。

阿年低头。

Chapter 05
当时那年

103

"抬头。"他说。

阿年想走，他却一把扯住她的手，紧紧地攥着。

阿年的手指冰凉，她抬头，用力从他的手中往外抽自己的手："你不要误会！我什么时候纠结了？我纠结什么了？"

手腕很疼，阿年疼得眼泪要出来了。

眼圈儿一瞬间就红了。

管止深紧抿着唇，喉结动了动，阿年要哭，他就乱了方寸，拥抱她的身体，亲了亲她柔软的发丝。

"如果你能让我像想象的那样爱你。"

他打电话叫的出租车，很快来了，阿年上了出租车。他吻了一下她的发丝，这举动把她气哭，所以他没在院子里陪她，让她一个人在阳光温暖的院子里静一静。她离开，没有告诉他跟他打招呼。

当天晚上，方默川开车去了阿年的宿舍，要带阿年出去吃饭。

阿年答应了。

到了时间阿年洗脸，照了一下镜子，不会化妆，只要鼻子眼睛和嘴巴它们都还在，就可以出门了。

上了方默川的车，一路都是他在说话，内容平常。

他把吃饭的地点选在了A大附近的烧烤摊，阿年没觉得这有什么，以前大家经常一起来这里吃东西喝啤酒。刚点了东西不到十分钟，本地产的啤酒上来了，与此同时，烧烤摊的路边驶来一辆黑色轿车。

阿年皱眉望过去，真巧，车牌号正是管止深那辆。

"是我表哥，上次在我家你见过的，我们一起坐你介意吗？"方默川问阿年。

阿年反应了一下，视线从轿车上收了回来，她摇头说："不介意。"

今天晚上稍微有点凉，但并不冷。

轿车停在了烧烤摊旁边，管止深走过来，五官严峻。

阿年低着头沉默了几秒，忽然又觉得这没什么，低着头躲避反而此地无银了，她抬起头，余光看到管止深穿着一身正式西装翩翩而来。

"怎么才到？"方默川抬头问，伸手拉过一把椅子给了管止深。

阿年不知道该怎么跟管止深打招呼。

方默川跟管止深介绍阿年："我女朋友，上次在我家见过。"

管止深点头。

阿年对他有几分刻意的疏离。

方默川从纸箱里拿出啤酒，搁在桌上用筷子的一端撬了一下，啤酒盖立刻就开了。

"不喝了，稍后要开车。"管止深说。

方默川约管止深出来，他是要和管止深商量一些事情，他们聊的内容，阿年听得半懂不懂，有一些是关于方默川以后工作安排的话题。

阿年听着，插不上话。

方默川以前说，结婚之后就安安分分地工作养家，一切以老婆孩子为主。可是，现实社会距离想象中的安稳日子，对部分人来说相差何止十万八千里。

在方默川成年了那时，管三数就暗示儿子，不准对管止深这个表哥太亲近，表面可以亲近，心里就算了，在她看来，表兄弟之间的争斗他日势必会有。管三数是管姓的人，自己父亲管老爷子在Z市是什么人物，她当女儿的心里清楚。对于闺蜜方云嫁到了管家，生的儿子管止深姓管，而她管三数自己嫁出来后生的儿子姓方，因此自己的儿子得不到管老爷子手里的任何东西，管三数是憋着一口气的。

管三数生下儿子，暂时没落户口，要让方默川姓管，最后和婆婆上演了一场婆媳大战，和方默川的爸爸也吵，管三数专制地就要让儿子姓管！可方家的老人死活不能同意这种荒唐的事情！方家和管家曾经几辈交好，在方家老人气晕几次住院之后，终于找上了管老爷子，管老爷子发怒发了话，管三数这才准许儿子姓方。

他们聊着，阿年去了洗手间。

方默川喝得眼睛有点红。

阿年回来的时候，接触到了管止深的视线，还没走到座位，方默川就伸手把阿年扯到了自己的座位旁边。

阿年惊了一下。

"近点坐着。"他说。

"……"

阿年觉得坐在哪里都一样，没有关系。

阿年没有说话，安静地坐在方默川身边。如果搁在以前，阿年可能会说方默川你别闹了，撒酒疯一边撒去。可是现在管止深在，阿年觉得说这些不合适，在管止深面前这样对待方默川，管止深大约会多想。

心虚，总归就是心虚了。

好吃的烧烤陆续上来，管止深胃部不舒服，没有吃这些路边摊上的东西。

"吃烤辣椒吗?"方默川问阿年。

阿年摇头。"不吃。"

"我让老板烤的不辣的。"方默川把烤辣椒给了阿年一个，绿色的辣椒烤得变了色，上面有烧烤的调料，看着就很好吃。

方默川和管止深在说话，阿年走神儿地吃着盘子里的东西，阿年试着咬了一口烤辣椒，吃了就被辣得受不了，拿过啤酒杯子仰头喝了一大口。

"很辣?"方默川紧张地问她。

阿年一边喝着啤酒一边"嗯嗯"地直点头。

方默川夹过阿年吃过的烤辣椒，吃了一口，的确很辣，这个程度的辣他受得了，阿年可能受不了。

喝了啤酒，还是没有缓解多少，阿年心情被辣得更加不好。

"对不起。"方默川把辣椒推到一旁，扳过阿年的小脸儿看，他的手指搁在阿年的脸颊上，阿年感觉到自己温热的皮肤被他冰凉的手指捏着，也看到了管止深的视线一直在盯着。

"别像上次，辣得蹲在马路牙子上起不来了。"方默川笑了笑，俯身，毫不避讳地吻上了阿年有些红的嘴唇。

管止深的表情，那么无温。

他眼中透出的，究竟是无人知晓的悲伤，还是什么。

阿年推开了方默川："我进去洗一下脸。"

到了里面，阿年匆忙地洗了脸，看着镜子里的自己，刚才离开桌子之前，她的眼睛和管止深的视线交错而过，他的那双眼眸里，分明的，介意。

阿年再出去时，桌上多了几个人，左正和乔易，左正还带了一个女生，桌上唯独没有了管止深的身影，路边的黑色轿车也消失了。

大家吃到很晚，总共有三个多小时吧。

送阿年回员工宿舍的这一路上，方默川跟阿年说了许多他的想法。他说的那些，阿年刚来Z市，就跟他幻想规划过的。阿年有些接受不了方默川决心离开家不靠他母亲，不是她不能吃苦，她在怕方默川吃苦。方默川从小衣食无忧，优质生活伴随着过来的，那些早已浸入他浑身血液里的矜贵，拔得出来？

大一那年，阿年她们宿舍的几个人每天都快乐又忙碌地穿梭在A大里，对一草一木充满好奇。尤其是阿年，南方来的孩子，冬天下雪了一边怕冷一边忙着去堆雪人。到了大二，大家对那些不好奇了，一草一木仍是旧模样，下雪季节，只剩下了往年的怕冷，不再有堆雪人的心思兴趣。再到大三，无聊更甚。阿年觉得自己大四了才有一点紧迫感，伴随紧迫感的又是诸多彷徨。

Z市四年，阿年印象最深刻最忘不了的，还属宿舍里的时光。几个人在宿舍里打完游戏就开始八卦校园里的小事和新鲜事。八卦完了，大家就躺在床上等待睡着，睡前多愁善感地感悟人生。

抵达宿舍，阿年洗了个澡，换了一身衣服。

抱着膝盖坐在床上，膝盖上放一本摊开来的书，书页数已经乱了，阿年一动，书从膝盖上掉了下去。她拿起手机，拨了一个号码，是管止深的。

斗胆，主动地拨了出去。

他很快接了。

两个人都没有说话，阿年听着他的呼吸，有点不知道该说什么了，准备好了的话却突然说不出。

"有事?"他问。

阿年问他:"可不可以阻止默川从家里搬出来?默川说了,一定要搬出来住,和他妈对着干。"

方默川如果真的搬出来了,以什么为生?身上的钱总会花完的。阿年知道,这个事情的关键在自己的身上,可是她根本阻止不了方默川,继续阻止,方默川就会怀疑她是否变心了。阿年不愿意因此去找方慈和管三数。

管止深挂断,明白了她这个电话的意思。

阿年在宿舍中一直发呆,手机在书上搁着,她不想睡,不期待明天的到来,一点都不期待。

次日早上不到六点,阿年被吵醒。

摸到手机,搁在耳边接了,那边是方默川在说话。他说:"阿年,稍后八点整,我们A大门口见。"

"……"

阿年还来不及问什么,他就挂了。

听到他那个兴奋的声音,阿年头疼,不会真的搬出来了吧?

阿年赶到A大门口火锅城的时候,见到向东的车在外面停着,还有方默川新买的那辆吉普车也在。阿年一口气跑上了楼,在二楼靠窗的老位子上看到了他们这些人。

"阿年来了。"影子说。

方默川的旁边是个空位置,阿年坐下,她还喘不匀气,语气带着点轻微的急躁,问方默川:"这么早你要干什么?"

"我离家了。"他说。

阿年闭上眼睛,果然。

"带了什么出来。"她问。

"衣服,一张银行卡,里面还有十万块左右。"方默川的样子,似乎对于离家根本没什么压力。

十万块,够他用多久?十天,一个月?还是可以撑住两个月?方大少爷平日出手,一向大方得让人咋舌。

"打算住哪里?"阿年问他,接过了影子递来的筷子。

"先住酒店。"方默川把调好的火锅料放在了阿年的这边。

"……"阿年。

大家离开火锅城的时候。左正站在马路边上揉着太阳穴,皱眉:"妈的,大周末的,早上就吃火锅,这不科学。"

"我也是第一次早上吃火锅。"影子说。

向悦上了她哥向东的车，大家都散了。

阿年和方默川还站在马路边上，方默川今天穿了一条牛仔裤，是去年跟阿年一起买的情侣款休闲牛仔裤。一模一样，今天恰好，两个人不约而同都穿了。

"带你去见我妈，最后一次。"方默川打开车门，让阿年上车。

阿年不愿意，摇头。

"我不会给我妈羞辱你的机会，只跟她知会一声我的决定。"方默川抓紧阿年的手。

阿年依旧不想去。

最终方默川没有勉强阿年。开车离开时，方默川接了个电话，那边的人问他在哪里，他说了地址。

车停在了他说的地址，等人。

A大门口，一辆黑色轿车驶了过来，阿年看到，心情蓦地紧张了起来。

车停下，阿年和方默川一起下车。

另一辆车上的管止深没有下车，方默川和阿年走了过去。

阿年怯怯地，站在了方默川的身后。

黑色轿车副驾驶座的车门打开了，管止深把方默川要的东西递给了他，阿年看了一眼管止深，他五官上稍显倦意，身上只穿了一件衬衫，副驾驶的座位上有一个保温餐盒，是女款卡通图案的。

"你用户口簿干什么？"管止深问方默川。

方默川搂过阿年，笑说："当然是登记用了。"

管止深莞尔，点头。

阿年看向搂着自己的方默川，很惊讶，结婚登记？她怎么结婚登记？

黑色轿车驶离。

晚上，阿年脱离了方默川的视线，对于方默川星期一就要带她去登记，阿年想好了理由拒绝，可是拒绝总要说出原因，以前说好了一毕业就结婚的，现在反悔，岂不是说不过去了。

她不得不打给管止深。

号码通了，他接听了，他说："跟我有什么关系？"

阿年说："我怎么能第二次登记？"

手机那边传来他的声音："开门。"

"……"

阿年反应了一下，马上意识到了，管止深真的就在门外。她抓起床上的睡衣套在身上，洗完澡了还没穿衣服，没心情穿，一个人的房间也不怕什么。

打开了宿舍的门，他站在门口。

阿年穿衣穿得匆忙，宽大舒适的睡衣有点歪歪扭扭地挂在她身上，棉料的，下身是长腿睡裤，很保守的款式。

阿年侧身，让管止深走了进来。

她关上门。

既然他来了，刚好可以跟他当面说一下，怎么能让默川别提登记这件事？阿年真的没有办法，在方默川放弃一切为她离开家的时候，不管他这么做是对是错，他是牺牲了的，阿年不知道如何拒绝方默川的请求。Z市四年，本来就要跟方默川走进民政局，这是阿年以往心里从不犹豫的。

宿舍内的一转身间，阿年突然被他拥入了怀里，他很有分寸地算不得拥抱地拥抱了她，他吻她的额头："我试试阻止他。"

"……"

阿年站着，一动都不敢动。

他拥抱的姿势，让她的脸颊埋在了他的怀里，不是她要埋进去的，是她长得太小了，身子骨小。阿年不敢呼吸，也挣脱不开，他抱得格外的紧。阿年始终不敢在距离他很近的时候呼吸，怕他的气息进入她的鼻息里，然后牢牢记住。

"你别抱着我。"阿年推他，认真地说。

他点头，放开。

他说，他要在这里逗留到半夜十一点再离开，想在她这里休息一下。可是，休息？阿年愣住，他不介意这里环境差，阿年介意的，晚上和一个男人共处一室，有些奇怪，在这间宿舍里，和在他的家还大不一样。

管止深躺在她的小床上，很快睡了。这小小的宿舍里仿佛只有他均匀的呼吸声。阿年一个人在房间里走动，不敢大声，到了将近十点，阿年觉得宿舍马上要熄灯了，她打开门，要出去问一问管理员大姐，熄灯吗今天？

"张姐，张姐在吗？"阿年站在管理员房间外面问。

可是没有回答的声音。

阿年在外面等了一会，没有回音，就返回了宿舍，他还在睡着。

没有过要赶他走的念头，是不敢惹他？怕他不帮她阻止方默川要结婚登记？她也分不清，心里乱了。

阿年在台灯下看书，无聊得很，双手搁在打开的书上，枕着双手歪头看外面的黑夜，看着看着，她想起什么，看了一下时间，要记得十点半左右叫醒他，他说十一点之前有事，可是阿年的眼皮却越来越沉了。

不大的宿舍内，两个人的呼吸，一点一点，都在安睡。

管止深醒过来已经十二点多，早已过了凌晨。

阿年趴在书桌那边没有动，台灯的光亮让宿舍的一部分昏暗。

他走到了阿年的身边，她睡着了，宿舍窗子还开着一点，有凉风吹了进来。管止深伸臂关上了窗子，小心翼翼地把阿年抱了起来，睡梦中阿年抓住了他的手臂，朦胧中睁开了眼睛。

"到床上睡。"管止深抱着她轻声说。

阿年彻底醒了。问他："几点了？"

说过要叫醒他的，结果一不小心自己睡着了。

"很晚了。"管止深把她放在床上。

修长手指不经意碰到阿年柔软的身体，太过快速的一种不经意，他也是后反应过来，阿年更是感觉不到。

他忍不住亲了亲她的额头，说："我先走了。"

阿年睡得迷糊。

管止深离开的时候是十二点多，他有钥匙，从宿舍外面到宿舍里面的钥匙。

第二天早上，A大。

大家早餐之后一起在A大里转了一大圈。以前这群人特别风光，俊男美女之间的关系这样好，任何外人都插不进这几个富家少爷的圈子，乔辛阿年她们这些女生，总是让人羡慕的。

乔易和左正走在前面，乔易指着A大里的一棵大树说，小时候我爬树可厉害了，左正比我早出生，没见比我厉害。

左正优哉，开起了哥们儿的玩笑："你上过树，我上过你，我们两个谁厉害？"

向悦无语了，跟向东嘀咕："哥，乔易、左正他俩不会真的有奸情吧？有的话你可要告诉我，我还在左正这棵树上吊着呢，一晃儿二十来年了。我从这树上掉下来摔死那天，绝对不能让奸夫过得好！"

向悦这颗小青梅，追着这不着调的白色左正竹马，每每马上要追到了，都被马蹄子毫不留情地一脚给踢飞了，飞得老远老远的。

"不知道左正是不是继续留在Z市，哥和乔易肯定要回海城，你打算毕业还留在这里？"向东问向悦，希望妹妹仔细考虑。

"我想在这边工作，来了四年，习惯了。"向悦说。

当初大家来Z市读书，都是因为左正这个打小玩在一起的朋友，向悦喜欢左正，从初中开始就喜欢，从小学开始就粘着左正。

现在左正不离开Z市，她也不走。

"自己想好。"向东回头说。

向悦点头。

阿年和方默川走在向东向悦的后面，也是走在最后面的。方默川把银行卡交给了阿年，告诉阿年密码，就是银行卡号的后六位。阿年没拿，问他："给我干什么？你自己拿着吧。"

"我忍不住会借给别人，这里的钱马上要没有了。"方默川说。

"有人跟你借钱？"阿年问。

方默川点头。

"你借了？"

"嗯。"

"借了多少？"

"四万。"

"卡里还剩下不到六万？"

方默川点头。

"借谁了？"

"……"

因为方默川随便借给别人钱，且是一借出去就是四万整，阿年跟他生气了。在A大的树林里，大家都在开心地聊着，阿年坐在椅上沉默。其实，阿年那种生气的样子真的看不出来，跟别人的生气样子没法比。

阿年不知道该怎么跟方默川说，不说，他却一直都不懂。

方默川有钱，一直是富有的少爷一个，可他真的离家出走了，一个人要奋斗，怎么奋斗？别说方默川这样一个完全没有生活经验的少爷，就是一个有头脑的人，在一无所有时给他几万块钱，他也不一定能稳赚不赔的。

这十万块，在方默川眼里不算什么，可在他不对他妈妈低头之前，他要靠这些钱生活。阿年还准备今天跟他讲，一定要省着一点用，没想到话来不及说，他已经把钱用了一半。跟他借钱的人，都是不会还钱的那种。他的朋友，要么是跟他真心做朋友，要么是奔着他的钱来的。左正乔易他们这些人自然是可以为方默川这个哥们儿上刀山下火海的，可是别人，只管用他的钱。

"钱没了再赚吧！"方默川对阿年说，他完全没预感到阿年会因为这件事跟他生气，见阿年不说话，方默川皱眉："阿年，以前我也经常借别人钱，你都不会生气。"

"……"

阿年眼睛看着他，淡淡地跟他讲："你以前不是只有这十万，你家里钱多你爱借给谁就借给谁，我站在什么角度上管你？"

"言下之意，嫌弃我现在穷了？"方默川脸色变了。

"我没这样说，我的意思是……"阿年解释一半，却被他冷笑打断，他的手一松，手里的打火机扔在林荫小道上："我还没落魄到几万块就把我难住，就算我一分钱没有了，我照样能活着，照样能养你无忧！阿年，别人可以对我没有信心，你不能！"

方默川踢着路上石子，要走。

乔易察觉不对劲儿，跑过去拉住方默川的胳膊，方默川回头，黑着一张脸指着乔易："给我放手！"

Chapter 05
当时那年

111

"别拉着他!"阿年赌气地说。

阿年一动不动地坐在长椅上，气得眼泪就要忍不住出来了，眼眶通红，向悦和影子她们过来，问阿年怎么了？阿年吸了吸鼻子，不可思议："不准我说话了，是他理解错了我的意思。"

"这是因为什么吵啊？"乔辛蹲在地上，从包里掏出纸巾，擦了擦阿年的眼睛，阿年没躲，也没真哭，就是气到了。

方默川是个什么人大家都知道，好坏大家都知道得清清楚楚。阿年说了这件事，也希望乔易能帮帮忙，作为朋友管一下方默川的这种习惯，不能谁张口熟悉不熟悉他都借给人家，摆阔不是这么摆的。

乔易点头，方默川早上把钱借给了别人乔易知道，觉得不妥，但钱已经借出去了，没好说什么。

乔易看了一眼左正和向东，对坐在椅子上要哭了的阿年说："别跟默川生气，他就是那个坏脾气，也不是一天两天了。"

"脾气坏他就随便跟阿年发脾气？给他脸了是不是！他当他是谁啊！靠他自己赚来个几千块给我们看看，不知天高地厚找虐的主儿!"乔辛要气死了，搂着阿年，拍了拍阿年的背，安慰。

乔易对乔辛皱了皱眉，让她别火上浇油。

左正舔了舔薄唇，咳了一下，斟酌着对阿年说："阿年，理解一下他。默川他也是刚离开家的原因，心里肯定不好受，打小他就一点苦没吃过，冷不丁的，没了爸妈的照顾来了社会上，他也很难。"

左正向来是站在方默川那边的。

阿年低头："我没对他说什么重话，他就这么离家出走了我一直也没说什么，如果不是顾及他的感受，我会跟他吵起来。他这样出来了，他爸妈会怎么想我？不是我教唆的也会以为是我教唆的。他离开他爸妈了，可他爸妈到底一辈子都是他爸妈，关系能一辈子都这么僵着吗？"

如果他一直都是父母手心里的少爷，他每天大把烧钱都没人理，人家的亲妈都不管儿子，阿年管得了么？这是阿年第一次管他，是怕他眨眼钱就用没了，下一步他就不知道怎么走了。方默川的性子不是普通的倔强，宁死不肯低头的那种人，阿年担心他没钱了会情绪消极。

向东开腔圆了一句："回头儿我们劝劝他。"

阿年在 A 大的图书馆，一呆就呆到了要吃晚饭的时候。

才想起来，本来今天管止深安排了要做阻止她和方默川登记的事，现在已经不用了。她现在和方默川吵架了，登记注册，方默川哪肯低下头来找她？阿年拿着书走了几步，很能确定，跟方默川借钱的那个人，不认识管止深，这也不是管止深导演的戏。因为，她会不会为借钱的这件事跟方默川生气，这世界上任何一个人都预料不到。

回到员工宿舍，进门时阿年碰到了管理员大姐，好奇了下。问道："张姐，这几天门口的门卫怎么一直是这位大叔？连续熬夜，受得了吗？"

"还没招来新的，另一个被辞退了，因为收礼。"管理员大姐说。

收礼……

阿年乱猜，不会是因为收了方默川那条烟吧？阿年又觉得不至于，这个宿舍楼这么多人，指不定是因为谁送的礼。

完全没有精神做任何事，跟方默川吵架，阿年难过，方默川的离家艰难和挣扎她懂，正因为懂得，所以悲伤。阿年希望他好好的，方默川这个人一生的结果，阿年是要负责的，他并不是一个对阿年来说无所谓的人。

市医院中。

李秋实的闺蜜CC来了，管止深也在。

"身体怎么样，做完手术还有没有什么不舒服？"CC问。

李秋实笑："没有不舒服了。"

"身体健康，还有心爱的男人疼你，多好。"CC挑眉说。

李秋实摇头，没力气说太多话。

CC很快离开。

面对走了的CC把气氛烘托到了几近暧昧的程度，管止深选择了置若罔闻。

病房里一片寂静，管止深闭着眼眸，修长好看的手指按着眉心，就那样斜倚在沙发上，不言不语——闭目养神。李秋实见他如此，一样也闭着眼睛不出声地躺在病床上，不打扰他难得的休息。

这种默契的相处，从几年前他住院时就已经形成。

他累了就不会说话。

夜里十一点多，李秋实醒了，看到管止深就那么睡着了，回头看了看床上，有一条方云来时带的薄毯。刚手术完，她几乎是不能动的，小心地挪动了身体往病床边上，把毯子往他身上盖，有些费力。

"嘶"地一声，疼了伤口皱了眉。

管止深睁开眼睛，视线透着一丝睡醒后的迷离，望着表情痛苦的李秋实，看到身上和她手之间的毯子，明白了她在做什么。

他站起身，扶着她的身体，很小心地让她重新躺在了病床上："不要乱动。"

李秋实深吸了一口气，隐忍着伤口的疼痛。

李秋实看着他的侧脸，失神了一阵。

和他认识是在上海，后来一起回到了Z市。一路走来，她以为两个人在缄默中隐隐有

Chapter 05
当时那年

113

些什么心思，彼此心中都有数。后来她应了方云的邀请，选择留下在Z市跟在他身边，在投资集团的总部任职。再后来她被他指派去上海，在去上海的路上，飞机上，她记得自己哭了一路，没有声音，就是眼泪一直流。

不知不觉，她已经离不开Z市了，或者具体的是，离不开了有他的城市。

有时她会觉得，自己就是隔了夜的冷饭，他这样的人，不会稀罕再瞧她一眼。

她独自一人到了上海，最初和他相识，陪他度过一段艰难岁月的城市——上海。空气依旧是那般模样，耳边喧嚣的口音偶尔也听不太习惯。上一个冬天的新年，没有他在，她在上海的大街上站了许久，茫茫人海中，不再见他。

熬了一年。

整整一年过完，公司体检发现她身体出了问题，手术的日子一直在拖，其实她是有一些私心的，这种私心让她不惧怕病痛，任由病痛折磨得她日渐憔悴，直到面色真的很不堪。因为这能换来从上海回到Z市，回到他的身边。

凌晨的时候管止深出了医院，他站在外面，点了一支烟。

面对李秋实对他表现出的关心，他脑海中自动出现了阿年的样子，阿年那种温和的感觉，不同于李秋实的这种温柔，两个人大不相同。

阿年从不会主动找他，一个阿年专为他而打来的电话，都是奢侈的。这几年他走过来，一路荒凉一路仍旧情深义重，他偶尔还是会梦到当年在南方小镇上的一幕幕。

阿年，是个从他视线里走过，没有停留多久，不真实的如同梦一样一闪而逝的小女生。管止深遇到阿年的时候，并非一见钟情，是日久生情了。小镇上的生活不同于大城市这么喧嚣，那里人心淳朴，容易接近，笑也纯粹。

他深刻记得某一个星期六，阿年和她的同学们一起去南京看向日葵展，阳光灿烂的古林公园中，他就在她身后时而跟随，时而驻足，她笑的时候，他也会笑，这样她走到哪儿他就一样也跟去哪儿的日子，持续了大半年之久。

他费了好些时间，才知道她的全名——时年。

时姓自古多能人贤士，时年，意解——当时那年。

对于管止深来说，即使和阿年此生不见，他也不会忘了当时那年。

站在医院外面，他的一支烟抽完，管止深打给了阿年。阿年说，她没在宿舍，在去A大的路上，同学找她有事。

他点头，让她注意安全。

阿年"嗯"了一声。

A大那边，影子的手机响了。

江律问影子："你们当中，谁叫阿年去你们宿舍了？"

影子点头："是啊，哥你怎么知道的?"

江律没答，而是又问了妹妹影子，阿年这两天和方默川怎么样了？影子在宿舍外如实对哥哥说，阿年和默川吵架了，因为钱的事。影子说，阿年心情不好，大家才以有事为借口，把她叫出来玩的。

江律最后说："好，先这样。"

阿年来了之后，影子鼓动向悦和乔辛说："不如咱们出去唱K吧，好久没去了。"

向悦同意，出去放松放松。

乔辛为了让阿年不郁闷，也同意的。

阿年慢半拍的点头，说也同意，她从来对好朋友们都是逆来顺受的，是不忍心扫朋友兴的那个类型。

阿年她们唱K要先去吃个饭，选择的饭店比低档的强很多，比高档的还差一截。一顿饭三个人消费下来，起码得五百块吧。

影子在饭店地楼下看到了一辆车，黑色的奥迪Q7，可是来了又走了，下车的人是江律，进了饭店，走出去时步履匆匆。

这家饭店，消费完门口有转盘抽奖的活动。一个大转盘，转动上面的指针，最后停了对准的是什么就给什么。最大的奖项是1000块抵用消费券，二等奖是微波炉，其他的就是一瓶可乐，或者一包纸巾，再或者就是没有任何奖那种。

没预料到的是，向悦中间把方默川他们都叫来了，说是让他们来买单的。买单其实是次要，向悦是想让阿年和方默川快点和好，两个人别生气了。

影子无语。

吃完了饭买单时，影子挤到了前面说："抽奖的机会给阿年啊，谁也别抢。"

"……"

阿年急忙摇头后退："不行不行，我手气这个月超差的。"

今晚是为了哄阿年开心的，当然也就没有人跟阿年抢，加上影子在使劲鼓动阿年。所以最后阿年去转了那个转盘的指针。

阿年是抱着最多能中一瓶可乐或者一包纸巾的态度转的，希望不要是空白的什么也没有，不能负了众望，囧。

"一千块！啊啊啊啊啊！真的是一千块啊！"向悦不可思议。

阿年睁开眼睛，抬头。

怎么可能?

方默川也在替阿年开心，阿年居然中奖了！可他不知道阿年还生不生他的气，所以他没敢上前祝贺阿年，就站在阿年身后的不远处，静静看着她开心的样子。

老板娘给了阿年一千元红包，其实饭店就是没有一千元抵用券，虚设罢了。阿年接住红包，皱眉还是觉得很不真实。在离开饭店时，阿年回到前台，笑脸对老板说："老板给我一张名片好吗，下次我们吃饭也好打过来提前订位。"

"可以。"老板给了阿年一张名片。

阿年收好。

一群人去唱K，其间方默川在向悦她们的起哄下，对阿年献殷勤。乔辛狠狠地教训了方默川，一边讨厌方默川跟阿年发脾气，一边又觉得发个脾气不至于分手，所以，那还不如早点让这两个人和好。

阿年一直是沉默的。

方默川坐在阿年的身边，不知道该怎么跟阿年道歉。

阿年刚才去了一趟洗手间，拿出那张名片打给了饭店的老板，反复问了好几次，饭店老板才说实话，的确，这个奖项平时是没人能抽到的。那个转盘后面都有吸铁石，几乎都是到了可乐和空白处，指针才会停下。大奖那里，和指针是相互排斥着的，根本不会停下。老板受一个男人拜托，那个男人给了老板1200，老板赚了200，所以帮忙把转盘给调整了，最后给她准备了个1000块的红包惊喜。

阿年听着方默川道歉的话，她以为做出这种事就为了让她开心一下的人，一定是方默川，不然还能是谁。向悦、影子她们出的鬼主意吧，方默川来时照做，不然影子做得也太明显了，故意非要推着让她去抽奖。

到了差不多的时间，大家离开。

隔壁包厢的人，每人喝了一瓶啤酒，在这吵闹的地方闭上眼睛休息。江律佩服管止深，问他："当年你就是这么跟着她的？她在哪，然后你也在哪？"

管止深没有开腔，喉结动了动，睁开眼看了一下时间。

他离开的时候在想，方默川是有很大的优势，所以默川可以跟阿年发脾气，发过了脾气，也不至于会走到分手这程度，除非脾气发得很过分。而他和阿年小心翼翼的接触中，恐怕自己会说错一句话。

方默川可以肆无忌惮地对阿年，他却是一副卑微的模样，这情势大抵就像此刻某个包厢里唱的歌词那般：

得不到的永远在骚动

被偏爱的，都有恃无恐。

他是前者，方默川——后者。

方默川送阿年回员工宿舍，在路上他对阿年道了歉，认真地作了保证，再也不惹阿年生气了。

阿年始终低着头，一步一步走着。

站在员工宿舍外的大门口，方默川大胆地搂过阿年，把她轻轻地按在了怀里，吻了下阿年的发。

他在阿年耳边轻声说："对不起，这类情绪我以后会控制。我意识到，我已经二十五岁了，是个不小年龄的男人了。"

阿年抬头看他。

方默川的眼睛闪着光亮，像是冬天的雪下了几天几夜，被北风吹得堆积在某处，寒冷的月光一照，闪着零星的冷光，恰好都在他的眼睛里。他也难过，不只是因为惹她生气这件事难过，离开了父母，离开了家，手上只拿着几万块，他一定也彷徨、不安。

一个挥金如土的富家子弟，忽然要面对穷困潦倒，他不会有任何心理准备，因为他不知道穷日子是什么样的。他的概念里只知道"穷"这个字很可怕，"穷"字对于他来说的可怕之处是什么，他还体会不了。

不要说方默川体会不到，阿年一样也体会不到。阿年虽不是大富大贵家庭养大的孩子，可是从小别人家孩子有的，阿年也都有。阿年在小学三四年级的时候，那会儿还没到2000年，见班上的同学穿运动鞋了，阿年也会喜欢，可是不敢要。并不是她不想要，十来岁的阿年跟别人家的孩子一样，懂事的时候懂事，不懂事儿的时候也不懂事，童年大概都差不多，胡闹过。

舅妈和舅舅没有孩子，就把她当成亲生的一样，阿年舅妈怕阿年因为没有妈妈爸爸而受伤，就懂得小心观察阿年周围的同学们，一般阿年该有的，舅妈会及时买来给阿年。

每到阿年妈妈的忌日，阿年外婆就会在那天哭上一通，跟阿年的妈妈说："你生的这女儿挺好，特别懂事，长得也好看。你弟和弟媳妇儿还是不能生，待阿年就跟亲生的一样，情意半分不假，妈眼睛不好，可这些都看得清楚，你不用惦记着了。妈是个没孙子的命，有个好外孙女，也就知足了。

在阿年妈妈嫁到北方，再到和肚子里的孩子一起去世后，阿年外婆这边的家里一直就没人笑过。后来几岁大点的阿年在这边长大，倒让家里的气氛好了不少。阿年随了母亲，没有随父亲那边的人，长辈们担心的问题都没有出现，阿年身体健康，心理也健康，父母都不在，阿年也健康地长大成人了，有着不浮不躁的性子。

此刻阿年在心里对外婆和舅舅舅妈说了一万句对不起，违心地为了安慰方默川，说谎地说："我是个穷孩子你忘了吗，我从小没有爸爸妈妈你也知道，我住五星级酒店很不适应，会睡不着，我住得惯宿舍的铁床，反而睡得舒服。我住不习惯豪华的大房子，我只住得惯普通的宿舍，方默川，我没跟你要什么。"

他点头："谢谢。"

方默川想起了第一次见到阿年本人。

那是在阿年的学校门口，一个花坛儿旁边的不远处支着一个煎饼果子摊儿，白色纸板上面贴着红色的字，是分别的价钱，阿年站在煎饼果子摊儿边买了一个，给了钱，拿在手里坐在远处的花坛儿上吃。

一边吃，一边打开书包拿出一个纸袋，不是很大，黄色的上面印着"柯达"两个大字，是新洗出来的照片。那个时候刚有彩屏手机没几年，还没有触屏的，还是个诺基亚和摩托罗拉最牛×的时期，出去玩儿，一般照相也是用的普通相机。

方默川的搭讪方式是——hi，煎饼果子多少钱一个？

阿年抬头——去问卖煎饼果子的老板。

阿年把他当公子哥儿状的小流氓了。

方默川蹙眉，咳了一声，他一点都不了解这个姑娘的性格，怕惹了会被骂一顿。

他去买了一个煎饼果子，第一次买，也是第一次吃，他在Z市学校门口从来没见过这东西，估计Z市附近的乡镇，或者稍微偏僻一点的市区学校门口有卖的，只是他没见过，总之A大门口没有卖的，A高门口也没有卖的。

制作过程方默川觉得离奇，不太卫生，看着也没有食欲，那是因为这少爷不饿。他买完了，拿着跟阿年坐一块儿。

吃了一半，他转头对阿年笑，样子好看："味道还不错。"

阿年觉得这人烦死了。

不太喜欢陌生人的阿年，把照片装了起来，走回了家。外婆和舅舅、舅妈都不在家，她要一个人在家，所以就吃了一个煎饼果子解决晚饭。自己做饭，阿年是怕把厨房鼓捣得变样了，舅妈是个爱干净凡事井井有条的人，不爱让人乱碰厨房。

都说穷人的孩子早当家，可是在厨艺这方面阿年没有早当家，阿年外婆倒不反对阿年年纪小就下厨，外婆觉得小丫头会点什么，将来都是财富。

阿年舅妈可不同意，说老太太您思想老了，看电视上那些女孩子都矜贵得很，不光手上不干粗活儿，平时洗手和护手霜用什么都得精挑细选。阿年外婆戴着一副老花镜，"啊呦"了一声，现在的姑娘不得了。

阿年外婆还是未出嫁的姑娘时，在北方呆过一段日子，过得很苦。那个时候比阿年大不了多少，深秋早雾，一冷一热就都变成了一层层的白霜，那也得起早贪黑，去大地里掰玉米，忙着秋收，即使戴着手套，那手也都变得一块儿裂一块儿裂的。

阿年想象不到那种情景的，北方对于她来说很陌生，几岁刚记事儿她便离开了北方。阿年舅妈也是幸福的，没有干过一点儿粗活，念过大学，毕业就被媒人介绍嫁给了老实本分的阿年舅，阿年舅人没什么大本事，好在家底儿还行，算当地的有钱人家了，镇上几处房子是人家老妈的，常年出租赚租金。

阿年过来后，小时候身体有了一场病，身体变得不好，总爱发烧感冒，一着凉准会病得躺下，阿年外婆说，阿年在这附近不好嫁哦，都知道这丫头一着凉就得病一场。小时候阿年病了一年多的时间，医院和家里两点一线那么养着，中间老人又病了，家里卖了两处房子。现在家里还剩下三处房子，住着一处，租出去两处，卖第一处房子，治病剩下的钱给阿年舅开了水果店。

镇上的人，都在等着拆迁。

方默川因为煎饼果子和阿年认识，所以跟着她去了小镇上，阿年学校就在小镇外的那条街上，不远。他多次跟着阿年，阿年很好奇，回头用看坏人的眼神看方默川，好像在说——再跟着我，我要报警了！

　　其中有一次，两人遇上，阿年表现得很害怕他。

　　"我没有恶意。"方默川意会，傻傻地对她笑。

　　阿年双手抓着书包带子，问他——你是哪个学校的？

　　方默川懵了，他的学校远在北方。

　　阿年问——你是想追我？

　　17岁的阿年，出落得五官非常标致了，阿年是被同校其他男生逗怕了，所以防范之心很重。

　　方默川被阿年问得笑了，低眉说道——我不在这里上学，我是Z市人。不过，追不追你还不好说。

　　阿年看神经病一样看他，回家把门关了。方默川一个人站在阿年家门外，门挡得严实，他看不见阿年了。不过他初次来这边，所以见什么都新鲜，这个小镇上的建筑物，完好的，破旧不堪的，都新鲜得让他移不开眼。

　　他手里拿着半盒烟，一个打火机，偶尔抽出一根烟搁在嘴边，点着，站在阿年家门外的青石板路上，从太阳还没落山一直站到夜幕降临。

　　他追了阿年一整年，将近400天，到了年底才有点进展，可谓不易。

　　阿年想起了以前的事情，感慨万千，那时候他银行卡上的钱，多到他从来都没数过，反正把卡插到提款机上，或者走到柜台前，他要的数字就没有不给力掉链子过。阿年几乎没用过他的钱，他给买的零食和水果，这不算吧。

　　送个新的书包，也不算什么大钱吧。

情
生
以
南

Chapter 06 ◄◄◄
一山，一水，重逢，到老

日子转眼到了6月初。

阿年起床时鼻子有些不通气，咳嗽了一声，早7点，在跟未来的同事们一起吃早餐，员工宿舍附近的早餐店。

桌子上的手机响了，是放放打来的。

放放说今天是她的生日，想要小嫂子给买礼物，诚恳地邀请小嫂子过来家里一趟，一起给她过生日。

协议上写，阿年每个月都要去他家两次。

六一居然是放放的生日，这个生日真好，阿年答应了放放，六月份的第一天去了管家，算是完成自己的一半任务。

晚上要在那边住下。

渐渐的阿年习惯了，对管家的人也不怕，那一家人都很和蔼，管止深也不是一个很坏的人。

出门上车时，阿年身上淋了一点雨，这场雨说下就下了，阿年手上连雨伞都没有拿，被雨水淋得浑身潮湿发冷。

方默川给阿年打来电话，说他赚钱去了，今天晚上不在Z市。

阿年好奇，他去怎么赚钱了？

方默川对阿年说，向东要去大连见女网友，在贴吧上认识的，准备勾搭勾搭，Z市开车大概一个小时就到大连。方默川开车过去，收了向东路费八百块，第一桶金，捞的自己哥们儿的。阿年一点都不意外，他们就爱干这种特别不着调的事情。见网友，还是贴吧认识的，本事得让阿年无力吐槽。

阿年说——祝向东见到一个人妖。

放放的生日过得很平淡，方云说，放放这孩子可不能太惯着。

她留在管家一起吃了晚饭，管止深不在家中，在为了集团的事情忙碌。

晚上阿年回了宿舍。

这天半夜，阿年睡得迷糊了，咳嗽一声，白天稍微有点冷着了，阿年的身体特别敏感，沾凉就病，一点都不含糊，全因小时候大病严重，底子不好了。阿年一度被人怀疑过上辈子是葬花的黛玉。

难受得有些糊涂，头疼，她的手指缩在被子里，嘟囔了句——渴了。

小时候阿年病了，这样一喊，外婆和舅妈就给水喝。

在A大宿舍里病了，这样一喊，向悦和乔辛就给她温水喝。一般阿年喝完迷迷糊糊地就接着睡，向悦时常叉腰跟乔辛抱怨：咱俩这是给脆弱的小阿年又当爹又当妈呢啊。

然后每次阿年病好了，都会被她几个围攻，阿年往往就猛吃米饭，往嘴巴里塞着说——我终有一天会变得很强壮！

管止深很晚还没睡，听见她咳嗽就开了灯，看着床上难受地在蹭的小病猫一样的阿年，轻声问她："怎么了？"

管止深摸了摸她的额头，很烫。

家中母亲方云是医生，可管止深对这些一窍不通，上次阿年发烧，如果没有方云在，管止深除了喂药也真的没有其他办法。

管止深有宿舍的钥匙，他叫醒了昏睡中的阿年，阿年睁开眼睛看到他，一边愣住，一边浑身无力地被他扶了起来。

"穿上衣服去医院。"他说。

阿年抱着被子，看着他给她找出来的衣服，包括内衣，阿年瞬间有点懵了。阿年还没说什么，他就亲了一下她的额头，走了出去，站在走廊等她。

五分钟过去，他问阿年："穿好了？"

"我不去医院。"阿年非常慢半拍地说。

管止深回头，宿舍的门是打开着的，他走了进来站在阿年床边，俯身对围着被子的阿年说："你现在可能低烧，要去医院打针。"

阿年摇头。

"逼我动手给你穿？"他抢过她手里的衣服。

"我说我不用去医院就可以好！你怎么会在我的宿舍里？"阿年惊讶，被他的晚上诡异出现气得不轻。

管止深对阿年的小性子本是有耐心哄的，可她似乎很不愿意见到他，这让他气愤，他说："阿年，我有你宿舍的钥匙，所以我可以来去自如。整个 Z 市，你可以随意搬去哪里，我也可以告诉你，整个 Z 市你去到的任意一个地方，我都可以进得去。我缺什么，都不会缺办法。"

"你进来要干什么？你是粗鲁的流氓？"阿年呼出去的气是热的，浑身病得都不舒服，对他埋怨："你跟我凶什么？你进来我的宿舍我生气还反成了我的错吗？你凶我干什么？"

几个问号问得委委屈屈。

"算我错了，你再对我凶回去。"管止深压着脾气，如果是放放生病不听话不去打针，他会很严厉地命令，这会儿他伸手拉着阿年的一条白皙胳膊，只要她能消气，那么就怎么都好。

"本来就是你错了！什么叫算你错了？"阿年情绪化得要掉眼泪了。

管止深安抚："先穿衣服。"

阿年的小脾气不是一般的拧。

他去拽阿年，阿年吓得围着被子严严实实地往后缩，对他喊了一声："你先出去，我要穿衣服了！"

管止深点头，只要她听话穿衣服就好。

阿年从小时候开始养成的，生病了，如果不被打扰她就一直老实地睡觉，被人吵醒了就会发小脾气，直到心思顺过来，大抵跟她有起床气是一个道理。

衣服都穿好了，阿年蹲在地上穿好鞋子。

起床彻底精神了后，阿年还是心情不好，只想睡觉，不想去打针，还有要记得，下次在 Z 市的任何一个角落里睡觉，都不能脱掉衣服了，怕他会突然来。

"生完气了么。"管止深走了进来。

他在包裹严实的阿年面前伫立，阿年不想跟他多做交流，他已经干扰了她的一些想法，这种干扰来得悄无声息，待发现时，已如瘟疫般强大。阿年跟他不断地发脾气，就是想让他渐渐对自己讨厌，再也别来宿舍这里。

管止深带阿年去了医院，不是母亲的医院，也不是李秋实住的医院。

给阿年量体温，然后安静地吊针。

凌晨一点半，管止深看了一眼阿年的吊针，剩下没多少了，应该快结束了，阿年困了，在那低着头打瞌睡，他又不敢招惹她，怕她再炸毛。

其实，实在累了的阿年，温顺着呢。

怎么摆弄怎么是。

手机响了，是阿年的，显示的号码是向东，管止深刚要去拿，阿年醒了，看了他一眼，掏出手机，这个时间，凌晨一点了，向东怎么会打来？阿年头疼，想起向东和方默川开车去了大连，这个时间打来——阿年一刹那心惊。

"向东？"阿年慌了。

"阿年，我不是故意半夜吓你，默川出车祸了，是我们开车到了大连以后，事出有因……"向东冷静地对阿年说。

这是，最近第二次出车祸了。

第一次，是去找她，大雨中接了管三数的来电，被烦得忘记了红灯绿灯，开了出去。这一次，向东说：到了大连，见到了人，我们打算开默川的车去海边儿玩一天再回Z市。默川晚上去洗车，收拾后备箱发现了一本杂志，他确信那是你和一个男人一同进了北京的酒店，那个男的，是管止深？默川的表哥？洗车回来的路上，出了个小车祸。这边城市的道本就开不惯，心思又在杂志上，注意力不集中导致三车相撞。

伤到了头，头上本就有旧伤没好，不过，救治后已经没有大碍。向东说，方默川醒了，哭了，哭了一分钟多，从小到大，他没经过大的打击，你要不要来一趟，解释解释，你可以撒谎，说那不是你……毕竟背影女孩那件衣服别人也可以有，至于他表哥，你不要提起。那杂志他问了，是他外公随手搁在车上的，都是好久前的了，换车就都捣腾到这辆车上了——向东告诉阿年。

他外公不认识阿年。

阿年闭上眼睛，点头。心是在发抖的，挂了之后阿年抬头，她说针不打了，叫护士。管止深问阿年，怎么了，谁出事了。

"默川……他知道你去过我宿舍是不是？现在他知道我和你去过北京，他会不会知道我和你登过记了？"阿年想从他这里得到一个答案，他说一句不能，她就选择相信，心里害怕，怕方默川痛苦地惩罚他自己，阿年会愧疚。

护士过来给小心拔了针，管止深看着只剩了一点，便没有阻止。

阿年把事情原委跟管止深说了，她看着在开车的管止深："我很心虚，从他回来Z市我就怕他发现，我怕我一开口就什么都说了，我怕我一开口就什么都说了，我怕他骂我……我……我不想你们表兄弟有问题。"

"我们很早就有了解不开的问题，谁也解不开了，无关你。见了他，你准备怎么说。"管止深蹙眉，问在副驾驶座上的阿年。

"我不知道，我不知道……"阿年摇头，急得抱着膝盖蜷在座位上。"我怕我怎么说，都挡不住有一天你妈和你爸会知道。对不起……也许我不该来Z市读书。"

管止深停了车，阿年，好阿年，担心他的父母会伤心，担心的人许多，却唯独在狠心地对他说："我究竟得多恨他快死，才敢辜负。"

阿年眼前，仿佛是方默川曾开过玩笑的话——阿年，你不要我了，我就，活不成了。

不是心狠得到了时刻期盼着方默川去死，都不能辜负。简短易懂的一句话，阿年用来拒绝管止深，认真，很认真。

偷来的半宿美好，有脾气有血有肉有好有坏的阿年，最真实不过，终究逝去，只余下他一颗空荡荡的心。都是，在一起，再分手，正常的这个步骤。到了他这里，没在一起，不能继续。好像一个傻子拿着眼下不会开花的仙人掌，等了一天又一天，突然，不仅枯

情生以南

了，还扎了手。

"明天我送你过去。"他伸过手，阿年在低着头，他用拇指蹭掉阿年眼睫毛上湿湿的东西。过去和现在，扭曲成了什么样子，那么干净的吸引，要继续深沉地安静下去。

也许是悲伤情绪压下了一切顾忌，阿年跟他回了家，回了那个高档住宅小区，他新买的那处房子里。

奥迪Q7停进了小区的地下停车场，阿年身上裹着他的西装外套，跟在他后头，风吹到疼的眼睛，看着天边呈现浅灰色，再有两个小时，大概就要天亮了，睡两个小时对阿年来说也是好的。

进去时，管止深开了灯。

阿年往里走，前些天来过一次，被方云带着楼上楼下地观摩了一遍，又招待了他的客人，所以，走在这个家里，倒也熟悉得什么都可以找到。家中没有温水给阿年喝，管止深去了厨房，用电水壶接水、插电。

阿年在客厅站着，他从厨房出来时，一只手刚碰在阿年的肩上手机就响了，转过身去接，阿年看他，面色凝重，他点头，说好。

"你上楼去休息。"管止深没有去拉阿年的手，只是这样说。

阿年已经窝在床里了，他走上来，手里拿着一杯温水，让阿年喝完了再睡。阿年听话地喝了，低烧难受不爱说话，从医院离开之后到这个家中，没怎么跟管止深说话，喝完水，很快就沉沉睡去。

轻度失眠，可能是因为烦心事太多了，比如阿年前些日子就始终不易睡着，辗转反侧不能成眠。今天，睡得尤其快，沉沉地不醒，可能是压力大到了大脑已经开始要罢工，不想清醒工作。

没问管止深睡在哪里，阿年是打从心里信任他，仿佛日复一日的这样过来，有些相信了管止深曾经说过的话。

——从她大三开始留意了她，一年的时间。

她睡了，管止深开车去了姑姑家。

方默川在外地出事，管三数怎么睡得着？不论车祸严重不严重，这车祸二字光听着就吓人。一次两次躲过了没要命，下一次是否还能侥幸？管三数打给方慈，问她在哪里，方慈回到家中的时候，管止深已经在方家了。

"怎么回事，默川去大连干什么？"方慈问母亲。

管三数闭着眼睛表情痛苦，坐在沙发里，手支着额头："跟默川的朋友已经通过电话了，他是跟朋友开车过去的，不知干什么。"

"我要不要过去？"方慈问。

弟弟平日对她这个当姐的口不择言，但方慈过后从来都不会真的生气。方慈也希望弟弟能成气候，未来给方家争脸，父母亲总有老去的一天，她是一个女人，将来不管混成什么样，是嫁人还是不嫁，总要一个娘家人帮着。弟弟如果强了，她这个当姐的没了漂亮脸蛋儿那天，也可以依靠。

管止深对管三数道："派车过去，把默川接回Z市住院吧。"

管三数想了大概一分钟多，点头。

"行吗？"方慈问。

"伤得不严重，已经叫人查了，下午下班高峰出的事，在市中心，堵车差点堵死的路段出的事。"管止深补充。

管三数点头："一个多小时也就到Z市了，派车去接。如果我不把他接回来，谁过去照顾他？医院我离不开，市委那边你也离不开，这时没个家里人在默川身边，非要让默川记恨不可，再者，不接回来这简直就是在给那个小姑娘创造表现的机会！"

方慈点头。

管止深和这个姑姑，很多时候针对某些事的意见和想法，不谋而合。大概是因为姓管的人身上都流着同样的血液。起初管止深回国创业，投资管爷爷不太看好，如果他要经商，直接接手GF医院就可以，医院是管止深的奶奶年轻时经营来的，社会在变，医院的样貌和规模也在改变。

管三数冷脸、不甘。

对方默川管爷爷也不想亏待，但外孙是个什么料子管爷爷心里有数，不适合经商。可以在Z市的机关单位谋一职位。

表兄弟二人，一个经商，一个从政，一副好搭子。

管止深开始进入投资行业，几年之后，GF在管止深的手中，已经属于了资金膨胀状态，无法对外再公布任何财政情况。

他跟爷爷商量要单立门户。

管三数算医院的高层，察言观色，不愿意让管止深单立门户，资金和医院分割开之后，以后的财富不会再属于姓方的，投资分红也不会跟姓方的人有关系。管老爷子看透一切，上下家中这几个脉路上的人，谁野心大，谁野心小，老爷子看得清清楚楚，可手心手背都是肉，一时也难以抉择。

顾虑姑姑这边的感受，管止深便没有拿走全部属于自己的，医院的资金一分没动。他单立门户，换了集团总部地点，重新注册，他的GF投资集团不再跟医院有联系，他依旧顶着管老爷子爱孙这个名，在做自己的投资，只是所有收入都理所当然地变成了GF投资集团所有，医院被掐断。

GF投资集团壮大后，以后人们提起GF，先会想到管止深，而不是那些带有这两个字母的医院、酒店。管止深这样做，既没有动医院的一分钱，又借力打力壮大了属于自己的投资公司，稳住了姓管的人的地位与财富。他跟母亲方云私下谈过，医院可以给姑姑，为的是不伤亲戚之间和气。他如今有用不完的金钱，完全不需要去争一个医院。那个医院因为他变得更加好了，因为姑姑的争强好胜，他不提一言，母亲方云一样不为儿子邀功。

管止深是一个什么人？他可以为亲情忍让任何事，可他有底线。在姑姑反对他独立门户，怕他占用医院一分钱时，他心里是愤怒的。骨气，非但不会动医院的一分钱，人性，甚至可以完全把医院全都给姑姑。他终有一日让GF医院顶着他GF投资集团的光环，如今的确已经如此。

管止深一路走来，他本身的成熟，和公司投资机遇的成熟，到几年前他在一次专访中对外公布投资公司的财政年度业绩，让外人和家人都惊奇了。

管三数那种不甘，溢于言表。

今年年初，投资集团再公布财政年度业绩，比上一年增长了28.2%，管止深不动用原有医院资产一分一毫独立门户的成功，不论他在外人眼中是个什么样的人物，在家族几个支脉亲属的眼中，他是仁慈又成功的——上位者。

管止深记得，小时候，自己的玩具都是姑姑买的。他敬爱的姑姑，漂亮、大气、有能力。什么时候开始心中有了隔阂，以至于想把医院变成妈妈的，而不是落在姑姑手中。一定是在——大火发生以后。

凌晨不到3点，管止深开车赶回新住处。阿年生病，他不想阿年去大连，还要照顾方默川，她会越病越厉害。

阿年睡得很熟，嘴唇看上去还是有点干干的，不过阿年睡着的样子很放松，没有一点皱眉。管止深洗了澡，没有穿睡袍，不太喜欢穿什么睡。唯一穿了一条四角内裤，躺在了阿年的身边，搂过阿年，一条手臂搭在阿年的身上，吻了一下阿年的额头，阿年的眼睫毛轻轻动了动，窝在他怀里继续熟睡。

一声叹息，散了那些哀愁。

怀中的人，温顺起来，要了人命……她在他怀里动，找着最舒服的姿势，动来动去，他看着怀中这格外的温软，亲吻一下她的额头忽然都不敢，怕惊醒了她，睁眼发现已近天明，恐会失去。

阿年醒来时，他没醒。

他睡得太晚。

管止深醒了时，阿年已经在楼下自己吃药喝水了。

"我可以坐车去找他。"阿年说。

他站在楼梯口，往下走，身上一样没穿什么衣物，在自己家里这样随便得好像那个看着他的人是他真的老婆，拿过阿年喝过的水，喝了一大口。

"小心传染了你。"阿年说。

"口渴。"管止深看她，阿年就是这样，表情淡淡的同时眼神也是淡淡的，仿佛是一个假人，没有一点表情。

管止深直接坐在沙发上，摸过打火机和烟盒，拿出一支烟点上了，朝别处吐着烟雾，窗子开着，呛不到阿年。

他说："默川早上会被接回Z市，等那边没人了，你再去看他。"

"……"

阿年点头，明白了，方默川的妈妈去接的吧。

管止深伸出一只手，摸了摸阿年的额头，烧退下了，好多了。

管止深一支烟抽完，在沙发这边看外面，树枝发芽了，绿色的，很嫩，很好看。他的心情复杂，人，在他眼前了，心，似乎也近了，可是，有一些东西冲不破。

"想吃什么?"他问。

阿年没有食欲："什么都行，不吃也行。"

管止深去了楼上，洗漱，换了一身衣服，浅浅的青灰色衬衫他有许多件，他似乎喜欢这个颜色。袖口挽起，露出他精壮的胳膊，他的一只手上，那片仔细看才看得见的疤痕，上方不远处有一条文身。

这个早上，他在厨房里做早餐，阿年在一旁目不转睛地看着，问他："你这个文的是什么东西。"

"山。"他看她说。

山? 一座小山?

文上去的只能说是神似吧，他身体肤色很有男人味儿，偏暗。

把米粥从厨房端出去后，阿年站在他旁边等着他制作的可口小菜，心里想就问了出来："另一个文的是什么。"

"哪里?"他挑眉。

阿年手指戳了戳他手臂，就是衬衫袖子挽起来也露不出来的那一个。

管止深说："水。"

吃早餐时，阿年好奇所以问他："什么含义?"

一般文身都有含义和用意的吧。

早餐吃粥，是因为阿年还在病着，好是好了，但还没有多少精神。

管止深在餐桌上说："算个人信仰吧，我喜欢过一个女孩子，她水一样温和，活泼可爱，是我非常喜欢的类型，她比我小，我想过像山对水一样，让她在我视线里自在生活。后来还是错失了，文了这个，是在奢望文身能给我带来好运，如果有一天她能来到我身边。一山，一水，重逢，到老。"

"哦。"阿年低头吃粥。

水一样温和的女孩子，被他这样记忆深刻地喜欢过，那个女孩子，错失了他这样有安全感的男人，阿年觉得，真可惜了。

早饭后，阿年主动说负责刷碗收拾一切，他拿了外套，车钥匙，出门。他去了医院，方默川已经平安抵达了Z市。

等管三数走了，管止深跟方默川沟通完，阿年再去。

医院，管止深始终没有对进来和出去的任何人说过一句话。

豪华单设病房，什么都不缺，方默川还没有醒，有些狼狈。

管止深坐在沙发上，的确是在下班的高峰期撞车，路段堵车，可是，怎么会伤成这样？按理说不该。

上一次车祸，方默川因为阿年和母亲管三数，头上的伤不重，这次加剧了。医生说，方默川睡得沉，因为伤了脑袋。

等他自然醒来。

家里，阿年手里捧着一杯温水，窝在沙发里发呆，拿过手机，几次准备打给管止深问一问，方默川怎么样了，可最后，都放下了。

怎样面对方默川，阿年不知道，担心，他怎么样了？

中午十一点多，睡了一早上的方默川醒了，睁开眼睛看到管止深在，方默川皱了皱眉，疼得他额头有一层薄汗，护士过去扶他。

"没事，别碰我。"他手臂躲了一下。

护士尴尬地收回手，这个护士叫刘霖，在这家医院里工作几年了。方默川二十岁时，总来医院逛的时候，这个护士就已经在医院了，和方默川同龄。医院里喜欢方默川这位少爷的护士不在少数，在医院里上班，谁不想认识富家子？谁不想和富家子弟有点牵扯？

阿年和方默川以前，那个新年，因为一个护士私下拍照传到阿年的手机里，引发了矛盾。从那以后，方默川远离了母亲医院的护士。那个拍方默川照片传给阿年的护士，早已经辞职，事情已经过去两年多了。

刘霖是跟方默川认识的，自从那件事以后，方默川再也不敢接触这些女人。

不可相处。

"不要乱动，午饭吃了再干别的，空腹不要吸烟。"刘霖清冷的表情，帮方默川把一层单薄的被子往上拉了拉，整理了一下他额头上的纱布，转身出去了。

方默川和管止深一直没有说话，管止深起身，走了出去。

午饭来了，方默川没有要吃的意思。想抽烟，专门照顾他的护士刘霖进来，恰好看到。冷着脸把他的烟抢了下来，饭菜是方家保姆阿姨做的，适合养伤的营养餐。

"好歹吃一些。"护士把一勺饭菜递到他嘴边。

方默川皱眉，回头："烦不烦——"

"烦不烦都要吃饭，这是我的工作。"护士无法，冷着一张脸告诉他，"如果这个饭不吃，我不保证你接下来，会不会在阿姨不知道的情况下，继续见到你想见的人。"

指的是……阿年。

方默川吃完午餐，已经下午一点，午餐后是水果，全部吃完，饭来张口，衣来伸手，仿佛一切都那么好。

管止深再次回到方默川的病房时，方默川正在吸烟，方默川站在病房的落地窗边。一身病号服，白色的裤子，白色和蓝色条纹的上衣，这身别人穿上会显得邋遢的衣服，穿在方默川的身上，愣是被他穿出了一股优雅，人生得底子好，穿什么看着也都是好的。

"怎么一句话不说。"方默川没有转过身，抽了一口烟，手垂下去。

管止深坐在沙发上，目光看向方默川的侧脸："想听什么？"

"随便什么。"

方默川回头，看了一眼管止深，以往的方默川，很少正视管止深，也许是心中有事让他无法正视他，不敢，抑或是无法忍受对视时那掩藏不住的心事，总归，一个心虚。现在，方默川就那样望了一眼管止深，仿佛又是那个不谙世事只知道享受人生的富家少爷，听表哥讲道理，然后，他做了什么，大概也习惯地问一问：表哥，这样做没错吧？

阿年告诉了管止深，方默川看到了杂志，上面的一幅照片，他的正脸，她的一个小背影。也许别人认不得那是阿年，但方默川，一眼就可以认出来。

阿年跟他去北京酒店，总该有一个解释。

向东告诉了阿年方默川出车祸的原因，因为那个杂志，向东并没有告诉管止深。甚至向东除了阿年，没有再告诉任何人。且不论向东对阿年说出车祸原因是什么目的，是否方默川授意。就是眼下，管止深他应该说些什么最为妥当。

管止深，应该装成一个什么都不知道的人。

"以后开车，加倍小心。"管止深点了一支烟，手指摆弄着那个打火机，开腔道。

方默川蹙眉看着他，不知道他在想什么，又似乎知道他在想什么。方默川不知道管止深和阿年是什么关系，那个杂志上的照片，他一百个一千个一万个确定！那就是他和阿年！

从带阿年来了Z市的那一天起，方默川就想把阿年带到管止深面前，轻松地介绍一句：哥，这是我的女朋友，阿年，南方女子，美吗。

不敢，终究不敢。心虚，是一方面了，怕表哥伤心，也成为了一方面。

心虚加愧疚，已经折磨疯了他！

入伍之后，整日担心的便是阿年会偶然在Z市遇到管止深，这个城市那么大，又这么小，住处与A大，相隔不远，谁知道哪一天车开过，管止深瞥见了一抹倩影？

三年入伍生活，提心吊胆度过。

管止深从前，从未在方默川面前提起过阿年这个名字，甚至一张阿年的照片都没有给方默川看过。在过去两个人可以对峙的交流里，方默川并不知道阿年这样一个人的存在，所以，方默川就算把阿年带到他面前，也可以坦荡地接受管止深的质问，他可以趾高气扬地问管止深：你认识阿年？我怎么不知道？你喜欢阿年？我第一次听说。哥，这是我女朋友，你别开玩笑了！

即使是这么一回事，方默川还是不敢把阿年带到管止深面前，因为他自己清楚到底是

Chapter 06
一山，一水，重逢，到老

怎么回事，管止深到底认不认识阿年，爱不爱阿年。

抢了，就是抢了，这是一个事实。

此刻方默川看着管止深，他在琢磨，管止深到底和阿年是什么关系了？是不是也知道是他这个表弟抢了人？对啊，除非是傻子，才相信表兄弟二人遇见同一个人，同一个阿年，哪有那么巧，隔着山，隔着水，偏偏都遇上了阿年。

没有这么巧的事。

方默川觉得管止深的沉默是一种对他的凌迟。满腹愧疚的话方默川要憋着，无法对管止深说，没有办法说自己有多爱阿年，没有办法说，哥你别跟我抢，求你了……因为没有捅破过，他要装作，装作自己是巧遇的阿年，发展成了恋爱关系。不可能表现出，阿年这个人，他是从管止深那里发现的。

从北京回到Z市，他是急了，每天脑海里情节离谱上演，怕失去阿年，失去了，心空了。

在任何事情上，管止深始终比他沉得住气，这一次，方默川一样认输了，管止深不开口提起阿年，他便主动开口问他："早就认识阿年？她在南方小镇上长大，单纯、温和，惹人疼爱。车祸之前我见到了一本杂志，上面的人，为什么，是你，和阿年。"

终于，问出了口。

上一次，他疑神疑鬼地开车跟去了，开车跟着管止深的车，跟去了阿年的员工宿舍。见到了管止深的车，可是他也进去阿年宿舍里了，没有见到他人，再出来，管止深人和车已离开。他已经确定，阿年和管止深，认识了，可为什么不告诉他？

阿年是否，知道了什么？

管止深从没想百分百隐瞒已经认识阿年，母亲方云生日那天，方默川也在，前次方默川已经怀疑了什么，或者说心虚的人都太敏感了。他从楼上拿了阿年的包下来，虽然用黑色袋子装着，放上了车，但阿年的一条包带子，却是露在黑色袋子外的，方默川一眼便可看到。

所以，以他了解的方默川，他开车走了之后，方默川一定随后跟上，因为阿年那个包包带子。他没有其他目的，为的，是让方默川自己发现，他认识阿年了。让方默川知道后，管止深想的是：或者，你给我一个解释。或者，没有解释，事情朝另外一个方向发展。

阿年一直担心，怕默川知道她已婚，大发脾气。在管止深看来，方默川没有资格发脾气，这一点，他知道，方默川自己也知道。也许凭借他几年前从来没有对方默川说过阿年这个人这一点，方默川可以理所当然地带着阿年在他面前招摇过市，但心里，到底虚不虚，心照不宣。

方默川能沉得住气这么长久，超出了管止深的预料，方默川长大了，25岁了，是一个男人，许是还没有独立所以还被看成是个孩子，其实，除去经济方面的不独立，他早已有了自己的思想，那一部分不会冲动能把控住的思想。

管止深抬头，抑着呼吸："早认识阿年了，一个月前。"

方默川看他，觉得这个男人，五官长得真好看，可是，这么刺目。

管止深说——阿年的父亲马上要被判刑。还把阿年的父亲和奶奶，要阿年买下四合院的事情，全说了出来。阿年的爸爸有钱，刚好这个四合院已经是他买下的。阿年找上他时，是几次去公司前台，见不到他，次数多了才有人往上报告，联系到了张望那里，张望了解了情况告诉了他，他一开始是不想见的，因为四合院不准备转让。

后来见到了阿年，知道了阿年要买下四合院的目的，他动摇了，转让了。说到此处，别人听了也许会怀疑，你管止深看重的四合院，居然会因为一个小姑娘转让？这太荒诞！可唯独方默川不会这样想，因为方默川知道管止深认识阿年，曾经爱过阿年，不知道这几年之后那爱的感觉有没有被冲淡，也许早已经不爱了，可见到那个需要四合院的人刚好是阿年，管止深会不忍为难，会毫不犹豫地转让。

是的，转让了。

听到此处，同时方默川也心惊了，轻易转让，是否说明管止深的心里对阿年还是有一点感觉的，这感觉，李秋实，还是他身边呆过的女人，都没有消灭的。

就这样转让四合院，让两个人在Z市认识了，一起去北京看过四合院，至于杂志报道，一向如此，管止深身边出现一个女人，就会被报道一回，这一回也许会连续被报道多次，持续时间长短在于他是否总带某个女人出去。他从来不避媒体，随便报道，只是，那些报道除了赞赏他的，还是赞赏他的。

方默川听管止深说着胜似事实的谎话，猜不透这里头几分真几分假。方默川觉得巧合的是，为什么阿年需要的那座四合院，偏偏是管止深早已经买了？这些话方默川即使疑问，也不会问出口，他死都不会承认，他是从管止深那里认识的阿年。

管止深不用他问，便解释：四合院现在不好买，他在早于阿年很久就在派人找座四合院，居住，不商业，也不会被拆迁那类。买来是个人做住所用，谁住，李秋实的母亲居住。这是唯一的理由，能让方默川多一些相信。

在管止深离开后，方默川打给了李秋实，直接问了："我哥，说过要给你母亲买一座四合院住？"

那边李秋实也在住院，问默川你怎么这样问，默川说你只管答我就是了。

李秋实点头：这事已经有半年多了吧，我去上海后不久，他打给我，说过了这件事，我有赡养我母亲的义务，家中没有姐妹兄弟分担责任，他买那么贵的四合院，可能是在补偿我这几年。

半年多了……

方默川脑海里计算着这个时间，这种事李秋实应该不会帮管止深说谎吧？半年多以前，阿年还不需要四合院，所以，他原本以为这是管止深为阿年布的局，可能是他猜错了。

李秋实和方默川聊了几句，方默川没说任何关于阿年的，就挂了。

方默川在管止深离开时，问过他，为什么你和阿年在我家见到，你们的样子好像彼此都不认识？管止深解释道：阿年在知道我和你是表兄弟后，专程求过我，求我不要告诉你四合院和她爸爸坐牢这件事。

方默川有几分不解。

管止深再道：阿年怕你知道后瞧不起她，怕你母亲和你姐姐知道后一样瞧不起她，她爸不是被冤枉的，是真的在非法集资，害了许多人，电视上已经播过了这个新闻。关注新闻的人应该都知道阿年父亲这个人，阿年父亲在被人骂，坑了多少个家庭，散伙，走投无路自杀。

他这样对方默川说，方默川心情复杂，阿年身上这么多事情他都不知道。

方默川叹气，送走管止深时在说——其实阿年不用隐瞒这些，我妈还不是已经知道了，怎么会不调查阿年的底细，那天你也听见了！

管止深走出病房，点头，双手插进裤袋，转身，看着方默川，让他回去休息。方默川笑——哥，让你担心了。

张望一直在病房外守着，全都听得见，一起离开时，张望开着车，说："这是什么意思，看不透了，成全了默川？"

管止深沉默，几分愁绪，染上浓黑眉梢。

阿年见到他回来了，上前去，站在门口看他，嘴巴有些干干地微张，眼睛很累地看他，似乎在等他说些什么关于方默川的事。管止深双手轻按在阿年的肩上，垂首紧盯阿年的眼睛说："照我说的那样说，没有问题。张望送你到医院附近，去吧。"

阿年点头，跑了出去。

管止深转身，望着离开的阿年，她是跑得头也不回。

张望只送阿年到医院附近，阿年下车，自己过马路去的。到了医院外，阿年打给了方默川，他接了，说马上有人下去接她上来。

阿年自己不能进去，怕管三数知道。

出来一个护士，东张西望，阿年和她的视线对上，那个护士双手在护士服的口袋里，上下打量了一下阿年，目光中没有任何情绪："阿年？"

"对。"阿年点头。

"跟我进来吧。"护士微微抿起唇，态度很好的样子。

阿年跟着她一起进去，护士仍是那个不紧不慢的步伐，就像她的表情一样，回头看了阿年一眼，护士说："我叫刘霖，以后你找他如果找不到，不要急，可以打给我找他。"

阿年正不懂她的意思，就见她拿出一张纸条，上面写着她的手机号码。阿年看了看，拿在手里，两个人进电梯去。

"管阿姨叫我照顾他，也是负责看着他，提防不要让他见你。你回头记一下我的手机号码，管阿姨在，你不能来，他又不方便接电话，这种时候，有什么事你打给我，我可以帮你转达。"刘霖解释。

"谢谢你。"阿年点头。

"不要客气。"刘霖仔细看了阿年一眼，那是，讨厌不起来的一副温和模样。

阿年不善于与陌生人、新认识的人，话多地去沟通。待人亲和，又有一点明显对陌生人竖起的小防备，活像个小刺猬要上前去，想一探来人究竟好坏，却发现刺还没长好，进退两步终究缩回去，老实呆着。别人是好是坏，与她无妨。

方默川住的单设病房，有厨房，有专门见客人的客厅，入眼都是白色，不是清冷的白色，很暖很暖的白色，地面上也是干净非常，一尘不染。

"你自己进去吧，我在电梯口那边等，来人了我会通知你们。"刘霖说完转身去了电梯口，距离方默川的病房，有一些远。

阿年深吸一口气，第一次看到这样奢侈的病房。

推门进去，阿年第一眼看到的是病床，上面没有人。

走进去，一步，两步，三步。

"阿年……"突然，阿年被他从身后抱住了，病房里太静了，阿年被吓了一下，不过很快回过神儿来了，方默川的声音，所以没怕。

转过身，阿年刚要问他"怎么不在床上躺着"。就看到了他的伤，方默川的头上被绷带缠着，黑色的短发有些乱七八糟的，包扎时头发就变成这样了，有点像动漫中伤了的男生真人版。他的脸色比平时还要苍白，只有他的嘴唇一如既往的浅粉红色，格外扎眼。

"怎么了，嗯?"方默川轻声问她，伸手捏着阿年的下巴，柔柔地吻了下去，阿年一动不动地，没有挣扎，没有半分主意。心里却纠结得她整个人都麻木了，方默川吻她，她的脑海里会控制不住地浮别人。

然后罪恶感！深深的罪恶感！不敢相信，吓得要紧盯着眼前的方默川看，失神地看，记住，这个可以吻她的人是方默川！方默川好看的嘴唇在软软的唇上一点一点掠过，留下芳香，粉色的唇来到阿年的脖颈上，印下一吻，停留许久许久不曾移开。

喘着气，摸了摸阿年的头。

他自己一个人走向了病床，阿年跟了过去，他拉过阿年的手笑着说："下次亲你别那么木了，不结婚我都不碰你，这不就OK了。"

阿年笑。

方默川抱住阿年，在她耳边蹭了蹭，不小心蹭到了头上的伤口，"嘶"地一声，又说："我担心你结婚嫁人那天还是不让碰，那我就得用强了。"

"我又不是怪物。"阿年觉得自己没古板到那个程度。

阿年跟他说："你开车能小心一点吗? 或者干脆你不要开车了。"

"不开车以后怎么办，我总不能出门走着，出租车叫不到我会急得打人。"方默川逗阿年，笑得唇红齿白，煞是好看。

"大马路上随便打人，小心被群殴。"阿年知道他在开玩笑。

"出门揣俩手榴弹，谁殴——我就炸他一家伙！"方默川开了玩笑后，跟阿年说："这次真的是意外，以后再也不会了。"

"阿年，你学开车吧，你老实，以后你开我坐，成吗？"

"阿年，以后买辆什么车你想过吗，我离家出走了，钱不多，得买安全性能高，又便宜的……"

阿年一句也没回答方默川。

她不知道方默川说这些干什么，提醒她吗，是吧，提醒她不准离开，提醒她，他已经一无所有，只有一个阿年了。

方默川躺在床上，母亲来了医院，收到消息后阿年先躲了，等母亲从这部电梯出来，进病房，阿年再被刘霖悄悄地带出去。

管三数和杜雨宁站在了方默川的床边。

"出院以后不要到处乱走了，跟你杜伯伯吃个饭。"管三数说。

方默川皱眉，闭着眼睛双手枕在脑后，平躺在病床上轻启唇："说了多少遍了，我不去。"

"我不会再往你的卡里打一分钱！你卡里六万块还剩下多少？这次肇事违章的是你，卡里那几万块，够赔偿的？"管三数用钱卡着这个不听话的儿子。

方默川睁开眼睛，虚弱无比的样子，他是真累，很累很累地看着咄咄逼人的母亲，母亲那些威胁的话，仿佛用尽了全身力气在对他说对他好。可是方默川自己，所有的残余力气都被母亲的话摧毁了，摇了摇头："我愿意离开这样的您。"

没钱的后果，想过。

"说得轻巧，离开了你妈你还是个什么！"管三数气得一脸铁青，已经撞成这样了，钱也花光了甚至还不够，还是这么有骨气！

骨气这东西，珍贵，可管三数看着，儿子的骨气她当妈的是这么不需要！

方默川睁着眼睛，眼角淡淡的余光瞥见母亲和杜雨宁的身影，病房内的空气冷凝住了一般，他不说话，不做理会，无声无息地不接受母亲的任何施舍，如果施舍，就施舍他一段自由的感情和婚姻。

可以很穷，穷得彻底，却感觉，有阿年一起，快乐无比。

离开家，离开母亲，是放弃ATM机里吐出来的计算不出具体数字的钱，下了很大的决心。他还不知道没有钱的日子怎么过，不知道没有钱的时候从哪里赚钱，怎么养阿年，相信阿年是个好女孩子，不会挑剔。

苦日子，就先苦着吧。

带阿年来到Z市之前，那一个冬天，他都在阿年的外婆面前说服长辈：放心地把阿年交给他吧，待她好，一定不辜负。

到了何时不会只扔下阿年一个人，如果扔了，就让他将来死无全尸。

阿年那个冬天瞪他，过后他无奈解释，没有办法了，外婆好顽固啊，我就差点说让我失去你就一定断子绝孙了。然后阿年笑，你真油嘴滑舌。方默川吞吐气息，说，如果发这么毒的誓言是油嘴滑舌，我真乐意多说几句，阿年这么善良，听了会不敢离开我吧，怕毒誓应验。

永远笑得那么温和，因为阿年知道，外婆说，好好照顾自己，别吃了那个男孩子的亏，时常回来家里看一看。

外婆让她走，让她去Z市读书。

那天晚上，方默川对着月亮发誓：如果我辜负了阿年，或者让我死无全尸给她解气，或者让我断子绝孙给她解气。

发誓这东西有意义无意义从没认真去论，他只谨记，不可辜负。

杜雨宁一直不曾说话，脸色却很难看，她已经忍不住要跟方默川说话了，如果不是来之前父亲再三叮嘱，不准乱说话，只在旁听着就行。

管三数和杜雨宁离开时，刘霖去送的。

"看着，任何一个女性朋友来看她，立刻告诉我！"管三数对刘霖吩咐。

刘霖一直没有抬头，表情很淡："嗯。"

送了管三数离开这个楼层，刘霖回来，也不进去病房，就在外面，这工作，倒也清闲了。杜雨宁，方默川的未来妻子吗，看着，不如时小姐。

刘霖是管三数带进医院的，那时刘霖还没毕业，算是管三数欣赏并可怜着的一个女孩子吧，慢慢升职为护士长。

刘霖很少跟护士们打成一片，有点孤僻。

阿年回到管止深的住处时，发现自己没有钥匙，管止深给过她一把钥匙，以备不时之需，方云来突击检查阿年应急用的。可是，放在了外套口袋里，出门时外面天气很热，外套没穿搁在了里面。

手机没电了。

阿年没有办法了，在外面等了很久也不见他出来在客厅。喊他也听不见，他的车停在外面，人就一定在里面了。阿年无法，捡起一个小石子，控制力道，往二楼的窗子上扔了一下，连续三次，玻璃好结实！

这时候，窗口才站着一个人。

管止深一脸怒意，他往下看，见是阿年，一脸怒意消散了。阿年说没带钥匙，进不去，他下来，给阿年开门。

腿长的人走下楼梯，样子是很风情万种的。尤其他头发微乱，上身全裸，身材性感无比，下身穿了西裤。

此时家门口路过一辆白色跑车，缓缓的速度，两个美女看到管止深，正站在门口外面吹着风，跟阿年说话，美女咯咯笑着停了车，看向管止深。管止深抬眼看去，收回目光问阿年："见到默川，说什么了。"

阿年的视线还在两个美女身上，好大的胆子，见到养眼的男人可以这样赤裸裸地看，为什么阿年从来不敢。阿年在研究，她们的目光应该是盯着管止深皮带腰部，诱人的人鱼线，再往下……

这不是重要的，重要的是阿年通过这个在琢磨，自己是不是也应该练一下胆子，各种的事情上练胆子，学会不脸红，这样就会像跑车上的美女们一样，在社会上吃得开，开得起玩笑，应酬得起人。

不过见到半裸男人就盯着瞧，这个阿年不会学的。

"我在问你话。"管止深伸手用手指弹了阿年的额头一下。

阿年捂着额头，回神儿了。

"什么？"

"默川对你说什么了。"

阿年跟他进去，说了默川没说什么，没有怀疑，他说的那些默川应该都是相信了，也天衣无缝的。让方默川确信管止深一席话的是李秋实，可是中间的这一个李秋实，方默川没有对阿年提起，管止深一样不对阿年提起，二人所为，都是，不无原因。

"你没睡好？"阿年抬头看他。

"昨晚睡了不长时间。"解决了一切，他精神很轻松，所以，趁着这个时间休息休息。

管止深躺在一楼的沙发上，薄唇紧抿，他仰头动了动，以舒服姿势躺着，喉结清晰地上下滑动。

阿年看他。

管止深蹙眉，不明白阿年在看什么。

阿年心里紧张，可还是在盯他。抱以欣赏的态度，敢这样直视他，那么，以后直视各种长相的领导，是不是就不会怕了？

是的吧。

管止深的身体在沙发上再次动了动，那一副健硕的裸露腰身，在阿年的视线里跳跃。明明现实是这么糟糕，可是两个人以后在方默川的眼中变成是熟人了，可以肆无忌惮说话交流，这是好的。

"阿年，你快把我盯出生理反应了。"

阿年凌乱，跑上楼拿东西，有事得先走了。

阿年拿了东西跑下楼离开时，管止深没有阻止，甚至没有说开车送她，只是站在家门口送她，说了一句："慢点跑。"

"知道！"

阿年没有回头，打开门走了。

出了门就一阵风一样跑。欢快的速度，并没因管止深的一句话慢下来，一口气跑到小区门口，出去站路边上等出租车。

就此，阿年好几天没见过管止深。

阿年一直都没有主动联系过管止深，每次都是管止深主动。阿年这几天里照常去看方默川，趁着管三数不在的时候。刘霖态度始终如一，帮忙，里应外合倒也和阿年默契。方默川说他住不下去了，要憋疯了，见自己的女朋友也要偷偷摸摸，阿年现在没课也没上班，如果能彻夜陪他，多好。

是啊，心里所想的，很好。

6月9号，阿年早上接到刘霖的短消息，刘霖说，今天管阿姨不在Z市，有事临时出差一趟，你今晚可以来陪他了。

阿年回复：好的。

早上阿年没有去医院，反正晚上会去。昨晚阿年答应了影子，今天早上要跟影子一起去看房子，影子说她毕业后，工作是不着急找的，家长先给了一笔钱买房子，出了校门直接住进去。

今天是这个项目楼盘二期开盘的日子，影子怕抢不到好的楼层户型，就和阿年不到七点去接待处等着了。

一开门，准备立刻冲进去挑。

站在接待处门口，影子把楼盘宣传页拿出来，阿年看了看，惊呼："三万多一平米，好贵啊……"

"还行吧。"影子轻描淡写。

阿年点头，好吧，还行就还行，这是她和影子的差距。

"阿年，你什么时候买房子？我们买一个小区，一起买了也许还可以优惠！"影子说。

阿年抿了抿小嘴儿："首先我得买一把枪，还得踩点儿，劫个运钞车……哦，不对，买枪的钱我还要先去赚一阵子存了才好。"

"……"

影子诧异，她没想到阿年是没钱的人。阿年帮她爸爸买四合院的时候，影子知道四合院现在很值钱，一般来说没有千万买不下来，好一点的就几千万了。影子无语："买四合院的过程里，你傻啊，怎么不自己偷偷留下一点呢。"

好吧，阿年再次觉得自己智商很低，有个有钱老爸，生了她却没养她，这份儿恨意该是清楚记得的呀，怎么也不趁机剥削一下？可是那些钱并不在她手里，二叔是个不讲理的蛮人，无法要出来那笔钱，阿年觉得自己不行，遇上复杂的事情也不太支撑得住。累得想冬眠，一生不醒，这是几回事儿。

阿年觉得自己眼界很浅，不过也比大一刚来Z市好了许多。日复一日的混日子生活，一成不变的那些学习、玩乐。受用的宝贵的，就是近来管止深给她讲的道理，听着会觉得世界很大，然后自己的心理世界也大了起来。

本来以为来得早可以抢个好楼层。

可是不到八点，放眼望去，接待处门前已经人满为患，阿年抬头……许多开车来的，什么档次的都有，按揭买房的、一次性付款买房的。出租车送客来了又走，人群中，没素质随地吐痰的也有，然后眼见得一个中年男人牵着美女的手上车边去等，瞪了一眼没素质的那位。阿年忽然想起了方默川，如果方默川被人那么横了一眼，有理没理都会炸毛！

开门了，进去接待处选楼层和户型的时候，阿年帮影子参谋，其实什么也不懂，就是看着格局舒服就差不多，突然听见另一边吵起来了，一个让阿年熟悉的声音大喊："欺负人是不是？"

阿年回头。

和影子凑了上去，影子是要看热闹，阿年是在怔怔地看自己二叔。

二叔像个暴发户一样，手里拿着车钥匙，搂着一年轻女人，跟售楼小姐正在争执。大概意思是，他看中了一个理想楼层，卖出去的都贴上了已售标签，他选的还没贴上标签，可是刚说就要这个了，售楼小姐忽然贴上了已售标签，说是另一客户刚刚要了。阿年二叔就问："谁要了，我怎么没看见人？我这儿一说要了，你就说已售了？"

售楼小姐为难地看向要了这楼的客户。

那男人就是阿年在外面看到的中年男人，售楼处经理亲自接待给介绍的那个楼层，户型图在办公室直接看的，就卖了。阿年二叔还吵："懂不懂个先来后到！什么素质？"

那个中年男人什么也没说，表情难看。和身边的美女一起走了，影子在阿年耳边说："一看这中年男人，就是给小三儿买房子来了。"

阿年点头，可能是，那男人看上去四十五六岁了吧，保养得好。那女的一看就二十出头，一定不是男人女儿，因为那男的手搁在女孩的腰上，暧昧地搂着。

"别看热闹了，你快选吧。"阿年跟影子说。

影子最终选了一个12楼的，定下。

回去的路上，阿年一直很好奇，二叔怎么会有钱买房子，还是买这样昂贵的。听吵架时二叔的口气，是要一次性付款，不是贷款，让售楼小姐别瞧不起人！阿年很少和二叔联系，不喜欢二叔和奶奶这边的人。

阿年跟管止深失去联系的第四天晚上，接到方默川的来电，他说，媳妇儿你不用来了，我今晚要出去不回医院。阿年点头，好，我马上过去找你。惊！怎么能想到是"失去联系"，只是没有联系而已。

方默川的伤只能说是稳定了，没人去故意戳他伤口就准没事了。他趁着老妈出差从医院跑了出来，再三央求刘霖，软磨硬泡下，刘霖无奈地说了，出去可以，但不可以胡闹惹祸，她就帮他瞒一晚上。

方默川说想吃辣的了，医院医生不让吃，现在要找个正宗的川菜店撮一顿！管他伤不伤的，老子不怕！

"不行。"阿年说。

然后，媳妇儿说不行，方少爷就去吃了广东菜。

明明不是方默川喜欢吃的口味，可他吃得还是很开心，傻笑。

唉，阿年要负责给他吹一吹热汤，他着急喝。有时候觉得，跟方默川在一起，最后，离不开他的原因，也许不会是有多深爱他这个人，也许是，一定舍不得，不忍心，让他伤心。

吃了晚饭。

阿年去买了两张电影票，21：10的，已经很久很久，没有跟方默川一起看电影了。

最近阿年看得也少了，没有心情。

20：40，方默川的手机上来电，他接了。

"怎么了?"

……

"我妈不是出差一整天的吗!"

……

"帮我挡一挡，看电影。我没有为难你……好好!"

……

通完话，阿年问方默川："你妈出差回来了?"

"嗯，回来了，估计怕我跑出来，说她半个小时到医院。"方默川说。

阿年心叹，不知道自己到底有多不招人待见，觉得自己真是生了一副听者悲伤见者捶胸的悲催命啊。

"对不起，好像两年没陪你看过电影了。"方默川很抱歉，他心中难过的程度不低于阿年。阿年喜欢看电影，刚来Z市那年，每部上映的电影阿年都和他一起来看，图的很少是电影本身。阿年不爱逛街购物，奢侈品也不爱，电影，百十来块的唯一消遣。算是，一个省钱的女朋友了。

阿年推他："快回去吧，这里打车不好打。"

"嗯。"方默川亲了阿年一下。

一起拉着手往出口走，阿年一直送他上了出租车，挥了挥手，方默川上车之前，让阿年找其他人陪她看。阿年点头说好。

阿年打给了乔辛。

乔辛来的时候，摇头无语："你和默川这恋爱谈得，累不累。"

阿年笑了笑，两个人一起走进去。

刚好，开演了。

乔辛最爱葛大爷的电影了，她说葛大爷其实是个好男人呢，将来找男人就要找看着长相不起眼的，自己看着顺眼，越看越喜欢的那种，就行。

"你追陆行瑞追得怎么样了。"阿年突然说。

乔辛侧头，电影院里看阿年，有些看不清阿年，乔辛问："原来你知道啊。"

"知道。"阿年说。

"我以为谁也不知道！知道你能忍了快四年了才问？"乔辛看怪物一样看阿年。

阿年囧："那是因为我不八卦呀。"

乔辛和阿年看完电影，出去的时候阿年才看到手机上的未接来电。熟悉的号码，136×××××××阿年打了过去。

管止深开车过来的时候，阿年心情复杂。

他说想见她，出差回来给她带了礼物。

乔辛问阿年，管止深是不是默川的表哥？帮你买四合院的那一位，著名投资商那个管止深？

"嗯。"阿年点头。

见到管止深本人站在面前，乔辛小声对阿年说："长得这么极品的型男，就快绝种了，你们这样私下联系很久了？"

"没有吧。"阿年说。

"吧，你跟谁吧呢。有没有你自己不知道？"乔辛说。

大家一起去吃饭，算是夜宵，阿年不饿，可是乔辛饿了。乔辛的男朋友来了，这个男朋友谈得也很累，乔辛不敢告诉自己的家人和哥哥，怕不会同意。乔辛19岁大一认识的他，大了乔辛不少。

管止深看到来人，阿年室友的这位男朋友，绅士地握手。

陆行瑞与管止深握手，相视而笑，入座。

阿年和乔辛了然，可能两个人认识？乔辛在陆行瑞面前话少，不会问东问西。阿年好奇了一下，问管止深："认识？"

"回去说。"管止深跟阿年耳语。

因为乔辛是阿年的同学，陆行瑞又是管止深的旧识，所以多喝了两杯。阿年也喝了，不过没有喝白酒，啤酒几杯。

不到十一点，张望被叫来，管止深派张望先去送乔辛和陆行瑞，阿年和管止深在后，还没走。

管止深买单，回来问阿年："等张望，还是出去拦出租车？"

"出租车吧。"阿年起来。

她怕自己等着等着就等睡着了，有点儿困。

出租车很快就来了，管止深让阿年先上车，他随后上了车。说了地址，让司机师傅把车窗落下，接着，没有再跟司机师傅说话。

出租车内很宽敞，干净，管止深看阿年头靠着另一边，出租车开起来时阿年的头会轻轻磕碰车门，管止深伸手扳过阿年，手贴着阿年的脸，问她："困了？"

"嗯。"阿年闭着眼睛。

"靠我身上睡一会儿，到了叫你。"管止深把她按在自己肩上。

阿年没有靠在他身上，老实地靠在车后座上，往另一边的车外看。

疏离。

管止深皱眉，生得一张精致五官的脸，心头上的情绪却淡了眼眸里的深邃，阿年对他的不得不躲，犹如巨大的海浪朝他脸上袭来，闭上眼睛不看。却挡不住这冷意冰着五官，一寸一寸地冷。

阿年果真睡着了，堵车的缘故。

出租车到了阿年的员工宿舍外时，阿年转醒，管止深给了钱，打开车门，下车，阿年低头看着身上他的外套，彻底醒了，抱着他的外套下车。

一个走在前，一个在后。

"走那么慢。"管止深回头，他已经走得很慢很慢，等她。

阿年故意走得很慢，他走得也慢，喝了啤酒的缘故，情绪再一次复杂到头疼得要撞墙了，只好化作蜗牛。

就算是蜗牛，也还是慢慢磨蹭到了他面前。

管止深攥住她的手，表情淡淡，牵着她的小手往前走："大一，你色诱过陆行瑞？"

"没有，想法被扼杀了。"阿年说。

阿年把自己的手从他手里往外拽，可是怎么也拽不出来。流氓不可怕，可怕流氓力气大呀！

"杀得好。"管止深点头。

阿年往外拽手，他回了头，面无表情，用力拽了一下阿年的手把她箍在怀里，手指按着她的背，覆上怀中娇小那软软的唇，呼吸粗重，小腹情不自禁地收缩紧绷住，温软的阿年在他眼中，好比绽放的烟花一般，迷住了他全部视线。低喃："几天不见，我想你。"

阿年猛地推开他，全身，酥了一下。

两个人站的距离，一米之多。

久久无语，管止深的手机响了，他接了，那边问了他什么，他听了两分钟多，点头："这么晚了还在赶工，辛苦。"

"……"

"客气。"

说完，管止深拿着手机的手垂下。

阿年还是低着头，一点都不敢抬头看他。如果现在是单身，会给他一个机会，也会给自己一个机会，可是，没有如果。

相识，就注定了痛苦。

心里可以承认，对他是有许多好感的，可这种好感难道不是可耻的么，阿年觉得自己很可耻，朝三暮四，用情不专。但这只是冲动的一点小感觉，可以压制住，一直在努力疏远，不过好像也不是很容易。

抬头望他，他跟其他大学里的男生比，是另一种味道的男人，他的身份，让她觉得跟他恋爱太不真实。阿年找着和这种感觉恰当的比喻，就好比此刻准备要出去旅行一样，想

情生以南

去巴黎玩耍一趟，发现经济上只允许她去北京，买张故宫门票，走一圈儿回来，还是火车去火车回。

干瘪得不够去旅行的钱包，要分给现实生活一部分，因为过了今天还有明天，明天总不能不吃不喝去死。这拮据的日子，可以比作她无法对他投入的拮据好感一样，好感要分给方默川一大部分，一样因为过了今天还有明天，不能今天放肆了，明天让方默川去死。

他走到阿年身边，千言万语只道了一声："晚安。"

阿年低头。

管止深走了，西装外套留了下来给她。

是珍惜还是不珍惜，随她。

一抹仓皇的挺拔背影，阿年回头了这一次，然后感觉世界好宁静，呼吸也好宁静，眼眶难受。

夏天，过成了冬眠的样子

次日。

乔辛和向悦约阿年出来，逛街的时候找个地方喝东西。

"没睡好？"乔辛问她。

阿年点头："做梦，一会儿是高中时候，一会儿是刚来Z市的时候，乱七八糟。"

"心事重。"乔辛盯着阿年的眼睛。

阿年抬头，再低头，没说什么。

昨晚乔辛回到宿舍，跟向悦说了自己的恋情，向悦惊讶。此刻向悦就止不住地说："等小辛毕业离校了，早晚得跟那男人出点事儿！"

"什么叫出事儿？男欢女爱又不犯法！爱谁谁，毕业前同居我也不怕，就是怕他不同意。"乔辛说。

向悦喝了一口奶茶："一点都不矜持，你看阿年，她怎么回事儿？恋爱五年，受戒一样不近男色。"

阿年抬头，再低头猛喝奶茶，"干嘛说到我身上来了。"

向悦嘻嘻笑："阿年，问你话呢。"

阿年——囧。

纵使大家怎么摇晃阿年的胳膊，对于近不近男色好奇得百爪挠心，阿年还是保持着一贯的逃避态度，沉默是金。

吃完东西，三个女生一起沿着马路边走，各自表情丰富，临近毕业，在一起的开心时光，不多了。

刘霖趁午饭时给阿年打了过来，说管阿姨今天一整天都在医院，一直在方默川的病房里。她们以为，阿年是只防着管三数一个就行了，可是，阿年要防着两个，还有方云。

碰见，就糟糕了。

下午，阿年回了宿舍上网，这无聊的日子，接了舅妈一个电话，说那边拆迁了，阿年手机贴在耳边说："总说拆的，都好几年了还没拆，我都没什么太大感觉了，舅妈你开心吗？"

跟舅妈聊了一会儿，阿年心情好了不少，舅妈和舅舅还没有定以后真拆迁了，是搬走，还是继续留在小镇上其他地方。外婆说住哪里都可以，总说自己活不了几年了，有个窝，你们都好好过日子，就知足了。

蜷在沙发床上，抱着笔记本上网，跟舅妈聊天时，鼠标乱点乱移动的。阿年看到娱乐新闻了。

仔细看完，才知道，这几天没有看到管止深，原因是他本人不在Z市，去了一趟北京，接着又去香港参加了一个私人大型派对。管止深先抵达北京参加了"财经峰会"，两天后，一个夜晚香港的私人派对上被人拍到。

大幅图片中，管止深和一个女人，女人一条红色皮短裙，长腿高跟鞋格外性感火辣，上身一个小外套，黑色皮的，白皙长臂露着，头发是盘起的，五官也是极美，大胆的是，上身小外套里面是一件透视装，黑色薄薄的，肉色隐约，最吸引人眼球的莫过于胸前了，完全没有穿什么，胸垫都没有，乳头在高耸的地方清晰可见。

穿着如此大胆却显得不艳俗，娱乐新闻上说，这是个法籍模特，被人牵线搭上了管止深。毕竟，管止深是个有权、家世都不简单的金主。管止深和那个女人举动倒不是多亲密，一同入场，为表绅士风范，男人被女人挽一下手臂，倒也常见。

只是，招来多少嫉妒声音。

娱乐新闻底下有人评论说：哦，原来管止深好外国妞儿这口？

还有人说：秀乳透视装，尼玛完全把持不住啊！有钱就是好，姓管的肯定上了这妞儿，一夜还不止上了一次！

多不堪入目的评论都有。

阿年拧眉，想评论，可是提示要先"注册用户"。

不太会弄，阿年注册了一个马甲花费了二十几分钟，然后想说的话都在心里沉淀下去了，最后，只回复了两个字：瞎说。

回复完……阿年试着删掉，可是删不掉。

懊恼，又不了解他多深，在香港干什么了你上哪去知道，为他说话，多余。

一天，阿年在无聊中过去。

第二天，向悦上午来了阿年这里，把一些要好的同学送的礼物值得纪念的装起来了，先送来阿年宿舍搁着，等到6月下旬再做打算。

每天刘霖都会打给阿年，或者发消息。

今天也一样，见不到方默川了。

刘霖说，方默川要气疯了。

阿年趁管三数不在病房的空子，接了方默川的来电，方默川说想她了，说不如不住了，不如不治疗了，就这样吧，死不了不是吗。

"怎么能不住，忍到伤好得差不多了，再出来我不拦你，可以吗。"阿年劝。

方默川说，好。

他说，阿年，我一点儿都不敢不听你的话，我一点儿都不敢触怒你，我可怜不可怜，不可怜，我在苦笑，即使我妈不同意我也坚持，我想我一辈子也放不下我们走过的那些时光，这是我坚持爱你的理由。

阿年听了很久，说："我，知道。"

方默川了无情绪，却是真的笑了："阿年，我，太爱了。"

"我知道。"阿年，重复着，我知道。

下午。

放放给阿年打过来，说要请教阿年一些学习上的问题，放放现在学习跟不上，方云要给放放请家教，可管止深说他在找人帮着物色，方云就没插手这事。

"你没上学？才下午三点多啊。"阿年说。

"小嫂子，星期六啦！"

阿年窘迫，原来已经到了星期六了，脑袋里到底整天都在想些什么呢，日子过糊涂了。

放放说，我哥去省委见爷爷了，小嫂子你怎么也不在家？快回来。

放放说，真的没人帮她，谁也不懂，也不能现在去找同学问，太麻烦了，小嫂子你不回来我就找我妈来叫你回来了。

小姑子，也知道嫂子怕婆婆。

有钥匙在手，阿年到的时候，放放切了水果出来。

一个问，一个讲解，最后放放解答出来答案，阿年再看。放放的疑问很多，课也不补，以前家里来过家教，放放心野，完全神游没听，这会儿阿年讲得有些吃力，也好久没有这样了，超负荷。

管止深打电话说，他要回来了。

放放说小嫂子在家，管止深告诉放放，让她别走。放放说，哥，这是小嫂子和你的家，小嫂子还能去哪儿？

"……"阿年。

管止深回来之后，让阿年和放放去超市买菜，他在一楼的书房工作一会儿，阿年和放

夏天，过成了冬眠的样子

Chapter 07

放两个小朋友去买菜了。回来后，某人还在忙碌，落地窗大片通透，管止深只穿了一件衬衫，在里面认真工作。

"我哥真帅，小嫂子，好多女生羡慕你拥有我哥，你会流鼻血吗平时。"放放说。

阿年囧——说，还好吧还好吧。

夸自己家人夸得好狠，为啥不是管止深对她流鼻血。

丰盛晚餐是管止深下厨做的，放放喋喋不休地对阿年夸她哥，长得帅死了，厨艺棒死了，事业成功，虽然偶尔脾气大，不过，小嫂子你真是捡到便宜了。

放放吃完东西离开时八点半了，放放走阿年还不能走，要在放放走了才可以走。可是放放刚离开不到五分钟，管止深手机就响了。

"妈来了？"

"……"

"妈怎么有钥匙？要钥匙你就给？"这人，生气了。

"……"

挂了，管止深说："妈来接放放，趁机要突击检查我们，想不想以后，妈再也不来突击检查？"

"想。"阿年呆呆地点头。

"过来——"管止深让阿年靠近了一步。

他却推倒阿年，迅速地压在了沙发上，他看到母亲隐约已经进来，马上会开门。阿年"啊"地一声叫了出来，管止深吻住她的小嘴儿，此时门被打开了，管止深进攻着身下的阿年，已拉开了阿年牛仔裤的拉锁。

阿年红脸，吓傻了！

方云也吓傻了！虽然阿年没露多少，儿子完整，可这已经让长辈尴尬了。方云赶忙说："妈寻思……寻思……没什么没什么，妈先走了……"

"楼下窗帘没拉——你俩注意！"方云慌张地往外快步走。

方云匆匆地离开，屋子里静了下来。

浅浅的呼吸，逐渐，变重。

阿年的胸口，微微起伏，在他身下，吞咽着空气，吓得不会动了。尤其臀部和双腿，不敢再动一下，动了，就变成和他身体的，摩擦。

"下去！"阿年说。

胆怯温吞的声音，猫挠一样，准确无误地挠在了管止深的心头上，痒死。

管止深喉结上下滑动，伸手，拿过了茶几上的遥控器，按下，那层遥控窗帘合上了，室内与外面的夜色已隔开。他的视线落在阿年的脸上，放下遥控器的手摩挲着阿年的小嘴儿，鼻尖，秀气眉眼。

阿年心跳急速，管止深的眼眸里，某种东西深邃浓烈，融了一般，风情万种地铺陈在阿年的眼底。

他的手，碰在她的脸颊上，拇指轻轻在阿年微微泛红的脸上画着圈圈，阿年害怕地闭上眼睛，缩着头皱眉，躲他。他湿湿的吻印了下来，咬住她的下嘴唇，反复舔弄，他让阿年浑身都痒，被他鼻端触碰的脸颊每一寸肌肤，逐渐热了。

管止深把腰肢重重地沉下，裤下支起发胀的地方——抵着阿年娇小的身体，他感觉到阿年和他一样，全身的每一个细胞，都在叫嚣，扩张的疯狂膨胀感，让他喉间声音变得异常嘶哑，吞咽着阿年的所有抵触，挣扎与恐慌。

阿年摇头。

被他压制得，一句完整的话都说不出来。

阿年几乎用尽了全身的力气抵抗，不给一丁点机会。

终于，他迷离的眼眸越发清冷了下来。

身体里汹涌的感觉，潮水一般渐渐退了下去。

管止深皱眉坐在了沙发上，一根烟放在唇边，拿过打火机，点上了，眉头锁得更深，抽了一口。

沙发上，阿年从身体绷紧防范到放松，这个过程很痛苦，管止深不是她的什么人，不是！真的还不是！

"管止深?"阿年叫他。

那个抽烟的男人根本不理，许是，气得不轻。

阿年整理好自己，尴尬得不敢抬头所以要走了，他却起身拽住她，让她陪他工作一会儿，作为补偿。

算是给了彼此一个台阶。

她没有拒绝。

阿年抱着一盘切好的水果，窝在沙发里跟时间死磕，抱着手提浏览网页，乱点一通，他用他的手提在认真工作。

管止深坐在沙发上，长腿交叠，伸展到茶几上，阿年时不时瞥他一眼，安静相处，阿年开始纠结，想起了医院里的方默川。

正望着手提失神，突然听管止深问："你是不是，喜欢我?"

"你有证据?"阿年问。

管止深依旧低头工作："不想仔细的说。"

喊，阿年鄙视他。"我不喜欢花心的男人。"

管止深转头，看阿年。

"我有吗?"他的样子，是朝她要证据，他何时花心了?

"法籍模特。"阿年迅速找到了那条娱乐新闻，得意地给他看! 管止深放下手中的手提，把阿年的手提接了过来，看了看。

他指着底下的某一条评论说："你认为，这条评论的内容是真的？"

阿年迎上他询问的视线，相信他身边没有女人，品行端正？还是相信他女人无数，就像评论上说的"这种男人，走到哪里都会跟女人先温存一番！"阿年瞄了一眼新闻下面的评论区域，那条她发的评论，早已经被其他评论掩埋了。

"我对这条新闻早就评论过了。"阿年说。

管止深专注地看着评论区："哪一个？"

"开玩笑你以为我会告诉你我是哪一个？"阿年突然精神满满，盯着屏幕再盯着管止深，他的样子貌似很好奇，哈哈，阿年摊手，虽然不是故意勾起他的好奇心，不过还是恶意地希望，他就百爪挠心好奇着去吧。

阿年吵着要回家，他说找不到评论就不送她。

阿年说，我叫出租车。

最终，他送了她回去，虽然心思还在评论上。

第二天清晨。

方云打给阿年，问阿年在哪？

阿年忐忑："妈，怎么了？

方云说："你和止深回家来一趟，妈要去参加一个长辈的生日，你和止深回来，让他开车送妈过去，家里司机被你爷爷指派到别处去了。"

囧，平白无故还多了个爷爷，阿年从被子里钻出来，在床上呆住："妈，他开车送您，我去干什么？"

"你过来，妈有话跟你说。"方云严肃。

吓得阿年手抖。

放下手机，阿年纠结了。早上要去医院看方默川，还要跟管止深去见他妈，时间不够用了，事情都挤在了一起。

放放昨晚就知道，老妈今天要去参加别人的生日，然后计划着把老哥叫回来，还有小嫂子，趁机带小嫂子去检查身体。方云要带阿年检查怎么一直还没怀孕？放放觉得小嫂子那么好，这件事她应该告诉老哥，就早在方云打给阿年之前，放放已经打给管止深通风报信儿了。

所以，管止深来到阿年宿舍的时候，阿年刚放下跟婆婆通话的手机。

吃早餐时，阿年发呆得把吃的都看凉了，是他带来的早餐。

"怎么了？"管止深问。

阿年低头："管止深，你知道吗，方默川对我很好的，我跟他来Z市读书那年，我以为来了就是一辈子了，我舅妈把我送上火车，我舍不得，我哭着看火车的轨道，不到达目的地Z市，我就下不去了。"

他认真听。

"和方默川在一起，一个道理，我想过如果不是方默川背叛我不要我了，我不会对不起他。中途如果下车转站，再走，应该很累吧。我才认识你四十几天，方默川现在离开家了，你们的关系是表兄弟。"

阿年很小声地说，低着头。

管止深望着她，心里有个声音在说，阿年，我认识你，已经数不清是多少个四十几天了。

"我不会逼你。"管止深沉默了片刻，才道，"如果是我逼得太紧迫，让你有了压力，你对我说。以后我会注意和你的距离。阿年，如果你真的离不开默川，我不强求，但是，别委屈了你自己。"

阿年点头，看他。

四目相对，阿年止住眼泪，就是希望他别跟她走得太近，阿年会有一点措手不及，不知如何自处。

他让阿年抵抗不了，继而阿年感觉到了狼狈和可耻，良心不断地自我谴责。

管止深安慰阿年，大手攥住了阿年的手，彼此的掌纹摩擦，这温度，非常能让人安心。

开车去医院的路上，阿年问他："没睡好？"

管止深转头看了一眼阿年，阿年指了指他的眼睛，说他眼睛里有血丝，很重的血丝。

"我找了评论。"管止深说。

阿年惊讶。

他拿出手机，按了几下，找出一张截图递给阿年。

这个用户的名字叫"一颗来自南方的糖炒栗子"，这人评论说：从管止深的五官看，他就人品很好，你们能住嘴吗?!!!!

管止深怀疑的理由是：南方来的，评论且是护着他的。

阿年囧，你才是一颗来自南方的糖炒栗子，你全家都是糖炒栗子……

一路无语。

医院附近管止深很熟，他把车开到一个医院的人看不到的位置，阿年下车，他突然攥住阿年的手，阿年回头，他请求说："快点出来。"

这份温情，平平淡淡，刺骨，而深刻。昨夜，今天，阿年不知不觉与他之间已经变了一个模样。

依旧是刘霖带阿年进的医院病房。

阿年来时，方默川并没有在病床上躺着。阿年问他累不累，他说还好，就是呆得要烦死了！平时爱玩的性子，让他连续多天老实住病房，想想，他也按捺不住。

"早饭吃了吗？"阿年问。

"阿年，说些别的。"

阿年低头，应该说些什么？

方默川向阿年走过来，拉过阿年的手，攥在手里，另一只手抬起摸了摸阿年的头，笑了："怎么了，别生气啊。"

"没生气。"阿年抬头。

"陪我玩一会儿游戏？"方默川问。

阿年点头。

来Z市的第一年，方默川带阿年出去约会，都是很单纯的相处。阿年的性格导致方默川不知如何下手，拉手是在南方小镇上，追她那一年终于拉手成功。吻她是在那一年即将结束的冬天。

阿年经常陪他一起通宵打游戏，方默川永远是最厉害的那个，阿年永远是最笨最笨的那一个……

"你不睡一会儿吗。"游戏打了一会儿，觉得他可能累了。

方默川两手一摊，手里的东西噼里啪啦掉地上，整个人躺在了病床上，望着天花板叹气："我想出院。"

阿年捡起他扔掉的东西，这是在发脾气了，可是，总不能每次发脾气都扔手里的东西，以前有钱，扔什么都可以，以后，扔什么都要再花钱买，心疼不。

"拆线以后出院？"阿年问。

方默川点头。

阿年从病床经过，方默川叫她，有话说。方默川说："我出院了，是不是得先租房子，我买房子行不行？"

"你哪里有钱。"阿年很小的声音，很委婉的语气。

方默川琢磨了半晌，说："我可以把车卖了。"

"卖多少钱？"阿年试探地问，阿年觉得房子这东西，尤其是Z市的房子，真的是没办法买。上班族怎么买得起，即使有首付款的钱，还房贷也是一大压力。

方默川说了一个大概数字，别人帮问的，他倒是不懂这些。以前也换过车，从17岁没有驾照就开始开车了，到现在换了好几辆，还有管止深买给他的车。后来不喜欢了，不开了，谁去处理了他也不知道。

阿年说："要看你在哪里买，前几天影子买房子了，她家里给拿的钱，你卖车的这个钱，首付都不够。"

"不够？"方默川拧眉。

阿年点头。

方默川沉默了，他连Z市的房价都不知道，大米多少钱一斤，更不知道。完全没有走进生活中过，没有什么概念。

阿年看时间，一个小时很快就这么过去了，方云还在家里等管止深，管止深在医院外面等她。可是阿年不知道怎么开口说走，心虚，总觉得张口说走会被方默川发现，就不敢开口说，心里不安。

"你有事就先走吧。"方默川突然说。

"……"

阿年点头。

他说："我下去送你，我妈中午才过来。"

两个人一起下楼，刘霖对阿年笑了笑以示友好。进入电梯后阿年说："刘霖护士长性格挺好的，她多大了。"

方默川抬头，看着电梯门说："25了吧，好像25。"

走出医院大门口，方默川还是没有放开阿年的手，忽然搂住阿年，下巴搁在阿年的肩上叹气："我想跟你一起就这么走，不住了。"

"再忍一忍。"阿年说。

方默川点头。

"你进去。"阿年说。

方默川笑："这么关心我？好，我先进去。"

他往里走，那抹身影刺痛阿年的眼睛，这位伤患少爷正处在迷茫中，跋涉不出。阿年不知道怎样帮他，他也许真的离不开他母亲给予的经济条件。阿年支持不了他离家出走，怕他穷日子支撑不下来，痛苦不堪的方默川不是阿年想看见的。让他回家，阿年更劝不得，怕方默川怪她。

阿年的手机响了，136×××××××管止深的号码。

她抬头，那辆一直在等的车，从停车位上，倒了出来。

阿年没有接，走了过去。

管止深可能一直在看着她，也看到了送她出来的方默川。

奥迪Q7停在了路上，阿年打开车门，上车。管止深启动了车，奥迪Q7从医院门口一闪而过，消失。

这一路上，阿年没有和管止深交谈，管止深也没有问过她什么，都沉默着。到了方云这边住的别墅，阿年和放放帮着把东西拿到车上，都是一些珍贵的药材，方云要给长辈一并带过去。

"上车吧，时间挺紧。"方云叫阿年。

阿年点头，和婆婆上了车，坐在了车的后排座。

管止深开车。

放放朝善良单纯的小嫂了挥手……拜拜，祝好运。

"快毕业了吧？"方云在车上问阿年。

管止深从后视镜里看了一眼阿年，阿年点头，很小心地回答："快了，还有半个月左

情生以南

右。"

"毕业了，打算做什么工作？还是先在家给止深生了孩子，再考虑工作的事？"方云循序渐进地问儿媳妇。

阿年有几秒钟的慌张，手指攥在一起强装出淡定自然："他说……他说顺其自然，到现在还没有怀孕，原因很多。我在家里每天盼怀孕，盼什么不来什么的，还是上班吧，也许自然的就有了。"

"这倒也是。"方云点头。

阿年深吸一口气，偷偷的，躲过了一枪，不知还有没有下一枪。

管止深专心开车，听见阿年把责任推到了他的身上，不禁莞尔，从后视镜中又看了阿年一眼，看不够，该怎么办。

阿年迎上他的眼神，低了头。

怕婆婆，都要怕疯了。

"到前面的医院，停一下车。"方云说。

"去医院干什么。"管止深装作什么都不知道。

阿年神游中，去哪里随便，反正不关她什么事，不问她孩子的问题就好。

"检查一下身体，在自家医院不好意思，出来方便。"方云说着，管止深已经把车开向了医院门口。

车停了，方云下车，叫阿年："跟妈一起进去。"

阿年点头，婆婆检查身体，她当儿媳妇的理应要陪着在一旁。

管止深在车里等，没说什么。

母亲和阿年下去了，他落下车窗，点了一支烟。

到了医院里面，方云打了个电话，不到五分钟，直接有人下来接了方云，一个五十几岁的女人，看样子是婆婆方云的好朋友。没有任何程序地上楼去检查了。

方云叫阿年："阿年，跟你苏阿姨去吧，妈在你苏阿姨办公室等你。"

"……"

阿年头上一万个问号冒了出来。

"妈，我检查什么？"

二十几分钟之后，阿年检查完了，出来了。

全程，阿年除了自己本人被检查，其余的什么都没用她，检查完也没个结果，阿年就被婆婆方云带出了医院，甚至她连那是个什么科室都忘了看！

阿年和婆婆出去医院的时候，问了，检查什么？方云说，看你太瘦了，妈带你检查一下身体，咱们缺什么补什么，你家人不在身边，当婆婆的不能亏待了你不是？

"哦……"阿年说，"谢谢妈。"

方云笑："这孩子，老跟家里人客气什么。"

上车后，管止深看了阿年一眼，阿年始终不懂管止深的眼神是什么意思，半严肃不严肃的最难分析。

送了方云到生日宴会酒店，管止深和阿年一起离开了。

"检查身体了?"管止深突然开腔，问她。

阿年点头，不过很快惊讶了。"你怎么知道?"再恍然大悟，"你知道你妈要带我去检查身体，那你怎么不提前告诉我?"

"我跟你亲，还是跟我妈亲?"管止深戏谑地道，目光看向阿年，充满了苦涩、悸动。

阿年这样理解，他言下之意，妈是亲妈，媳妇儿却不是亲媳妇儿，所以，凭什么告诉你。

气氛很压抑，阿年心情也是灰色的，原来觉得气氛压抑的不是阿年一个人，管止深一样情绪不高，他在前方红灯时停了车，问阿年："我送你到哪儿?"

"A大吧。"阿年说。

他点了点头。

这一路上两个人又是没有再交谈，并没有跟对方生气或者怎么，中间隔着一个方默川，一个怎样都跨不过去的难题。阿年分不清对管止深的好感算什么，一时的? 可是，方默川那个打算要她精神和人一辈子的人，算什么?

也许，管止深一样纠结在这种关系里。阿年，至今为止只考虑了方默川的感受，不想有一点对不起方默川，不会因为一时的凌乱抛弃一起走过了五年的那个人。管止深的难过，阿年还看不到，也许，是他一直伪装得太好，不表达，从不表达他痛苦的一面。

A大门口，管止深把阿年放下了。

"别忘了，晚上去家里吃饭。六点告诉我地址，我来接你。"管止深说。

阿年点头，打开车门准备下车。

一只手，却被管止深攥住，阿年没动，看着车门，感觉他温热的手安静地攥着自己的手，就那么攥着，一动不动。

良久，他放开了，开腔："去吧。"

阿年紧张，下了车。

6月中旬的Z市热，中午最热，早晚还好一些。影子和阿年走过A大体育场的草坪外围，坐在了刷了蓝色漆的座椅上。

影子打开伞，举着，一点阳光晒不得的女生，很在乎自己的皮肤，肤色。

阿年没带伞，晒吧，小时候就是晒着长大的，Z市夏天的温度，阿年觉得简直太舒服了，一点都不觉得晒人。

"她们两个怎么还不来?"影子从包里翻出一本杂志。

阿年望向体育场远处。"向悦性格很磨蹭啊，乔辛等她吧。"

影子点头，翻开杂志看到那个关于管止深的报道，嘀咕了起来："你说，为什么这些男人这么色？很多人怀疑，他不结婚，就是想不被唾弃地以处女朋友的名义跟女人鬼混。任何一个跟她有过暧昧关系的女人，都可以被理解成，是管止深的新任女朋友，人家怎么玩儿，随便……"

"那些报道不能信，我从来就不信这些八卦。"阿年看了一眼，说。

影子皱眉："你护着他？"

"不是，就事论事，他跟其他男人应该还是算不一样的，没见过他的新闻尺度大的。网上能搜到的一些，也都是他应邀出席活动，被拍到和女人走在一起。"阿年解释。一般出席活动，身边有个那种类型的女伴，实属正常。

影子叹气："人家想带女人做一些见不得人的事，能被镜头看见吗？"

阿年点头，突然不知道该怎么接下去，倒也是这样。

影子又说："我听我哥说过，管止深有一个固定的女朋友，很爱很护的。管止深不在场时，这些人都实实在在地管那个女人叫嫂子。管止深在的时候，大家就开玩笑一样叫嫂子。后来慢慢淡了下去，不知道是不是相处久了，管止深腻了，反正那个女人离开了Z市。"

"真的吗。"阿年惊讶。

阿年听管止深说过他文身意义的那个女孩儿。那么影子口中说的这个被人叫嫂子的，是哪一个？

"当然是真的了。我哥跟他很熟，他的许多事我哥都知道。不过他还不是特别绝情，甩了那个女人。不是甩得多彻底，还在他的公司里工作，只是被他派去了上海吧……"影子说。

"哦，上海……"阿年有点心不在焉。

影子翻了几页杂志，扔在了一边，说："跟这样的男人在一起，当成是恋爱能结婚，简直就是痴人做梦！就算他经历过很多女人都是平凡普通的，最后，怕是也会找一个八面玲珑的成熟女人吧！就算不是事业型的，也会是一个门当户对的。真替那个在上海的女人悲哀……死心，死不了。不死心，又得不到。"

阿年觉得，在别人口中听到的那个管止深，他是一个许多女孩子遥不可及的梦。如果放下单纯思想，就事论事来说，爱慕他这个人？还是他的成功与地位？也许魅力的集成，诸多方面都有：长相，智慧，地位，缺一不可。可到底最终目的，是女孩子想要一个豪门归宿，还是只贪恋他的皮相与身体？

阿年渴望一种感情，从认识到熟悉，再到最后在这世上时日不多，这个漫长岁月的过程里，不管对方是穷困卑微，还是富有高贵，都多一些单纯的感情付出。有些磨难，可做财富；然后，若能不离不弃，这份感情，可以是，亲情，友情，或爱情。

影子对管止深这个人发表的看法，阿年是有一点被影响了的，不能说全是对的，也不能说，全是错的。

向悦和乔辛过来的时候，带了吃的和喝的，大家找了个树林里背阴的地方，铺了东西，盘腿儿坐在地上吃了起来。

"呀！鸡翅给阿年吃。"向悦从乔辛的手里抢。

阿年在拆开同学带回的麻辣鸭脖。"我不爱吃鸡翅……"

"你吃一点吧，梳个马尾都能梳歪了的人有什么资格说不吃鸡翅！你要多吃！"向悦把买的卤鸡翅尖儿都给了阿年。

阿年无语，歪了就歪了呗，在脑袋上没丢就行。

影子总在吃东西时提起管止深这个人品问题，乔辛挑眉，有点不高兴了："影子，聊点儿别的不行吗，怎么总说这个人？这种社会人身上的传言，真真假假的，不好议论。"

"我没什么意思啊，就是看见杂志上的新闻了，才多说了他几句。"影子对乔辛说，倒是看不出乔辛什么意思，是袒护管止深，还是讨厌管止深，所以不让提？

向悦皱眉："干嘛呢！剑拔弩张的。"

"没有啊。"乔辛说。

影子瞄了乔辛一眼，拿起伞，装进包里，直接站起了身，不顾大家，丢下一句："不想吃了，我先走了……"

留下的三个人，互看。

"影子真有大小姐脾气，不是我冤枉她吧？"向悦坐正了姿势，往嘴巴里塞东西说道，"她高傲什么呢，是不是觉得有做生意的父母就很牛B了？乔辛她爸还是政府官员呢！往乔家上面翻一翻，身份更显赫！影子的爸妈比得了吗。"

"咳咳，低调，低调……"乔辛抹了一把辛酸泪，"父母怎么样对依赖家庭的人重要吧，对我来说没什么太大影响。这个人是我爸，他是干什么的我都不会嫌。就拿方默川来说，他父母给他的过去二十年，锦衣玉食，可是抛开那些，方默川什么也没剩了，挥金如土的时候顺便也挥霍了时间，青春期到成年了三十岁之前，对于一个男人来说太重要了，管三数，估计现在后悔纵容儿子，都不知道从何悔起。"

"别把默川说得那么垃圾。"向悦抗议，还是看好方默川的。

乔辛看了一眼阿年。

"不信你就看着，他能把以后的路走成什么样子，他不是不如别人，他比左正他们强很多，可是左正他们能接受老爸老妈的安排，方默川这儿卡着一个阿年，他接不接受都是没路可走……"

乔辛肚子里有话就直接漏了："我觉得影子说的话不对。干什么那么评价管止深？非要给那个类型的男人贴上一个无耻标签？一样身份的人还是不一样性情的，不能说方默川这种纨绔子弟不如管止深那种成功男人。这两个人能给女朋友的东西不一样，跟在这两个人身边，看见的世界也会不一样。各有乐趣和苦恼，就看这个女人是自己适合、需要，到底属于哪一个类型的。"

向悦无语的嘴巴都已经变形了，乔辛这话是开导阿年的吧，一副情感专家的样子，小心拍出去的是板砖，砸出血一个。

Chapter 07

夏天，过成了冬眠的样子

情生以南

向悦听乔辛说了，阿年和管止深接触是从四合院开始认识，管止深热烈追求阿年。向悦听完觉得该通风报信给方默川的，可是又怕方少爷闹起来揍人，揍乔辛这个看见不说的，再顺便揍了她这个说了给少爷添堵的，那多他妈不值得。

综上，向悦就没去说，也被乔辛洗脑了，乔辛说阿年和方默川是初恋，五年恋爱没在一起，阿年心里想什么呢？方默川一直在等，阿年却没有给方默川，放眼望去整个A大，处女打着灯笼都难找。

乔辛问向悦："你想跟左正发生关系么？"

向悦点头："想，做梦都在想！"

乔辛暂且不计较向悦的那点儿出息。说："我也想扑倒陆行瑞！"

所以，二比一。

向悦和乔辛一致认为，爱到了一定程度，都会有那种心思，可是阿年没有，那只能说明，不够爱吧？或者错把别的什么当成了爱？其实她们很好奇，阿年和方默川接吻时，是什么感觉？不会阿年和方默川接吻时也热烈不起来吧？那就一定有问题！

离开A大时，向悦和乔辛说去看电影，问阿年去不去，阿年想起还要去管止深家中吃晚饭，答应了方云这个婆婆的，不好拒绝，本来最近就被盯上了，儿媳妇还没参加工作就这样以忙碌为借口，会给方云添堵吧。

"不去了，你俩玩吧。"阿年说。

一起走出A大，向悦在后面打电话，管家婆一样死赖着左正，让他出去玩少喝酒不准泡妞也不准泡美男。

乔辛和阿年在前面走，乔辛看阿年，问她："我说的那些话，你听懂了吗？就是关于管止深和方默川这两种类型男人的。"

阿年低头，往校外走。

那天晚上，管止深跟阿年在一起，乔辛看到了，也许乔辛误会了，阿年跟乔辛不避讳地谈起："听懂了，两个人分别会让人看见的世界不一样，各有乐趣和苦恼，要看，这个人，需要，适合，哪一个类型的——"

"这个人，就是你了。"乔辛说。

阿年停了脚步，攥着手指，一点一点把手指蜷进手心里，看着地面。很久，抿唇对乔辛说："你看得出来，我和管止深，我……"

说不下去了。

"你喜欢他！"乔辛断定。

阿年皱眉："有吗？"

"有！"乔辛觉得自己算了解阿年的。

阿年的性格不是懦弱，是固执认死理儿，她觉得自己爱方默川，就一定要一直一直爱下去，谈恋爱分手这在她眼里是很可怕的事情，可对于其他人来说，22岁也许都分手过几次了。性格可以和别人不一样，可是感觉呢，感觉每个人都是一样的，都是不受控制地潜藏在身体里，她对管止深的感觉，相信，今天是别人说那是动心，以后，她自己会承认那是心动。

阿年在Ａ大门口的奶茶店，要了一杯奶茶，喝到管止深开车过来。

管止深打开车门，下了车，阿年也从店里走了出来，管止深走过，俯身拿过阿年手里的双肩挎包，跟放放的休闲书包一般大。放在了车上，打开车门让阿年上车，关上车门，他又上了车。

周围有路过的女学生，会看一眼，想必，是羡慕阿年。有车来接，还是那么帅的一个男人，一举一动，都是男人给的宠溺和关爱。

路上，驶离了Ａ大，阿年看了管止深几眼，管止深问她："怎么一直在看我。"

"随便看看。"阿年说。

然后低头，看一个宣传单子，不知是什么，英文的，在他车上看到的。

管止深蹙眉，跟她搭一句话真的很难，有一种被当做货物，被阿年拿起来看看又放下，只交代一句，随便看看。

"喝吗。"管止深从仪表盘上拿了一个果奶，纸盒装的，很小一盒。

阿年摇头："不喝。"她好奇，他车上怎么会有这个东西？

"不喝就扔了。"他要落下车窗了，阿年赶紧说："我喝我喝。"扔了浪费了，一盒也要两块多。

给管止深这个玩股票分分钟进钱的人，省两块钱，还真是……功德无量。

阿年打开，把吸管扎了进去，喝了一口，是草莓味儿的果奶："你车上怎么有这个？"

"亲戚家小孩子的，没有喝完，我给你留的。"管止深说。

阿年囧。

到了小别墅前，管止深停车，下车，阿年也下来了，一起走进去，阿年跟在他身后。家中马上要吃饭了，王妈让两个人直接去洗手，吃饭。

"晚上走吗？"方云问儿子和儿媳妇。

阿年看向管止深，抢先说："妈，晚上要走，他有个应酬——"

管止深抬头，不以为意，点点头："嗯，有个应酬。"

"那不是要把阿年自己扔家里了？晚上多害怕一个人，阿年，今晚就在这儿住下吧，这边家里人多，不害怕。"方云拍着阿年的手说。

还用筷子给阿年夹了菜。

阿年觉得失算了，还有，胆子没那么小。

吃完饭阿年跟放放一起去洗碗，方云让放放学会干家务，要从帮王妈洗碗做起。阿年是怕跟方云说话，就一起去洗碗了。

情生以南

客厅里，母子二人聊着："儿子，结婚四十多天了，怎么阿年身上一点动静也没有？"

"急不来。"管止深说。

"你如果没用任何避孕措施，那就是她偷偷用了，你们住得远，妈没办法看着她，你工作忙也不知道。阿年还小，不生孩子妈理解，今天参加的生日宴会上，都在谈论儿媳妇不乐意二十七八岁之前生孩子，阿年能等，你不能等了！34了！"方云愁得很。

"嗯。"管止深点头。

方云看着厨房里两个身影，一个是自己16岁的女儿，一个是22岁的儿媳妇，可是俩人，相差6岁跟没有差一样，她放心不下这个儿媳妇！问儿子："平时跟阿年，沟通得来吗？"

"还行，她不是很幼稚的女生，很有主意，也固执。"管止深必须在母亲面前夸自己的媳妇儿，不夸，对不起自己。

"没代沟就好。"方云叹气。

管止深笑："12年，也没大多少，不存在和她的代沟。"

方云叹气，望了阿年一会儿，忽然跟儿子说："看来，你们得给我回来住一个月！你不在家，妈和王妈帮你看着，她出去吃药，买药，妈派人跟着！孙子得给我怀上了！调理身体的药，睡前喝了……"

"妈，您在开玩笑？我身体很好。"管止深也凌乱了。

厨房里。

放放说："小嫂子，我妈就是偏要留你住下来的，我哥也知道我妈要留你，我妈还让他配合，我哥怎么这么坏呢。"

"啊？"阿年手里的盘子险些拿掉了。

洗完了，差不多了，放放炸毛地说："我还有作业呢。"阿年说："你先去写作业吧，我来整理就好了。"放放说："小嫂子你无敌好，以后我什么都偷偷告诉你。"阿年点头："顺便把你哥叫进来。"

"好！"放放跑了出去，老哥要被家法伺候了吧！

跑到客厅，放放距离三米远叫管止深："哥，小嫂子叫你。"

管止深挑眉，点头，站起身，走向了厨房。

阿年在整理碗，手已经洗干净了，擦干了，管止深关上了厨房的门，走过去，站在她身后，许是身体贴得太近了，吓得阿年没敢动，他俯身，在她颈后问："叫我？"

"你们在客厅说什么呢？"阿年把最后一个盘子摆进去。

管止深手搁在阿年的肩上："妈问，我和你在沟通上，有没有代沟。"

阿年回头，问他："没有代沟吧？"

回头发现，他站得这么近，他把她圈在了流理台和他身体中间。

"也有。"管止深看着阿年，恍惚间酥麻了全身，"我已经34了，一旦恋爱，会想到上床。"

阿年打断："这是好人和坏人的代沟！"

没忘了叫他进来是准备问什么，阿年抬头说："你下次，能不配合你妈算计我吗？你知道我怕伤了她心，可是，也不能一让再让。"

"不帮我妈我帮谁。阿年，我很分得清远近。"管止深表明自己的立场，跟白天意思一样，妈是亲的，媳妇儿不是。

阿年伸手捂了一下额头，火大！

"管止深！妈是亲妈没错。可你也不能帮你妈欺负我！我如果一直不跟你离婚那我现在也是你亲的。"

"亲的什么？"他问。

阿年别开了头，意识到，心直口快要付出代价。

管止深站在她面前，张开双臂，紧紧拥抱住这个小柔软在怀里，重重地用尽力气，倾尽所有温柔，吻她，"老婆……"

说过了的不扰不逼，可是，这痛苦的心，他受不了。

阿年躲他，躲他强烈的气息，太不习惯。一声"老婆"，叫得阿年三魂丢了七魄。

管止深不顾阿年的挣扎和说不出口的囫囵，手从她的衣服下摆伸了进去。

阿年咬在他的手臂上，恰好是那一处，水的文身。他又把她给招惹哭了。

他稍有疲惫。"咬吧，我身上随便哪里，都让你咬。"男人大手抚摸她的后脑，小马尾随着她发脾气而耍性子，甩来动去。

王妈说，药都快晾凉了，赶紧让俩人喝了吧。

放放喜欢在人多的地方呆着，膝盖下一个厚垫子，跪在垫子上趴在茶几上做作业，方云叫她："放放，去厨房看看，把你哥和嫂子叫出来。"

"哦。"放放拿着笔跑了过去。

敲门，放放叫了两人出来。

管止深让放放先做作业，马上出去。

几分钟之后，厨房的门打开了，阿年在前面，低着头，走了出来。管止深在后面，蹙起了眉头，跟阿年一起走过来。

"怎么了这是？"方云看出阿年哭过了，眼睛红红的。

阿年抬头，努力挤出来笑容："没事。"

"是不是吵架了？怎么回事跟妈说啊。"方云扒开阿年挡在眼睛上的手，瞧着阿年的委屈模样，一脸心疼，责怪地皱眉问管止深，"怎么惹阿年了你？"八成就是儿子欺负阿年了。

放放心虚，不会是因为自己告密，让小嫂子和哥哥吵架了吧。

"没有吵架。"管止深淡淡地道，扳过阿年，珍惜地看着眼前这小可怜，拇指轻轻擦了擦阿年的眼睛："想家了跟我说，我会抽出时间陪你回去。"

"嗯。"阿年点头。

方云松了一口气："想家了啊，难怪……让止深陪你回去，什么时候都行。"

王妈端过来两碗药，一脸期盼地瞧着阿年和管止深，管止深一手搂着阿年在怀里，亲密得倒也自然，两人惧怕地看着这药，尤其是阿年。

方云乐呵地说："阿年身体不好，都没咱们家放放身上肉多，检查了身体了，一切正常，就是太瘦了，这药安全，你苏阿姨亲自给配的，喝了吧，调理调理，饮食再注意点，就能长点肉了。"

阿年太瘦了，估计也不好怀孩子，方云现在是这样想的。她整天没事可干，管三数一个人在医院就差不多了，为了抱孙子，她就专门盯着儿子和儿媳妇了，直到，宝贝孙子怀上了为止！

手伸出去，还有点不敢伸出去，阿年抬头小心地看了管止深一眼，管止深似乎不管她，是啊，媳妇儿不是亲的，阿年给了他一个大白眼，喝就喝，喝出问题了反正没人在乎一样！

接过碗就喝掉了。

从小身体不佳，小药罐子一个，这药阿年喝着倒觉得一点都不苦的。

另一碗药是管止深的，阿年喝完了，突然有点幸灾乐祸，心里想什么，都表达了出来。阿年鼓着腮用眼角偷瞥管止深，忍不住了笑又不敢笑，他不动，还皱着眉，像很生气，阿年劝："凉了就不好喝了。"

最终，两个人喝完了药，上楼休息。

方云门里门外，楼上楼下的，这么徘徊，阿年和管止深是得在一起才行的，阿年躺在床上准备睡了，喝了药，阿年还仔细感觉了，身体上倒没什么感觉，可能单纯只是调理的药，不是管止深刚才吓唬她说的那种药。

"你不睡吗。"阿年问他。

管止深站在窗前，没抽烟也没干什么，惆怅地转身，阿年乌突突的眼睛看他，他觉得阿年这样的性格真是好，方才楼下厨房里的不开心，阿年都忘了，一件高兴的事，好玩的事，能冲淡阿年的所有不开心。

"睡哪儿。"管止深望了她一眼，睡床上，怕阿年会炸毛。

这是他的房间，其实阿年综合前几次，也知道，等她睡着了他还是会爬上床的，他也许会动手动脚，可他不会真的把她怎么样，而且她还来了大姨妈呢。阿年大方地说："你上来睡吧，别惹我就行。"

管止深莞尔，他竟然可怜到了这个地步，上床睡觉，需要阿年的批准，明明阿年比他小很多，应该阿年听他的才是。

他认为这种现象，得改。

深夜，管止深转醒，睁眼看到怀里的人，没敢动，阿年的睡相还挺好的，就是爱往人怀里钻，可能是习惯了。管止深记得，南方小镇上时，夏天他醒得早，那阵子戒了烟了，清晨就站在窗口，肆无忌惮地看着阿年的房间，看得清楚，阿年睡得很老实，她的床上有一个巨大的毛绒玩具，一般，阿年都是搂着毛绒玩具，往毛绒玩具里头钻着睡。

这会儿，梦里估计是把他当成玩具了。

可是，他要下床，稍微动了一动，阿年牢牢抱住他不让动，蹭得他浑身触电了一样僵硬。管止深无奈了，在她耳边轻哄："阿年，过去自己睡一会儿。"

甚至伸手推了推阿年，阿年动了一下，还是蹭，又睡了。管止深深呼吸，半支起身，阿年抱着他胳膊已经睡到了他刚睡的位置上，许是管止深动作真大了，阿年渐渐地醒了，睁开眼睛，还不明白怎么了。

"你干什么？"阿年警惕。

"我没干什么。"管止深为自己辩解，"你整个人爬我身边来了，抱着我不放。你还问我干什么，大半夜的，你想干什么？"

阿年脸红，讪讪望天儿，可是只有天花板，阿年慢半拍地说："大半夜的不睡觉，你想干什么？"

阿年下床，这觉没法睡了。

管止深从洗手间出来，看向站在房间中间耷拉着脑袋的阿年，问她："怎么了？"

阿年不说话，拉下了脸。

管止深走过来："生我气了？"

阿年还是不说话，眼睛也在看着别处，闷着。

"晚饭，觉得不好吃？"

"那就是，睡不惯我的床？"

阿年无语，明显是生气了，饭不好吃大半夜才想起来，我是神经病么——

"很晚了，上来睡吧。"管止深走过去，全身上下只穿了一条内裤，阿年根本不敢直视。可是他已经站在了她面前，阿年低头，又立刻抬头，忽然阿年只觉得鼻子一热，鼻孔喘气时干干的，有点轻微的疼。

下一刻，管止深把阿年带向了床，倒下时顺势把阿年搂在了怀里，他平躺在床上，阿年趴在了他身上，阿年往外挣，小声："你放开我。"管止深笑得狡诈，"睡不惯我的床，以后睡我身上。"

阿年脸红："我睡得惯床。"

管止深皱眉，唇齿在她耳边呵气："我身上，难道不比床好？"

阿年悟出来一个小道理，自己一定属于容易犯罪的性子，如果穷困了，有人引诱她去抢银行，她八成得去。因为想和他保持距离，可每次心跳都不一样，居然会怅然若失，这样下去是不是不好。有男朋友，所以这样不好。可是管止深，她竟然受了他的引诱。

"我和你这样，算什么。"阿年问，胆怯的发音。

身下的男人叹气："算给我一个机会，如果你也有过心动，但心里有对谁的愧疚，所以不想跟我说，你就不用说。我喜欢你，也可以与你无关，阿年，你一天没定下来，我就会这样煎熬着接近你一天。你定下来了，那个人不是我，我会走得干干净净，不开玩笑。"

"你威胁我？"阿年问他。

管止深抿着唇，喉结再次看着阿年动了动，他盯着这样的阿年，皱眉轻声道："你怕了是吗？"

怕什么，没有他的日子吗？

阿年低头，管止深闭上眼睛，皱紧了眉头搂着阿年，他不知道阿年是在摇头还是在做什么，总之，他就当成了阿年是在蹭他撒娇。

次日清晨。

阿年醒了的时候，管止深已经不在房间了，阿年换下一身睡衣，这个睡衣是她在管止深家睡觉专用的，长腿睡裤，上身是系扣子的，扣子一直系到锁骨上面，安全系数极高。买的时候向悦不明所以，还劝阿年别买这件，小心睡觉的时候把自己勒死！

洗漱完下楼吃早餐，阿年问："管止深呢？"

放放报告："小嫂子，我哥去公司了，听说是有急事要他亲自处理，叫我在你醒了之后，告诉你一声。"

"哦。"阿年点头。

阿年去厨房，问："妈，要我帮忙吗。"

王妈没说话，方云在学习做各样早点，以后做给孙子吃。都没回头看阿年，直接说："跟放放一边儿玩去，不用你们了，尽添乱。"

阿年纠结，怎么自己和放放是一个等级的了，放放明显在生活做家务上比她残疾好几倍的，大6岁不是白大的。

早餐吃完，阿年就离开了。

方默川考虑了一天，说，那就先租房子吧，酒店住不起了。

阿年听见方默川这样说的时候，心里一疼，租房子，这是他适应没钱的第一步。阿年说去给他找房子，找到了告诉他。

方默川说尽快，我明天就想出院了，再呆下去，会真的疯了。

影子没回宿舍去住，向悦和乔辛九点多的时候去找的阿年，向悦开的哥哥的车，乔辛问阿年，要在哪里租房子？

"左正他们附近吧。"阿年觉得这样会有个照应，方默川不会觉得一个人太孤单。

"他怎么这么挑剔，跟我哥他们住怎么了，我哥他们的房子是帝王级的了好吗！房租昂贵，但是不会要方默川交啊！"向悦皱眉道。

乔辛看着房产报上的租房信息，说："方默川觉得单独住方便约会吧，你看他以前也很讲究，宿舍不会住，习惯一个人，朋友合住都不行，怪胎一个。"

阿年点头。

阿年打了一个电话，是中介的。向悦开车去中介地址，然后中介老板带三个女孩子去了小区，房子是一室一厅一厨一卫的，宽敞明亮，精装修，不过，房租也真是不便宜的。阿年拍照，到处都拍了，给方默川发过去看。

很快，方默川回复阿年：你看着好就定了吧。

和乔辛还有向悦研究了一下，讲价了，半年的房租钱加在一起，凑整，抹掉了一千八的零头儿，房东也点头同意了，新装修的，乐意租给看着干净面善的姑娘。

房子搞定，三个人一起去吃午饭。

吃饭时，向悦问阿年："方默川还剩下多少钱？"

"四千多。"阿年说的是交完房租的。

向悦无语了，"这四千多用完，还去哪里弄钱啊？借，还是赚？"

阿年也不知道，她也还没赚过钱，有点凌乱。

"穷了，也是好事。希望方默川别跟其他男人一样，自己一无是处还就知道怨社会！不找自己的原因，苦吃不得，累挨不得，可是男人，得对得起田力组成的这个字啊，别光算个人就行了。"乔辛吃了一口米饭嘀咕着。是朋友，虽然想往好处想，可心里满满的，都是为方默川将来的担忧。

"他的学历，找个工作应该不难吧。"阿年抬头。

向悦摇头："这个，可真是说不好，工作也许找得到，可是这个少爷适应得了被人使唤么？没钱了万事都难，你看网络上吧，憧憬什么一场奋不顾身的爱情，还有说走就走的旅行。可是，有一部分不争气的男人给不了说走就走的旅行啊，跟单位请个假都费劲，容易丢工作吧！他妈的可能都光会谈一场说硬就硬的爱情。"

"公共场合，什么话都敢说，小点声！"乔辛回头看了一眼别处。

阿年很迷茫。

下午，方云跟苏医生通了电话，老朋友之间随便聊了聊，无非话题就是儿子和儿媳妇的事，儿媳妇一直不怀是心病。

"你家儿媳妇身体是弱了点，不过你别担心，没什么问题。才四十多天，没怀上你怎么就急成这样？有很多着急要孩子，一年半载都没动静的呢。"苏医生说。

方云头疼："能不急吗，我们止深都34了，以前挑来选去的不结婚，连个固定女朋友都不往回带。可是有一个乐意给他生的，谁知道最后没成！这回这个年纪小，人嫩，老实，别说止深，我当婆婆的看着都喜欢。可她这……"

说来算去，方云觉得就是阿年的问题，自己儿子的身体绝对没有问题。儿子每天这样为了孩子奋战，阿年怀不上，这样下去，儿子再好的身体怕是都要折腾虚了，她让朋友给儿子配了补身体的药，大补的！给儿媳妇配的是普通调理身体的。

有些关于夫妻之事的知识，方云心里着急，又不能跟阿年说，怕阿年太小会害羞，讨厌这个事儿多的婆婆，儿子，那么大了，当妈的也不方便说。

下午。

阿年接到方云的来电，方云说是头疼难忍，让阿年晚上回来给买一盒止疼药。阿年顾不上去想，一个医生出身的人，家里那么大一个药箱子，没头疼药吗？家里就是开医院的呀。阿年放下外面的人，立刻就买了药去给送了。

方云再次让阿年体会了，什么叫——有来无回。

方云说，晚上要一起吃饭，让阿年去打给止深，让他下班回来这边，别回你们那个家了，在这儿住几天也挺好的。

阿年打给了管止深，让他早点回来，她是觉得要商量一下对策了，明显今天方云是把她骗来的，倍儿精神呢，哪有头疼啊。

27块钱一盒的止疼药——

管止深晚上回来的时候，刚一进来，就被阿年扯走了。

"怎么了？"管止深挑眉。

阿年把他扯到了角落里，拽着他左手臂往下拽，原因是垫脚也够不着他耳朵。管止深侧俯身，皱眉听阿年说。

"%*……&*&#@……"阿年说了一堆。

管止深了然，对阿年点了点头："我来解决。"

阿年笑，点头。

晚饭之后，管止深说："妈，过会儿我和阿年就回去了。以后可以过来吃饭。睡觉，暂时还是在那边，阿年在这边睡觉会紧张。"

"紧张什么？"方云诧异。

阿年也想知道，我紧张什么了——。

方云看了眼儿子，那种看阿年的宠溺眼神，点了点头，明白了几分，紧张也不利于怀孕，估计是长辈在，夫妻之间会放不开，阿年看上去本就是个腼腆的，怕楼上动静儿楼下听见吧晚上。方云点头："以后一起回来吃饭，吃完再回去。"

"好。"管止深点头。

阿年也同意。

离开之前，方云让管止深和阿年分别喝了药，阿年听话地喝了，为了身体好嘛。管止深为难，实在不愿意喝了，太补了，真的，很补。

听母亲的话，喝了药，怕母亲会多想，担忧。毕竟他把婚事拖到了现在，34岁了，母亲着急他能理解，他一样也急。

"去哪儿？"管止深启动了车，问阿年。

阿年低头："去我宿舍。"

管止深点头，宿舍就宿舍吧，他也挺喜欢的。

阿年皱眉，他怎么那么开心？

路上，管止深接到江律的来电，有事情要跟他商量，管止深问江律在哪里，江律说了地址，管止深开车过去了，带着阿年。

要了两杯酒，随便坐一坐的意思，阿年在一旁等他，不太待见江律。江律有自知之明，对阿年可不敢再冒犯了，虽说和李秋实一样都是南方女子，但还是不一样的，李秋实见的人多了，有时候难免就学会了应付，阿年单纯，接触的人很少，不会应付人，有什么开心不开心都写在脸上。

"影子暂时没有去处，我这边不适合她一个刚毕业的学生，不如，就搁你公司里头，锻炼锻炼。"江律说他找管止深的目的。

管止深问搁在什么职位上？江律没什么要求，一般刚毕业的女孩子能应付得了的，能锻炼人的，就这样，就可以了。

好哥们儿开一次口，管止深怎么好不同意？点头，让江律带影子直接去见张望，张望会安排下去。

江律的手机总是不停地响，他接了一个又一个，这时一个来电是朋友的，也是管止深的朋友，曾经在Z市的高中同学们，部分还联系，只是聚在一起很少了，尤其是李秋实离开Z市之后这一年。

"过去吗？大家很久没见过你了，带她一块儿。"江律问。

管止深转头看阿年："见见我的朋友？"

"很晚了。"阿年看了一下时间。

"明天你不是没事。"管止深拉起她的小手，攥着。

江律摇头感叹管止深陷得够深，起身去买单了。

阿年纠结，去，还是不去。

管止深期待她去。

开车到了一个喝酒的地方，倒是干净，不是阿年想象中的那么乱，是与人的个人素养有关吧，管止深的这些朋友，并不是左拥右抱着美女，带的都是自己的老婆，或者是女朋友。可能是这些人总一起出来玩，打成一片，认识得太久了。

阿年像个外星人一样出现，一众人惊讶。

"管老大身边这位，是……"有人站起来问。

阿年囧，他怎么是老大。

"还在培养。"简单的四个字，他算介绍了阿年的身份。

阿年无视了管止深的介绍，培养就培养，有毛好意的。

坐下后，新点的酒上来，阿年被招呼着坐下了，可能管止深在这些人心中真的很有地位，别人的女朋友、老婆都来跟阿年说话，生怕阿年觉得不自在。

阿年有些受宠若惊。

管止深已经在跟其他人聊，说的都是一些男人之间事业的事，社会上的事，女人插不上话。跟大家聊天时，阿年知道了，哦，管止深是这些人的同学，高中时期的，后来管止深当兵，去了一年，管爷爷有意见，不准了，管止深就去了国外读书，和国内Z市的同学们少了联系。

不过，管止深始终是这帮同学心中的管老大，在校期间，什么事情都是管止深出头，一人担着一切，大事小事大家会先问一问他，怎么做。

阿年听一个孕妇坐过来讲：小学六年级的时候，管止深花2毛钱买了一个棒棒糖，把糖捏碎了，棒棒糖的塑料棍儿顶端是一个塑料玫瑰花，卖给小学这帮孩子玩儿的，阿年点头，明白，小时候见过。管止深买来是为了要那个玫瑰花棍儿，上课的时候趁老师不注意，送给了后桌的女生，说喜欢人家。

阿年觉得管止深太让她上火了——

越听阿年越纠结，管止深小学表白的这个女同学，初中时跟他哥们儿好上了，一直青梅竹马到大，现在怀孕的这个就是。

还有人过来跟阿年讲，管止深初中的时候，追求过一个大学女生，他们家附近住的人。管止深初中的时候，身高就和许多大学生一样了，甚至比那个女大学生高出很多，会在路上拦截人家回家，每天拦，最后吓得人搬家了。

高中的时候，就去追求了一个女老师。

那老师已经是有夫之妇了，管止深知道后一脸不爽：结婚了怎么不早说？

老师气得不轻，结婚了有必要跟一个学生说吗？管止深一副被人耽误了的样子。后来出国了，管止深身上经历过什么，大家不知道了。

阿年分析，那按此来说管止深是喜欢熟女啊，初中追大学的女生，高中直接追老师了，这跨越度好大……

后来，大家玩游戏。

一把锋利的水果刀搁在了长长的桌子上，规则很变态，挨着的人朝左边另一个人说一个词，比如，江律说"牙刷"，管止深把江律说的反过来，就是"刷牙"，这样江律就安全过关了，管止深也要说一个两个字的词，他对他同学说"明天"，他同学把他的词反过来，就是"天明"，管止深也安全过关。

阿年为了不丢人，着急，要快点想一个词，不能大家都安全了，到她这里想不到一个正反过来念都是词的词啊。就在那边"爱情"反过来是"情爱"，安全了之后，阿年准备好了一个词"觉察"，到时候左边的人说"察觉"，自己不就安全了么？

可是，阿年右边这个人对阿年说："皮包。"阿年无语了，脸一下子就红了，看着身边这位大美人，你要不要想一个这么恶搞的词。阿年怎么反得出口，而且是第一次见管止深的朋友，跟向悦、乔辛她们一起玩儿，估计一狠心，说得出口。

别说阿年，大家男人都尴尬了。

这个美人的老公一道责怪目光过来，似乎在说，老婆，你怎么那么二？

管止深头疼。

所有人等阿年，倒也看了眼无奈的管止深，没说什么。这个游戏有个规则，说出来这种"薯片"别人反过来是"片薯"不成词的时候，就自然是输了，输了就要一口饮一瓶酒不准停，可以有人代替。但是，遇到了阿年这种反过来说不出口的词，也要接受惩罚，那把水果刀就是惩罚武器了。

"她不懂规则，我来。"管止深站起身，拿过了那把水果刀，阿年抱歉，实在不好说出口，其实没什么，但就是不想说！身边那个美人儿道歉，阿年说："没事没事，管止深可厉害了，没事。"

这种惩罚阿年第一次见，一个游戏机，据说是管止深朋友的公司自己研究出来的，管止深的手搁在了那个游戏机器上，背了一下刀子扎下去的节奏，点了点头，他说记住了，然后右手拿着水果刀，左手五根手指分开，按在上面，按了开关之后，他按照记住的节奏用刀子在手指缝隙中扎，节奏越来越快，阿年提起一口气，就看着锋利的刀尖在他的五根手指中间跳跃地扎了几个来回，最后一轮，是"拇指，中指，无名指，食指，小指"他扎错了，扎食指的时候一乱，扎出血了。

阿年小腿瞬间就吓软了。

认识管止深多年的人，都讶异，这个闭着眼睛都扎不错的人，今儿怎么了？上次一个尴尬的词李秋实说不出口，他可是轻松地眼看别处就扎过去了五个来回，一点都不带眨眼的。

离开时，阿年察看了他的手指，内疚。

"对不起。"

"我又不疼。"

"那也对不起……"

"……"

管止深送了阿年回宿舍，他一个人返回家中，在车上，他问她，都跟大家聊什么了，阿年说，我没说什么，她们说了你的事。

他问，生怕有什么不对的。

阿年就一件一件地都说了。

管止深解释，小学给女同学玫瑰花，这事记得清楚，因为长大了大家总聊起，他哥们儿那时太小，鼓动他去送小玫瑰，要是那丫头喜欢管止深，他那位哥们儿就去追别人了，不追这丫头了，还好，这丫头说不会早恋。

"真早熟啊你们。"阿年说。

初中的时候追大学女生，是因为那个女生弹钢琴，每天晚上吵得他睡不着觉，这个邻居，管止深反感！没有办法，第一次正面交锋被女生当成了是截住表白，他就干脆表白到底吓一吓这个女学生。那家父母知道管止深的父亲是人物，爷爷也一样，惹不

情生以南

起。那对父母见女儿没心思学习，总去盯着隔壁的男孩子看，最终怕女儿学习被影响，搬家了。

所以，不存在管止深追求把人吓跑。高中追求老师，也是跟好哥们儿打赌一回，才下手的。

管止深跟阿年严肃地说："阿年，但凡那时候有一次动了真心，我能罢手吗。"

回到宿舍。

蜷在床上，阿年眼睛里还是他手指流出血的画面，闭着眼睛，一时真的睡不着。

方默川出院了，谁也拦不住！

他打给阿年，让阿年带房子的钥匙过去等他，十点多，阿年赶到了房子那边。方默川头上还有伤，包扎着，样子很滑稽可爱，阿年和方默川去附近超市买东西出来时，附近中学的姑娘，一直盯着方默川看。

阿年匆忙买完了外面摊位的水果，带方默川回了小区。

打扫完房间，阿年和方默川一起去附近美食城里吃面，方默川对吃的挑剔归挑剔，还是会听阿年的，阿年爱吃什么他吃什么，毒不死就行。美食城里东西便宜，比去一趟餐馆实惠许多，阿年说改天要在家里做饭吃了。

方默川点头，听话。

美食城里可能拥挤了一点，方默川端着面过来时，小心翼翼了，可还是碰在了别人身上。这里头吃东西的什么人都有，难免就遇上了一个横的！可方默川偏偏是那个遇上事儿比横的还横几分的！

阿年在买其他的，就听见那边吵起来了，有人拉着，还是乱成了一片。阿年买的温豆浆好了，阿年拿都没拿就跑过去了，方默川揪着那人头发，一拳结结实实打在那人的眼睛和鼻梁中间，把人狠狠推向桌子，那人脑袋磕在桌子上，方默川一拳准备再打下去，阿年喊他，他一回头，不巧就挨了那人一拳，打在方默川粉红白皙的、好看的嘴角上。

不知为何，可能是习惯，害怕，失去不得，有阿年的目光在，方默川攥紧的拳头，一点，一点，无奈地，渐松。不敢打架，阿年不准，胸口憋着一口气，他闭上眼睛，那人要打方默川，嘴里骂着脏话，难听，很难听……阿年冲过去，手中的一大杯冰凉奶茶全倒在了那人脸上，"可恶！"拽着身后人的手，一口气跑了出去，逃一样的。

想必，那人睁开眼睛，已不见了人。

气喘吁吁地跑出去，方默川跟着阿年，躲进一个小商店里，他这嘴角和头上的伤口，狼狈，店主瞥了一眼。

安全了，阿年回头看他嘴角，下手挺重，阿年知道方默川后来在忍耐了，所以，不曾再责怪，只是难过。

"怎么回事啊。"阿年小心问。

方默川回答得一样小心翼翼，他怕阿年责怪。"因为，我没说对不起。"

阿年说不出什么感觉，方默川，是不愿意对别人说对不起的。恍惚觉得，方默川认识她了很可悲，不如，回去他母亲身边。

阿年心累，不爱动不爱思考什么都不爱做。

夏天，过成了冬眠的样子。

情
生
以
南

Chapter 08 ◀◀◀
从前，现在，和迷糊的将来

　　阿年最近白天一般都在 A 大，躲进图书馆里就不爱出来。

　　一呆，将近一天。

　　6 月 16 号，管止深打给阿年，阿年说在 A 大的图书馆，晚上有活动，同学们组织的，要吃饭喝酒唱 K。

　　下午，图书馆的角落，管止深找到阿年。

　　他没有穿正式的西装，一身如同上次在南方小镇一样的休闲。阿年惊讶："你没有证，怎么进来的？"

　　"不难。"管止深坐在阿年旁边。

　　很静，这边角落里，只有阿年和他，即使有人走过来，也躲开了，心想，这是一对情侣。

　　"手怎么样了。"阿年想起来。

　　管止深伸出食指，没包扎，受伤的那一块儿露着，触目惊心。

　　阿年吸了一口气，拿过了包，跪在铺着东西的地上，找出了创口贴，到管止深的身前拿过他的手指，管止深坐着，她是跪着，这样面对面的。阿年撕开创口贴，拿过他的手指，含了一口单纯地只是想消毒一下，小时候舅妈就这样给她包扎小伤口，然后贴上创口贴就可以了。

　　管止深盯着阿年，阿年低头含住他手指，他全身酥了一下，视线难免看到阿年的胸部，浑圆饱满，发育得很好，这副年轻的小身体在他眼前，清香扑鼻，怎么保守的衣服一低头也会春光外露了，他觉得，口干舌燥。

阿年口中是他手指的血腥味，皱眉抬头，然后，见鬼了一样，他的眼神中，无力的，汹涌的，渴望着什么。阿年木讷，手指白皙纤细，抬起，朝他的脸压了过去，"管止深，你流鼻血了……"

　　真的，唇齿好看，颈白发黑，五官精致的干净男子，流了鼻血。

　　他仰起头。

　　十根白皙的手指上，沾了一点鲜红的血，手指发抖，阿年的表情是害怕，捂住了管止深的鼻子回头去　　　　　　　乱地这么一通，又捂又擦，终于，好像停止了。

　　阿年在他面　　　　　　一口气。

　　"不要低头了　　　　尬地叮嘱。

　　那个男人的　　　　　浓色，依旧为眼前的人热烈着，他仰着头，靠在书架上，蹙起了眉　　　　　"

　　"流这么多血没事，怎么才算有事。"阿年猜测，大抵他是不注意休息，就开始像舅妈叮嘱拼了命赚钱的舅舅一样，那语气，俨然小媳妇儿架势："熬夜工作，白日又一样忙碌不歇，你也要注意自己的身体，起码，得三餐规律，睡得好。"

　　听她絮叨的那个男人，仰着头倍感心酸啊，置身在这个A大图书馆里，仿佛年轻了不少。喉间，一声叹息：阿年你是真不知道，还是假不知道，从来，你是我的牵挂，Z市遇见，始终为你，忙碌不停，却，不见丁点回报。

　　人生之中，第一笔毫无把握结局会是如何的投资。

　　"我能低头了吗。"良久，管止深问。

　　阿年过去，到他的面前阿年跪直了，盯着他的五官，这样方便看看鼻血到底还流不流了。管止深的长腿曲起而坐，背靠书架，阿年直接挪动到了他张开双腿而坐的胯前，一心挂念鼻血情况，所以，阿年不觉什么，认真查看着，皱了那双秀气的眉头，还好，不流血了。

　　管止深心烦意乱，咫尺清香，他仰头这么注视阿年，深邃眼眸，很想就此把阿年吸引到自己的身体里头，最里头。

　　"可以低头了。"阿年转身，去收拾血腥的现场。

　　她蹲在地上，把东西都整理好了之后，走到远处扔到了垃圾桶里，回头看他，倚着书架闭着眼睛似乎很累，阿年去洗手了，鲜红的血液不太好洗，所以，手上是他的血液痕迹，倒也不会觉得脏。

　　这是什么感觉，不知。

　　很陌生，很不知所措，有一点，小小美好。

　　阿年洗了手回来，手指冰凉。蹲在管止深身边，问他："你没事吧，看上去很没精神。"

　　"古代俊美书生，遇见魅惑人的女妖精，都会这样魂不守舍整日都没精气神儿。"管止深一脸疲惫地逗她。

阿年摆脸色！你才妖。

管止深说：鼻血好像不仰头坚持控制一会儿，还会再流出来，阿年顿时怕了，问他怎么办，要不要去医院？这么流血她着实应付不过来，阿年怕血的颜色。

要是别人流血，她早没同情心地抓起书包跑了。

骨子里也有几分无良因子的。

因他，才不会跑。

他说你坐到我身边来看书，跟我一样背靠着书架吧。

阿年囧，干吗。

拿了那本没看完的书，捧着，老实地坐在了他旁边，没有紧挨，却也是近距离的。阿年总不能是他那种男人的随意姿势而坐，就背靠着书架，双腿伸直了，看他。

"眼睛别看我，看书。"管止深提醒。

阿年不看他了，看他干什么。

下一刻，阿年"啊"了一声，他已经直接舒适地躺在了阿年的腿上，管止深闭上了眼睛，寻了一个最舒服的姿势，长腿伸直，就这样，躺一会儿。阿年被吓了一跳，很快也恍然大悟了过来，他是骗她这样坐着，可是，阿年怎么也想不到，他是想枕着她的腿这样休息。

阿年没敢打开他，他无赖可怜的样子，阿年怕自己有动作重了，就把他的鼻血打得流出不止，那就糟了——

要是一不小心流死了怎么办……

世界上不会再有一个方云，生下，养大，这样的一个管止深，不会再有Z市的一场相遇，无他，也无其他经历了，从前，现在，和模糊的将来。

阿年觉得自己也不能吃亏，要看书，就直接把书搁在了他的脸上，轻轻地放，他倒是没有再动，阿年的双腿没有压力，安静地在这个角落里看书。他在控制着，枕得其实并不实，恍恍惚惚的，一份心安，自觉这是难得，就此当成了是今日偷来的一份安逸，不客气地享受了一次，这美好时光。

也许是因为带着一份担忧而睡，管止深醒过来时，动作也是轻的，脸上的书早已掉了下去。

阿年，靠着书架，睡着了。

图书馆里格外的静，管止深抬起手，看了一眼腕表上的时间，已经是下午将近五点了，他稍微一动，阿年也醒了过来，睡得很浅。

"书，看完了？"

他起了身。

阿年点头，眯眼皱眉："嗯。"

管止深不太敢跟阿年说话，阿年刚睡醒，怕她一个不顺心思，当众炸毛！没其他人时还好，怎么都行，这里，毕竟有人，他还是很要面子的一个人。

出去时，阿年感觉怪怪的，问他："你怎么一句话不说。"

"我不确定，你现在是不是有起床气？"站定，看她，是怕惹了她。

"从床上起来才会有起床气，刚才我是从地上起来，就没有起床气了。"阿年摸了摸头，尴尬，跟他解释。

管止深了解了，这样啊。

那辆奥迪Q7停在A校大门口，却是一个极其不显眼的位置。阿年送他一直走出去，其间接了方默川的来电，他说，来吗？

阿年说：晚上同学聚会，恐怕要很晚。

方默川叮嘱：少喝酒，能不喝就不喝，多吃东西，肉啊鱼啊青菜啊，阿年你搭配着来，不能只管吃一样，伸手夹不到，又是特别想吃的菜，你要记得站起来挪一下，或者叫人挪一下。

叮嘱了许多，方默川护着阿年，是从南方小镇那一年，把这毛病带到了Z市，到现在，已经五年左右了，没改，想必也是这辈子改不掉了。

同学以前一起聚会了，方默川只顾着自己的女朋友阿年，别人的女朋友爱吃什么，吃不着好吃的那是您们男朋友没能耐！可是方默川心酸的是，那以往的能耐，本事！神气！原来……这会儿搁在社会上真练，他妈的发现那些毛都不是。

聊到校门口，才挂断的。

阿年看了一眼管止深，他的视线在看前面，看不清脸色。阿年送他到车前，他上车了，还是问了一句："晚上我去接你？"

"不用了，我们同学很多人一起，看到了会，"阿年低头，没说"不好"俩字，可是，同学如果看到了，就是会不太好。众所周知，阿年是方默川的女朋友，一口一个媳妇儿，被那少爷叫了无数日子。

也没打算过停止这么叫。

管止深点头，车开走了。

阿年和向悦她们会合了，三个人在A大附近吃了点东西，吃得不多，把肚子填了五分饱，因为知道，这次聚会可能要先喝酒了，预备好了解酒药，吃点东西喝酒也不至于刺激胃，吃完，等影子。

影子没找乔辛和向悦，是直接打给了阿年，影子找阿年说，要一起过去，影子是觉得，去了管止深公司上班，要接触阿年，还是暂时联系着的好，别让自己变成一个他人眼中的异类。那影子也知道，阿年必然是和乔辛还有向悦在一起的，不如趁机大家和好，本来也不是因为一件什么大事吵架，一个宿舍，住了一年呢。

等影子时，阿年想起来下午，从图书馆出来的时候，阿年和管止深一起走在那条路上，阿年不知该说些什么，就告诉他，今晚早点休息。

管止深点头，解释了流鼻血是怎么回事，母亲让喝的那个药，他的是补药，和阿年的想必是不一样的。刚开始那几天，喝了的确火力旺盛，可还不至于到这个程度。不碰阿年，阿年不在身边，倒也没事。

可是这一晃喝了好些天，已经马上到6月下旬，连续补药这样喝着，终究不是个办法。

今天，图书馆里，阿年冷不防一靠近，他就全身血液都沸腾了，自己的身体什么感觉自己知道，不知怎么，鼻血就流了出来，温热的，没有察觉。可能，也跟这些天没休息好，喝咖啡比较多有关。

阿年听了，头都抬不起来了，怎么办？

婆婆方云，每天要看着阿年和儿子喝完才可以，不喝怕惹了母亲的不高兴，管止深也找不到拒绝的理由，正常过夫妻生活，这个药对他来说是没问题的。阿年最后实在囧掉了，说："那我，以后离你远点吧。"

保持几米远的距离，虽然阿年还质疑，他不对透视装秀乳的美人流鼻血，对她一个小青瓜还是苦得流鼻血。

"算了，我宁愿继续流鼻血。"他说。

阿年心里叹息，这姓管的破孩子真是固执死了！比她还固执的感觉！

今天阿年不回去吃饭了，跟管止深说好了，不用他说，她自己打给方云请假，什么事情总让管止深帮她说，好像会招来婆婆烦的。

等影子的时候，阿年出去打了一个给方云，方云说，一定不可以喝酒，要怀孕的人和那些疯玩儿的丫头们可不一样，阿年点头，连连称是，婆婆您说什么就是什么。

这次吃饭唱K是AA制的，因为花费很大，要平摊了，阿年从那张年初还丰满的风姿绰约的银行卡里取了800，要上交组织者500，留下300备用。查看了一下余额，阿年就萎靡不振了，卡跟着主人都变瘦了。

同学们都是不客气的，这种聚会，充满着悲伤的离别味道，不喝，那就是不给面子，没当大家是朋友！

和其他性质的聚会还是有差距的，而且喝酒的口号就是：不醉不归，妈的不喝的都是缩头丑乌龟！

为了不当乌龟，阿年喝了，白的沾了一个杯子底，啤的喝了大概两瓶多。

其间方默川打来电话，阿年说没事，影子她们都在呢，方默川让乔辛接电话，关键时刻方默川还是知道谁能帮她照顾阿年。

乔辛保证："一定照顾好她，你们好好玩儿吧。"方默川大概是和左正他们在一起，乔辛听见左正和自己大哥说话的声音了。

接完之后，乔辛看了一眼喝得东倒西歪的这些人，跟阿年和向悦说："等会儿咱们找借口撒吧，这都喝成什么德行了。关键是，后来的这几个咱们不认识啊。"

一个男同学都把手伸到另一个女生的胸口了，从下面伸进去的。

阿年点头，头疼，想走了，几个关系好的，过些天单独聚一下，今晚的人太多了，且还有几个是不认识的，对男生阿年更是反感。

一个男生刚来时经过阿年身边，绊了阿年一下，有意的，阿年没理会那个男生，怕理会了今晚就没完没了。向悦冷哼："方默川看见了，得废了这小子才算完！"

可是，阿年和乔辛她们还没走成，就被突然冲进来的警察给吓得魂儿都要丢了！

都是好孩子来着，不经吓。

夜里9点，管止深的手机响了，他一个人置身在新房子里，一楼的这间通透宽敞书房，落地窗外的月光，白不过书房里的白色灯光。

他接起，沉沉地一声："你好。"

"你好，这里是×××派出所……"一道公式化的声音，传了过来。

管止深眉头拧起，声音寒了："好，我马上过去。"

修长有力的手指挑起西装外套，拿了车钥匙和手机，面色阴沉地离开了家。

派出所里一片混乱，主要是带回来的学生太多了，且都是喝醉了的，管止深走进来时，就见到了这幅让他紧蹙眉头的不悦情景，一帮女生倒无所谓了，他不知道这种聚会竟然还有一帮男生！

有没有一点安全意识？

万一今晚出了什么意外，谁承担？

三五个人中有两个男生，也许是可信的好朋友，这一群，总不能个个都是阿年可信的男性朋友。

管止深走过去，乔辛看见了管止深，让阿年抬头。

阿年抬头，接触到他的责怪目光，又低下了头。

管止深办理了一些手续，要带走阿年就不成问题了。

阿年说，还有我朋友们，向悦，影子，乔辛，都带走可以吗。

小小的糯糯的声音，祈求一样，委屈得要哭了，可能也是喝多了，情绪本就控制不住，加上遇见一脸寒意的管止深，就害怕了。

"都没事。"管止深伸手摸了下阿年的头，手没移开，低头沉声保证。

影子没太喝醉，抬起头看了一眼管止深的侧脸，管止深的目光从始至终没看别人。向悦她们上了出租车，回A大宿舍。

阿年被管止深带走了。

"上车！"管止深扯过她，打开车门，让她自己上去。

阿年不动。

他的语气不禁软了下来："很晚了，睡得晚我明天又要流鼻血。"

迷糊的阿年，听话地上了车。

奥迪Q7驶往家的方向，这一路上，管止深不曾开口说话，到了小区，车停进地下停车场，他攥着阿年的手一起走出来，黑夜中他终于想起了什么，问她："出事了怕成那样，为什么不打给我？警察也没拿走你的手机。"

"我不记得你的手机号码。"阿年老实说，喝酒后根本不会撒谎。

管止深意外，转头看她："没存吗？"

点头，也低着头："没存，我怕别人看到。"

以前存了，后来心虚不想联系了，就删除了。显示的时候认得号码，不过就是记不全数字。

管止深的五官比去派出所接阿年时更冷了几分，语气严厉了："跟一帮男生喝醉酒了在一起玩，安不安全？出了事手机上一个有用的联系人都没有你脑袋里想什么呢！出了事怎么办？出点别的事你还让不让人活了！"

如果不是乔辛问影子他哥的手机，再找到管止深号码，今晚会联系不上管止深，聊天记录阿年都删除得干净。阿年不敢打给方默川，怕方默川来了会打那几个连累阿年被抓的男生。可是阿年知道错了，真的知道错了，被管止深骂得眼泪一滴一滴，往外掉，眼睛红红的，一身酒气，可，她还是那个阿年，知道错了。

一哭，管止深就心软，拥进怀里，垂首伸出拇指抹着阿年花了的脸："不能再有下次了。"

阿年点头。

一抹温情，让阿年忘了他方才的严厉教训，回到家中，阿年这边有衣服，洗了澡换了睡衣，下了楼，被他教训得了无醉意。站在他书房门口："我去睡觉了，你也早点休息，再见。"

"回来——"管止深头也不回地叫她。

阿年害怕，吐了吐舌头勇敢地问："干什么？"

"现在，背完我的手机号码才能睡。"算是命令，忙碌中的管止深语气严肃，阿年吓得缩到沙发里，拿着他给的纸条，背了起来。

136×××××××××

十分钟后，管止深从书房去了厨房，米粥好了，端出来一小碗，他走到阿年的面前，拿了把椅子坐阿年对面，一口粥递到阿年嘴边，不烫了。"背好了？"

吃了一口粥，胃里舒服了，阿年点头。

纸条被他伸手拿走，扔了，阿年很认真地看着他，四目相对，一串号码熟练地背了一遍，是个老实孩子。他说，再来一次，阿年都背下来了，一个没错。

"倒着背一遍。"他说。

阿年惊。

他蹙眉："这个号码，你应该倒背如流。"

"……"

他算老几？

"管止深你又流鼻血了！"

他马上放下了粥碗，以为是真。

阿年眼见得逞——趁机飞奔上楼。

其实，她已经可以倒背下来了。

次日清晨，阿年醒来洗漱，他做了早餐，一切都打理好了。

管止深有急事出门，他让阿年一个人在家慢慢吃，告诉阿年离开时叫出租车，问阿年有没有钱。阿年点头，有。

"你不吃早饭？"阿年问他。

他说吃了，就离开了。

一个人吃早餐，有点无聊，阿年没吃多少，就收拾了桌子上丰盛的清淡的各样早餐。不到九点，阿年准备离开了，却在此时接到了婆婆方云的来电，方云说，刚从管止深的公司那边回来，早上见张望去买药了，管止深的胃一直都很不好，多年来应酬饮酒伤了。

阿年听完，我要做些什么。

给他治病吗。

"中午如果没事，你就去公司找止深，找他一起吃午饭，看着他吃了，妈能放心。"方云跟阿年说。

"好的。"阿年点头，"今天中午我就去找他吃饭。"

方云又说了一些，小心翼翼，带着几分当妈的关心儿子身体健康的无奈："阿年，你可别挑妈的毛病，止深是你老公，你不惦记谁惦记。止深比你大，他疼你是在心里，你年纪小不会疼人这不怪你，妈这儿督促你两句你可别生了气。"

"没有，真不生气。"阿年是在笑着说的，仿佛这样可信一些，阿年心里惶惶的。

方云也笑了："不生气是好孩子，那妈先去忙了，你记着中午过去一趟。"

阿年说，好的，我一定照顾好他。

做个好孩子容易嘛，明明不是亲老公，却要当成亲老公一样，一点疏忽了，还有一个婆婆监督。以后谁嫁给了管止深，见了她，要说声谢谢才对。心理上树立了一个假想的他未来亲老婆，阿年笑，我一定努力！把你老公折磨得无敌健康。

本打算走，中午要去他公司，就不走了。

看电视的时候，一个美食节目勾起了阿年做美食的欲望。跑出去买了食材，以前也做过，自己觉得很好吃。

中午不到11点，阿年已经准备得差不多了，打给管止深，告诉他别吃饭，她去给他送吃的，管止深点头，期待。

便当盒里铺了新鲜绿色生菜叶，拌好的白米饭，上面几片色香味俱全的烤肉，拌好的菌类，营养还算均衡吧，阿年吃了一点，味道很好。临走前，接到方默川的电话，找阿年一起吃午饭，阿年说我吃完了，你没吃我给你带一点我做的？

方默川问："你在哪儿？"

"朋友家。"阿年说完心跳要没了一样，以前心虚得坦荡荡，觉得和管止深之间没什么，现在，心里又是一种其他滋味，不好承受。

盛了许多米饭和烤肉，阿年用剩下的又装了一份儿，一次性便当盒阿年买了五个回来，怕再会用到。和方默川约了一下，阿年出门上了出租车，先去管止深公司。

还好天气不错，不然，天气差影响心情，会纠结死，阿年不知道这算什么。

下车后。

阿年寻找张望，管止深说，张望在公司大楼外等她，带她上来顶层。可是……放眼望去张望呢。公司门前占地面积很大，阿年看不太清楚。

好吧，楼太高太壮观了，以至于张望变成了一个大黑点，一点点朝阿年走了过来，阿年才看清，难道近视了吗。

"带的什么。"张望挑眉看了一眼。

阿年尴尬："我做的。"

"管总，一定爱吃。"张望给她信心。

到了顶层之后，阿年脑海里省略了二百多字的形容词，沙发，办公室格调，这些什么什么的多豪华都省略。心里只剩下紧张了，他能爱吃吗。

办公室只剩下两个人，管止深带阿年走到了外面，他办公室外的这个露台很大，视野开阔，夏天这样坐在外面吃午餐，真舒服，他好享受啊阿年觉得。

管止深拉开桌前的椅子，让阿年坐下。

"卖相不错。"管止深打开。

阿年的手机找茬一样，敏感警惕地响了，阿年对管止深"嘘"了一声，接了："我马上到了，你再等等，夏天不会凉。"

"嗯，马上。"

接完之后，阿年拿了另一盒便当准备走了。

"去哪儿？"管止深蹙眉。

"去……"阿年忽然害怕，没敢再说半个字，低下了头。

管止深以为她带了两盒，会一起吃，见此了然，刚才打来的是方默川，听这两个人说话，方默川是等阿年去给送吃的，无疑，阿年顺便带了他这份儿。

"去吧。"他懒得理会。

阿年不知道该说什么，管止深对她来说是个什么？始终还找不到合适的定位，方默川始终是男朋友的身份，无法在方默川离家出走这个时候给他当头一棒，那是残忍的！阿年看了管止深一眼，鼓着腮帮子想解释什么，可是越解释越此地无银。

不如离开，怕再惹了他。

办公室外的露台上，空荡荡的，变成了他一个人，管止深眉头紧蹙了起来，起身，毫不犹豫地遗弃了，那份与人一样的便当，不是，独一无二。无法做到潇洒地不去计较，唇角紧抿，失了，方才好看的，那一抹唇角微扬。

Z市在阿年的印象中，很大，不同于见证自己长大成人的那个南方小镇，可是，出租车这个带轮子的东西好快，一刹那就把她从管止深那里带到了方默川身边。

方默川满足地吃着阿年做的东西："阿年，我找到工作了。"

"什么工作？"阿年并不兴奋，想说服方默川回他母亲那里，不要叛逆，25岁叛逆不起了。他还是找了工作，准备融入这个社会，进入那一个打工者阶层。阿年知道自己必须要奋斗，可是，方默川，富足人家的少爷，大可不必吃这份苦。

"给一个公司的老板当司机。"方默川觉得说出来不丢人。

"谁给你介绍的？"

"一个朋友的爸爸，除了会开车，其他工作经验我没有，先试试吧。"方默川并不担心。

他把工作当成了玩一样的事情，方默川觉得上班很有趣，并没有考虑到一些他根本想象不到的压力，和艰难。苦得吃过，才知道那滋味儿。

吃完午饭，方默川跟阿年一起看电视，他说："阿年，我不会洗衣服。"

"衣服？"阿年看他，"我会洗啊。"

"可是……"方默川皱眉，认为，难为阿年了，他苦，她也跟着一起苦，心里总归不会舒服。

下午，阿年没有跟他一起看电视，他自己看电视也心不在焉，甚至不敢回头看一眼，租来的房子里，阿年在给他洗衣服，收拾房间。

小保姆一样。

方默川的衣服，许多必须是要手洗的，昂贵，即使不是手洗的也得手洗了，这里房东没有给配备洗衣机，从下午2点，阿年洗到了5点多。一件一件再晾起来，手指尖上泡出一层白色，变了样子，不过很快就能消下去。

阿年小时候觉得好玩，舅妈洗衣服她会蹲在小巷子自家门口，在洗衣服的大盆子里玩儿水，时间长了手指就泡得起白了。上学之后衣服都是舅妈洗的，阿年也没抢过，舅妈说你专心学习，家务活能少干就少干，打小跟别家孩子比没别的优势，家务活少干点，舅妈当长辈的心里舒坦。

来了Z市，A大宿舍水房里有洗衣机，内衣之类的阿年就手洗了，很久没有把手泡成这样过了。第一次，手洗这么多男人的衣服。阿年晾完衣服问他："你带出来的衣服多吗？如果多，你就随便换，我一个星期给你洗一次，应该供得上你穿。"

方默川点头："谢谢你，阿年。"

等自己赚到钱了，可以把衣服送到洗衣店，家中家务，可以请钟点工，一切，都会好起来的。

这一晚，阿年在员工宿舍里睡得格外香甜，不是无忧无虑，正是因为忧虑太多了，怕方默川明天去上班会不适应，种种担心，一下午，都在干活儿，累得有点乏，睡得很实。

第二天早上，阿年五点半起床。

洗漱完毕，在宿舍里发了一会儿呆，不知道管止深是不是生气了，没有再给她打来，阿年摇头，不想了，去了方默川那边。昨晚答应方默川了，今天跟他一起吃早餐，第一天上班，给他打气！

多少次阿年欲言又止，想让他别去了，可是方默川兴致满满，想去上班。

方默川去上班了，穿了一身休闲的衣服，牛仔裤，休闲衬衫，往那里一站，怎么看怎么不像一个司机。

中午，阿年和乔辛、向悦在一起，A大体育场一排排椅子上晒太阳。

"唉，到底还是去上班了，我真不敢想象，方默川那样的嚣张性子，天生的，怎么会听人指示。"乔辛突然替阿年愁。

向悦盘腿坐在椅子上，吃牛肉干，说道："认识阿年之后我认识的方默川吧，我哥认识方默川是早，可之前我没见过他，大一时还觉得阿年这个男朋友不错，有钱人家的男孩儿，娇生惯养难免的，想不到现在变成这样，离开父母他就没钱了，自己也没能力，阿年，他配得上你吗？"

"我又配得上谁？"阿年懒懒地靠着椅背，不停叹气，"就是一个普通到不能再普通的人了，家世没有，能力没有，毕业之后，没理由再用舅舅给的钱了，我舅舅没有儿女，再过几年，我得养我舅舅和舅妈。说到底，我才配不上别人。"

"记得吧，有一次吃早餐，几个A大新生说，毕业前找个有钱男人傍着，搁在现实里，还有点用啊。"向悦讽刺地道。

阿年摇头，鼓起腮帮子，叹。

乔辛也学阿年，鼓起腮帮子，摇头："你以为这是做梦在偶像剧里当女主角哪？都遇上那么一个有钱有能力的男人，还得在丑的中找帅的！方默川这样的都被淘汰，那让那些没能力背后也没家世做后路的男人都去自杀？"

管止深也许很好，各方面方默川都没得比。可是，生来注定了命运，方默川定位就是那样了，怎么办，本人一样无奈。方默川这样尝试，努力，想撇下一身富贵病，为个阿年。乔辛劝不得阿年了。阿年一样，希望方默川不要吃苦，他不吃苦未来一样可以很好，只是，会没有她，除非，方默川一边应付妻子，一边应付阿年，那不是阿年愿意的，方默川一样不会愿意。

"放眼Z市,弱者太多了。"乔辛感叹,附在阿年耳边小声说,"人家小说里两男争一女,男主男二都是实力相当,搁在你这儿,怎么就这样了,其中一个太弱了。"

乔辛以毒攻毒,让阿年把心里不好面对的都说出来,聊一下,面对,顺其自然,憋着,太难受。

阿年看了一眼乔辛,笑了:"就是说啊,我到底招谁惹谁了,难得当了把故事里的女主角,可是男性人物偏偏没按照惯性设定走。"

"方默川,您委屈了!"乔辛向他致敬。

阿年安静了,低头,世事无常一定会有跌撞,可是,她过早地失去了主张,被现实包围了。自己,别人,所有人,大家怎么和编造的故事沾边呢,方默川,就是这样一个方默川,遇上了,好,坏,怪不得人。

记得家乡的邻居,新婚几年,儿子4岁,丈夫工伤,单位只赔了一丁点的医药费,再就不管了。一个女人,养孩子,照顾残了的丈夫,年迈的公婆,多辛苦不用说了,阿年觉得,自己的苦,尝得比别人多么,不多,就,知足吧。

有短信进来,内容是:我弟去给人当司机了?真是天大的笑话,你就拖着他吧,你要让他这样当一辈子司机?钱那么好赚?你把我弟给毁了!

附带几张照片,各种角度,是方默川工作中被指着鼻子,方默川拧眉,攥着拳,最终,他忍下了,方默川这些细微的隐忍表现,阿年看得,眼睛一痛。

这个号码,很明显是方慈了。

晚上,方默川下班了。

六点,阿年接到他的来电,他说这一天过得还可以,开车和老板出去了一趟,剩下的时间就是发呆,比想象的,寂寞,但没有什么难的,在死撑!

他说不用阿年做饭了,在外面吃。

到了地方,方默川点了菜之后说:"我表哥马上也过来,我拜托他帮了个忙。"

"哦。"

阿年心不在焉,方默川脸色有些不好,以为,阿年是因为他提起管止深,才会这样。

阿年想了很久,小心开口,怕惹他不快:"默川,如果……我是说如果,你感觉靠自己太艰难了,挺不住了,你可以回家,先接受你妈给你安排的工作,再作打算。"

收到方慈的短信,阿年就一直在想。乔辛看到了,叹息,对于方默川出来这样一个人靠自己,赚钱,生活,但凡认识方默川的人,都抱着不看好的态度。甚至,左正他们看到方默川这样,做哥们儿的都以为,阿年不懂事,鼓动方默川离家出走。

阿年,没有。

"你的意思,让我投降?"方默川冷笑,不对母亲投降,坚决!

"不是。"

"那是什么?"方默川问。

"只是说你坚持不下去的时候,不用坚持。"阿年怕自己不把话先说出来,方默川会执着地再苦再难也坚持,每天过得累,不开心。现在说明白了立场,在他觉得累了,不能坚持的时候,他不必对她放不下脸,可以坦荡地回去。

他皱眉:"跟我你委屈吗?"

阿年,摇头。知道这话一说出来,他定生气。

方默川拿出几张一百元,搁在桌上,算买单了。他对阿年说:"阿年,等我有钱了再来找我,我现在让你跟着我吃苦了,我对不起你!我实在赚不到钱我就把你送回南方去!你当没认识我这一回,成吗?"

"你能好好说人话吗?"阿年坐在那里,抬头看,眼前一脸不爽的方默川,这种僵持,每次吵架都一样。他可能有很多更过分的话没说,因为对方是阿年,他不敢说,怕分手收场,就忍,忍得拳紧握。

方默川平复了很久,吐出三个字:"对不起。"

"你没对不起我。"阿年低头,抿唇,闭着眼睛,也想过发脾气,挤对他难听的话。

管止深的车开过来,如同上次,阿年看到了那辆黑色奥迪Q7,方默川也看到了。

车门打开,他人下来,一身正式西装,随后一只狗狗跑了出来,直奔向了马路。

阿年一眼就认了出来,是和方默川一起养的小泰迪。还好,马路上没有车,阿年跑了过去,蹲下,把狗狗抱了起来。

管止深转身,走向方默川,方默川一脸难看,管止深蹙眉,疑惑地看向阿年,回头对方默川道:"狗给你送来了,走了。"

方默川的目光,一直在阿年身上,他忽然说:"如果方便,帮我把她送回宿舍。"

说完,方默川走了。

管止深不解。

小泰迪估计是方默川让管止深去他家带出来的,阿年蹲在马路上,不停叹气,跟小狗狗吐槽地说:"要不,咱俩过吧。"

"好啊。"一道醇厚男音。

来自身后。

阿年抱起了泰迪起了身,回头,她诧异管止深怎么在这时候跟她开玩笑,原来,方默川不在了。阿年视线到处看,方默川,彻底没有了踪影。

到底,他怎么了?

两个人吵架了,生气了,要隔一夜之后,再把话说开吗?在一起之后,第一次吵架之后,阿年跟方默川讲过,以后,我们如果吵架了,不要拖,要说清楚,才算结束。

方默川一直记得,记得阿年的每一句话,可是这一次,他就这么,走了。

怀里抱着不老实的泰迪，夏夜里，阿年手指冰凉，鼻子突然酸酸的，不是因为别人，就是因为一个方默川。在一起五年，也许没有过特别的疯狂，但是，一个女孩子，从17岁到22岁，这5年，太重要了。再也不会有这段，从高三，到大学四年时光，这整个的青春里。5年，心里依赖的人是方默川，哪怕他还没有能力和担当。

"人无完人。"阿年外婆总会对阿年说这四个字，"自己在外，遇事先冷静点总没错。该忍耐的忍耐，不该忍耐的咱不要忍。年纪小，也不要太任性了。谁对你好，你自个儿得知道，方家那小子年龄也不大，娇生惯养，你俩以后单独过日子，少不了得多磨合。"

阿年外婆真的想过，阿年去了Z市，只要这小子不对不起阿年，阿年是就得这么嫁了。长情又喜欢踏实安稳的老实姑娘，阿年难过时，笑过自己："老实好吗，其实，我就是太没追求了。"

"没追求好。"外婆总会接上一句，"等你有追求了，你就累了。日子，过得去就行，拼了整整的一辈子，一天好觉睡不着，捞不着享受，回头走了两眼一闭，能拿这辈子的辛苦到下辈子换点啥不？让她们当女强人去，我们阿年，不去。"

外婆担心，阿年心思单纯，和她妈妈年轻的时候一样。外婆当年还想过继续供阿年妈妈读书，女儿越出息越好。最后，女儿年纪轻轻就去世了，外婆心里有了一块儿心病，怕家里头这几个谁再走，阿年去Z市，不是方默川真给外婆看到了诚意，外婆死活不会同意。阿年在小镇上，安安稳稳地生活一辈子，不一定比大城市的人不快乐。

可是，阿年这一走，去远在北方的Z市，离开了老人的眼线儿，老人天天惦记。舅舅劝说，妈你别愁，阿年那边儿都挺好。外婆岁数越大越是惦记阿年，想念阿年，总怕阿年认识的人多了，复杂了，身上的遭遇就变多了。阿年外婆心病上就八个字儿，老觉得是：世风日下，人心不古。

失去一个女儿，就怕了，想守住单纯的阿年在身边。

阿年谨记着外婆说过的话，不管方默川惹了什么祸，生气，吵起来了，很激烈地发着脾气冲口而出说分手，最后，都会因为"人无完人"这四个字，去原谅了，重新在一起了。方默川是什么样的人，阿年太了解，他的心，对待朋友和阿年时，其实，目的很简单，只想把最好的全部都给你，可是，太多因素导致，他做不到了。

"上车么。"管止深问。

阿年摇头。

蹲下去抱起狗狗的时候，阿年心情是没糟糕到这种程度的。她不明白，方默川为什么就这样走了？这算怎么回事？

拿出手机，阿年打给他。

方默川接了。

"你去了哪里？"阿年问他。

"……"

"你找我出来，话没说几句，你就把我一个人扔在这里，这算什么？"

情生以南

阿年说着，眼泪就要掉下来了，忍住，眼眶只是红着，表情痛苦，无法哭出来，从来到Z市那一天起，心里就告诉自己，再怎么胆小懦弱，也不准伤心了在这个陌生的地方总哭。也许，少哭几次，自己不会觉得自己可怜过的时候那么多！这种强忍泪眼，算是畸形的苦中作乐了！

"他在，是，他在！"阿年一手抱住泰迪说。

阿年望着远处开过来的出租车，一闪而过，车灯刺眼，阿年吸了一下鼻子，对那边的方默川说："他是我男朋友，还是你是我男朋友？你让他送我回去是吗？方默川，那我真的就跟他走了。"

那边说了什么，阿年听了，眼泪一滴一滴没有再控制，小小的手指弯了一下，攥住手机，从耳边滑落下来。转身，沿着马路边，往前走。

管止深蹙眉，心情无法形容，透不过气。

他还是要压下所有，追上她，"阿年，让我送你。"

"不用了。"阿年摇头。

一样，没有一点脾气的话，觉得拖着他一起，累。

"你这种状态回去，我放心？"管止深一把扯过她！

阿年被扯得皱眉，一只手被他大手攥着拿不出来，阿年抬头，"你为什么不放心？你以为我是你什么人，明年五一，我会跟你离婚。即使我跟方默川彻底完了，我也不会跟你的，这你知道吗？"

"为什么？"突然，管止深心上一沉，阿年很少严肃。

也许阿年的心里一直有些话，平时不说，也是心里藏着事情不愿意往外抖的人，不爱伤害别人。可是，今天的情绪特别差，让她停不下来地伤害眼前这人。

"因为你是他的亲表哥，你们是一家人，总会抬头不见低头见。到底是我让你们为难了，还是你们让我没办法抬头了。我如果嫁给了方默川，我日后跟方默川一样，叫你妈姑姑？我跟了你，要去叫管三数姑姑？我叫方默川什么，我的前任是我老公的表弟？管止深，你想过吗，我刚才说的，后面这个，它，最最可怕了，会荒唐得天翻地覆。"阿年还想要脸。

迷他，是一种冲动，刹那的冲动无法永恒。

谁能一辈子不停冲动直到永恒？

遥远的未来，若是跟管止深在一起了，管三数手中的脏水会尽数泼在阿年脸上，毫不留情，一大家子人中，她成为最可恶的一个。若是跟方默川在一起了，方云以后知道，会伤心，也许那时管止深找了一个女人，怀了他的孩子，孙子可以缓解方云的情绪。

这个错的根源阿年暂时找不到，也许她偶尔会认为，是管止深以四合院逼她，太可恶，否则不会跟他有交集，没有心动。即使日后，跟方默川一样会面对这些眼前的困难，也不至于，让关系这样成一团乱。

可是，管止深要怨谁？

南方小镇上的那一年珍贵时光，这些年他不曾在任何地方重温过。招聘会上遇到了阿年，视线便不再空洞，仿佛这个偌大的Z市，四季被夏日和风的温暖吹着。这吸引，会让人情不自禁，哪怕，这个人是一直控制自己得当的管止深。只因，遇上的那个人，终于对了，为她，一切，再没了死守的规律。

　　认识了之后，如果阿年没有对他有感觉，他会放弃。可是他无法再放弃的是，阿年和方默川幸福不了，方默川给不了阿年，他点头同意，能满足的那种幸福。也许阿年知足，可以吃苦受累甚觉喜悦，但他不答应。曾经，看着马上成年的阿年，满心喜悦，憧憬，想过给她太多太多，他想宠阿年，老实安静的阿年，那是一件很有意思的事，这件事，可以一做就做一辈子，认真。

　　一些难看的伤导致他不能见阿年，年龄上管止深也有过诸多顾忌，多想变成同龄的男孩，追求阿年。

　　那个年纪恋爱的人，未必不长久。

　　"按你说的，你只能选择我。"管止深声音很轻，他怕，一不小心阿年走开。

　　阿年抬头。

　　管止深的话，阿年心里，是听得进去的。一种信任，一种建立得这样快的信任，究竟是她太简单了，还是，他太不简单了。

　　"我妈是你的婆婆，你跟了我，不会伤任何长辈的心。我姑姑，很多时候绝情得可以不再是我的姑姑。你以为方默川会闹，他不会。他敏感，回Z市前，他察觉了什么，险些违反了军纪。"

　　他这样说，阿年听得糊涂了。

　　"他在服役，怎么会知道我跟你认识？还这样准确地知道，我认识的人一定是你？"阿年看着管止深的眼睛。

　　那双眼眸里，一片漆黑，他说："Z市是他从小长大的地方，你是他带来的，你接触了什么人，他怎么不知道？"

　　"……"

　　阿年，轻易地信了他不眨眼的这番话。

　　是这样的？

　　是吗？

　　阿年颤抖，原本是一碰就碎裂的关系，管止深让这关系摆在了明处，她，仍是方默川的女朋友，他，是方默川的表哥，算是她的一个朋友。这样的表面关系，似乎很和谐，相处中，减少了诸多压力，被遇见，不用偷偷摸摸，只当，朋友见面。

　　"默川可能会知道，我喜欢你。鉴于我和他的关系复杂，他不发作，今晚他让我送你回去，因为我不是禽兽，所以他不必担心羊入虎口。不能排除，他有意让你和我有接触，如果你认为他真的不适合你，他可能……"他蹙起眉头。

　　言下之意，方默川，在为她的以后做放手打算？这话并不可信，可是，管止深在她面

情生以南

前，替方默川刷好感度？忽然，阿年有些看不懂他了。

心情平静了下来，阿年上了车。

管止深送她回宿舍。

黑夜里，这段路上只有宿舍外保安室有光亮，电动门前，管止深的车开过来，保安室的人探头出去看了眼车牌号，认了出来，打开了门。

黑色奥迪Q7直接开了进去。

"送我到外面就可以了。"阿年转头，对驾驶室的他说。

管止深没有说一句话，这里有停车位置，他停了车，保安室那边的人走过来，管止深下车，让阿年先在车上坐着。

阿年往外看，管止深跟保安室过来的人说了两句话，那人点头，走了。管止深上车，熄火了，叫阿年下车。

抱着狗狗，阿年打开车门下了车，管止深走过来攥住她的手腕，阿年落地，他关上车门。他似乎不喜欢沾狗毛，躲得很。

记得上次，去他另一处公寓，他外甥住着，电梯中他见了大狗也是躲，还拉着她一起躲开，厌恶狗狗的姿态。

"狗狗很可爱啊，你摸一下。"阿年说，希望他别对狗狗这样冷眼。

管止深抬头，浓黑的眉："你可爱，我能摸你么？"

阿年低头，唏嘘："逻辑不对。"

"在我看来，差不多。"他往阿年宿舍那栋楼走，阿年跟上去，不等阿年问，他说："上去坐坐。"

"哦。"阿年没说什么。

阿年是处在思维有点跟着他指示走的感觉上。他控制着，她到底怎么想怎么表达，一片混乱中，听从。阿年算计的那点小心思与顾虑，被他三言两语，连唬带骗，也就彻底地消去不再担心了。

迈上台阶，对他来说这是住过最不好的地方了，可，只是一个住所罢了。阿年跟在他身后。

抓住阿年的手走的人生这条路，管止深把它当成了一趟旅程，前方艰难险阻，阿年退缩了，他便攥住她的手，游说，前面其实没什么，一起走吧。但愿那终点是他想要的，也是她想要的。

管止深猜不到，方默川让他来送阿年的用意，也许不是他说的那样。可他却那样对阿年说了，阿年真的，另眼看待了方默川。甚至，阿年接触他，会对方默川有更深的愧疚。他要的，也就是如此情势。阿年对方默川的愧疚越多，隔阂随之也就越多，这种隔阂，在愧疚中会平静，吵不起来，阿年的心，在这样的一个充满愧疚的心境中，是装不下一点对方默川的爱的，那种爱，是可怜与同情，没了别的。

渐渐，会清晰了。

如他所料，阿年在觉得，方默川日后坚持不了，是有对她放手的意思后，对方默川的气，消了，全部消了。

管止深说上来坐坐，就真的是上来坐坐。张望盯着方默川安全回家，在方默川难过伤心时，他没有任何心情逗阿年，也许，三个人，都需要冷静。

"你几点走？"阿年问。

"你睡着了，我就走。"管止深坐在那一把普通椅子上，挨着打开的窗子，皱眉吸完了一支烟。

阿年蒙着被子，叹息，很晚了，他早点回去休息吧。

良久。

"我已经睡着了。"

被子里一个声音，突然道。

"睡着了，就别说话了，小心把自己吵醒。"

他关上了灯。

走了。

方默川一个人，回到了租住的房子，厨房转了一圈，没有吃的。打开小冰箱，是阿年超市买来贮备的速食品。

烧水，五分钟，出来看水热了没有。

一摸，发现电水壶是凉的，原来，没有插电，第一次自己烧水，忘了插电这个步骤。

打开一桶方便面，料包放完了，等水。

左正他们打过来，找他出去吃饭，他摇头，说不去了，明天早上要早起上班。一众人沉默，直想骂他：大爷一个非要去装孙子！装得很爽吗？

可是，着实不忍骂呢。

吃面时，不知是谁打来的，就接了，方慈的声音："缺钱吗，姐给你送过去。"

不说，直接挂了。

再响起来，并没有再去理会。

吃完东西，方默川看着家中那三个旅行箱，一个最大的香槟色的，他打开，在里面找到了，藏了很久的，黑色机身的，DV。

一部，管止深格外珍惜的，却丢失了的，DV，这里头，藏着一个阿年。

DV中，很清晰地，播放。

那画面里的南方小镇上，经过不到六载，景象已大不相同，一年一年地在变更样子，如今，只是与过去神似。那天画面上的巷子，有一种扑面的潮湿感，看地面，了然，原来，昨夜有过一场雨。DV摄录的人，大抵是站在二三楼位置，镜头，距离巷子青石板地面，那么的近。

方默川觉得，管止深可能每次都随手拿过DV录的，画面并不稳。管止深住的地方，窗子正对楼下那户人家，阿年的外婆家。阿年是从巷子口回来，一蹦一跳，跟身边的同学胡吹："我以后要考清华！"

"为吗？"同学问。

"我想去首都，北京！"

阿年憧憬着，二楼上摄录DV那人，笑，一只手伸到镜头前，比了个OK的手势，独自一人，自言自语："我，一直居住Z市，距离北京不远，大学毕业，跟我走吧。你想遇上一个真爱你的男朋友，最好他有一辆SUV，带你自驾游，那不是梦，我，可以开车带你去北京。"

多年后的这个春天，他终于，亲自开车带她去了，北京。

在那个时候，一群16岁左右的女孩子，马上成年，阿年说，我嫁的人，有一辆哪怕是二手的车也行，我不挑。别人说她做梦，吓阿年，你小心找个二手男人，最可气的是还买不起二手车的二手男人。阿年哀哉，至于那么惨我。

管止深对手中的DV，说："我不是二手男人，对天发誓，没有婚史，且买得起非二手SUV。"

阿年跟同学们分开了，一点一点，走入DV镜头的正中心。

"舅妈，挑豆子干什么用。"秀气干净的姑娘，边问，边把书包搁在一处，拿个小凳，挑豆子。

红的，白的，小手中一捧，一颗一颗豆子，不好分。

舅妈问着："跟舅妈老实说，处了对象没？处了跟家里人说，可别瞒着，不过，年纪还小，不定性，处对象可不能没规矩。"

"没有处啊，上大学之前都不想处。"阿年说。

手拿DV的那个男人，声音低沉："赞同。"

DV中的每一个情景，都开始结束得恰到好处，他把这当做是一种"相处"，阿年不认得他是谁，他却熟悉阿年，在这样日复一日的三百多天里，认识，喜欢。

方默川倚在沙发上，手举DV。他又看了一段视频，南京的向日葵展，阿年和同学走在前方，手拿DV的男人走在后面，阳光晴好，向日葵对着阳光展颜，像那个叫阿年的姑娘，明媚笑脸，温和，如水般淡。一回眸，落入DV镜头。

那个手拿DV的人，终于，在南京那一次，不只让自己的好听声音记录进DV中，也让自己的容颜出现在DV中，半边脸，俊美，成熟模样，时光美好，所以那么温柔。脖颈处，下颌处，清晰的伤，不至于吓人，只是多少有点影响形象，他戴着鸭舌帽，一身休闲装，一手举着DV对着自己的半边脸，唇角微勾："阿年，我是管止深。"

深沉干净的，一段阿年青涩不知的，清新，怎么都复杂淫靡不了的温暖时光！此时，方默川看在眼中，眼底，忽然就有了泪意，喜欢上了别人先喜欢的，怎么办？伸出手，收不回来，像一个盗贼，从初次的胆怯，到渐渐大了胆子，最后，偷了，有瘾，无法收手。

退伍回了Z市不久，他们组织了一起去南京玩一趟，方默川带了阿年去，影子她们也去了。刚巧，赶上了阿年经期，身体特别不舒服，没有故地重游，只吃了一些东西，买了一些特产，返回了Z市。

走了一遭，方默川不解自己，为何偏偏要这样做？为什么非要带阿年去走那些管止深也曾走过的地方？和阿年在一起的快乐，未必非要和DV中那些情景雷同，不是吗。可是，方默川心底有一个谴责自己的声音，方默川，你是不道德的。

如果你不知道阿年是你表哥喜欢的人，遇见了，你爱上了，你可以爱得理直气壮。可是，你心中明明知道，阿年，是你表哥心底等的人，这个DV中的全部录像，也是你表哥烧伤感染，治疗期间，唯一跟家人一样比重的，一份挂念。

第二天。

早上六点半，阿年接到方默川的来电，两个人都很尴尬，方默川不知道自己应该对阿年说些什么，道歉，显得多余，阿年懂事，虽性格温吞，却不是一个吵了架拖泥带水非要足够的对不起才可以的，就事论事，该原谅原谅，该挺着挺着。好比牙疼，很折磨人，不过早晚，会过去那个疼劲儿。

他说："我去上班了。"

"嗯。"

"晚上见吗。"他问。

阿年说："下班，你打给我。"

"好。"方默川挂了。

没有跟方默川通话之前，阿年心里，像堵着什么一样。通话之后，稍好一些，还是没有彻底通透。方默川能对阿年低头，唯一，毫不含糊对其低头的人。别人索要不去的，方默川口中的"对不起"三字，在阿年这里，细数，已有了千遍万遍。

以前吵架，分手地步，两个人表情凝重，阿年会想象，分手后，不说自己日子什么样，他，方默川的日子会什么样。习惯于接受周围，但一定会以对方为中心，这样生活。

可是，人人都说，这份感情，少了一份悸动，阿年不懂，悸动是什么，情，欲？

放放找阿年的时候，阿年还没起床。

"小嫂子你怎么赖床？"

阿年，喊，谁规定我不可以赖床。

"小嫂子你都醒了，还在床上躺着，不无聊吗，我从来都不赖床。"

阿年抱怀疑态度，一看放放就像会赖床的人啊。

"不无聊，在床上翻来滚去就不起，也是一种享受。不信，周末你可以赖一天，感受一下。"阿年说。

"我哥呢？"放放问。

阿年愣住："他，他起来了。"

"哦，吓死我了。"

小姑子找嫂子，有事求帮忙，由于放放休学很久，成绩跟不上，爱玩，上课不专心，成绩超差，老师严肃地决定，要见放放的家长。

放放不敢告诉爷爷，爷爷会拿拐杖揍人。也不敢告诉妈妈，妈妈为了小嫂子怀孕已经很伤神，再遇上女儿成绩差被请家长这种事，非要剥了她一层皮不可。

阿年倒吸一口冷气，面善的婆婆，至于这样暴力吗。

放放连连点头："至于至于，小嫂子，我妈的更年周期比较长，知道我成绩这么差会直接被我气疯了。"

"那我也不能去啊。"阿年为难，首先她不敢这么做，得对放放负责，放放胡来她不告密也就算了，还助纣为虐这是不是太那个啥了。

阿年说："让你哥去。"

"我哥?"放放摇头。

阿年问她："你哥对你那么好，你还怕他?"

放放说，我是被我哥吓到了吧，这几年一直没缓过来。我哥以前受伤过。烧伤，第二次感染治疗，是去的上海，我和我表姐从Z市去上海的时候，表姐不知道哪里出错，把我哥让带去的DV弄丢了，我家人不知道那是什么DV，以为他要用的。结果到了才发现，路上丢了，我被大发脾气的亲哥吓了个半死。

后来，在Z市机场，上海机场，上海的出租车上，家里司机开的车上，都找遍了，也没有弄清DV到底丢在了哪里，等同大海捞针。偌大上海，出租车根本不记得车牌号，去机场查了监控，费尽周折找到了乘坐的那辆出租车，也没找到DV。

管止深当时的情况，本就对烧伤这种度日如年的慢养，感到绝望，丢了DV，整个人就变得日渐阴沉下去了，很压抑。放放从此怕管止深，哪怕管止深现在很好，是个负责任的好哥哥，她也一样怕。

阿年囧，这是暴君管止深给亲妹妹幼小的心灵造成阴影了吧——放放说，那时候自己才刚刚11岁，都不太想要这个哥了。

听了这段儿，阿年真诚地劝放放，这个怕你哥的阴影你要治好，你哥管止深其实有温柔一面的，很细心，厨艺也好，很少跟女人斤斤计较。

阿年说，我真的不能去见你老师。

说实话，阿年怕去了会发抖，撒谎和做坏事最不擅长了。最终，放放哭腔拜托阿年，帮她这个总出卖老妈来告密的小姑子，去说服管止深来跟老师见面，带那个一定不要发脾气，老师说什么都不要对亲妹妹发脾气的那种亲哥，去。

阿年有压力。

管止深手机响时，他在医院。

李秋实术后恢复很不好，肝部会感到疼痛。一直陪在医院的好闺蜜CC，一张会说的甜嘴时而犀利，把管止深给请来了。

张望陪同一起。

"你来了？嗯，一个人路上小心。"管止深接完挂断，一手推开病房的门，动作很轻，他对张望吩咐："你先留在这里。"

"好的管总。"张望点头。

管止深的目光，与病床上的李秋实对视一眼，李秋实理解地笑："你去忙吧。"

管止深点了点头，不停留地，转身离开。

病床，是直对着病房门口的，透过病房门的透明玻璃，李秋实看着，管止深渐远，挺拔身影，消失。

"张助理，秋实没什么事的，有我在这里就好了，你也去忙吧。"CC笑着说。

张望看了一眼李秋实。

"我没事了。"李秋实说。

"好，有事可以打给我，管总不一定抽得开身。"张望道。

礼貌地退了一步，然后，离开病房。

"这个助理是不是有毛病，管得真宽！"CC瞪门口一眼。门刚合上，张望便离开了。

李秋实叹气："别这样说，张望是管止深私下的老朋友了，跟亲人一样。"

"喂喂喂，我是帮你说话啊！他什么意思，难得来一次，却像处理公事一样，领导例行探望受伤员工的吗，你不生气？"CC数落那个五官有些冷的男人。

"好了CC，不要说了，他没义务。"

李秋实小心翼翼地躺下，疼得皱眉，脸色苍白。

CC拿过ipad开始玩了起来，还是说："你就在这瞎善良吧，也不关心他身边有没有新人，也许不是很强的对手呢。你总一副成事在天的态度，可你不能忘了'谋事在人'啊！"

"随缘。"她闭上眼。

"随什么随！"CC手指不动，转过头郑重跟她讲，"这年头，你跟一个没钱没势的男人都不能说随缘，垃圾男人还有女人倒贴呢！你这位是个难遇的极品！跟这样的男人你不能随缘！我告诉你，就你最傻！"

"别说了，我休息一会儿。"李秋实转头。

CC最后嘀咕了一句："反正我告诉你，珍惜这个男人。你都28岁了，跟了他幸福不幸福的暂不计较，起码这辈子当一次女人，你值了！"

李秋实，有点听进去了，拿过手机，斟酌再三，给以前的同事发了短信。

阿年早就到了公司，管止深并不在。

张望手下的女秘书打给张望，张望说管总马上就回去了，先带那个姑娘去办公室呆一会儿，别让她无聊。

秘书看着阿年，云里雾里啊，这是管总什么人？新欢，女学生？不对！他一般不都是喜欢那种成熟韵味的脂粉美人嘛，妹妹？管放不长这副小模样。那么，是侄女之类的？

情生以南

嗯，可能是亲属。

带到办公室，秘书让阿年坐下，给她倒了一杯喝的，指着电脑，让阿年看个电影，或者什么节目，等一等。

"谢谢。"阿年微笑。

"客气，客气。"秘书退了出去，到别处跟人八卦去了，也不敢八卦过分的，就是瞎扯一通，增添乐趣。

阿年囧，我自己在别人的办公室好奇怪，回头这个秘书会不会什么东西放在哪里给糊涂忘了，以为丢了，赖她偷的。阿年当年幼小心灵上也被人搅和出阴影过，好在，后来东西别人只是放在别处，想不起来了，找到后确定，不是她偷了。

呆在办公室看电影，阿年觉得，要相信人民素质嘛。

管止深回来的时候，去了那个办公室，阿年看得正激动，被管止深走进来打扰了，某男一身正式西装站在眼前，高大帅气，两根手指敲了敲桌子，"到我办公室。"

"我，看完行吗？"阿年没看他，眼睛还在屏幕上。

管止深瞄了一眼，警匪片。扯了一下阿年的手腕，把她拽了起来。在别人异样的眼光下，阿年被一直扯到了楼上，他的办公室。

"警匪片少看，暴力。"管止深把她带到自己办公室，才放开。

偌大的办公空间，阿年摇头："警匪片很刺激，马上就要到霸气带感的台词了，可是你就把我给拽出来了——"

管止深把车钥匙放下，回头，蹙眉："什么经典台词。"

阿年形容，管止深忍不住笑，唇边笑意渐浓时，问阿年："就这样？男主角拿了把枪去抢劫，枪抵人头，说了一句'不老实，就——干死你？'这台词很霸气吗？"

阿年点头。

管止深走过来，一手抓着阿年的小手，手指摩挲着阿年手背肌肤，整个身躯带着强烈男人气息紧贴了过来，另一手的修长手指，轻抚了下阿年的脸颊，引起阿年一阵轻颤，他不让阿年动弹一分，在她耳边蛊惑道："不老实，就干死你？"

阿年的脸刷地红了。

接受不来，也许别的女人喜欢，可她不行，不是反感，是会整个神经都被他带得开始敏感。秀气的眉拧了起来，刚要发作，他的手机响了。

他接了。

"这没什么，我到公司了。"

"那边的事你可以交代别人去办，不必亲自……"

"好，有事打给我。"

管止深说了几句，挂断了。

阿年估计，是张望打来的吧，刚刚那个秘书还说，张望是和管总一起出去办事了。等他转过身，已是一本正经，没了刚才的轻佻，阿年的火气，一眨眼，也都消下去差不多了。

这可以称为，是习惯了。

"刚才，要说什么？"他在阿年面前伫立，手指抚了一下阿年的小嘴儿，喜欢极了。阿年一躲，他的眼里是炙热，阿年态度有点差了："开玩笑可以，但请不要跟我开尺度大的玩笑。"

温和的小脸，蒙着一层淡淡的粉色，一抹秀色、羞色。

管止深蹙眉，他从不跟人开这样的玩笑，遇了阿年，起初小镇那一年光景，走在对面，阿年也对他不相识，他对阿年好感很盛，但不会对年龄那么一点儿的阿年暧昧。现在阿年22，许是重逢让他心情大好，人变了许多，阿年的温和青春，一点点，渗透了他，那个阴沉的只会工作的管止深，已是不复存在。

既然登记了，就不浪费，把阿年真的当成了自己的妻子，Z市重逢那一刹那，脑海已闪过念头，阿年，会是他的小妻子，当然，第一次正面跟阿年认识，不易。

平日，逗一逗阿年，把她弄炸毛了，再费点心思哄好，这是他贪恋的时光。玩笑的尺度大与不大，自己老婆，老公尺度慢慢会被习惯。管止深认为自己委屈，行动，尺度大不得，生意人又不愿吃亏，那就唯有秉持，以思想多大尺度，言语就多大尺度这个宗旨，跟阿年相处。

一个女人，年龄很小，或已成熟的，在管止深这种男人的熏染下会受不了。感受过他风情万种的暧昧，骨子里眼眸里的深沉味道，会有一个念头在嘶叫，根本不想，也不能离开他了。

可是，若他的爱不至长久，女人的心，不会碎么？

阿年鼓起勇气，抬头，装出几分淡定："我是来跟你说正事的。"

"OK。"管止深严肃地望着阿年。

他很想发一次脾气，让她知道，他很累，需要一些慰藉，哪怕不多。中间一个方默川，他理解阿年的为难，也可以忍痛去理解方默川。他找不到任何一种办法，把阿年扯到自己怀里，让阿年心甘情愿，再也不会动摇地在他怀里，安静，爱他。

他五官突然冷了下来，阿年不知道他在想什么。当有一天，会发现吧，曾经多少次，在他心口上插下刀子。

阿年低头，怕管止深严肃，哪怕他前一刻温柔，但只要他脸色一冷，阿年就怕，不知原因，这到底是一个什么毛病。

正事，吓得不想说了。

恰恰，管止深怕的，是阿年生气。

行为举止，他可以控制得住；无法做到的是对这颗心的收放自如，相由心生，表情，也就不经意地冷了。

"生气了？跟你开个玩笑，你总要适当地给我一点精神食粮，否则，饿得要了命了。"管止深注视着阿年，对阿年说。

一再迁就，阿年，总会给他一份回报。

阿年低头，没生气，只是怕他而已。

管止深皱眉，靠近阿年："错不在我，如果不是你看了电影说那句台词，我会说吗?"

"电影里是枪战，台词很带感，你说的这是什么?"阿年对近在咫尺的人讲，试图跟管止深讲理，他的气息近了，那种他给的喘不过气的炙热，再度袭了上来。

"我只叙述了那句台词，你误会成了什么?"管止深轻声问，"嗯?"

阿年凌乱了，那样暧昧地说那句台词会把人吓傻。

"你当我没说过。"阿年讲。

他认真，点头。

管止深就在她面前，一抬头，便是他的五官。

阿年一番请求，管止深去见了放放的老师。

管放在校门口遇到自己亲哥时，吓得不敢上前，可是亲哥下了车，关上车门，去了学校。望着那抹背影，放放心跳加速，怕挨骂，怕亲哥发脾气。

打给小嫂子阿年求救，可是，已关机了。

大概过去了二十分钟，管止深出来了，老师亲自送出来，早上还很严厉的老师，摸了摸放放的头，对管止深道："这孩子其实哪一点都好，就是贪玩儿。"

"费心了。"管止深淡声道。

老师进去之后，放放老老实实地站在亲哥身边，偷偷瞥见亲哥望着校门口马路一句话不说，单手插在袋里，另一手中拿着车钥匙，放放嘀咕道："我小嫂子……"

"你嫂子，是个好嫂子。"某男突然严肃道。

深得他心啊。

放放一下子惊呆，亲哥今天精神分裂了么。

下午，阿年跟乔辛还有向悦，窝在图书馆里呆着，无聊，没地方去，外面有点晒，这里有空调吹。今天图书馆里人比较多，没位置了，坐地上怕被踩死。三个人，坐在了一处窗台上。

那俩姑奶奶都比阿年家庭好许多，还好的是，俩人都没有富贵病，相处上，三个人一直很好。

乔辛跟向悦纠结的是，毕业之后先回海城，再来Z市，还是干脆先不回去，稳定了再说? 向悦担心："我怕回去了就出不来了!"

"我也一样。"乔辛说。

"可我很喜欢Z市啊。"向悦小声说。其实，阿年和乔辛都心知肚明的了，向悦哪是喜欢Z市，是喜欢左正在Z市，左正在哪里，她就喜欢哪里，典型的嫁鸡随鸡到底了，这还没嫁过去，就已经随了。

阿年叹气一声："Z市有什么好。"

"哪里不好?"

向悦和乔辛异口同声了一次,诧异,阿年这家伙,不是一直喜欢Z市么。阿年从最开始来Z市的排斥,好几个方面生活不习惯,到习惯,喜欢。现在阿年突然反感什么? 乔辛担心,别是,阿年又被方默川那祖宗给惹了吧,气得连城市都一并怪罪起来。

"Z市,吃人不吐骨头啊……"阿年低头,轻叹,闷了声。

乔辛挑眉,见阿年那副失了神的样子,酸了一句:"这在说谁,谁吃你不吐骨头了? 一副被人勾了魂儿的样子……"

阿年淡淡的表情,转头,皱了眉。

乔辛和向悦见此,用手捂着脸,嘻嘻笑。

不停不停地劝,劝阿年,半开玩笑半认真:"阿年,你真的要是移情别恋了,可得当机立断了,这种事拖不起的。感情这东西不是谁能强制买卖的,虽然默川是我朋友。"

向悦接了下去,以她一贯的风格:"如果你顾忌默川那少爷,我告诉你,谈恋爱就像做那种事儿,别说你一个好姑娘,就算是个鸡,也得一个愿打一个愿挨才能愉悦对不? 一方不情愿还被勉强,那是——强——奸——"

"过了吧。"乔辛瞪了一眼向悦。

向悦咳咳:"那个啥……小的嘴快,莫怪。是精神上的,强,奸。"

离开A大。

五点四十几分,阿年站在路边等方默川。

他下班了,兴奋地对阿年说,老板让他开公司的车出来,老板有事出去应酬,喝完酒到时间了,打给他,他再去接一趟。方默川跟阿年说:"这种工作,我觉得很有意思,只要别有人给我脸色看就好。"

阿年听了,心里苦得要命,方默川,究竟什么时候才回方家?

路边驶来一辆黑色本田,在阿年面前,停了。方默川落下车窗,让阿年上车。阿年点头,上了车。

车开走。

后面一辆白色宝马,保持着距离,跟了上去,管三数和方慈坐在车后排座,司机开车。方慈叹气,无可奈何的样子,一脸威严的管三数,心酸地闭上眼睛,皱了眉头,咬牙切齿:"一个月之内,把他逼回家!"

多少次,母子意见不统一,喜欢的事和人不一样,发生争执,作为一个母亲,什么都想给儿子最好的,可又有几次真的对儿子狠心过? 逼着儿子入伍,算一次,在管老爷子这个外公眼中,方默川入伍当兵,是炼就这个小子成为真正男人! 可是,对于管三数来说,那等同于体罚儿子。

谁生的孩子,谁疼。

方默川把车停在了一个餐馆外，阿年和他一起下了车。

点了两个菜，够两个人吃了。

他说："阿年，我不想回家。"

阿年看着他，方默川也抬起头，直视着阿年的眼睛，仿佛在征求她的意见，仿佛在说，阿年你别逼我，真的真的，不回。

阿年低头，抿了唇。

两个人，中间一条隐形分界线，阿年的客气方默川不喜欢，可他不明白阿年这份客气怎么来的，是他惹她生气导致？还是，什么？阿年跟方默川，生不起气来了，管止深说的那些话，多少，是起了一点作用。

这时饭店门口进来一人，粗犷面孔，张口说的话也粗鲁："妈的！外面谁的本田，刮了老子的车一声不吭——哑巴了还是不想在这片儿混了？"大眼一瞪，那么狰狞。

本田，阿年一怔，看向方默川。

方默川蹙眉，对于这种满嘴粗话没素质的人，方默川是惹上一个收拾一个。可是，今时今日的方默川，不敢嚣张。他迎上阿年担心的目光，说道："我们停车的时候，旁边没车。"所以，怎么会刮车？要刮，也是别人刮他的。

阿年点头，是啊。

服务员被嚷了出来，探头看向了外面，问方默川和阿年，是不是他们的车，黑色本田，车牌号尾数也说了。

阿年和方默川惊，怎么会？

起身走到了外面，一看，车被刮了，两辆车上都有刮痕，那人开的是一辆X6，方默川这车早就停了，很明显是对方刮了他的车，还反过来找他麻烦！

方默川忍着怒火，回头，皱眉对那人说："存心的？"

那人骂骂咧咧地说了一堆，气焰之嚣张！方默川攥着拳头，阿年讲理地说："可以看监控，这路上都有摄像头，他停车的时候，这里没车，怎么刮车。"

阿年只说了一句，那人就朝阿年去了："呦——小姑娘长得挺水灵，跟我玩一次，不要你们赔偿刮车钱？"

方默川上前一步，阿年死死地拽住方默川。

"让警察处理吧。"

然后，报了警，警察来了，那段路的监控录像刚好坏了，不知刮车到底怨谁。方默川没人罩着，因此没了什么脸面上的特殊待遇。骂人那人离开警局之前，没指方默川，偏指着阿年的鼻子啐了一句："跟着个臭打工的小子，真没眼光，呸！"

方默川听见这话，急了！"你他妈再给老子指她一下！"却被警察拉住，制止！训了方默川一顿，怎么？想惹事是吧？小心拘你24小时！窝火的这位少爷，红了眼，真的，可怜地红了眼。他不懂啊，什么叫，臭打工的？

和阿年离开时，方默川蹲在马路牙子上，点了根烟。

"委屈你了。"

阿年摇头："惹不起就躲吧，不气，是那人没素质。"

"我有素质？"方默川冷笑，抽了一口烟，目光直视马路上那些车，景象："是不是，这世上有一部分人，因为有钱，才有脾气？我就是一个例子，我的素质，可以理解成是在对现实低头。这也能叫做素质？"

以往，谁敢在他面前骂阿年？多瞅一眼也得看这少爷心情好坏。今天，他明白，哦，是臭打工的，挨了欺负，忍下，这叫有素质。

他冷笑，素质这词真优雅，同时也很操蛋。

车被开走了，老板骂了一顿方默川，被解雇，赔钱，银行卡里仅有的四千多，空了，阿年还在自己卡里取了一些。

一起回了租的房子里，阿年和方默川都还没吃饭，家里只有方便面。阿年烧水，泡了一个香辣的，一个红烧的。虽然已经晚上了，可吃泡面的时候还是觉得有点热，这房子里没有安空调，阿年说，明天我去买风扇。

方默川始终沉默。

阿年不想让他不开心，一直在跟他说话，他情绪低落得不回应，阿年怕自己说多了让他心烦，便不再说了。晚上8点多，阿年该走了，从这里到员工宿舍，时间很久。方默川在沙发上躺着，情绪没有一分好转，阿年过去，睫毛动了一下，问他："还没好一点么？工作没了就没了，重新开始。"

"阿年，我在想，我们如果一直在一起，未来会什么样。"他一手在后脑下枕着，皱眉看着天花板。

一直在一起，那是多久，阿年没有概念。

他为什么说，如果。

方默川拉过阿年，让阿年躺在沙发上，双手搂住阿年的小身体，唇刚落在阿年的颈窝儿，阿年却一躲。许是躲得太明显，落入了敏感的方默川眼中，他无奈，轻声说了句："还是坐起来合适，沙发太小，很挤。"

阿年不知为什么，也注意不到自己的反应和以往不同，点头。

沙发倒也不小，两个人坐在沙发上打算聊一下，阿年想开导他。已经不记得了，以前热恋时，不管和他在家里玩儿，还是在外打游戏，累了，都会靠在方默川的肩上休息。方默川不知自己怎么了，心上疼得，整个人没了精神，现在和阿年的相处，大不一样。

八点半多，阿年走的时候欲言又止。想劝方默川回家，还是住了口。怕，怕方默川给她脸色看，不想再吵起来。以前那个少爷脾气的方默川，阿年看不惯他做什么就跟他吵，那是因为他意气风发，他生活得如鱼得水，他会笑着改掉被指出的毛病，现在，他笑不出来，阿年，也指责不出来。

情
生
以
南

Chapter 09 ◀◀◀
悸动

　　第二天。

　　阿年和乔辛一起来方默川这边，给他送了风扇，普通的，70块买的。方默川刚起床，只穿了一条家居裤出来，他瘦了一些，人倒还是那副帅气的公子哥儿模样，裸着上身就这么出来了，吹了一下风扇，瘫靠在沙发上，整个儿一饭来张口衣来伸手的大爷！

　　"我去买水果。"阿年把熨烫完的衬衫搁在沙发旁，让他穿。

　　下楼了。

　　来的时候，乔辛在楼下看到卖水果的。上楼后对阿年说，等会儿你下去买一些上来，阿年说好。把阿年支开，乔辛是想单独跟方默川说几句，劝一劝这位少爷。

　　乔辛踢了一下装死的方默川，方默川睁开眼睛，还没彻底醒过来，拧眉问乔辛："谁让你坐茶几上了？"

　　"我乐意！"

　　"走开——"方默川特别他妈不爽。

　　乔辛认真："哎，方大少您怎么想的？这日子，您喜欢？"

　　方默川挑眉，坐了起来，从烟盒抽出一支烟，点上了。

　　"你和阿年以前打算毕业就结婚，现在什么情况？你跟你妈闹成这样，出来混了，就算你笑着说这日子好混也没人信不是？方默川，爱情也许它是神圣的，可你敢说爱情和经济分毫不沾边么？你站在风口上，你喝着西北风奄奄一息，拽着阿年跟你一样喝西北风，路口来个男人，那男人能给阿年一口吃的，甭管好赖，哪怕只是一个热馒头，先不论阿年怎么选，你说，你好受吗？"

方默川抬眼："当说客来了？"

"我给谁当说客啊？你不是我朋友我会管你？你要不是阿年的男朋友，我来这儿跟你说这些？"乔辛生气，站了起来。

方默川点头，把烟戳灭了在烟灰缸里，拿过沙发上的衬衫穿上，轻描淡写："我可能，回不去了。"

"为什么。"乔辛不解。

方默川抬头，看了乔辛一眼，去洗漱，刷牙，洗脸，弄他那头发，接着出来，对被他晾了半天的乔辛说："回去了，就会……失去阿年。"

"阿年拴着你不让你回去了？方默川，有点良心，别把骂名让阿年背……"乔辛不愿多说，左正他们就死活认为，是阿年处理不得当，否则方默川不至于吃这个苦，乔辛很想骂人，当阿年是什么呢，25岁的大男人，是死是活阿年左右得了？一帮公子哥站着说话不肾疼！真当女朋友都是您们妈啊！

阿年买水果还没回来，方默川坐在沙发上对一脸怒气的乔辛说："阿年有其他追求者，很优秀。"

乔辛心一惊。

"我不知道阿年和他到了什么程度，但我知道的是，阿年对我和以往不一样了，她心里一定装着别人，我回家过我的少爷生活？然后呢，阿年觉得我过得很好，慢慢，阿年消失掉。"方默川冷笑了一声。

"要不要说得那么玄？阿年身边哪有人，她每天都和我们在一起，我怎么不知道。"乔辛心虚了一下，也不敢为阿年说什么绝对的话，有一天阿年真的和方默川分开了，当朋友的不想被打脸，只说："就算，我说的是就算，就算你说的是真的，那你这么虐待自己拴着阿年，不累吗？你不累，阿年会累！"

累，怎么不累，然后，明知这是不对的，明知自己不懂事，还想以年少轻狂不懂事为借口自私一回，就这么，拖着阿年一起，累着。

不知会不会，换得一份死守。

在阿年买水果回来的时候，乔辛和方默川没有再说什么，阿年感觉得到气氛微妙，也不好现在问，去洗水果，方默川一起去了厨房，帮阿年的忙。苹果要削皮，锋利的水果刀在方默川手里，他给阿年削皮，连贯，苹果皮一点都不断开，可是，马上，他却割破了手，"嘶"地一声，鲜红血液，从好看的手指上流了出来。

阿年惊呼，拿过他的手，蹲在了沙发旁把他的手拿了过来，搁在腿上用纸巾捂住，吓死。

方默川坐在沙发上，水果刀扔在了茶儿上，另一手中，是削皮一半的苹果。他眉头不曾皱一下，刀子锋利，割得很深。着实，是把阿年给心疼坏了，乔辛一直看这两个人，阿年是小丫鬟照顾自家少爷一样，从来了Z市就是这样。有时候向悦看古装电视剧就说，看，这家少爷丫鬟和阿年方默川那厮一个模式，少爷动不动地傲，娇了气的小丫鬟乱蹦，小丫鬟一会儿委委屈屈，一会儿回头儿还得原谅这位少爷！不过你别看这少爷这放荡不羁的德行，小丫鬟动真格时这位少爷还真听话。呀，方默川和阿年不是投胎转世过来上辈子牵扯不清的一对苦命人吧！

离开方默川住处，阿年和乔辛去了A大，在A大里走着，阿年问："和方默川说什么了。"

"劝他回家，不听。"乔辛说。

"哦。"阿年猜也就是这个了。

乔辛犹豫，始终不敢跟阿年说，方默川是故意割伤手，目的，是让乔辛懂他的目的。他回了家，拼尽全力也许可以应付掉跟别人结婚这件事，大不了，工作上去别的部门，不用杜家关系那一门就好了。可他回去了，风光退伍回来得了一份风光的工作，日日应酬，忙碌于工作，那时，阿年在哪，也许，在管止深身边了。

如果分手，离开，阿年对他的可怜也许不会像今天这样多。

他现在，很累，甚至不知道方向地折磨自己走这条路，阿年，那样好的性格，离不开他，一定离不开他。不想跟管止深这个表哥闹坏关系，他欠表哥的，一辈子记得，可以用别的方式补偿，这个，阿年，很舍不得，谁生生地被抢走了身边人，都不会好受，此时，他才痛苦地体会到，当年的表哥，也是这样的心情吧，有过之，而无不及。

这个局势，就好比刚才在家中，他削皮，阿年的眼中没有他的存在，甚至思绪已经走远，脑海里被许多事情占据，毕业，工作，等等。但是他一割到了手，阿年的眼中，把其他剔除干净了，只有他，一个方默川。回到方家，接受工作安排，他就变成了前者，阿年心中会被许多人和事占据，也许他的地位有一日不及管止深。不回家，这样狼狈地讨生，是后者。阿年难过，他知道，可是，起码阿年心中会放不下他。

方默川不知道该怎么跟管止深斗，这个敌人太强，把他变得精分了。也许一辈子比不上表哥，或者在阿年出现在Z市时被表哥遇见，表哥的心还在阿年身上时，就注定不再是斗，是很公平的一场起跑，两个人，如果其中一个腿长，跑的步子大，能怨天，还是怨地？

乔辛对阿年说："你会因为可怜一个人，而去彻底伤害另外一个人吗。"

"不会绝对。"阿年说。

乔辛点头，不知道阿年是不是被说得懵了。

如果不是方默川亲口说，乔辛也根本不知道，方默川出来自立的原因里，有一半，居然是苦着自己拴着阿年，无关父母逼婚那事。

中午，阿年打给管止深，他问她位置。

阿年说了。

打算跟管止深说清楚。

管止深的车停在路边，下车走到对面路灯下，阿年抬头，看他，阿年直接说："你，能不能给我时间。"

"说清楚。"管止深态度冷淡。

阿年觉得自己要坦承一些，不可以模糊不清："我想跟方默川认真相处，如果我会想你，我会找不到跟你在一起时的感觉，我会跟他说。"

"如果你们分了，你会选我？"管止深心底燃起希望的火，问得很轻，生怕吹灭了这火。

阿年说不出口什么，低头，又抬头："我走了。"

管止深皱眉，这嘴笨的孩子，说完，真这样走了？他把人扯了回来，抵在路灯柱上，疯狂喘息着吻她："撩拨我来了，就这么完了吗？"

咳咳，阿年让自己淡定，什么叫撩拨，分明不是撩拨："我就是跟你聊了几句，拨了个你手机。如果，这也算，撩，拨。"

画面定住在那一天，那个男人，一脸哭笑不得，话也融进了缠绵的吻里——阿年哪，我爱你，到底为什么。

管止深再去了一趟医院。

"妈，来之前怎么不告诉我？"李秋实勉强坐了起来。

李秋实的母亲第一次来Z市，已经58岁了，身体不好。得知女儿病了手术，就要过来，李秋实本打算等出院了去南方看母亲，或者把她接来Z市，离开小镇几年了，回去定居也许已经不习惯。

李母托人，把她送到车站，一个人从南方坐高铁过来北方Z市，路上折腾得整个人就快剩下半条命了。李秋实接到老家亲戚的来电之后，不知道该求谁帮忙去接母亲，打出租车，母亲死活不干，说问了价钱，很贵，要坐公共汽车，李秋实跟母亲沟通不来，无奈之下，打给了管止深。

没有人认识母亲，母亲也不认识陌生人，就连CC，都只是高中时去过她家几次，现在CC大变了样子，母亲哪还认得出来女儿这个闺蜜。

管止深以前陪李秋实回过一次南方小镇，出差路过。他会在晚间散步时经过阿年外婆家门口，稍作停留，便会离开。

也曾一个人伫立在巷子里想象，带走阿年的男孩子，什么模样，配得上阿年吗。巷子里的阿姨们会说几句，那男孩子长得可俊了，有钱人家的，难得本分，没少帮阿年外婆家里干活儿，讨得阿年外婆欢心。

悸动 Chapter 09

然后，管止深也会偶尔眼眶酸涩，哦，不只是阿年一个人喜欢的，那男孩子，还讨得阿年外婆，欢心。

丢了DV，那张阿年的旧模样，只在心里留存。站在巷子里去回忆阿年，是另一种感受。可以脑补出来画面，阿年和那个不知模样的男孩子，在巷子里，一定有过欢声笑语吧。不忍停留再想，放弃。

管止深愿意相信，阿年，会幸福。

她是他满心的欢喜，也是他满心的创伤。

CC来了病房之后，手中的皮包还没放下，就拥抱住了李妈妈，欢呼："阿姨，您来了呀！怎么不告诉我一声？我好早一点去接站，还是刚才到了医院楼下，才听秋实说的。"

李妈妈被眼前浓妆艳抹的姑娘吓着了，问："这姑娘是……"

"荷兰豆啊，小时候的那个荷兰豆啊，阿姨您还记得吗？"CC问。

这么说，李妈妈才算记得了。CC这个人，是从小到大身上挂着外号生活的，小时候家里很穷，就那么几件儿衣服换着穿，都是豆绿色的，上高一了身材也没发育好，瘦瘦的，外号就叫荷兰豆，特爱嫉妒生气的一个丫头。高中上完，离开老家城市，出来就鲜少回去了，任谁，见了都认不得。

前几年CC回过一趟老家，母亲去世，也是两个小时就离开了，出手很阔地给了老家亲戚钱，帮她料理母亲后事。现在的CC，不是一般的女大十八变，穿着高跟鞋，高挑性感的身材，满脸都是笑，性格也变了许多。

李妈妈对CC这丫头有一点意见，不孝顺，骂过自己母亲穷，嫌弃母亲，以为女儿早就跟这个朋友不接触了，不想，刚一来Z市，就遇见了，李妈妈打量CC的打扮，好看是好看，就是看着不朴实。

"止深，帮我安排一下我妈的住处，好吗？"李秋实问病床一侧的男人。

管止深顾及李妈妈，点头道："楼下我安排了一辆车，病房门口也有人，有事你就吩咐他们。"

"嗯，你忙去吧。"李秋实弯起嘴角，笑了笑。

CC见管止深居然考虑了李妈妈感受，借机起哄："亲一下秋实再走啊，生病的人需要安慰啦。"

李妈妈笑，摇头，这时候的年轻人啊。

"CC，别闹了！"李秋实尽量表现得自然一些，这样等于给了管止深一个台阶下，母亲不会多疑，只会觉得是她害羞不接受，无关管止深什么事。管止深是个明眼人，自是懂得她的好心用意，这会儿她若跟CC一样胡闹，会惹他不高兴了。

管止深对李妈妈礼貌点头，"伯母，我先去忙。"

李妈妈笑了："快去忙吧，正事要紧。"

"嗯。"管止深离开病房。

李妈妈和自己女儿聊了一会儿，路上折腾得身体不舒服，CC叫了门口守着的人，下了楼，CC准备把老太太扶上车。这辆气派的奔驰，是GF投资集团高层参加对外会议，或者参加商业活动，才可以坐的专车。这辆车闲着，张望就安排司机开了这辆奔驰来医院门口等人。

"这车……"李妈妈往后退了一小步。

小镇上生活了大半辈子的李妈妈，生活中没见过如此豪华的车，只在电视上见过。李妈妈一直都在穷日子里活着，老公死得早，一个人供养女儿上学，盼女儿好。四十来岁时有了第二次婚姻，带着女儿再嫁本想有个依靠，不想却是失败决定，忍不了生活中的争吵，怕影响女儿的学习，果断离了。供女儿读高中、大学，是最苦最累的一个过程。不过女儿懂事，李妈妈觉得自己吃再多苦也值得。

CC知道李妈妈生活苦，对奔驰司机笑，在李妈妈耳边说："阿姨，别惊讶了，您女儿给您长脸了还不好吗，您女儿善良能干，找了一个这样的男人，您不开心吗？"

"开心是开心，只是这……"李妈妈犹豫。

还是打算坐公交车，哪怕坐出租车也行。

CC推李妈妈上车，见司机还没上车，小声说："阿姨，您要理所应当接受的！别让秋实在管止深面前难做呀。管止深家里不仅有钱，还很有地位的，您这样，会让人瞧不起的。"

李妈妈被CC说得心口一阵难受，坐上了这车。被司机送去女儿住所的这一路上，李妈妈都没缓过来心口的难受，CC让她快点上车，别站着丢人了。李妈妈不知道女儿心里是不是也这样想的，怕不怕当妈的乡巴佬进城，给她这大学生丢脸。

心想，等女儿病好了就回小镇去，这Z市不能多呆。

送完李妈妈，CC上楼，跟秋实聊了一会儿。走时出了医院，路边一辆红色马六开了过来。车上的女人无语："你这闺蜜的妈妈好土气。"

"土气？人家土气人家生的女儿能认识著名投资商啊！你妈妈不土气，你认识的是个什么男人，两者可以比较吗！"CC把包放在黑丝袜腿上，催促："快开车啦，赶着去化个妆，稍后我还有约会。"

那女人一边开车一边嘴上风凉话道："认识了不代表可以嫁给人家！我又不是没见过你这个闺蜜，她成不了气的！胆子太小了，一步不敢挪动出击，大人物这种高贵身份的男人，得靠女人去粘！"

"放心吧放心吧。"CC翻出手机发着短信说道，"她不主动，我会逼她主动！她妈妈来了Z市，我让她妈妈认为她和管止深就是那种要结婚的关系，秋实为了不让她妈妈伤心失望，她也要对那男人出手的吧，我这个闺蜜她很聪明的，你有三十六计她有七十二变，你放心好了。"

"为了你闺蜜，你可真够卖力的啊。"开车的女人道。

CC弯着红唇笑开："不然为了你卖力啊，你男人顶多也就给你买辆马六开一开。秋实要是嫁给了管止深那样的男人，什么名车都开得好不好，我就这一个有富贵命的闺蜜，我还不支支招盼她早嫁啊，指望日后能沾些大光呢。"

阿年把小泰迪带去了方默川租住的房子，那天早上，阿年蹲在地上跟小泰迪说："你要懂事，想要好的待遇就规规矩矩地别惹他生气。你昨晚刚过的生日，所以你现在已经五岁了。在你们泰迪的世界，你大概，到了而立的年纪。"

"它生日怎么过的？"方默川问。

"吃了大餐，我还搂着它睡的，几年没见过泰迪了，它还记得我是谁，跟我很亲。"阿年声音放低了，"惭愧，有时候我还不如它，它很长情，记得自己的主人是谁，有很久的一段日子，我都忘了泰迪的存在。"深深的对不起。

"那我也过生日。"方默川开口。

阿年皱眉："你不是过完了吗。"

"能让你搂着睡的生日待遇，我什么时候有？"方默川走过来，跟阿年一起蹲在地上，抱了狗狗起来。

他多希望，同居。

也天真地好奇，为什么，人，恋爱，不是定下了对方的一辈子。再有一种比法律还严格的规定，让定下的人，不准提出分离。

"等你变成四条腿。"阿年笑！

方默川扯动嘴角，微笑，抱着狗狗倚在沙发里，双手举起狗狗，狗狗顽皮地蹬着两条后腿，方默川大眼对视狗狗，嫉妒地道："狗哥，开个价，我和您互换灵魂搂我自己媳妇儿睡一觉，好不好？"

阿年看了一眼方默川，他抿着唇，喉结上下滑动了一下，心里在想不知什么内容导致他的眼神从未有过地深了。

"把它放下来吧。"阿年过去。

被他叫媳妇儿，阿年心一缩。

晚上，阿年和方默川一起去买菜。

阿年不太会做菜，在小镇上，从未认认真真地完成过一餐亲手做的。同学中，阿年算接近生活的女孩子了，什么都会，就是不够专业，做的只能算稍微像那么一回事。

米饭做得算成功，就是水稍微有点儿多，阿年不挑剔，方默川也说米饭很好吃，可是阿年知道，方默川很挑剔，米饭要吃那种做出来几乎一粒一粒不粘的。一菜一汤，荤素搭配得还可以，味道阿年自己觉得还挺好。

第一餐，味道未卜地开饭啦。

方默川要阿年今晚别回宿舍了，太晚了，就在这另一个房间住下吧，阿年答应了，她相信没有人会误会的，反正就一晚上。

和方默川的感情，很奇怪，不管多亲密，两个人怎么玩在一起，顶多也就是亲一下，不会再多做什么。不只阿年这样，方默川也一样不会过分动手动脚。对于方默川这方面的坚持，不碰她，阿年很感谢他给的尊重。

可方默川睡在另一房间的折叠床上，辗转反侧，他点了支烟，望着黑夜里的天花板抽完了，不碰阿年，是因为，一动了暧昧的心思，脑海中便是表哥在上海医院发脾气的样子。

阿年刚来Z市那年，两个人形影不离地一直在一起，不碰阿年，是想等阿年真的出现在了家人，管止深，这些人的面前，一切安然无恙，那么，他便让阿年变成他的人，彻底。

后来三年分开，一个在Z市，一个在北京，见面的机会少，回来探亲，和阿年也无法做其他事，不能惹阿年生气，惹阿年哭。现在，管止深心中有阿年的存在，阿年的归宿没有一个定数，他，怎么狠心动得阿年，除非是疯了。

任何事上方默川都可以无拘无束地冲动，暴怒，哪怕伤害自己，打架的时候不要命。可唯独一个阿年，在阿年的事上，他不冲动。

次日一早。

左正和乔易来了，找阿年和方默川一起去早餐。

店里，趁着阿年去选早餐的时候，乔易喝了一口粥："昨晚，那个没有？"

左正吹了个口哨，期待。

方默川皱眉："没有。"

左正瞧了一眼阿年，回头对方默川道："哥们儿，交个底儿吧，莫不是您那方面不行？"

这帮人认识时，就方默川一个人身边没妞儿，都说姓方的小爷太挑剔，身边的女生就没一个是他看得上的。问他怎么看待恋爱发生关系，他倒也和常人一样，认为恋爱了发生性关系理所当然，可是，发生关系的前提是你得恋爱！不知怎么，出来一个阿年，一帮人总算盼得方默川爱了。可是，随着方少爷爱了，这人先前的想法也变了，他认为——以发生关系为目的恋爱是龌龊的。

并警告他们，在阿年面前，不准再说这些下流无耻的话，也不准在有阿年的场合，带那些乱七八糟的小女友来。

对于左正的挖苦，方默川动了动好看的粉唇，一本正经："其实，我从来不站着尿尿你知道么，压根儿没长那玩意儿。往后，阿年这媳妇儿要是被我弄丢了，您们，哪位收了我当小妾，爷一定好好伺候着，别让我死了还顶着单身之名就成。"

"吃错药了？"乔易认真，认为，方默川有心事。

左正平日同方默川一样，两个没长大的孩子似的，往方默川的腰上摸了去——"来，我验一下你究竟长没长那玩意——"

一阵闹。

乔易算稍微稳重的，可也只把椅子挪了挪，躲，任由俩人一个护着裤裆一个不懈袭击。阿年端着米粥过来，见桌椅要翻，皱眉问："真打还是闹的？"

"我想看看他长没长——"左正话没说完，方默川从后一只手捂住了左正的嘴，勒着左正的脖子，方默川往后拖左正，对阿年笑："没事，没事，你好好地坐下。"

阿年，囧，你兄弟好像要不行了。

悸动　Chapter 09

情生以南

左正的小白脸，已经被勒成了猪肝色的。

乔易叫阿年："弄死一个我们给另一个当不在场证人。"

"我不暴力，我很温和，跟我们家阿年一样温和。"说着，方默川勒着左正脖子，胳膊肘一压，左正"啊"了一声，很痛苦，被按在了墙角，方默川一条长腿弯膝压着左正，不愧当过兵的，比左正厉害了。伸手拿过一个装什么东西的大空纸箱子，"砰——"一声，纸箱子把左正给扣上了。

方默川走回桌前，低头，乖孩子一样给阿年剥鸡蛋。

阿年回头看了一眼左正，他们都什么嗜好，不是这个把那个用箱子扣起来，就是那个把这个用箱子扣起来，偏偏每个自己人和自己人干架的地点，都有箱子这类的道具供他们玩。

被纸箱子扣起来的，要么蹲墙角大声儿唱两句《东方红》，要么数一百个数。《东方红》可不好唱，这么半天了，左正可能数数呢！

这种时候是方默川最快乐的，阿年认识他的几年来，他除了吃喝玩，不干别的。走进A大正经地上一课是他的唯一任务。去了北京入伍后，他的生活，阿年不知道了。

乔易用餐完毕，抬眉，语气一贯的不紧不慢："好奇，对于你还是个处男，你有什么感受分享。"

"咳——"方默川一口老血险些爆出来，看向乔易，阴恻恻的目光，小ZEI！早晚把你和左正一起用纸箱子扣上乱脚踹死！

离开早餐店，方默川双手插在裤袋里，上身的T恤深灰色，领边红色，显得他皮肤更加白皙。"嗯，阿年……那个什么……"解释不出，烦躁地皱眉踢了一下马路牙子，咬牙切齿嘀咕："这俩孙子！"

阿年继续囧，这是骂左正和乔易吗。

方默川想解释，这个，处男这事儿，开不了口。面对多人时聊什么都无妨，单独跟阿年在一起，这种话题，说起他会脸红。

"有没有看不起我。"方默川问。

指的是，25岁还是处男，他觉得有点……丢人吧。

阿年摇头："没有，你很好。"

方默川再度偷偷脸红，跟阿年并排走路，可却不敢看阿年，脸转向了其他地方，面向阳光，特别尴尬。

阿年看了他一眼，他唇边带着一点笑，阿年觉得，他是需要鼓励的，她也绝对不会因为他第一份工作只干了两天不到就丢了，而去看不起他！这人被母亲娇惯了，就像古时候生活在宫里的太子，放生外面，许是也会如此碰壁。

显然两个人的思维，不在一条线上。

6月26号，方默川跟新搬来的邻居红了眼。

阿年在，拉住了方默川。

这个男邻居27岁，一看也不是什么好人，开着一辆好车，完全没有一点素质，搂着回家过夜的女人也是不三不四那种，说话便爆粗口。

方默川听了阿年的，忍，不惹事。

阿年很好奇，这房子是一梯两户设计，租房时打听了，邻居是住的一对新婚夫妻，阿年也见过的。怎么突然就变成了这样的一个男杀马特，领着个抽烟浓妆女。

一晃，已是几天了。

邻居那人半夜回来，喝醉后不小心踹了方默川家这边的门。这些天对于方默川来说，是幸福的，因为阿年一直在他身边，幸福来得突然，他甚至不知道阿年怎么了，竟是对他好到如此。他珍惜这日子，每天用尽一切办法让阿年开心，希望阿年体会开心，眷恋他给的这份开心，希望，阿年，不要去伸手要别人给予的那份开心。

GF投资集团。

张望因公事进去管止深的办公室，在管止深拿过笔签字时，张望道："管总，你很多天没有见阿年了，不担心吗。"

签下了字，修长手指把文件推给了张望，管止深抬头："岂能一直顺我心意，一场必经的考验。"

"不怕阿年迷路？"张望合上文件，收在手中。

想起几天未见的阿年，管止深唇边漾起一抹好看温柔："可能，需要刺激刺激她了，阿年，不经吓。"

"张望，你看好我们吗？"他挑眉，问。

张望想了想："特别看好。"

上司和下属，对话了有几分钟，张望了解管止深，便答得令他处处满意不出错误。张望知道，管止深也并非是做任何事都有十成把握的人，只是他迄今为止生意上从没出过错，但是，他没有把这些归功于自己的"精明"，而是一切归功于了"走运"。

人，小心地运筹帷幄中，经历一生之长，总会要错上几次。张望唯一能做的，就是希望管止深感情上也一样多多"走运"，她这个下属兼朋友，唯一能安慰他的，也就是顺他意讲些话了。

是与不是，管止深心中早已有数。

还有3天就是7月1号，大家一起倒计时中。心情低落、复杂、期待，多种不同感受纠结着。要正式离开A大了，在这里生活了4年，对A大的一草一木，宿舍里的一桌一椅，生出了感情。

影子不见踪影，阿年、乔辛、向悦，三个人坐在A大树林边的长椅上聊天。

"其实咱们A大帅哥也蛮多的啊，今儿才发现。"乔辛瞧着经过的男生，正经打扮，不

悸动 Chapter 09

207

是过分非主流的，这会儿她看着都挺顺眼。

向悦托腮："当然了，比陆行瑞帅。"

"嘁，完全不是一个等级，你看看他们这群，一个个都是愣头青！我们家老陆，那是陈酿——芳香扑鼻，塞进多深的巷子都会被人闻香发现。群众的眼睛是雪亮的，我们家老陆不止我一个女孩子暗恋他吧，抢手的撒……"乔辛不吝啬地夸赞那个男人，一激动，话尾变了调儿。

向悦掏掏耳朵，左耳听右耳就给冒了，叹气："你家有一个老陆，阿年有一个死心塌地的方默川，还有一个她家备胎老管，我就一个左正，还他妈跟一头公驴似的不老实。"

阿年低头，哪有备胎，自觉驾驶技术实在不行，一直不会开车。

要是管止深真的是个备胎，那这备胎也是个要造反的备胎，要KO掉好胎不用任何工具强行把自己换上，唉——

谁的苦谁知道。

"阿年，你怎么不说话。"向悦问她。

"说什么？"

"给我一个意见啊，我没乔辛那么大胆子，还是听你的比较合适。"向悦太渴望恋爱了，渴望跟左正恋爱，渴望阿年的点子。

阿年囧，你看我的样子像有点子吗，内存有限。

"要不，你也找个老什么的……"

"好啊！"向悦说。

"我瞎说的……你别找。"阿年怕向悦瞎闹吃亏。

乔辛看了一眼坐在椅子那头，埋头在膝盖里的阿年，这是，变相承认了某个老管是她家的？自己，分毫没察觉吧。

下午，阿年接到方默川的来电。

方默川在找工作，不过消息不会来得那么快，要在家等应聘消息。方默川让阿年在超市买一些火锅料，料重要，必须是他家媳妇儿爱吃的，在家里涮火锅，为了省钱。

向东前两天回了海城一趟，才回来，几天不见方默川，这少爷已经让他无话可说了。可还是要说："我说哥们儿，咱慢慢改掉这奢侈的习惯行不？要不要我刚一回Z市，就陪你吃这个？"

方默川身边一把椅子，他自己弄的，上面一个软垫子，阿狸模样，估计，那可爱型舒适型宝座，是他爱妃阿年的。

这人没理向东。

来了一个女的，拎着鱼丸和羊肉上来，左正一脸兴奋地去开门，接过羊肉和鱼丸，回身扔给乔易："接着！"

乔易接住，比个了OK的手势，低调地去放好了。

"Sorry 小甜甜……找你一起吃火锅，可是我哥刚告诉我，我爸妈开车过来了！突击检查……现在不能带你见我爸妈，他们又在气头上，你懂的。"左正拥抱着小女生，怜惜地轻轻拍了拍女生的背。

女生甜笑："没关系，我先走，别被你爸妈看到了。"

说完，左正挥手，女生按电梯按钮。下到一楼，女生出了电梯，也是匆忙的。一个拎着海鲜的女生随后进去，按了某个一样的楼层。

一样的理由，东西留下，人被打发走了。

不多时又来了一个拿着青菜来的，刚出电梯就跟一个带菌类来的女生撞见。向东捂住那女生嘴巴，拖到电梯口，"嘘"了一声，拿过菌类袋子说："左正他爸妈来了，里头发火呢，门口那是我女朋友，我也不能让家里知道，等会儿也得让她撤——"

那女生点头，怕给左正惹麻烦，撤了。

东西齐了，可是，青菜没人洗，海鲜没人处理。左正窝在沙发里，终于找到一个印象中会煮饭的女孩子手机号码，拨了过去，不到二十分钟，到了。

洗菜，特别认真，处理海鲜，也很认真，姑娘做完该做的，左正给拉开椅子，让姑娘坐下。

姑娘甜蜜一笑俩酒窝，好看。

众人皆觉姓左这小子，真他妈残忍！

向东歪头靠墙，心里数着，1，2，3，……

"哥，怎么了？"

"开神马玩笑！爸妈来了？你怎么不早告诉我！！"

众人皆憋着，别笑场，不然这小子没法演了。

两分钟后，左正从卧室出来，一样的借口今晚重复了N次，把这洗菜的好姑娘打发走了。

左正一回头。

众人皆："……"

阿年抱着打杂的心情来了，火锅料放下，看着桌子上的东西，惊："你们出息了，谁做的？"

乔易去弄火锅料了。经过一番详细讲说，阿年算是懂了，左正……这花心的大坏萝卜真的没救了，向悦的未来，堪忧，堪忧。

有时被他们说得哭笑不得，有时候被逗得大笑不止，鲜少的时候是生气到哭，就是这样轻松的生活占据了在一起这5年的生活大部分。阿年在南方小镇和他一年，轻松笑声陪伴，虽然聚少离多。来Z市的头一年，始终相聚，一样轻松欢笑居多。

后来三年，一个北京一个Z市，轻松欢笑也居多，只是，忧心的事情，是真的开始忧心了，一年比一年心事变重。

临近毕业，阿年变了，工作方面和许多人一样，有着模棱两可的打算，犹豫不决中经常失眠。还有太多舍不得，放不下，和面对不了。

左正他们，总这样让阿年觉得很混，又不太讨厌得起来。阿年看向方默川，他在跟乔易耳语什么，认真的样子。方默川人很简单，绝不会坑朋友，护短，也绝不会因任何理由原谅一个敌人，看不顺眼的，始终不顺眼，认定是好的，他怎么都恨不起来。

吃不下任何东西，火锅上火，阿年还没吃，就已上火不轻。

方默川的五官上洋溢着俊美的笑，与乔易说话，突然对视上阿年蒙着水雾的眼睛，一怔。

阿年低头，深呼吸，方默川看过来的这一眼很深。阿年吃东西掩饰。阿年，真的真的很希望，这样的方式跟方默川相处，他吃火锅，叫她了，她就一定来，没人给他洗衣服，有时间，她可以洗。但是，可不可以不要非要用一种"女朋友"、"媳妇儿"这类的身份束缚。

方默川失落，以前在南方小镇，刚追求阿年那段日子，他不敢直视阿年的双眸，他会想，那女孩子一双清澈的眼睛里，若此刻不是走进了他，会是装着找寻她的管止深。管止深这个人，如果去认真地追求一个女孩子，那女孩子，会不动心？

从DV中，看得出管止深对阿年认真了，是他人生中第一次认真地喜欢女孩子。后来的李秋实，可以算什么，算他在绝望之后的半被动顺其自然？方默川不了解，那两个人到底是什么样的关系。

阿年接了一个来电，是影子打来的，她说她回家了一趟，明天回Z市，七月初，要准备上班了，一起去公司怎么样？

江律跟管止深说过，给影子安排工作，可是："影子，我和你的公司不一样啊，你是直接去他的投资公司上班？我……我是他投资的一个小饮品公司——"

说出来，阿年觉得好丢人，投资公司，听上去她就想到了高楼大厦，大气上档次，小饮料公司，听上去为何眼前就浮现了一个破烂的违规加工车间？

"这样啊，那我自己去吧。"影子笑了一下，挂了。

阿年回去的时候，听左正他们研究，问方默川能不能去稳定的单位？方默川摇头，曾想过的地方机关单位，现在都去不成了，母亲管三数知会一声，他就甭想。母亲和他较着劲儿，这种较劲儿，都明白，最终都只有一个结局，只是过程里谁也不屈服，母子的性格如出一辙。

下午4点，大家一起离开，推开门，左正第一个出去，却撞见了一个人，左正态度不太好："你干什么的？"

"隔壁的。"

"隔壁的你在这门口干吗啊？"左正看神经病一样，皱起了眉，随时要挥拳打人一样。

那人瞄了一眼左正他们几个："借个盆儿……"

"没有！商场盆店买去！"左正把人轰走了。

那人不是很牛的吗，阿年觉得这就是典型的欺软怕硬。方默川的脾气都被压制住了，所以，那人估计以为方默川是个软柿子来的。

晚上。

阿年洗完澡换了衣服，要睡了，半天也睡不着，就起来上网，QQ上线，新浪微博也上了。

乔辛戳了阿年一下，欲言又止。

阿年问她：怎么了？

以为她跟老陆吵架了，不然乔辛不会突然这么古怪。

乔辛回复了一个表情，说没事。阿年没再问她，刷了下微博，又胡乱逛了一圈，突然，网页上看到一条娱乐消息，一个标题，与此同时，乔辛给她发过来一个截图。

阿年愣住，点开，这个截图的内容，和刚巧这会儿自己看到的内容，是一样的。

都是关于管止深的。

位于Z市的一套两层小别墅，价值不到一千万，有院内图。位于上海的一套别墅，价值估计超出了四千万，带泳池，多个独间，大的花园，一样带图。管止深对李姓女人有过这些大手笔的赠与，还有一些珠宝首饰。另外的配图上，是珠宝首饰店中，男人站在女人身后，细心地为女人戴上项链，画面中的男人，是管止深。

女人是背影，娱乐新闻上一样写了不清楚女人具体姓名。

是管止深的旧爱，没错了。

对于媒体的报道，非过分诋毁个人名誉的，管止深不予理会。

阿年是巧合看到，乔辛的消息，是别人发给她看的。和向悦商量了一下，作为阿年的朋友，应该告诉阿年。管止深也许很好，可是，毕竟和方默川这样经历少的人不一样，得多防备。乔辛自己深有体会，也很清楚，找一个学生男友，会比去了解陆行瑞轻松许多。

陈酿型的男人也许很好，可酿的这个过程叫人想窥视啊，偏偏，那个过程，早已过去，那过程里走过的是别的女人。如今，你只见到了陈酿，不见那个独一无二的，酿造这男人的过程。

乔辛在Q上问阿年，没事吧，怎么想的。

阿年没回。

乔辛不放心，打了过来问阿年，阿年接了："没事。"

"没事怎么不回复。"乔辛问。

阿年："……"

还是，有事了的。

这感觉，第一次尝到，心，一沉。

乔辛问："阿年，你会在乎他有过去么？这上面说，近来他跟那个女人又联系了，那个女人已经在Z市了，他干什么？"

阿年说不出话。

"过去，我不介意，他已经34岁了，能没有一点过去吗。过去没有认识我的时候，我不会问，也没有办法倒回，可是，认识我之后，该有原则对吗。"

望着屏幕上的图，字，刺眼。

"阿年，喜欢谁你能分得清吗。"乔辛总怕，阿年连这都搞不清。

停顿。

不多时，传来阿年的鼻音："能。"

"你让我松了一口气，希望那个人不会让你失望，否则我杀他家去！"乔辛最后说了一句，"打过去，问问！"

"嗯。"

挂断了之后，阿年抱膝坐在椅子上，拿着手机，放在了一旁。一直坐在那里，从八点不到，直到员工宿舍熄了灯，电脑屏幕也跟着灭了。屋子里漆黑，只有手机闪着一个光亮，是有微信消息没看。

阿年拿起手机，找到号码。

Z市的某酒店门口，张望走在应酬完的管止深身后，一起出来。

手机响起，管止深看了一眼，接起。

阿年不说话。

坐进车里，他俯下身，手指捏着眉心柔声问："怎么不说话？"

"我想说……"阿年张口，可是怎么问。

关系不清不楚，质问总是觉得不好。

最后，阿年挂断了，原谅她暂时没勇气吧，蒙上被子睡觉睡觉睡觉睡觉啊啊啊一定要什么也不想地睡觉！

Z市的某一处，管止深愣住，打了过来说不说话不重要，重要的是，阿年本意要说些什么。

问他赠与女人两处别墅，曾经陪女人买东西，这些？

还是，要说她的心意？

"管总，不会把阿年气跑吧。"张望上车，回头问。

管止深蹙眉，脸部轮廓柔和了起来，身体疲倦地向后仰去，整个人散发着一种慵懒的气息，薄唇抿起："总要有一种恰当的方式告诉阿年，我身边有过人，这会比其他'有心人'，以其他方式告诉阿年，让她容易接受。报道上说明了那是过去式，阿年该懂，从我心里过去了的，就真的过去了。至于报道上说，我们还有联系，阿年如果能为此心急，是好事，凡事也无法说得绝对，我需要处理的空间。"

第二天一早。

乔辛约了阿年一起出来逛街，阿年没什么兴趣，银行卡也不准她对花钱的那些东西有兴趣。就是想出来，吹风，晒免费太阳补钙，透个气。

乔辛让阿年精神点，阿年回答"哦"。

接着，又蔫了。

忧郁的阿年，样子，像个生病发蔫的小动物。

"昨晚你问他了吗，怎么说的？"乔辛在看一条裙子，比了比，似乎太长了，不合适，挂好，回头问阿年。

"打了，就是……我没问他。"

"打都打了，你怎么不问？"

"我不知道怎么问，他那个人很有病的，我怕他会质问我'你是我什么人？'一下我就被他问得哑口无言了。"阿年郁闷道。

乔辛看着阿年那副无奈模样，拍了她肩一下，把阿年拍得差点摔了，扶住了阿年，心想阿年这小身子骨最近莫不是在方默川那儿吃不饱饭吧？

乔辛安慰道："在他那没个名分这挺好。你要这样想，他现在不是被传和旧爱复合了吗？你要保持和他没关系，观察一下他这个人的品行！如果他是个坏男人，你彻底撇清和他的关系。如果他是个好男人，你就等他来找你！任性是女孩子的权利，他比你大12岁，吃嫩草是要付出代价的，懂吗。"

囧，懂吗懂。

问过嫩草愿意这么被吃么。

推阿年进去试衣服，乔辛靠在门口说："遇到这样一个三高男人，是你的福气，当然你也要小心。他的身高很极品了，你和他站在一起，非一般的毛茸茸小雏鸡和凶猛雄性老鹰的对比。他的个人资产额度极高，这也是好事，但你要防范女人打他人和财的主意。智商和情商他属于捆绑式拥有的，这是老陆小道消息透露给我的，你不能笨笨的，生活中你要时不时地对他反击！让他知道，你也是浑身带刺的。"

反击，反击，阿年把这俩字牢牢记住了。哦，还要浑身带刺。

"他情商高？"阿年出来，问。

乔辛看着这套衣服，满意地打了个响指："OK，就这套了，我送你的你不要就太不够意思了！等你领到薪水了，再请我吃饭！"

一直像照顾妹妹一样照顾阿年。

"这个短裤有点儿……"阿年看镜子里，觉得，像是刚盖住臀部的小宽松裙子，太小了。拽啊拽，还是小死了。

"阿年，你要毕业了，是个女人了好不好，能不能打扮得露一点！"乔辛给她讲，露也是一个技术活儿，有人露得值钱，有人露得不值钱，阿年你露得……唉，纠结，属于露了跟没露一样，放眼望去，试衣间外的其他女人，波涛汹涌的大西瓜一样丰满，甜美汁浓的讨喜水果类型。阿年，就小苦瓜一个，估计管止深女人见多了，去火，好上了小苦瓜这健康的一口儿。

不过阿年也很有料的，这一点乔辛知道，一起在宿舍住了4年，也一起洗过澡。阿年是B罩杯，胸型很满很好。臀部也很挺翘，只是长得瘦了一些，再加上穿的衣服没有性感类型的，就看着是小苦瓜了。

大一的时候，几个人经常在宿舍上下铺乱串打闹，说阿年是小苦瓜阿年很不乐意的，阿年觉得自己身材不给个优，也要给打个良啊。

选的这套衣服，露腿，露肩，露了点背，小细胳膊也全露，是要6月30号那天晚上穿．系里同学组织的要跟系主任一起吃个饭，唱K，玩一个通宵，彻底告别待了4年的A大。有老师在场，大家不会过分胡来，不会发生上次有人嗑药的状况，大家就没什么可顾忌的，打算都去。

江律开车经过Z市某一条街，恰好看到了在逛街的乔辛和阿年，他知道最近发生的事情，试图看一眼阿年现在什么状态。怎奈，他开车不方便，阿年是和乔辛步行，一转身就和他的车背道而驰了。

江律只顾着想看一眼阿年是忧伤还是快乐，回头好告诉管止深。结果，倒车，阿年正脸没看见，被交警开了一张罚单，这位大哥出门真够悲催的。

中午11点。

江律拿着罚单来了GF投资公司，楼下的美艳女员工，欲上前搭讪这位江少爷，这里的姑娘都是各方面出类拔萃的，但不免都有一颗爱情天天向上的心，进此公司，为的是嫁个有钱男人。

管大老板她们没人敢觊觎，管大老板的朋友，腰缠万贯的客户们，觊觎觊觎没关系吧？

江律伸手制止搭讪的女人，头也不回地径直往电梯处走去。到了楼上，先去了财务部，报销200罚单，财务很懵，堂堂江总差这200块钱。

又去了张望的办公室，敲了下开着的门，张望抬头，让他进来，忙碌中的张望再度低头，认真工作。

江律倚在张望的办公桌旁，皱眉问她："管止深摆了这么大的一个摊子，那个阿年看得眼花缭乱了吧。现在，他就这么一个人出国不管了？"

"管总早上八点离开了Z市，是因投资项目才去巴黎出差一趟，见个结识的老前辈。30号下午才回来。"张望说。

张望淡笑，她是以为，江律可能是来打探管止深行踪的，如果江律真的喜欢李秋实，管总不在Z市，江律会更好意思去医院探望。索性，张望就把管止深的具体行程都告知了江律，以后，李秋实能有个江律这样的归宿，很不错了，也免去了管止深的一心顾虑。

被一个想要不相干的人，拖一份心，想必是累。

"晾那个丫头这么多天，他这次不是一般的豁得出去啊。"江律担心，他不太了解阿年那个姑娘，看着很老实。不老实的女人遇上这种事会直接来质问，会想办法制止，可是那种老实派的，会哭哭啼啼委委屈屈？

啧啧，江某人的思想……开始虐恋情深地狗血了起来。

张望抬头，少见地淡淡微笑道："管总的情商很高，众所周知，管总还说，保持这个冷却力道，半死不活，对阿年那个性子来说刚好。"

哦，江某人懂了，小丫头委屈爆了，他再张开怀抱？

江律的手机响了，看了一眼，是父亲的号码，江律手指敲了一下张望的办公桌，邀请道："中午一起午餐，订了位子。"

张望点头，江总是答谢她，告诉了他管总的行踪么？

转身，江律人就潇洒地接着来电，大步走出去了。

张望，智商真的高，情商，低。

买完衣服的阿年，没心情再出去了，甚至想，就这么呆到30号晚上再出去参加聚会。不想吃饭，员工宿舍里只有牛奶了，喝了一袋充饥，却好像变得更饿了，其实，只是心里很空很空。

阿年并不知道管止深出差去了，已经好些天，没有联系过管止深了，其间，没有再见过一面，打过了唯一的一个电话，她也以没说什么就挂断而结束。回想前一段时间，几乎是没有分开过很久，他总会有各种理由见她，把她带到他家去。原来，那些无奈必须去的理由，他想有，就有，他不想有，就全都没了。

一般搁在以前，阿年即使不跟他联系，也会接到放放的来电，或者是婆婆方云的来电，这些天，一个都没有接到，只能以为，是管止深从中说了什么，阻止了。

阿年不知道该怎么总结自己现在的感觉，看到那种报道，虽然是他的过去，任何现任或者喜欢他的人，都没有资格，或是计较的意义。但是，心里不舒服有很多，正常来说，一个男的追求一个女的，有诚意，是否应该解释一下这件事？

等，阿年没有等到。

捶了一下头，脑袋也没有糊涂啊，他不是表白过了么，现在，这算什么。脑海中闪过一句老歌的歌词"守住你的承诺太傻……"

或者真如报道上所说的一样，管止深已经和旧爱旧情复燃？忘了他前些日子表白过的这个人？感情这东西很奇怪，阿年突然不懂。还是，愿意相信以往相处中，印象中的管止深，不是一个很滥情的男人。

到方默川身边，阿年是想知道，方默川对于自己，和管止深对于自己，究竟有什么大的差别，实质性的，感觉上的。

经过这些天认真自然的体会，阿年有了答案。

感觉上的，和方默川从前会有亲吻举动，现在，变得没有了，方默川一样也不再吻

悸动

Chapter 09

215

情生以南

　　她，也许他心里装的事情太多，压力过大。反而，和管止深在一起，吻的方式不同于和方默川一起时，心会悸动，身体会发生变化。

　　实质性的，和方默川在一起，从开始到现在，一直是阿年负责照顾他，看着他，不让他胡闹，用她的威胁，让他变得老实。反观和管止深在一起，位置是互换了的，他，照顾她。两个月了，六十天而已，阿年不知道自己怎么变得这样随便，随便得六十天就喜欢上了一个人，头疼的是，一想到以后，张口跟方默川说分手，会难过得不知如何是好，愧疚，要压死了人。

　　用六十天爱上了一个人，这是不是很随便？一个人的魅力，是不可小视，也是不可忽视的。时间长与短，爱的程度，也深浅不一，如果拉过来一个别的男人，就算给十个六十天，百个六十天，甚至一辈子那么长，也未必会爱得上，对么。

　　阿年没有办法再打给管止深，不敢在问他之前对他说我喜欢你。毫无理由可说服自己那么由心地去做。不论方默川会不会骂她薄情，管止深会不会有一天认为这女孩子真随便，阿年自己先咬着手臂，哭了。对于传闻，管止深不解释一句，这样强硬态度，阿年毫不知道情况之下，失望。也许管止深这样的男人，不习惯解释，只习惯驾驭女人，让女人围着他团团转，可是阿年感到抱歉，她不会那样。

　　如果另一半在感情上有所隐瞒，阿年会果断放弃，不想为了累，而爱。

　　一天，阿年感觉自己就要分裂成两个了。

　　一个，是对现实的残酷说累，没有过丰富的恋爱经验，第一个遇到的人是方默川，他是在她家门口出现了三百多天，让她点头，喜欢的大男孩，走过五年，始终一个步调，聚少离多，类似"异地恋"的相处模式。年纪小，初次恋爱，以为喜欢就是爱。

　　第二个遇到的人，是管止深，然后，现在这样。

　　另一个自己，是劝自己去睡一觉，也许，睡一觉醒了，就都好了。想起管止深身上的好，他会下厨，训斥她晚上跟同学出去喝酒，这是不对的。到派出所接她回家，很晚的半夜熬粥给她喝。

　　许多照顾，和关心。

　　忘不了。

28号晚上，失眠的阿年，接到了放放的来电，阿年看着来电号码，愣了许久，有点不明白了，那边到底怎么回事，如果管止深想了办法不让家人跟她联系，这个来电，怎么会打进来？

"放放。"

"小嫂子，你在Z市吗。"

"……怎么了。"

阿年顿了一顿才说。怕管止深以她不在Z市为由对家人说了什么，她这会儿说在Z市，岂不是，跟他对着干。倒不是怕跟他对着干，只是若他跟旧爱复合，阿年觉得，实在没必要跟他赌气，平静撤离，甚好。

"报道你看见了吗小嫂子，我哥说你离开Z市好几天了，不方便接来电，不准我们打扰你，我妈看了报道很担心，让我哥制止媒体，我哥无视。担心你，所以我才偷偷地打给了你。"放放小声说。

阿年听了。想了想，说道："看到了，我已经回了Z市，不过7月1号之前很忙，可能抽不出时间过去了。我没事，报道上的我不太信。"

阿年是在应付放放，这个小姑子很单纯，很好，可是，小姑子顾着学习就好，别顾哥哥嫂子的感情了。

"小嫂子，你说话怎么没力气？"放放觉得小嫂子可能在逞强了，心疼小嫂子，为自己老哥解释了一通："我哥跟那个女的好像都分手了，已经安排她去上海工作，可是她病了，又回来了，我哥才搭理她的，不过除了安排她住院什么的，一定没有别的关系了，我

情生以南

们全家都相信我哥的人品。"

阿年："……"

无语了一长串。

什么叫，好像都分手了？好像？？？

病了，回来了，安排住院什么的，什么的？

什、么、的、到、底、是、什、么？？

如果没有放放前面这些诚实的话，放放在说"我们全家都相信我哥的人品"这个时候，阿年很想说一句"你们全家加我一个"，可是有了前面那些话，阿年心律不齐了。

放放是个撒谎一定露出破绽的16岁单纯女孩，这么说，就是……管止深跟那个女的，不只是传传绯闻那么简单，曾经，在一起过，是事实了。一个旧爱，生病回来得到这个男人的照顾，算做什么，藕断丝连？

女孩子的心思细腻和男人的心思细腻不同，阿年会不由自主地乱想，不会拿那个女人和管止深的关系往单纯了想，管止深34岁了，报道上他赠与女人Z市这栋别墅，他是32岁，赠与上海那栋价值几千万的别墅，是去年，他33岁。这说明，去年他和那个女人是有联系的，然后，怎么回事，去年他在招聘会上遇到了她，移情别恋了，甩了那个女人？

阿年越想越凌乱。

管止深和她认识的这两个月里，往最白了去想，他想的是跟她上床，阿年最怕的一件事。如果他追求那个女人的时候，也是这样的状态，整天以得到对方为目的，阿年浑身不禁一阵恶寒。

甚至，阿年怀疑，他跟那个女人一直没有断过。

试想，这个男人潜意识里你认定了，准备向他靠拢了，突然，一个在他身前被宠过的女人站了出来，你一想到那个女人和你的男人发生过数次身体关系，种种臆想的画面，叫人难过。

跟放放说了没事，放心。阿年就挂断了，放放许是也放心了。

放放说，小嫂子你别告诉我哥。

阿年说，好。

一个人发呆，阿年，躺在床上，忽然想起前些天，管止深在半夜接到来电，穿上衣服出去了，并没有告诉她，早上回来了，也没有说过自己晚上出去过。当时阿年没有多想，现在想来，一定，是去见那个女人了。

在她这里得不到的，那个女人，给得了，对吧？

阿年会跟其他女孩子一样，委屈得想哭，但，仅仅是想，不会真哭出来。眉眼淡淡的忧愁，表达，那份难过的心情。

这一夜阿年几乎没怎么睡过，时不时地醒，也不知道因为什么，睁着眼睛，发呆，再迷糊地睡着，再醒了。

早上，天亮是起床的理由。

睡不好也没有黑眼圈儿，只是白皙的小脸儿更加白了，不是好颜色的白。眼睛干干的疼，提醒自己没有睡好，可是躺下，真的睡不着。洗了脸，早餐勉强吃了一个小面包，一袋牛奶，出了门。

整个Z市的人，都看到了这篇报道。

方默川也一样。

他没有接到任何单位的入职消息，甚觉奇怪，早餐后看完了报道，方少把杂志扔在了向东的车上，开车，直接去了一单位应聘。

职位，他都没看清是什么东西。按照程序，被带去填表，倒不是什么名企，只是在Z市来说还算待遇好的一个地方，向东在外面等着。

方默川从公司出来，站在门口，悠闲地站定，四处看了一眼，敛眸看了一眼打火机的火苗，点上嘴唇上的那支烟，抽了一口，手指夹着再次四处看了一眼。一辆熟悉的车，进入视线。

向东、方默川，上了车。

向东把车停在了拐弯处的街上，和方默川步行到那家公司对面，拿出望远镜，那辆方默川怀疑的目标车开了过来，车牌号，车型，完全对上，那辆车到了方默川刚应聘的那家公司门口，停了，车上下来人。进去了公司里头。

方默川把烟扔在了路边垃圾桶里，大步走过了街。蹙眉问前台接待的人："刚才进来那人，干什么。"

女接待奇怪地看方默川。

方默川有点不耐烦，向东拿出皮夹，抽出两张一百元，二百块说句话值了吧？不少吧？那女人看了一眼头顶监控，微笑着推回去："请您拿好您的钱，刚才的人去了人事部……"

不会那么巧，也是来应聘的吧。

难不成这新邻居跟自己抢职位，方默川笑，出去时，向东叹气："要继续跟着这个人吗？"

"跟。"方默川出去踹了一下那辆车，回头："总得知道这孙子是从哪个石头缝里蹦出来的。"

向东点头。

这人和事，的确得处理，这么和方默川过不去的人。

方默川打给阿年，让她今天老实在家呆着，休息休息。阿年点头，难得的休息了，以后上班了，估计会忙碌，休假也鲜少有。

29号下午。

跟了差不多一小天了，没见这位杀马特邻居见过什么人，用望远镜看，在车里，这人倒是打了几个电话。

向东无奈："怎么办？"

方默川一样没有办法了，不见母亲，不见姐姐方慈，那到底怎么回事，多心了？不会，邻居很奇怪，一切都很奇怪。

母亲想办法阻止自己在外面生存，这，合乎母亲的做事态度。

邻居回了家中，方默川一样回了家中，只是在楼下，没有上楼，在车里，向东问："要不要直接问他？"

晚上。

向东有事离开，方默川和左正一起，跟着邻居那人进了一家酒吧。

以前，方默川常来的地方，一进门，有管事的人点头哈腰上前，对这小祖宗敬畏得很，一直跟着那个人到了包厢门口，确定。

"方少，来，抽根烟。"男经理手拢着火，给点上。

方默川接过那支烟，四处看，拿过经理手中那根燃着的火柴，自己点上了，皱眉，晃灭了火柴，扔了，说："给我一桶掺水的冰块儿。"

经理点头。

包厢只有那个邻居男的，和一个女人在里头，亲亲热热，两个服务生在前："客人，您的啤酒……"

那男的只顾亲热，没理会。

方默川过去，冷冷淡淡地揪过那男的领子，按着脖子，听着"哎呦哎呦"声，把脑袋按进了桶里，里头是冰块，水，满满一下子。

那女的老实坐着，吓得。

方默川皱眉听着手里按的这杀马特小子，猪一样地嚎叫，往手机上看，方慈的手机号码，果然有，存的名字是：生意2。

确定了，方默川放开手里这小子，从冰块水里出来的脸，扭曲，整个一落水狗德行。方默川一脸平静，预想得到，他把手机塞进杀马特手里，俯身警告："可爱的邻居，告诉你联络人里的生意2，省省！别把我给逼急了——"

那人看着方默川，很孬表情，半天没吐出一个字，咳了两声，脸上冰得麻了，鼻子里呛着水也难受。点头，一个劲儿点头。方默川的姐那么有钱有架子，为的是把弟弟逼回家，这种人得罪不得。别说把他按进冰块儿桶里，就是揍一顿，也不会吱一声。

方默川离开。

夜晚大街上，方默川，整个人都压抑了。

不知何去何从，偌大Z市，装着多少这样心神不宁的年轻人。

29号晚上。

阿年和乔辛她们，还有几个要好的同寝楼女生，一起吃川菜，阿年刚吃了一口，咳得不行。每次吃辣的，第一口吃不对了，接下来也就没法吃了。

喝了一点水，阿年，心不在焉。

乔辛凑过去问："你和管止深，不会还没说开吧？还是，他真的……"

阿年看乔辛，表情很淡："他没找我。"

"……"

乔辛突然也吃不下东西了。

向悦和另外四个女生聊得火热，都是直爽的性格，不拘束，认识四年了，吃完这顿饭，也许，联系会变得很少，再往后，没了联系。

"你手机响了。"乔辛叫阿年。

阿年转过头去，看了一眼，说："我二叔。"阿年是反感这个长辈的。

"出去接吧。"乔辛说。

阿年拿着手机出去。

你爸，已经判了。

判了，阿年听着二叔的话，突地，咳嗽了一声，嗓子剧烈疼痛了一下。

阿年不会太难过，不会不难过，怎样的心情，不总结。

30号早上。

判刑的人要见女儿一面。

阿年去了，因为那是生自己的人，虽，没养。

阿年，规规矩矩的温和样子，长得也干净白皙，清秀得像妈妈。爸爸对她说了很多，夸她漂亮，就是太瘦，要多吃饭。阿年说好。上次见爸爸，很多难过哽咽在喉，只听爸爸说，自己一句话没说，其实有很多埋怨，很多不平，你凭什么生我不养我？你凭什么赚的钱都给了别人一分不曾花在我身上？

然后，她平静了下来，把话都咽了下去。以为，不久之后，爸爸的官司会赢，会出来。不想，今天等到的，爸爸判了，不轻。

这次见面，比上次难过，眼泪在眼圈儿里打转，没掉出来。阿年坐在那里，觉得，这样的爸爸不值得自己哭一场，说一句小时候很想念爸爸，爸爸你想过我没有？阿年看着对面的人，他可能期待女儿说点什么，阿年没有，不开口，从倔强的样子看上去，好像是在为妈妈不平，为自己，不平。

心里，也这样么，没有，阿年希望，爸爸在里面能好好的，出来的时候，老得走不动了。

阿年爸告诉阿年，以后缺钱，用钱，只管跟你二叔开口要，你二叔会给你。阿年二叔也站在旁边，点头称是。阿年摇头："我满18岁了，大学也读完了，不用钱了。用钱的那个阶段，已经，过去了。"

需要抚养的时候，没养，现在不用了。阿年知道，如果不是这次出事，父女之间也许一样没有任何联系。

爸爸还有个小老婆，给爸爸生了一个，儿子。

离开的时候，阿年二叔装作很认真的样子跟阿年说："以后有事儿，直接打给二叔，二叔就把你当亲女儿一样对待。"

阿年看了一眼二叔那副虚伪嘴脸，上了出租车。

出租车上，阿年平复心情，打给外婆，轻声说："外婆，我爸判了……"有一些悲伤，眼里噙着泪光。

外婆说，做了亏心事的坏人，总会跌一次。外婆跟阿年说，你爸这次跌得狠，老天爷不会错判一个人，想必，是坏事没少做。

路上，接到乔辛的来电，向悦她俩惦记着阿年，问了情况，阿年说没事，就是去看了一眼，已经回宿舍了。

晚上聚餐见。

下车，走到员工宿舍楼外，一辆白色车停在那里，下来的人，让阿年停住脚步，认得出来，雨宁，姓什么，阿年忘了。

她走了过来，穿着高跟鞋，身后跟着两个男人，类似保镖。阿年不懂她什么意思，杜雨宁问阿年："你要纠缠方默川到什么时候？你耽误了他的前途你知道吗，你为什么这么不识相？你为什么这么讨厌！"一个巴掌，就清脆地打在了阿年的脸上，阿年错愕，抬头间被两个保镖制住，推倒，跌在地上。

牛仔裤，T恤，脏了一片。

起身，打人的人已经离去。

两个保镖看着地上的阿年，那打开车门的幼稚女人朝她笑："有本事你打得过他们两个，再过来打我。"说完，上了车。

傲慢地启动了车离开。

员工宿舍有人出来，今天星期六，在的人多，扶起阿年，问阿年，要不要报警？

莫名其妙地被这幼稚女人质问两句，打了一巴掌，阿年很窝火。恨不得变成小怪物，去咬死欺负自己的人。

阿年摇头，打了一巴掌报警小题大做了，阿年没觉得报警对自己有好处，被方默川知道，要天下大乱。

阿年很颓废，精神不佳，一句话也不说了。

被很多方面很多人，打击的她厌烦这个北方城市，Z市像个牢笼一样，让她心情灰色，不好，整个人都不好了。

想静下来，去参加今晚的聚会，有系主任，还有同学。

你知道，等待一个人的来电，听见响起，便急着去看显示的号码，结果，是失望，失望，反反复复的失望，那种难受，又看不起自己的滋味儿吗？

有人敲宿舍的门。

打开门，是影子来了。

又是一次，失望。

"想跟你一起去晚上的聚会。"影子说。

影子和乔辛、向悦稍微不合拍，好了再吵，吵了不易好，除了跟阿年一起去，没有别人了，除非自己去，会很孤单，会被孤立。

打发无聊的时间，阿年上网，影子在椅子上玩手机游戏，几次，影子想问，楼下打你的那个人，还是住口了。早上影子就来了，打给阿年两次都赶上占线，就不再打了，开车来了宿舍楼这边。玩了一会儿游戏，影子看了一眼阿年的脸，有一点点痕迹，估计晚上也就消下去了。影子把在楼下拍的照片，发给了自己的哥一份儿，发给了方默川一份儿。

还是……不愿意看见阿年被欺负的。这不是儿时打架，谁都可以伸手打谁，长大了，打架输赢不是完全靠自己，欺负人的人永远高高在上，阿年根本没机会伸手，现在，以后，都一样。擂台上打拳的，还得听有钱有权人的安排，让你往输了打，你就得弱下去，输。

方默川打给阿年，影子在一旁，装作什么都不知道，阿年和方默川聊了几句，阿年今晚有聚会，方默川知道，没提起阿年被打了一巴掌的事，让她玩得开心点。

影子现在有些向着阿年的，低头给方默川发了短消息：你惹来的人？告诉你惹来的人老实一点，动手打人谁都会，下次阿年还得重了，她就得小心了。

方默川好半天才回复：知道。

江律看了几张照片，心一沉，这女的谁呀巴掌打到阿年脸上去了。打了不说，还让保镖把阿年推倒在地。江律照旧都发到了管止深的手机上。

5点多的时候，向悦和乔辛让阿年别迟到了，阿年困了，可是困得不是时候，要出门了。影子去楼下小超市买雪糕，吃着上楼，接到了亲哥的来电。

"嗯？我怎么看住？"

"阿年是长腿了的……管止深要见阿年，那他自己约啊。"影子有情绪，也看到了报道，明白，可能管止深和阿年有矛盾，自己约肯定会约不到阿年，相反还会把阿年气得躲他。

亲哥交给的任务，影子不好不做。

点了头。

拿着雪糕上楼时，影子看见阿年换完了衣服，这种毕业前的聚会，肯定要打扮一下穿得好看一点，阿年没怎么打扮，只是换了一套和平时不一样的衣服。影子看了看："你怎么穿成这样。"

"啊？很难看吗。"阿年囧。

影子上下打量了一遍，很清爽，好看，有一点点，惊艳吧，夏天晚上穿这样很合适，影子笑了笑，说："没有别的衣服吗。"

阿年无奈，有别的衣服，就是不太适合出去玩穿，其实毕业了也想换一个穿衣风格，胆子小，没敢。

这是乔辛送的礼物，祝福毕业后事情都一帆风顺，不穿，乔辛会不高兴吧。

两个人出发去A大。

方默川打给了杜雨宁之后，杜雨宁直白地说："是你妈妈支持我的，我是你妈妈认定的儿媳妇，我未来的老公在外面有了女人，我不该伸手教训教训?"

"你老公?"

方默川冷笑："杜雨宁，你跟小时候一样蠢……蠢得，找遍所有中文字眼，都不足以形容你的蠢……"

"方默川你说什么?"

那边杜雨宁叫嚣着，这边，方默川挂断。

离家出走N天，方默川第一次回了趟家，一家人正在用晚餐，爸爸没在，一进门，方默川就看到妈妈放下碗筷，站了起来。

"为什么针对阿年?"

"妈向来喜欢要一个效率，压制你，逼你回家，也不会对那女孩子客气！双管齐下，我想我的儿子会回来。"管三数摸了摸儿子的额头，伤疤，还有一点，很浅很浅的颜色。

方默川躲开。

"您一向高贵大方的形象，不要了吗？杜雨宁那个小泼辣，您支持她变成一个泼妇?"

管三数看了一眼女儿方慈，和家里的保姆，眼睛睁大看着自己的儿子，认真道："如果你还是不听话，继续胡闹，妈觉得妈做出一切事都有可能。"

"您逼我的——"转身，方默川离开了家。

方慈屏住呼吸，保姆低下头。

管三数站在门口，环抱着的手臂松开，垂下去的手指颤抖，一点一点，攥成拳。养儿子养儿子，一颗为儿子考虑的心，碎了！

"妈，别生气了。"方慈也不敢吃饭了，忙过来劝。

管三数抬手，食指揉着太阳穴，对方慈说道："今晚，是不是说那个小姑娘有毕业活动，给我吓吓她！"

"怎么吓?"方慈不懂。

"别做什么过分的，就是吓唬小姑娘一下，被吓后，她会联系默川装可怜，默川会知道这件事，让默川这次就知道，跟妈斗——妈有的是时间！不回来是吗？那小姑娘也别想消停！"

方慈皱眉，为难了，想劝一句，怎么都不敢张口。母亲也是在气头上。吃完饭，方慈打给了一个追求自己的男人，牌友，这人老实。方慈不喜欢阿年，但也不想把那孩子逼出神经病来，方慈觉得自己，就被母亲逼得不正常了。

A大附近。

6点来的，到现在已经9点多，老师是有家庭的人，出来跟毕业的同学一起吃饭唱K，还是被家里的老婆再三催促回去了。

有车的某男同学开车送了老师。

9点20，乔辛对阿年说："我们也走吧。"

"嗯。"阿年点头。

向悦也点头，有几个女生是和阿年乔辛她们这一伙儿不对盘的，怕喝了酒再起了矛盾，阿年来的时候就困了，现在喝了酒，给个枕头，大街上兴许都能睡得着。

离开时，乔辛和向悦回A大。

影子没喝酒，说送阿年。

送完阿年影子说也要回宿舍，很多人都已经搬出了宿舍，个别的写了申请，可以7月1号到7月5号之内搬。

支开了半醉的乔辛和向悦，影子对晕乎乎的阿年说："管止深说要见你，我哥告诉我的。"

很多天了，才听到他的消息。

怎么见？

谁说要见他了？

如影子所料，阿年转身走了。

影子开车，朝另外一个方向开去，不回宿舍了。

夜里将近10点的大街上，一辆车跟了上来，下车一个人，跑向阿年，迅速地把阿年手中的手机给抢了去！

人快了。

阿年回头，看着那个男的，站定，晕晕乎乎地问："你抢我手机干什么。"

呃，那男的举起手机："我抢劫的！"

阿年打量这个抢劫的，牛仔裤，运动鞋，半袖帽衫，帽子戴着呢，阿年皱眉，"长得不太像……"

"……"抢劫的。

那人三十几岁，长得很高，偏瘦，盯着阿年，这女孩子的小模样很乖巧，说话温吞吞的样子，他都不忍心了，伸手……就想把手机还给阿年。

"啊————"

阿年终于意识到这是现实不是梦，炸毛地高分贝朝那人大叫了一声："你真是抢劫的，还我手机！"

"啪"手机掉地上了。

面善的男人吓得手抖，姑娘叫得太突然，吓得他转身就跑，上了路边的车，开车就走了。

没吓到人，反被这姑娘吓了一跳。

阿年盯住那个车牌号，捡起手机就立刻拨打了110。

警察出警到现场，阿年坐在马路牙子上，困得要睡着了。

警察见阿年是喝酒了，一个小姑娘，居然遇到抢劫的，抢劫的还跑了，还被这小姑娘看到了车牌号，这抢劫的是二百五投胎不成，不专业。

阿年被带回了派出所，登记的时候，阿年拿出身份证，哟，警察觉得面熟，这不是前些日子被抓的学生当中的一个吗，印象深刻是因为姓时，少见的姓，又跟Z市有头有脸的人认识。

"手机给我一下。"警察说。

阿年给了，可能手机上有线索。

阿年脑补了一下港剧警匪片里，取指纹啊之类的，不过，这个小派出所……阿年觉得真耽误睡觉，早知道就不报警了。

管止深接到来电的时候，勾起唇角，难道阿年这几天已经按捺不住了，想他了吗？

他接了。

被指示打给那个号码让其来领人的警员，看着手机上显示的"老爸"，礼貌地说道："您好，是时小姐的爸爸吗？"

管止深被叫得一愣。

"请问您是？"他问。

"我们这里是……"警员详细告知。

34年中，管止深第二次踏进了警局……都是因为阿年。

上次他是来领人，这次也是！

一番登记，处理……阿年和他离开。

管止深倒觉得好笑，阿年，第二次进来了，一个看上去最老实的孩子，总往派出所跑，真给他长脸了！

对于管止深来领她，阿年想不通他凭的啥？

阿年招手叫出租车，打算回宿舍，困了。

管止深攥住她的手腕轻轻一扯，把她扯进怀里，管止深倚着奥迪Q7车身，俯身，吻在阿年的唇上："误会我几天就可以了，真的，我很清白。"

阿年抬头。

管止深盯着阿年，薄唇印在她的小嘴儿上，鼻尖上，脸颊上，额头上，近得呼吸在一起，"阿年，我出差了，今天才回Z市，所以没联系你，手机里解释不清，我想今天晚上回来当面跟你解释。"

他没出现之前，阿年觉得，即使他出现了解释也不会信。可是，管止深本人来了，这样的眼神，气息，阿年不由自己。

"那些过去的就都过去了，两套别墅，都是我母亲名下的，我可以证明给你看。至于我和她一起买东西，是有需要带女伴的场合，我和她没有真正开始过，在一起，也不存在。"管止深说到此，仔细观察着阿年小脸儿上的表情。

"这么简单？"阿年问。

管止深点头："非常简单。"

阿年睫毛动了一下，近得，睫毛一动，都碰到了他的眼睫毛，越来越近，嘴唇贴在了一起。男人的双手温柔地搂在她的细腰上，管止深刚欲深吻下去，阿年的眼泪就出来了："我……"

阿年低头。

放放说，好像分了，好像。

吓人的……好像。

"以后，一定不会了。"管止深用手指擦着阿年的眼泪。

他知道，自己不解释狠心地离开Z市几天，对阿年太残忍，可是，不残忍，不把阿年逼到一个极限，阿年不会表达自己。

"那你呢，想通了吗。"管止深眼神融了人一样。

阿年心跳加快了，低头不说。

他温柔的声音就在脸上，耳边，到处都是他的气息，阿年脸一红。管止深玩味，手指捏着阿年的下巴，抬起来，让阿年与他对视，深邃眼眸紧盯阿年，"嗯？"

阿年的脸红，等于，回答了一切。

眼神相互吸着，让他窒息地情动，管止深的唇压下，把她小小的身体搂在怀里，抱得很紧，舌头钻进阿年的嘴里，纠缠，手臂箍紧阿年，大手在阿年的身体上抚摸，不敢用力，怕阿年会觉得痛，力道多重，渴望爱情的心就有多痛。

太爱了，真的。

今天阿年的打扮，让他眼前一亮，怀中女孩儿的性感很青涩，整个人，温和甜美的青涩。阿年整个小身子偎在他怀里，他张开双臂抱得阿年很痛，跟他接吻要踮起脚尖，虽然他在俯身了。

两个人一起回那处住宅。

阿年洗完了澡，换上的是以前放在这里的衣服，管止深下飞机之后还没有休息过，阿年一样也很困，这几天都没有睡好。

阿年玩儿微信，拿过了他的手机要给他也安装一个，他随阿年高兴，可以安装，只要

情生以南

阿年老实呆着，不说走就行。

阿年趴在床上玩他的手机，下载微信。

他在睡觉。

天亮，阿年从管止深拥得非常紧的怀里挣脱出来，阿年往床尾爬去。某人的长臂一伸，握住阿年的脚踝，声音磁性："去哪里？我们，这算在一起了？"

阿年回头："你先放开我的脚呀……"

管止深睁开眼睛，床上的他目光十分温柔，唇角柔和："阿年，你认真考虑一下我。我会做饭，洗衣服，养你，照顾你，下了这床，我是个99%的全能男人，那1%，是可惜不能替你生孩子，你要这样的男人吗？"

阿年承认，自己早已沦陷于管止深炙热的眼眸。

不过，还是端了温和的小架子。

"先考察一下你早餐的味道如何，我可不是那么好答对的。"阿年心虚地说。其实阿年心里想的却是，管止深，我们先相处着吧，也许，久了你会觉得我并不适合你，有的时候她会很自卑。

早晨洗漱，在一起进行。

管止深就连认真刷牙时，也要攥着阿年的手一起同步，对于管止深的这种表现，阿年归为，可能他缺爱。

阿年没有过这感受。第一次，不甘错过而做了决定，纠结中，大胆地点头，接受了他，体会这份还不敢见光的爱情。今天开始，跟管止深在一起了，阿年心中，多了一份担忧，怕，这条路往后走不长。

昨天穿的那套衣服要洗，阿年换了一条牛仔裤，衬衫，吹干了头发，跑下楼吃早餐。他在厨房，阿年进去，站在了他身边也帮不上忙，阿年观察，管止深做早餐的步骤和外婆舅妈都不一样，帮忙，不知如何下手。

"我也要学一下了。"阿年说。

"过几年吧。"

"为什么？"阿年看他。

"等到，孩子七八岁了，懂事了，我总要有一家之主的威严，换你照顾我，嗯，是这样。"他认真道。

喊，想得真远——

阿年，还不想孩子这些的。

站他旁边无聊中，管止深给了她一盘刚做好的蜜汁鸡翅，早餐本想清淡，但是，他问阿年想吃什么时，阿年说了个鸡翅。阿年准备溜出去吃。

被他揪了回来："站我身边。"

阿年："……"

在他面前啃鸡翅，这，不好。

找出一次性PE手套，拿过阿年的手，戴好。

"刚在一起，我的吃相我想有点保留。"阿年低头嘀咕。

睡相，吃相，南方小镇上那一年，他见得太多了："你在我家，我们一起，吃过很多次饭，你不记得？"

"可是吃的不是鸡翅啊。"

说完理由，阿年端着盘子默默飘出厨房。

大概十几分钟，早餐好了，管止深走到饭厅，却没见到阿年，餐桌上，也没有鸡翅盘子。到处看，人呢……去哪里吃了。

转身回厨房，盛粥，管止深再次走出厨房，这一次他看到了阿年，阿年刚洗完手出来，对视管止深，一个会做丰盛早餐和各种好吃料理的男人，做梦一样，居然，他们在一起了。

昨天白天还在魂不守舍的，今天，翻天覆地的变化。

四目相接，两个人的心情是一样的，幸福，甜蜜，来得太突然，尚且不知如何消化，和适应彼此。

以后，每天早上，晚上，可能阿年都在他身边。管止深心头一阵荡漾，眼神，深沉地灼热了……

"我给你留了3个。"阿年说。

那样子，是胆子小的。

管止深轻咳了声，"5个，都是给你吃的，我不吃鸡。"

他如此深情地望她，难道表情不像是在渴望她给个热情回应，反而像在质问她给他留了几个鸡翅么？

阿年低头，哦。

还以为……5个是他定的，他3个，她长得小，只给吃2个。居然，5个都是自己的——太好吃。

"7月6号来我公司报到。"

餐后，管止深说。

他往楼上走，阿年"噔噔噔"后面跟着，拽着他衬衫袖口问："为什么，不是饮料公司了？"

"在我身边工作吧。"管止深认真地说。

阿年鼓起了腮帮子……

他知道阿年担心是什么，管止深给阿年听他的想法："始终要走出这一步，别人问起，你就说江影紫来投资公司报到，你是跟江影紫作伴。"

"……"阿年无话可说。

管止深去了公司。

说晚上会早一点回来。

今天是 7 月 1 号了，阿年要去 A 大，帮乔辛和向悦搬东西，她们在 Z 市租了一套三室一厅两卫的房子，另一个空着的房间，留给阿年。担心阿年，有变数，无处可去，以备收留她。

见阿年开心的样子，乔辛惊呼："不是……被我猜中了吧？"

阿年点头。

"天哪，终于突破过去了。"乔辛伸手，扶额，唏嘘……表示替阿年觉得辛苦。

累心。

向悦和乔辛听阿年说了昨晚的事，表示只给一半信任。不过，毕竟这个男人是阿年相处的，了解多与少的也是阿年。

阿年说，今天早上，管止深临出门前，处理了，给他母亲打了一个电话，方云手机拍的，传过来给阿年看。他跟母亲通话，阿年窘迫，其实对他说的话没怀疑，他不用这样证明。两套别墅，的确都在方云名下。

证，不会是假的。

阿年对管止深的信任又坚固了一层，起码，以后再有这类的报道，阿年的第一反应是不可信。只信管止深说的。

阿年还没说，她，其实已经领证了。

乔辛让阿年在 A 大门口站着就行了，看堆儿。向东他们开车来的，东西不多，不必另外找人找车，装上向东的车，送过去。

方默川来了，阿年今天面对方默川，和以往不一样，心情复杂，管止深没有逼阿年和方默川就此断开，那就不容易了。

他手中拿着一个巴掌大的小风扇，里面装着 7 号电池，在阿年的小脸前，打开。7 月份了，Z 市也开始很热。方默川倚在一个大号行李箱前，就这么为阿年服务，不觉得累。

阿年低头，不热，反而觉得，心都怕得凉了。

怎么面对。

方默川的手机响了，他看了眼号码，接了起来："嗯，说。"

舔了一下薄唇："在那等我。"

"干什么？"阿年问。

有一点担心，方默川这个人阿年了解，他语气淡淡，表面上一副不喜不怒，可他给阿年的感觉，就是隐隐的不对劲。

"见一个朋友。"方默川轻描淡写。

阿年皱眉。

"真的没事。"方默川俯身亲了一下阿年的脸颊，阿年的僵硬，他此时感觉得到。

很明显。

阿年的老实，表现于，不善于遮掩自己的想法。

他走到向东身边，要了车钥匙，跟向东说了几句话，向东问他去干什么，他没说，上车，开车，就走了。

市中心某酒店。

方默川停了车，年轻的五官上尽是冷意和压制着的冲动，走进酒店。进入电梯，直接上了12楼。

一处包厢。

里面七八个人，方慈的同事，杜雨宁，杜雨宁的父亲，还有杜家的世交，在座的人，无一不是厉害人物。

方默川推开包厢门时，一众举杯的人皆看向他。

方慈脸色一变，不知弟弟会出现在这里。

"这是?"有人问。

杜雨宁过来，惊喜："默川，你怎么来了?"

杜老稳如泰山。

"我介绍一下。"方慈起身，脚上的高跟鞋险些站不稳，慌乱地伸手掖了一下头发。拉过方默川，对桌上的人说道："我弟弟，刚退伍回Z市不久。"

"李伯伯你还没见过。"方慈对方默川说。

方默川转头看向那个年纪五十左右的男人，礼貌地颔首，打招呼："李伯伯好。"

杜老接方慈的话道："和雨宁在谈朋友，这俩孩子从小就是玩伴，长大了，两家的家长希望，能促成这段好姻缘。"

"杜伯伯。"

声音丝丝清冷，凉意。

"您误会了，我和雨宁一直没什么关系。我还想问，她伸手打我朋友，这算怎么回事? 杜家的教养，也就如此么。"他质问道。

杜老的脸上，怒了。

杜雨宁攥着手指："方默川，你说我和你没关系?"

"说什么呢，这酒还没让你敬谁一杯呢! 就开始说醉话了?"方慈拉住弟弟，准备扯出去。压低了声音："出来!"

"放开!"方默川甩开方慈。

包厢门口站着的服务员扶住方慈。

方默川看向杜老，凌厉眼神揪着杜雨宁不放，开口："杜伯伯，让您失望了。从小，我就承认我是个没教养的孩子，活到一百岁也许就现在这德行了! 没什么大出息，娶不起您女儿，我妈跟您在酒桌上定的这门婚，当时怎么定的，今儿个就怎么翻页了吧!"

他掀翻了桌子，一地的狼藉。

情生以南

方默川眼睛红了。

服务员想进来收拾一下，却不敢。

方慈不断地深呼吸，吸气，吐气，要被弟弟气死了。

方默川对那边站起的，穿着整洁唐装的长辈，鞠了一躬："这是第一次见李伯伯，没想对您不敬。"

他只是，想告诉大家，在座，他只针对杜家。

那位李伯伯，点头，意味深长地……再次点头。

方默川转身离开。

左正知道这事之后，过来跟方默川见了一面，两个人去吃午饭。向东他们在那边安排完一起也去吃了。

阿年打过来一次，问他，干什么呢？

阿年怕他惹事。

他说没事，跟左正一块儿吃饭呢，不信，阿年你听他说话。

"他没乱发情。"左正对开了免提的手机说。

方默川打了一下左正的脑袋，拿过手机。

左正问他："掀桌干什么？"

方默川不想解释什么，看谁不爽？杜雨宁，还是杜老？都不是，是自己的母亲。给他定下了一门婚事，在这之前，方默川还没这么反感杜雨宁到这个程度，去北京看他，他当妹妹似的照顾，带她出去玩，可是来人却不是单纯目的，喝醉了，险些上了床。

杜雨宁打了阿年一巴掌，方默川觉得真好笑，杜雨宁算个什么东西？就敢朝阿年伸手。阿年老实，没什么背景地在Z市待着，也不能谁都去伸手搋一巴掌吧？气愤，怎么闹腾都行，唯独别去闹腾阿年。今天当着一桌人的面，不懂事地升级了一把，这样的女婿，他杜老，还有老脸要么。

不要了刚好。

"这么挑衅你妈，活腻了。"左正皱眉。

方默川听不进任何话，思绪已经飘回到了从前，有一个还不认识管止深的阿年，不喜欢他打架，他就不打，然后，生活一直安逸，快乐。如果，他能把时光随意变来换去，他很想回到几年前，一头扎进那个小巷子，从不后悔。阿年，他追到了，他一定不会选择带回Z市，就带走吧，越远越好，不在小镇上等管止深来找，不来Z市见这些人，两个人一起藏起来。

手机响了起来。

是母亲管三数打来的。

方默川皱眉，戳灭了手中的烟，站了起来，在落地窗前望了一眼楼下的大街，开腔道："是吗，儿子这么做，让您脸上没光了，打您的脸了？教唆人去打阿年的脸时您想没想过，您的脸没人敢打都会觉得疼，阿年那给人打了的呢，这世界上除了您，别人都不知道疼？"

7月1日，如他所想，身上，再也不捆绑着一个结婚对象了。

但是，解决了一个杜雨宁，还有第二个，第三个，更多的在等着。阿年，心还在他身上吗？方默川知道，这个订下来的亲，取消，是杜老的意思，母亲，怎么舍得杜雨宁这个蠢儿媳。

方默川喝得有点儿多，左正拦不住，他一直指着左正骂："方默川——你他妈的真蠢，早掀桌子，早他妈践踏那杜老头子的面子！这不，就都解决了。"

"是，我笨。"左正被骂得直点头。

无语。

一拳，方默川重重地打在左正脑袋上，全是火气发了出来——"我让你丫再蠢！"

左正躲不及，倒在地上，捂着巨疼的眼睛，起来。

拽着喝得摇晃的人，时刻躲着怕挨揍。一个部队里练过，哪是对手。把人塞进了车后座，关上车门，松了口气。

阿年小管家再次打来，左正说："没事，此人午睡了。"

接着挂了。

阿年晕，怎么突然午睡了？

晚上，阿年和乔辛在外面一起吃的。

管止深接阿年的时候，乔辛和向悦朝管止深招了招手，管止深在驾驶座，只是稍微点了点头。

到了家。

"你吃饭了？"阿年问他。

他点头。

"吃饱了，你怎么脸色这么难看？"阿年觉得奇怪。

管止深蹙眉，难道她不该拒绝同学找理由走开到餐厅或者回家陪他吃饭？自己男人重要还是同学重要。

他买了一箱牛奶，是给阿年准备的，以后住在这，早上晚上她都要喝一小盒。阿年去洗了澡，穿了睡裙，夏天，难免露腿，下楼，管止深一本正经坐在楼下沙发上，双腿交叠，拿着的，是她手机。

"老爸，是怎么回事？"他问。

阿年愣住，走过去，准备抢下来，嗖——没抢到。

"我乱存的。"阿年说。

管止深蹙眉，连续几天休息不好，昨晚一夜也没缓过来，这会儿疲倦的双眼皮痕迹很深，看着阿年说："过来。"

阿年，一小步，挪的。

一把被他扯到怀里，阿年整个人跪在了他身上，失衡地把他扑在了沙发上，在他怀里动了动，屏住呼吸。

"记下来了怎么还存？"管止深问。

"我怕忘了。"

"记住还能忘？"

"嗯。"阿年点头，"能忘，爱得死去活来的还有分手的……唔……"

犯了大忌了！

管止深大幅度俯身，以吻，堵住了阿年这话。

阿年双手抓着他宽厚的肩膀。

管止深的声音沙哑："爱过，怎么能说放弃就放弃？阿年，这种事不可以嘴上开玩笑，你敢走，我就敢不找你，一个人过一辈子。"

不找她，还要一个人过一辈子。

阿年把这些话，理解成了他是在表忠心。

早上阿年迷迷糊糊被闹钟叫醒，还没彻底醒，掀开被子，三两下爬到床尾，停止，弯腿跪坐在床尾，手里的手机还在叫。

管止深刚进去，就见阿年手里的手机掉了，跪坐在床尾的阿年，也一头，朝前——栽了下去。

管止深："……"

早餐的时候阿年低头吃东西。不太长也不短的过肩黑色头发，洗完了随便吹了吹，乱七八糟没心情弄。头发没想梳起来，这几天都不能梳起来了，梳起来之后额头磕红的一块儿会露。

管止深被阿年耍小性子浑身带的刺儿，扎得莫名其妙。

吃完，阿年要出门。

管止深拦住她，站在她面前，解释道："我真没叫你。"

阿年表示怀疑，明明摔下床之前听见了闹铃响，睁眼看到管止深站在床尾，叫她快起床——数落她怎么这么懒惰！

她去了床尾，起床，接着就不太记得，摔下去，记得！

疼了，摔醒了！

管止深无奈，阿年摔下去了他去抱起来了，睁开眼睛就怨他叫的她，不叫她就不会掉下床。

如果不是心里有一份顾忌，管止深很想告诉阿年，你16岁的时候就这样，没完全醒就冒失地起床，动不动就迷糊地往床下栽，以为这毛病我不知道？

还诬陷别人，管止深在对面房子里见过数次。

在她红了一块的额上吹了吹，"以后晚上9点准时睡觉。"

阿年低头，嘴巴还是撅着。

"听到没有？"管止深的语气冷了冷，几分严肃。

"我还是回宿舍住。"阿年说。

"为什么？"

"宿舍10点才熄灯，你这9点。"

"为了你好，还想睡不醒起不来摔了？"管止深再吹了吹，"去哪儿，我送你。"

一起出门。

大手拉着小手，出了家门。

阿年心情好不起来，额头很疼。

管止深开车，看她一眼，阿年俩手捂着没吹好炸了毛的头发坐在副驾驶座上。管止深猜测，这可能是被摔了一下，起床气升级了。

一直撅起小嘴儿不说话。

到了乔辛她们住的地方，管止深也一起下了车，阿年站住，管止深侧头在她脸上印了一吻，阿年抬头，这是大街。

管止深仔细看了看阿年的脸，还是有一点痕迹的，被打的，她是不敢告诉他。

"上去吧，手机要开着。"管止深再三叮嘱。

阿年觉得，接受了一个帅惨了的男友管止深，系统还附赠了老爸老妈保姆老师全部的功能在他身上，她简直赚翻了有没有？

虽说在乔辛这里，可以畅所欲言无话不谈，但阿年有时候会有点保留，不好意思。

"你这个问题我回答不了，我和老陆没同居，不知道同居是什么感觉。"乔辛在上网，对阿年说。

阿年坐在地上，用药水和消毒棉签，擦拭额头那块红。

向悦猥琐地笑："乔辛和你不一样！要是陆行瑞同意同居，不用陆行瑞上，她就上陆行瑞了！"

乔辛点头，嘿嘿。

阿年听了，叹气，和性格可能有关系，乔辛是喜欢了就豁出去了，主动追，追完还逼着对方进一步发展，有了一垒要二垒，有了二垒就直接全垒打。阿年说我从小看到背叛的例子太多，有点敏感的谨慎小神经在作祟。

"不是你爸背叛你妈影响你了吧。"乔辛问。

谁知道呢，纠结。

阿年心中的好舅舅，那么老实，那么抠门不愿给家人以外的人花钱的舅舅，还婚后出轨过，外婆和阿年知道，舅妈根本不知道，一晃事情过去好几年了。对男人，阿年心里有所保留，何况跟管止深才认识不过两个月，能看清什么。喜欢，爱上，然后还得走着认真瞧才对。

Chapter 10
温和甜美的青涩

"要不，我搬来跟你们住吧……"阿年看她俩，一副我要和我的小伙伴儿们就这么愉快地决定了的模样。

"停！非吵架强奸暴力侮辱这些，我们这边一律不收留幸福中的某人。"向悦说！

阿年看向乔辛这个小伙儿伴，你呢？

乔辛摇头！

"你家那个老管，和我家老陆不是一个型的。你家那位一看就是占有欲特别强的男人，你被我们勾搭来，他打击报复我们怎么办，承受不了。"

阿年嘀咕："管止深不是这么没风度的人………"

"什么？"乔辛眉头一竖。

阿年捂额，擦药水，掩饰自己的护短行为……

方默川每天打给阿年，说点什么随后也就挂断了，阿年不知道他在忙什么，他说，是秘密，过段时间告诉她。

阿年点头。

打给乔易，乔易还是很靠谱的，真的有事情会告诉阿年。乔易跟阿年聊了一会儿，乔易问她："阿年，你们的感情没问题吧。"

阿年沉默。

乔易说："别忘了，默川是为你跟家里闹翻的。"

一声谴责。

作为方默川的哥们儿，一定是心向方默川的。方默川最近的情绪什么样，他们几个很了解，关键人是阿年。

阿年呼吸都痛。

乔易说："感情不能勉强，但是阿年，求你，别在这个时候伤害默川……他撑不住了……"

也许方默川已经知道了什么，察觉了什么，又刻意地躲避着什么。其实，他若怀疑，可以专门跟踪阿年几天，看看阿年的行踪。可是方默川没有，怕，只是猜测已经很难忍受，若证实了什么，会难过死。就如同，管止深当年不找阿年一样，一个人爱上了另一个人，怎么强求？见了，无非是增添自己的痛苦，挖心摧肝般。

表兄弟之间，许多共同点一样，只是，管止深的每一个抉择，思虑成熟，是岁月和经历的功劳。方默川未必谁差，岁月给的经历和从中吸取的财富智慧，方默川现在没有，将来，会有。但是，不是被经历祸害得不成样子，就是被经历折磨得成了另一个好的模样。

乔易这话，被自己的妹妹乔辛听见了，挂断之后，乔辛和向悦进来，放下吸尘器，乔辛看亲哥："跟阿年说这些，不好吧。"

乔易挑眉。

乔辛淡着脸："阿年要是个坏女孩，你说也就说了，可阿年那个性格，听了这话她得几天睡不好。哥，阿年来Z市整整4年多了，和方默川在一起的感觉像是能过日子么？从认识起，两个人就是异地恋，方默川赖在阿年家那边一年，才让阿年点头，有火花用不了那么久！17岁，懂什么爱不爱的？"

谁的朋友，谁护着。

阿年打给方默川的时候，是下午三点多。

问他在哪里，方默川说准备吃饭，阿年问他，吃什么，方默川摇头说不知道，阿年问他，那我去给你做饭？

阿年的手艺，不敢在管止深面前献丑，蒸个鸡蛋羹还可以。在方默川这个泡面水放多少都纠结的少爷面前，阿年的手艺是大厨级了。

想见方默川，也许，哪一次的相处中，刚巧气氛就是可以说出来一切的机会，虽然，阿年还没有任何心理准备。不说出来，阿年的心里总打着一个结，放不开。和管止深在一起的时候，脑海中，会是方默川对她一脸责怪。

那种心虚，心空的感觉，就跟乔易对她说那些话的时候一样。

说了给他做饭，就要买菜，附近的菜市场阿年找得到。买了菜，到了方默川的租屋住处，洗菜弄东西之前，阿年打了管止深，响了几声管止深就接了，阿年说："我在方默川这边，可能，要晚一点回去。"

"……"

阿年跟管止深提前说过，会经常见方默川，总要找机会说清楚，原本打算，是在方默川以后回了家再说，可阿年想顺其自然地现在找一找合适机会。也许，方默川一样有分开的意思呢，上次，管止深不是就说了，方默川让他送她回家，那是，什么意思？

想不通，可总会是有一种意思包含在里面的。方默川的心思，深起来，叫阿年也捉摸不透，总的来说，这人还是特别简单的。

方默川回来的时候，阿年还在忙，一个人应付一餐实在费力，每次是做一个菜，一个汤，这次是多的。也许是因为太心不在焉了，锅点着火，锅边很热了，里头煮着东西，阿年伸手去拿别的食材，不小心，胳膊一下挨在了锅边上。

"嘶"地一声。

"怎么了。"方默川闻声跑进来，拿过阿年的小细胳膊，白皙的皮肤上，被锅边烫了很红的一条，疼得有点火辣辣的。

阿年说没事，任何外伤都不如心里惦记的事折磨人，方默川下去，买了一盒烫伤药膏，抹上了。

送阿年回去的路上，方默川问了一句："是不是有心事。"

"啊?"阿年转头。

"我看你心不在焉，额头伤了，胳膊又烫伤了……"方默川蹙眉，开车。

他在大连出车祸的那辆车，已经修好了，唯一值钱的私人财产。

阿年低头，心脏怦怦跳个不停。

他送阿年到了员工宿舍，阿年已经几天没回来了，方默川也进去了，宿舍管理员大姐说："阿年，来我这儿签个字。"

阿年赶紧跑过去，是退宿的事情吧，要离开这里。

方默川一个人在阿年的宿舍里，转了转，还是老样子。单手插在裤袋里，摸了摸阿年的笔电，白色的，很小，旁边放着一摞书。

管理员大姐的房间，阿年签字：时年。

突然听见"砰"一声，阿年诧异，签完了字出去，回到自己房间，人不在了，阿年不明白怎么了，跑出去找方默川，阿年跑到了楼下，宿舍楼外面，方默川用力甩上车门，已经上车，开车离开。

车速很冲！

他怎么了？

阿年跑上了楼，手机在宿舍的包里放着，她拿出来，微微皱着眉心，着急地拨打了方默川的手机号码，通了，那边却不接。

反复打了几次，一样，方默川根本不接听。

究竟，他怎么了？

回头看了一眼这宿舍，是什么让他突然这样发脾气离开？到处都是原来的样子，书桌旁边，一摞书不是那么整齐了，阿年走过去，手指摸了一下前段时间买的几本书，旁边，放着她的日记本，被撕掉了大半页。这本日记，里面没有刻意记载过什么东西，阿年从来没有写日记的习惯。平时拿着笔在上头乱写，瞎划道道，很多。

几个字，落入了阿年的眼睛里。一样是她随便乱写的，但是，这字却是不该写的，写完了也该及时撕掉扔了的！

"爱上管止深，犹如，得了一场病，怎么会，轻易，到了要去世这程度。"

这段酸文字，本来是一个外语系的学姐用英文写下过的，很多届外语系的女生都知道这段话，说很矫情，也是因为文字中的男人管止深就生活在Z市，所以被同学们传了许久。那天阿年是翻译给管止深看的，顺手就写了下来。阿年一向胆儿小，即使是让她叙述别人说的话，她也口述不下来这段文字。

方默川，一定是看见这个了，撕掉了一半，剩下一半。

她的笔记本，写的笔迹，他就以为这是她的心声了？把日记本放下了，阿年站在书桌边上，动了一动，手指摸着书桌的边缘，抠着，唇色惨白，湿了红红的眼眶。

已经晚上九点多了，方云出了房间，见儿子还在客厅里一个人呆着。管止深蹙起眉头在沙发上坐着，想什么，想出了神。

"眼看就十点了，还不回去？"方云走过来，把茶几上管止深的车钥匙和手机挪了挪位置，手中的面膜泥，放在了面前的茶几上。

管止深回过神："马上就走。"

"想什么想得这么认真？阿年还没回来吗？"方云问。

当妈的嘴上问得轻松，心里却是一紧，莫不是俩孩子吵架了？阿年临近毕业，七月初，这日子里能离开Z市干什么去？先前觉得儿子说阿年离开了Z市，方云倒没认为有什么不对劲的，这会儿看儿子表情如此，不免就多心了一下。

"回来了，她今晚跟同学有聚会。"管止深看了一眼手表上的时间，"快散了，我马上就去接她……"

方云拉下了脸。

"22了，没嫁人怎么着都行，都结婚了怎么还不以家庭为主？这边紧催她快点怀孕生孩子，还这么出去聚会，免不了得沾酒！她年轻，她不为自己考虑，也要为你考虑考虑……过年就35了，你等得起，你爸你妈等不起了！你爷爷更等不起！"方云一股脑地说出了心里话，她不是不喜欢儿这个媳妇，正因为喜欢得很，才催促。

儿子的婚姻可不能出什么岔子，有个孩子稳定稳定，拴拴这个年纪小的儿媳妇在家。儿媳妇年纪小，当婆婆的可以宠着，但就怕儿子太宠媳妇，再给惯坏了！

出去跟同学聚会，这没什么。管止深理解母亲这样责怪的一片好心。解释道："她的很多同学都要离开Z市了，这种聚会，她不去也不太好，感情深了。现在的大学生，和我那个时候也不太一样。阿年保证了，不会喝一滴酒。"

他的22岁，是12年前的事情了。

那个时候的社会和现在的社会相比，完全两种面貌。

"这保证是真话最好了，可这么熬夜也不太好，应该早睡早起养一副好身体，你看她那个小身板儿，唉呦，来了家里妈都不敢伸手拽她一把，怕拽零碎了。"方云夸张道，叹气，"妈想你们到妈身边儿来，每天早晚两餐能营养，喝点补身体的汤汤水水的，总会把她身体养起来，可你们这年轻人，偏不听话！"

还补身体？管止深怕了。

管止深轻笑，对于母亲想让他和阿年搬回来住这个期盼，他的想法是，还得往后拖延拖延。一是和长辈住真的不方便，二是家里总来一些人，包括姑姑和姑父，阿年每天住在这边，遇见，总是不好。

待到关系确定，阿年真的像他离不开她一样，变得离不开他了，他才敢这样做。管止深有时一样会没有信心，怕阿年以他妻子的身份面对方默川的妈妈、姐姐时，会受不了刻薄的话，选择逃避。

如果真的很爱很爱了，想必，不舍得他，也不舍得逃避。

至于阿年的身体，是该补了。

他去巴黎一趟回来，她变得又瘦了一点，身上本就没有多少肉，再瘦其实也瘦不到哪里去，没什么可瘦下去的空间了。

可是，看着那小身体，很可怜。

管止深拿了车钥匙，离开，对母亲说，马上要去接阿年。方云送儿子到门口，又唠叨了几句，让儿子千万别嫌她这个当妈的嘴碎。

他轻笑，妈，怎么会？

黑色奥迪Q7驶上公路，开往市区他却不知道该去哪里，阿年跟方默川在一起，可是，这已经几点了，将近十点了，阿年没有给他打过来一个电话。拿着手机，他看着阿年的号码，一样迟迟不敢拨打过去。

心里的担忧，一会儿比一会儿甚。

不是担心方默川会对阿年怎么样，如果会怎么样，几年之内，早会怎么样了。是一种男人都会有的心理吧，占有欲，在作祟了。阿年点头答应跟他在一起了，那么，这种占有欲就蹦了出来，不愿看到阿年这么晚了，还在外头。

驶入市区，经过了A大校门口那条路，管止深把车停在了路边。

下车，倚在车旁，点了一支烟蹙眉，等，期待，一个阿年的来电。

员工宿舍这边，阿年睡着了。

宿舍的门开着，窗子也开着，从方默川送她回来之后，到方默川生气离开，阿年就开始失魂落魄的。

小时候不敢调皮，是因为记得爸爸和奶奶都不太喜欢自己，太小，不知道什么是重男轻女，只知道，是不是自己太调皮了，所以爸爸和奶奶不喜欢？来到南方小镇上，在外婆和舅舅舅妈面前，从不敢调皮，怕被嫌弃。有时候站在门口，看着巷子里的小朋友在玩，阿年不敢去。

一点点长大了，十几岁了，习惯了外婆和舅妈给予的关爱，知道，她们好像很喜欢自己，对她真的很好。有了这种感受，阿年并没有去挥霍它，反而更加珍惜。

心里小小地在偷偷总结，是不是自己过来这边之后，太乖了，舅妈和外婆才喜欢的，那就要继续乖下去了，调皮捣蛋的孩子在做的，在玩的，阿年都不会去做，不去玩。

成年了，在南方小镇上生活了十几年，乖孩子乖了十几年，就养成了一种习惯性的小性格，骨子里的一点叛逆和倔强，始终在的，只是不敢表现出来，自己压制着，幸运的是，外婆和舅妈舅舅，没有给过她任何让她难受的待遇。那些倔强，也没机会表达。

阿年长相温和，眉眼淡淡的像妈妈，长得身体纤瘦，和从小体弱多病也有关系。为此，阿年外婆特别痛恨阿年的爸爸和奶奶。

阿年妈妈去世之后的半年里，阿年是在北方生活，才几岁不丁点儿一个小女娃。冬天生病了，没人悉心照顾，奶奶关心的从来不是这个小孙女，也是因为分开来过日子，照顾不到。

阿年爸爸一个大男人，带着这么点儿一个孩子，心情烦躁。整天很少时间是在家里，阿年体弱的病根儿，就是那半年多落下的。

到了南方这边儿，也没养过来。

有时候阿年外婆问她，记得小时候的事吗？阿年记得，都记得。然后看外婆苍老的样子，呆呆地摇头，笑开：不记得了，太久了。

外婆叹气，说：不记得了好。

小小年纪遭了不少亲爹给的罪，不记得了好。

不管是面对家人，还是面对老师，面对同学，阿年做什么说什么都三思而后行，怕失去老师的喜欢，怕失去同学玩伴，唯唯诺诺小心得也许过了头，可都是不无原因的。这一次，阿年想象得到方默川是什么情绪，什么心情。阿年知道，是自己做错了事。

一直希望生活平平静静的，17岁点头答应了跟方默川谈恋爱，就不敢再说一个"不"字，除了他实在过分，惹祸的时候。

可是哪一次说"分手"，其实都不是阿年真心想的。

遇上了管止深，阿年不敢接受，也不敢直视自己的内心想法，如果离开方默川，阿年会觉得自己真的很不乖，做了听话的老实孩子这么多年，在方默川身上，这样残忍了一次。

愧疚，自责，占据了整个心。

阿年没有打给管止深，不知道该怎么对他说，是她和方默川之间的事，不想牵扯进管止深，第一因为管止深是方默川的表哥，当面因此撞见了，会怎么样，方默川气愤时，也许会动手了。

解决和方默川之间的问题，带入管止深，一样也会刺痛方默川的心，眼睛。

想来想去，阿年就心累地趴在书桌上睡着了，直到现在胳膊枕得都开始麻痹不会动了，醒了。一看时间，已经十点半。

拿手机刚要打给管止深，发现，手机自动关机了。

阿年去包里找了电池出来，换上，开机，马上，手机就进来一个号码。

是乔易。

他说，默川喝醉了，你来一趟。

夜里的11点，阿年打给管止深，问他在哪里？管止深站在大街上，倚着车，已经吸了几支烟记不清。他蹙眉，只问了阿年在哪里。阿年说，默川喝醉了，我要去看一看，刚才在宿舍里睡着了。

阿年讲了很多，没有详细地说什么，让他等她消息，或者，先睡吧。

打过来的主要目的，是让他不要担心。

管止深点头，让她开着手机。

阿年说，好的。

阿年到了酒吧的时候，方默川已经醉得不成样子了，整个人失去平衡，要人扶着。阿年来了，他还认得，眼睛红红的，双手很有劲，抓住阿年的小细胳膊，很用力，很用力。他双眼带着泪光看阿年，哽咽着，一句话也说不出来。

一下，阿年眼睛就红得不成样子了。

方默川见此，笑了，他牢牢地抱住阿年，一只手按住阿年的背，似乎要把她按进自己的身体里，一声声低语，"阿年，阿年，不要离开我，求你了……什么爱上管止深，到了那种程度，瞎说，是不是？"

阿年哭了，来这里见他，就没打算解释这件事。的确，不是阿年说的那些话，可是，不如，就这样误会着吧。也是一个解脱，出路。

额头伤了那块儿，抵着方默川的胸膛，他的身体并不像管止深那样宽厚，可一样让阿年曾经温暖过，阿年喜欢过他，摸着良心说真的真的喜欢过他，方默川的帅一般的男孩子没有，身上的贵气，少爷脾气，都是一边很坏一边让人喜欢的。

但是，阿年发觉那种喜欢并不是爱，无法继续在一起。

方默川伸手抚摸阿年的头，手掌心中是阿年柔软的发丝，他选的这个女朋友，许多哥们儿说过，一般啊，不说别的，就发质来说都不比其他女孩子。他往往骄傲一笑，你们这帮俗人懂什么？我媳妇儿全身上下，纯天然的。

有时被人调侃一句："呦，全身上下没有你没到过的地方是吧！"

方默川会沉默，心里感叹，哪舍得碰，一点都不舍得，他也不知道自己谈的这是什么恋爱，明明爱惨了阿年，却不舍得碰，这不舍得里，也藏着一份无法面对，就是对管止深的愧疚，毕竟，阿年是表哥先看上的人。

偷的东西，偷的人。

多么不光明磊落的一份爱情。

兜兜转转几年过去，这笔债，终究面对了。他对管止深的这份愧疚，自己没偿还得了，不舍得放手，没有勇气，无法面对。可阿年爱上了管止深，荒唐的这条路，走完了？该是谁的就是谁的了？他不甘心。

想象过放手的滋味儿，肋骨锥疼！

离家出走，百分之四十是因为阿年，他宁愿每天辛苦地过活，拖着阿年一起这样生活，越爱，越伤害，除此之外，别无他法了。

醉醺醺的，可是心里不一样，心里记着阿年，阿年爱上别人了，这是做梦还是真的？捧起阿年的小脸儿，重重地吻下去，阿年，没有拒绝，可也没有任何回应了，方默川只觉得眼泪就要出来了，阿年，不回应他了。

最近，他躲避了多久，不敢吻，就怕会是这样。可是，阿年这个人，仍然是他不变的最爱。

阿年觉得心口堵得很，脸在他的手里被捧着，他的动作那么小心，仰头看他的悲伤眼神，他的五官轮廓，他红了的双眼，颤抖的好看双唇，阿年闭上眼睛，眼泪流了出来："对不起……"

"说过一毕业就结婚，你毕业了，爱上了他，阿年……我哪里做错了？你要这么对我？你说，我改，你不喜欢我惹事，我就在忍，你不喜欢的我身上的性格，我都剔除，我身上还有哪里你不满意？你说……"他是好奇，管止深的什么特征，让她喜欢了。

怕与人对比，更怕对比得输掉。

阿年低头，眼泪一滴一滴，抿唇，说不出任何话。

解释没用，也不知道该解释什么，逆来顺受的性子阿年很不喜欢，可是从小已经习惯了，满足别人，亏待自己，然后，圆圆满满的，友情，亲情，都是这样。对别人去逆来顺受。答应跟方默川谈恋爱之后，身边再也没有出现过男生，早被他那癖性给吓跑了。5年了，Z市4年，对方默川，感情上，阿年一直也是逆来顺受，不知道拒绝，不知道怎么拒绝，他说什么，她都说好。

木讷，迟钝，对于爱情这一方面。

接触的人太少了，17岁接触方默川之后，情窦初开的年纪，就认识了这唯一的一个对她有意思的男生，再以后，方默川杜绝了一切接触阿年的男生。到了Z市，阿年一样接触不到其他男生，所以，对待爱情，始终是身边一个方默川，剩下的其他男生，就是那些帮方默川看着她生活周围的哥们儿。

直到遇见了管止深，这些年除了方默川以外，唯一的一个，对她有意思，展开追求的男人，很不一样，给阿年的感觉很陌生，吸引人。

逆来顺受的性格，在阿年没有遇到任何坏人的这22年来，让阿年的生活一切都温馨平静，这会儿，阿年觉得逆来顺受真的很害人害己，如果没有从前的逆来顺受，不会像今天这样，接受方默川的质问，却一个字吐不出来。

"对不起……"

阿年只有这三个字，多说，没意义了。

方默川紧紧抓着阿年的肩膀，吻她的额头，嘴巴，鼻尖，脖颈，阿年就那么站着，不躲，不动一下，眼睛也不眨一下。一股酒气在他身上，方默川看着她低垂下去的眼睛，睫毛很长，沾满了泪水，眨都不眨。

回身，攥起拳头打在向东的车上，防盗系统叫了起来。

引来路人的目光。

站在远处的向东和乔易，互相看了一眼，没有上前。

阿年吸了吸鼻子，眼泪流不完。

第一次，哭得这么多，来Z市四年了，第一次哭成这个样子。

爱情来了，像一场花开，开出的，却不是某人想要的结果。

阿年愿意一个人承担一切，骂她，打她，怎么都可以。

其实，阿年对爱情的不熟悉，就跟方默川不熟悉这个社会，是一样的。

管三数把方默川保护得太好了，让他看不到外面的世界多残酷，让他从来不知道，钱是那么难赚，让他以为，外面的一切都是好的，你，方默川，这个身份的少爷，唾手可得一切的一切。

当他真正地离开了管三数这个母亲，发现，什么都和以前想象的不一样。

手忙脚乱了。

失去了方向，不知道谁可以拉他一把。

阿年，一样的，情窦初开时被方默川盯上了，然后，被他保护得太好了。阿年根本不知道其他人的爱情是什么样子。

以为，自己和方默川的平静生活，这个就是爱情了。

即使不见面，也一样维持了几年，左正他们尽职尽责地帮他守着阿年，一个异性生物，靠近不得阿年。当手段比这帮刚长成的小子高超多倍的管止深出现，没人察觉，他在摆局时，人未现身，本人出现了的时候，即使方默川或者是谁发现他了，也已经晚了，阻止不了他的到来。这个时候的阿年，就像刚走到社会上的方默川，才知道，爱情的感觉和以往想象到的并不一样，心跳的频率，不同！

回忆汹涌地在方默川的脑海中回放，心，好像死了，又在残喘着，希望谁能来救活它，让它继续跳动。在他终于按捺不住自己的好奇心，第一次利用周末去了南方小镇，见到DV中的阿年本人，说一句话，感觉到了她温软的声音，淡淡的温和模样，吃东西坐的距离比较近，一股柔柔的女生味道钻入他鼻息，入了他的眼，最初单纯的吸引，就此来了。

他很激动，因为阿年那样的美好，她像和风丽日，她像流水小溪。

一切细腻的东西，都像她。

方默川那晚住在小镇上的旅馆，抑制不住地激动，夜晚里睡不着，激动，捂着心口自问，怎么办，好像爱上她了。

吓人。

一下子，就爱上了。

不过很快他反应过来，不是一下子爱上，是好久了，看到DV中的女孩子，看了多少个日子，从第一眼无意中看到，到后来想起便去看一眼，到最后，DV变成了自己的所有物，发现，DV中的女孩子，他刻在心上了。

这是谁的DV？他原本不知道。这个小镇在哪里，他一样不知道。DV很长很长，长得他根本看不完，究竟里面存储了多少画面景象，多少欢声笑语和那女孩的样子。当DV成为了他的所有物，彻底属于他，已经是忍不住偷看DV数次之后，他拿到了，安静地在自己家中查看，播放。

很日常的记录，记录的特殊东西很少很少，画面里只有这一个女孩子，她像生活在这个DV屏幕中的人。这记录日常到了什么程度，到了阿年洗完头发坐在一楼门口一个小凳子上做作业，都被录下来了。考试没考好在床上装死，家人叫吃饭，也不出去，录了下来。在一楼门口用盆子洗苹果，削皮，切成块，这也记录了。

方默川记得自己第一次看到DV，还觉得这DV是放放的，那丫头认识的朋友？可是放放去过南方吗？那明显是南方某个小镇上。开始方默川会觉得，这录像真无聊，没有一点值得人一眼惊艳过目不忘的。可是，久而久之，感觉牵着他走，每次查看一点，每次去姑姑家，都趁机溜上楼去看，一直，也没看到最后画面。

录像真的太长了。

这其中，到底记录了多少个日子？

当心理产生变化，认为那些无聊的画面，都是珍贵的，都是值得回味的，方默川皱眉，觉得自己真的惨了，怎么办？

喜欢上一个人，就像喜欢上一个故事一样。方默川好动，喜欢热闹，但是选书看他却喜欢看一些平淡的故事，哪怕是从这个人出生，叙述到这个人年老，只要这个人有魅力让他喜欢，读了这个人一生的浮浮沉沉，历经的沧桑快乐，结束，仔细回味，他觉得这个故事是美丽的，那种美，波澜不惊，那种美，其实真的不特别，但这正是它的迷人之处，美得在于别人临摹不了这人生。他认为，阿年长得一般，五官上没有任何让人一眼便觉得惊喜明亮之相，但她的灵魂，一颦一笑，却渐渐渗透了他的灵魂。

随着日子推移，他喜欢上了一个看不见摸不着的女孩子，很不安，也感觉很刺激。很想知道她是谁，却不敢去问姑姑家的任何人，心里的想法开始变多，理不清楚。当阿年住进了他心里的某个地方，原本录像里他认为平淡的日常，他开始很喜欢，哪怕阿年睡着了，画面里静静的，看着，也会嘴角带笑。

从来不以为，这是管止深的DV，看上去这个女孩子的年纪很小，而管止深那年二次治疗中，已经29岁了啊。

直到后来的后来，看到了录像里的画面不知不觉从春天，变成了夏天，播放的一段视频中，突然出现了一个声音，那样熟悉，是表哥的声音，管止深的声音。那么，这个DV，是表哥管止深的了？他熬了一下午和晚上，看完了DV中的全部内容。看到了表哥第一次露出自己的脸，带着一点伤。

方默川头疼了几天，没有缓过来。

原来这部机子是表哥的，里面的画面，是由表哥记录下来。他喜欢上了那个女孩子，准备在她大学毕业后，他的伤好了之后，去面对面地追求她。

看了这些，方默川挣扎了许久，想要怎么做。

在犹豫不决许久之后，他想到了，不如，就去小镇上看一看，录像的后期许多画面里，声音里，管止深有提到那个他曾经养伤的地方。方默川去了，多希望，阿年并不是画面中那样好，或者，本人性格真的很糟糕，也就死心了。

见到了，方默川每天在她外婆家门口转，认识得很随意，了解得很随意，会去高中门口接她放学，风雨无阻，哪怕天上下了刀子，他想他也会去校门口等着。

他不上前，只看着阿年，跟着阿年，她安全，他就完成了任务。阿年在不断地确定他不是疯子傻子之后，甚是惶恐了起来，怎么回事，这个人太奇怪了。

有一次，阿年问他："你不上学？你才19岁——"

阿年算了算，估计是大一学生啊，北方人来了南方，一个人，还整天跟着她，要干什么。

"不上了。"方默川就回答三个字，丢了魂儿一样。

阿年在惶恐中，上学，下学。

这些年以来，方默川从来没想过要和阿年爱得轰轰烈烈，他不敢，他恨不得低调得任何人都不认识阿年，自己的父母也不必认识阿年，自己认识就够了。

显然这不现实，也实现不了。

现在，欠谁的，一分不少地都还了回去。管止深弄丢了阿年，痛苦过，管止深对方默川感叹过：喜欢的人，曾有过一个，不过没缘。

方默川心虚地攥紧了手指，没了退路，也不知如何前进。

到了今天，方默川心口疼痛，浑身都疼痛了。摇摇欲坠的身体，仿佛迎面接受了管止深一拳，打得真狠！阿年爱上了管止深，他就输了，输得谁也怨不得。

他很好奇，管止深究竟给了阿年什么样的感受，究竟，那个男人用什么，收买了一向温顺听话的阿年。

背叛，果断的背叛，阿年这么乖，怎么会做？

这在他看来几乎是不可能的。

所以他觉得是在做梦。梦里，阿年的这声"对不起"，阿年的沉默，阿年的眼泪，阿年的低头，阿年表达的所有所有，都像一把无形的刀子，刮，剔，他的一寸寸骨骼，方默川不知道自己是喝醉了，还是真的没力气了，绝望了，要倒下了。

乔易过来扶住方默川："你喝多了，上车！"

"滚开——"方默川推开碰他的人。

阿年抬头，眼泪还在掉着，安慰的话似乎也不适合说了，手指攥在手心里，阿年看着方默川，不觉得疼，可短短的指甲，已经抠破了手心的肉，用这疼，麻木心口的疼。

方默川回头，哭了，他朝阿年走过来，脸色冷了下去："阿年，这几年我算什么……"

阿年低头。

不敢再说话，对视，都不敢。

"如果不是我看到，你打算瞒我到什么时候？"

"你们什么时候在一起的，在一起的时候你想没想过他是我的表哥！你才认识他多久？两个月？还是我不知道的更久？阿年，你什么时候这么不乖了。"

阿年只是哭，泪水，很烫很烫。

如同那些站在讲台上被老师训斥的孩子，怎么说你，只可以咬着嘴唇哭，不可以出声，不可以辩驳一句，错了，就是错了。阿年很想伸出手去，让方默川打她手板，像老师的教鞭一样，或者，用什么打都可以，多疼，保证不出声。

"阿年，真的不是冲动？你忍心让我变得无家可归全部生活变得空空荡荡吗。只给我一份忧伤。"

"我不够爱你吗？"

"究竟，他哪里比我好？"

他说："我也许还不够好，可是，阿年……我很努力很努力了，我把我认为最好的，都给了你——"

然后，你给的回报是什么。

寂寥的大街上，行人被他无视，乔易无奈，转过身去不管了，却是以那样憎恨的眼神看了一眼阿年，伤了他哥们儿，终究，伤了。方默川今晚多喝了几杯，他不顾任何人的目光，一个大男人，哭得无助，像个孩子一样祈求，祈求不来，就控诉，控诉他的不值和不甘！

"对不起……"阿年哭得浑身发抖，瘦瘦的肩，发抖。

方默川仰头，他说一千遍一万遍，阿年都没有说一句"我不和你分开"，他没有纠缠来阿年的心软，突然他那么恨！眼神空洞，他把阿年抵在车旁，用力吻她，阿年拒绝他粗暴的吻，拒绝他大力地抓她的身体，求助。

乔易跑过来扯开方默川，大喊："你干什么！"

他不理，推开乔易，一手扯过阿年，挑眉，狠狠地指着阿年："厌恶我到了这个程度？阿年，我现在不能给你的，我最后会给你，你等等，你再等等，我行……你相信我，我一定行！"

阿年退，往后退，可他扯得太紧，阿年动不了，只是摇头求他别说了。

方默川急得红了眼睛，酒精麻痹了他："你躲什么，阿年，你是不是在跟我任性？你了解你自己的心吗？跟他在一起你快乐吗？他不适合你——"

"别说了，上车！"乔易扯着方默川，一手去拽阿年，试图把两个人分开。方默川喝了酒，语无伦次。喝酒之前，他说，他不打算计较，可是喝酒之后，明显是醉了，话也是言不由衷的醉话，显然都是心里所想，想问的，清醒时却不敢说的。

乔易看阿年："你先走。"

阿年不敢走，不放心方默川，抬头看他。方默川闭着眼睛，乔易分不开方默川攥着阿年胳膊的那只手，阿年觉得被他拽的手要脱臼了，红着眼睛求他放开，方默川不知道阿年那是什么眼神，不知道他的力气多大，不知道拽得阿年疼成了什么样子。他以为，她着急走，着急去找另一个人了。

身体里，有的是力气，一个男人，却怎么用力，都扯不回阿年了，方默川觉得自己着魔了一样，不撒手！阿年的态度让他恼火！他从没想过，会亲手，一巴掌重重打在阿年的小脸儿上，清脆一声，阿年吸气，瞬间——乔易也愣住了。

远处的向东，也愣住了。

不可思议地看了一眼阿年的左脸，乔易一把推开方默川，把他推倒在地上，红了脸："你他妈出息了——"

向东一直没有阻拦，没有说什么。这种事情拖延不了，不如一次性说清楚，见阿年挨

Chapter 10

温和甜美的青涩

了打，向东觉得方祖宗可能真是喝大了。去拉过阿年，攥着阿年的小细胳膊，拽到马路边上，招手叫了一辆出租车，把阿年塞了上去，告诉了司机："人，安全送到地方，有个好歹我要你的命！"

司机看神经病一样看向东。

向东看了眼阿年，说道："默川喝多了，别跟他计较，明天醒酒了，该怎么回事怎么回事，别告诉他表哥，姓管的了。"

怕这表兄弟，结仇。

出租车开走，阿年一动不动地，脸上火辣辣地疼，眼窝里的眼泪全都汹涌地流了出来，大声痛哭了起来，全部的情绪一下子爆发了，可是，真的没有怪方默川，打得很对，该再骂几句的！

"姑娘，快别哭了……"司机抽了两张纸巾，伸手递给阿年。

阿年说不出谢谢，张口不成声调，纸巾攥在手心里，手心抠得疼了起来。望向车窗外，司机问去哪里，阿年没说话，就先，这么走着吧。眼泪汹涌，但是感谢，谢谢方默川的一巴掌，阿年觉得，自己真的该打。

什么时候，变得这么无情无义了，自己都快不认识自己了。

向东送阿年上了出租车，回来。

方默川朝他深深地鞠了一躬，一声"谢谢"，让向东开始云里雾里了。回身，方默川朝别处走去，突然弓着身子，蹲在地上，起不来了，胃里一团火一样，聚在一起，燃烧，烧得胃里不断抽疼。

Z市的空气，凄凉无比。

将近凌晨，管止深打给阿年，用了另一个号码打给阿年，他不知道阿年在干什么，隐隐地心里不安，是不是对默川说了什么？

阿年接了。

他问在哪，阿年问了司机，司机说了地址。

管止深让司机停车，在路边，等他开车过去。阿年点头。管止深启动车，距离阿年那里，不太近也不太远，不到十五分钟，抵达。

他的车，总归是比出租车快。

付了钱，说了谢谢。带阿年下车，阿年低着头什么也没说。大街上只有这一辆车停在路边，行驶中的车寥寥无几。

管止深站定，阿年死死地低着头。

"怎么了。"他问。

阿年不敢抬头，也不敢说话。

"抬起头来跟我说话。"管止深怕阿年瞒他什么，阿年有心事。

伸手抬起她的脸，却意外看到，肿起来的半边脸。

眼神，蓦地一冷。"怎么回事?"

阿年摇头，"被酒吧喝醉酒的人打了一下，方默川已经揍那个人了——"

管止深逼阿年抬起头看他说话，阿年忍不住心情，哭了出来，没什么力气的手指，紧紧抓着他的西装，却疏远，说了和方默川分手了，说了方默川很难过，说了已经摊牌没有挽回余地了……都说了。

阿年哭得像花猫一样，管止深蹙眉，也许在阿年心里，方默川的分量真的不小。只是，那再大的分量也不同于爱情。

温柔地搂过她，安抚："会过去，都会过去。"

有一点，阿年有一点排斥他的拥抱，挣扎的心情是觉得自己对不起方默川，刚伤害过了方默川，却对管止深投怀送抱，这是什么。阿年躲他，往后退了好几步，又不敢抬起头来面对。

管止深站在她前方，紧抿薄唇，喉结动了动，声音嘶哑地开腔："阿年，有什么我来面对，我比你大，你忘了么?"

"大能怎么样。"阿年低头。

管止深温声："比你大，所以我要护着你。"

他的心情现在很不一样，承担已经成了习惯，阿年是他的人，小妻子，才刚毕业没两天，在他眼中，这其实就是个孩子。

阿年人不大，却能填补他的空虚，是长在了他心上的一块儿不可缺少的肉。和母亲，父亲，妹妹，一样重要。

她哭成这样，管止深在心里真挚地说了一声，阿年，实在对不起啊，让你遇到我，为难了，选择了。

管止深带阿年去医院，深夜了，医生看了一眼安然无恙，疲倦中的管止深，只觉得这人很眼熟，小医生却也记不得这是谁，印象模模糊糊，平时关注的新闻，也没有财经方面的。

所以，并不认识。

值班的小护士认得管止深，知道医生可能没认出来，这很正常，就像小护士知道自己的妈妈不认得林俊杰，但认得刘德华一样，每个人关注的人物大不一样。

大半夜，女孩子虽然是不哭了，可一看也知道先前是哭成什么凄惨模样，一脸的泪痕，脸也肿了起来，可见男人是下了多大的力气。

阿年累了，也困了。

管止深顶着被人误会的感觉，坐在医院走廊的椅子上，阿年坐在旁边，靠着他肩膀，不断地点头，再抬起，整个人，困得根本睁不开眼睛了。

小护士对医生说："那是个很厉害的人物。"

"不认识。"医生冷冰冰。

小护士又说："接地气的有钱人招人待见，不要什么高级病房啥啥的呆一会儿，就这么走廊上等着，好薪水……"

"好好说话！"医生冰冷冷冒了一句，就出去了。

给阿年准备处理脸上的伤，消肿。

"我来吧。"管止深接了过来，药水和棉球。

让阿年坐好，疼稍微忍一忍。管止深蘸了点药水，蹙眉，薄唇朝阿年小脸儿上吹着凉气，不至于那么疼。

一股凉凉的感觉，和药水刺鼻的味道在微弱的鼻息前，阿年看着面前眼神深邃的管止深，睫毛动了动，一声叹息。

医生摇头，很不理解这些年轻人，这姑娘一看不是什么富家孩子，八成是学生，这男的一看便是有钱人，车钥匙在那摆着，手机，身上一切的一切，眉宇间的锐气与沉稳，说明了身份。

Z市，其他城市，哪里都如此，长成这样这身行头的男人，看着都不简单，有暴力倾向的奇葩男人也是有的。吵架动手打了这女孩子，闻着这男人是没喝酒，就是这打完了哭成这样来了，也好得太快了，还倚在这男人肩膀上差点睡着。

医生为自家女儿担忧，心里盘算着，回去得告诉自己女儿，若是以后和男朋友吵架，挨打了！姑娘，对你动手的男人绝对不能忍！

管止深小心地处理，确定每一处都蘸上了药水，靠近阿年，又轻轻对着阿年的脸颊吹了一遍，阿年躲了一下，看了一眼医生。

"怎么了，很疼？"管止深捏着阿年的下巴，来回看她肿起的脸。

怎么，越吹越红了。

阿年摇头。

囧，他距离太近啦，吹气，往她脸上这么温柔地吹气，太近了。

全程里，阿年只是微微皱了皱眉，倒没疼成什么样，明天也许就消下去了。管止深不放心医生的手，无亲无故，即使小心也做不到他这么小心，自己来比较放心。阿年出去时在想，其实医院这个钱花得冤枉，药店买药，回家都能弄。

管止深拉着阿年的一只小手，带她离开医院，打开车门，让阿年上了车。一心只心疼阿年的脸了，看了阿年一眼，琢磨不透她鼓着腮帮子在想什么，更不知道，小媳妇儿的心思在怨他浪费呢。

到了家，下车。

管止深攥着阿年的手，从住宅区内的地下停车场出来，阿年觉得这样走路真不方便，自从答应跟他在一起，才短短几天，他都是攥着她的手走路，走到哪攥到哪儿。想起第一天在一起，早上刷牙洗漱，也是攥着手。

这究竟是什么毛病？

阿年累得洗澡的力气都没有了，管止深在楼下随便准备一点夜宵，阿年强撑着眼皮，去了楼上洗澡。

换了睡衣，洗完澡，人精神了一点，勉强地下楼吃了一点夜宵。

马上要休息了，管止深只让她吃了几口，暖暖胃，别饿着睡觉不舒服就行。他在楼下整理，阿年上楼去睡觉了。

阿年听方云讲过，管止深是个很孝顺的人，在家中，是个很顾家的男人，一人承担起家中所有男人该做的，该尽职的。父亲常年军中事务繁忙，还要很多年才能退休回来，回来之后，那个年龄，也是享儿孙福了。管止深很敬重父亲和爷爷，所以，他最后没有听父亲的，选择了留学，父亲尊重了儿子的选择，他也照顾好爷爷，妹妹，妈妈，感谢父亲的体谅。

管止深在外面，是个什么样的男人，不必说了，挑不出一点毛病。至于方云说的，儿子脾气很坏，咳咳，阿年躺在床上窝起来，凭良心来说，除了他脸色一冷，有点可怕，还真没见过他发大脾气。

闭上眼睛，阿年想起了方默川，没有了先前的那么纠结，可能是因为挨了他的一巴掌吧。这一巴掌挨得，让阿年怔住了，而后，对方默川流了眼泪，却是感谢，对她……打，骂，真的真的都可以。

管止深没有动阿年，阿年的心情不好，需要静一静，好好地睡一觉，脸上，额头，胳膊，都伤了。他在楼下收拾完东西，点了一根烟，走到外面去抽的。有了阿年在这里，格外注意了，他的肺部很不好，一直想过戒烟，戒不掉。抽完一支烟，进门上楼。

没有打开卧室的门。

去洗澡了。

洗完澡出来，推开卧室的门，阿年已经闭着眼睛睡着了。

管止深俯身，吻了一下阿年的鼻尖，很匀很轻的呼吸，还好，很平稳，也没有皱眉。

清晨阿年醒来的时候，卧室里空荡荡的。

一看时间，居然是中午十一点了！

懒死了，立刻下床，这种毛病要改要改必须改，不然上班总迟到丢死人！下了床洗漱去，小跑到洗手间，想起昨晚睡觉都快凌晨2点了，11点起床，所以，这，算不懒的人。

释怀了。

可是她听见了管止深说话的声音。

匆忙洗漱完毕，下楼。

他在家中，穿的休闲牛仔裤，衬衫，款式稍微特别，衬衫下摆一半掖在腰带里，一半没有，简直是活衣服架子，穿什么都有型，好看。

他在跟人通话，说一些股票的事，阿年听不懂，管止深示意她上楼，该干什么干什么，没睡醒再睡一会儿。阿年站在楼梯口，不懂他比划的什么意思，也不敢出声，一只手

情生以南

扶着楼梯扶手，往下走了两步。

管止深无奈，走了过来，伸手攥住阿年的手，带到了餐桌前，让阿年坐下。他去了厨房，阿年愣愣地看他，耳朵和肩膀夹着手机，两手在弄早餐了。

阿年瞬间开窍了。

走到厨房，拿过他手机，帮他搁在他耳边，让他听。他弄早餐，阿年踮脚帮他拿手机。虽然管止深这样侧俯身真的很累，不过，他深邃的眼眸漾满笑意，幸福。

吃完早餐，管止深说今天带她散心。

Z市很大，阿年没去过的地方很多。

主要是，钱包太紧张。

奥迪Q7在Z市的大街上随处可见，今天遇到的红灯比较少，开出市区往A大那边走，畅通无阻，阿年也没有晕车。

车上，管止深忽然问阿年："你喜欢方默川什么。"

阿年无语，在我和方默川刚分手一夜之后，你提起他，还是问这种问题，真不是故意的？

这个问题，阿年是回答不上来的，因为本身喜欢这个东西就是毫无理由，无法口述，无法递交书面报告，瞎掰道："因为他当过兵。"

"我也当过兵。"管止深意外地说道。

他转头，眼眸神色非常认真："你的兵哥哥，是我。"

阿年摊手，无奈。

管止深落下车窗，今天是个阴天，不热，他看阿年："我和他在你心中，区别是什么，说说，我不及他的。"

他说，想知道自己身上的缺点，好及时改。

阿年思考，认真："你比他老……"

就是这个了，貌似不能改。

管止深莞尔，眉头舒展。

是比方默川老，大了九岁的表哥，大了阿年十二岁的老公。

管止深带了阿年出来玩儿，真的真的很好玩儿，好玩儿得她都睡着了。

中午出门，开车到郊区外的一片草地，两人聊到了下午，直到阿年倒地睡着。再醒来已经五点多了。

上了车，离开。

算作约会吗，阿年觉得这个不算。

两人没有选择在市区内玩，繁华地段的街上和商场，管止深都不太喜欢逛，34岁的他尤其不爱人多喧闹。可能他跟多数男人一样，不太喜欢陪女人逛街。

管止深了解阿年总是比阿年了解他多。阿年不喜欢逛街，出来买东西一定会当任务一样，买完了必须买的，快速撤退。他记得在南方小镇上，阿年外婆常常唠叨阿年——怎么去了一趟外地，玩一趟只花个路费？

　　阿年说，我没什么买的，就不花多少钱。

　　外婆叹气：看看别家姑娘，周末找你逛街，你也不去，女孩子衣服鞋子要多些才好，家里供得起你。

　　管止深在想：这姑娘太好养了。

　　来Z市之后，阿年一样节省，舅妈给的钱多了一点，理由是，阿年你上大学了，用钱的地方会多。

　　可是阿年很不懂，家中没有年纪小的男孩子未来用钱，舅妈和舅舅没生孩子。家中拆迁，房子会得到很多钱，舅妈操持家务非常节省，舅舅开的水果店赚得也不少，长辈干吗这么节约地生活着，却对她用钱上一再放松？

　　在Z市，阿年用钱的地方不多，没有业余用钱消遣，4年整，攒了不到一万块。存了起来不想动，到外婆66岁大寿这年拿出来。刚好是阿年毕业的这年。原本打算在外婆66大寿时和方默川一起回小镇，带着给外婆和家人的礼物。

　　成了泡影。

　　阿年很爱外婆，外婆一直对舅妈念叨"不能苛待了阿年"。这话从阿年去到南方小镇上，记事开始，外婆念叨到了现在这么大年纪。阿年不喜欢买很多的漂亮衣服，生来喜好如此，对许多街上女生穿的好看裙子，名牌，没什么大的兴趣，攀比没有必要，没有乐趣。钱，都攒下了。

　　奥迪Q7驶入市区，阿年说，回家吧？

　　方云打过来一次，让管止深带阿年回去吃个饭，阿年摇头，死活不去，这张脸的尊容，不能见人。

　　管止深说，这没什么，一样不丑，消肿了，看上去脸色很红润。阿年压低了声音，被打成猪头和脸色红润一样吗，你究竟什么眼神？

　　"好，不去了。"管止深怕再逼阿年，阿年就直接在车里打滚儿了。

　　管止深想跟阿年以这样的相处方式走下去，未来的路还很长。他愿意，在诸如去哪里吃饭这样的小事情上，为难一下阿年，然后，阿年一个可怜的眼神，一个委屈的乞求与说服，都能让他松口，点头，去依着她的决定和性子来。

　　在以后的以后，不管发生什么，管止深希望阿年能记着他的好，即使有另外一个人一样惯她，宠她，也复制不了他管止深的这份好。

　　管止深和阿年没有请保姆，白天有一个钟点工来收拾房子里外，一般在下午三点左右，每天一次。管止深打算，和阿年在外面吃的次数尽量少些，有时间他就给阿年做，他如果出差了，什么事耽搁了回不来，阿年可以自己做，实在不愿意做，就去母亲那边吃。

两个人的生活，不愿意其他人入侵。

阿年想吃炒饭，没有什么苛刻要求，唯一的是，多给她放一些胡萝卜丁。

管止深脱掉了衬衫，光裸着结实性感的上身，在宽敞明亮的厨房中忙碌，挺拔颀长的身型让阿年看呆了。在他旁边，只够资格打下手，帮他切胡萝卜丁。

管止深说："我不知道你具体要吃多少胡萝卜丁，所以，你自己切好备用。"

阿年乖乖地切胡萝卜丁，再次好奇，他怎么不说黄瓜丁和别的丁，偏偏说了胡萝卜丁。

阿年记得，最好吃的炒饭是舅妈给做的，高中那几年学习紧张，外语不好，总补课，晚上回来得晚，常吃炒饭，为了营养，舅妈放了很多肉丁和蔬菜，阿年唯独爱吃胡萝卜丁，很爱吃。

切完了整整一根胡萝卜，管止深又给她一根。

"一根够了。"阿年看他，推过去。

切完胡萝卜丁，阿年出去看电视，他一个人在厨房中。娱乐节目，阿年趴在沙发上。

管止深炒饭，把一小碗的胡萝卜丁，全放了进去。

回头看了一眼客厅，他只看到阿年在看娱乐节目笑，笑着笑着，阿年的表情就淡了，睫毛动了动，拿过手机，看了几次，放回去。阿年时常会有这样的举动。从昨晚在医院中处理脸上的伤，到现在，管止深已经数不清自己发现多少次了。

管止深清楚，阿年惦记方默川。

背着他偷偷看手机，看完，心情压抑。管止深心情复杂，不知这是嫉妒还是什么。阿年和方默川刚分开一天，阿年心中的愧疚多，他理解，告诉自己要理解，却一样会嫉妒。

贪得无厌，一个男人通常都会有的霸占心理。

闻到了饭香，阿年回神儿，悄悄放下了手机在一旁，心中担心方默川怎么样，也许方默川需要平静一下，沉淀。可是这份担心阿年压不下去，阿年不想让管止深知道，怕他多心。

阿年不知道，她自己真的不善于撒谎，不善于掩饰，一点一滴，都在慌张的动作里，闪烁的眼睛里，表达了出来。

管止深摸了摸阿年的头，把勺子递给阿年，炒饭放在茶几上，阿年和他同吃一盘，尴尬。

近距离地一起吃东西，阿年不自在。

阿年吃炒饭跟在南方小镇上还是一个样子，一勺米饭里，必须要有一颗两颗胡萝卜丁一起，所以，吃掉一盘子胡萝卜丁也不是问题。

晚餐后，阿年琢磨，管止深是不是打听什么了？上次去南方小镇上，问了外婆还是舅妈了？先前，他似乎知道她爱吃胡萝卜丁，阿年只是怀疑他知道。刚才，看着盘底放的大片荷叶，阿年更确定了。

心里想的是，以后回去小镇上外婆家，要问一问，是谁告诉管止深她爱吃胡萝卜丁，吃炒饭喜欢盘底放两片荷叶，吃荷叶那股清香味道。

一定，有谁告诉他了。

不然管止深这个以前她都不认识的人，怎么会知道她喜欢什么这些小细节？

"在想什么？"管止深问阿年。

"胃口会被你养刁。"阿年说。

他拿了遥控器，回手按了一下，合上了家中的窗帘，阿年在沙发那边看电视，管止深在这边工作，把手提从书房拿了出来，一把椅子，手提搁在茶几的另一侧，距离阿年很近，管止深抬起头，也可以看到电视屏幕。

电视剧中，一个女的调侃另一个女的，提起了男性的器官，和牙签可以比较。管止深认真工作，阿年赶忙换台。好几个台都是广告，等到再换回那个台，那个镜头和话题终于过去了。

"少看这些不健康的东西。"管止深突然道。

阿年问："哪里不健康了？"

不就是讨论了一下那个啥么，再说，也是电视里的人讨论的。

"别的男人是牙签还是什么，跟你没关系的不要看。"他蹙眉，手上在忙碌，一心二用的男人。

"这是电视剧，情节就刚好这样……"阿年说。

管止深依旧是不抬头，声音低沉："一个人物说了这种话，其他人物品行也好不到哪里去，不健康的剧——"

阿年无语。

管止深感觉很静，抬头，见阿年这样，以为是被自己说生气了，手指停了，看阿年道："牙签，和男人的器官，都有 个共同点，是什么你知不知道？"

阿年抬头。

管止深你能不能不要把器官二字讲得这么直白？

共同点，是什么？

阿年摇头。

跟他探讨这种问题，阿年会有不好的预感，怕吃他亏。

果然，管止深蓦地一笑，样子极好看："都能放进你嘴里。"

阿年拿起抱枕，用力扔了过去，"放到你嘴里——"

情
生
以
南

Chapter 11 ◀◀◀
旧模样

次日清晨。

阿年洗漱完照了镜子看，脸上恢复得差不多了，胳膊上的一小条烫伤没有碰水，也结痂了，第一天很疼，现在已经不疼，有一些痒，估计会留下淡淡的疤痕。管止深问烫伤的原因时，阿年没有隐瞒。

她是跟方默川在一起，这烫伤也找不出别的理由蒙他。做饭烫伤属于不经意，也不关方默川的事。管止深只是双眉紧锁很久，心疼。

自己不舍得使唤一下的人，去给他人做饭，还烫了一下。

几天，阿年就在快乐和独自看着手机发呆中度过。

7月6号，阿年和影子一起报到。

管止深让阿年自信一点。

可是，自信这东西是说有就有的吗？阿年不自信，即使下定决心让自己自信一点，还是会担心。

吃了早餐，阿年等他。

管止深送他到了一条街上，便让阿年下了车，他不打算领着她去公司，在一起一个星期了，阿年对他的依赖，他很满足。可是，工作上阿年需要自己冲破一些胆小，外加一直不敢面对的。

"自己，昂首挺胸，走进那个你的男人掌控的公司。"

他这样说让阿年更害怕了。

被管止深狠心丢弃在了大街上，看着那辆奥迪 Q7 开走后阿年就抓狂了，可又不知道这个狂具体怎么抓，况且马上要迟到了。

……决定再也不搭理他了。

拦了一辆空的出租车，公交车根本找不到在哪，上了车，堵车阶段很没辙，阿年打给了影子，问她到哪了。

影子说，已经到了。

好吧，果然比她有速度。

由于 GF 投资集团的办公大楼位于市区的繁华地段，附近也是上班族们的聚集地，开车上班的居多，星期一早上这个堵车时间，阿年和出租车以蜗牛的速度挪到了公司门口。和以往来的感受，太不同了。

站在公司楼下，阿年就觉得自己是个蚂蚁，别人都是打扮精美的宠物。

公司的员工，除去领导职位，其他人都要统一着装。阿年和影子换了衣服，不太合身，不过看着也还好。被带去了人事部，登记，填写协议，没有面试之类的繁琐程序，也不用等消息，都是张望交代过的。

分配工作，阿年和影子都被分配去了"业务辅助管理"这个部门。

阿年和影子都不懂这个部门是干什么的，不过工作应该是她们可以胜任的，初来乍到，懂得毕竟是少。

去了之后，听部门的人讲了。

这个部门负责的一样很重要，她们两个暂时还涉及不到什么重要工作，就是完成一些公司交办的"其他任务"。

出去时影子就无语了，对阿年吐槽："其他任务是什么？就是每天干什么都有可能了？我们打杂来了？"

"刚才那个人说，涉及对外签署有关法律文件的审查，你和我不懂怎么审查，先打杂，再听安排……"阿年逆来顺受的态度又上来了。

一个同事给两个人安排座位，问了一句："你们是什么人安排下来的？"

阿年："……"

闭嘴为好，管止深不希望他的员工都极其市侩，不看重人才培养，只培养有关系进来的人。阿年一个字不敢说。

"我哥认识你们管总。"影子说。

安排座位的同事微微一笑，对影子点了下头。

那人离开后，影子说："要这样的，不然我怕会被欺负……"

电脑开机，按照手中那张纸上写的，更改密码，影子在旁边座位问阿年："今晚没事吧？我们请乔辛和向悦吃饭怎么样？"

"好啊。"阿年点头。

过了半天，阿年忍不住了，问影子："影子，你知不知道方默川最近在忙什么？"

"卖了车之后，听说一个人出去旅行疗伤了，谁也不让跟着——走了有一个星期了，我哥说你们吵架了，原来是真的？"影子把QQ先上线。

登录上了，看来公司不管这个。

方默川离开Z市，一个人去旅行了。

阿年头疼。

有一种模糊的感情存在于阿年与方默川之间，一路青春，不是白走过来的，分开了，依然会牵肠挂肚。

阿年第一天工作，上班，一切都是新的尝试和认识。料想，她的性格，怕是很不适应，管止深忍着没打给阿年，没有一句询问，完整的一天阿年独自一人挺过来，算一个好的开始。

十点多，阿年在没人的地方接了一个来电，乔辛打来的，问了很多阿年第一天工作的问题，阿年都说了。

乔辛头疼："她说她亲哥认识管总，你就说你认识管止深啊！她怕挨欺负，你就不怕挨欺负？"

阿年无语，我是来上班工作的，为何一定要有人欺负我。

乔辛不知道该怎么跟阿年讲，欺负不欺负的说不准，但不都是这样么，乔辛没有上过班，不过看一些都市电视剧什么的，一般来说都会挨欺负。阿年继续无语，我才不要你的"一般来说"。

乔辛叮嘱阿年很多，聊着聊着提起了方默川，阿年情绪就变得差，一个字不说了。乔辛知道阿年在什么样的心情下才会闷着自己，告诉阿年别担心，让他一个人出去散散心，其实这也是好的。

"嗯。"阿年点头。

心里堵着一件事，装着一个人，拔除不了。有个朋友及时这样安慰一番，阿年的心情，好了一点。

接完了，快速地回到座位上待命，有小领导递给阿年一份文件，叫她去复印两份，阿年拿过来看了看，点头。影子在旁边的座位上，摆弄新买的水晶手串，看了一眼离开的阿年，松了口气，果然搬出哥哥，不会被指使的。

刚这样想一分钟不到，那高职位的女同事去而复返，对影子说道："江影紫，去跑一趟库房，搬三件A4纸送到我的办公室。"

临走时还说了一句："快点。"

阿年觉得，GF投资集团的人，男同事待人礼貌，女同事待人温和，当然，也许奇葩还没冒出头儿来。老实地打印了两份，送给了小领导。

回到座位上大概十几分钟，影子才回来，坐下后手搁在桌子上，水晶手串啪一声。阿年见她生气模样，问她："谁惹你了。"

影子用眼睛横了一眼那边办公室，小声碎念："仗着自己是个领导就这样使唤人么？

办公室里没了A4纸，就指使你去打印文件，指使我去给她搬A4纸，还一次三箱子，很沉啊！她自己干什么的？"

让影子消气的话阿年没说，说了也没用处。多小的领导总归是领导，这样指使人不一定百分百算个毛病，手底下这么多人，领导亲自去库房搬纸，看着也很奇怪，没有这种可能。

一个下午，影子过得都不舒服。

觉得很没面子，在阿年面前一样没面子。以为指使阿年去打印东西，是因为不敢指使她，她是有点来头的，怎么也得给几分薄面。可是指使完阿年转头又指使她去搬纸，影子觉得自己干的活，比阿年的打印东西，累好几倍。

心里不平衡。

本是说好了，晚上请乔辛和向悦吃东西，结果，下班的时候影子说要见爸妈，去不了了，改天。

阿年说，好的。

下班之后，分开了走出去。阿年一个人往外走，别人都是三两个一伙儿的说说笑笑。一个人，显得孤单。出了GF投资集团的旋转门口，在门口遇到了张望，阿年刚要打招呼，见四处都是下班了的同事，低着头，绕了过去。

张望一愣，不知道阿年怎么了。

管止深在准备离开公司时，就在拨打阿年的号码，通了，阿年不接。进入电梯，再次拨打，依旧是不接。直接到了地下停车场，上车，启动车的时候，一手把着方向盘，另一只手拿着手机搁在耳边，阿年还是不接听。

车从地下停车场开了出去，遇到高层的人，相互按了一下喇叭打招呼，奥迪Q7开上了大街，管止深停在前方一个路旁，阿年的号码，一直在拨打，可是，怎么就是不接听他的来电？

早上，真的生气了？

阿年直接回了家，自己有钥匙，进去小区，一天的精神紧绷，现在只想吃饭，洗个澡睡觉。

从公司回到家的这一路上，阿年的脑袋是空白状态，累得什么也没想。到了家中，洗了个澡，才想起给管止深打过去，问他吃什么，不如就她做吧，其实自己做的东西也挺好吃的。

翻包，手机你跑哪里去了。

张望给管止深打了一个电话，说遇到了阿年，阿年自己上了车走了，神情古怪。

有人看到阿年，管止深稍微放心了。

阿年不敢跟张望打招呼了，怕被人看到说什么。本来，就算管止深不下手磨练她，阿年自己也想试一试，只是，自己对自己，貌似没有管止深对自己狠得这么果断。

手机可能落在办公桌抽屉了。

管止深回家这一路上，都在想，阿年见到张望没有说话，失神地在想什么？或者，跟方默川联系过了，说了什么，她哭过？心里难受了？

5年，那么久的日子，方默川去北京3年，可不管人在何处，阿年把自己当成是他未来老婆，女朋友的身份，这份感情，在阿年心里扎根过。

太阳穴突突地跳，疼痛，方默川离开了Z市，一个人去旅行，他都知道，去了阿年外婆家的小镇，管止深怕他在那个地方给阿年打过来，究竟，两个人曾经有过什么回忆，他不知道，惧怕知道。

阿年易心软，如果方默川一通来电，勾起一些什么回忆，阿年会怎么做？

回到家时，阿年在家，小身影在厨房忙碌。

满足感觉袭遍四肢百骸，不顾阿年的挣扎和推拒，管止深抱住阿年，心安。

起码，这是个家。

简简单单，进了家门，看到这一抹熟悉的柔软身影，便是他想要的生活。去了一趟南方小镇养伤，见到阿年，想过成家有个老婆，孩子，会是什么模样？但是，她还要过她的青春时光。

如今阿年22岁，是个单纯温和细腻的小女人。

"你怎么了？"阿年被他抱了很久，察觉他神情不对。

管止深吻住了阿年，吻住不放，翻过她的身体大手揽着阿年的细腰，轻轻地缠着舌头，吻着她，仿佛吻住了所有。

"怎么一直不接我电话。"他问。

阿年说："忘了带回来。"

怕他觉得她很笨，阿年解释，第一天上班太紧张，一举一动格外注意，不敢随便，下班到了时间就慢悠悠地挪出来了，忘了手机，其实还有电脑的，关还是没关也忘了。

做饭时，他倚在厨房一边那样满足地看着，阿年一边觉得很帅一边觉得他快出去好吗，他的眼神里根本不是欣赏，是挑剔！

管止深觉得阿年总是处在自己的世界中，总会自己一个人偷偷想事情，这种心不合一的感觉，他希望改变。

问阿年："你自己，一个人总是在想什么？"

她在想什么，这个问题她需要想想。

阿年瞎掰："在想，我小小年纪，就得了老年痴呆怎么办。"

管止深无语，果真不是一个世界的人。

不过，如果痴呆了，就痴呆了也不错，能除去那五年只有方默川的记忆。也许恋爱中的幸福女生是处在天堂一样，管止深不了解方默川给阿年的天堂是什么模样，一定，是跟他给的不同，年龄差距，性格问题，都间接导致了差异。

除了努力，还能做些什么，除了一颗真心交付，还能给些什么。希望这片他给的爱情天堂，22岁这时的阿年，会喜欢到不舍离开。

其实，阿年想，方默川去了哪里。阿年跟管止深在一起，很有安全感，是想要的感觉，可是，会情不自禁地惦记方默川，这种惦记，掺杂的感情没有情爱，只是相互间的关心和友爱。方默川性情跟管止深不一样，是个心底最深处很柔软的大男孩，遇到一些事，他真的真的一点都不会坚强。

记得，方默川孩子一般的眼神，真挚，简单，快乐。

阿年和方默川的第一次吻，发生在一个雨天，那时阿年外婆住院，普通的病痛，在医院住了很久，阿年舅舅在水果店忙碌，阿年舅妈在医院照顾婆婆。阿年上学耽误不得，每天补课回来，要自己学习。

家中长辈不在，阿年就把方默川带到了家里，已经很熟悉了。

同学们都去过阿年家，阿年刚认识方默川那几个月，是绝对不让他进门的，怕他是坏人。

后来，真的信任了。

认识第八个月，阿年和他属于朋友。他表白过，阿年倒不知真假，只是觉得方默川真有耐心，隔一段时间来一次小镇，来了就一时半会儿不走，学也不好好地上。那天窗外下着雨，北方那个月份，已经有点冷了，阿年外婆家那边还不会。

开着窗子做作业，简单的书桌，老式的，是附近学校不要的，阿年舅舅给阿年搬了回来，一毛钱没花，从小学六年级，用到了初中毕业，刷了一层漆，接着用到了阿年上高中。在窄窄的书桌另一侧，方默川认真地注视阿年，阿年专注地做作业，头也不抬。静得只听得见笔刷刷写字的声音。

那年，安静低头的阿年，柔和了方默川心头，一寸寸。

大概阿年是写累了，偶然，一抬头，方默川的唇就凑了上来，一刹那间，吻在了一起。阿年的初吻，就那样没了。

青涩，美好。

方默川怔怔地看着阿年许久，视线不曾移开。阿年的味道，是想象中的又柔又暖，阿年的脸红，和不敢呼吸，让20岁的方默川，也怔怔地脸红在当场。一个在Z市混得像小流氓一样，搂着女孩子扬言要在20岁生日破处男身的人，把整个人，一颗心，都掉在了南方这个小镇上，捡不回去。

接触阿年，他也变得单纯了，每次回Z市，不会跟他们出去玩，排斥女孩子的接近。只回忆，阿年的样子。

曾经的一点一滴记忆，折磨得他一晚睡不好，打了阿年的那天，酒醒了还是没醒，不知道。只是头疼，好像醉酒的症状，可是，真的醉了么，没有，清楚地知道，没有。打了阿年，真的动手打了，如此，阿年还会顾及他的感受么，不会了。

情生以南

甚至，再想起他，只会有恨意。

方默川很好奇啊，温和的小阿年，恨一个人时，是什么样的表情，努嘴，还是低头，还是鼓起腮帮子微微皱着秀气的淡眉。

那天晚上睁着眼，一夜，合不上。丢了阿年仿佛丢了自己的魂儿，失去了一切功能和力气，只是流了眼泪。曾经也哭过，过后阿年笑着对他说过，你要坚强一点，二十几岁了还哭，会……

会怎么，阿年没说。

阿年不舍训斥他，方默川知道自己很不争气，输给管止深的是什么，许多，不用问阿年，一定许多。可等到以后，真的也变成了一个不会哭的男人，还会不会，再有一个阿年？

在Z市，他不知道怎么待下去，空气变得稀薄，是夏天的缘故吗，所以屋子里很热，开了风扇也不行，呼吸不畅。难过得好像快要死了，推开窗子，不行，走到楼下空荡荡的大街上，还是不行。回忆那么汹涌地在脑海里，每一幕，都不同了！

整个城市，空得不像话，阿年还在，可是，身份是什么，跟他，还有没有一点的关系？还可以见面？还可以通话？还可以相拥？不能了，真的不能了。

也许是太寂寞了，只有出来，不知不觉就来了这个地方，小镇上，没有预想要来这里，只是，买票，定了这里，思想中没有刻意想什么。来了这里，以为会好一点，毕竟，这里有太多的回忆。站在小镇上，回忆起曾经的时光。

每一个阿年的身影，都在他脑海中鲜活的，阿年一回头，他睁开眼，看着熟悉的街景，没有阿年，什么都没有。

脑海中，阿年又向他跑了过来，搓着小手，天真地问："真的没骗我？北方的冬天屋子里很暖？"

眼泪流下来，方默川对着曾经有阿年跑过来的地方喃喃自语："没有，我没有骗你。"

可是，小雨中的这条小镇青石板路，站着的，只有他一个人。

形单影只。

晚上，阿年舅妈关窗子，看到了一抹身影，觉得熟悉，已经晚上八点多了，雨停了，外面潮湿，很脏。下了楼，出了门口走过去。倚着墙壁的人，依旧是公子哥儿模样的方默川，这让阿年舅妈惊讶了。

"这不是默川吗，怎么……"阿年舅妈心要吓得掉下来了，莫不是和阿年吵架了，还是出了什么不好的事，一时间关心自己家孩子阿年，阿年舅妈心乱得要了命了。

许多情绪导致，方默川一瞬间泪如雨下。

阿年舅妈说，孩子你慢慢说，别哭。

方默川不知谁能懂，曾经以为失恋两个字真可笑，可当落在了自己身上，这悲伤那么沉重。拥抱亲人长辈一样拥抱舅妈，哽咽："舅妈，阿年是我带走的，可是，不能在一起了。我要怎么做，我不想……"

真的，不想失去。

心事那么多，跟谁说，家中的长辈只会骂他，甚至会鼓掌叫好。阿年的舅妈，此刻轻轻地拍了一下他的背，安慰这个照顾阿年喜欢阿年的孩子，都让方默川甚觉温暖。

Z市。

阿年打给舅妈，是在床上，她用的管止深的另一部手机。舅妈说，方默川在小镇上了。

她很小声地在跟舅妈说，边说边哭，对不起，道歉。

语无伦次的道歉。

通话十几分钟，阿年却不敢哭出声，怕楼下书房中忙碌的管止深听见，小手指抹掉脸上的湿痕，却快速又湿了一片。方默川怎么去了小镇上，怎么哭了，怎么，全身是湿的，怎么就发起了烧，他的不好，是在折磨她。

管止深伫立在卧室门外，顾长挺拔的身影，欲推开门的那只手，顿住，胸口顿时有稀释不开的一团疼痛。

一个人窝在薄薄的被子里，脸贴着枕头趴着哭，不知道究竟哭了多久，额头闷疼得不敢动，直到渐渐睡着了。

次日清晨，醒来跟每天一样，管止深不在床上了。

去洗漱，阿年照镜子，眼睛周围有一点点的红，没有肿起来。

低头刷牙，惦记方默川，刷牙的动作停住，阿年抬头看镜子里的自己，是不是自己做得还不够？那天晚上虽然挨了一下打，但最终没有说清楚，五年感情，没有一句完整交代，阿年总会觉得，和方默川之间，还是模模糊糊的。

要果断。

漱口，下了楼。

从楼梯转弯处跑过，还没到下面，阿年抬头看到了管止深，他坐在沙发上翻看报纸，眉头蹙起。听见了阿年下楼的声音，他抬起头："睡好了？"

阿年点头，为什么觉得他刚刚心情不好，双眉紧锁，此刻却五官尽是笑容。

看错了吗。

"吃早餐。"他起身，放下报纸。

阿年跟在他身后走过去，穿着拖鞋一步步地挪，挪，终于，挪到了饭厅那边。管止深猛然回头，注视阿年，不明白她怎么了，为什么用挪的方式过来，心思飘哪去了？

"你有事？"

阿年想了想，点头。

觉得不该隐瞒他。

旧模样 Chapter 11

情生以南

"方默川在我外婆家，我不知道他什么时候去的，我和他分开了就没有再联系过。他淋了雨现在生病发烧，事情过去几天了，我想跟他谈谈，总要正面解决一下。我刚好，想我外婆了，我想请几天假，回小镇上去一趟。"阿年，全程低着头说完，怕他生气，怕他发火。

说完了，低着头不敢抬起，如阿年所料，这个清晨的大房子里，一片宁静，宁静得可怕。

"想外婆了这个借口，掺进去不合适……发烧了有医生，你是退烧剂么。"

管止深的声音，压抑。

阿年摇头："我不是。"

"你这是在跟什么人请假吗?"

管止深注视阿年，他想知道阿年把他当成什么。是一个职员请假需要公司领导批准。还是，另一种他想要的意义。阿年是否把他当成了她的男人，她要去见另一个男人，一定，要跟他请假。

多么希望，是后者。

阿年实在，立刻说："我才上班一天，请假……会不会被人讨厌……"

"别说了。"管止深声音不大，但那声音却也沉重得让阿年心慌。

管止深的眼眸中闪过失望，真的是前者。或者阿年太不把他当一回事了，认为她去哪里他都管不着，他介意也无法阻止。

"要请几天。"

"五……"刚张开口，阿年怕他发火，"三天……"

一天去，一天回，只在外婆家住一个整天的。

"干什么需要三天?"管止深问。

阿年抬头。

觉得他有点儿……抿唇妥协："那就两天。"

阿年别过了头，不说话了。管止深蹙眉，内心无比挣扎，不想让她去小镇上，不想让她去见方默川，可是也知道，人与人之间的感情，只要不是绝情的人，那感情有时便像水一样，用刀断下去，断不开。

"吃了早餐，上去收拾东西。"管止深说完就离开了。

他的语气不好，阿年站在原地自责，本该两个人吃的早餐，变成了一个人。吃了一口粥，叹气，阿年后悔，早知道吃完早餐再跟他说，害他没心情了。阿年就是这样，惦记一件事，尤其是要对身边人说的事，不快点说出来，会变得精神恍惚。

管止深在房子外，跟人通话。

管止深整个人都压抑了，阿年最近从跟他的相处中也发现，他在心情很好的时候，基本是不吸烟的。心情只要一糟糕，立刻吸烟，那几乎是管止深的本能动作，去摸烟盒，打火机。

小鸡啄米的速度，阿年吃完了。

管止深还站在外面，单手插在裤袋中，吸烟。阿年转身上楼，快速地收拾了一个小小的行李箱。

阿年拉着行李箱出去时，管止深转过身看她，声音淡淡："张望马上就到了，她送你去机场，机票那边在安排中。"

"谢谢……"阿年说。

管止深皱眉："不必，实际点吧。"

实际点是什么意思。

阿年觉得，管止深生气的时候真是傲娇，平时他说话她都要反应一下，现在，反应几下都反应不明白。

等了大概五分钟多，就这样站着，马上要一个南方一个北方了。管止深心里较劲，难道阿年不明白他什么意思？他要实际点的感谢，她是否该扑过来拥抱一下，主动，吻他一下，其实，男人生气，哄哄不就好了？

管止深自认，自己比阿年好哄。

经过几分钟的思想战斗，阿年终于知道他的"实际点"是什么意思了。就是不要痴心妄想你一句"谢谢"我就不生气了，那是绝对不可能的，所以，你面对实际吧！我管止深可是大BOSS呢！

阿年这样想，整个人都虚软了。

怎么办。

不想走了之后，留下一个生气中的男人。

"到时间了，我送你到小区外。"管止深说。

"……"

"怎么不走？"

"……"

"不走了？"

阿年摇头。

"我想看你吃了早餐再走……"

"……"

室内饭厅里，管止深在吃早餐，阿年在一旁老实地看着，那模样依旧像个犯了错的孩子。不过，阿年问他张望来了么，他吃着早餐，蹙眉，没有来呢。阿年一声，啊？不是说到时间了么刚才？管止深不悦，到时间了就代表张望来了？

"哦。"阿年觉得，他的话很有道理。

事实上，张望已经等了好久了。

阿年准备好了，张望准备好了，中间的这个说了算的男人，不放，有什么办法。

旧模样

Chapter 11

265

送阿年出去时，管止深的气似乎已经消了一半，他提着阿年的小行李箱走出小区，问身后紧跟着的小阿年："为什么不走，要看我吃了早餐再走。"

"……"

"回答了我再走。"管止深转过了身。

阿年机灵地说："生气的男人一般老得快。"

"你家男人，一直都很不一般。"所以，就不要再跟一般相提并论了。管止深懊恼，只差了12岁而已，如果能选择，他也不想比她大12岁！

阿年被他冰冷眼神吓得，立刻站了一个标准的立正姿势。不一般，真的很不一般，这个男人有点傲娇，不好伺候。阿年跟他往小区外走，他彻底不生气了，就攥着阿年的手一起走，几天之内，习惯大手攥着小手的感觉。

上了车，阿年跟他摆手。

管止深紧抿薄唇，等了一个早上，也没有等来一个告别的吻。

阿年心情复杂，这是跟他在一起后第一次分开，虽然是短短的两天，可是，这是从Z市到小镇上，路程很远，难免就会很舍不得。张望开车送阿年去机场的路上，一直在跟阿年聊天，阿年也跟她聊。

张望问她："为什么非要回去跟方默川说呢？等他回了Z市，一样啊。"

阿年摇头。

其实阿年明白，什么时候什么地点跟方默川说，都会是一样结果。回小镇上去，阿年是要安抚外婆，舅舅和舅妈。这五年了，家中长辈认为方默川是照顾她的人，是她将来的归宿。方默川过去了，被舅妈看到，讲出了分手的事情，长辈会想不通。外婆很不放心阿年，更不放心阿年后来认识的这个男人。

舅妈在通话中全是担心。阿年觉得，该早早地回去告诉外婆、舅舅和舅妈，说清楚，让大家不要怀疑她在这边认识的人。晚回去一天，阿年就惦记一天，外婆那么大年纪了，不能再为她操心了。

临离开时，管止深叮嘱阿年，不要对外婆和家长说他是方默川的表哥。恐怕老人心里会反感，毕竟两个男人是亲戚，又都跟阿年有了这种恋爱关系，不易接受。等到以后，方默川放下了，稳定了，再说不迟。

管止深想，日后阿年外婆那边知道不知道都无妨，亲家见面不会是经常的，南方北方存在距离问题。不过也始终是要见上一次，但是没必要跟阿年外婆介绍方家那边，他跟方默川这一层表亲关系。

阿年点头，说记住了。

外婆的思想，肯定和年轻人不一样的，阿年不说。

中午过后。

张望提醒沉默了一个上午的管止深，还有几分钟开会了，管止深还没移驾。

"阿年，到了。"管止深突然这样说了一句。

"到了。"张望说。

管止深点了点头，起身，去会议室。张望跟在身后，关上办公室的大门。唏嘘……管止深失神一上午，原来在惦念阿年，可是，阿年已经到了一个多小时了。他怎么还在念叨这一句，"阿年，到了。"

会议结束得比预期中要早，管止深的心不在焉，中间根本没有听其他人讲，一个会议开得毫无意义。他似乎自己也觉察到了，便开腔说了自己的意思，直接不需要讨论，决策下了，人，就大步走了出去。

张望跟上。

"安排一下，我马上要过去一趟……"管止深在前面走，对张望吩咐。

张望点头："好的。"

即使说得不太明白，张望也懂了管止深的意思，这是要一路，跟去南方吧。

总归就是一个，不能放心。

阿年动摇，他就功亏一篑了。原谅他把这场爱情当做一盘棋，小心挪动每一步。原谅他把阿年看得这么牢，走到哪里都要跟。也一并原谅他贪心狠绝，如果不是有那年的小镇经历，不会挂念，如果不是今时今日有缘再邂逅，朝夕相处，他不会神经敏感得像个幼稚男人。

管止深在会议中走神，以及会议完毕驱车离开GF投资集团，其原委很多人知道，也很诧异管止深的这种行为。

张望回到公司时，有人询问，管总干吗去了呢？张望淡淡一笑，算是回答，张望的口风一向是紧得很，不论这件事重要还是无所谓，都不会多与人说一个字。

让她信任的人，实在是少。

下午五点多，医院中。

CC整日无事，就来陪着这个重点闺蜜，反正在家呆着也是呆着，最近也没有什么活动需要她去。

讲起了管止深，李秋实说，管止深身边真的有一个人，听公司的同事说，是一个年龄不大的女孩子，不确定和管止深到底是什么关系，但是，直觉不太简单。去过一次公司了，是去找管止深，管止深回来，那个女孩子，就被管止深带走了。

就那一次的露面。阿年去上班第一天，还没人太认得她。

CC无语："他是什么意思，很喜欢嫩的女生吗？唉……你年纪也很小的好不好。你才28岁，管止深都已经34岁了，根本就是很匹配嘛！"

"江律来了。"李秋实说。

CC赶紧住嘴了。

情生以南

江律推门进来，客气地问李秋实："这么急叫我来，有什么事？"

面对李秋实这个旧日的朋友，江律说不出来这是什么感觉，一开始，他很同情被甩的李秋实，也为李秋实不甘过。但是认识了阿年后，见到管止深在阿年身上那么用心，完全变了一个样子，他心情有些复杂了。会时常认为，管止深觉得好的，一定，就是好的。

"没什么大事，一点小事麻烦你来一趟很不好意思。"李秋实看了一眼CC，"我这个朋友是干什么的你知道，手里没有钱，我在这边没有亲属和朋友，我……"

"到底什么事，没关系。"江律笑道。

李秋实点头："我的银行卡丢了，医院这边急着用钱，你能不能……等我补好了卡，就给你了。"

这种事情对于江少爷来说，小意思。

江律出了病房，交钱。CC站起来说："我试试从他那儿透露一下。"

"别太生硬。"李秋实担心。

"放心吧，好不容易等到了医院交钱的日子才有理由把他叫来。我一定不会错过的……"

CC出去找了江律："秋实的妈妈有点事，你能开车送我过去一趟吗？这个时间不太好打车。"

江律认为跟这个女人真不太熟，不过也不好拒绝，看在李秋实的面子上，看李秋实其实也是看在管止深的面子上。

上了车，CC说起："我这个姐妹真是惨啦，28岁了，却分手。唉，去哪里再找另一个。"

"好男人多的是。"江律随口应付。

"可就怕对比啊，经历过一个管止深，她还能看得上别人？"CC嗔了一句，"好男人都不是单身了，比如你……"

江律第一次见CC的时候，怕被这女人缠上，便说自己已婚了，李秋实也没拆穿。

江律淡笑，没再应声。

CC半天又问了一句："管止深的新欢，比秋实好吗？"

循序渐进地打听，暗"贱"难防。江律受不了CC总往他身上黏，被问的问题太多，稀里糊涂就说了出去，他也是没觉得那很重要。

六点多，病房中的李秋实收到一条短消息，来自于CC的号码：管止深的新欢，是叫什么"时年"的，22岁，你认得吗？

李秋实怔住，脸色不好地回复了一行字：不要再问江律什么了，我认得时年。

小镇上，连绵雨天还在继续。

从大城市的机场出来，再辗转换车抵达外婆家，这一路上，雨下下停停。阿年没有准备伞，从Z市出发，没有考虑小镇的天气情况。

迫切的，想快点到家。

雨水在车窗上打出了斑驳水痕，歪七扭八，阿年看着，心情忽然有点点的伤感。其实一个人回来，很紧张忐忑。一向就是这样没有信心，小时候，父亲不爱，奶奶不宠，造成了阿年总会怕事怕人这种心理。

下了出租车，雨停。

路上两次换车，大巴，出租，好在阿年每次下车时雨都没有很大，只淋湿了不多。夏天穿得少，皮肤上有了潮湿的不舒服感。

外婆的家门口，有一个一年四季都会放在外的石凳，那是阿年以前总会坐着发呆的地方。听着小巷子里邻居的吵闹，欢笑，然后一个人想事情。为什么爸爸和奶奶不喜欢我？我哪里不好？最后，阿年的结论总是，反问自己：为什么要喜欢你？你又到底觉得自己哪里好？

长大后，外婆会说——你爸爸和你奶奶那是重男轻女，不是我们阿年哪里不好。但凡是个活的能喘气儿的，有人喜欢，就有人不喜欢！喜不喜欢的都随他们去！这世界还是普通人多，都杀了？那地球没准儿就不转啦。

阿年从小听着外婆的开导长大的，每次听完就囧掉，外婆总是夸她，动不动就跟世界和地球接轨了呢。

今天阿年踏进这个家门的心情，和以往不一样，不安。

雨天，屋子里暗，阿年身上一片淋湿了，衣服贴在皮肤上，身旁是一个拉杆箱。外婆开口："先洗澡，洗完来外婆这屋。"

阿年点头。

阿年舅妈跟着出去，一起往另一个房间走，"找一身衣服出来，水早就热了，洗了澡赶紧去跟你外婆说说。"

阿年再点头，对舅妈微笑。

舅妈也笑了。

洗澡的时候，经过另一个房间，舅妈说，吃了药方默川已经睡着了。

洗完了澡，阿年去了外婆房间。

聊了一会儿，外婆语气中都是担忧，但没有怪阿年的意思。

"是上次来的那一个。"阿年对外婆交代，对方是什么人。

外婆叹气。

"怎么了，外婆。"阿年忐忑。

"方小子……有钱人家养大的男孩子，一言一行，外婆都品了，这个人娇性着呢，不好伺候，一时半会儿长不大的样子！这个你说的人，上回外婆看了，倒是不太了解人什么样，不过，这又是个有钱人。"外婆看了一眼外孙女儿，话里有深意。

外婆坐在床上，阿年蜷坐在一个旧沙发上，抱着双膝。听了外婆的话，知道外婆是不敢说重了，怕阿年有压力，也不能说轻了，怕阿年的年岁小，考虑不到吃了亏。她苦涩地笑了笑，抬眼看外婆："外婆担心，有钱人家不好生活？"

阿年印象中管止深的家，没有不好接触的人。管止深说，严厉的父亲，心也是软的，爷爷是个开明的人，一大把年纪了还很理解年轻人。可阿年有担忧，方默川的妈妈是管止深姑姑，就怕当她和管止深真的在一起了，家中会乱。

即使有人护她，也无法避免。

外婆看出沙发上那孩子的满眼担心，心坎儿一酸，安慰道："外婆担心的倒也不是这个。凡事咱们也往好了想，哪能遇见一个有钱人，就非得有那么多沟沟坎坎绊着。"

"嗯……"阿年点头。

外婆又想起了自己死去的女儿，生怕有生之年照顾不好这个外孙女儿，更怕有生之年眼见这个外孙女儿不幸福。死了，怕都不敢闭眼，下去了没法儿跟阿年死去的妈妈见面，哪能一对母女都是苦命人。

从外婆的屋子出去后，阿年到自己房间，站在窗子口发呆，看着外面的绵绵细雨……心情复杂，阿年保证了，对外婆说，自己真的不会看错人，管止深，真的很好。这话，几成安慰，几成倒也是真。

外婆说，找一个大点的也好，以后有机会了就带家里来见见，让家人们了解他。阿年点头，说一定带人回来。心里偷偷打算的是，下个月外婆生日的时候，带管止深一起回来这边。

回来一趟，没有阿年担心的被责问，很轻松地过关了。外婆说，上次见面，家中几个人对管止深的印象不差，舅舅和舅妈背地里想过，觉得阿年和这人也不错，没想到，短短数日，瞎猜竟然已成了真事。

低头，拿出手机。

编写了一条短信："下个月，你陪我回来小镇给我外婆过寿，有时间吗？"

阿年给管止深发了过去。

没有等到任何回复。

等管止深短信回复的时候，阿年去了方默川的房间好几次，可是他真的病得不轻，还是不醒，有一次阿年走路声音故意很大，抱着吵醒他的目的。主要是不跟他说一说话，阿年就一直坐立不安。

下午。

方默川醒了，阿年却睡着了。

听见舅妈说，阿年今天回来了，方默川整个人一惊。

他怕见阿年。

尤其是这副样子被阿年看到，打了阿年的一巴掌，方默川铭记在心，曾经挨过别人的打，也下手打别人打得手差点骨折了，打阿年这一次，不重，真的不重，可是，疼得仿佛手腕骨头都裂开了。

那疼，由心而生。

阿年舅妈在做饭，舅舅也回来了，帮忙，外婆在屋子里躺着休息，听听广播打发这时间。方默川到了阿年的房间，从站在门口看阿年，到控制不住，往前迈上一步，两步，不知不觉，来到了阿年床前。

伫立很久，伸手摸了一下阿年的头发，很轻很轻的动作，偷偷地。动作跟从前一样柔软，他收回了手，觉得阿年和管止深在一起了，阿年给他的感觉，就是让他不要再接近了。因为近了身，他怕感觉到阿年身上有管止深的气息！

方默川双手插在裤袋里，控制自己不去碰阿年，一根发丝，也不想碰了。

他很轻的声音，喃喃自语："阿年，还记得你做作业时吗，我在一旁陪过你，在管止深的身边，你是不是都忘了曾经这些?"

"上完课回来，你说一棵植物需要多种营养才长得好，活得久。到了Z市的时候，我们一群人第一天介绍给你认识，我们在说，如果每个男人身边都会开出花朵，我说我的身边开你这一枝，就够了，我把所有的营养都给你。我能活多久，就让你长得好，一样活多久。我没有管止深的一身本事，所以，你真的选对人了。"

"在他身边，你要做独一无二的一枝花朵，他的身边绝对不可以再有第二枝跟你斗艳。可是，阿年，我的身边，真的什么都没有了……"

静静地看着阿年，睡得安稳。

方默川低头，寂寞地不言不语了，他不知道，这会不会是他一辈子最痛的时刻。

左正说："媳妇儿就这么被人抢了——你他妈能忍?"

在好哥们儿眼中，这不是方默川的冲动性格，迷住阿年的人若不是管止深，是其他男人，他会杀人吧? 他没去当兵那一年，在Z市，A大里有男生一个眼神往阿年身上瞥得久了，方默川一准儿会神经敏感，亲自盯上这人一段日子。

什么没发现，无事，一旦发现了什么，事大!

方默川问自己，为什么打了阿年一巴掌，为什么想到放手，明明心中放不下，一直在想的一个问题，没有答案。

谁他妈说他这是伟大，他想揍谁!

心，其实，狭隘得很，忍得很难受。

晚饭好了，舅妈来叫阿年起床……

"方默川呢?"阿年揉着眼睛醒了，第一时间跑到那个房间，可是，没人了。

舅妈叹气。

阿年回头："走了?"

第一想法是，不会回了Z市吧?

舅妈点了头，阿年气得踢了一下门框，小手攥成了拳头。

洗脸，精神了一下，这种阴雨天，让人就是一直想睡觉，拿了手机，一条短信进来了，管止深说："好。"

吃完了晚饭，阿年说出去转一圈儿。

雨停了，夏天的巷子里空气很清新，地上也不会太脏，青石板路被雨水冲刷得特别干净，不过也得小心，别踩到了坑洼里，或者踩上松动了的青石板，否则会溅半身脏水。

双手插在衣服兜儿里，穿的连衣裙，家中舅妈给找出来换上的。怕凉，上身套了一件白色运动小外套，不伦不类的。阿年没走在小巷子青石板路上，走的是每家每户门口重重的大石头铺的一条小道儿，很窄，沿着邻居家窗户外面走到小巷子外。

进了一个小卖部，阿年买了一个口香糖："多少钱？"

"两块。"

阿年给了五块，找回三块。

出去，吃了一片口香糖，眼睛一抬，看到一抹身影。那人——是方默川？

以前两个人常去的一家米粉店，阿年走近，果然是他。

去家中住了，知道她回来，人就立刻走了，对舅妈说是回了Z市，这分明就是他在说谎了，阿年觉得，是自己不知道怎么面对他，他怎么反倒还不敢见她了。

站在远处，阿年看着他。米粉端上来了，方默川掰开一次性筷子，这人不用店里的其他筷子，宁可一次性筷子把自己慢慢毒死，也不要吃别人的口水！

阿年无语，这人执拗得很，不开窍的。

阿年紧抿着唇，亲眼见着方默川下不去筷子，表情不知，距离太远了，他的筷子对着米粉很久，最后，放下，一口没有吃，给了钱，离开。

阿年难过。

如果忍得这么艰难，不愿意吃曾经一起吃过的东西，为什么还要来小镇上这样折磨自己……

一路，阿年跟着他。

方默川穿过了一条巷子，阿年随后跟着他穿过一条巷子。小镇就这么大一点，经常会人和人碰上，找一个人，一般也不用刻意找，出来转两圈儿，就遇上了，打个招呼，聊两句，再各走各的。

管止深看到阿年时，没有上前，因为，同时看到了另一个人，阿年跟着的方默川。管止深蹙起了眉头，怎么这么巧，就被他目睹了这一幕。

老天，开什么玩笑，难道，觉得他不会难过。

他不知道这并不是巧合，他来了，伫立在那里，而阿年这边，跟着方默川整整走了几条巷子了，巷子就这几条，总会走到站着不动的管止深眼中。

阿年跟在方默川的身后，一直走着。管止深则跟在了阿年的身后，心中酸涩？承认，是这样吧。

前方一个转弯。

天突然下起了雨，这边的雨天从来都是这样，毫无预兆地停了，毫无预兆地又下了起来。方默川双手潇洒的姿态插在裤袋里，蓦地站住。

阿年站住，屏住呼吸。

躲无可躲的地方，没有避雨的地方，除非，往前跑……

可是，阿年的前面，是方默川。

他回头，蹙眉盯着站在身后不远处的阿年："为什么跟着我？"

"……"阿年。

方默川一步步朝阿年走来，脸色难看，可是他一点都不可怕，脸色上是病了的样子，很可怜。一个被富养长大的祖宗，生来这性格就倔强，不服输，甚至不服这天气，不服生病，他挑眉对阿年说："你跟了我很久了，下雨了，还不回去？"

"我想跟你说几句话。"阿年看他。

方默川冷笑："你有什么资格跟我说话，一个无情无义的丫头。或者，想激怒我，让我再对你动手——"

阿年不知道他怎么说话带这么多刺，点头："你打我吧，如果能让你解气。"

方默川一抬头，冷笑的嘴角僵住，阿年身后的更远处——那个举着雨伞的男人，是谁。为什么看上去那么眼熟，虽然看不到被雨遮住的男人五官。

认了出来，表哥，一个太熟悉的男人。

"怎么办，突然很不舍得打你……"方默川双手依旧插在裤袋里，看着面前的阿年，他俯身，唇在阿年的唇边，眼睛盯着阿年淡淡的眼神，近距离："阿年，我爱过你，我只是爱过你，爱过……"

"不要嘴上这样说。"阿年低头。

"心里，也真的过去了，是我的，我比谁都稀罕。不是我的了，滚远点吧——"方默川咬牙切齿，那样子，好像真的，真的真的不再喜欢了。

阿年低头看着地面，雨水落下，两个人的身上都湿了，问："那你来小镇上干什么，过去了你还来什么？让我滚远点，那你滚来了小镇上什么目的？"

"……"方默川。

什么时候起，老实的阿年，也会质问人了？

难不成，管止深给惯的？

"散伙了，我想应该哪里开始，哪里结束。"方默川抬头，眼神一瞥，远处的人影早已消失，仿佛，刚才是个幻觉。

"哦，散伙了啊，你若真是这种老死不相往来的语气我得谢谢你……"阿年笑，"我请你吃个散伙饭吧，前头，肯德基——"

双手插在衣服兜儿里，浑身湿漉漉的阿年，不屑地踢飞一个石子，开路中。

小雨天，两个人浑身狼狈地往肯德基走，点了东西，闷头吃，自己吃自己的。

情生以南

　　做不成情侣，也真的回不到从前了吧，是这样。以前，方默川说他不是有钱人，刻意伪装。一起吃肯德基，两个人大概一百块，这一百块的东西，方默川要分好多次去点，点一次，开一张发票，点的次数实在太多了，手里好些张发票，挨个刮，中奖率也真的是高。

　　就连服务员都用异样的眼神看方默川了，可是，方默川觉得这种事好玩，他没有丢人这个意识。因此，阿年并不觉得他是穷人家孩子，穷人家孩子实实在在地没他这份无聊的自信啊！

　　后来的后来，阿年知道他底细了，问起这件事，方默川说那是当初追你，我问的别人，怎么让我看上去没钱，跟你一样没差距，别人给我出的这个主意。

　　左正曾经大笑，我还真想看看默川那样子，不过默川那么做一定看上去很帅吧，如果拉过来一个穷丑的小子那么做，追不到女孩子的，不仅会被踹，还得一脚毙命——踹死！

　　阿年觉得无语，用乔辛的话说，他们这是典型的拿无聊当有趣，用向悦的话说，他们这是典型的闲到蛋疼了。

　　要说这少爷的脾气真不是盖的，今天，肯德基中，在阿年要开口说点什么的时候，"啪"一声，直接扔了一百块，撤了。

　　散伙，散得头也不回。

　　更或者，他怕，怕和阿年直接明确地断开。

　　连着的那根筋有人拉扯，疼归疼，至少，筋还连着……

　　阿年看着那一百块发呆，这孩子一定像他妈妈，听说他妈妈就是这样性格。

　　天黑了。

　　雨停，走出肯德基，阿年低头闷闷地返回巷子，这算什么事，一句话不容人说，他喜欢你的时候，乖得跟吃了哑巴药一样，散伙了，语气尖酸得令人难以忍受。

　　"啊——"低头走路的阿年突然被人一扯，身体就撞击上了巷子里的墙壁，漆黑中阿年被强吻了，男人的唇齿迫切地撬开她的小嘴儿，舌头进入，缠卷起来。阿年本是惊得一身冷汗，却感觉到了这熟悉的气息。

　　像做梦一样，一番激吻，阿年急急地说："来了怎么不说一声？"

　　管止深额头抵着阿年的额头，感受这份心安，微喘："怎么全身都是湿的？"

　　"忘带伞了。"

　　"阿年，心不会变对不对。"

　　"不会。"

　　"我怎么信……"

　　踮脚，主动吻他一下。

　　"还是不信。"

　　"怎么才能相信？"

"要你肯定我，给我生个孩子。"

前面，阿年还点头，肯定他，了解之后一定会肯定，可是生孩子，他妈说也就算了，他怎么也说？阿年脑补画面，自己抱着一个孩子，哇哇大哭，那她也要哇哇大哭了，谁来哄，管止深哄俩么。

管止深蹙起眉头，这种时候，难道阿年不该动情？

周围的空气似乎在替他可悲，换成别的女人，这会儿早该跟你滚到床上生宝宝去了，他的阿年，天生情商上存在BUG。

所以，床路漫漫。

阿年要带管止深去见外婆。

管止深说，等下一次，你外婆大寿，带着诚意正式过来一趟。这次，糟糕的心情会影响五官俊美的程度。

阿年实在无力吐槽。

带他去旅馆，阿年一脸嫌弃！

管止深说："小时候就这么被夸赞着长大的，遇上一百个人，九十九个说他长得好看，大部分人，没有说他长得差的。阿年，你真的真的是女孩子中的第一个，人类中的第二个。"

阿年无语，女孩子中的第一个，这说法勉强靠谱些。人类中的第二个，这种话说出口真的好么。

阿年看他，黑夜中也看不太清他的眉眼，记忆中，是他深刻的五官。在A大门口的第一次见面，他在车里，喝了酒，跟她说的那些话，那些不知表情的坏情绪。想起来，第一次见面阿年是没太看他，没有胆子，不过，是为之惊艳过一刹那。

长得，真的很好看。

"我第二个……第一个是谁？你听了不生气？"阿年问。

管止深想起往事，语气很轻松地讲述着："当然生气，所以，他说我长得一般，下课就挨揍了。"

高中的时候吧，是，高三。

去小旅馆的这一路上，阿年听管止深围绕长相这件事，讲述他过去的小故事。他已经34岁了，那些都是十多年前的事情。他记得不是很清楚，不过记得那人说完他长得一般，挨了揍之后，到处去说管止深心理有病，这样骄傲自恋的人没有未来！后来管止深出国，听说，那个人也出国了，不同国家，那人变成了一个心理专家。

"现在，还联系吗。"阿年问。

两个人已经到了小旅馆。

管止深点头："他快回Z市了，现在是个心理医生。"

"……"

Chapter 11 旧模样

275

她看管止深的眼神，全是严肃担忧。愣愣地对他说："管止深——那个人回来，是要给你治疗自恋的心理疾病吗？"

管止深："……"

一身湿哒哒，阿年送完他急速跑回了家。

神经有点大条，一旦喜悦便很快忘记烦恼的阿年，没去想管止深为什么没让她陪一会儿。为什么知道她经过那条巷子拉过来凶猛地吻。他知道她的行踪，也该知道方默川的行踪。

回到家中，阿年就一头扎进了外婆的屋子。

明天就要离开回Z市，今晚，想跟外婆多说说话。

方默川一个人在另一家住宿的地方，躺在床上，实在头疼，收到了一条阿年发来的微信："病还没好，吃药打针别忘了。"翻来覆去，方默川拿着手机，举起来看，侧过头看，站起来看，各种姿势地看这一行字，想象，阿年到底是以什么心情和表情，发过来的呢。

夜里九点多，方默川在附近找了一家诊所，吊针。诊所本要关门了，奈何方默川出手阔绰，便给他来了一针。手背上针头扎着，方默川出神儿地望着别处，为什么要吊针，为什么，因为阿年的一声友情提示？可笑！自己拔了针，手背上一点血，离开了诊所。

次日清晨。

方默川出了住宿的地方，去吃早餐。

见到了早已在此等候的人。

"果真，昨天我没看错。"方默川笑道。

走在这清晨的小镇上，方默川跟在管止深身后，上一次两个人这样走路，是在火灾前。方默川记得，自己因为未来志向跟母亲意见不同，吵了起来，母亲找了表哥当说客，是他一向敬重的表哥。

早上，一起跑步，跑得累了，一前一后这样走，管止深讲了许多道理。若是别人讲的，方默川早会表现得不耐烦了，但管止深说的话，他听，也会照做。方默川认为管止深说的都对，不会错。

就如同，当他知道了DV中的阿年，是表哥管止深看上的，他确定，那一定是个好姑娘。

全因信任表哥。

"喜欢阿年什么。"管止深问他。

方默川站定，这是一个晴天，他观察表哥的脸色，挺好的，没有一点怒意。他说："阿年的好，你一样知道。"

"最吸引你的。"管止深问。

方默川低头："乖，喜欢阿年的乖，一直都很乖。我以为……会乖一辈子……听我话，跟着我走……"

"现在，改变了看法么。"

"是，改变了看法，也许阿年骨子里并不是很乖，我停止不了喜欢，已经升华成了舍弃不了的爱，像表哥你不舍得亲人一样——"

管止深看了一眼这条巷子，双眉紧锁："恨我吗。"

方默川抬头，小镇上阳光像阿年一样温和，阳光下管止深一身黑色西装，耀眼白色衬衫，领口微敞，语气，问得那么认真。

"没有。"

心底最诚实的回答，真的不恨。

反而没有想到，管止深还当他是表弟。

"会不会认为，两个月把五年比了下去，这很不公平。"管止深往前走，点了支烟，问身后跟上来的方默川。

"会。"方默川低头，看着脚下的青石板路，第一次这样认真地看。

管止深单手插进裤袋中，抽了一口烟，对方默川道："以后，我和阿年之间，可能也会遭遇一个漫长的，存在隔阂的，这样一个相处期。我做过一件阿年可能接受不了的事，但也许她可以接受。我不惧怕面对，我把它当成了一场考验，你可以见证，我是否不同于你，守得住阿年，还是根本挽留不住这个人。"

"什么？"方默川蹙眉。

管止深告诉方默川，方默川怔住，神色黯然地看向阿年外婆家的方向。不可思议地笑道："我怎么觉得，外婆她老人家会更喜欢你呢？"

他不了解。

知道阿年在家，两人没有过分在意，走向那边，避开了人们的视线，尤其是阿年舅舅，舅妈。外婆在家中，除了门口，一般很少走几步出来，年纪大了，腿脚不方便。

"对面的房子，进去过吗。"管止深抬眼，看了一眼曾经住过一年的地方，不是属于自己的房子，租住一年，里面极好，最喜欢的位置，是朝着阿年卧室的那个窗子，其次，是看到阿年外婆家门口的窗子。

有没有那样一个地方，你一想起，甚觉心安。那里藏着许多属于你的深厚情感，岁月的力量都不曾把它淹没。当你离开那里，去到任何一处，都觉得那处只能称之为——露宿街头。

管止深心中，有这样一个地方，就是小镇上的这房子。离开之后的几年，医院，上海，国外，辗转走过许多地方，遗忘阿年，遗忘国内某个破旧小镇，可每当深夜，他会发现即使身在繁华都市，住着奢侈酒店，也都不能让他睡得踏实。最后在Z市停住，有父母家人。

心里空着一个地方，阿年，心底的那张旧模样，任谁也替代不了，神似的人，到底也只是神似。现在有了阿年，然后，Z市成了心中最温暖的城市，任何地方无法相比，也不会再有露宿街头的凄凉感。

"进去过。"方默川答。

一直以来，方默川没有承认过自己是偷走的阿年，不管谁怎么想，他只说是自己遇到的这个姑娘。在管止深面前，一样不会承认，怕被谴责。方默川始终在怀疑，管止深也许是了解一切的。

世间哪有那么多巧合？这世上表兄弟会遇到同一个女人，并喜欢上，且那姑娘住得那么远，南方北方，如果不是存在一些必然因素，方默川认为，那他妈就是童话中的一通瞎扯，所以，很现实的管止深，怎么会不清楚？

"房子，是我买的，转手，又卖了几次。连中介的阿姨都晕了，不记得最初的房主是谁……"

在管止深的意料之中。

方默川眼圈很红，白皙的脸上眼圈红了分外明显，他望着那房子，对管止深说——"后来，我知道你在这里养过伤，环境的确不错。我观察了很久这个小镇，只有对面的房子，是你可能生活过的。那里在出售，我进去里里外外看了一遍，确定了是你住过的。你只用纯白毛巾，家中一般要备三条以上，在同一个地方整齐地放着。窗台上放着一盆君子兰，它开了花，长时间没人照顾，它看上去跟Z市你卧室中的那一盆，差别很大。"

"发现了两个我熟悉的细节，我在房子里又看到了冰箱，我打开了，只需要确认一下这个，冰箱已经不插电了，如我所想，里面什么吃的也没有，这是你的风格。冰箱在你眼中，从来就不是放食物用的，它是用来放香烟的，你喜欢冰箱里存放香烟的那种口感。"

"那烟，这个破小镇上一般人根本就抽不起吧。牌子和你抽的对上号了。剩了七盒，在冰箱里放着。确定了是你住过的，我离开了。那时候我追到了阿年，我回了Z市，想了几天……

"阿年在Z市读大一，还不适应那个城市和天气。我再返回这个小镇，买了房子，放到中介，一次次地卖出去，我再买回来，让这个圈子兜得大一点！让任何人找不到原来的房主是谁！我怕……我怕有一天阿年和你总会遇见，因为我们是表兄弟！我怕你，或者别人，能证明你曾经先爱上阿年，曾经跟她生活在同一地方。表哥你很优秀，阿年如果因为什么最后离开我，我难道真的要像平时说的一样，去死吗？那样，她会自责，不好过。"

管止深从来没有找过阿年，何必找。以为让阿年爱上的男孩子，或者男人，一定是很优秀的，无须担心，没有缘分，担心是多余的。如果不是最后因为某件事知道阿年在Z市，他还是不会调查，还是不会怀疑。国内这么大，为何阿年来了Z市？一个曾经在小镇上说过，不喜欢北方的女孩子？难道带她去其他城市读书的男孩子，是Z市人？

深入调查之后，发现阿年的男朋友是方默川，管止深心情复杂。

这房子，果真被卖了几次。他比方默川大了九岁，一直教方默川什么叫做心计，怎么正当地用心计，怎么应对别人的心计！到头来，方默川在用自己的心计，与他这位表哥暗战，斩断了一切他多心所想到的，去防止阿年发现什么。

"你哪里来的那么多钱。"管止深问。

"我跟我妈拿了钱，我说以后我一定再把钱拿回来，等到房子最后卖到我满意的复杂程度了，钱就还她。我不准我妈问我这钱是什么用途。没有办法跟别人借，这里那几年就在吵着拆迁，虽然没有准信儿，但房子也很贵了。只能跟我妈借钱，别人拿不出来。我妈姓管，是不是姓管的天生都这样，凡事要讲条件，我妈让我答应她，拿了这笔钱，要听她的，入伍按照她安排的那条路走。"

这家庭多好，很多人羡慕吧，安排好了一切。

可是这对于方默川来说，不好。

不喜欢当兵，不喜欢部队的生活，舍不得阿年。

入伍这件事，母亲曾用很多事要挟过儿子。方默川无奈，母亲至少还能活几十年，他要一直听母亲的规划生活？

实在，不喜欢。

"DV是你拿走的？"管止深淡淡地问。

方默川想了想，抬头："我扔了。"

管止深点头，无所谓了。

"为什么没有告诉阿年，你在小镇上住过，并且喜欢她，你该早点揭发我的行为——"方默川眼圈儿依旧红着。

管止深捻灭了烟蒂，没有说话。

寂静的小巷子里，阿年突然从家门口蹦出来了，方默川和管止深一同看到了。方默川转身时，阿年刚好转过头来，看到了他们两个。

从家门口，一直走到管止深旁边，眼睛却是始终定在方默川身上的，管止深抿唇，不悦："眼睛要掉出来了！"

伸手，拉过阿年，另一只手，捂住了阿年的眼睛。

阿年巴掌大的小脸儿被他大手捂住，以挣扎的姿势眺望："放开我，让我再看一会儿，家乡真好看。"

管止深笑："看家乡，换个方向看也一样。"

把她身体转过去，朝另一个方向，背对着方默川离开的方向。

Chapter 11

阿年心里难过的是，方默川不肯正面地面对她，有些话，憋在阿年的心里讲不出去。

早餐，阿年耐心地听外婆和舅妈的叮嘱，逐一安抚。

管止深在巷子外远处等她，一个人，双手插在裤袋里，抬腕，看一眼手表上的时间，表情惯性地内敛，一身清冷高贵气质，伫立。

这次离家，阿年带了多种情绪，管止深在身边，一再娇惯她的一切行为，然后，阿年那几颗金豆子掉得颇为汹涌。管止深在飞机上哄了很久，亲，摸头，小心翼翼，怕炸毛。

下了飞机，阿年表情很古怪。

管止深没有在意。

"阿年，跟我回家住一晚，我妈很久没见你了。"管止深伸手搂过阿年，按在怀中，惆怅道，"不论默川作何想法，我希望，你心里先画上一个句号。"

阿年点头。

怎么办，阿年觉得好像大姨妈驾到了，可是日子不对。

抵达家中已是下午。

不到一点。

方云离开医院时，管三数问她什么事急匆匆？方云说有点事，没提儿媳妇。方云多想显摆显摆，有了儿媳妇，抱孙子有望了。不过，跟这个小姑子兼年轻时的闺蜜，斗了这么多年，方云也在吃亏上吸取了不少教训，凡事，计较了，不急于一时嘴快手快了，得笑到最后，等阿年真生了，再说！

回家的路上，方云问司机："今天几号了？"

"8号。"司机说。

方云算了，这个月还有23天过完，也不知道这23天里，儿媳妇能不能怀上。

王妈准备了午饭，方云在医院已经吃完了，她到家的时候，管止深和阿年也用完午餐了。

三个人坐在沙发上。

阿年脸色有点发白，人没什么精神。

"回去那边，怎么也不跟妈打声招呼？"方云一脸的和蔼，朝阿年问。

管止深看了眼身边的阿年，护着开腔道："妈，这次回去很突然，只住了一晚，我就接她回来了。"

方云无奈。

"妈没别的意思，回去了就回去了，常回家看看长辈，说明这孩子孝顺。"方云又看着阿年说，"一直以来你爸军中事务繁忙，得过些年才能退下来。忙归忙，你爸也惦记着你们的事儿，叮嘱妈不能亏待了你这个儿媳。没见过你亲人，我们这两个公公婆婆心里过意不去，一时半会儿见不到人，带点礼物过去也是好的。"

"下次，一定安排。"管止深笑道。

"好了，妈没有责怪你媳妇儿的意思。娶了媳妇儿忘了娘！"方云打趣，一点都不挑儿子的理，儿子护媳妇也护得恰到好处，眼神安抚母亲。

方云自认是个明事理的婆婆，儿子护着媳妇多一点儿挺好，儿子儿媳感情好，当婆婆的也省心，并不想事事跟儿媳计较，闹得家中鸡犬不宁。更不想儿子对儿媳不关心，在外面跟其他女人搞，到时候她这个当妈的才伤神。

管止深点头，轻笑。

阿年囧，他是个孝子，那天那个谁说，管止深的心如果是一架飞机，阿年就是驾驶舱开飞机的。阿年乍一听，满意得很，不过，这人不是娶了老婆忘了妈么。结果，那个谁又说，管止深的老妈一直在头等舱坐着呢。其实，不论何时，管止深都把亲人放在最重要的位置上，然后，是阿年，再是他自己。

不会愚孝，因为他了解父母和亲人，都很善良。

客厅温度舒适，婆媳二人小聊，王妈送来水果。管止深一直坐在沙发这边，看着母亲和阿年和谐沟通，目光，一直放在阿年身上。

阿年来例假，脸色惨白，方云医生出身，让管止深摸了摸阿年的手脚，是不是冰凉？管止深的大手攥住阿年的手和小脚，是凉。认真地问母亲怎么办。阿年囧，例假而已，在他眼中成了病。方云让王妈找出冬天的热水袋，灌了水，不带电的，没什么问题，搁在了阿年的脚下。

阿年觉得，这个婆婆真好。

今天是管止深在家中经历的，最舒服的一个午后。母亲跟儿媳说起家中大小事，翻出光彩的旧事显摆起来，阿年赶紧对婆婆示好，好像，真的当成自己嫁给了管止深一样。其实，一年，真的可以换个永远，对吧。

也许。

阿年在沙发上坐着，脚下是热水袋，跟母亲聊着聊着，苹果搁在了膝上，吃时，低头咬一口，那苹果很听话，不曾从她膝上掉下去。管止深蹙眉，用手拿着会累？阿年俩手搁在沙发上，揪着一旁的抱枕小穗儿。阿年一半是随意举动，说明她很喜欢这个家庭的氛围，这个婆婆。一半是紧张的表现，说明她还没能全部融入这个家庭，不敢把自己当成这个家里的一分子。

方云跟一脸好奇的阿年讲："咱们家不迷信，不信这个。但如果咱们家卖了这房子，搬了，外面有些声音就说得不好了，说咱们管姓的人快要落魄。你爸和你爷爷上头，都有厉害的人，咱们不信，就怕人家信这个！止深做生意也好，他爸在军中也好，各种关系都讲究一个合作，相互考虑。再说，咱家这房子卖也不好卖。看风水的人说，这房子只有几个特殊姓氏的人能住，风水上有灾，咱们姓管的人住，就能管得住这灾，压着！事业和人都会旺起来……"

所以，一住就是这么多年。

方云跟王妈去了商场，放放还没放学，管爷爷在省委那边住着一般没大事也不回来，不过，阿年很好奇，管爷爷怎么不回来住？距离省委也不远，是一个市！

阿年出去晒太阳。

管止深跟她一起出去。

出去后，阿年懵懂的样子说："很多看风水的都是瞎说的！"

"我爷爷说，的确是在瞎说——"管止深蹙起眉头，不知道因为什么，他的情绪惆怅了起来，似乎，想起了什么。

"这棵大树怎么种这里了？"阿年问。

大片窗子前，侧面一棵大树，枝繁叶茂，树干很细，树枝一样很细很少，只是叶子很茂盛……

"遮阳，夏天的时候客厅里不热，家里几乎不开空调。"管止深解释。

可是阿年觉得会长虫子，虫子会不会一路爬到屋子里去。

"冬天太阳进不去屋子了。"阿年说。

"树叶落了，冬天剩下了裸树干，阳光会照到室内……"管止深叹气，摸了摸阿年的头，这么笨的丫头，怎么在那一方面会过分理智？

管止深拉过她的一只小手，带她去里面："上楼，睡一觉吧，放放回来又要闹腾了，恐怕休息不好。"

阿年纠结——其实我也很闹腾你对吗，你别总把我当老实孩子，小心我闹起来把你吓跑。

管止深宠溺地对她笑。

晚饭时，管止深出去一趟回来，去楼上叫阿年起床。

阿年睡了四个多小时，还是不愿意醒，这两天折腾累的。

吃饭时，阿年收到一条探子向悦发来的短信：方默川回Z市了。

管止深瞥了她一眼。

晚饭后，放放拉着阿年一起看古装剧，看得特兴奋，阿年属于看到激动处会有脸部表情类型，放放是叽叽喳喳的类型。

被妹妹烦的，管止深上楼了。

八点多，管止深下楼。

叫阿年上楼睡觉，休息那四个小时不顶用，阿年的小身子得养。可他下了楼，就见放放和阿年在讨论，喜欢皇上还是王爷？

阿年说："王爷，我看剧一般先入为主。"

管止深轻笑，先入为主？他是否也该"入"了，为自己占一席之地？君子这种行为，真的，熬够了。

自诩，对阿年始终如一，不是难事，是习惯，是一现象。

阿年来了例假，痛经，不好多动。管止深侧卧在阿年的身边。

谈起在大学寝室中最受不了的几件事，阿年说："我高中的时候，住过一段时间的宿舍，我外婆生病了，家里没人，我自己不敢回去住。宿舍里有女生半夜播放高分贝音乐，还在宿舍里抽烟，这两点我最受不了了。不过，在大学宿舍里，我没遇到这两种情况，舍友都很好，合得来。"

管止深喜欢听阿年说一些曾经的事情，他不了解的那一部分。

"在大学的宿舍里，每天空闲时间你都怎么打发，你看上去不是一个整天抱着书啃的人。"管止深问。

阿年想了想:"呃,也会关注一下社会上的实事政事,不过这话题占比小到只有2%,还有……"

阿年说了很多,跟他很轻松地聊,宿舍中,会聊感情问题,人生理想,等等,许多话题占比各不相同。管止深听出来了,阿年,跟一些同龄女生一样,对八卦很感兴趣,不过,她们系主任眼中,阿年却是个乖孩子,对学习感兴趣。

管止深特意了解过阿年的大学时光。

表面上阿年一个样子,内心里藏着另一个样子,两个样子,管止深都很喜欢。阿年跟方默川发过火,在方默川闯祸,在普通人看来,根本无法解决的那种祸的时候。但阿年不曾跟方默川任性过,对管止深,耍小性子不止一次,对管止深任性,这是差别。

而这差别,反映着微妙的东西。

最后阿年已经迷糊了,困了,枕着他的手臂,无所谓地讲出,在宿舍,她们也会说一些H笑话,管止深问什么是H笑话,阿年说,就是黄色笑话啦,别再问我事情了,我困,不想说话了,好累,其实好丢脸,一点秘密都没有了。

他的秘密她一个都不知道……

管止深的唇覆在阿年的耳边,对她说:"例假周期不对,可能,上次妈给你喝的药导致,再让你喝,你记得拒绝。"

阿年囧囧跑神儿地睡着了。

夜里,管止深醒了一次,看到阿年身上的被子掉了,去帮她盖,不是说例假中的女孩子会怕冷么?也许是他的动作大了,或者是她睡得本就不实,他手上的被子一角刚一碰到阿年白皙的颈,就见阿年掀开大叫一声:"大胆刁民——"

管止深:"……"

这是,做梦么。

——挑战着他的心脏抗雷功能。

情生以南 下

谁家MM◎著

重庆出版集团 重庆出版社

CONTENTS
目录

　　每天早上的公司里，阿年比别人勤奋许多，喜欢在办公区域忙碌，也许是刚开始工作觉得很新鲜，总之小领导指挥去哪她就去哪。

　　影子奇怪地问了阿年一句："你跟乔辛她们住一起？"

　　阿年点头，说谎了，脸红。

　　这时小领导出来，把一份文件递给了阿年："送去顶层，记得小心说话做事，你是新人，别给部门惹麻烦，好吗？"

　　本是听得脊背一冷，但小领导最后轻声的"好吗"两个字，让阿年觉得又很亲切。

　　阿年点头："我一定会注意。"

　　小领导离开，影子问阿年："我替你去？你不是今天不舒服吗？"

　　"没关系。"阿年拿着文件就离开了。

　　影子的表情瞬间复杂。

　　阿年抱着文件上了顶层，心里并没有惧怕，可能因为见的人是"自己的人"吧，容她小小地得瑟一下。

　　管止深办公室的门是打开的，外面没人，此时是午休时间。

　　阿年走过去，不经意地听见了张望的声音，张望提起了"李秋实"这个名字。阿年往前走了一步，又听到管止深说……补课老师。

　　李秋实，补课老师？

　　——阿年记得，这曾经是自己的一位补课老师。

　　很快张望就走了出来，看到阿年，微笑道："来了，进去吧。"

"嗯。"阿年点头。

人走进去，办公室的门关上。

管止深起身，伸手把她拉向了沙发那边，身高腿长的他坐在沙发上，把阿年拽得坐在了他的身上。

"上来见我，不激动?"

"每天都见啊。"阿年觉得再帅也免疫了。

管止深揉了揉她的发，眼眸温柔。

阿年问他："你们在说我的补课老师?"

他想了片刻："认识，没想到她以前是你的补课老师。"

"她是你朋友?"阿年好奇。

管止深点头。"算是。"

"哦……"阿年觉得好巧。

他又问了阿年一些工作上的事，有没有难处。

阿年表情晒晒，说，我统共上班两天，第一天来了，第二天第三天请假了，第四天上班来了，大家都是一副"你明天还会来吗"的眼神。

年纪稍长阿年一点的同事们，看阿年的眼神就是觉得这破孩子欠教育，刚毕业就进了这个集团，实属不易，孩子你得珍惜！在家父母当你是祖宗，在这里，除了你自己，资历深的谁都能成你祖宗！先苦后甜这顺序挺好，年纪轻轻不懂事别把顺序弄倒了，先甜后苦，到时候可有你受！

"她们对你这么说?"管止深蹙眉。

阿年摇头，"我自己分析的……"

管止深不知道表情该怎么对阿年严峻，不知道该怎么对阿年严格。

聊了一会儿，阿年说："我真的要滚了。"

管止深点头，放开了她："别滚，你慢慢地走。"

阿年——

到了楼下，小领导问阿年一句："怎么交了这么久?"

阿年支支吾吾答不上来……

小领导笑："是不是管总身边的女助理特别能为难人，架子很大?"

这个要成为她下楼晚的理由了吗？唉，阿年对小领导点头，心里默念了一万句对不起张助理……

"好好干吧，架子大是她的资本与权利，你如果也想那样，就认真地付出努力，辛苦难免……"说完小领导转身走了。

阿年点头，回到了自己的座位上。

影子小声问阿年："上去干什么了?"

"送文件。"

"然后呢?"

"等人签字……"

"然后呢?"

"……我就回来啦。"阿年一脸认真。

"……"影子

——BUG，聊天中到处都是BUG。

下班后，阿年急匆匆地跑出去，有人告诉她一条直达家中的公交车线路，早上和晚上出租车不好打，有了直达的公交车，阿年觉得无压力了。再也不给管止深半个把她丢在路边的机会。

公交车走了一半，阿年接到了他的来电，问她在哪里，阿年说我快到家了。管止深沉默，让她下车，在原地等。

"哦。"阿年准备下一站下车。

不到十分钟，管止深的车开了过来，阿年上车。

"不回家?"阿年问。

管止深尴尬，"约会……"

阿年咳——开始约会了。

本想看一场电影，阿年已经很久没看过电影，可管止深似乎不感兴趣，带她去喝咖啡了。

阿年觉得，一杯咖啡的价格能看好几场电影。

十几分钟了，沉默，管止深不解地问阿年："怎么一句话不说?"

喝完咖啡走人，约会就这样?

"说什么啊……"阿年感觉很尴尬，不刻意地不说这是约会她还觉得好一点，刻意说这是约会，阿年浑身麻痹中。

好像相亲，对面坐的人是白马王子，阿年怕做错一个动作，说错一句话，她就从他心中的公主变成了小马夫，不要当马夫!!

不要怪她有这种怪想法。以前大街上和家里，两人相处都比较随便，这个喝咖啡的地方格调和音乐都太奇怪，导致她心里和大脑也开始奇怪。

管止深五官严肃，他想说点什么，发现，这么正式的，他也一样不知该说些什么改变尴尬气氛。

阿年说："我，给你看手相吧。"

"你会这个?"管止深身体向前倾。

"会啊……"

阿年拿过他的手，皱眉，抿着小嘴儿，一本正经地用手指轻轻滑过他的掌纹，管止深全身好似被一阵电流击过，看着阿年的眼神，再次由深邃变得痴迷。这种垂涎，满布全身每一个细胞，男性荷尔蒙因此一直在泛滥、泛滥。

"前一世你是什么，不太好说。"阿年叹气。

"没关系。"管止深饶有兴致。

"你的前一世，口才极佳，模样俊美。"阿年仔细看他掌心，煞有其事地讲，"你前一世手执一把扇，一开一合，嘴唇在动，你整个人儒雅中透着几分妖娆，无耻下流中又带着几分文人的气质。"

"为什么无耻下流中带着几分文人的气质？"他问。

阿年说："你是青楼里说书的！"

"……"管止深。

阿年看他，难道他还觉得冤吗？为何他的脸黑成那样？他上辈子除了是青楼里说那种带色书的，她真的想不出他有第二种职业。

旁边一声轻笑，阿年和管止深望了过去。

一个身穿浅灰色休闲裤和衬衫的男人，走了过来，拉过一把椅子坐在旁边。身体向后靠去，拿起自带到这桌上的咖啡浅抿了一口，对阿年讲："止深的前一世，高中的时候就有人研究过，但你们两个的结果有一个相同点，他都出自青楼，到底是说书的还是当红男妓？碰过他的女人心里有数。"

"……"阿年。

这人是从哪里冒出来的？

"什么时候回来的。"管止深问。

这男人转头看向了管止深："昨天刚回Z市，打算找齐了人，大家再一起出来喝一杯。"

阿年听着两个男人说话，低头琢磨。

聊了很久，一个约会变成了两个男人叙旧，阿年一下情绪就低落了。

后来他们聊完了，管止深带阿年回家，约会这种事两个人都不太擅长，阿年纠结，到底要怎么约嘛。

第二天早上，阿年醒了没看到他。

阿年上班的时候，管止深一个来电都没有，一整天阿年过得丢了魂儿一样，管止深怎么一夜之间变得这么奇怪。

不过昨天，那个老同学有提起过一个女人，现在那个女人也三十四岁，这个同学高中时暗恋过管止深，现在离异，带着一个孩子在新加坡生活，过几天要来Z市同学聚会，说要见管止深一面。

阿年等到了下班后，管止深还是没消息，阿年觉得自己也有脾气，是的，有，所以打给了乔辛。

问乔辛，你在哪儿？好，我现在过去，今晚住你那，周末两天我都要住你那。

乔辛点头，"OK啊！"

阿年下班到了乔辛家里，向悦一摔鼠标："妈的，你那位管先生要强×你，把你吓得跑出来了吗？"

"他在预谋对老同学下手，没时间搭理我……"阿年叹气，委屈的，被冷落的感觉真不好。

向悦："什么情况？"

阿年的手机响了，看到号码，阿年接了。

"在哪？"

"乔辛家，不回去了。"

"……"

挂断之后，阿年生气地说："他说让我在这住着，他要出差五六天，回来的时候再接我回家。

"他妈的，哪儿出轨了剁掉他哪儿——"向悦的鼠标再次被摔得嗷嗷叫。

阿年郁闷。

Z市某一处，管止深想阿年，无法，这会儿放下手机，只能专心打牌。

管止深修长好看的手指摸了一张九条，思考了几秒，打了出去，刚好，温文尔雅的某位心理医生需要。

得了一张想要的牌，心理医生开口道："34岁这个年纪，恋爱，上床，就这两个步骤，多一个步骤都等不起了，真的。以我心理专业角度对你家小阿年的分析，你宠她，她会上天，你不宠她，她会上你。"

此话一出，某心理医生每打一张牌，斟酌几分。

上家管止深再没给他放过一张有用的牌……

管止深打牌的地方，一向禁止有人带乱七八糟的女人进来，所以，在一个他不认识的长发雌性进来时，他撤了。

到了外面，管止深打开车门，蹙眉，伸手把西装外套搁在了副驾驶座上，点了支烟，伫立在街边。

深夜……阿年被敲门声惊醒。

乔辛和向悦醒转，互问："谁敲门？"

三个人睡觉时把门都开着，直接可以聊天，习惯了宿舍中的生活，每个人住一间，就好想凿开墙壁呢。

阿年见自己的手机在闪，振动中，拿起来看，看到是管止深手机号码，阿年说"可能找我的"穿拖鞋就跑出去开了门。

果真，是管止深……

"一晚都不行，阿年，我要带你一起出差。"管止深搂过阿年，浑身酒气，冰凉的嘴唇蹭着阿年的脖颈，"去穿衣服，回家。"

Chapter 12
感谢旧时光

他决定，不再冷落阿年，不再折磨阿年，无所谓，几年都等了，不差阿年仔细了解他的这段日子，心理医生同学分析得有道理，也许冷落之后阿年就往他身上贴了，但他忍不了阿年不在身边。

呼吸着阿年身上的味道，刺激得管止深满口醉话："你是要上天，还是上我，都成。"

阿年拧眉，他都醉得开始说胡话了，跟什么人喝酒喝成了这样？

到了家里。

开车的司机和阿年一起把管止深弄到了房间里。

司机很快离开。

管止深洗了澡，阿年也是，中间两个人一句话没有说。

睡觉的时候，阿年老实地趴在床上，俩小手在额头下压着，生气了……

管止深有点头疼，喝酒后做这种事的症状。

他拉过阿年，抱起来，阿年怎么挣扎，小身体也是被他一拎就起来了，不想看他，人被拎起来还是保持着那个姿势，俩手背面在额头上枕着，可是没趴着了，在他面前跪着了，他在床下站着。

"说说，你怎么了。"管止深扒开她的俩手。

"不舒服。"阿年把他扒开的俩手又重新归位。

管止深蹙眉："哪里不舒服？"

"心里不舒服——"阿年一个枕头砸在他那张俊脸上！

这个家里，存在一只强壮的老虎，一脸严肃地怒容而站。老虎的脚下，是一只刚出生小猫儿，张开小嘴儿喵喵叫，抬起一只爪子挠了挠老虎的一条腿，算是发火了。然后，老虎大人俯视脚下那只喵喵叫的小猫儿，在老虎眼中，它吹一口气，似乎都能把这个抬起一条腿站不稳的弱弱小猫儿吹倒，可是大老虎没有，大老虎转身，大老虎绅士地选择不睡床，让小猫儿得逞，大老虎去睡了另一间客房。

抱着那个砸过他脸的枕头睡客房。

阿年一个人趴在床上，闷闷的，一条腿用力蹬掉了被子，蹬到地上。十几分钟过去，大房子里没有什么声音，阿年趴在床上九十度转身，生气，又蹬掉了一个枕头，然后，床上什么也没有了，生气地渐渐睡着……

次日清晨张望准时打了过来，开车到了小区外。

管止深的手机在阿年的床上，阿年摸过来，还没睡醒地揉着眼睛接起："喂……"

张望第一次打扰阿年休息，时间太早了，有一点不好意思，但还是说："阿年，管总在你旁边吗？有事情找管总一下。"

阿年看了看空着的大床，想起昨晚的事情，说："马上，我去客房找他，他好像还没醒呢。"

阿年纯属自然反应，光着脚就跑去了客房。

张望笑得温暖，管总睡客房，想必，如今的日子是管总喜欢的。

阿年拿着手机，叫他："你醒一下，找你的。"

管止深醒了，看到阿年拿着他的手机，抬手接了过来，拿起手机的同时，手臂也习惯地搂过了阿年在怀里，问张望："过来了？"

"好，二十分钟。"管止深起床了。

他带阿年一起走向卧室，一进去，管止深就看到满地的被子，枕头，床单也变了形，转头看身边的阿年，光着脚站在那儿，不敢出声。

阿年平视房间内的一片狼藉，心虚。

管止深看了她好几眼，他想发火，阿年很欠教育，昨晚他离开房间她发脾气了？是不舍还是怎么？赶他睡客房是口是心非？管止深不希望有这样口是心非的事情再发生，他昨晚以为没任何问题，直接睡了，可她在房间生闷气，想到此，百转千回的成熟男人心怎么也发不起火，摸了摸阿年的头，他弯身去收拾了房间。

阿年见此，难过。

他捡起了被子和枕头，还有衣服，管止深走出来，手指按着阿年的头，滑向她的脖颈，把她抓去了洗手间，拧开水龙头，亲了一下她的额头："洗漱，跟我一起走。"

"我真要跟你一起出差？"

管止深点头。

洗手间里，阿年洗漱完毕，看着管止深自己找出了出差要穿的衣服，以及旅行箱，紧接着，还有她的衣服和东西。

阿年觉得自己这个女朋友当得真不合格，立刻擦干了脸上的水珠，就去帮他。

"我来我来。"阿年拿出自己的衣服，带两套就够。

塞进去。

管止深去洗漱，阿年又积极地跑了过去，站在他身前，抢着挤出牙膏，抬头，一脸鬼灵精献殷勤的样子。

管止深接过。

阿年去收拾他的其他东西。

管止深微红的薄唇轻抿，也许他和阿年的相处方式是对的，收起了大男子主义，宠她，宠到她开始妻爱泛滥，这样心甘情愿地为他整理一切。

要的，不过就是如此生活。

阿年以为是头等舱什么的在等自己，上次只顾着哭了，坐头等舱忘了什么感觉。结果，管止深说他要开车去北京。

张望留守Z市。

阿年说："我的梦想是，成为张望一样的女强人。"

管止深一边开车，一边捏了捏她胳膊的小骨头，蹙眉说："张望如果是发电机，你顶多就是一节南孚电池。"

"被你说得太悬殊了吧。"阿年边吃边说。

吃的是婆婆方云给准备的，然后小姑子给她来电，说其实这零食是她老妈从她房间里偷走的，一大包都悄悄搁在了管止深车上，管止深的车上，后备箱里，连日用品都有，这个老妈照顾儿子照顾得很好。

塞零食，是怕阿年路途寂寞。方云对阿年的好，一点一滴，阿年记得，真的记得。

管止深说，发电机和电池说法没有贬低你的意思，只是告诉她："发电机有发电机的责任，她的累是阿年你无法想象的。我身边的，认识的每一个强人都有自己的目的，总会为了一点什么而付出辛劳。我，是为了证明自己，为了爷爷，父母，妹妹，为了你和将来的孩子。张望她生活得很辛苦，她却真的不知道自己究竟为了什么而苦。所以，阿年你不要盲目崇拜女强人。"

阿年被管止深说得有点心酸，听过张望的一些事，很苦。

管止深曾和江律讲过，他说，不认识张望的人，只看到了她在人前的表情有多光鲜，而作为认识了张望多年的朋友，有亲眼见过张望哭，男朋友病床前她哭得最凄惨，可是却哭不回男朋友的生命。

眼泪洗过的一张脸，还存在人前，已不易。

说起阿年部门的事，阿年实话实说："我们部门的领导很公正。"

管止深挑眉。

小领导没有因为影子说自己有背景，就给予特殊照顾，一视同仁，看待人和事，都很客观。

"你能做到么？"管止深问阿年。

阿年摇头："百分百客观我可能做不到，能做到百分之六十吧。"

管止深点头："任何人都做不到百分百的客观，百分之九十已是难得。你的这个领导很年轻，她不是修炼多少年才做到这样，是属于骨子里带的。一个人成熟的其中一个标志，就是对待人，事物，客观，你领导早熟，你……晚熟……"

阿年囧，其实我熟一半了。

一路上，其实最让阿年不解的是，他为什么要亲自开车去北京？就算张望说过，他喜欢凡事亲力亲为，那也不至于爱上了开长途车，一定累啊。管止深跟父母住时，父母需要保姆，才一并照料了他一些，但他在国外读书时，习惯了一个人，美食，衣物，等等一切，亲手自理。

……没听说过他有开长途车的嗜好。

阿年已不记得，曾经的某一天，她做过一个少女梦，希望有一个男人，一辆SUA，荒芜的路上，抑或是繁华都市，男人能牵她之手，向前走。

她不记得了，管止深替她记得，认真开车，攥住阿年的一只手，然后，今时今日想起，管止深觉得，阿年那个少女时的梦，再给她配上一颗真心，如此，甚美。

阿年常常惭愧，自己并不是一个合格的女友，小性子真的太多，一时不好改，包括那些在外婆和舅妈面前不敢冒出来的叛逆，包括那在心头跳跃了22年却无处表达的顽皮。今日有的，阿年一直珍惜，她望向车窗外的景色，感谢旧时光，造就了一个如此的男人，给了她，且不论这给予是短暂，还是长久。

　　Z市。方默川自己的第一个事业，是和朋友一起合伙经营酒吧。
　　今日隆重开业。
　　乔辛她们都来了，捧场。
　　特殊地安排了一桌，里头上座儿！
　　乔辛对自己亲哥说："这投资不会是坑默川吧？那人可在Z市干酒吧这行很久了，默川是头一次。"
　　乔易看了那边一眼，来往的客人多数他面熟："难说，非哥干这个太久了，高中就不读书了混社会，认识的人太杂，鼓动默川入一股合伙儿，估计是有别的心思，他倒不敢坑默川，默川什么身份？非哥哪敢？"
　　"那就好，真怕默川着了谁的道儿，不过这家伙除了干架冲动，脑子还是比我们有的。"乔辛说。
　　方默川应付完了一些熟人，过来这边，坐下，拿过左正的酒喝了一口，皱眉："妈的，真累啊！"
　　左正给他又倒了一杯，注视闭着眼睛靠在那儿的方默川，雪白的颈，粉唇抿动时喉结也上下滑动，左正望向别处，呼吸。
　　撞了又修好的车，是方默川离家唯一的值钱物，打工，他发现自己也许不合适，况且母亲堵住了他的后路。他不知道做生意难不难，其实，除了已经习惯了的混日子生活，其他对于他来说，都是崭新的，艰难的，不求这次入股有什么收益，只要不赔本，这样暂时生活着，一步步走下去。
　　"不是说不会放弃阿年的吗，怎么舍得了？"影子问。
　　众人都看向了方默川。
　　方默川喝了左正倒的那杯酒，今晚喝得有点多了，平时熟识的人，来了都要跟他喝一杯才算完。他头疼地说："开窍了呗。"
　　"哈哈哈哈哈，呗？"向悦惊讶，"祖宗你第一次说话尾音带呗字你造吗……这充分说明你现在口是心非！"
　　"能让你开窍真不容易。"影子冷笑地说，低头喝东西，末了又嘀咕了一句，"你不是跟你妈杠上了吗，你怎么还用卖车的钱？"
　　向悦横眉，影子你不是找揍吧？
　　影子无所谓，说错什么了么，事实本如此。
　　方默川更无所谓，几字一顿地道："没有削骨还父，削肉还母的本事啊……"

Chapter 12
感谢旧时光

乔辛转头看影子，"你不是打入我方的敌军吧？"

影子挑眉。

方默川头疼地站起身，捏了捏眉心，单手插进裤带中，转身吹了个口哨高唱："心不在留不留都是痛……"眼底忽然含了泪，似乎是入喉的酒液不知怎么就进了眼眸里，染了眸底一片潮湿。

叫人，呼吸都难。

乔易转头时，看到一来人。

"方慈姐？"

左正点头："是。"

方慈拎着包进来，站在门口处扫视了一圈儿，找到弟弟的身影，走了过去，服务员上前打招呼，只认出是个有钱人，倒不知这是谁。

方慈抬了一下手，制止了服务员的啰唆。

直奔弟弟。

方慈拍了一下方默川的肩膀，他回头。

乔易浅抿了口酒，润喉作用："方慈姐找默川干什么？家中母上大人，又有什么苛刻的指示政策下来？"

众人摇头。

一旁的角落里，音乐声很强。方默川点了一支烟，皱眉："你去吧，我就不去了。"

"怎么了，别告诉姐你没时间，开个破酒吧你当成正经事业了？外公让你过去，那是你亲舅舅的生日。"方慈严肃道。

方默川抬眼："你和妈真势利，这关系也真搞笑，用人家了就叫亲舅舅，不用人家了就是姑父，倒是分得清远近，把别人都当傻瓜了？"

"你看着办！星期五下了班我司机开车过去，一起不一起你决定，外公可还不知道你跟家里闹翻的事，一家人都在替你瞒着，瞒得辛苦。"

说完方慈就走了。

方默川闭上眼睛……

北京的第一天，阿年一个人在酒店里呆着，看电视，上网，打发无聊的时间。管止深出去忙正事，说要晚上才回来。

上网时，阿年跟乔辛向悦聊天，说起了方默川的事情。阿年曾经总会对方默川说"分手"这两个字，那是非常生气和玩笑时，现在真的分手了，却不敢说出这两个字，她怕这两个字割伤自己割伤他人。

自始至终，阿年和方默川从认识到在一起，再到现在结束，很明了，方默川这五年多来从没说过"分手"这两个字，哪怕是阿年开玩笑时说了，他也认真地说："不准，以后不准说这两个字了，太让人难受。"

阿年不说。

晚上七点多，管止深人没回来，听说还没忙完，他派了一个司机来酒店接阿年过去，等他一起吃晚饭。司机说，管总推掉了合作伙伴安排的饭局，阿年点头，哦，抬头，这司机真忠心，各种说管止深的好。

上车之前，阿年一只脚都踏上去了，又收回来，给管止深打了过去，小声地问："你派人来接我了？车牌号是多少？"

管止深点头，派人接你了，车牌号，北京这边的车，他不记得那人开的哪一部，所以不记得。他问阿年，什么事？

阿年说，我怕上了陌生人的车，被卖掉。

管止深莞尔，他在临时组织的商讨会议中下不来，抬起文件夹，对众人以示抱歉，出去接了这个来电，打开会议室的门走出去："卖了你，值几个钱？"

"不要开我玩笑。"阿年觉得他真是烦人死了。

"不过，人贩子只有把你卖给我，才能得个高价——管止深无限期回收阿年……"说完他让阿年把手机给司机。

他跟司机说了几句话，阿年窘迫地点头，上车。

管止深夸赞了阿年一番，女孩子的自我保护意识，的确该有。

鉴于管止深太不要脸，阿年有样学样地对他吹嘘："从小我就觉得我是如花似玉古代四大美女转世又带了一身仙女精灵气质，王母娘娘小时候给我托梦，让我长大后要注意人贩子，因为我长得太美啦！"

说完，阿年恶心自己中。

管止深淡定："是么，王母娘娘有没有一并托梦告诉你，长大后你会遇到一个玉树临风倜傥风流内在堪比古代四大才子外表堪比男妓青楼说书的又集齐了一身皇上王爷贵族气质的男人，把你拐了去，因为他太帅了！"

阿年摊手，看吧，这口才，果然他是个说书的没差。

到了地方，管止深还没来，可是他已经点完了餐。

据服务员说，菜上来时，管总差不多也到了。

阿年在意的是，出来吃个饭，菜单都不给她看一眼就点完了……

要饿疯了，阿年等待菜们快点跑上桌子来的心，比等待管止深的心还焦急。阿年觉得管止深太狠，他是不是怕他的地位被菜比下去，才吩咐他来了再上菜的，捆绑式……这真的太狠毒了。

难怪他那个心理医生同学说，管止深是那种卸磨即刻杀驴类型，他不喜欢手下的高层们把战术叫"策略"，通常要称之为"手段"，他喜欢手段二字的书面气势，更喜欢绞尽脑汁地让强大的对手无力抵挡那种快感，不杀人不放火的情况下，管止深只以自己利益为重。

北京，阿年是第三次来。

情生以南

她没有到处走过，也不知道哪里是哪里，司机说，管总来北京，心情好的情况下会来这里吃饭，陪同的人，一般是张助理。阿年好奇，那不一般的时候呢，他带谁来？司机觉得可能说错了，噤声。

这意思是带过其他女人来？

阿年，顿时吃味。

管止深抵达望京这家酒店时，司机打开车门，他弯身下车，一脸严峻地在与人通话，几分钟后，通话结束，他走了进来。

上来很多菜，阿年看得眼花缭乱，干菜烤河虾，茴香豆，糟凤爪，等等，拿起筷子，阿年不知道从哪一个开始下口。

管止深给她介绍口味，让阿年挑选自己喜欢的口味吃，还有，他认为哪一个好吃，建议阿年可以先尝试。

阿年抬头，半有情绪地说："你以前跟其他人来，也是这么温柔地介绍？"

"我带谁来过？"他好奇，是不是司机说错了话。路上难免有些话题打开，真怕司机说错了什么，早知该交代清楚，对司机。

"我哪知道。"阿年瘪嘴。

管止深浅淡一笑，五官棱角分外魅惑，并不解释。

阿年暗自琢磨，好吧，他的确很优秀，很绅士，不经意地一抹温柔流露出来，估计很多女人，女孩子，都抵抗不了。他的34年人生里，不知道让多少个女人心怦怦跳着破碎，他自己，又是否为了谁心肠疼痛过。

干菜烤河虾，成了桌上阿年最爱吃的，鲜红色的河虾，须多，吃起来觉得有些费事，不过阿年依然喜爱。

管止深像照顾孩子一样，帮阿年，阿年只负责吃就可以了。享受这种待遇时，阿年专注地看他，以前他对别的女人也会这样？所以说，阿年觉得，下辈子不当女人了，疑心好重，自己都觉得好累。

美食当前，是否该吃菜，而不是吃味那些有的没的呢。

九点多，阿年和他回去住的酒店。

管止深还有一点事情要忙，阿年在卧室床上，抱着笔电上网，管止深忙碌完到卧室时，抢过阿年的笔记本，搁在一旁，直接就吻了下去。

"可以吗？"管止深问。

阿年摇头，戴上耳机装死到底。

晚上十点半多，管止深叫阿年睡觉。

阿年说再看一页。

眼睛很干，阿年揉了揉，不舒服，管止深无事可做，阿年看书，他看阿年，拿过阿年笔记本旁边的眼药水，站在阿年面前，让她抬头。

阿年仰头，睁开眼睛，睫毛动了几下，不动了，滴眼液进入眼睛里，冰冰凉的感觉。另一只也滴了，两只眼睛都舒服了，再去拿起书，管止深抱住她，直接按在了床上，他说，不能看了，到了睡觉时间。

北京的第二天。

早晨阿年洗完了澡，吃完早餐，又去睡了一个半小时的回笼觉，没有大姨妈在身，轻松极了，这种东西就该一年来一次才对嘛……

阿年睡醒后，管止深早上出去一趟后也重新回了酒店。见阿年蹦蹦跳跳，他蓦地站住，眼神扫视阿年的身体。

止深一笑，倾倒阿年。

他带她见了一个知名律师，此人打过许多轰动一时的胜仗。路上管止深在车里对阿年讲，那座四合院，购买下来，他拿出的不是一笔小数字，四合院的价值也不会贬，然后阿年听不懂，有什么重要关系？

四合院现在是谁的，阿年不关心。

管止深对阿年说，当做是为了你爸爸做的最后一件事，他在里头出不来，外面的事情左右不了。

阿年沉默了一会儿，问管止深，四合院现在是谁的？

"在你二叔名下。"管止深说。

四合院怎么到的二叔名下，阿年不知，要详细地询问父亲，也许是这中间二叔要了什么手段。

管止深对阿年说，你二叔在Z市已经买了房子，地段价位都极好，是一般人一辈子也买不起的一处房产。阿年点头，说这个她知道的，有一次陪影子去买房子，就看到了二叔一次性付款买房。

管止深再说，为你父亲生了一个小儿子的女人，很年轻，才三十几岁，大概看中的是你父亲有钱，为你父亲生了孩子，也是看你父亲没有儿子，以为生了一个儿子，站稳了地位，没想到你父亲因事被判。

管止深讲："你二叔拿到四合院的产权，可能是和那个为你父亲生孩子的女人合伙串通了，欺骗你父亲。你父亲对你也许心里有愧，但重男轻女的人，最看重的仍然是小儿子，孩子你父亲很挂念，为了儿子的未来愿意把四合院交出去，但你二叔从中欺骗了那个女人，把四合院最终弄到了他手上。"

"我二叔那么无耻？"阿年无语。

阿年觉得自己把事情想简单了，四合院值钱，全款数额巨大。对于一直游手好闲的二叔来说是一块儿肥肉，父亲在里头出不来，做什么说什么都不方便，一定是二叔为所欲为了，听管止深这样说，那么，父亲在外头的那个女人，也不是特别有脑子，否则，怎么会再被二叔摆了一道儿。

"你二叔不仅欺骗你父亲这一点无耻，你二叔还和你父亲的女人在一起了。"管止深再说出惊人的话。

阿年错愕。

在一起了？什么意思？

管止深说："你二叔游说那个女人，跟他在一起，一个没名分的嫂子，跟了小叔子，哥哥的孩子，他当小叔子的照顾着，哥哥的女人，他当弟弟的也一并照顾着。"阿年父亲找的那种女人，私生活混乱不止一天两天，是个男人就行，和阿年二叔上过一次床，就习惯了这个男人。

没想到是被骗了。

那个女人现在目睹阿年二叔带着别的女人四处游玩，用钱如流水，那个女人开始担心孩子未来得不到一分钱。

阿年大概了解，二叔在Z市买房子的钱，应该是父亲那一笔买四合院的钱，剩下了不少，管止深当时松口，给免下去了许多，却进入了二叔的口袋，供给二叔逍遥快活。

最让阿年生气的是，二叔，跟爸爸的女人……发生那种关系。

管止深对这种事没有过分惊讶，听的看的离奇事情比这过分很多，因为那个人是阿年的爸爸，所以他才帮忙。

起码不能让四合院落入阿年二叔的手中，一座可以生出许多钱的四合院，到了阿年二叔手之后，不出几年，一定挥霍一空，阿年二叔什么虚伪德行，管止深知道。

阿年不懂这些，也没有办法为谁打算，更不知道从何下手。阿年不想争父亲的任何东西，一分一毛都不想要，以前没要，现在也不需要，管止深在说服阿年，让阿年出面争一下，算是为那个可怜的弟弟。

孩子太小，无辜，他认为那毕竟是阿年父亲的儿子，时家唯一的男孩子。母亲愚昧，会影响孩子的成长，长大后孩子恐怕会走错路，该属于那个孩子的财富，不应该全被阿年二叔挥霍一空。

阿年思考了一路，那个孩子，阿年没见过，的确是自己的弟弟，没有任何关系，但有血缘关系，被一个愚蠢被骗的母亲带着，如果这孩子是二十几岁懂事了，跟母亲一样，那阿年就不会搭理的，可是，真的太小了。

四岁左右那么大。

时家，唯一的一个男孩子。

管止深不用阿年做什么，出庭的时候去出庭，一切听律师的，其他的管止深已经打点好，事情进行中。

跟律师谈事情的地方，很静，阿年看了身旁的管止深一眼，不知道他为何如此帮助父亲，见过父亲了吗，受到的是父亲的嘱托。

可是父亲怎么会信任他？都没有问她什么，认不认识这个人之类的。

帮助父亲的小儿子争夺财产，这种行为，其实有必要和没必要是各占一半，阿年完全是听了管止深的游说，管止深很积极，阿年没有多想，只当成这是管止深在为她家，她的以后，多做考虑。

律师和管止深商量的是，为了公平。如果官司最后胜利了，四合院不管任何途径所产生的金钱，阿年和阿年的弟弟，人均一半。这笔钱，阿年用与不用无所谓，阿年会跟他在一起，他最不缺的就是人民币，阿年若是不用，可以将钱存起来，等到以后看看弟弟成什么模样，再作打算。

听着，所有的一切，管止深的立场好像都是站在阿年父亲的角度，为的，是那个四岁多的小儿子考虑。

阿年觉得很奇怪，但是哪里奇怪，云里雾里。

管止深就是这样一个人，说出的话往往真假难辨，被他卖了，可能真的会回眸一笑对他心存感激。

和律师商议完，管止深带阿年回了酒店。

北京的第三天。

一大清早管止深又出去了，给阿年打过来，让阿年听外面的人的话。

阿年问，干什么？

管止深才说，今天他父亲过生日。

阿年惊。

管止深担心提前告诉阿年，阿年一定会过分紧张，两天都吃不好睡不好，所以只能到了日子才说出来。

管止深的母亲和妹妹，爷爷，每年都不会过来。

晚上，在酒店中给父亲过生日。

不是特别铺张，很低调。

入住的酒店门口有等候的化妆师，阿年紧张得要命。

化妆师给阿年化了个淡淡的妆，不仔细看根本看不出来一点，头发也弄了一下。阿年22岁，但平时看上去就19岁左右。弄完了，22岁的阿年，看上去……嗯，像22岁了。管止深希望阿年今天的样子稍微成熟一点，他怕所有人看他的眼光，暗指他太老了，带着一个那么小的女孩子。

10点多，管止深回了酒店。

给阿年买了高跟鞋，裙子，包，所有女人东西他都买完了，擅自做了决定，自己看着顺眼的，就全给了阿年。

阿年看着床上这条裙子，高跟鞋，感觉好有压力。

在化妆师的帮助下，阿年全换上了，穿高跟鞋阿年要不会走路了，在酒店房间中走了几圈儿，能站稳。

化妆师教了阿年，怎么拿这种包。

感谢旧时光 Chapter 12

感谢旧时光

Chapter 12

阿年觉得好丢人，真的没有碰过这种款的衣服和包，这就好比让一个平时拔腿就跑的人，突然去参加奥运体操项目走平衡木！

化妆师离开，管止深进来，上下打量了一眼阿年，只温柔地说了两个字："好看。"

好吧，他说好看，眼眸里没有一点虚假，阿年就暂时信他。

一个上午，加上下午，管止深去哪里都带着阿年，阿年跟他走来走去，渐渐习惯了高跟鞋，但是，脚很痛。

忍着，没有告诉身边的管止深。

"累不累？"某条街上，管止深搀着阿年的手，往停车的地方走，转头问身边的阿年。

阿年摇头："没有，这样身高上高了一点。"

管止深见她笑得开心，他也开心。

晚上很快就来了，阿年紧张地抓着管止深的左胳膊，原来是一个手抓着，后来换成了俩手一起抓着。

"别紧张，只是见爸一面，说句生日快乐就走。"管止深安抚，还没有公开他已婚的事情，所以，这次不会跟任何人介绍阿年。

管止深以阿年还小不定性，会不会离婚分开还不一定为由，不太具有说服力地说服着父亲母亲，这事先不许告诉爷爷，也不对外去说，直到阿年怀孕，或者生下孩子再说不迟。没人会说一句管姓人闲话，他已婚，并有了孩子这个事实，会让管姓的仇者很痛。

进到酒店 VIP 厅之前，管止深搀着阿年的手，转过了身，一手紧搀阿年的小手，一手勾起阿年的下巴，温柔地吻了片刻。

阿年脸红，扫了一眼周围的人，和管止深一起进去了。

在场的人，阿年一个都不认识，由于阿年站在管止深的身边，所以看向阿年的目光很多。管止深怕阿年紧张，让阿年不要去看别人，只看他一个，阿年听话，实在得很，就盯着管止深看，花痴一样。

管止深先带阿年去见了父亲，说了生日快乐。如管止深所说，话没说上几句，就有人要见管父了，管父让管止深一起过去，管止深让阿年在这个包厢里等着，不要乱走。

管止深和管父出去，阿年松了一口气。

高跟鞋穿得脚上很痛，阿年老实得在包厢里呆着，包厢门没有关，她怕关了再有人推门进来，打开着，有人见到她在，就不会进来了。锁上不可以，这是管父休息的包厢，被人知道锁上了，还以为里面怎么了。

一抬眼，阿年愣住。

方默川……

方慈和方默川在，管止深可能也不清楚，阿年看到了，尴尬，管父不知情，所以安排座位上让事情更尴尬了。方慈看着同坐一桌的阿年，好奇，阿年来这里干什么？给舅舅生日祝福，谁带来的？

看向自己的弟弟方默川，方默川低垂着眼，蹙眉玩着手中的打火机，方慈懵了，这看上去也不像一起来的。

桌上每人面前一个杯子，倒满的是白酒。

方慈期间跟阿年说话："怎么来的？"

阿年抬眼。

方默川亦是抬起了头，看阿年，蹙眉看向姐姐，怕为难阿年。

别人没有理会这种平常不过的对话，也看不出这几人之间的关系。阿年紧张，手指攥着让自己淡定："坐车来的。"

方慈无语。

阿年低头，紧张，手指捏着面前的杯子，刚好桌下放着水的包装瓶，以为是水，阿年喝了一大口。"咳——"

辣得转头咳了起来。

方默川立刻站起身，到阿年身边拿过桌上的纸巾给阿年擦了擦嘴边，关心："没事吧？"说完就拉着阿年去了旁边。

VIP厅的一侧，方默川轻轻拍着阿年的背。

方默川很尴尬，总觉得管止深照顾不好阿年，可是，又觉得自己不如管止深照顾得好，否则阿年怎么叛变了？

这会儿他心疼阿年，怕她胃里难受。

阿年抬头，口中都是白酒的味道，摇头："没事，一会儿就好。"

管止深一直在忙，父亲认识的人都是他的前辈，他要逐一地打招呼，照顾不到一个，恐怕都要被挑剔。管止深擅长应付这些人和事，而方默川，理应早已走入这种交际圈子，却迟迟不肯，他不喜欢，也怕自己应付不来！

视线寻找阿年时，看到阿年跟方慈他们坐在一桌，他走不开，想拉阿年去另一桌，或者直接去楼下车里，等他。视线便一直不放心地在阿年身上，从阿年和方慈说话，一直到此刻阿年被方默川轻轻拍着背，管止深都看着。

接着，阿年转身走了。

方默川在门口停顿了一会儿，竟然追了出去。

管止深转身，不理了任何人。

进入电梯，方默川追上了阿年，一起进入了电梯，管止深蹙眉，他对自己很有信心，但是，他仍然怕阿年每一次和方默川的单独相处。

阿年，性子太软太软了。

当管止深到了酒店一楼时，方默川和阿年的身影已经消失了。他四处看，拿出手机，视线刚巧看到了阿年，一个人。

他追过去，一把扯过阿年的胳膊："干什么去？"

阿年回头："好热。"

很老实的样子，阿年扇着脸，喝了一大口白酒几乎半杯子灌进去的，咳得嗓子疼。

Chapter 12
感谢旧时光

管止深问："默川去哪儿了？"

"去给我买药了，我没跟他说什么，我说没事。"阿年抬头对他解释，怕他误会，显然管止深也喝了酒。

应付那么多人，怎能滴酒不沾。

"我们先回去。"管止深拉过阿年，目光痴迷地，他怕，真的很怕失去阿年。

父亲的生日宴，到场了，早退，无碍，让他任性一次。

阿年点头，跟他上了车。

车行驶在路上，生日宴的地方很偏僻，管止深把车开出很远，阿年却难受了，有点晕车，胃里不舒服。

管止深停车。

"下去吹吹风，能好一点。"管止深说。

两个人下了车，吹了一会儿风，阿年好多了，附近有个工艺品店，很大，是个老建筑改成的店面，已经关门了，附近除了大街上的车，根本没有行人。适合这样走一走吹吹风，管止深攥着阿年的手，往东边走，建筑物的一面墙壁这边，是一条很深很长的胡同，通往的是什么地方不知道。

附近似乎也没有居民。

阿年是有点怕黑的，但是有管止深在。

"走不动了。"阿年靠着胡同里的墙壁，站住了，漆黑的胡同里就阿年和他两个人，脚上的高跟鞋害死人，阿年怕再走下去，命丧于此双高跟鞋。

美丽真是一件痛苦的事。

管止深看着阿年，城市不知道哪里的闪光灯，时不时地闪过来，晃得阿年小脸变了色。管止深抬手，摸了摸阿年的脸，很烫，那口酒她喝得太急，揽过阿年在怀里，管止深抱着她："抱着你走，还是我背着你？"

阿年靠在他怀里，哭了。

也许是酒劲儿有点上来了，想起了方默川的样子，他好心去买药了，可是阿年要选择这样不告而别的方式拒绝方默川的药，这对于方默川来说是残酷的，他并没有做错什么，阿年始终觉得是自己对不起方默川在先。难过，不知道这种愧疚要何时才能被抹除，管止深对她很好，是她奢望了很久别人给不了的好，她才选择。

"别多想。"管止深不知道如何安抚阿年了，抬起阿年的脸，吻了上去。

阿年止住了眼泪，身体靠着墙。

他对她说了许多动听的话，他的眼神，气息，更加动人。

阿年觉得自己跑不了了，也不知道自己是清醒着，还是醉着，总之，坚持了那么多次，这一次不想坚持了，索性，就豁出去了！

他做什么，她都点头答应。

阿年环住他的脖颈，跟他接吻……

第二天阿年醒得很晚。

手臂舒展，从被子里伸了出来，接触空气。浑身很乏累的感觉，在被子里动了动，身体有一点不舒服，但是，阿年觉得应该正常。

转头……身边没有人。

身体在叫嚣着不想起床不想起床，那好吧……接着睡了。

管止深回来已经中午十一点半。

阿年没醒，管止深点了餐，让人送到房间。

等餐期间，管止深去工作了片刻，处理了一些事。

送餐的人来了，也把阿年吵醒了，管止深没让送餐的男服务员推进来，他说："我自己来，可以了。"

管止深接过餐车。

门关上了。

走到床边，他抓住阿年伸出来的一条胳膊，顺势把阿年拉了起来，俯身询问："身体没事吧？有没有哪里不舒服？"

阿年脸红地……摇头。

管止深在阿年的额头上亲了一口："起床，吃点东西再接着睡。"

阿年迅速地穿衣服，双腿发软地去了卫生间，洗漱，浑身无力。

他摸不准阿年在想什么，用餐时，他试探地问了一句："真的没事？"

他怀疑阿年是不是身体不舒服，所以不爱跟他说话，管止深怕昨晚的事会给阿年造成什么心理阴影。

阿年咳了一声，有点感冒的小症状出现，低头吃东西，不说话。管止深哪有心情吃东西，蹙起眉头，站起身走到阿年身边，站在阿年身后，俯身抱住阿年，在阿年耳边轻声问："哪里不舒服，嗯？"

他的热气一碰阿年的肌肤，阿年敏感，躲他："你离我远一点，暂时不想跟你说话……"

管止深拧眉，如此看来，还是生她气了。

"身体不舒服？"这是他最关心的，没有身体不舒服就好，如果是觉得醉酒失去第一次心里不舒服了，他认真哄。

"我不吃了——"

说了不想说话还说——

阿年抱着试试看的态度在炸毛，想知道昨晚之前和昨晚之后，管止深对她到底有没有差别，阿年担心那个了之后管止深就变了。

他知道只要"哄"就对了，哄不好再哄，玩命地哄。拿起饭碗，筷子，夹了一点菜，用筷子夹了白米饭，可是有点费力。他最后拿过了小勺，把白米饭和菜放在了勺子里，喂给阿年吃。

"张嘴。"管止深异常温柔。

吃了一口，阿年偷偷地瞥他一眼。

第二口，第三口……连续几口，一碗米饭很快吃完了。管止深把自己的米饭分给了阿年一半，他吃不吃都行，一口青菜，一口肉菜，一口鱼类，换着给阿年喂，不知不觉，阿年跑神儿地吃了一碗半米饭。

"吃饱了。"阿年低头说。

管止深放下了碗筷，把餐车推到了一旁。

她在他臂弯里躺着，管止深的手在对阿年顺毛过程中，这完完全全就是一个忠犬型男人。

过了片刻，管止深脱掉了衬衫，背过身去趴在了床上。

结实的脊背，男性腰部和厚实肩膀，全都是一条条的指甲抓痕。阿年不禁看了一眼自己的短短指甲，爪挠的吗？

很疼吧阿年觉得。

管止深腰上一条一条的抓痕，不算太重，很浅，阿年吹了吹，最后让人帮买了药膏，给他涂了一层，怕感染了。重要的是他后肩膀上的抓痕，有两小细条出血了，两厘米左右。管止深趴在床上，阿年一腿弯着偎在一旁，吹了吹，用棉签把药膏涂抹上去一小层。

"这条怎么这么重，皮抠掉了。"阿年皱眉。

管止深抬起俊脸，视线盯着懵懂表情心疼他伤了的阿年，薄唇朝阿年舔了一下，玩味开腔说了一句话，说得阿年直接怒了！用枕头把他的脑袋埋上，一个枕头不够，他钻了出来，再拿一个，再加上两个抱枕，四个，总算是把他的脑袋给彻底埋好了……

上完了一层透明药膏，管止深皱眉穿上了衬衫。走去洗手间，照镜子看自己五官，阿年灰溜溜地跟了过去，管止深转头："你干什么。"

"对不起。"阿年低头，踢了一下地上的一次性牙膏盒包装。

完全是，当成了路上的小石子，大脑一片空白，忘了这是酒店室内。

管止深看着那个包装盒，蹙起眉头："把它捡起来，以后不可以随便扔东西，比如枕头，被子。"

阿年眼神不服，生气抓狂的时候不扔被子，枕头，那扔什么？

"捡起这个盒子。"他说。

希望她能听话，阿年心里有一点小叛逆，小毛毛刺，但至今为止，他不清楚是面对任何人都如此，还是只对他。

阿年低头，看了一眼地上的包装盒子。

摊手，凭啥我捡，又不是我丢的。

"你捡。"阿年说。

好，他弯腰捡了起来，扔进旁边的垃圾桶中。

阿年无语加欣慰，管止深倒真的听话，感动得她要泪奔了。

下午五点不到，太阳刚下山了一半。管止深带阿年去见父亲，这次没有外人，只有家里人。去的路上，阿年紧张无比，其实人多的时候还不会这样紧张，至少那天过生日人多，管父是招待外人为主，不会跟阿年多聊什么。

这次，阿年怕管父会问些什么，一慌张，就什么都说不出来，管父精明，看出了破绽怎么办。阿年对管止深说，管止深亲了一下她的额头，安抚她说没事，说错就说错，有他在一旁，兜得回来。

实在不行，大不了一个豁出一切，摊牌。

用餐的地方不夸张，不奢侈，但很正式。

都坐下后，菜上齐了，管父跟自己的儿子聊了两句，对儿媳说道："止深他妈，这两天来了好几个电话，一再警告，所有人不能吓到了管家儿媳妇。"

阿年尴尬微笑，心里很囧，管父真的没吓到她，一，没说上过几句话，二，管父一直都很可怕吓人，不光现在。

人好，但阿年就是怕，心里有鬼导致。

管父对阿年聊家常一样地说："爸就是这张不太会笑的脸，像止深的奶奶，年轻还没娶止深他妈的时候，家中给安排了几场相亲，最后都黄了，原因都是说爸这张脸死板，对人家姑娘不满意。"

边说管父边对阿年笑："爸当年可是相中了那几个姑娘，哪一个都比止深的妈妈漂亮几倍，好在爸最终选对了人，娶了止深的妈妈，婚后就生了止深这个儿子，儿子又给我们找了个好儿媳。"

阿年被夸得不好意思了，过奖过奖。

"爸唯一感到遗憾的是，一整年回不去家几趟。止深的婚事，早在他二十三岁家里就都急了，他爷爷着急，当爸妈的更着急，上门介绍对象的人挤破了门槛。"管父看了一眼儿子，一派威严，对阿年继续说，"止深的爷爷怕看不到管家再下一辈儿的孩子出生，急得爸在北京这边儿也操心不着家里的事，压力都是止深的妈妈一个人承担。晚婚这一点说到底，是止深的错。"

管止深点头："是我的错。"

"所以，止深的婚事爸没插手教育，以后止深的儿子，爸将来的孙子，到了结婚年龄还不结婚，那可绝对不行，过不去他爷爷你们爸这关！"管父突然严肃了起来。

阿年懵了，这说得上句不接下句的，目的是什么？还是单纯地就是醉酒后的醉话？

阿年点头，表达出很认同公公这番话的样子。

管止深看阿年，阿年是真单纯还是喝花生露喝醉了，不管三七二十一，怎么就敢点头？老实的阿年，真的是一个抱大腿的好料子，见风使舵的丫头，尤其是对长辈，这种拍马的情结非常严重。

管止深觉得阿年对他，真的是一直浑身倒刺儿扎人。

看到阿年诚恳地点头，认同这话，管父点了点头，开腔："爸这年纪，没几年就快六十岁了。到了退休的年龄，回老家休息，在家逗逗小孙子小孙女，就算你们两个今年生了孩子，长大二十岁早点结婚，爸也八十了，能不能活到那个时候还两说。"

阿年心一沉。

怎么觉得好像哪里不对？

看向管止深，见他也是蹙起了眉头，一脸沉默。

"你爷爷已经八十多岁了，身体看着还硬朗，但这老人们的身体，说不出个什么时候就有好歹，能不能看见止深的孩子出生，就看老天怎么安排了。"管父说到激动之处，抹了一把辛酸泪。

阿年瞧着那瓶父子俩在喝的酒，皱眉，好酒就是可怕……都把人喝哭了。

不过阿年觉得好诡异，管父那句"就看老天怎么安排了"，听在她耳中，会有一种错觉，仿佛是在对她说"就看你们什么时候怀了"。

——有没有很顺溜儿？

　　离开吃饭的地方，有车来专程接了管父。阿年很难过，管止深说，他父亲退休比较晚，大半辈子都在外面过的，没体会过家的滋味，也就只有退休之后能享受一下天伦之乐，所以分外期待孙儿绕膝。

　　送管父上车时，阿年看到，驾驶座位开车的人是方默川。

　　阿年不知道如何开口打招呼，跟管止深站在一起，面对着方默川，阿年有一种叛变后被抓的感觉。方默川的眼神带刺，很不爽，直直地盯着阿年，白皙好看的手指攥紧了方向盘，用冷笑招待阿年："你好。"

　　方默川瞥了一眼神情淡定的管止深，开了车。

　　管止深攥住阿年的小手，怎么，会是冰凉。

　　不喜欢看到阿年为了方默川再走神儿，但是，在所难免，因为理解，所以不想质问什么，不想计较表情，不想争吵。

　　因为她比他小很多。

　　管止深不信，全心全意去宠一个人，最终还能把人给宠跑了。

　　由于管止深也喝了不少白酒，阿年没有让他开车，两个人坐的出租车。

　　阿年在车上眯了一会儿，很困，可是回到酒店，又有点不困了。

　　还没有心情去洗澡，阿年很认真地，跟在那边沙发上坐着，腿上一个手提工作忙碌的管止深探讨。"你爸的意思，是让我生孩子，我没理解错吧。"

　　管止深点头。

　　"可是，我还没打算生孩子呀。"阿年说。

"我知道。"管止深抱着理解的心态。

阿年是个很容易感动的孩子，管止深这样不气不恼，不站在父亲那边帮着她理解她的表现，让她纠结了一会儿。是否该互相理解？管止深都理解她了，她就理解一下管止深。真的，如果管止深的孩子生晚了，管爷爷未必看得到下一辈儿的出生，管止深的父亲，未必看得到孙子结婚那一天。

原因，管止深晚婚晚育了。

"我生？"

"不行不行，我才22……"

"可是他都34了。"

"我生，还是不生？"

阿年一个人嘀咕。

生日过完，管父话里有意要留方默川在北京呆几天。

"舅舅，很感谢您，可我不想留在北京，我离不开Z市。即使有一天我不生活在Z市，我也不会考虑北京，这是我最讨厌的……一个城市。"方默川颔首，态度坚决。

"你妈为了你，整宿整宿地睡不好觉。五十多岁的人，你当儿子的得学着体谅，那是你妈，不是别人。"管父拿捏着轻重说道。

方默川没再多言。

阿年和管止深来北京的日子比方默川和方慈早，父亲生日前夕，两个人解决了一下四合院产权官司的事。管止深离开北京的这天早上，开车带阿年去了一趟四合院，没进去，没有大门钥匙，只在外面转了一圈儿。

"空着呢？"阿年趴在墙头问。

"下来。"管止深严肃。

阿年没理他，注意力转移了。俩手扒住墙头，外面有一个凳子，阿年刚才站在上头，发现还是看不见四合院里面，上次跟张望来，只匆匆看了一遍，见到了几只野猫，摸了一手的灰尘，其他的印象，再没有了。

祖屋和阿年是有关系的，这种感情很微妙，阿年当时跟张望来此，看着立牌位的地方，她驻足多看了几眼，那是自己的曾祖父，还有曾祖父的父亲，他们是姓时的人，没有他们，就没有今天的她，所以这次，阿年想仔细看看这座四合院，曾祖父生活过的地方。

小学和中学，阿年经常淘气地往高高的单双杠上跳，这次一跳，手就牢牢扒住了墙头，手指有点儿疼，挂在墙头儿上，支撑不了太久，阿年快速地看。院子很大，院子中间有一个大花坛，周围种的是花草，中间是一棵小树，不知是结什么果子的树，阿年并不认得。几只野猫，大概饿的，依旧在到处乱串。这次是夏天看的，上次春天，入眼的环境都是很不一样。

上次看这四合院，和这次的感觉也不一样。上次阿年以为，父亲不会被判刑，然后，父亲能好好地照料这座四合院，祖宗牌位也有人照料。显然，二叔这种人是不可能那么做的，祖宗是什么，在二叔眼中，只是死了的人，路人一般。管止深说，这座四合院，二叔自始至终都没有进去过。只是看了书面的价格，以及很关心产权转让后，怎么转手再卖。

时家现在的人，父亲进去了，二叔这个德行，唯一的一个男孩子还没长大，才四岁多，阿年看着这座四合院，对牌位突生了一股亲切的保护欲。多想进去，擦一擦周围的灰尘，仔细照料一下。

心里的想法，没有对管止深说一句。

很多瞬间，阿年希望自己可以在管止深的生活中，变得重要，可是，究竟自己哪里好，哪里优秀，能在他生活中变得重要？不知道自己究竟哪里好，也许很不好，所以就只能尽量地，不给忙碌的他增添困扰。

管止深不知道她准备何时下来，想过去伸手抱下来，又怕她炸毛，她好不容易爬上去的。

阿年要下来了，这时阿年睁大眼睛见到四合院里贴着墙边走过来了一条正在散步的大狗，朝阿年张开大嘴，很凶地跳起来"汪"了一声，叫声极其恐怖，阿年吓得俩手一松，结结实实地"砰"的一声，摔在地上。

疼得原地打滚儿，闷哼中。

管止深无奈，早知道如此，不管炸不炸毛他都会毫不犹豫把她拎下来！

"动一下，感觉哪里不舒服了？"管止深一脸紧张，小心翼翼地把阿年给抱了起来。

搁在凳子上，检查。

"摔得很轻……"阿年动了动，好像没什么问题，小声地对蹲下身前的男人说，怕他会发火。

管止深拍打了阿年身上的土，小腿一块儿蹭破了，五官上泛着怒意："是，我看你还是摔得轻——"

不知错，这就是摔得轻的表现。

阿年听出他是生气了，低头，还是很小声地："下次把我摔得重一点，摔晕了不用看你吼我了。"

"……"管止深。

他解释，没那个意思。

这么摔了，他是担心，万一摔坏了怎么办？

"以后不要爬墙了，四合院里有什么好看的。"

阿年点头。

知道挤对他不对，阿年亲了他一下，阿年发现自己习惯了，这大概真是被他惯的。这个问题，同时管止深也意识到了，要改变一下相处方式和生活模式，不能打下这么一个底子，惯不是这么个惯法，阿年若有一天真的被宠上天了，他想管都来不及。

这让管止深想起了在小镇上，阿年家中无人，又忘带钥匙，二楼窗子开着，阿年跟邻居借了梯子，爬回家从窗子翻进去的。

"狗叫什么哪？"

四合院里出来个老大爷，阿年无语，这里不是没人吗？

老大爷说，大门和侧门都上了牢固的锁，小门儿在里头锁上，大狗看家，会咬陌生人，平时这狗也不敢放出去，就在四合院里头撒着。这位老大爷是阿年二叔花钱雇来的人，帮看着院子，直到出售。

阿年了解了。

跟老大爷说了再见。

走向车的时候，阿年是一瘸一拐的，腿没问题，墙头距离地面不算太高，摔下来脑袋嗡嗡的一小会儿，阿年不敢抬头看管止深那张黑脸。不过臀部摔得好痛，影响走路姿势。

无奈，如果能安全爬下来，谁愿意摔，怪只能怪她和那条大狗气场不和。

车开出了北京，已经过去了N久时间。阿年觉得，管止深这次生气的时间比较长，不过还是坚持一下，他不说话，她也不说话。

一个小时过去。

阿年看外面的景色，看得已经眼疲劳了。不知道他开车是多疲劳，却忍得住一句话不对她说，阿年觉得他耐力真好，这是打算跟她杠到底了。

主动？

不主动？

主动哄他这太丢脸了！

不主动恐怕会……

鉴于体恤管止深开车路途疲劳，没人陪他说句话他一定会孤独，阿年发善心主动开口，几分尴尬："咳，四合院最后不会卖？"

阿年记得，管止深跟律师商讨的意思是这样的。时家的祖屋不能出售给外人，时家的小儿子还没长大，唯一的一个女儿22岁，不缺钱用，所以阿年一样不会决定卖掉祖屋。

等到时家小儿子长大了，再做决定。

管止深说，回到了Z市以后，他找一个方便的日子，会带律师进去见阿年的父亲，商议这件事。

"不会。"管止深简单两个字。

他的态度好冷淡。

阿年再接再厉地跟他搭话："你去见我爸，我爸要是不认识你怎么办？"阿年想说，"用不用我也去，帮你介绍一下身份。"没说出来，就被管止深打断了。

"认识。"

"怎么会认识？"阿年皱眉。

管止深依旧冷淡："结婚证，我和你一起的生活照片，你爸看了。"

阿年无语，从不知道管止深什么时候去见过老爸，官司输了之后，管止深打给阿年过，口口声声说得很清楚，你爸害了很多人，罪有应得。但这样一个非法集资害死几条命的罪人，管止深主动帮？阿年诧异，大家都说老爸会被法院判死刑，不会轻判，也一定活不过57岁，可老爸判了无期。

听管止深言下之意，老爸已经知道女儿嫁了，嫁给了一个这样的男人，已经领证，生活在一起。只是不知道，管止深对老爸说的是一年婚期，还是长久的婚期。

提起四合院，提起阿年父亲非法集资坑人的事。没有缓解两个人之间的气氛，相反，阿年觉得他的表情更差了，心情似乎很糟糕。

抵达Z市，已经下午一点。

管止深开车回家，方默川随后也来了，表兄弟一前一后开车回到的Z市。

"我先上去。"阿年对管止深说。

她要躲着方慈。

管止深没阻拦，也没说什么，其实瞒不住多久，他会经常带阿年出去，在一起谁都会知道。方慈，或者姑姑，看到了都会不解，会炸开锅，她们不满意阿年，会在父亲母亲这里诋毁阿年。

但这一天来得晚一点吧，他希望再晚一点，让阿年能承受得住，并且不舍得离开他，感情真挚地深了，就那一天，所有事情再来。

方默川的车停在门口。

下了车，看见了管止深，视线看了一圈儿，没有看到阿年的身影，方默川搬了一箱东西进了里头，到处看，也没看到阿年的身影。

"找什么呢?"方云看这孩子奇怪。

"没有。"方默川对姑姑笑，搂抱了一下亲爱的姑姑："您家气氛太好了，我很羡慕表哥，我怎么不是您儿子呢。"

"瞎说。"方云平时很宠侄子，但也警告："这话在姑姑跟前说说算了，让你妈听见了，恨死姑姑。"

方默川点头。

方慈坐在车上，一直不明白。路上她问弟弟，弟弟甩脸色，不说什么，方慈是从小被老妈压制管教着长大的，让干什么就干什么。老妈不准当姐的批评弟弟，导致从小到大她对这个弟弟反而要礼让几分，她下了车，高跟鞋踩在地上，站在管止深面前："表哥，你认不认识默川的女朋友? 我在北京……"

"问什么呢?"方默川打断，走了出来。

"……"管止深。

方慈环抱着手臂："我问问到底那个丫头怎么会在北京出现，这么紧张，难道真是你带去的?"

方默川不否，也不认。他心里很复杂，考虑了多个方面。

方慈又说："方默川，你趁早死了心！妈看不上的女孩子，你还敢往舅舅身边带，是你胆子大，还是她不要脸？"

"你说谁不要脸？"方默川上前一步，火了。

方慈冷笑，非常不可思议，亲弟弟居然几次三番为了一个不起眼的人，跟她这个当姐的发脾气。真爱？方慈从不相信真爱！这个社会上纯净的爱情至少她身边一例没见过！她很好奇弟能坚持多久，也好让她见识一下真爱是何物！是否真的伟大震撼！

"因为什么这又吵起来了！"方云走了出来，拉开方慈，让方慈进屋呆着！

"没事。"方默川攥紧了拳头，转过头。

背对着管止深。

阿年在二楼，管止深的卧室里，夏天的窗子开着，楼下在说什么，她都听到了。

心跳加速，她一个字都不落地在听，她怕方慈说出方默川的女朋友叫什么名字，怕指名道姓。

管止深在一楼外面伫立，抬头，见一双手把他卧室的窗子关上了，他蹙起眉，进去，没理会一楼客厅生气要哭了的方慈，直接上了二楼、

卧室门口，他推开了房门，见阿年关上了窗子，拉上了窗帘，站在那里，手指按住了耳朵。

管止深走过去，挺拔的身躯站在阿年面前，有安全感。阿年抬头，他的五官此刻温柔了，唇边一抹安抚的浅笑，伸手拿下阿年捂着耳朵的手，拥抱阿年在怀里，轻声地说："我会用尽我全身的力气，一直护着你。"

靠着这个温暖坚实的怀抱，阿年恍惚地，望向了被她拉上的窗帘。担心睡眠不好，所以，管止深的卧室，装了厚重的遮光窗帘。阿年眼睫毛动了动，希望，生活不要和光线一样，暗淡下去，如果那样，她会有一种，拖了管止深下水的罪恶感。

阿年知道，这窗帘再厚重，也只是暂时隔住了她的视线，捂住耳朵的手再用力，也只是暂时听不见方慈的声音。

躲避不及的人和事，扑面而来。

相拥一起，听的，却不是彼此的呼吸心跳，是那楼下发出的声音。方慈在跟方默川吵什么，翻的是一些旧账。方默川只字不辩，没有任何声音。

不久，楼下静了下来。

车开离了。

"已经走了。"管止深轻声说，嗓音沙哑，那么一瞬，沧桑，束缚了他的喉。

阿年点头。

用力的呼吸，却显得小小身体那么无力。

下楼时，管止深对母亲说，阿年在北京摔了一下，先让她在楼上休息，晚上吃饭再叫

她。方云问儿子，用不用去医院看看？

"不用。"管止深心中有数。

送出门时，方云嘱咐，晚上早点回来吃饭，不能总这么整天地忙碌了，成家的人。管止深点头，方云再叮嘱，这往后，阿年出门走路，可得小心了，这次是摔了她自己，往后肚子里要是有一个了，那小东西可金贵得不得了。

管止深笑。

阳光甚好，他一样期待那一日，定会护得她和小东西，日日欢笑，万事顾得十分全。

管止深上了车，抬头看了一眼二楼卧室的位置，窗帘被他亲手拉开了，不想阿年在害怕的时候，都去那样躲避，面对，坦荡地面对。

投资集团的顶层，这是张望第二次见到管止深走神。手提开着，一堆急需他浏览签字的文件在桌上，他的手指在碰文件，眼神却是看向了别处。

他在想象那些阿年在北京酒店想象过的，到底，阿年会给他生个儿子，还是女儿？会长得像谁多一些，阿年会不会跟孩子打架。他那时要先安抚孩子，还是孩子的妈。

管止深甚至在想，自己会不会抱孩子。

爸爸以什么姿势，去抱起来。

"叩叩——"

张望敲了两下。

管止深回神儿，点头。

"四合院产权的官司，北京那边律师刚才和我联系，准备得差不多了。开庭日期要下个星期才会知道，那天需要阿年过去一趟。"张望汇报。

管止深蹙眉，"胜算是？"

"百分之八十五以上。"

管止深放下手中的笔，皱眉："如果胜算只是百分之八十五，就不找他了。没有百分之九十五以上的胜算，让他别费心了，放下给别人做，我们不急。"

"我马上打过去，让律师团队那边准备得再充分一些。"张望说完，见管止深点了头，才退了出去。

五点半多。

管止深回来的时候，正好家中要开饭了，阿年不意外地被放放缠住了，听见车声，放放回头，见是自己亲哥回来了，立马站起身迎接："我没跟小嫂子看电视剧，在做题。"

阿年，囧。

如果按照管止深说的，她看完电视剧晚上会做梦，挠人，发飙，那小镇上家里的床单，有的地方出了小洞了，是夜里做梦，挠的？以前暑假寒假，都会整宿地啃电视剧，古

Chapter 13
物是人非

029

装剧最爱了。可是外婆说，是那床单质量不好，总洗总洗，没用多久就已经洗坏了，出了小洞。外婆是骗人的么。

管止深走了过来，站在阿年和放放面前，身高腿长，一身凛冽气质，却透了几分温柔，瞥了一眼阿年，甚是不满。伸手摸了摸妹妹放放的头："认真学习。"

唯独没理会沙发上的阿年。

明显的差别待遇。

阿年低头，喊，才不稀罕他给摸头呢。

看出阿年生气了，吃醋了，妹妹的宠也开始争了，管止深非常满意这个效果。如此看来，偶尔的冷待遇是能刺激阿年的。

他要伸手摸一下阿年的头，搭讪。阿年却歪头一躲，起身，全身放松懒懒的样子，骨头软了一样地往外面走。

吹吹风去。

"……"放放。

管止深弯身，把搁在茶几上的车钥匙拿了起来，还有手机。跟了出去，几大步上前追上了阿年，抓住阿年的手，轻笑问："你喝醉了么，走路歪头晃脑浑身无骨地是干什么。"

"睡一觉起来摔的地方更疼了。"阿年嘀咕，郁闷。

反应过来，甩开他的手！

"怎么了。"管止深诧异。

阿年低头，留给管止深一个怨恨的眼神——你自己反省。

"你也很听话，不看剧。"管止深摸了摸她的头，还亲了一下额头。

阿年很好哄，说好就好了。

他说带她去兜风，阿年上车，他启动。方云从房间出来："马上要吃饭了，你哥这又干什么去了。"

放放摇头"估计是哄小嫂子呢，一回来就把我小嫂子惹生气了，真是没有风度"。放放违心地说道，其实她也好奇老哥怎么惹到小嫂子了，貌似没有，所以说结了婚的大人们都好奇怪。

方云叹气："你哥也是，34了，跟小自己12岁的媳妇闹什么，不像话！"

关键是都没看到小嫂子和哥哪里有矛盾，功力深厚，吵架于无形，都是内力深厚的高手。

管止深开车，带阿年在家附近转了一圈儿，阿年说，明天我要怎么上班。

走路这个样子，太难看了。

"请假。"管止深说。

"又请假？这次我以什么借口不去？"阿年眉心一拧。

管止深舔了一下薄唇，眼眸深邃："开一个病假条，这个任务交给妈，咱们家是开医院的，你忘了么？"

"你家。"阿年纠正。

"好，我家。"

管止深不争论。

开车回去的时候，阿年一直观察着管止深的五官，为什么他在笑，管止深其实很少笑的，尤其是笑成这样了。

阿年丢脸地问："管止深，你是不是在笑我?"

"嗯?"管止深诧异。

什么意思。

阿年脸色更不好了，说："你不会是觉得，我是不想上班，故意从墙上摔下来，到时候好跟你请病假偷懒的吧!!"

管止深觉得真冤枉，扶额，汗。

由于阿年的思维跑偏了，认准了管止深有那个意思，所以决定不管疼成什么样了，都要坚持去上班。饭前，管止深跟母亲说了，病假条的事情，不同意阿年坚持去上班。阿年蹦出来，坚决不要，就去上班，上定了! 方云最终站在了阿年那边，其实上班不累，这种摔伤和那种需要休养的摔伤不同，多活动活动，会好得快。

管止深，无奈。

晚餐的餐桌上，方云跟阿年解释白天的事情。

"方慈是默川的姐姐，挺懂事的，一直让着这个弟弟，默川是混蛋了点，不过这孩子心眼儿不坏。两家走动得多，阿年你和默川那边的僵硬关系，也得松动松动了，找个机会，一起吃个饭，那孩子欠收拾，教育两句就好了，毕竟这是他表嫂子了。"

阿年，心中忐忑。

"好的。"只能暂时应一声。

管止深没有任何意见，担心的，从不是方默川，看得出来，也了解，方默川一样不舍得阿年受到排挤。开车过来之前，车上有他姐姐，所以才提前给母亲打来知会一声，怕方慈撞见了阿年，当场挑明，给阿年难堪。

方默川并不知道阿年和管止深已经结婚了，登记注册。方默川担心阿年真的爱管止深，爱到了死心塌地的程度，没有管止深她会哭，所以，那就努力幸福吧。方默川从前不相信爱情魔力那么大，但在他无可救药地爱上阿年之后，他坚信了。管止深的魅力深入了阿年的眼睛，或者是心。方默川认识阿年后，真的相信，一个人的魅力，是能吞噬掉另一个人的。

阿年，吞噬了他。而管止深，成功吞噬了阿年。

在方默川看来，阿年没嫁给管止深的时候，被方云姑姑反对，那恐怕，阿年的生活会不如意，充满痛苦与纠结，方默川很怕，怕阿年的路不平坦，他能挡一时是一时，只希望，在姑姑认可了表哥的女朋友之后，再让姐姐和妈妈知道这件事。

桌上，方云一直在讲方家和管家的事，但没有往外抖一些不为人知的，方云当阿年是

Chapter 13
物是人非

情生以南

个新媳妇，亲近，但不想让家里的新成员知道一些不好的事，一是，怕阿年对管家和方家的印象不好，二是，有些事说出来怕是晦气，还想要孙子孙女儿呢。

管止深不插言，知道母亲有一个正确的分寸，用完餐，管止深上楼了。不到十分钟，楼下叫他接一个来电，是爷爷打来的。听了半天，爷爷的意思是，给他介绍一个女孩子，是某个政府官员的千金，留学回来。

管爷爷问他："女孩子的照片，明早给你送到家里，还是公司？"

"家里吧。"管止深说。

没有跟爷爷抗议，相亲这种事情，看不等于就会看成。爷爷不敢奢望看到曾孙长大，只希望有生之年看到孙子结婚，生个小曾孙，见一眼，平时锻炼就要省了，哪天死哪天算了，能闭得上眼睛。

管止深看了一眼在聊天的婆媳二人，他稳得住，不说，一点都不说。母亲是个明事理的人，但容不得半点欺骗。当时费尽了周折，让阿年和他一起登记注册成功，完全是因为某一件事顺水推舟了。到今时今日的在一起，相爱，实属不易。一盘棋，走错了一步，回旋的余地太微乎其微。

这件事欺瞒了，就一定会有真相大白于母亲父亲爷爷眼前的那一天。管止深在等阿年怀孕。如果阿年没有怀孕，以父母爷爷的性情，怕是会为难阿年，赶走阿年这个人。如果阿年怀了他的孩子，看在孩子的分儿上，也会容得下阿年，会为了护住孙子，堵住姑姑和方慈那对母女的嘴。

在Z市，一些名门的大小事，丢人的，或者荣耀的，都会被人无孔不入地窥探了去。

孩子，是阿年唯一的筹码。

管止深急于要个孩子，是为了守住阿年，并且期待和阿年的孩子。急于，是因为认定了，此生无大事，应是不变。阿年不急于生孩子，不急，是因为在了解，她还看不真切管止深这个人，他的34岁，她看了不到三个月，往后的日子要想看得踏实安稳，是不是，应该先了解一下他的34岁以前？不是要探索什么，是让自己想起他这个人时，大脑不是现在这样一片空白，是想在有人质疑他时，她可以大声地说，我了解他，敢于保证和认可，他是一个好男人。

对于管止深要去相亲这件事，阿年没意见，先安抚爷爷一片好心。也有小小恐慌，万一那个女的很漂亮怎么办。不过，如果管止深的魂儿能轻易被人勾走，那么，这个男人，不要也罢。

就送给那个女人得了。

"你跟我一起去，坐旁边桌。"管止深洗完了澡，出来浴室，对阿年说。

"那个……是，为毛。"

说话结巴了，尴尬，也不好好吐字，说一些管止深需要反应几秒钟的话。为毛，这个毛字，管止深真的认为，那是阿年家乡的方言呢。不曾想过阿年这一代的孩子，和他十几年前二十几岁时，天差地别。那个时候，没有这些网络流行语。

"你很小女人。"管止深怕极了阿年吃醋，所以，跟着，保险一点。

阿年摊手："北京墙上，你又不是没见过我俩们的一面！"

"是，最后被狗吓掉下来了。"管止深回击。

阿年白眼儿："你很厉害，你不怕狗下次你跟他对吼一下，我观摩观摩看看你是不是真的不怕。"

提起狗，阿年愣住了半天没动。

穿着睡衣站在窗前，一点一点往后挪，终于挪到了床边上，管止深看了半天了，捏了下眉心："说吧，什么事。"

阿年回头，心虚。

"我的狗还在乔辛家里，我想……"

阿年的话还没说完，管止深立刻打断，棱角分明的五官上，冷得明显："那是默川的狗，不是你的。"

"是我的，不是他的。"阿年小声说。

站在床边上锻炼了半天，手舞足蹈，总算是臀部不太疼了，舒筋活络了貌似。可是，这会儿被管止深阴沉沉的脸，吓得不敢抬头，但阿年还是想争取，反正已经提了要求了，一次性说清楚，最好。

管止深沉默。

"我想继续养，它很可爱，你和它相处一段时间，就知道了。"阿年很可怜的样子，说服他中。

管止深蹙起眉头，薄唇紧抿，语气冷淡，眼眸却很炙热地给了她暗示："跟老公商量事情，请你拿出一点诚意。"

阿年纠结，我都低声下气了，还不够有诚意么——

管止深始终不放下态度，要定了阿年主动的一个诚意。和阿年在一起，养方默川曾经和阿年一起养过的泰迪，从心来说，管止深非常反感。即使那个人是表弟，可男女情爱，真的，不管那个人是什么身份，几岁，该计较的，一分都不会少计较。

但他还是愿意纵容阿年，愿意容纳下那只泰迪。

心里计较，嘴上和实际行动上却不计较的事，他干了不止这一件了，若他不学会宽容，凡事都要揪出来摆在台面上，怕是，方家和管家，早已吵得天翻地覆，水火不容了。

一直藏在他心里的秘密，太过沉重，他发誓，爷爷一天不过世，这秘密在他这里就一天仍是秘密，他希望这秘密可以长久，爷爷能长命百岁。

阿年鼓腮，为难的样子。

管止深淡然，拿过床头的手表看了一眼，皱起了眉头。以示，他的时间真的很紧迫，明天是工作日，要到公司，请阿年珍惜时间，和眼下的机会。

就在他身体即将平躺，准备睡下的时候，阿年抬手，低吼一声："且慢——"

"中文系的那个孩子，你怎么了？"管止深蹙眉。

阿年挪到了床头那边，爬上了床。

躺在他身边老实地说："才几点，你就要睡觉了？还早吧，还是你真的老了？我们这个二十几岁年龄的，都要十一点多才睡。"

"从今天起，你九点半之前必须睡觉。"管止深近距离地靠近了阿年，在阿年软软的小身子上，摸了一下，很瘦，除了骨头根本就没多少肉。

阿年的身体真的需要养好，起码，得给他再胖至少15斤以上！

"我以前在宿舍，经常是凌晨以后才会睡的。"阿年说。

"宿舍是宿舍，我床上是我床上——"

"好吧。"

阿年说不过他。

"让我把它带来家里养吧，好不好？"阿年又问了一次，带了点撒娇的感觉，还有点不情愿撒娇的样子，感觉对他撒娇很亏，主要是没撒过娇，好鄙视自己。

管止深，沉默。

"它就是一个可爱的小狗，你嫉妒什么！"阿年吼，一下子没娇了。

管止深，依旧沉默。

阿年心里着实纠结了，蒙头开睡。

次日清晨，管止深一副跟厨房不搭调的优雅姿态，在做早餐。

放放馋得猛咽口水，老哥的料理做得非常好，简直无敌，各国的料理都做得特别精致美味，可是，制作次数鲜少。

阿年去外面扭了扭腰，进来，跟放放一起看厨房的方向，猛咽口水。

管止深似乎感应到了什么，蹙眉回头，抓了个正着。阿年窘迫，赶紧转过了身去，装作很淡定地等美味早餐。

放放撅嘴："好慢，我要迟到了。"

"你去催催他。"阿年说。

"小嫂子你怎么不去催呢？"

"我没有要迟到……"

"……"

好吧，败了一次。

放放给了小嫂子一副刀叉，筷子，说："一起敲桌子盘子催我哥吧——"

阿年囧，事实证明，16岁和22岁是有差别的。

"妈走了？"管止深端了一盘精致的早餐，放在放放面前。

放放只管吃，点头："嗯，走了！你们起得晚，老妈去医院吃了。"

早餐制作完毕了吧，都完毕了吧，阿年盯着自己这块儿空荡荡的桌子，为毛没有自己的。难道，这是报复？

回头，看向厨房，管止深勾了下手指。

阿年要过去。

"小嫂子你不能抻着点吗，太惯着我哥了。"放放嘀咕，小声地。

阿年回复嘀咕："都决定没出息了，就要没出息地争分夺秒吧，时间就是金钱，效率就是生命，这是邓小平同志肯定过的一句话。"

然后，阿年没出息地，过去了……

放放无语。

阿年进了厨房，管止深关上了厨房门，阿年顿时就成了一个小困兽，管止深端着早餐盘子问："咽口水了？"

"对你咽口水了。"反正低着头，抬起头睁眼说瞎话不会，低着头说瞎话还是可以的。

管止深愣住，心口流淌过一股暖流，仿佛温顺会讨好他的阿年，就是北方寒冷之后的那一春暖花开，雷声暴雨过后的那一束暖阳。

他此时无比温柔，一口一口，把早餐全部亲手喂给阿年吃。

伤了胳膊和臀部的阿年，他呵护得，不是一般地小心翼翼。

早上去公司之前，他收到爷爷派人送来的照片，女人高挑靓丽，家世好，学历甚高，不只学历高，身高也和管止深匹配，长得漂亮大方，是那种很高端大气的熟女加淑女类型，31岁。

在他的车上，阿年感叹："长得真高。"

"穿上12寸的高跟鞋，你也一样。"

阿年听此，看了下照片，看不到这个女人穿的鞋子，不过看她衣服的款式，势必是要穿高跟鞋才行的。

"那也比我高多了。"阿年自卑。

管止深抬手，指间的烟，抽了一口，夹着香烟的手把着方向盘，另一手摸了摸阿年的头，目视前方说道："身高上，差距点好。就像我喜欢你和我的年龄，也有差距。这几点，我似乎都比较偏好小的，对了，还有你的胸。"

某男唇边一抹调侃得逞的笑。

说身高和年龄小就可以了啊，为啥要说胸！

管止深伸手，顺毛，声音好听地哄着："好了，逗你的。"喜欢上了逗她，哄她，来来回回这么个折腾。

"阿年，为我怀孕吧。"管止深突然说。他不想趁机让她受孕，导致阿年事后知道不高兴，如果阿年不愿意，那么怀孕的过程，一定会存在不愉快的强迫。

阿年无语，他把话题转得是否太快了？

管止深专心开车："如果你跟我在一起的这个瞬间，是真的爱我，就把结婚证当成一辈子的，给我生个孩子，一家人，我们永远不散。"

这种话，管止深跟Z市任何一个女人去说，估计对方都会点头点到脖颈疼痛，可是阿年……

"我试试。"她说。

听此，管止深眼眸深邃，凝睇阿年，阿年却已低下了头，让他看不清，阿年到底随口应付，还是真的走了心。

午餐时间，阿年跟两个同事一起，影子跟另一个部门的人一起，几天没见，影子认识了不少人。

"是不是觉得，我对待工作很不认真？"

阿年在餐桌上，小声地问。

阿年有苦衷不好说，总不能说自己必须请假陪管止深到处走的，太显摆了。阿年想打入集团八卦群体内部的，知道一下她们的八卦地点……

俩同事互看一眼，坚决摇头："绝对没有的事！你工作好认真！"

"……"

赞赏得过了头了啊。

下午，阿年接到管止深来电，问她伤要不要紧，阿年说没事了。顺便，阿年问了一下，"没有为了照顾我，故意让人知道我和你的关系吧？"

"没有。"

"哦。"

"发生了什么事？"

"没事，同事对我太友善，不适应。"

"……"

快下班时。

洗手间里两个精致淡妆的女人，在议论阿年。

"听说这个时小姐大有来头，勾住的不是普通人，是管总呢！"

"凭她？别开玩笑，不好笑。"

"宁可信其有，公司一天就传遍了，你在这个时小姐面前小心点，小心枕边风把你弄下来。对了，别站错队，管总身边的小野花，一大把能耐女人看不惯呢！"

一阵冷嘲热讽，最后站了队！

俩人洗了手，离开。

洗手间中的影子走出来，反应了一会儿。

走回座位，瞥了几眼工作中的阿年，影子好奇，到底谁说的阿年是管总女人？阿年自己说的？影子抿唇，不太相信，如果阿年一边说不靠别人，一边这样暗地里说自己的靠山，这心机太重了。

不禁想起了那天，小领导派阿年去复印东西，却派她去楼上库房搬几箱A4纸！明显的差别待遇!

"阿年,小领导对你挺好的。"影子微笑地说。

阿年转头,看影子,也微笑了下:"对你也好。"

"你制表吧。"

"嗯。"

阿年继续。

影子在一旁看她侧脸,觉得阿年外表单纯无害,第一次去A大,她进那个宿舍,知道了哪一个是自己要接触的阿年,她就觉得阿年挺好的。可是,往后的多次相处中,她开始反感和喜欢并存的纠结。既然和方默川在一起了,凭什么还去沾染另一个男人?感情中二选一,弃了方默川,挑了一个管止深这种精品,倒是不傻,够明智呢!

下班,阿年要去见向悦乔辛,问影子,要不要一起。

"我还有事。"

"那下次吧。"阿年一个人走。

A大附近,阿年和乔辛向悦坐在一起吃东西,阿年吃得有些快,向悦压下她的筷子:"慢点,又没有人跟你抢。"

"好久没吃了。"阿年觉得太美味。

不是跟人抢,是在尽量满足自己的胃。

和她俩说起她在管止深家,吃的都是什么,阿年讲:"每一餐,他妈都提倡健康绿色,稍微有一点对身体不好的,都不准吃,要么清淡,要么太补,全家都在一餐一餐地补。"

"补什么?"乔辛不可思议,这日子过得。

阿年先往嘴里放了一个好吃的,吃完,喝了一小口水,说:"缺什么补什么,一大桌子的菜,不准剩,有时候每个人吃的菜不一样,最近有个人专补菜谱。"

向悦脑筋转了转,"你家管总,补什么,肾?"

"……"

阿年咳。

"脸红什么。"乔辛问。

"没有啊。"

没有,哪有脸红,阿年说乔辛你的眼镜片染上色忘擦掉了吧你。

"……"

"……"

乔辛向悦双双无语状儿地盯着阿年,撒谎的人,一眼就能被看出来!阿年的小心思,能瞒得过一起相处四年的姐妹?!

答案是NO——各种NO!

"我还是老实说吧,一个人憋着,其实也挺闷。"阿年一副小老鼠看着俩大肥猫的样

Chapter 13
物是人非

子。

"说！"

"说……"

向悦乔辛一副算你识抬举的样子。

阿年老实地交代了北京之行的事。

三个人一起在宿舍四年，一些笑话经常开，说这些隐私话题，也不会过分脸红别扭的。阿年说自己很郁闷，怕怀孕。

向悦讲自己心里最真实的想法，轻微彪悍本性难改："现在让我生个孩子，我也接受不了！不过生孩子因人而异，我是我，咱们两个情况不一样，我没追上左正呢，要是追上，我恨不得第二天就生个我卵子和他精子的合成物——"

阿年叹气。

"你如果生了姓管的孩子，甭管男女，一定没人亏待。不用你照顾，孩子肯定有人带。管止深要你给他生孩子，这么着急？"乔辛怕阿年吃亏，所以心里憋着一些话不得不说，站在她这个旁观者的角度，的确是会疑虑的，这很正常。"你和管止深认识不到三个月，他对你这样，这爱的境界到了一个巅峰了啊。杂志报道我们也看了，听说不假，他的确以前有固定女友，相处那么久都没结婚或生孩子，现在跟你，这对比……"

向悦接话道："我也觉得好奇怪，管止深34了，突然爱你爱到此生不换第二人？三个月，浓烈到这个程度，实在罕见！"

乔辛看了一眼向悦，一副你终于说了一次人话的样子。

"是啊……"这个问题，阿年也琢磨，不过没琢磨透。

三个月，究竟爱一个人可以爱到何种程度？管止深每每看她的眼神，仿佛都已认识多年。

她们两个说什么，阿年都不会生气，知心闺蜜好友，遇到事情了只是有一说一，不会有所保留，不会嫉妒猜忌。

阿年一边吃一边思考，管止深爱她的程度，真的超越了她爱管止深的程度。阿年自认，爱得没有这个男人多，三个月，阿年对他的了解，甚少。被管止深吸引，有一点阿年承认，是缺关爱和呵护，在他身上得到了，完完全全。

从小，阿年也会累，一声不吭的温顺表象下，心复杂。认识了方默川之后，为这事情那事情，阿年惆怅，一些担心只是一人背负。方默川养成的少爷性格，刀架脖子了只会宁死不低头。可那是阿年的困扰，和累，为他操心。

那时候的阿年，没有现在快乐。

不是不能一起跟方默川同甘共苦，而是，真的不适合在一起，没有爱情的感觉。也许从17岁到了22岁，五年之间，长大了，心理上变了。也许是，有些原本有的感觉，遗失在了方默川离开Z市的这三年，与管止深的出现，无关。

Ａ大门口，管止深开车来接。

"怎么来这么远吃东西。"管止深问。

"这边店的菜好吃，味道正宗，习惯了来Ａ大附近，暂时还都不太习惯往市中心扎堆儿。"阿年皱眉，再说，"总觉得，Ｚ市的市中心跟我们没关系，和Ａ大附近这一圈儿对比起来，这里亲切。"

管止深点头，的确如此，一个地方，呆久了，很容易产生一时割舍不下的感情。

回到管家。

进门之前，阿年问管止深，什么时候回去不在这边住？管止深说，几天后。阿年点头，并不知道，管止深说的那天，是她排卵期，受孕最佳日子。

一进门，婆婆方云就叫她。

"阿年，过来过来。"

"例假日子乱了，上次的药不适合你，这次，妈让你阿姨给你配了别的，不耽误例假，不耽误身体，只补身体的药，睡前你就喝上。"方云拉阿年的手，坐在沙发上说了起来，给阿年解释，不要怕苦，身体好，才是真的好。

不用说阿年就知道，又是让她快点怀孕的药。

阿年瞄大家，偷偷地算了一下，她喝了补药之后，管止深好，婆婆好，全家都好，就她一个不好。不要这样残忍啊……和谐一点，应该是，你好，我好，大家好，这样才对。

喝完了一大碗药，婆婆拨了一个号码，是那个开药的阿姨，方云让阿年回答问题，例假哪天来的，哪天走的，上上月什么时候，规律不规律。那位阿姨叮嘱阿年，不能碰生冷的东西，不能吃辛辣的东西。

阿年挂断之后，恨不得丢下管止深拔腿就跑。

晚上，分房睡的。

虽然阿年不知道为毛。

总觉得哪里奇怪，尤其她准备往管止深身上挂的时候，管止深把她扔回床上，去了隔壁房睡。

一个人睡，阿年觉得自己成了小白鼠，小药罐子。

外婆，舅妈，舅舅，你们好么。

一个人睡，阿年胡思乱想，似乎短短一些日子，习惯了有管止深搂着她，热了，手脚一起都扔在他结实的身体上，冷了，就钻他怀里不出来。管止深在另一个房间，担心她，会不会做梦。阿年喝的药，火力太旺，还是暂时分开几天，让她休息，补一补身体，怀个小宝宝。

次日清晨，阿年抓起不停响的闹钟塞进被子里，捂上，用力捂上，在真的抗衡不过闹钟时，顶着鸡窝头起床了，去洗澡，换了一身轻薄的连衣裙准备上班，反正去了公司也是换掉，穿什么都一样，不穿浪费了，都是方云给她买的，阿年觉得够穿好几年了。

物是人非　Chapter 13

光凭阿年每件都会穿这一点，方云就满意极了，到处去说，我们家儿媳妇随和得很，我给买的衣服，每一件都会穿。别的婆婆，哪有摊上这样儿媳妇的，娶的媳妇一个比一个刁，大小姐脾气！

其中一次，管止深顺路开车去接母亲，听见母亲对人说话时，说的是"我们家媳妇儿"，由此可见，对阿年的满意度。对于管姓这个家庭来说，缺的，只是一个温顺的儿媳妇，这个儿媳妇，可以各方面背景都不强大，只要，温顺。

管止深感慨万千，真的，上天配给他的，一个温和的阿年。

早餐过后，管止深要带阿年锻炼，药补是一方面，身体也要锻炼，阿年的小骨肉都懒得软了，有些运动，必须经常做一做，带阿年换了一身运动衣，短裤和小背心。

阿年——惊！

"可不可以不……"阿年觉得很丢人。

在家中院子里，外面的人看不到倒是，可家里的人会看得到。阿年纠结，管家的人，是要把她训练起来了。管止深说，等母亲和放放都走了，王妈去买菜了，我们再做。地上铺了一个瑜伽垫，瑜伽垫上方云放了一个瑜伽毯。

人都走了，阿年上去，管止深很严肃的教官模样，"以后每天早起半小时，我监督你"。

仰卧起坐，在管止深的双手压制下，阿年做了7个，坚持不了。俯卧撑做了一个，手指要断了，第二个时，阿年直接崩溃，胳膊直不起来。阿年泄气地趴在瑜伽毯上，看管止深："你怎么不做?"

管止深利索地，在她旁边，做起了标准的仰卧起坐，阿年看得眼冒金星，这是人吗。接着，标准的俯卧撑，单手的，各种花样的俯卧撑。

做完运动，上班。

集团，午餐时间。

11:30左右，有人来到部门，给阿年送了午餐，阿年认出来了，是家中一个司机，见过一次，阿年说谢谢，回了部门。

影子瞥了阿年一眼："什么啊。"

"盒饭……"阿年搁在了桌子边上。

影子无语，每次想问点什么，阿年总回答得滴水不漏，一个饭而已，至于不说实话吗，不知是就这样性子——还是有意隐瞒。

午餐时间，如阿年所料，影子没和她一起吃，这点隔阂阿年感觉到了，可阿年问心无愧，觉得自己没惹她。去吃饭时，坐了一个偏僻的桌，一个精致的饭盒，打开，一层一层的，几种菜肴，都是阿年爱吃的，有青菜，鱼，肉，菌类。

还有补药。

婆婆方云交代的午餐，吃饭时接了管止深的来电，他说，他也在用餐，问阿年吃得怎么样，好吃吗。阿年吃了一口鱼，很小的一个小鱼，点头："好吃，谢谢了。"突然地，孩子就知足地哽咽了。

管止深的声音，很轻，很多次阿年发现，他打来时，都是温柔语气。

"怎么哭了？"他在那边问。

阿年摇头："没有，就是觉得你妈真好，还有你，说话总是小心翼翼，其实我跟你说话才该小心翼翼，你比我好，你比我珍贵。"阿年语无伦次。

"别哭。"管止深顿了顿，"你，如果能把我当成你心中，一个珍贵的人，深刻了，往后，我们的故事，一定不会扭曲。"

担心她小，有玩性。

所以，他此番话，多是语重心长。

手机放在了餐桌上，阿年一小口一小口地吃着，突然对一切珍惜了起来。每一样菜，都吃得一点不剩。

吃完了东西，阿年接到乔辛来电，无聊，胡侃。

乔辛在那边说："好吃好喝地伺候你也不见你胖一斤，天理何在？向悦在我边上眼巴巴地看我啃骨头呢，这货不敢下口，她吸一小口骨髓，都不安得一晚上连称三遍体重。"

"阿嚏——"

阿年觉得，不好，有点要感冒。闷闷的声音："向悦一米六五九十六斤，这叫标准不叫胖。还让不让人活了，想胖的半分胖不起，想瘦的一斤瘦不下，她这最完美的还天天嚷嚷着减肥凑热闹，欠扁。"

"此言对矣！"乔辛点头。

阿年看了一眼手表，还有时间。

乔辛问她今天吃的什么，阿年说了，乔辛，"哇"一声，惊呼。然后问阿年，听声音你怎么情绪不是很高。

阿年叹气，矫情一下呗，感性一下呗，然后，就自然地欢脱不起来了。

乔辛说："你错了！你家老管34岁精品熟男一枚，体魄强健，他不要你对他感性报答，这对于他来说没什么安慰感，你得对他性感，这俩字一调换过来，意义大不相同，一个是让男人眉头紧蹙，一个是让男人把持不住……"

阿年，瞬间脑补了一堆脸红画面。

来打扫的清洁阿姨，看阿年，"孩子，病了吧，脸通红……"

阿年抬头，咳。

然后，拿了饭盒，飞奔出了餐厅。

下午阿年被小领导叫了去。

"想过以后升职吗？"小领导突然问。

阿年有点不敢张口。

情生以南

小领导看上去人不错，但到底有多了解一个人才算百分百了解？这没有明确的解答。来这里上班之前，管止深就给她不停地打预防针，叫阿年不可没有防人之心，任何时候，对待周围任何一个同事，都要小心。能在集团里站住脚的人，各方面都稳得很。

阿年回答："顺其自然。"

"这样的心态是对的。"小领导埋头做合同，阿年等着。

"哪个大学毕业的?"

"A大。"

"你是学什么专业的，我还不知道。"

"学中文的。"

"……"

阿年又站了一会儿。

"在公司里，高层有认识的人吗?"小领导问。

阿年，愣了一下。

"不认识。"

小领导微笑，把做好的合同给了阿年，让她送去"总务"办公室。

出去之后，阿年晕，总务办公室在哪里。

回到座位上，查了一下公司"总务办公室"在哪一层，查到了，在那个楼层的人，是集团中很厉害的角色了。阿年对于总务这个职位，没概念，暂时只知道自己是个打杂的小包身工，每天被使唤得一脸囧。

拿着两份合同，进了电梯。

漫长的时间，中间不断有人进进出出，不一会儿，阿年被挤进了角落。公司的人，男的，女的，年龄各不同，电梯中遇见熟人，讨论的话题也不同。阿年眼睛盯着楼层，到了五十几层的时候，阿年往前钻，小声地说"我要出去了"，大男人们给她让了一下位置。

被助理带到了总务办公室。

"蒋总，业务辅助管理部的人。"总务助理敲门，对里面正在讲电话的女人说道。

那女人抬头，狭长的丹凤眼，妆容比集团内其他的女人重了一点，但不会觉得不好看，反而觉得很有气质，和领导的威严气势。目测，她的身高大概有一米七上下，身穿干练的女性职业套装，一身白色，里面是黑色抹胸，年纪，大概在三十以上了。

摆了摆手，让助理带阿年先进来。

阿年走了进去，礼貌地点了一下头，等待这位总务通话完毕。阿年瞄了一眼桌子上，看到了，总务的名字叫"蒋雅"。

终于，总务接完了来电。

转过身，看阿年："你过来吧。"

阿年走过去，总务伸手接过了两份合同，看了一遍，翻了几页，不抬头地问阿年："刚毕业就来了集团工作?"

"是。"阿年回答。

今天怎么了，都向她发问各种问题。

"挺厉害的，第一个单位就是Z市福利待遇最好的集团。"蒋雅看了阿年一眼，丹凤眼上下扫射一般，然后淡淡的表情低头阅览合同，随口说道："我像你这么大一点的时候，还很单纯，二十出头，事事不懂，闯社会闯得早，一身的小脾气，对别人始终不服气，也学不会服输，被社会和领导们打压得直不起腰，抬不起头，直到二十五岁过完了，伤痕累累了才懂得一个道理，不管做什么事，一些你该守的规则，你必须要守，违规了，没人会同情你，没人会对你心慈手软。"

阿年不知道自己是不是多心了，为什么觉得这话有针对性的呢？好像，专门说给她听的一样，可是，送一个合同而已，也没有接触过领导，没得罪人，老实地在部门里呆着，平白无故怎么招来了"总务"这番带有话外音的教育。

阿年点头，只能表示她很受教。

也许总务说的话在理，但是阿年心里不舒服的是，我怎么了？我做错了什么了？

阅览完合同，蒋雅挑眉，对阿年说："好好做事，小女孩儿，进了这个集团不容易，你要珍惜，一步一步脚踏实地，本本分分地对人对事，总会有你的出头之日，再糟糕的生活，你不放弃，你努力了，都会变得好起来。不要好高骛远，不要妄想一步登天。靠自己努力得来的成功，日后你会发现，比旁门左道得来的，享受得更心安理得。"

阿年心情忽然变得很糟糕，堂堂总务，认得她一个小职员是谁么，不认识吧。阿年觉得，隐隐的有什么事是她不知道的，却发生了。难道，有人在这个总务面前，说她什么坏话？可是，貌似也犯不上跟总务这个职位的人说吧。

稀里糊涂。

最后，蒋雅要求合同拿回去重做，蒋雅专业地指出了两点，严肃地批评了"业务辅助管理部"。

合同修改，再次制作完毕，部门直接责任人要交一份书面说明，解释为何会犯这低级错误。

阿年点头，一脸惊怕，说，好的。

下楼之后，阿年深呼吸，好吓人，低级错误，这似乎不是错误低级，是这个总务太厉害了，一眼，那么两个不起眼的字都被盯上挑了出来。到了部门之后，阿年去了小领导的办公室，说了总务交代的。

"有什么问题?"小领导不懂。

阿年按照总务说的，对小领导说明，指着那两个字，"总务要求的，这两个字必须换掉，如果签约另一方有恶意，签约之后的合同上有了什么法律上的纠纷，这两个字，有可能会导致集团内部损失一大笔。"

"……"小领导。

很多时候，阿年对文字的字面意思理解，很敏感，以前在宿舍中看一些书，会分析那

Chapter 13

物是人非

些反复被打磨过的文字，从字面逻辑上学习知识。这份合同的确是总务说的那样，很多这类官司，胜诉与败诉，厉害的律师总能在文字理解上做起文章。

这个犀利的总务，叫阿年从心里佩服。教训人，都教训得不带一点情绪，不带一个脏字。

小领导脸色有点难看，问阿年："说了是谁做的合同吗。"

"没有。"阿年老实回答。

十几分钟之后，阿年回了自己的座位，那份合同，记号笔圈上了那两个字，改了。小领导让阿年重新做一份，照着这个做应该没问题，下班之前送上去。

影子在玩手机。

挺郁闷的，小领导让她顶罪，跟总务说先前的合同是她做的。解释是：拟合同的是小领导，是阿年制作的时候打错了字导致。阿年没有办法拒绝，没有办法跟自己部门的小领导对着干。小领导说，不会亏待她。阿年叹气，亏待不亏待的就算了吧，顶罪就是顶罪，不必说这些好听的话。

下班之前，阿年送了上去，承认自己的疏忽，书面说明，明天上午一定会送上来。

蒋雅看了一眼："可以，下班吧。"

一辆出租车停在集团门口。

车牌号阿年看了一眼，是的。

有员工要上车，司机说别人预定了的。阿年下班之前接到张望来电，张望说，管总今晚有应酬，要晚回去，这个时间已经见重要客人了，不方便跟阿年通话，出租车，是他交代张望的。

车上，阿年接了乔辛来电。

乔辛说："阿年，见一下默川吧。"

"今天？"阿年问。

出租车改了一条道，去了方默川的酒吧。

阿年抿唇望着车窗外的大街。阿年挺怕面对方默川的，但不得不面对，以后在一个Z市，也是躲不开的人。方默川刻意地冷漠，刻意地疏远阿年，吓不跑阿年，方默川每次见了阿年，像动物见了猎人一样。

酒吧改成24小时营业了，白天，也可以在这里体会到夜晚的假象。

乔辛和向悦都在，还是往日的这一伙人，似乎习惯了，到了五点半以后的时间就都聚在一起。左正给阿年让了一个座位，让阿年坐下，给阿年拿了一瓶啤酒。

"默川呢？"阿年坐下后，视线找了一圈儿。

没见到人。

乔易捻灭了烟，看向阿年："他马上就来店里了。"

说他，他就到了。

进来，方默川就看到乔易朝他招手，方默川走了过来，阿年回头，眼眸对视在一起，方默川顿住，紧抿的嘴唇微动，嘴巴微张，那是不知所措，又想让自己表现淡定的模样，可是最终，他也没淡定得了，伸手扶额，黑色碎发在手背上，他转身，蹙眉，到底迈开步子，离开，阿年的视线。

"他可能一时接受不了。"向东说。

阿年回头，双手搁在桌子上，额头搁在了手背上，就那么安静地，趴在了桌上，不说话，埋头，也不理人。乔辛轻轻拍了拍阿年纤瘦的背，安慰。

作为这两个人共同的朋友，一样很苦恼，怎么才能好起来。

方默川在北京当兵的三年，阿年一个人在Z市读书的三年，见面甚少，朋友担心过，两个人会不会各自背叛？没有背叛，可感情却冲淡了，方默川回来了，两个人之间，不再热烈。

如今，物是人非。

可以肯定的是，阿年，还是方默川心中当年的那个女孩儿，爱得很深。方默川，却再也不是阿年心中的大男孩了，也许，阿年需要一个男人，成熟的，管止深那种。

——相识着，却背了道，陌路。

不能逃走，阿年沉淀了一会儿抬头，"他最近好不好。"

左正没看阿年，沉默，心思，早走远了。

向悦给阿年倒了一杯啤酒："凉的，你喝一口。方默川好着呢，钱都投进了这个酒吧，生意这不是红红火火做起来了吗，这小子起步就这么牛了，是吧，哥？"向悦觉得自己没说服力，就用手臂戳了一下向东。

向东点头："这里赚钱很容易。"

明知道她问的事情，不是指的赚钱不赚钱。

乔辛说："整个Z市的纨绔子弟数一数，方默川最牛×了。别人开豪车跑车，他开辆2006年的老款帕萨特，还带人去Z市最顶级的酒店消费，安排他北京来的那帮哥们儿，我哥说，帕萨特一停下，保安凶神恶煞地走过来作势驱逐，结果看到下来的人是个熟张儿，五大三粗的身子笑得顿时乱颤，招待爷爷似的把方小爷请了进去。妈的，他那张脸真值钱！"

大家捡好的说，阿年懂。

阿年晚上回去得比较早，管止深回来时已经是夜里十一点多。

第二天早上去上班，路上，阿年坐在他的车上，想起了昨天，对他说："你认识蒋总务吗？"

管止深顿了顿："认识，怎么了。"

阿年把昨天去送合同，被蒋总务教育了一番的事情，全跟管止深说了，一个字不落下的。说完了，阿年怕他会误会，解释道："蒋总务这话说得，有些莫名其妙，至少给我是这个感觉。我不认识她，她应该也不认识我吧？她说的那些话里，听得出来，没有对我的恶意，但是，大概也不是单纯的好意吧？我不知道我理解得对不对……总务对我，好像有一点误会。"

管止深沉默。

试探性地，阿年看向了管止深，见他神情有些不快，但只是一丝，不是特别的明显。阿年小声地说："我下楼后，了解了一下，总务，职位很高，是你把关聘请直接授权上任的。我刚去集团才几天，应该没惹过祸。我想不到，除了你的关系，还有什么，是值得总务注意到我的。"

管止深点头："我处理一下。"

阿年点头。

这么看来，管止深是了解情况了，阿年觉得，更或许，管止深心里是清楚明白的，总务到底为何，要对她说那番带有教育味道的话。只是为何这样？原因，阿年不得而知，也不想瞎猜让自己郁闷。

"你们领导，有没有为难你？"管止深问。

阿年摇头。

"嗯。"管止深了然。

阿年不知道他为什么问，不隐瞒他一分一毫，就说了一下昨天顶罪的事情。阿年没有一点不甘心，阿年觉得，顶罪是一件再平常不过的事了。

"心累不累？"管止深看她。

阿年温和地笑了，摇头。

"不累就好。"管止深蹙眉开车，伸一只手，摸了摸阿年的后脑，指腹半晌没有离开她的柔软黑发。

对于阿年部门，其他部门，所有以后阿年有机会接触到的集团内同事，管止深提醒阿年："不要轻易感动，轻易认为谁已经把你当了朋友。例如你部门的小领导，她在总务之下，差不止几层，这必然有她升不上去的理由。你给她顶罪，这是对的。我也不会认为她有错，换做你是她，换做昨天我是她，都会那么做。集团内不是讲绝对公平的地方。你是新人，你还有犯错的机会，她，已经没有了。"

阿年点头。

"蒋总务是我亲自任命，蒋雅的能力不可小视，在集团内的女人中，蒋雅是唯一，可以做到百分之九十八公正待人的领导。人无完人，她昨天没有过分责怪你犯的错误，多半是因为她平时难免也犯错，只是有人帮她顶，就像你给你的领导顶。到了我这上面，我要的是实际效益，底下的这些规则，早已形成了，不只是我们这个集团，地球上凡是有人的公司，都会如此，谁也打不破。"管止深安抚阿年，让她别感到委屈。

阿年说，没有委屈，如果总务真的为难我了，可能会觉得委屈一点。不过好在，没有怎么为难的。

"不忍欺负吧。"管止深这样说了一句。

阿年囧。

到了集团附近，管止深停车，把阿年放下。今天早上有风，阿年一下车，头发就被风吹乱了。伸手拨开挡住视线的头发，就见下车的管止深走到了她面前，一手揽住阿年的细腰，一手抚着阿年的后脑，风中吻了吻她的嘴唇。

"过马路小心点。"挑眉，淡淡的表情。

阿年点头，他才转身上了车。

对开SUV的男人，尤其是管止深这种有味道的型男，阿年发现自己越来越没了抵抗力。恍然记得，曾经好像对SUV憧憬过，奢望过有这样一个男人，开车接她，不必是在繁华的大都市里，在小镇上，哪怕是二手的车，阿年也满足了。

站在有风的大街上，看着早间的忙碌人潮与汹涌车流，袭入阿年脑海的画面许多，在小镇上，没有见过这么多男男女女匆忙的脚跟。闭上眼睛，回忆早间宁静的小镇，青石板路，巷子里说一句话，回音都是好听清晰的。在Z市，早间上班高峰，嘈杂的环境，喊一句，站得远一点都未必听得清。

仿若，隔了一个世纪，来到的，是一个有管止深的世纪，不同了。

情
生
以
南

Chapter 14 ◄◄◄
只求静好

一个上午，阿年都在埋头写"检讨"。

"干嘛呢，像个蜗牛一样。"影子拍了她一下。

阿年吓了一跳，"啊"地一声，抬起头。

面前一张纸，手里攥着一支笔，在偷偷地写草稿，怕人看到丢人，就趴着捂着，影子看了一眼，阿年用手捂上。

"情书?"影子惊讶。

阿年低头："忏悔书……"

影子脑子也短路了一下："方默川不见你，你是该给他写个忏悔书了，不过，对于你跟了别人，我还是不看好，我认为你和某人，长久不了。"

阿年无语。

能不能长久，不是你说了算的。

因为偶尔会自卑，所以阿年有些惧怕听到别人说出，类似于影子这种口气的话，字眼上听，全是认为她和管止深不配的意思。也许地位悬殊，可她和管止深的两方家庭中，不存在那些狗血戏码，管止深不需要去娶门当户对的女人为妻，阿年身份普通也不用顾虑这一点。她的家中，也没有赌博的父母亲，要靠她朝男方要钱，不停给娘家人接济挥霍。更没有现实版和虚幻版的恶婆婆恶小姑子存在。

至于管止深的感情能不能对她长久，阿年不敢说死，但起码要相信他，如果一开始就不相信，继续下去干什么，找罪受么。

唯一的一个难关，是她曾是方默川的女朋友。

不知道方云会怎么看待，不知道放放会怎么看待。这两个家人，阿年都不曾担心过，和管止深一样，担心的人是管父，一个只见过阿年两面，不太了解阿年的管父。还有管爷爷，一个八十几岁，经不住气的管爷爷。

　　表兄弟同喜欢一个人，且这个人跟表弟恋爱了五年，把表弟那边祸害得和母亲闹翻，离家出走中，她却去跟了表哥在一起。不知道实情，不理解感情淡与浓感觉的长辈们，会不理解，会认为阿年是个祸害。会觉得阿年很贱，甚至一样会认为阿年是因为管止深比方默川优秀，才选择了。

　　儿子离家出走，管三数一怒之下若知道阿年和管止深一起了，会闹起来。在偌大Z市，方家和管家正因为地位高，才丢不起人。如果阿年被管三数推上风口浪尖，在爷爷和父亲面前，一定会遭到冷待遇，甚至被红牌，管家如果鸡犬不宁，谁也不会好过。

　　大门大户的人家，尤其是上一代的长辈，思想和年轻人比，很保守，一定有代沟，管爷爷，护着家族脸面，最为严重。管止深曾对阿年说过，我爷爷担心我爸不成气候，成年以后，我爸是被爷爷一棍子一棍子揍出来的。爷爷很急，担心管姓没落，冲动得只相信棍棒之下出孝子。的确，我爸按照爷爷的指示，没有辜负家人期望。

　　大概，管止深是怕阿年跑了，总会灌输给阿年一些事，好的，让阿年开心铭记，不好的，偶尔也会说一说，必要时给阿年的压力，他没有少给，预防针，一针也没有少打。免疫了之后，会跟他一起统一战线，不怕任何人的污蔑和诋毁。

　　在管止深看来，事情没有以上想的那么糟糕，不过也有几点前提。

　　比如，在事情摊开来之前……

　　第一：方默川回家了，跟母亲和好如初。

　　这样管三数的火气差不多就消了，方默川再说几句话护着阿年，也许管三数不会告诉管爷爷，阿年曾和默川相恋五年，两个月，背叛了五年，可以换一种说法，比如，只说是有过恋爱的意思，最后觉得不合适，爷爷听了，也就一笑而过，不会深究。如果方默川不回去，管三数这里，说句好话的门儿都没有，也许心里正恨不得管家闹得凶！

　　第二：阿年怀孕。

　　孩子，是爷爷和父亲母亲能不过分责怪的筹码，总不至于子都不要了。同时，这个期间阿年和母亲，放放，需要建立深厚的感情，平时日常的相处中，渐渐习惯了一家人的感觉，少个阿年，母亲会留恋吧？过了气头，一定会的。阿年一样，也会舍不得管家的人，压力下，也会向他靠拢。

　　管止深想得很长远，很慎重，没有过冲动情绪，所以阿年相信，管止深跟她一样，有长久下去的心情。

　　阿年愿意这样相信。所以，在乎影子的话干什么。

　　赶在午餐之前，阿年去了"总务办公室"，送了检讨书。

　　午餐时间，Z市某意大利餐厅。

见到来人，蒋雅微笑："会才开完？"

"我没有迟到。"管止深瞥了一眼腕表时间，声音低沉。他落座，薄唇紧抿，伸手接过菜单，跟身旁的服务员点了餐，合上，他递给了对面的蒋雅。

"怎么今天要请我吃饭，最近你似乎很忙，我们很久没有一起吃饭了。"

"是很忙。"管止深蹙眉。

"贵人事忙——"

"别取笑我，爷爷给的，做到了没一不小心挥霍一空罢了。"

蒋雅无奈："老同学，你总这么谦虚客气，外加绅士，这让人觉得你很难接触，懂吗。那些对你，有想进一步发展想法的女人，都望而却步中。34了，信我的，赶这不早不晚的年纪就定下来吧，有了孩子，你就爱上家庭了。"

"快了。"管止深点了一支烟。

"……"蒋雅。

"是这个姑娘？"蒋雅把检讨书递给管止深，"我以为，秋实这个你并不排斥的例外，你会定了呢，她的温柔你懂，不过好像真的有变，这个小姑娘，让你有异样的感觉？简历上看，和秋实一个地方的。"

"这个我收下了。"管止深薄唇微动，笑了，身体向后靠了靠，优雅地吸了一口烟，眼眸微眯起，浏览阿年写的检讨书。写得不错，以后，可以给他多写写。

对他来说，检讨书值得放在书房他的某个抽屉里，保存。

"不准欺负她。"管止深用餐时，漫不经心地道。

蒋雅咳了一下，顿觉不礼貌，说了句"抱歉"，管止深是熟悉的人，蒋雅不至尴尬，不过，老同学说出这么一句幼稚的话，让她难堪了片刻："我没有欺负她的意思，试探试探小姑娘的性子，这么多年你见我欺负过谁？"

"好孩子一个。"管止深，对阿年的评价。

蒋雅讪讪，"不安慰一下秋实，当然，我不相信你是滥情的人。"

管止深蹙眉。

16:30，小领导走出了办公室，又是拿过来了一份文件，开口道："把这个马上送到顶层去。"

小领导是一只手递过来了文件，抬起另一只手，看了看手腕上的手表。

阿年和影子一起抬头。

小领导的手和文件，恰好是在阿年和影子的中间举着。

影子站起身接了过去，回答了一句："好的，马上送去。"

"……"阿年。

影子去了电梯处，阿年低头，说不出来心里是什么感觉。

送一份文件，这种事情，有什么好抢的。

跟影子这样同一个集团相处中，阿年以为自己是不是小气了，可是貌似不是，影子有时候说话很伤人，不考虑别人的心情，一些举动也很莫名其妙。

阿年真搞不懂是自己有问题，还是影子有问题。

电梯一直升上了顶层。

"业务辅助部的，上来送一份文件。"影子出了电梯，先介绍了一下自己。

"这边。"

影子跟着人走，视线瞄了一眼顶层，一闪而过，面积太大，也看不清楚什么具体的。

从小时候懂事起，影子就崇拜这样的商人，家中父亲和哥哥都是经商的人，成年之后，她想了，也要嫁一个经商的人，最好比哥哥和父亲都优秀，待她也好的。

"张助理，业务辅助部的。"带影子过去的人，敲了下透明的玻璃门说。

张望抬头："进来。"

影子诧异，不是管止深要文件吗？

张望没有对来人是影子而感到惊讶，因为这份文件就是她要的，她也没有指定非要让谁上来送一趟。

张望接过文件，看了一眼文件的名头，是对的，点了点头。

几十秒过后，张望见影子还没有走，抬头问她："你还有什么事吗？"

"哦，没事……"影子点了点头。

尴尬。

转身离开了。

张望挑眉，继续埋头工作。

影子下楼，抿唇，闭着眼睛坐在了工作位置上。

阿年看了她一眼，虽然觉得影子性格很奇怪，不过相处了那么久，一个宿舍，也习惯了，还是不要闹僵了才好，就主动问了一句："怎么了，你不舒服？"

"你看得出来我哪里不舒服？想趁机取笑我一次？阿年，我心里舒不舒服，用不着你来过问。"影子回击。

阿年无语。

"你脸色不好看，我以为你是身体不舒服了，现在天气热，空调吹久了也会生病！我是关心你一下，看来是我的关心太多余了。"

"是多余了！"

"放心，再也不会有下次了！"阿年生气地说。

起身离开了自己的座位。阿年往楼层其他的地方走，气得不轻，站在一处落地窗前，站了半天，眼睛盯着一个大盆景里的景观树，手指轻轻摸了摸树的绿色叶子，瘪着小嘴儿差点哭出来。

现在似乎能理解乔辛的心情了。

以前影子总会这样和乔辛发生争执，谁也不让谁一句，吵得激烈。过后还能和好，是因为都在迁就影子偶尔的不懂事。

影子的性格就这样了，没有办法改变，所以没人过分责怪她。

每一次，乔辛即使后来和影子和好，也和影子始终心里有些隔阂。在宿舍中的相处，阿年和影子从来没这样争吵过，这次，是影子只针对了阿年一个而这样。

十几分钟后，小领导看到了阿年。

虽然没说什么，但阿年也吓得马上回了座位，老老实实地埋头工作。

影子在一旁的座位一样忙碌，不知道在鼓捣什么。

只听到噼里啪啦的声音。

带有明显的脾气。

阿年本来就生气了，这会儿听着影子故意鼓捣出的大动静，更生气了："你要是看不惯我，你指出来我哪里让你讨厌了，你说，我就服你！"

"就是看你不顺眼，我想这不需要任何理由！"

"莫名其妙！"

阿年说完这句，影子没有再接话了……自知是自己理亏，胡搅蛮缠，不讲理。

两个人的座位挨着，互相看不顺眼，多呆一分钟都是一种煎熬，阿年觉得，自己真的是首次跟朋友发脾气，也难受地问自己，是不是最近自己变得不好相处了，导致影子这样。可是仔细地想，却想不起到底是哪一天，做过哪一件事，让影子开始这样看不惯她了。自己是不好相处的人吗？

下班的时间到了，影子第一个拿着包冲了出去。

阿年没说什么，慢悠悠地走出去，心情变得不好了，跟朋友发生了激烈争执，哪怕是影子错了，阿年也是有点难过的。

一个巴掌拍不响，也许影子讨厌一个人是用这种争吵的方式表达，可阿年觉得，以后自己应该稳一点，不要跟着一起吵，都是22的大人了，吵架多少有点幼稚了。

站在公司门口，身体上的骨头似乎软了，无力，不愿意往外走了。

接到管止深的来电，他说，"先别走，到地下停车场等我。"

"好。"阿年点头。

难过以前也经常会有，跟同系的人因为什么意见不和闹红脸了，中学或者高中，被老师突然批评了之类，会委屈得一个人难过，甚至会偷偷哭出来。

在Z市生活的这四年多，阿年有委屈了，方默川了解了情况一般就直接上了！男生就揍，女生就变相地折磨，以至于阿年后来什么都不敢跟方默川说了。

要的安慰，并不是这样的。

进了公司，走进人们出来的电梯，阿年进去，按了地下一层电梯按钮，很快就下去了。阿年怕人看见，又不知道管止深的那辆车在哪里。

视线一直寻找着那辆车。

终于，前面看到了，车牌照号码也对。

阿年走了过去，下班的时间，有些高层的车已经开出去了，还有人的车正在往外开。可能阿年一副找东西的样子让人觉得奇怪了，不免多看了她两眼。

阿年纠结，自己的样子，看上去就不像是有车的，集团内的这些人，心思深得难测，指不定一瞬间怎么想的。

站在了那辆车的车旁，很安静地站着。

两分钟左右之后，管止深还是没有来，阿年怕人看到自己，又往车身边上站了一下。

轻轻靠在了车身上，叹气，低下了头，盯着地面发呆中。

抬头，四处看了看，听说，由于管止深低调地只开了一辆这种车后，集团内没有人敢买比这辆价钱贵的车。

对于骨子里爱炫富的男人，或者张扬的喜欢用名车泡妞儿的男人们，管止深您知不知道，您此举是对男同胞们的一种折磨。

阿年正在跑神儿的时候，车身忽然响了两声，阿年吓得跳开了。转头，只见管止深走了过来，一脸笑意："吓到了么。"

阿年拍了拍心口。

管止深西装外套扣子没系，敞着，皮带的颜色今天是黑色的。

阿年看了他一眼，他一手拿着车钥匙，另一只手搂住阿年，高大的男人把她推向了车身，俯身贴近了阿年的身体，攥住阿年的小手。

摩挲着阿年的小手指，垂首，温柔细致地，吻了吻阿年的小嘴儿。

这是停车场！！

"上车……"阿年转身打开了车门，副驾驶座，老实坐好。抬头才发现，附近已经没车了，都开走了，只有管止深的一辆了。

管止深上车，启动。

没有再看阿年，怕阿年会难为情地呼吸不畅。

路上管止深问阿年，"江影紫怎么了?"

"嗯?"阿年惊讶，怎么突然提起?

管止深说："她哥告诉我，说他的妹妹想调换一个部门，两个月左右就会离开公司。她哥哥公司的人都认识她，不方便实习锻炼，外面的其他公司她又不想去。我在想，为什么好好地她要换一个部门，所以问你。"

"我们两个吵架了，大概，百分之二百，是因为这个吧……"阿年失落地说。

察觉到了阿年一瞬的小失落，管止深看了一眼，蹙眉，心疼，声音更轻了，"怎么了，跟我说说。"

"事情的经过就是……"阿年嘟嘟说了一堆。

管止深听了，点头："江影紫，可能是有一点被家长宠坏了，她哥哥也拿她没办法，亲妹妹无理取闹，小时候还能喊两句，教训一下，长大了，不好说什么严厉的话，二十几

只求静好

Chapter 14

岁的女孩子了，自尊心很强。"

"嗯，影子是挺任性的。"阿年说。

管止深笑："你在我面前，比江影紫对待你们，要任性上许多倍呢。你挠我，咬我，用短短的指甲抠伤了我，还有没消褪的抓痕。你把我关在员工宿舍外，洗漱完了才让我进去，你的起床气，都朝了我一个人发了，动不动就甩脸色生气了。"

阿年："我坚决改！"

不过，真的有那样多的罪名么——

一路上，不间断地聊天。

红灯时候，管止深轻攥着阿年的一只手："这不光是针对你和江影紫之间，别人也是一样。对于那些给你第一感觉，第二感觉，第三感觉，有了无数感觉之后……你还是不想真结交的人，你就选择相信你自己的直觉。不去过分亲密接触这样的人，也不和这样的人刻意疏远对立。相处或者工作上，一天没有走到一个你们永不见面永无交集的尽头，在这之前，你都要存一份防范之心。到了一个尽头，才有权利评判一个人的好坏，就好像人之将死了，闭上眼前，还有意识地回忆过去，心里特别清楚一些事和人的好坏总结。当然，你结交的那些朋友要除外。"

"嗯。"阿年点头。

管止深一手握着方向盘，看阿年，淡淡的语气："江影紫那个性格的姑娘，实在相处不来，你没有理由勉强自己。友情跟爱情一样，一辈子总会有那么一次两次，或多次，因这因那而中断割舍。对江影紫，你能疏远就疏远为好，我是你的亲人，会担心你经营友情经营到累。工作上接触的人，端正态度当成工作，如此你做得便很好了……对自己负责。"

阿年再点了下头。

心窝里暖，并不是管止深猛安慰她导致的。

管止深算是非常客观了，没有为了安慰阿年言语上狠狠责怪影子，影子是任性了一点，这一点影子自己也承认过，每次跟乔辛和好了，影子都这样忏悔。

跟当成朋友的人争执，吵架，心里会很乱，找不到方向出口，到底要怎么办。

找回友情，似乎会很费力和尴尬难堪，纵容对方，日后这种伤害还会重蹈覆辙。

真的决裂，也真的不舍，那不是一个阿猫阿狗，影子，阿年很珍惜的一个朋友。在Z市的这四年，认识的人真的不多，少了一个，肯定会难过。

可是，正如管止深所说：你都苛待你自己，谁还愿意善待你。

在阿年心里很乱的时候，愿意听管止深的，愿意无条件地认为管止深对她说的，就都是对的。

没有开车回家，而是去了管家那边的别墅。

阿年今晚不用露一手了，本来阿年就怯懦，怕不好吃搞得他吃不好晚餐。阿年一直觉得，管止深认为她的厨艺不咋地，所以，找机会想逆袭一下。

"明天就不过去吃了，今天忍忍。"管止深怕阿年生气。

阿年囧。

"我没有不愿意去啊……"

误会她了吧，或者，是过多担忧，过多考虑她的心情了。

"这样就好，我们阿年很随和。"管止深夸她。

阿年呆，我都22了，不是小孩子，管止深此刻对她说的这些话，让阿年想起了小时候，那年很小，舅舅也是这样哄她。

上小学四年级的时候，阿年被同学欺负了，舅舅来的时候还没干完架，阿年被挠了，舅舅见她没动手，就夸她温和，懂事，有礼貌。其实阿年那会儿心里算着小九九呢，这仇，一定得报，脸都被别的小坏伙伴儿挠花了。

后来长大了，小时候的伤痕都淡了，几乎随着成长，脸上痕迹都变得没有了。

时间，能抹平一部分早已不在乎的痕迹，因为长大了已经不恨小学同学了，想起来，还会笑一笑的。

但是，人生中某些痕迹，是抹平不了的，仍旧记得。

到了管家。

马上就要吃晚饭了，在等方云回来。

不多时，外面一辆家里的车停下，是司机开车送的方云回来。

方云进了门，客厅的放放说，小嫂子在厨房帮忙。

方云满意地点头，笑模样去了厨房。

见到阿年在厨房里，带着几分解释地说："是妈非要让止深带你回来吃的，你们在别处吃，妈总是不能放心，年轻人就爱一顿顿地糊弄来。这药还得喝下去，一个疗程起码得小半个月，妈得督促着你，这都是为了你们好，可不能为了这跟妈生气。"

阿年笑了笑，摇头，对厨房门口的婆婆说："妈，我不会因为这个生气，您为了我好，我知道的。"

"那就好。"

方云点头，然后又说："妈听止深说，你要下厨给他做菜吃，这个还是等有时间了再做，哪个主要，你心里得有数儿。"

呃，主要是指——她要怀孕生孩子？

王妈听着这婆媳二人聊天，笑了。

跟阿年语重心长地讲："少爷二十几岁的时候，我们就猜测，什么样的姑娘能当这家的儿媳妇？一直盼着，也没盼来一个。一个个的都不成，这就是没缘分。少爷三十多岁了，大家伙儿跟着一块愁了，明知道少爷这个样子的，几十岁都不愁媳妇儿，不过你婆婆就是盼着抱孙子。"

阿年赔笑。

"所以，阿年哪，你得珍惜这段姻缘，珍惜这个家庭，和和美美的，多好，有福喽。"

情生以南

王妈继续说。

阿年点头，心里甜蜜。

晚餐吃得很愉快，管止深说，到了八点半再走，楼上书房有一点工作，他要在这边做完。

管止深带阿年一起上楼了。

边工作边聊天中。

管止深问阿年："你最拿手的菜是什么？"

很好奇……

"鸡蛋羹……"阿年说。

管止深点头："真厉害的一道硬菜。"

阿年白了他一眼，瞧不起就说瞧不起，话中的讽刺当她听不懂么。

"一些北方口味的菜，做得好么。"管止深问，真的不太了解阿年的手艺如何。

阿年对于给他做东西吃，时常跃跃欲试，如果口味真的和别的一样，很差，那么他的胃，将会因为，义无反顾要老婆，讨好老婆，这位主人的连累，被虐待上一辈子。

不过，再不济，他可以下厨一辈子。

"当然会了！我以后一定会惊呆你的胃……"阿年对自己毫无保留毫无矜持的吹嘘，其实也感到很无力很难堪的。

他期待，自己的胃被惊呆。

阿年被方云叫下楼了，从书房溜走。

下楼才不到十分钟，就听到管止深在楼上书房喊她："阿年——上来——"

"哦，马上——"阿年也回。

管止深蹙眉盯着手提屏幕，听见楼梯的声音，抬头，阿年已经跑到了书房门口，手里捧着一盆仙人掌。

他问："抱着它干什么。"

"家里没有花，我跟妈要的一盆。"阿年说。

管止深点头，"等有时间，我叫朋友弄几盆好的君子兰。"

君子兰？阿年问："一层一层扁叶子的？"

"嗯，是长那样。"他点头。

阿年的思绪飘远了，她见过那种花的，却不是在Z市，是在小镇上。

有一次午后休息回了家，对面那栋房子外，门口有君子兰在地上放着，似乎是在晒太阳？还是干什么？阿年并不知道。

好奇，就问了外婆，那是一种什么花，外婆认得，说那花是叫"君子兰"。

外婆家对面那房子，住着人，但阿年一次也没见过真人样子。有一次，早上醒得比较早，只看到了一抹背影。

上学之后，还跟同学讨论过那房子里的人，大家吓唬她，说那里面住着一个千年男妖，上一世他辜负了你，这一世来守着你来了。

阿年"喊"了一声，演人鬼情节的电视剧么？

好狗血！

那个年龄，小女孩儿都爱幻想嘛。

不过，离奇的事情还真发生过，阿年清晰记得，有一次弄丢了参加学校节目买服装和买道具的五百块钱，车上被偷了估计。

16岁，小镇上的孩子，跟市里的孩子比不得，手里花的钱，都是随时跟长辈要的，因为没有去其他城市外地读书，一直都生活在家人面前，所以，多数家长不会一次给孩子很多钱。

阿年丢了钱，觉得自己很笨，吓哭了，望着舅舅水果店很难过，要卖掉多少个大西瓜才净赚500块钱。

望着大西瓜，桃子荔枝们，阿年更难过了。

黄昏时分，阿年从巷子东边走回家，巷子里住着的家家户户都在做饭，外面基本没人，当阿年走到了家门口，在巷子里的路上，捡到了一个信封，没有封口，阿年看了一眼，里面是五百块钱。

过后，阿年觉得挺诡异的。

类似于这种平白无故被人帮助的事，发生多件。

事实上阿年不知道的是，管止深在时刻关注她。

她丢了钱，管止深也知道，站在二楼窗子口处，看到了她回来的小身影，远远地，阿年在低着头走路。

他抱着试试看的态度，希望不要被突然出门的别人捡了去，那么，他还要再想办法。

扔下了开口的信封，飘落在地上了。

一分钟多，阿年走过来，蹲下，捡了起来。

问了："谁丢的钱？"

管止深看着，傻孩子，当成自己丢的那500就好了啊。

最后，管止深听人说，镇上巷子里的这一条街上，总共五十几户人家，归一个小巷子长管理，500块交上了去，管止深无语。

他以为巷子长会没收，像警察一样，像老师一样。

但是没有，一个星期后没有人认领，谁捡来的钱，就归谁了。

阿年的外婆和舅舅，没有责怪阿年弄丢了五百块钱，还说，老天眷顾，从天而降给了你500块。

人人都说，阿年是有福气的孩子呢。

要说阿年诚实，其实不完全诚实的，以前刚上学，听说很能说谎的，受到了父亲奶奶的不好影响，但是这些，阿年自己知道，家长并不知道她的隐藏式叛逆童年。

阿年外婆人缘好，舅舅和舅妈也是，阿年不敢让家长知道，也没人多嘴，毕竟孩子还

情生以南

小，长大了懂事了自然就好了。

阿年变好，是自从小学五年级捡了一个"熟的大鹅蛋"交给了老师之后，就变得很诚实了。

是同桌带的一个超大熟鹅蛋，同桌的妈妈给煮的，中午要当做午餐吃的。

不知道阿年怎么就从书桌旁给捡了去，同桌赖她偷的大鹅蛋，阿年说，我是在地上捡的……鹅蛋在滚……我才捡……

最后确定，阿年是捡的！

老师为了让同学们学习这种行为，给阿年发了小红花儿。

小红花儿得到了，让阿年彻底变成了好孩子，不经夸的孩子，一夸，就你怎么指挥怎么是了……保证不会说个"不"字。

管止深听了"捡同桌的熟鹅蛋"这件事之后，每每看到巷子里有人赶着几只大鹅走过，他就能笑上很久。

书房里，阿年抱着一盆仙人掌想事情。

管止深说："走吧。"

阿年回神儿了。

开车一路回去，经过一家蛋糕店，阿年想要吃上面带奶油和水果的小蛋糕，管止深靠边停了车，下去给她买。

出来时，手中拿了两个。

"一个就够了。"阿年说，接过。

"太小了，你吃两个吧。"管止深上车。

阿年无语，为啥一定要吃两个，都说了要一个的——

抵达家里，从地下停车场走出，住宅区里一片宁静。

阿年跟他后头，手里拿了俩小蛋糕盒子，管止深开了门，推开门，进去。

阿年叫他："你把花盆放在院子里吧，明天我睡醒了再安排好它。"

管止深放下。

转身，一手自然搁在阿年的腰间，俩人走了进去。

身后的仙人掌孤零零，灵魂炸毛了，刺儿仿佛都立了起来。你们甜甜蜜蜜扔了我在这里，晚上下雨了怎么办，仙人掌不需要那么多水这等于谋杀植物啊喂……

进去了，阿年坐在沙发上，打开蛋糕盒子，蛋糕歪了，草莓掉了一个，打开另一个，也是一样，在车上没拿稳吧。

"怎么了。"管止深走了过来。

阿年低头，没说话……

管止深看见了，小蛋糕儿歪了，他伸手拿过，正了过来，手指上弄到了一点点的奶油，他递她了："好了，给你正过来了。"

还有另一个，管止深拿起，认真地也给正了过来。

他准备去洗手，不经意回头，却看到阿年把一个叉子扔了，他蹙眉："又在无缘无故的发脾气？"

"没有啊。"阿年是真的没有发脾气，解释道，"两个叉子，一个沾了奶油的，我扔了还不行……"

管止深点头。

没发脾气就好。

阿年囧，她不是有随便扔东西嗜好的人啊，真不是。上次扔枕头和被子，是特殊缘故，管止深总是像看着多动症的孩子一样监视她干吗！

夜里阿年和他洗完了澡，上床睡觉。

灯关了，只有一盏床头灯，够阿年看书用，管止深抢下她的书："别看了，这个时间伤眼睛。"

"我眼神很好。"阿年说。

准备伸手拿过来书，管止深紧抿薄唇，势要教训阿年这个不妥协的性子，伸手，把那本书给从开着的一扇小窗子扔了出去。

"啊，我的书——"阿年一跃就要起床，他扔得好准！

管止深把她拉住："老实躺下，睡觉！"

阿年觉得，他管得好宽。

阿年看他，管止深像是睡了的样子。

管止深愣住，阿年自从他把她书扔了，把她拽回来，她就盯着他看，目不转睛的，眼神里复杂得很。

"在想什么。"

阿年跟他愉快的交流："我就是对你好奇，方便说一说你从成年以后，到现在认识了我，这中间的事情么，我很感兴趣。"

"最感兴趣的，是不是，我谈过几场恋爱？最好，详细地交代，谈过几场上过床的恋爱？"管止深轻笑，摸了摸她的小脑袋："想什么呢，到我老得去世了那天，都不会告诉你。也许我真是个男妓转世，你不用吃醋了。"

阿年低头"喊"了一声，觉得他的话真是烦人死了，明明是在火上浇油，让她醋火燃烧得更旺啊。

两个人靠着床头，没睡。

阿年想了想，说："管止深，我告诉你哦，我可是从16岁就开始谈恋爱了，认识方默川之前，我的感情生活可丰富了，接吻，拉手，什么都有过。"

看你嫉妒不嫉妒。

"是么。"管止深淡笑。

Chapter 14

只求静好

"是啊……"阿年很重的音，肯定这是事实，然后等着他生气。

管止深思绪早已走远了，想起了阿年没认识方默川之前的样子，下雨天男生主动拿伞送她回家，她都拒绝，在他的注视中，那个小镇上，阿年，是最单纯的孩子其中之一了，阿年是故意的。

一分钟一分钟的，时间快速过去，管止深依旧无比淡定的模样，闭着眼眸一动不动，阿年觉得要气得冒烟儿了。

"你怎么还不睡！"阿年态度奇差。

"不习惯在你睡着之前睡着……"

淡淡的一声，阿年反应了一会儿，气冒烟儿的心里瞬间又变得山花烂漫一片青翠绿了，性子一下软了，摊手，声音也甜："那我……先睡喽……"

阿年躺下了，自己披好了被子，闭上眼睛，睫毛动了动，不说话专心睡觉了。

管止深看了身边的阿年一眼，温顺起来，真的招人疼，心头再次一片柔软羽毛飘过，弄痒了一个男人坚硬的心。

关灯，一起睡觉。

下一个工作日，影子来了。

她独自收起了自己的东西，招呼也没跟阿年打一个，就走了。阿年低头，看见影子心里难过。

小领导出来，走到阿年面前问了一句："闹矛盾了？"小领导不敢得罪哪一个，但也不会徇私工作上帮谁，工作是工作，虽然她还不知道，传言中的阿年跟管总有牵扯，是真是假。

"嗯……"阿年点头。

跟小领导随便聊了几句，阿年就开始认真工作了。

午餐之前，阿年实在太闲，上了QQ和微博，好久没有发微博，关掉，在QQ上三人群里发了个表情，向悦在线。问她啥意思，阿年说太无聊了。聊着，说起了安全期，阿年意识到，昨晚可能会怀孕的。管止深的意图，也是让她尽快地怀孕。

了解他吗，打算跟他一辈子吗。

向悦说："大好资源别浪费，如果他以后对你不好，你带管姓的孙子跟他离！这是你的一大筹码，亏不了！"

阿年噔噔噔上了楼。

偷偷上去的，提前问他了，管止深自然愿意让她上来。

进去，阿年站在那老老实实地问："我真要给你生孩子？"

"你在质疑我什么？你不生谁生？"管止深不悦。

阿年点头，下一刻就跑了出去。

明白了。

大概每一个女人，抑或情窦初开的小女孩儿，都听过类似于"男人的话不可靠、不可信"这样常挂于嘴边上的话。管止深那句"你不生谁生?"，真切融进了阿年的心窝儿，让她心底淡淡欢喜。本以为怀孕这种事，要应付他，保持着理智，直到了解他才行，这是阿年的最初想法。

事实证明，"理智"这个东西等同于人的呼吸，遇到某些事情，某些人，呼吸就不由自主地乱了。阿年的理智也如此，遇上了管止深的诚恳，管止深的一番话，也就一并乱了。

估计……每一个掌控不了自己呼吸频率始终如一的人，也一定都攥不住自己百分之百始终如一的理智。

思考了几分钟，阿年又把QQ给上线了，这次三人群里不是只有向悦和阿年了，乔辛也上线了，她说她是在陆行瑞住所上的网。

阿年发过去一个[撇嘴]的表情，和一句话:我要是打算给管止深生孩了，你们什么看法……求轻点虐……

乔辛:虐你干什么?支持!

向悦:你自己能感觉到他是真心还是假意吧?管止深顶级多金吧?分分钟财产数额变化。家世好，在Z市暂时没人盖得过去他吧?一方霸主来的!至于外形五官，长眼睛的没毛病的都得给打九十九分!

阿年回复:[衰]怎么才九十九分?

向悦回复:你对他着魔了?扣掉一分是因为他没长成我心中左正那样，咱俩心中的哈姆雷特不同!不过我比你惨，你起码和管止深的相处中，知道他大概在想什么，左正，我反而渐渐一点都不了解了。

乔辛发了一个[抱抱]给向悦，阿年也发了一个。

乔辛对阿年说:别顾虑了，有时候完全了解了不一定就会幸福，回头发现还不如稀里糊涂。

下线后，阿年陷入思考状态，怀吧，大胆地怀，反正决定了跟他，没想过分手，也没想过跟他离婚。

人一辈子总要冲动那么几次，阿年记得，那年冬天的尾巴时，在小镇上毅然决定了要跟方默川来Z市，是第一次的冲动。第二次，就是现在决定给管止深生孩子。

这次的冲动，到底是不是一个魔鬼，阿年觉得，不会是。

想开了，阿年瞬间开心起来。

影子走了，她一个人坐在了这个位置上，瞥了一眼旁边空着的椅子，试探地想象，如果这是身在和管止深的家，饭桌前，坐着一个她，坐着一个她的孩子，生男生女还不知道，所以暂时她还不知性别。

那管止深怎么对孩子和她?

"我还是先去问好……"阿年想要再次请示楼上的男人，趁人不注意，偷溜了上去。

只求静好 Chapter 14

顶层的人用奇怪眼神看她，心想这人怎么总上来，这么多东西要送？接触总裁的机会也忒多了吧？有几个见过阿年的人，知道阿年和管总关系亲密，上次阿年来过集团，但自从知道阿年来了集团工作，她们就不敢散播什么了，知道什么也都咽下去。

阿年主动要怀孕，管止深五官上尽是笑意，唇边，漾着一抹温柔，对于阿年趴在他办公桌前眼巴巴问他的这个问题，管止深稍作思考，说道："当我做好了菜，端上了桌，我不吃，给你和孩子吃，你们都吃完了，我再吃。"

阿年吁了一口气。

"你让我开始很期待有了孩子之后的生活。"管止深笑。

阿年琢磨了一会儿，再说："你爸妈有没有重男轻女的思想？我还是喜欢生个女孩儿，女孩儿长大了会对妈妈好吧？男孩子，我怕他找个坏老婆，给我脸色看。"

想得太长远了，还没怀孕，已经幻想自己当婆婆的那一段儿了。管止深安抚她的恐孕心理："我们可以不给他娶媳妇儿。"

"——喊，你怎么知道娶媳妇儿呢！"阿年撇嘴，然后看他欠扁的俊脸，作势要咬死他。

管止深站起身，绕过庞大的办公桌，走到了阿年身前，宽阔的身体圈住了阿年在办公桌前，把脖颈伸过去给她："来，喜欢哪儿咬哪儿。"

"你说的……"阿年张开小嘴儿，温热的唇贴上他侧颈，白皙的男人脖颈上，绷起青筋，阿年咬了，并不用力。

在阿年回到了部门的时候，听见谁叫她，她都会受到小小惊吓，拍拍自己的脸，生怕是红透了的……

下班的点儿，阿年再次溜到了地下停车场，有了上次的教训，这次她去得比较晚，已经将近没有车了。

走向了那辆车。

背靠车身，等他。

去了超市买菜，两个人一起买菜不是第一次了。管止深在Z市是一张熟脸儿，超市里的人们，擦身而过，认得他，也就是多看了两眼，便各自买各的。其实平日见不到，会好奇这个人物的生活是什么模样。若真的接触了，生活中的管止深，也就是一个正常的人，普通的人……

在收银台附近，听见一个老大爷说，今天是他六十岁生日了，旁边等付款的人问老大爷生日愿望，老大爷想了半天，也没说，只是叹气。

阿年心里有点难受。

离开超市，上了管止深的车，阿年说："我外婆下个月过生日了，你是不是要跟我一起去一趟小镇？"

"这个肯定。"管止深说。

车开回家的路上，阿年好奇，问他："管止深，你的六十岁生日愿望是什么啊……"

"现在问，是否太早了。"他说。

车驶向了另一个方向，阿年摇头："不早，我的六十岁生日愿望，是我们全家老小身体健康，儿孙孝顺，我的简单吧，那你的呢？"

管止深薄唇微动，蹙眉，他认真思考了许久，在阿年一脸的憧憬中，转头对她说："有性生活。"

阿年衰……

管止深很开心，但他没有表达在他的五官上，他在猜测，阿年是否在潜意识中，已经把她自己放在了他妻子的位置上？阿年考虑了老了以后，那大概就是了吧。

打破一个姑娘对未来美好的幻想和憧憬，这事，管止深干不出来，却也真的干过了一次。爱情中，把真心给了他的女人，至今为止算上阿年，也就两个。上学，到步入社会，他身边不乏女人围绕，最后经他允许接近了他的，他愿意敞开怀抱接纳的，一个是李秋实，一个是阿年。辜负了其中一个，是他之错，也是秋实本身之错。

车开进了住宅区的停车场，阿年看了几眼开车的人，管止深开车时，失神地在想什么，她一点都捉摸不透。

这就是，对他，还不够了解。

阿年一直在努力……

努力了解他。

晚餐，又是管止深制作的，精致营养好吃，色香味俱全。阿年看着盘子里的晚餐发呆，一点一点地吃，很好吃，不舍得吃完。阿年也会和多数女孩子一样，在心里计较很多事情，唯一能做到懂事的是，不总问出来烦他。抬头，阿年看向了那个用餐中的男人，瘪了一下嘴，他曾经还给什么人做过早午晚餐？

星期六那天早上，阿年被管止深送去了乔辛她们那边，管止深白天仍旧要忙，不能陪阿年，他怕阿年一个人在家会无聊。如果送去母亲那边，年龄问题，估计相处上不会特别自在。他想让母亲和阿年建立良好婆媳感情，不过并不急于这一时，把阿年自由时间看管得太严格，他担心会造成一种反效果。

"星期六他忙什么？"上楼后，乔辛问阿年。

阿年摇头。

向悦脑袋从被子里钻出来："爱忙什么就忙什么呗，阿年来这边玩儿更好！她家姓管的，只要不是一到礼拜天就往小三儿那钻就成了啊……"

"小三儿？敢有小三儿阿年就给他喂一瓶敌敌畏——"

"别吓阿年了……"

"……"阿年。

乔辛对阿年说："忙归忙，偶尔也得让他星期天陪你玩儿啊……"

情
生
以
南

"哦。"阿年点头。

向悦起床之后，打电话叫的外卖，吃完了，乔辛负责洗衣服收拾房间，向悦和阿年，在房间里游戏中。

中午，一起睡午觉。

起床，是下午两点了，三个人离开住处，在附近溜达了一圈儿，聊了聊天。乔辛说，跟家人说了，家人不同意她留在Z市，要她回去，工作也安排得差不多了，就等她尽快回去了。阿年抿唇，低头，情绪瞬间不太高了。

乔辛难受，看了一眼阿年，说："我哥在Z市了，我爸我妈不同意我也留在这边，家长身边，总得有一个人陪着……"

"……"向悦。

乔辛接着说："陆行瑞父母不是Z市人，他来了Z市，我回海城……好像未来还太远，我都不敢想象，我以后到底会在哪。和陆行瑞……能不能继续下去，也不知道。"

向悦皱眉："陆行瑞靠不靠谱你自己不知道？不靠谱趁早别耽误了，靠谱就想想办法。我真的不跟你一起回去了，你别怪我，我和阿年一样不舍得你走，左正不回去，我一定不回去，这些年我都是跟他走的。"

三个人一起往前走，往小区的门口走。

阿年低头小声地问了一句："大概什么时候走？"

"月末。"乔辛说。

没几天了……

向悦一想到以后一个人住了，一下子就哭了，从小到大玩在一起，懂事了之后也在一起，中学高中大学，都在一起住着，跟亲姐妹一样。

"我去买水。"阿年说完，抿唇，深呼吸着，走向了对街的超市。

向悦蹲在马路边上，把脸埋膝盖里，最嘻嘻哈哈最无忧无虑的一个了，可是，仔细想一想，在Z市，没有找任何工作，就为了一个左正，左正不说回去海城，也不说留在Z市，她不知道左正什么心思，也问不出什么，一厢情愿了这么多年，现在走开，向悦会很不甘。

阿年小心地看车，过马路，抬头，眼睛被夏日的一股暖风一吹，泪意就蒙了满眼都是，乔辛走了，心情很复杂，如果以后向悦也走了，怎么办……

从小没有了父爱母爱，就珍惜外婆舅妈和舅舅，来了北方，就珍惜身边的朋友，可是到底都一个一个要走开了，不能一起一辈子，各自都有自己以后的生活。怕再说下去会不争气地哭，借口买水，阿年不知道别人和亲姐妹一样同学分离，会是什么感受，不少于失恋的滋味吧。

或者，只有她心理情况不同？她在依赖她们，从来到这边认识了，到现在，无形中依赖她们。

管止深来接阿年，她们才散步回到小区门口的。

车停在了小区门口，乔辛望着阿年去超市的背影，朝管止深的车走了过去，敲了一下暗色车窗，她对落下车窗的管止深说："能跟你说两句吗。"

管止深看着这姑娘，点头。

在他眼中，对阿年好的姑娘们，都是善良的，打开车门，迈开长腿，下车，关上车门。

乔辛走了过去，指着那边的超市说："阿年过去买水了。"

管止深看了过去。

乔辛上身穿着米奇半袖，手搁在了兜儿里说："阿年很信任你，她挺可怜的，知道方默川为什么轻易地追到了她吗？"

管止深摇头。

"因为阿年缺爱啊，谁对她好，她就不忍对那人不好，阿年在我和向悦面前说的话，都是她的心里话，她很喜欢你，因为你把她照顾得很好，我们外人不知道你的好是一直认真还是认真一时，不过，高抬贵手，能别伤害就别伤害。"越是要离开阿年，越是担心阿年，向悦她反倒不担心，因为左正再混蛋，也都是知根知底的，从小一起玩到大。

"不会。"管止深保证的语气。

乔辛声音不大："你应该知道吧，阿年和方默川开始恋爱那年，是 2008 年北京奥运会。那个时候你在哪儿？身边有其他女人吧，你比阿年大那么多。你知道方默川多有耐性么，方默川一个月不回家，31 天里，天天靠着别人家的墙望着阿年写作业的窗子……方默川说，那一个月，不爱唱歌不爱听歌的他，做梦都能哼出《该死的温柔》了，店主为了烦死他，门口音响里天天重复这一首……零七零八年那刚开始很流行，这都五年了，前段时间两个人分手了，酒吧开业，放了一晚上……大家耳朵都听出茧子了……我们没人告诉过阿年……"

"不要告诉……"管止深每听一次阿年和方默川的过往，就恨自己，和阿年一起的画面，情景，比得上方默川的一半么？

比不上吧。

"不要告诉阿年……"管止深艰难地重复了一遍。

带着深深恳求意味。

他再也经不得一点感情上的变数，经不得阿年一丝动摇，他的眼睛视线，也见不得阿年为方默川有一分情绪惆怅。

现在的阿年，心里装着的事情太多，有了心理上的负担，就失去了曾经简单纯粹的开心。管止深从不希望阿年变得和别人一样，她不要太聪明，不要太懂事，聪明可以在心里有，但不要表达出来。

当阿年的成熟一面表达在人眼中了，这说明什么，说明阿年有需要去聪明对待的事了，那些事，不会是绝对轻松的。

管止深一直想给阿年无忧无虑的安静生活，让阿年没有愁绪，让阿年常常欢笑。几年

只求静好 Chapter 14

的空白，不求任何轰轰烈烈爱情情节填补，只求静好。

方默川以纨绔的姿态，走过了阿年最纯净的年华，此刻的管止深，很想跟幼稚的孩子一样，骄傲地告诉所有人，他认识阿年，守望过的将近400天里，阿年也是个非常纯净的孩子，只不过他脸上的伤，让他以沉默的姿态，走过了那一段日子。

不敢掀起任何波澜……

乔辛叹息："那天酒吧开业，方默川喝醉了，最让我可怜他的是，他说，他想给阿年的爱情，是可以跟阿年的笑容一样，有多温和甜美就多温和甜美。可是他嘲笑自己没有做到，他憎恨自己是不成熟男人中的一个，他后悔，后悔以前总让阿年难过，担心，更后悔入伍三年，他说他最恨的城市是北京，拴住了他三年，丢了爱情。同时他也绝望，回不去了……回不去三年前了。"

时间有限，要说的话在乔辛的心里，很多，一时之间不知道哪一个重要，哪一个不重要。

能说一些是一些，不想刻意地约管止深说这些，会让他觉得奇怪，好像阿年不信任他一样，招来他的误会。

这会儿他来接阿年，她便说了。方默川这个人成熟不成熟，那不能完全怪方默川，从小到大，诸多因素导致了。大街上随便拉一个人，比得上方默川不定有几个。方默川对阿年的一颗心，真诚，乔辛希望管止深也能是这样珍惜阿年。

不要得到了就不稀罕了……

阿年出来了，从超市。

过马路，拿着三瓶水，乔辛知道阿年是躲避眼泪，才过去马路那边。现在回来了，管止深走了过去，男人迈开长腿，一步步走向马路中间，看着车，和阿年站在了一起，马路的安全区。乔辛感叹，也许，阿年就是适合一个这样的男人来呵护。

管止深接过阿年手中的水，攒了阿年的一只手，带向了马路这边……

阿年给了向悦一瓶水，说了两句话，又给了乔辛一瓶水，没说什么，最后上了车，还不是告别的时候。

车一路驶向家中。

阿年喝了一小口水："乔辛要走了，以后见面不太容易。"

管止深听了，不知怎么安慰阿年，同学，肯定不久后都要分离，或者结婚了，分开的很多，他蹙眉："你还有我。"

"是啊，还好有你。"阿年说着，鼻息重了，眼泪在眼圈儿里泛滥，眼周围瞬间红了一片。

"别难过，总会适应，你还有我。"管止深望了她一眼，伸手，拇指摸了摸她的小脸儿。阿年低下了头，一句话不说。

幸好，现在有了一个管止深。

和乔辛临别了，和以前想象过的离别感觉不一样，那时候很天真地有恃无恐，认为生活会是一个步调，永远开心，或者未来会比当时好，没想过不好的，开心时候本也无法体会痛苦滋味。就像别人在哭，你看见了，却体会不到那个人的疼。

　　如果没有管止深的出现，阿年知道，现在自己和方默川耗着呢。

　　耗到了一个什么程度，未知。

　　也许会每天心情阴郁，愁眉不展再也笑不出来，也许是方默川心情不好，惹了祸，她日夜为他担忧。阿年不知道如果那时自己坚持不住了，吃够了方默川给的苦，接下来会怎么做，会不会害怕得懦弱地离开Z市，独自一人，回到小镇上去。

　　阿年不想，不想带一份憧憬走出来了，再回去，舅舅和舅妈还有外婆，不会怪她，反而会安慰她重头再来吧。

　　可阿年自己会难过，瞧不起自己，经不住什么了就缩回老家，一点出息都没有。

　　不是读完了书，拿到了毕业证，就都安稳地结束了。如果没有遇到管止深，也离开了方默川，周围又没有一个可以依附的人，乔辛她们也撤离了，那么，毕业后的生活，对于一无所有了的阿年来说，似乎一切真的才刚刚开始。这跟出生之后不记事儿的我们，学习站起来，扶着什么走路，再到学习奔跑，是同等的难度，长大了，站得稳了，也就不记得小时候到底摔过多少回了。

　　幸运有了管止深，能指导她，为她考虑周到一切。

　　到了家之后，阿年问他："你还出去不了？"

　　"不。"管止深搂着阿年，让她坐下。

　　管止深站在沙发前，脱下西装外套搁在一旁，若非有重要的事情需要出去，他也不想出去，想要多陪陪阿年。

　　他没有跟人这样单独的呆过，尤其是不知道接下来做什么地呆着，跟阿年在一起之后，开始了这种生活，体会，摸索，学习相处。

　　"跟我在一起，会不会觉得无趣。"管止深问。

　　阿年摇头："不会……"

　　"那就好。"

　　管止深起身，去冰箱里找东西，可是没有雪糕……

　　他刚才想起来的，阿年在外婆家住的时候，夏天，他从窗子这边看过去，阿年周末写作业，或者上网，会不停地吃雪糕。

　　可是冰箱里没有，怎么办。

　　管止深走回了沙发前，俯身伸手，扳过阿年对着电视都不瞧他一眼的脸，对阿年说："想吃雪糕吗？"

　　"嗯！"阿年看电视中，呆呆点头，可是反应了过来随即又摇头："家里没有……我还是不吃了……"

　　以为家里有，一时间把那边别墅和这边的房子搞混了，那边的冰箱里一满箱的雪糕，

只求静好 **Chapter 14**

都是放放和她爱吃的，方云和王妈都不吃，说牙受不了那么凉，方云不让阿年吃冰块儿的，奶油的可以。

管止深轻笑，没有，为什么就不吃了，家里没有，非要吃，这也不是错。

可以跟他任性地要雪糕。

真的可以。

"你太乖了我也不适应。"管止深说。

不任性了不气他了还不好么，他都34了，估计已经不经气了，阿年觉得还是少气他点才好……不然，很快就把他气老了。

管止深出去了。

没有拿手机，也没拿车钥匙，阿年以为他是去院子里干什么了。

继续看电视，找一个感兴趣的节目，换了好几个台，也没有喜欢的，回头，看向了院子里，可是根本没有管止深的影子。

"人呢?"阿年放下遥控器，走出去。

院子里根本没有了人，四处看，也找不到了……囧，跑哪里去了。阿年看到了仙人掌，被她和管止深遗忘了的仙人掌。走过去拿起来，阿年摸了摸那上面的刺，"啊"一声，不小心被旁边的刺扎了一下。

感觉躲开刺了，怎么还会被扎了一下，这盆仙人掌对人类表达了它的恶意……

住宅区门口的超市。

——店员望着进店的男人，四处找东西，也不问人。

店员A和B小声议论着什么。

"女生吃的雪糕在哪?"终于，找不到雪糕的管止深问了。住宅区外有超市，但太大了，买雪糕没必要去那边，也有点远，开车可以。这个超市管止深第一次来，不熟悉，又不想跟那几个表情奇怪的店员说话。

自己找，根本找不到。

"这边。"女店员带他过去。

三个雪糕柜里，都是雪糕。

很多，管止深看着这些雪糕，蹙起眉头，想起了在小镇上，阿年吃的是粉色的，每次都是粉色的，他问："哪一个是粉色的。"

店员A："……"

"先生，隔着包装，我们也不知道哪一个是粉色的。"店员B答道。

"我可以打开看吗，我给钱。"管止深打开了雪糕柜，拿出来几个，分别撕开，一个是白色的，一个是巧克力的，一个花的。

都不是，他继续拿。

"先生，这是粉色的呀……"店员说。

管止深摇头："要粉色糕身的，带很多小点儿，深红色的小点儿，不知道那是什么。"

拆了十几支，终于……

"要这个了——"管止深拿着一支粉色带红点儿的雪糕，给店员看。

付款之后，他只拿了一支走，店员惆怅，这些刚打开的怎么办，扔了浪费。也没弄脏，就用包装包好了，放在了雪糕柜的一角，她们吃掉就OK。

对于管止深只买了一支雪糕，且是她爱吃的草莓果肉口味，阿年觉得缘分这个东西太奇妙！一边吃着雪糕一边躺在他腿上看电视："太神奇了，你买的刚好是我喜欢吃的草莓果肉雪糕，这是你第一次给我买！不是哈密瓜不是香芋……还有，炒饭盘子底下放清香荷叶，那是第一次吃你做的炒饭。还有……"

阿年一直在说，感叹，巧合地诡异。

管止深没说什么。

阿年拿着雪糕看他："管止深，你不是暗恋我很多年亲自去南方观察过我吧？"

"天马行空。"管止深对她做出批评，"很多年前，你还是未成年。"

阿年嘀咕："关键，你像看上未成年的变态叔叔哦。"

"那叔叔帅么。"管止深低头。

阿年拿着雪糕的手举起，小心地一手搂住他脖颈，吻了……

快乐的星期六下午以及晚上，在勾引与被勾引中反反复复度过，吃饭，睡觉，任她打闹折磨，怎么任性，管止深就怎么接，因为这是他的生活乐趣，并不是阿年生气时的那种任性。如果在两个人生气时，阿年跟他过分任性，管止深绝对严厉扼制！

有话，希望能好好跟他说。

星期一的早上，阿年起床的时候很费力，被他盯着，爬起来了好几次，最后，都又重新钻进了被子里继续睡，管止深伸手，搂着她腰，给她揉了揉："起床，上不上班了？"

"困……"阿年咕哝。

"楼下有早餐。"管止深说。

阿年蒙上被子，不理。

需要睡觉，你给吃的有什么用，等于冷了朝你要大衣，你给裤子，围脖子上御寒么。

管止深的手机在楼下响了。

他下楼，看了一眼桌子上的早餐，走到茶几那边，拿起手机搁在耳边接了："什么事？"

"李秋实小姐今早出院，要过去吗？"张望问。

"你去一趟。"

张望说好，挂断。

管止深放下手机，站在楼梯口犹豫，是该一个人吃早餐，还是硬把阿年叫下来？又怕阿年困成那样会炸毛。

阿年累，他认为赖床倒也情有可原。

情
生
以
南

张望开车去了医院，打给了楼上的李秋实，李秋实接了，客气地说："谢谢张助理，我朋友一早来医院接我了，不好意思，麻烦你了这一趟。"

"没关系。"张望说。

李秋实准备挂了，想了想，说了一句："稍后我打给止深。"

张望点头："嗯，你和管总说吧，我听管总的指示。"

挂断之后，张望接到了江律打来的电话，江律隐晦问她："秋实出院，管止深他去接了？"

"没有，不方便。"张望直说。

"是不方便，可出院之后秋实怎么办，修养一阵子就遣回上海？她母亲已经来了Z市。"江律没有跟管止深去说这个问题，只能从张望这里探探口风。

"不清楚。"张望口风很严，她认为，管止深已经有了阿年，就不会再有别的女人了，也不会家中一个外面一个这样不道德，如果江律喜欢李秋实，就大胆地去追求便可，没人阻拦，相信管止深也不会生气。

张望除了管止深，谁都防着。

对于张望明显的防范，江律顿了顿，说："早安……"

张望看着被挂断的手机。

江律突然地说了一句"早安"，是有病吗？

楼上病房，CC帮她装东西在提包里，娇哼了一声，问她："女人被你做得这么不合格，装装可怜让他来接你出院，有那么难做吗？"

"不想这样。"李秋实拿过CC手上的提包，把手机充电器放了进去。回头去检查了一下病房的其他地方，确认了没有落下什么，才转了身。

CC抱着手臂站在一旁说："我看见那个小丫头了，跟你没法比的！论女人味儿，你比她多太多了！"

"不要说了……"

李秋实拿了手机，只能让CC帮忙拿着提包了。

走出病房时，对CC说："中午我约了他的表弟，见一面问一问再打算吧，先安顿了我妈，养好身体。"

两个人进了电梯。

清晨的大街上，车流穿梭，管止深的车上，阿年还迷迷糊糊的。

他的手机响了，号码显示"李秋实"，阿年听见，睁开眼睛，看向了管止深。

"你手机在响。"

管止深点头，拿着手机，接起。

从最初认识，再发展到存储对方号码的普通关系，"李秋实"这三个字，一直没有改过。曾经有一段时间在想，是否要改成"秋实"，才算对她的肯定？多次准备改，最终，都还是随手放下了。

"出院了吗？抱歉，不能去接你。"管止深淡淡地道。

阿年疑惑，对方是什么人？

阿年不知道自己的第六感出现了BUG，还是管止深跟人说话的语气上，有些许问题，总之阿年听着就很不舒服，哪怕对方是男的，阿年也不舒服。

谁出院了需要他去接，不接还说了抱歉。

那边在说什么，阿年一点都听不见，那边说话的是男是女阿年都不清楚。可又不好问他，也不好拿他手机看，好像不信任他似的。

"下午联系，路上注意安全。"他说。

阿年见他挂断了，随便地问了一句："谁出院了。"

"一个朋友，有机会你见见。"管止深看阿年，说。

"哦。"再问男的女的，姓甚名谁，大概就该被他觉得烦人了，阿年闭嘴。

如果不完全信任，就不在一起了，这样想，就没了困扰。

可是，阿年饿了。

早上阿年再三努力，也没起来床，管止深每天醒得特别早，这个星期一的早上一样也是，他早上五点半醒了，阿年一般是七点多才会醒，还是被闹钟吵醒的那种。阿年迷糊糊地醒了，睁开眼睛，毫无意外被他剥干净"晨运"了一次。

再睡着，再醒一次，身体不舒服根本起不来。

"我早餐还没吃。"阿年说。

"上去叫你起床几次？你都无视。"管止深说。

阿年有一点儿生气，起床晚了就没有饭吃这待遇跟以前大不一样，果然在一起了和没在一起之前，待遇有了点差别。

阿年非常后悔，就该坚持到过年再发生下一次的，或者就今早他没给她留早餐吃这一件事来说，答应给他生孩子这件事也得缓一缓了。

"不吃就不吃……"阿年嘀咕。

一路上，两个人一句话不再说。阿年越想越委屈，起床之后以为有早餐吃，哪怕是剩下的也好，可是他说剩下的冷了，不能吃了，所以，全部处理了。

到了集团，阿年去换了衣服，想过去买一点吃的，公司里有喝的，可也不懂是在报复谁，虐待谁，就是不吃，一口东西也不吃。

九点十分，部门的人叫她："阿年，有人找你。"

"好的好的。"阿年放下东西跑过去。

走出部门的工作区，推开玻璃门，那边电梯门口不远处的休息座位前站着一个中年男人，阿年认出来了，是家中司机。

上前打招呼。

最后，阿年抱着一个饭盒进去了。

"我先去吃饭，有事叫我。"阿年跟一个同事说。

只求静好

Chapter 14

"去吧。"同事说。

阿年瞬间开心了，司机叔叔说，管止深早上七点五十打给那边的家里，让他妈给装了一盒饭菜，大概九点左右送过来集团这边。

七点五十……阿年刚要起床的时间……

吃饭的时候，阿年没敢给他打过去，给他发了一条微信，说了谢谢，卖萌表情也给他发了一串。

没有回应。

阿年觉得他是不是生气了，或者，不会用微信?

好吧，晚上回家再搞好他。

中午，方默川到了约的地方，随意的一身打扮，随意的坐姿，随意放下了车钥匙，随意地指了指："来杯这个吧。"

一切都是从前那么随意。

这种随意，方默川也记不得搁下多久又重拾了回来。若没记错，时光往回倒，再倒，是认识阿年之前，就是这样随意的人，认识了阿年之后，就再也随意不起来了，吃饭的地儿得选，座位得选，点了餐也得好好地选。如今一个人了，又随意了起来，喝什么吃什么，索然无味，不饿，不死，就成。

总会安慰自己，一个人，得了一身轻，无压力，不好么? 可每当夜里躺在了床上，浑身不敢动，动了一下，便觉得身体某处是空的，是心口，被生生挖走了一块肉儿，割舍不了的心头肉，疼得，只敢在夜里难过，脆弱。

李秋实一样没点什么，只是一杯水。身体休养得还不行，术后住院的日子按照医嘱安排来说，应该还有十天左右，但母亲来了，在Z市，她就想提前出院了，回家养着，有母亲照顾说说话，比在医院好。

"身体怎么样。"方默川问。

"还行，休息一段时间观察看看。"她说。

方默川点头。

李秋实直接问了："如果我没记错，阿年这个女孩子是你的女朋友对吧，我应该没记错。"

"是。"

方默川抬头，蹙眉，靠向了沙发背，声音多无力："分了。"

"分了?"

她不清楚到底怎么回事，管止深派她去上海，她察觉了什么，或许管止深喜欢了别人。认识了管止深几年，在一起慢慢相处中靠近，周围的人，彼此眼中心中，默认了彼此是亲密的人，她都没了解透彻管止深。

爱上一个男人，不管这个男人贫穷富有，先爱上他的她，都认为自己一个人走得好艰难。她想让管止深了解自己，可他似乎不感兴趣一样，不想了解。那么她想了解他了，他一样不曾给过机会。

去上海那天，她哭着接了CC的来电，CC说："为什么不找他说清楚？你干嘛不闹？你是傻了吗？"

怎么闹。

管止深给她的，从来只有一份朦胧的"心照不宣"，没有什么实实在在的"亲口诺言"。她没有机会对他说，自己会"嫁他"，他不给这样的机会，他一样没说过会"娶她"，所以她不知道该怎么闹。

有过恋爱的感觉，有过要在一起的意思，他每天会绅士地送她回家，会在他爷爷生日时为了安慰爷爷，带她一起过去。她不知道他是怎么跟家中长辈说的，家中长辈从来没有过分地对她热络，但也全都对她照顾有加。

不只是管止深一个人给她心照不宣的态度，他的家人，一样不逼他，以同样的态度等待关系发展。

时光不是想象中一直静的，它会动，她盼来的，是管止深把她派去了上海工作。

她不相信这是管止深没有原因之举，也不相信单纯地只是他有了别人，他不是一个薄情男人，一直在等一个原因。若等到了今天，就像现在的情况一样，方默川这个叫阿年的女朋友，变成了管止深身边的人，那让她觉得太奇怪了。

把她调走去了上海，是因为这个女孩子？

"你们什么时候，分手的？"她问。

方默川眉心微皱，手指转了一下杯子，"上个月。"

李秋实有点懵了，日子对不上啊。

管止深始终欠她一句"分手"，很多时候，他争取了机会，想说出来类似分手的话，她躲开了，没有一个她心服的理由，就不要提出了。

"在一起那么多年，你们怎么分手了。"

方默川没有立刻回答，沉吟了一会儿，恍惚地笑："就是，一不小心地……我也不知道到底怎么搞的，或许我表哥太好了？我心里长了根刺——秋实姐，你爱我表哥，爱到了什么程度？"他忽然想起了那日记上的一句话，夸张，伤人。

"如果三四年前你这样问我，那还只是一般的程度吧，我还抱着一种不敢高攀的心理，不敢接触他。今天在没有遇到下一个能比得上他的人之前，我非他不可。"李秋实无奈地笑。

"非他不可？可他身边有人了。"方默川说。

她点头："所以这个非他不可，不代表是我要纠缠他，这个男人不要我了，我没必要死缠烂打，但只要有一点正当的机会，我也不会不把握。如果我有那个缠着他的心思，跟他一起三年多我不会矜持，早就耍无赖了……我不急吗，我也急，我28了。"

"我多希望你是我表嫂。"方默川由衷说。

只求静好 Chapter 14

073

074

"她跟你提的分手?"李秋实问。

方默川摇头。

他把和阿年分手的过程说了一遍,最后说:"我自己发现的,她在日记中写了,爱上管止深,犹如,犹如什么,忘了。"

"爱上管止深,犹如得了一场病,怎么会轻易到了要去世这程度……"李秋实快速地重复了一遍方默川还没说完的话,睁大眼睛问他。

"你怎么知道?大概,是这样。"方默川诧异。

李秋实有点无语了。

"因为这句话,你还打了那孩子一巴掌?"

"啊。"方默川点头。

李秋实讲:"我在上海呆了两年多,后来回来Z市,我和你表哥的关系基本在心里定了,你爷爷他也带我见了。记得吧,我在Z市带过一些学生,那年暑假给十几个有钱的学生补英语。关于管止深的事我都留意了,这句话是一个外语系的女生早就写下了的,传遍了整个A大了,估计就你这个不关心八卦的少爷不知道。"

"后来我问过了,A大合并十周年的那一年,管止深出席过学校的活动,讲过话,那个外语系女生就……"

李秋实讲了许多方默川不知道的。

方默川,感觉,眼前在天旋地转了……

这句话,是一时传开了取笑那个外语系女生的,也是中文系的女生们来回用字组的,比一比,谁翻译得更好。

阿年,随便写下的吗。

左正打了过来,问他,你在哪。

"有事?"方默川问。

左正说,没事不能找?

"没事你他妈找老子干什么!!"祖宗心情不好,暴躁,恨不得掀了桌子,脾气正冲着,被某人赶上了。

▶▶▶ Chapter 15
缺爱的孩子

中午，投资集团。

蒋雅和李秋实有说有笑地走在一起，看上去，一个知性温柔，一个知性大方，两种气势的女人，出了集团，上了同一辆车。

集团内部接待的人，不免议论了起来。

"李经理回来了？"其中一个说。

"看上去情绪还好啊，李经理和管总分了吗？"

"不像……"

"都说管总的女人是那个新来的毕业生，难不成谣言？"

"观察看一看，管总身边下次带谁……"

李秋实在集团内走动了一下，立刻就引起了轰动。谁都知道李秋实曾经是管止深身边的女人，一起下班，一起上班过。

这在大家的肉眼看来，是同居关系了。

李经理被调离去了上海，诸多猜测被集团的人私下里议论滥了，各种五花八门的猜测层出不穷，渐渐地，这个话题也就平淡了，直到现在，李经理再出现，一片哗然。

楼上部门的阿年呢，还不知道。

大家都听说了八卦，议论管止深和阿年的时候，不能让阿年听见，议论管止深和李经理的时候，更不能让阿年听见，所以，阿年觉得她们怪怪的，却不知道到底怎么一回事。

工作，下班，吃饭，心情简单，不复杂。

集团附近的餐厅。

Chapter 15
缺爱的孩子

075

管止深比两位女士来得晚，在外面车里打给餐厅内，交代了一份丰盛外卖，送去集团某楼层给某个默默工作低调的小虾米。

算在蒋雅那一桌。

餐厅的人问了一句：告诉客人是谁送的？

"她老公……"管止深笑。

管止深和两位女士用餐，阿年在楼层收到一份，打开，惊讶琢磨，这也能打包送来？她老公……囧，管止深干的吗？大家都听见了，送外卖的这个人嗓门大。

一个同事听见了，问："你有老公？"

据她们所知，管总没结婚！结婚不会不公布！

大家配对配的管总和小年，小年的老公冒泡了，这是打破谣言么这是……

"合法的……"阿年小声地说。

"什么——真的结婚了——"一个同事大声说。

阿年，"小点声……"

"就说嘛，怎么可能！最近压抑死我们了，管总高高在上，怎么会俯视楼下的一只小菜鸟？小年刚毕业不久，管总是个平时目不斜视的冷态度男人，怎么会到A大找一个连化妆都不会的小姑娘？"

"所以说谣言传于不智者……"

"我当你们是在夸我……"同事们议论纷纷，阿年尴尬地抱着餐盒吃午饭去了。

同事捂嘴："小年别生气啊，我这句菜鸟你可做单纯可爱萌之解！"

"我不解。"阿年。

同事继续说："不对，她好像很淡定，不会是早就知道有谣言，故意这么做，为了破谣言的吧……"

众同事们："……"

心思复杂，擅长攻心计的同事甲乙丙们不知，吃饭的某某人一样不知，一贯冷态度的管止深，就是开心地笑过，就是往楼下俯视过，那一年的小镇上，纵使夏日里风景如画，他的目光依旧不会因风景而斜视，只追随了阿年的小身影。谁又真的知道何年何月，谁人走进过谁人最深沉的那抹目光中呢。

员工用餐地方，一个偏僻座位上，阿年一个人在吃午饭，靠窗一般没人坐的角落位置，避免了她和大家离得太近，怕大家用异样的眼光看她。

几次三番，家中来了司机给她送饭，都让部门的同事们注意到了，还以为她是多娇弱的富家小姐，被惯出了这种性子。

这次是一个声称是她老公的人送来了外卖大餐，背后还不被人口水喷死了！

发了一条微信给管止深，手机搁在一旁，依旧没有回复。

阿年没打算给他打过去。

有事可以晚上回去再一起说。

没有多久，餐厅里的人就多了起来，三三两两的有说有笑坐下，各种美女花了阿年的眼，无论五官还是打扮，阿年都觉得是美极了。托腮皱眉看去窗外，Z市的样子映入眼底许多，深刻地，估计以后即使离开了，也不会忘。

发呆了一会儿，阿年就困了。

自从跟管止深在一起，她觉得自己简直就是过上了猪一样的幸福生活，人变懒了，脑筋也不爱转了，就快变得饭来张口衣来伸手……

在用餐的位置上趴着睡了一会儿，没人打扰，这里有监控，集团内部管理一直严格得吓死人，阿年觉得不会有人来偷东西，况且她的手机是即使被人偷了也会被人送回来那种，不爱跟潮流的孩子，小偷儿都不太爱跟。

二十分钟后，手机定时响了，阿年睁开眼睛，从工作服兜儿里拿出来，关了，困，很困，用手指戳了戳太阳穴，让自己精神一点。

收拾好东西，回部门。

进去电梯，阿年站在了最后面，靠着电梯抬头看，就听见前面站着的人议论："李经理回来了，不知道会不会就此脱离上海那边，继续留在Z市这边集团里。"

"听说是做了手术了，今早出院的。"

"有人看见了呢，中午管总和蒋总务还有李经理一起去吃的午餐……"

"我一直就说管总和李经理没分手，大家还不信！"

"……谁能想到啊！咸鱼被晾了这么久，翻身活了！"

这两个人说得火热，旁边一个女人看了一眼阿年，没太在乎，回头跟着八卦说道："听说做的不是别的手术，是怀孕了，特地来Z市做的人流，不知道管总为什么不要这个孩子，富人的思想不太好理解。也是34岁的男人了，该有一个孩子了。对了，大家一直都说管总是有一个私生子，男孩儿快三岁了吧，这个传闻传得最久了……"

"私生子这个不敢说，不过打胎这个有什么不好理解的，管总拖了几年迟迟不娶李经理，是顾忌女人的心机深吧。管总这样的家世，现今的成就，根本就不需要这样的女强人，即使找女强人，也得门当户对！李经理这类型的女人吧，在管总眼中，也就是被玩玩还行，想嫁进门，人家姓管的不一定会要！做了人流，更说明给管总生孩子的资格还没有。"

"也许是触怒了管总，李经理要了心机想奉子成婚，结果管总知道了，一怒之下，带回Z市，亲自看着她打掉孩子才放了心……"

阿年："……"

小脸儿被一团雪冰过了一样，僵住。

"我听说不是这样啊……"另外一个这样说了一回，阿年又转头看过去了。

"我也是听别的部门人说的，都在议论我们'国际业务部'前经理了，说是在上海水性杨花，跟别的男人怀了孩子，被管总发现了！"

"天哪，两个小时，未免消息传得太快了。"

"说不准哦……管总和李经理在一起三四年了，虽然派去上海了，但一定还有感情在，哪个男人受得了自己的女人和别的男人有事？管总也经常去上海出差吧！知道自己和其他男人共用一个女人，得暴怒了！"

"……"

阿年一直听着。

这些消息让她根本消化不及，所以憋得忘记了出去电梯。

那几个自称是"国际业务部"的女人们下去了，没把她当一回事，只当是个小路人处理了，下去之前，警告了一声："不准出去瞎说。"

阿年点头。

然后电梯门关上了，一直向上升，到又有人进来，最后到了一楼了。

也不知道过去多久了，她就站在电梯里上下，想着那些话，哪一句真哪一句假，还是一个字都不靠谱儿？

到了一楼，电梯再次开了，她才反应过来。

一楼站着几个人，抬着一个大箱子要进这部电梯，阿年抱歉地走了出来，给他们让了这部电梯。

站在另一边等另一部电梯，午餐回来的人也在等这部电梯，没几分钟，就听见身边的人偷偷看向门口，小声说："管总，和蒋雅。"

阿年回头，看了过去。

一身黑色西装的男人，身型挺拔，神色严峻地与蒋总务在对话，话题也许让他不是很高兴，所以他的表情，看上去颇为不悦。

一直是蒋总务注意着周围的人，在对他说。

管止深目视他处，许久才答。

不知道他回答的是什么，看上去很简短，他张口只说了三四个字。

阿年又忘了进电梯，直到一个不知哪部门的同事叫她："上来呀……"

阿年回神儿，点头："哦。"

进去了，对叫她的人说了一声谢谢。

阿年站在电梯里，听那个叫她的人笑着说："你是新来的吧，一看到管总真身，花痴得电梯都不进了，小心被你领导看到，辞退你。"

阿年："……"

"新来的就默默努力吧，这是一个励志的瞬间不是吗！蒋总务跟我们一样的年龄时还不如我们呢，现在呢，蒋总务职位高得到了可以跟管总同乘一部电梯。"

阿年："……"

投资集团，是Z市的一个企业领袖。集团大厦外，宏伟气派，内部商务配置高效顶级。阿年到过管止深的办公室，有一次送便当，也跟他去过办公室外的大型可供休闲的露台，放眼望去，观赏到的是Z市大半个全景，那是站在了一个巅峰的高度。

集团内部专属天梯，分设清晰，级别不等，也是每个人身份的证明。

进入集团一楼大厅，看到的是一个接待处，那些接待处里面的女人几乎是万能的，集团内部的大小事情，她们分得很清楚，对每一个来人的问题，都回答得很恰当。集团如果来了重要客户，会有专门的美丽小姐把客户领向专属的客户电梯。

避免了某些挤电梯的高峰时间，这些身份特殊的人跟一些普通员工同挤一部电梯，拥挤中会带来诸多不便和尴尬。

可是，很多人在阿年耳边对她说"努力"这两个字。那要努力到什么程度，在一个什么位置上才算你很好，才算没有白活一次？难道开心不开心都不重要，只有一个高位置才重要？阿年没想过当一个女强人，没想过身上要有蒋总务身上的气势，变了那样，也许就不是她了。

人生目标不同。

在事业和工作上，阿年只想做一些自己喜欢的，感兴趣的，能独立拿一份工资，养活得了自己就好。所付出的辛苦，能换来自己心中要的那种等价享受，一切就是值得的了。

另外一个最大的目标，不是要奋斗上某一个职场的高位置，阿年最大的另一个目标，是奋斗在管止深的心中，不从他的心里被人挤出去。

很多时候阿年在他身边醒来，看他的五官，认为这样挺好的，他把一个男人成熟稳重的年纪给了她，照顾她呵护她。那她把女孩子的年轻时刻给他，22岁，心里有点小成熟，平时多数还是胡闹的样子，都给了他。然后发现，自己跟他一比，其实毛都不算——这真是一个悲伤的自知……

专属电梯门口，管止深瞥到了阿年的一抹身影。

呆呆地看了他半天，怎么了，心里在想什么。

蒋雅看过去时，阿年已经进入电梯，所以不知道管止深在注视什么，那么认真。

蒋雅对他说道："老同学，我本不想掺和你们两个的事。但刚才吃饭你也看见了，秋实关于工作这方面，一个字都没有对你提起，她怕你为难，也怕你绝情伤害她。秋实是你痊愈后从上海带回来交给我的，我一手把她从什么都不懂，带上了国际业务部业务经理这个职位。这其中我是看在你的面子上，才付出了很多培养。我等于是她的师父，她不敢跟你说的话，我帮她传递一下，我应该没有会错意……她其实是想留在Z市。"

"等她养好了身体，我再告诉你，怎么分配。"电梯来了，管止深沉声说。

蒋雅："……"

一起进去，蒋雅也很无奈，管止深是这样的一个隐晦答复，她怎么告诉李秋实？只会让人更伤心罢了。那就只能暂时不告诉李秋实了，当成她并没有帮她打听过。

蒋雅不知道这个老同学防范什么，在对待秋实的事情上，总觉得他谨慎过于从前了。

他的心里没有一个确切打算？定是有的，不说罢了。

情生以南

　　阿年回了自己的部门，无心工作，脑子里乱成了一团，听人说管止深的过去，心里是被人拧了一把的感觉。刚才，看到了管止深和总务一起回来，起码证明了那个电梯里听到的话，其中说三个人一起去吃午餐了，这个大概是真的。

　　拿过来手机，忍不住了要打给他问一问，不想被那些乱七八糟的话影响得整个人都丢了魂儿似的。

　　通了，他接了。

　　"我有事问你，你方便吗。"阿年说。

　　管止深："……"

　　他说，现在有点事情处理，半个小时之后上来，不要瞎想。

　　"嗯……"阿年点头，还是很信任他的。

　　放下手机，阿年拿过办公桌上的一个小仙人球，看了看，放了回去，盯着电脑屏幕，没兴趣做任何事情，怕分神导致出了错挨训。

　　拿着手机，看着上面的时间，手机屏幕暗了，手指按一下，亮起来。

　　在电脑上，查了一下集团的内部消息，阿年对集团不熟悉，最后没查到自己想要查的，懂得自己想要什么消息，可是不知道打字输入要输入什么名头。

　　最后去问了同事，问了好几个，才有告诉她的。

　　上一个"国际业务部业务经理"，叫李秋实，的确跟管止深关系亲密。不过那人告诉阿年，别说是她说的……

　　阿年点头。

　　眼泪珠儿一下就跑了出来，管止深的另一个女人，曾经的也算上，现在还站在管止深身边，阿年无法直视，尤其是这个名字"李秋实"。

　　到底是不是李老师？

　　管止深在办公室中，见一个高层的人，私下研究公司的内部事情，不是什么紧要的事，但叫了人上来，总不能什么也没开始谈，就叫人下去，这是一种不尊重。

　　他感觉阿年是听说什么了。

　　暂时，他不清楚阿年具体怎么了。

　　与人谈事，管止深做到了足够认真，可太阳穴一阵一阵突突地跳，心思，到底还是被阿年成功给勾走了。

　　漫长的半小时……

　　阿年上了顶层，有一些迫不及待的样子，对外面的人点了点头打招呼，顶层的人，对于阿年这个顶层常客已经开始见怪不怪了。

　　那天阿年进去很久，出来的时候样子诡异，头发有一点点乱，脸有一点点红，大家就议论纷纷，管总这是多把持不住，在办公室一而再地潜这个小姑娘。不过大家不敢把话议论出了顶层以下去。

办公室外的大露台上。

阿年站在了护栏一边上，不敢往后看，怕自己会恐高起来。管止深双手插在裤袋中，神色沉沉，注视阿年，

隔了一米多的距离而站。

"午餐是你叫人送的吧？"阿年问。

管止深点头，郑重了表情："你就这一个老公……"

阿年低头……好吧。

"吃完你叫人送的午餐，我很得意，你对我好。平时很多人告诉我，你很厉害，你很强大，就像今天在电梯那时候一样，一个我不认识的同事见我盯着你看，就在告诉我，想跟你站在一起，除非奋斗，努力，这付出还未必能成功。但我自己很满足了，我不光跟你站在一起，我还跟你生活在一起。你在他们眼中有多神，我现在还完全体会不了，你接触我之后，说要跟我在一起，你就是一直很对我好，我没崇拜过你，我就把你当了一个我的家人，普通的能管一管我，照顾我的家人……"

"今天怎么了？"管止深忍不住迈开长腿，上前一步，伸手轻轻把阿年拥入怀中。叹息，看了一眼远处，蹙眉，亲吻了阿年的额头。抱紧了，怜惜低声，"我是家人……一直会是爱你的家人……"

阿年伸手，小细胳膊勉强圈住他的腰，脸贴在他怀里说："我听见别人说的，你和国际业务部的经理在一起三四年了，你经常去上海出差，她怀孕了，被你带回来了 Z 市打胎。我知道她叫李秋实……她跟我的补课老师是不是一个人？你和张助理，聊起过我的补课老师……"

她把电梯中听到的那些八卦，全都跟管止深说了一遍，一个字不落下的。

管止深点头，坦诚地讲："其中，只有两点是对的。第一，我和她试着在一起过，半恋爱的关系，相处了三年不到，却认识四年了。第二，她的确是你的补课老师，在我把她调离到上海工作之前，我才知道。"

"为什么调离？"阿年问。

难以接受……

可是必须接受，阿年心里纠结了一番。

"不适合。"管止深只说了这么三个字。

他俯身，深邃的眼眸里是担心，性感的嘴唇轻轻碰了阿年的嘴唇，看她要哭了的小样子，挑眉耐心地哄："……阿年，她做肝部手术，不是人流。今天出院，早上你问我，我解释她只属于普通朋友，没详细地说，是我认为那段模糊的关系没有交代的必要。在我眼中，算不得一段情史的情史……她回 Z 市，我们没有私下过多联系，阿年，我不会骗你，除了我承认的这两点，其他的说法都不对，猜得离谱……认识了你之后，我很干净，你接受了我之后，我一直都是你一个人的。"

阿年不是第一次听人解释了。

第一次是方默川，带上对方女孩子直接去了小镇上，到她眼前解释了一通，吓得她傻了眼。

管止深性情和方默川不同，年龄差距也在这里摆着，阿年心里的难过减轻了不少，并没完全减掉。依然选择相信他，一直选择相信他，只希望这份相信不要被他辜负。

阿年很简单，喜欢笑，喜欢发呆，不喜欢哭，不喜欢嘶吼质问，却忍得好难受。喜欢跟管止深在一起，他很冷静，冷态度也会被她感染成了温柔，所以阿年以为，和他在一起，可以甩掉那种讨厌的，声嘶力竭的矛盾争吵人生。

管止深伸臂，把她的小身体抱得很紧，低头，在她小嘴儿上咬了一下："有事直接问我，这一点你做得很好。"

阿年点头，"我才不会只顾自己生气不来问你，问过了再一起生气才对！"阿年觉得，不怕问的男人，应是不坏。

心情小小缓和了，阿年不免好奇起来："你跟人家相处了三年，都爱不上，跟我一认识了，就非要注册结婚，管止深，你太不正常了……"

阿年对于这个问题，始终疑惑，一个大三招聘会遇见，喜欢上了就要娶？

一个招聘会，这说明不了什么。

总会觉得，生活中的许多个瞬间，他的眼眸深处藏着情愫，然后阿年这样觉得之后，就恨不得扇自己一下，是不是有个精品男人追了你一下你就开始自恋了，哪有什么情愫，那双精明的眼睛里都是股票走势……

阿年抬头，紧张："你在算计什么呢？快停下来！"

阿年突然又泄气。"算了，你现在说了我也不会信了。想了好半天才说的，一般都不太靠谱儿了……"

"不想知道？"管止深问。

阿年低头："等你哪天喝醉了，我再趁机问……"

"酒后我一般不说正经话。"管止深笑，他就这样抱着阿年，抱得越来越紧，轻吻阿年的发，目光深邃了，看向远处。曾经认为，单恋是一个很难的差事，经历许多种种，依旧坚持了，所幸终究没有被老天辜负，34岁时拥有了这个曾恋过的人。

一不小心，相爱了，究竟到了一个什么程度了，还不清楚。

愿意接受时间的一个考验。

他愿意敞开胸怀，双手奉上自己的真诚心意在阳光下晒，待到温了之后，把这温暖的爱，全都送给阿年。

管止深在阿年耳边说："总是疑惑，我认定你认定得太快了，对不对？我也想过，这究竟是为什么？"

"给我看一下你眼睛吧！"阿年不让他抱了。

四目相对，面对面地这么站着，阿年紧盯着管止深的眼睛，找蛛丝马迹。

只听他一本正经，说："我的年纪到了，该安稳了，本命年前，想要一个儿子或者女儿了，然后就找了一个我认为很可人的，不坏的孩子，决定一直凑合着过下去了。"

管止深眼神中，内容一半是真，一半却是假，他说的这话，显然是在应付她的，很多个字眼，都是透着玩笑的意味。

愿意相信的从来不是他玩笑的话，是他玩笑的话下，他的真心，所以阿年的声音淡淡地，每一个字却都是认真的，低着头说："管止深，我一开始没想过给你生孩子你知道，刚在一起，我还以为，结婚证的期限可能会只到明年五一，我想跟你谈恋爱试试看，我确定了我没有办法和默川生活一辈子，不是那种可以亲密的男人，我和默川还是特别地亲切，可能他不会这样想了。"

"在北京那晚上之后，我还总瞎想，是不是过一段时间你就腻了，我虽然不崇拜你，可我却亲眼见着那么多女人崇拜你，倾慕你这个人，当时我会有一点危机感，那个心理，我分析，估计也就是我对你的占有欲吧。你对我太好，你说的话也太好了，我好像有了一个很完美的老公，你可以把我现在这话，当成表白……"

阿年低着头的声音越来越小了："我在你面前，几乎就是一张白纸了，上面有什么内容一目了然，你都看见了，了解。你在我眼中，是一个很长很复杂的故事，我跟你在一起了，未来我还不知道怎么样，到底是喜剧结局，还是悲剧结局。我耐心地慢慢读你，心有波澜的时候，我怕往下看，又想往下看，挣扎纠结得很。你在我眼中，和你给我的感觉，就是这样的了。我会一直耐心地读完你，你承诺你会一直不变，那我就期待一个喜剧结尾，我相信你的人格会存留到最后。过程里，或者跟你说的不一样的结尾时，你如果辜负我了，伤害我了，你要是忍心了，那你就那么去做……大不了下辈子见你绕道走！"

都要哭了。

"中文系的女孩子，都这么感性？"管止深再度抱住阿年，这话让他不知道该说什么来安抚，感人的词，长篇大论地承诺，似乎都无用，只待阿年真的看到他给的结局了，她能雀跃在幸福中，望着他，继续爱他就好。

阿年摇头，哭笑不得辩解："跟什么系的有什么关系。"

"有关系吧，阿年，我读的专业是打造'全能好男人系'……"他轻声叹息。

所以，缺爱的孩子，快到他怀里来吧，照顾不好自己的孩子，也快到他的怀里来吧，义无反顾地进入他的怀抱。

由于中午听见八卦之后分神了，无心工作，下午一点多到三点多，阿年又是在顶层度过的。导致了快下班时，阿年还在自己的座位上工作。

认真制表格，不停地制表格，为毛给她这么多表格制作，难不成未来自己要成为一个制表格的人。

那大学四年岂不是白读了，直接来学习制表格就好了吧？

表格还没制完，新一轮的八卦又从别的部门传送过来了这边，阿年深吸一口气，不知道这次八卦的女主角要轮到谁了。

小领导不在，大家就开始肆无忌惮。因为中午阿年的合法老公派人送餐来了，部分人也不顾虑阿年了，再也不认为阿年和管止深有什么了，又因为阿年已经成功打入了本部门的八卦大军内部，她也光荣地成为了八卦成员中的一份子，而且是最老实的一个，只管听不管往外扒，听得因此也就更全面了。

"新大消息，下午四点多，从我们部门调走的那个丫头，江影紫，上了管总的车，一起去干什么了不得而知……"

"出去了就没再回公司！一个半小时后管总一个人回来的！"

"这其中有什么事？"

"当然有，有史以来，集团里上过管总车的女人，五个手指头就数得过来吧？她说调走就调走，挺骄傲的丫头，一定有事！"

"唉，我怎么没这命……"

"唉，我也是……"

"唉……"阿年也叹了一声。

为啥每一个接触了管止深的女生，大家都要给想成是那种不正当关系？

"小年，你别叹气啦。你不说你老公是干什么的，我们也看得出来哦，不要狡辩，他一定也是一个很有钱的男人了，那顿午餐可不便宜。"其中一个同事对她说。

阿年低头制表格，不狡辩，是有钱的，阿年没亲口狡辩过管止深是她什么人，也没亲口承认过管止深是他什么人，也不提管止深这个人，所以，大家说什么她好像都不太在乎。

也没人过分取笑她，没人觉得她这样的人嫁给有钱人是很离谱的事情。反而大家觉得，这个有钱男人，选老婆的眼光还挺有品位的，对老婆这样好，一般的有钱男人没这份心思，做不到如此了。

"不过你们说一说，管总还会继续搭理李经理吗？"

阿年一听，这是新一轮的八卦又出来了。

"那要看李经理怎么表现啦！"

"脱光？"

"去去去，管总是那么没有内涵的男人么，就怕李经理和管总恩爱时，一张口就是一句，我喜欢侬哦喜欢侬……"

阿年看着笑成了一片的同事，听着那些话，她只想用制作完打印了一摞的表格把自己埋起来一小会儿……

或者下次带个耳塞上班。

前两天到处找八卦，恨不得钻到桌子底下翻翻，知道八卦了，才觉得八卦沾不得，耳朵受罪……

到了下班的时间，阿年比大家走得晚，最后一个出去，直接去了地下停车场。

等管止深。

不想她却不是最后一个来停车场的，更不巧的是遇到了蒋雅。

"蒋总务……"阿年打招呼。

"……嗯。"蒋雅点头，淡淡的目光看了阿年一遍，目光始终那样不轻不重，"对我的印象，不太好吧。"

"没有。"阿年直接说。

不假思索的。

蒋雅点头："没有就好，我先走了，你继续等吧，大概也快下来了。"说完，蒋雅拿出车钥匙转身，走向了她的那辆车。

阿年目送……

对蒋总务，没有什么特别印象，谈不上好和不好，就是打不了交道的两种人吧。性格上，年龄上，代沟都是很大的，阿年只是知道，蒋总务是李秋实的朋友，未必关系很好，未必关系一般，总之也说不太好，更不乐意去细想。

都是无关的人。

管止深出来后，打开车门，让阿年上了车。

回家的路上，阿年问他："影子见你，说我什么了。"

不知道影子还生气不生气了。

"没有说什么，但我认为，你还是别交这个朋友了。"管止深淡淡的语气，建议阿年。

阿年没说话，心里想，嗯，顺其自然。

晚上，管止深下厨，精心地做了几个菜，阿年看电视，管止深见此就没心情了，不经意地走到楼上，阿年没看他，他悄悄在楼上拉了电闸，阿年着急喊了一声——"管止深，我这里好像停电了"。

管止深下楼，蹙眉："是吗，怎么回事。"

"我去问问别人家……"阿年说着就要跑出去。

因为阿年知道，一般这一带是不会停电的，一年遇不到一次的。

管止深一把将她扯了回来："你认识邻居吗？还是我去问吧。"

"好。"阿年感谢他。

管止深出去，走到了邻居家门口，距离家中已经十几米远了，回头，却见阿年站在家门口，一脸期待地看他。

很多人认识管止深，在电视上报纸上都见过，在Z市，几乎没有不认识他的。

他硬着头皮去了邻居家，敲了门，一个小孩子跑出来开门的，孩子妈妈出来，客气地跟管止深说了几句话，管止深抱歉地讲明，然后指了指阿年。

不多时，管止深回来了。

"别人家也停电了？还是我们家的坏了？"阿年问他。

管止深从阿年身边走进去："都停电了。"

阿年认了，好吧……晚上看重播。

"跟我一起去厨房可以吗，看我做晚餐。"管止深亲了一下阿年嘴角，在家中，他穿的不是西装衬衫那样正式严肃了，牛仔裤，T恤衫，身高腿长，长相精致，穿什么理所当然都好看极了。

阿年没有电视剧看的时候，就腻着他了。

这正是管止深喜欢的……

两个人在厨房里忙碌，管止深做什么都有条不紊，阿年在旁边基本就是专职捣乱，管止深切好的黄瓜片，她拿一片吃，管止深就得去冰箱里拿出洗好的黄瓜，再补上一片。胡萝卜片也是，西红柿片也是。

管止深见她故意作对，拿起一片生的鱼肉片："这个也是片，怎么不吃。"

阿年，"……"

惦记节目，所以阿年不时地出去看看，怎么还不来电……

天快要黑了的时候，管止深上楼了一趟，上楼之前，关掉了一些开关，他让阿年老老实实站在厨房帮他看着锅子，阿年就站在锅子前，看着锅子发呆。管止深下来，去厨房，十几分钟后，管止深对阿年说："去看看，现在来电了没有，我把你开着的开关都关了。"

"哦。"阿年跑出去。

开灯，喊了一声："来电了！"

管止深："……"

晚餐的时候，阿年在看电视，节目重播的时间她记了一下，用手机记下的，一个其他的电视剧已经要开始了，管止深却叫她吃饭，阿年端着饭碗，夹了几个菜搁在白米饭上，抱着饭碗就要过去边吃边看……

"回来——"管止深见此，不高兴了。

阿年转头。

"坐回来，专心吃饭——"管止深再次开腔，五官严峻。

阿年委屈："我习惯了啊……"

习惯了……这是得改掉的。

管止深还记得在小镇上，阿年家的房子里条件一般，但那一片基本上都那个模样，一进门口，几米远就是饭桌，一家人一边看电视一边吃饭，常常他从阿年外婆家敞开的门，可以看到里面。

从那时候起，他就觉得阿年一边吃饭一边看电视，是个不太好的习惯。时常的，阿年只顾着看电视，把一碗米饭都吃到了凉。

管止深站起身，去把站着不动的阿年拽向了餐桌，强硬的姿态让阿年坐下了。

他看了阿年一眼，见阿年一脸委屈，管止深脸色缓了缓，把她手里的饭碗拿下来，搁在了桌子上，双手拄着餐桌，仔细看阿年的侧脸，近距离地柔声说："我们吃饭就是吃饭，看电视就是看电视，做一件事的时候专心一点，我没说一定不准你看，给我好好地吃完了饭，吃饱了，再去看电视好吗……"

"好。"阿年说。

管止深点头,坐回了另一侧的位置。

两个人一起吃晚餐,气氛有点不好,管止深认为她这个毛病必须改,所以,不会再纵容她,吃饭还干别的,饭都吃不好身体怎么能好起来!

阿年坐在餐桌前懒懒的样子扒饭,管止深让她慢点吃……阿年觉得,可能真的是自己错了,然后说:"我不看了,周末放假了一起看完。"

"很多时候,其实你都很听话……"管止深笑,夸了她两句。

——是吧,阿年自己也这样觉得。

吃完了晚餐,收拾桌子上的东西,阿年和他一起,分工处理。

阿年不由得感慨了一句:"我以前以为你是那种,凡事靠保姆阿姨,保镖助理,这类型的男人。"

"以前是什么时候?"管止深问。

不喜欢别人掺入私人生活,还是喜欢凡事亲力亲为。

阿年在洗碗,做饭不太拿手,洗盘子还是很拿手的,看向了站在外面院子里抽烟,倚着窗子跟她聊天的管止深,说:"知道四合院是你买去了,查你资料,去集团找过你没见到,听张望说过你,直到 A 大门口第一次见到你,还有一次你带我去了邻城,你喝酒了,让我给你买解酒药……就是那些时候。"

那些时刻,阿年都以为他是另一个管止深,跟生活中这个,截然不同!

"那个时候,有一点点喜欢过我吗?"他问。

阿年说:"外形,一定是很多人喜欢,我只是觉得很好看,但我以前觉得你是个人渣,跟我抢四合院,还总逼我,说话也阴阳怪气我听不懂,好像我上辈子欠你多少一样!心里想,如果把你这张好看脸皮撕下来给别人安上,才是不浪费。"

"原来对我,你有过不好看法……"管止深笑,看阿年。

"何止是有过,还成见很深!"阿年强调。

管止深点头,想起来登记注册那天,他是很凶的样子,抢下了她的身份证,户口簿在他手中攥着,登记注册是强制性完成下来的。

她一直哭,不出声,眼泪吧嗒吧嗒地往下掉,难过得一个字不吐。全过程中,他的心里也不好受,若非一开始的逼迫接近,哪有日后的纠缠了解,阿年对陌生人抵触,那他只能变成他不得不接触的陌生人,抵触也要亲近的陌生人。

阿年洗完了盘子,说她要去看电视了。

管止深:"……"

看吧,多看一分是一分,因为没多久时间可看了。

家里又要停电了。

管止深站在院子里抽烟,马上抽完了,看了一眼院子里的树,绿绿的叶子很茂盛,有了几个花骨朵,他皱起眉,不知道这是一棵什么树。

他抽完烟进去，拿起手机打给了母亲，通了之后问："妈，知道我和阿年这边家里，院子中栽种的是什么树吗，快开花了。"

阿年抬头，看他。

"李子树？什么品种的李子树，酸的甜的？"管止深问。

那边说了一会儿，管止深点头，"好，明晚回去吃饭，我跟她研究研究，看她喜欢什么树……"

挂断了，管止深坐下，问在看电视的阿年："喜欢吃李子吗？"

"不太喜欢吃。"阿年说实话。

管止深点头，轻"嗯"了一声，说他上楼去洗澡，就先上楼了……

从前不曾在意过家里都有什么树，什么花草，现在有了阿年，观察的东西也不一样了，似乎周围什么都能和阿年联系上。

阿年看电视中，大概二十分钟之后，忽然电视就一下子灭了，整个房子里都黑漆漆的，阿年吓了一跳。

"怎么回事电视又灭啦！"阿年炸毛了。

管止深从楼上下来，月光照进来，他洗完了澡，只穿了一条内裤，走向了沙发上的阿年，吻了一下阿年的颈，拦腰给抱了起来："很明显是停电了，上楼，陪我睡觉……"

被他抱起来上楼的阿年，双手搂着他脖颈，他走上楼梯时，阿年望着外面远处其他家："管止深，哪里停电了？别人家怎么都亮着呢……啊啊啊，是不是你骗我！"

▶▶▶ Chapter 16
天造了他和她，却成不了一对

隔天，被传成了是豪门小少奶奶的阿年，再次成为了大家无聊时调侃的对象。

十点半，手头上的工作大家基本都做好了，最近阿年每天来上班，不是一开始的露一面就消失很多天那种方式上班了，大家跟阿年渐渐熟悉，不再排斥。

"小年年，你是不是怀孕了啊？最近你上班精神不佳，总是困的样子……"同事A说。

同事B接道："小年年，怀孕初期你要好好养胎，小身子骨可怜的。"

"还得吃很多种药的，预防胎儿畸形……还有什么来的……"同事C。

"还没有怀孕……"阿年趴着不动，再眯五分钟就好。

困，可却不是怀孕了，是为了怀孕而忙碌到困得睁不开眼睛，至于药，她一样也没少吃，婆婆方云就是医生出身，一遍遍地叮嘱，阿年记得清楚，不好让长辈总费心，自觉，阿年包里，抽屉里，各种药片，饭后都在一片不少地吃着。

中午，阿年被一个来电叫走了，进了电梯，一众同事ABCDEFG们……也都不知道阿年去干吗了……

电梯门打开，面对大家诧异的眼神，阿年浑身无力地对她们礼貌着，心里感叹：你好，顶层，我又上来了。

吃午餐时，阿年扒了一口饭吃掉，问管止深："我老这样上来，一进来就是好久才出去，她们会想歪了吧？"

"你进来的时间即使不久，也不耽误她们往歪了想。"管止深说。

"可是我不进来，你能少一点被传的话题……"

"你不进来，只不过传的话题女主角变成了别人，不耽误话题增多。"管止深说。

Chapter 16 天造了他和她，却成不了一对

情
生
以
南

阿年低头，好吧，那就不上白不上。

江律来的时候，在管止深的办公室见到了阿年，阿年跟他打了一个招呼，心情好，也忘记了以前江律的讨厌。

"什么事。"管止深问江律。

阿年收起饭盒了，是方云派人送来的，两个人份的。

江律看了一眼阿年，没敢说。

阿年看了一眼管止深，眼神淡淡的没有任何质问和怀疑，管止深也觉得自己没什么亏心事，便说："没事，有话说吧。"

"言惟约我们晚上一起打麻将……"坐在沙发上的江律，顾虑地说着，边说，眼神边小心地看阿年。

在他婚后，还是第一次抉择在阿年与麻将之间。以前单身一个人，晚上无聊，时常会聚会打麻将，但没有女人，绝对没有。

"最近不想玩。"管止深说。

江律，咳，这明显是怕老婆，一个34岁的大男人，被一个小12岁的小丫头欺负成了这样？江律憋笑。

"去哪儿玩？"阿年问江律。

江律说："不一定，以前是在酒店里，偶尔也在我家。"

"可以来咱们家玩……"阿年突然善解人意地说。

管止深："……"

最后阿年和江律一起下的楼。

电梯中，江律问了阿年："和影子的矛盾，我当哥的替她说声抱歉，这丫头从小就任性，家里给惯的。"

"没有，我也有错……"阿年说。

江律这么一说，阿年就不好意思了……

下班之后，阿年先和管止深回家吃饭了，答应了母亲，就要做到。

饭后，方云问了问果树那件事。

"我不爱吃李子，换一种树，樱桃树怎么样？"管止深跟母亲说完，问阿年，"北方的那种小樱桃见过吗，一树都是红的，长得很小。"

他没说是阿年不喜欢李子，怕母亲会认为阿年挑剔事情多。婆媳关系他不太懂，第一次接触，一些能避免的，尽量避免。

"樱桃树也可以啊，谁也吃不了几个那东西，开花和果实熟了看着也好看，树也长不太高，好打理……"方云说。

一家人研究起了院子里种什么树。

方云都惦记上了，未来小孙子孙女儿爱吃什么水果……

阿年附在管止深耳边，手捂着小声说："虫子会不会爬进屋子里……"

"有药，一个虫子不会咬你。"管止深宠溺地说。

"哦，那就樱桃吧。"阿年小声说，偷偷瞪了管止深一眼，谁说怕被虫子咬了，虫子也不会咬人的。

方云笑，自家儿媳妇可有意思了。

当婆婆的一点都不担心儿子和儿媳妇会吵架，儿媳妇这个性子，估计是吵不起来的。

研究了一下，到了季节再栽种一棵樱桃树过去，李子树就挖出来扔了不要了。管止深笑："妈，让人弄一棵当年就能结果子的，不要太小的树，明年夏天阿年就能吃到了。"

方云点头，明白儿子的心意。

阿年低头，笑得甜啦……

两个人离开的时候，阿年搂着管止深的左边手臂，身高问题，管止深总是要倾斜一点配合她，阿年抬头对他说："你妈说了，还给我去要几棵小的草莓，还有草莓秧苗，两种草莓种在院子里。"

"嗯，满院子草莓成熟，我给你摘。"管止深说。

阿年点头！

晚上八点不到，家里来人打麻将了。

四个人打上了麻将，阿年拿着水果过来了，还有水，放在了一旁，告诉江律："冰箱里还有，喝完拿就可以。"

江律点头。

跟江律这会儿算比较熟的，其他两个不熟，江律受宠若惊……

夏天很热，他们在院子里玩，不会大声说话，只是麻将的声音，每一个人的素质基本都很好，邻居住得也远，丝毫不会影响到。

这时间还不晚，阿年想去找乔辛了。

附在了管止深的耳边，用手捂着，管止深挑眉，一边看牌一边听阿年说什么，阿年刚要请假说出去一会儿，江律就说："不准说我和什么！"

阿年囧，我才不是那样的人呢。

太不相信她人品了吧！

"陆老师和乔辛之间，好像有问题，我想去看看乔辛……"阿年小声地说。

管止深点头："自己可以吗？几点回来？手机充满电了？回来时我去接你，听见了吗？"

"嗯！"阿年点头。

这边距离乔辛她们租住的房子并不远，出门打了出租车，这个时间不堵车了，十几分钟大概就到了。

向悦不在，阿年和乔辛约在了一个购物广场见面，都吃了晚饭了，可以喝一点东西聊天。这边一个喝东西的地方，来过两次，环境不错也不贵。

乔辛跟阿年说，这几天跟陆行瑞闹矛盾了。

阿年听完，劝了一会儿，乔辛说，回去会好好想一想，到底怎么走下去。

两个人离开时，阿年看到一抹身影。

那抹身影并不惹眼，是那抹身影旁边的人才惹眼。CC一身很性感的打扮，性感的美女，男人女人都会多瞧两眼，最后牢牢吸住阿年眼神的，是CC身边的人，李秋实……

她给阿年当补课老师的时候，和现在，样子一点都没变的，只是发型变了，以前阿年记得是黑色直发，现在是黑色发梢微卷的样子，脸是阿年一眼就认了出来的。

"谁啊？"乔辛问。

阿年说："我的补课老师……"

"啊？就是你昨天中午打给我说的那个？"乔辛问。

阿年点头。

乔辛和阿年是从楼上下来，刚下电梯，就看到了门口进来的两个人，几乎是怎么都会撞见，一个往外，一个往里，必然有交集。

CC也一眼就见到了下电梯的阿年。

小声说："天哪，冤家路窄，那不是管止深新宠嘛，那个小姑娘……是吧。"

李秋实没有理会CC的用词，什么冤家路窄，什么新宠，这些用词都不太合适。

可是看过去，的确是……

前几天，看到了一张别人给的照片，公司近照。

李秋实努力回忆自己当初那个学生长的什么样子，因为那时候教的学生很少，阿年属于比较乖巧认学的。

平时阿年害羞不好意思张口说外语，李秋实为此没少照顾年纪还小的阿年。

几年没见了，想起来还是很容易的，只是印象多少有点模糊了。

昨天，阿年听管止深保证过，他说，认识她之后，他很干净，她接受了他之后，他只会是她一个人的。

因为信任，所以阿年能确定的是，管止深现在和李秋实一点暧昧关系都没有了。

以前，不太乐意想，管止深跟李秋实认识了四年，试着在一起相处了三年不到，阿年分析，管止深口中的认识了她以后，是从大三招聘会上认识算起吗？还是从A大正门口那次遇见算起？糟心，昨天怎么不问问具体从哪一个认识起点算的。

管止深和李秋实试着相处了三年，都没成，那说明管止深不爱这个女的，阿年还稍微敢直视一下老师。

但若是管止深曾经深深爱过的，阿年就会不敢直视了，怕自己心突然小起来，会嫉妒，会不由自己的去观察，老师身上，哪些是管之深爱上喜欢的？是不是自己没有呢？

幸好，没有爱过吧？

可是，如果不爱，曾经有没有发生过关系，阿年一想到管止深和老师发生关系，就又不敢直视老师了。脑子里会乱想，老师身上，有没有管止深至今留恋的什么，老师是不是还深爱着管止深？

老师，有没有打算跟她抢人？

"过去吧，兵来将挡呗，我们不怕什么。"乔辛说，肩膀碰了阿年一下，两个人朝那边走了过去。

李秋实和CC也走了过来，李秋实走得很慢，因为手术的关系。

"是……阿年？"李秋实问，笑容很淡，很和蔼的样子。

阿年也不知道怎么回事，其实自己和老师只差了六岁而已，算是同龄人，但可能当时李秋实出现在她眼中是一个老师的身份，她就心境和当时一样，把她当成尊敬的老师，那时候觉得，李老师的英语真厉害。

"是……"阿年说。

四个人找了一个地方坐下。

乔辛一直盯着李秋实本人看，像在数人家一共多少个毛孔一样。CC抿唇，低头摆弄着自己的彩色指甲。

阿年和李秋实聊了起来。

其实阿年心里是紧张的，这么多年以来，要么是老老实实地上学读书，要么是跟几个要好的人在一起，谈得来的，很少跟人耍心眼闹矛盾，应付不来这些。

从见到老师的面儿，到坐下现在，阿年的心里都是紧张的，担心自己脑筋转得没有别人快，担心别人打管止深的主意，总归，就是占有欲很强烈了起来。

"阿年越长越漂亮了，老师差点认不出来了。现在英语怎么样了……听说你是Ａ大毕业的。"李秋实温柔地说。

听她说话的语气上，身体恢复得并不是太好，不敢用力。

阿年被夸得并没有找不到北，老师怎么知道她Ａ大毕业的，难道是管止深说的，还是老师打听过了？

阿年腼腆地说："老师才越来越漂亮了。我是Ａ大毕业的，英语现在还可以，比以前好了很多。"

乔辛喝了一口果汁。

CC惊讶："听这姑娘一直管你叫老师老师的，是你学生？我们秋实这么厉害？居然有这么大的学生？你让同是二十几岁的我羞愧啊。"

乔辛冷笑，装什么装呢，认识李秋实，最近一定听人说过阿年了，这会儿才知道阿年是李秋实的学生？

用不用这样带上阿年，捧高这个李秋实！好像除了李秋实，其他人就都是弱智一样……

"阿年，这位是你的哪个老师啊？我怎么从没听你说过呢，是你多大的时候请的家教？"乔辛不客气地说。

对方替人挑衅，她就替阿年还回去了，以免阿年不知所措，不能输了阵仗！

Chapter 16
天造了他和她，却成不了一对

093

这个李秋实一直表现得温婉，对管止深一个字不提，阿年没必要主动恶意对待，也要温和一点。

坏角色，就让她来当吧，补课老师，其实跟家教也差不太多。

阿年说了什么时候她是她的老师，乔辛明白了，点头。

CC的手指抓紧了自己的包，瞪了一眼乔辛，乔辛低头喝果汁，当做没看见。

怕污了眼睛……

乔辛催阿年走，说有事情要去办，阿年不好意思地跟李秋实说了，再见。

李秋实也站了起来："我也得走了，互相留一下手机号码吧，以后有时间可以联系。"

她主动，阿年也不好意思拒绝，李秋实一点都没有表现出认识管止深，跟管止深在一起过，也没有问阿年，跟管止深的关系。

阿年不知道李老师到底是个什么想法，其实没必要联系的两个人，既然想留手机号码，那就是还有下文吧。

阿年把号码给了她，也准备存一下老师的手机号码。

阿年一点都不害怕。

只要管止深没有那个心思，李秋实对于阿年来说，就永远是个无关的人。

手指正在按着手机存号码，突然手机就响了，由于在按，不小心就这么给接了。阿年定睛一看，管止深的来电！

"啪"吓得手机从手中掉了，掉在了桌子上。

"怎么了啊。"乔辛拿起来，给她。

阿年接了，窘迫极了："哦，刚好手抖了一下，没有事！我马上就回去了，不用接我……我和乔辛一起回去很安全，对了，你叫陆行瑞别走！一定要留住了，求你？你做梦吧……不留住的话，我回去你就遭殃了……"

末了威胁了管止深一句。

李秋实抬眼，面上仍旧是淡淡的样子，却明显地深呼吸了一次。

CC看了一眼身边的人，皱眉。

傻子都知道，对方是管止深。

那边管止深不知道说了什么，阿年完全不理睬地一下就给挂了。

在李老师的注视下，这样接了管止深的来电，且通话非常愉快恩爱，阿年脸热，这真的是巧合，不是她故意在跟人炫耀什么。

尴尬地说了再见。

李秋实和CC向里走，阿年和乔辛向外走。

CC嘴里一直骂着阿年，"知道你肝不好，她在故意气你的吧！那个打来的人是不是管止深都未必！你别多想，也许是别人，她硬着头皮装成那样的呢！"

出去之后，上出租车。

乔辛告诉阿年："以后这个女人联系你，你一定要告诉管止深……小心为好，看她那个朋友就不是什么好人！近朱者赤！"

"一定告诉。"阿年乖乖地说。

到了家，乔辛来了，陆行瑞打了几把就说先走了，乔辛跟着。

其他人也散了，不用收拾外面，明天钟点工来了就整理了。

阿年和管止深进去，阿年问："输了还是赢了？"

"赢了……"管止深把一大把钱给了阿年，"都归你了。"

阿年低头，手里这一大把乱七八糟的，是多少啊！没有十元二十的，清一色都是五十一百的……就这他们还说是玩的小的！大家都这么有钱吗？

管止深洗澡的时候，阿年在外面转悠："咳——"

"感冒了吗？"管止深问。

"没有……"

"管止深，我……我……"阿年支支吾吾。

管止深："……"

"你洗完了吗？"阿年问。

"……"

"我就直接跟你说吧……我见到了李秋实，今晚。"阿年说。

管止深眼眸变得复杂了。

"我们两个什么也没聊，她说我漂亮了，我说老师你也漂亮了，她给我了手机号码，我也给了她手机号码。全程她没提起过你，我也就没有提，似乎我也没撒泼给你丢人。然后，没了……"阿年全说完了。

她盯着管止深的眼眸，观察。

只听管止深淡然地说："我一点都不担心你们见面，因为我没有做过任何对不起你的事，甚至，她在你面前，没有立场说她和我在一起过，那不算在一起，也就没有分手一说。"

"万一有一天，我们因为你打起来了怎么办。"阿年试着问。

管止深笑，唇齿好看，"如果是我们家阿年炸毛了，动手伤了别人，我宁可去跟她道歉，说一句是我老婆错了，太小，不懂事，望能见谅，我们是懂礼貌的人，能私了就私了，阿年是我手心上的肉。如果，是别人伤了你，错一定在别人，我们家阿年的温和，做老公的百分百信任，了解，别人伤你，轻则进警局，重则判个什么罪名，概不接受私了。阿年，你看这样成吗？"

"管止深，我发现你嘴巴特厉害，特会说话……"阿年满意，点头。

管止深吻了上去。

次日阿年又迟到了……

小领导一大早上是在的，同事们都一副同情阿年的眼神，被逮到了吧，孩子太小不懂

情生以南

事，上班不守时。

"怎么回事?"小领导问。

阿年想着迟到的理由，说什么才容易叫小领导相信?

来的路上，阿年看着时间快迟了，管止深偏偏说没事，好吧，他是老大，可是她又不能拿出管止深这张牌!

"车太慢了，堵车，遇上好几个红灯。"阿年说。

堵车情况常见，希望小领导理解一下。

"家里那位送你来的?"小领导问。

阿年点头。

"每天都送你来?"

"差不多……"

"晚上也来接你?"

"嗯。"

一番对话下来，阿年出了小领导的办公室。

倒是没有批评她。

待到阿年出去了，小领导就纠结了起来，有人八卦出来一件事，说看到了，阿年坐上过管总的车，从地下停车场出来，拐向大街的一刹那。

每天这个工作空间里，话题都丰富多彩的。

这个八卦圈子是联网的，比互联网慢不了多少，传得超快。

今天特别奇怪，阿年觉得，八卦少了一点，耳朵清闲了还不乐意了。阿年不爽的是，觉得她们今天八卦在故意背着她了。

难道发现了她是个Spy。

午餐之后，大家都回了部门里，还有半个小时的休息时间……

堵住好几个八卦团伙儿，三三两两的，这个楼层二十几个人，可惜她们见到阿年，都住口了。最后在茶水间，阿年堵住了一伙儿。

"不告诉我，我不把你们当朋友了……"这是阿年的内心想法，干吗老是神神秘秘地瞒着她一个。

一听此话，茶水间的三个人立刻站了起来。

阿年一愣。

什么情况——

貌似她是没有这么大威力的渺小存在啊。

"不要啊小年。"其中一个紧张地说。

阿年不轻不重的一句，本没有什么特别意思在其中。结果这三位可爱的同事误会了。以为阿年是威胁她们了，如果不说，就去告状，很有可能去告诉管总!

"有人看到了你在管总的车里，虽然那都是下班之后很晚了，但难免也有走得晚的人嘛……"

"你说啊，是不是真的……"

待大家说完了之后，阿年紧张："谁说的？消息可靠吗!"

"怎么不可靠，这就是你的八卦功力浅了，根据情况分析，大家认为是停车场出口的保安看到的……"

"嗯，最后传了出来，因为跟你有关，所以我们才不敢跟你说的。"

"你别生气啊……"

阿年囧，怎么办啊。

八卦真是无处不在，连停车场出口的保安都在掺和。

面面相视了一会儿，阿年装作很淡定地说："我觉得……也许是保安看错了人……把别人……看成了我……目击者不是也说了，看到的是我的侧脸，还只是一闪而过的……一闪，而过，懂么……"

几个人和阿年，大眼对小眼地互看。

阿年以为，她们估计信了她的分析了，嘿嘿。

其中一个，深呼吸后，鼓起勇气对阿年认真说："可是目击者还说了……你的侧脸在管总的奥迪车里……是每天都一闪而过……每天!"

"闪了不止一次……"另一个接道。

阿年，咳，脸红了一片，晕染得耳根那里白皙的皮肤都变成了浅浅粉色的，尴尬，无法直视这些同事们了。

不知道自己是怎么走回了座位上的，总之阿年现在想抱着柱子撞一撞，先死一死。

不敢抬头地趴在自己这块儿工作大格子里，假装工作。

无法给管止深打过去，上午接了管止深一个来电，他说他下午在忙，要她有事打给张望，他不方便。

他的手机，估计在张望手里。

阿年没打……

下班了，大家都走了，走之前都小心地看了阿年一眼，所以说女人们的世界太可怕了，一不小心，阿年又变成了一个被孤立体。

趴了一下午桌子，桌子都瞧不起她了。以一种出了蜗牛壳的姿势，从桌子上起来了。

装好了东西，火速地跑出了集团大楼。

今天，打死她都不坐管止深的车了。

下班之前已经告诉了管止深，管止深问她为什么，阿年说，等回家了再给你详细的说吧。

站在集团门口，接了一个来电，是舅妈打来的，阿年说："挺好的，舅妈，我外婆身体最近还好吗。"

"你们好好的就行，不用担心我，我适应这里了……昨晚我给舅舅打了一个……舅舅

情
生
以
南

没在家吗?"

"没几天了,争取提前两天回去,他也去的,这次我不想只住一宿就走了。嗯……我知道……"

阿年舅妈叮嘱阿年,如果手上没钱用了,记得跟家里说,别自己忍着在外头吃辛苦,家里没有别的孩子,赚钱只管存,谁也用不了,生不带来死不带去的东西。

舅妈的意思是,家里的一切,未来都是给阿年的。

又语重心长地告诉阿年,传达的是外婆要对阿年说的话,家里人不知道阿年结婚了,都知道阿年只是恋爱中。

毕竟和管止深这个人还没结婚,还没成为一家人,约会吃个饭,年轻人正常约会买点小玩意儿,那倒也说得过去,太贵重的,或者在外头总用人家的钱,最后怕人家瞧不起咱们。

阿年点头……

被管止深每天三餐喂养中,是他理应做的。

然后衣服之类的,婆婆方云买的那些,自己买的那些,昂贵的,便宜的,混搭着穿,穿来穿去,都分不清哪一件是贵的了。

在金钱方面,阿年觉得都计较不起来了,一座四合院,管止深搭进去了何止几百万。珠宝首饰啊房子啊车子啊,这些阿年没朝他要过,他也没主动给过,完全不需要,其实他很了解她的喜好。

管止深一直认为,阿年是要搁在他自己身边养的,他住哪里,阿年住哪里就行了,他开车,当阿年的司机也未尝不可,阿年如果开车,他会担心安全问题,或者,阿年能分得清东南西北?

收起了手机,阿年离开集团门口。

在经过了大喷泉池的时候,余光瞥到了地下停车场的出口,阿年转头,看了过去,然后朝那边靠拢了过去。

停车场出口处站着一个保安,一米八以内的身高吧,长得白净,蛮帅气的。

身姿站得很直,非常标准,表情也很严肃,正在指挥着一辆从停车场出来的车。

一辆车开过去。

那保安看向了阿年。

"……"阿年。

保安:"……"

互相打量了一眼之后,保安居然……脸红了。

腼腆地看了一眼四周,微笑中对阿年说:"你有事吗。"

阿年抬头看了他一眼,"欸……"想了想,还是住口了。

阿年纠结,该怎么问这个保安说,你们一共是几个保安?你每天都是下班时值班吗?你能不能不要到处传八卦!你什么时候看见了我的侧脸,一闪一闪的天天总过了?!

这样质问，似乎很不礼貌。

管止深的车正开出来，在很远处，他就看到了外面白日中，阿年和那个保安在对话，一个低头，是阿年，另一个腼腆不好意思的，是保安。

管止深费解中，皱眉。

从地下停车场开出去的这一段，光线很暗，如果不是他鸣笛，这么远的距离，估计正在跟女生聊天中的保安发现不了。

保安只顾盯着阿年的小脸儿看了，真的就没发现管止深的车停在了出口半路上。危险锐利的眼眸，正在看向出口处的两个人。

"有事你可以直说。"保安依旧在笑，很阳光很帅的样子。

阿年鼓起勇气，皱眉："嗯，你们一共几个保安？"

"出口处，一共2个。"保安说。

"你每天，都是这个时间在这里吗？"阿年再问。

保安点头："每天……"

"哦。"阿年点头，若有所思的。

孩子本性老实，与人一向为善，奈何别人总是议论她，这太困扰阿年了。

前面的问题都问得差不多了，要怎么开口说"你别老是跟人说我在管总车里"这话？会不会伤到这个保安的自尊心，或者这保安过后再变本加厉报复她？

在阿年一分钟思想斗争时，保安也在琢磨，他24岁了，还没有女朋友，集团内的确有女生总问他手机号码，但一看那些都不是什么好姑娘，身份薪水也不匹配。

今天这个，一眼看上去就觉得很顺眼，仔细看阿年，保安觉得，这一定是一个温柔善解人意的姑娘。

不管他看人错与对，先相处一下，了解一下，也好。

他以为阿年不好意思了，作为男生，他腼腆地先开了口："有事你可以找我，没关系的，我每天都会在这里站着。"

"啊……"阿年点头。

问了一句："你爱八卦吗？"

"我最讨厌八卦的人。"保安说。

阿年低头，那估计，不是这个保安传的吧，指不定是什么别人看到了一次，传成了离谱的很多次。

抬头，仔细看了一眼这个保安，看着很面善，很单纯的男生，应该不会是那种到处说她是非的人。

而且这个保安表现得，似乎不认识她。

如果真的目睹过了她和管止深在一起，保安会对她是另一个样子的。

分析中，阿年摇头，觉得不是他说的。

那么也就是说，以后还可以坐管止深的车，只要防着别人看到就行了，不关保安的事。

出口处的管止深，在车内点上了一支烟，看着那两个人，保安说一句话就腼腆一个度，阿年在跟他说什么？把人一个男的说脸红了！

管止深第一次遇到这种事，忍无可忍，他把车开了出去。

保安听见有车开出的声音，回头，是管总的车。

开出来了，阿年也看到了……

阿年迅速心里念咒一样，管止深你不要跟我说话不要跟我说话。

万一看人看错了，这个保安内心龌龊的话，明天指不定传成什么样子了。

车玻璃的颜色，很深。

管止深的车开过来，一般站在保安的角度，是看不到副驾驶座上坐的人的。保安多数是看车和车牌号识别人。

车停下了。

保安诧异，管总怎么把车停下了。

他来了集团工作这么久，第一次遇到这种情况，心里紧张了一下，看了一眼身边的阿年，连忙又伪装掉了自己的紧张，在女孩子面前，得有一个男子汉的样子！

管止深落下车窗，视线从阿年身上一闪而过，看向了保安："现在几点？"

保安不敢置信。

那管总问了，一定就得告诉，也许管总忘了戴手表，或者手机没电了，保安看了一眼时间："回管总，六点十分。"

"嗯。"

管止深点头。

阿年却吓得低头了。

管止深这一声"嗯"，不轻不重地，却把她吓得直往后缩了。

偷偷抬头，只见管止深的视线，瞥了一眼阳光帅气的保安，蹙起眉头，随即视线看向了阿年，似笑非笑的危险目光，似乎在对阿年说：你翅膀硬了！

在阿年心颤的时候，深色车玻璃升上了，隔开了视线，车很冲地开了出去！

保安尴尬："可能管总认为，我上班时间聊天不应该。"

阿年："……"

这么说，她真冤枉了这个保安了，上面的同事们，也是冤枉了这个保安了？

"是我的错，打扰了你，再见。"阿年说。

"好，明天见。"保安看阿年。

阿年神游中，保安的话她没往心里去，走去了大街上，手机响了，立刻接了起来，管止深说，往前走，上车！

听声音就是生气了。

唉，又得哄……

阿年迅速跑过去，打开车门，上车。

在路上，阿年想说话没敢，到了家中，打开了门，管止深在前，阿年在后，进去了……

管止深扯下领带，扔在了沙发上，手中的车钥匙随手扔在了茶几上，回头看刚走到门口就站住不动了的阿年，挑眉："你和那个保安什么时候认识的？"

"刚才……"阿年说。

"当我是傻瓜？刚认识你们就聊得难舍难分，还是你电视剧看多了，影响到了你的私生活举止？"管止深气愤地道。

阿年走了进来，站在了管止深面前，抬头看他，说的那都是什么话？气话也过分了一点吧？好像她勾搭了保安似的！

她是在破案！不错杀一个八卦者，不姑息一个造谣者！这是多么光荣的举动……

"管止深，你想多了。"

"我倒希望是我想多了——"警告的语气，阴沉五官。

阿年无语了，管止深一定是患上了被抛弃幻想症儿！

不知道他这会儿期待什么呢，期待她扑上去解释？然后死乞白赖地说——我只爱你一个只爱你一个，哭啊喊啊你听我解释……阿年吐，干不出来。

阿年凑近了他一点点，管止深眼神铸锭，其实他不怀疑什么，就是觉得那一幕不和谐罢了。阿年真的很好，不会跟别人怎么样，但关键是，那个保安脸红腼腆地，好像他家阿年做什么了一样。他垂眸，等待，看阿年怎么哄他。阿年顿了几十秒钟，不轻不重地踢了管止深的长腿一下，嘀咕，"你真欠扁……"

就跑上楼了……噔噔噔。

管止深转身，看那抹跑开的小身影……

头顶一群乌鸦飞过……

今天的下班时光，相处地比较特殊，气氛比较不好！

生气中，阿年窝在沙发里上网，告诉了乔辛向悦，这两人却不说谁对说错，居然在那边研究上了，34岁的熟男原来私下里是这样的呀！

平时严肃的生人勿近模样呢！

向悦在"三人群"里说，还不是阿年起作用了吗，管止深这绕指柔在阿年手心里，岂止是绕指柔啊，都变成了一根无法直立的线了。

可是为啥，阿年脑补出的是一个破针线盒……

管止深开车一个人去买了食材，家里晚餐，似乎是准备吃西式料理。

两个人再也没有说过一句话，阿年还不知道，管止深做完给不给她吃——

阿年觉得对傲娇的管止深最好的刺激，就是看电视剧，看他最烦的电视剧！

可是不多时阿年就泄气了，他根本不理会。

调大了声音，让他知道，她是在看电视剧呢……

他还不理会——

僵持了很久，阿年都闻到了肉香味了，拿了杯子，去厨房……找水喝来了。

家里，水别的地方也有可以喝的，偏偏阿年来了厨房，管止深懂得，阿年是来主动示好的，便给她一个台阶下，阿年要过去冰箱那边，他往后退了一步，高大的身体，拦截了阿年。阿年站住，拿着杯子装了一下："让开。"

"不让。"管止深咳了一声。

"让开！"

"不让……"

"我让你让开！"

"不让……"

"让开啊……"

"不让。"

"让开……"

"不让！"

最后他变成了语气很冲地对她说，反了，阿年打他："管止深你太烦人啦……"

"唔……"

和好的吻，一不小心吻到肉香变成了焦味。

"不能吃了。"阿年说。

管止深蹙眉，手指轻按在阿年的小细腰上："那就出去吃，陪你逛逛。"

"真的么。"阿年觉得这实属罕见。

以为让他陪她逛街，要等到老了之后了。

八点半左右，两个人在外面吃完了晚餐，管止深开车来的，车停在了路边上，不是违章停车。

阿年和他出了用餐地方，准备这样走一走，管止深穿着一身休闲装，衣架子一样，穿衣很有范儿，休闲款衬衫下摆，一边在裤子外，一边掖在里面，随性，潇洒，下身一条深色的牛仔裤。

阿年习惯了站在他左边，俩手一起拖着他的左边手臂，他单手插在裤袋中，左边的胳膊被阿年拖着的缘故，有点刻意地往下倾斜，阿年拽的。管止深左手中，随意地拎着车钥匙。夜色璀璨大街上，方默川见到的，就是这样一幅情景。

他不曾见阿年这样拽自己的手臂，这样依赖黏人过。

多么伤心，多么刺痛人瞳孔的画面，那一刻，方默川心口疼得，眼睛里几乎要流出了眼泪。

但他低下了头，再抬起，淡淡地打招呼："好巧。"

左正蹙眉，站在方默川身旁，手中拿着的一杯咖啡，喝了一口，扔进了路边的垃圾桶里。

阿年见到前方的人是方默川，几乎是立刻的，就颤抖的松开了管止深的结实手腕，慌张着，站在管止深身边。

抬头，看方默川，阿年眼睫毛在眨动，不敢对视。

"还没有回家么。"管止深问他，大概是表哥的身份，完全自然忽视，忘记了，其他的一切。

"没有。"方默川抬头，浅笑，眼眸中透着不爽与冷静，后者，压制着前者。

阿年觉得他们表兄弟之间，根本无法好好沟通，她对管止深说："我想跟默川单独说一会儿话可以吗？"

上次小镇，她想说话，方默川却逃了，这次，不想放过。

"如果是需要表哥允许的，那不必了。"方默川点了支烟，对阿年笑，笑得眼睛里明亮，不知是街上霓虹，还是泪光。

"我不是这个意思！"阿年对方默川说，眼窝里一热，心里头酸，然后阿年就要过去方默川那边。

管止深几乎是本能地伸手制止，阿年对方默川，感情并不是百分百消除了，还存在一点，所以他担心。管止深轻轻一扯，就把阿年扯了回来，对阿年说："我有点事，要跟默川商量，你去车里等我。"

阿年觉得，逮到一次性格偶尔变身傲娇之王的方默川，太难了！

管止深看向了方默川，方默川挑眉，点头。

在方默川转身要跟管止深走时，左正拉住方默川的手臂，从他手臂中间，左正的手指滑向了方默川手腕，捏住。

方默川转头，"……"

"烟灰。"左正伸手，好看的手指，弹了一下方默川衬衫上的一点烟灰。

温柔一笑："有风天气，倒也正常。"

方默川点头，舔舔粉唇。

阿年没有去车上等，方默川跟管止深在远处说着什么，一直是管止深在说，方默川皱眉听着，一会儿是猛抽烟，一会儿是仰头轻笑。阿年蹲在地上，问了左正一句："默川最近怎么样。"

"他，真的很好，你不用惦记。"左正说。

阿年："……"

方默川可以在这大街上，遇一人便说一次，我最了解阿年了，我最爱阿年了，真的很爱。但是，唯独见了表哥管止深，方默川就一个字也不敢提了。

因为方默川知道，一条直线上三个点，阿年走在了最前面，阿年回头，他就必须站在第二个点上，紧张地稍微挪身，遮挡住第三个点上的男人，千万，不能让阿年看到了管止深。同时，也得遮挡住第一个点上的阿年，让第三个点上的管止深，看不到第一个点。

久而久之，神经疲惫不堪，北京那三年，方默川时常梦见阿年走了，一个人，还是两个人，看不清楚。

阿年爱上管止深，方默川不知为何那样快，曾经自己追了整整一年多，将近四百天，追到了，见了阿年那方的家长，把姑娘带到了Z市，却变成了如此。

方默川怨过谁？谁也不怨。喜欢上一个人是自由的，能得到一个人是命定的，对阿年，他越爱就愈发痛楚，不舍失去。表哥曾经一样吧，方默川想起自己拿走DV，后来得知表哥因此而情绪不好，他听了难过，却已经无法放手。

如今是阿年选择了表哥，方默川站在这第二个点上，看着阿年和最后面的管止深相望，那两个人有了感觉，那两个人在彼此靠近，他站在中间挡路，自知是一个偷盗者，怎么阻拦表哥说那不是DV中的阿年，在自己偷盗者身份没有被揭穿时，只得默默退后，那样，还是朋友，家人。

表面忍下一切，可是心里，全都是不甘。

并非是对阿年的选择心有不甘，并非是对表哥接触阿年心有不甘。不甘的是这命，人人都说，谁和谁是天造地设的一对，可他和阿年，天造了他和她，却成不了一对。有时方默川望着车流汹涌的大街，闭上眼睛，而后他以为，"砰"的一声之后，是不是就再也没了这一世的牵挂念想，是不是会少一点疼。

想见阿年，问一声："过得好吗。"却不敢。

不见，想她，见了，怕更想。

有些话憋在方默川的肚子里很久，他挑了能说的对管止深说："一直以来都对不起你，从我很小记得事情起，就跟我爸妈不亲，跟你亲，跟姑姑亲，所以我在行动上让了步，但心里没有，心里从来没有。你可以当成我不爱阿年了，完全可以这样认为。也不必怕我和阿年见面说话，我欠你的。"

方默川低头，单手插在白色休闲裤子的口袋里，半转过了身，谁也不看，手指间的一支香烟搁在了唇边上叼着，眯起眼睛吸了一口。

关于感情，管止深不提，不想探讨，不想时刻提醒自己，提醒别人，曾经表弟和自己的小妻子，有过一段。可以当做什么都没发生过，可以当做默川没拿走过DV，没有做过任何对不起他的事。

一切无法面对的，总会面对，等这一切成为过去。

"经营酒吧，是你自己真正喜欢的？"管止深最关心的，始终是方默川的事业问题，25岁了，到了有自己事业的年纪。

方默川薄唇动了动，半截烟掉在了地上，燃烧着，他舔唇："不喜欢……可我能怎么办？总不能一直一分钱不赚，今天才知道，自力更生那么难，过一天算一天吧。不用再为此劝我了，我会一直坚持不回那个家，我不想悲剧再重演，走的亲人，也是我很敬很爱的人。谢谢你在爷爷面前一字不说的隐瞒，如果当时死的是我……对于今天的我来说，或许是解脱。"

大街那一边的阿年，眼睛一眨不眨地看着方默川和管止深，他们说了很多话，现在阿年的视线里，方默川在对管止深说什么，看不太清管止深的表情，有车经过，把管止深的五官表情影射得，忽明忽暗。

管止深一个人走了过来。

阿年站起身，是在管止深走过来的那一刹那，左正对阿年说了声"下次见"，阿年转头，对左正点头，淡淡的表情。左正过了马路，安慰哥们儿，伸臂搂住了方默川，打闹在了一起。

管止深蹙眉，看过去一眼。

"多大了，还这样闹。"他皱眉。

阿年点头："就是没长大，认识几年了，平时大家总在一起玩儿，他们两个关系特别好，性格太像了。"阿年记得，印象里方默川很能欺负左正，左正倒也不会有一句怨言，顶多轻笑一声，说什么好哥们儿万事都不计较。

九点半多，到了家。

由于下班之后的时间都在怄气中度过，出去吃饭又耽误了很久，回来管止深有工作要处理。

阿年在客厅呆着，抱着笔记本上网，管止深索性把手提拿出来，一人坐沙发一头，工作的人在认真工作，无聊看电视剧的人在看电视剧，自己动手，切了新鲜水果。

塞进管止深的嘴里一块儿切好的苹果，阿年继续缩回去看电视剧。

管止深抬眼："怎么抱着电脑看，不看电视。"

阿年犹豫了一下，要不要说究竟？

看电视的话，阿年总结了经验，管止深只要听见电视里的公主和太监皇帝说话，就总是蹙眉，现代剧，他听了某些台词，也一样会皱眉，每次他皱眉徘徊在这个房子里，阿年就捂着心口，瞄他，生怕自己看得正嗨，管止深一个不高兴，电闸一拉！

用笔记本看，戴着耳机第一他是听不见声音，以免他蹙眉。而且电池阿年安上了，任凭他拉电闸，还是拔掉电源线，都暂时无所谓啦……

好不容易才想到的办法，阿年觉得不能告诉他，否则下次他偷偷把她电池扔了怎么办，抿了抿唇，说："电视太大了，费眼睛。"

虽然觉得他在无语，不过貌似勉强信了。

"怎么戴一只耳机。"管止深眉眼不抬，问。

"两只都戴上了怕听不见你说话……"阿年想也没想地说。

管止深好看的薄唇，绽放一抹极浅的满足笑意。

更新的两集都看完了，已经九点半，管止深还在忙碌，阿年上楼，去洗了澡，穿着睡衣下楼的时候，趴在沙发上上网，几乎是霸占了沙发的百分之七十位置，将近十点，管止深还没有忙完，阿年在沙发上动来动去，磨磨蹭蹭，最后就磨蹭进了管止深的怀里，很

Chapter 16
天造了他和她，却成不了一对

困，揉眼睛。

管止深放下手提，抱阿年上楼，睡觉。

关了灯的卧室，一室暗色。

阿年枕着他手，侧头，小嘴儿就碰到了他手背，阿年困得完全失去了思考能力，问他："你的手背怎么烧伤的。"

"几年前，大火。"他说。

管止深的声音略显沙哑，有些感冒的缘故。

"很严重？"阿年动了一动。

管止深想了想："差点丧命。"

"怎么回事。"

管止深抱着她，侧身，身体包裹住阿年的身体，一手搭在阿年的身上，轻声说道："那天我父亲的好友过生日，方家和管家小辈分人，爷爷说必须去。我手上有事处理一时走不开，我姐和孩子坐默川开的车，还有我姑姑，来了公司找我，准备一起过去，这样在外人眼中比较好看。默川和我姑姑，在楼下车里等我们。我姐的孩子太小，到处乱跑，公司的灯索性都开着，我姐就去照顾孩子一起玩儿了，不到八点，我准备走的时候，找不到我姐了，打过去问她在哪，她和孩子似乎去了别的楼层了……"

"楼下突然着起了大火，公司大厦有火灾自动报警系统，但那个时候燃烧的烟雾，火焰，热量，都达到了很严重的程度。公司里那个时间没几个人，听见警报第一时间跑了出去，我得先找到我姐和孩子……我外甥四岁，正是满地乱跑淘气的时候，我姐一定应付不来，我打我姐的手机，可是我姐手机关机。"

阿年从迷迷糊糊，到听了之后睡意全无。

她在管止深怀里动了动，背对着管止深，管止深额头轻抵着阿年的背："我以为，我姐和孩子也许是跑出去了，我下楼打给默川，默川也在打我的号码，接通了之后默川说他在楼下找，我到了外面，和默川一样没有找到人。那么我姐和孩子一定在大楼里……很高，我不知道具体在哪一层。"

"姑姑担心我们的安全，不让我们进，消防车来了，可我必须进去，危难时刻我信不着任何一个人会不顾一切救我姐和孩子。默川不顾我姑姑的阻拦，也冲进去了。我们分头找人的时候，火势凶猛，浓烟很大，视线根本看不清什么，在那种情况下很容易迷路，我姐和孩子慌乱中一定找不到方向。大厦内部建设，防火保护层过薄，不合格，大火很快穿透了防火层。一个小半小时，钢筋水泥高温下支撑不住了。"

"我打给了默川，问他有没有找到人？默川说没有，在找。我们就继续找，虽危险也没有打算放弃我姐和孩子，消防员在做扑救工作。后来我接到了姑姑的来电，姑姑严肃地劝我们下去，我说我身边来了消防员，我们应该没问题。姑姑告诉我，说我姐给她打了电话，告诉了姑姑她和孩子在哪一层。我和消防员一起穿过了烟过去，我们在那个楼层见到的是默川。"

阿年认识管止深这么久，没听他提起过他姐姐和外甥，他的家人一样没提起过，这说明……出事了吗？

"默川被烟呛得咳嗽不止，被消防员救了下去。火灾现场，一分钟耽误不了。在成功救了默川之后，我姑姑闪烁其词地告诉我，到三十六楼看看，姑姑的眼神像做了亏心事一样。我快速上去，好奇姑姑怎么知道我姐和孩子在三十六层，我很不解，姑姑告诉我姐和孩子在的楼层，我找到的却是还在坚持的默川。"

"我尽力了，我用尽了全部的力气在找我姐和孩子，我却怎么都找不到……明明就在一个大厦里，浓烟让我和他们，永远没再见过面。我姐婚后努力了很多年，才成功地生了一个孩子，我常常想起我姐产后有孩子的喜悦，我忘不了我外甥可爱的样子。挺不住了，我在医院中醒来，身体严重烧伤，全身疼痛，接着，到处都是我姐和孩子去世的噩耗……"

管止深的声音变了，他在哽咽。

阿年转过了身，伸手捧住他的脸，眼睛红红地在黑夜里亲他，往他怀里缩，不知道怎么开口安慰，感受得到他的悲伤，想要抱紧他，奈何胳膊很细很短，腿也不够长，不能给他温暖安慰……

"所以啊，阿年……出门无论何时，去了哪里，手机要保证24小时开着，有事切记自己打给我，我再也不要接听别人的来电……"管止深眼睛里红红的，抱着阿年，稍一用力，就把阿年牢牢地抱在了怀里。阿年点头，怪不得管止深总是会在她出门时间，手机充满电了吗？

火灾事件之后，他很疑惑，他叫张望查了他姐的手机记录，火势凶猛时，他姐在打给管三数姑姑之前的半分钟，分别打给默川和他一次，可能信号问题，可能他们刚好在跟别人通话，姐姐只打通了姑姑的手机。

管止深对照了自己手机里的通话记录，用姑姑谎称姐姐在默川楼层，和姐姐打给姑姑的那一条比较，分析出，姑姑是收到了姐姐的求救电话，而后得知管止深的身边有消防员，可以专业解救被困人，姑姑第一时间选择了救自己儿子，完全没有顾虑管芷絮和她孩子的生死。管止深清晰记得，姑姑是在看到儿子默川被解救后，才勉强说了个三十六楼，大概是良心不安了。

紧要关头，一个母亲选择了说谎，先救了自己儿子，也许不全错。但医院中醒来的方默川，在根本不了解母亲之举的情况下，说出是母亲打给了他，他跟母亲说自己很好很安全，找到大姐和孩子之后一定马上下去。张望看了通话时间，也就是和那几通电话同一时间。

在同一时间，姑姑接了两个来电，一个是声音正常状态不错的儿子，一个也许是已经奄奄一息，勉强开机，支撑着打了一个求救电话的大姐。管止深恨的，是在火势不严重时，自己早打了电话给姑姑，问她知不知道姐姐和孩子在哪里，姑姑还特意提了一下，说你姐的手机马上没电，在车上就关机了。

姑姑明知道当时若不去救，下一刻手机没电的姐姐和孩子，慌乱和浓烟中会跟人失去联系方式，可姑姑还是毅然选择了放弃那两条生命！

全家人都处在失去亲人的悲伤中。

方默川给死去的大姐磕头，背着母亲和外公们，他恨母亲，他几乎是磕破了脑袋，道歉，墓前替母亲道歉，那时默川刚成年。

管止深在治疗中，冷静想过，不能让爷爷恨自己的女儿，爷爷年纪大了，气坏身体划不来。不能让父亲恨自己的妹妹，母亲方云也饶不了姑姑，方管两家有着千丝万缕的亲情关系，如果说出来一切，两家一闹，就彻底决裂了。在失去控制的情况下，怕失手再酿出悲剧。

失去心爱大孙女的爷爷，重病了一个月。

阿年没听管止深说火灾原因，也没再问了，不说了，她不该多嘴问这一下，宁可不知道，也不愿意管止深想起伤心事，在她的旁边身体颤抖。

近水楼台耍流氓

　　早上阿年很早起床做早餐，简单的火腿煎蛋面包片配上果酱热牛奶，能吃的吧。

　　在管止深起床前，阿年上网查了一下当年的火灾，2006年7月发生，轰动了整个Z市，报道着重对外讲述，总结火灾原因，加强Z市消防安全排查，严抓不合格防火设施以及建设。阿年气得把笔记本推到了一旁沙发上。

　　清眉微拧，在楼下来回走动，就是不敢上楼叫他起床。

　　一个人在楼下，阿年趴在沙发上无聊地摆弄小日历，7月29号了。

　　阿年在网上网购的小日历，和别的日历也差不多，底下一大片空白地方，可以随她乱写一些字，写完还可以把圆珠笔挂在小日历上。Z市外面街上的店，阿年实在不知道该去哪里买日历，以前在小镇上还好，任意找一个百货商店，小物件都有得卖。

　　来了Z市几年，还是会懵，大街上转着转着就晕了，要买的东西买不到，不想买的东西，发现满大街店里都是。

　　拿起圆珠笔，阿年攥着想了想，写道：昨晚，我感觉了解了他很多，他心情不好，还没睡醒，我起床做了早餐，因为我心疼他啦。早餐简单，希望不要不好吃吧。

　　这是第一次，管止深连续做了多个梦，醒了看一眼时间，已经八点多。没找阿年，估计是在楼下院子里，因为房子里很安静，或者一个人去上班了？

　　他先洗了澡，再找了一套衬衫西装。

　　管止深一身清爽下楼的时候，目光瞥见了阿年，她安静地趴在沙发上……居然……又成功地睡着了。

他走过去，把手中拎着的西装外套轻轻盖在阿年的身上，看到阿年抱着的一本什么东西，还有一支笔，他轻轻挪动了一下阿年摸着圆珠笔的手指，拿起那本东西，坐在了沙发的一头，看了一下，原来是一本日历。

目光也看到了阿年今天写下的字，拿着日历，管止深走向了餐桌，的确，上面有早餐。

他试探地往前翻了翻，随笔记录，并非是从两个人同居的那天起，而是后面的几天。阿年收到小日历的第一天，写道：每次买不到东西，就不太喜欢Z市，一个城市太大也不好，我不喜欢可是我不能说，我跟Z市很有缘，恋爱过的两个人都生活在Z市。PS：我十分钟前才收到日历，快递太慢呦！

管止深专心地偷看，手机在裤袋中响了，还好是振动，他走向了外面，没有惊动熟睡的阿年，想必她昨晚没睡好。

接了张望的来电，张望汇报公司的事，下属从不过问私事，问完，便准备挂断了。管止深咳了一声，感冒还没好，嗓子时不时地难受，对张望说："下去一趟，见一面阿年的小领导，说阿年还没醒。"

"……好的。"张望顿了一下，应声。

明白该怎么说。

管止深收起手机，早晨的阳光下，管止深点了一支烟，薄唇边叼着一支烟，倚外面院子的墙壁而站，继续偷看。

记录了许多无关紧要的小事，也有夸他的，也有不满他的。

某一日，阿年写道：我的小姑子，我的婆婆，跟我想象中的都完全不一样，好到我开始心虚了！

半根烟抽完，管止深翻页。

阿年写道：我不喜欢他抽烟！！！他肺特别不好~啊啊啊啊！！他怎么还不戒烟……不过我说的话没有威力~摊手无力~

"咳——"管止深连续咳了几声，唇边的半根烟立刻扔了，捻灭。他似乎可以想象到，阿年抓狂的样子，眉宇间淡淡的自省，是抱歉。

再偷偷翻……

阿年写道：某个对我流过鼻血的超帅男人，今天给了我一个非常犀利的吻——差点把持不住对他流鼻血，还好我把持住没流~

他心里边感触很深，不认为偷看阿年的小秘密是过分的事，反而，他了解了阿年的小秘密，就知道了该怎么去做。

翻到最近。

阿年写道：算冲动吗，想给他生个孩子，乔辛和向悦都说，想生那就生吧，不计较了解不了解了，后悔也是以后的事。退一万步讲，他抛弃我了，起码我孩子的脸上，有一部分是他的样子，我孩子的身上，有一部分是他的血液。

一篇字上，被圆珠笔打了个叉，不过还能看得清，在这段字底下接着写道：上一段太正经了，我自己都不习惯。不过管止深你投资拍了大量A片，很多人背后议论你，讲你一定跟每个A片的女主角都先××oo过！将来我们的孩子会不会歧视你？你负责跟孩子解释，你只投资，和那些乱七八糟的人没有交集过。

最后，我要努力生小孩儿^^

7月29日，抬头看，天气真的很晴朗……

管止深把小日历搁回了阿年的手边，拿下阿年身上的西装，怕她发现。上楼，再下楼时，在楼梯口他就叫醒阿年了。"阿年，要迟到了……"

叫了几声，阿年才转醒。

揉着眼睛，看楼梯口站着的管止深，阿年才反应过来，看了一眼时间，已经迟到了！

管止深转身上楼了，说："吃完早餐，跟我一起走。"

"我不吃了，一口也不吃了。"阿年立刻收拾东西，看到手边的日历和笔，收起来，一边塞到了茶几底下的一个小盒子里扣上，一边用几本自己的书盖住了，这样家里就她一个人知道这个地方了。

家中的东西，除了厨房里浴室里的，其他小物件，管止深一般都不碰一下。偶尔他在家中看到一个东西，就问阿年，那是什么，阿年教他怎么用，说那是什么东西，然后，管止深认识了那物件，懂了，看白痴一样的眼神看阿年。

或者他认为，几年后，家中孩子长成了三四岁，他就要负责照顾两个小白痴了。

责任很重，也很光荣。

管止深双手插在裤袋里，站在了楼梯口的一个隐蔽位置，他的视线，清晰地抓住了阿年放好她小秘密的地方。

以便他及时查看。

早餐阿年说真的不吃了，总迟到，这样影响太不好，工作不认真的人不被同事们喜欢。管止深把她按住，手按在她那么细的后脖颈上，强制地……让她在餐桌前吃完了该吃的早餐，喝完了该喝的一杯牛奶，才一起出门，离开了家。

去集团的这一路上，阿年没有提起昨晚的事情，一直以来管止深和他的家人，都没提起过他姐和孩子。大概是每次提起都太伤心了，阿年也就闭嘴识相不再提。这样偷瞄一眼管止深的侧脸，开车认真，一派沉稳，和昨晚难过到身体颤抖的男人，完全是两个人。

阿年要提前下车，管止深说不必了。

车一直开到了地下停车场，阿年跟他一起下车，现在不是早上，不是中午，一个停车场内几乎没人的时间。阿年准备偷溜去部门楼层，吸气，吐气，又要找迟到的理由了，总不能说每次都是家里那位堵车，小领导会气疯了，再一气之下，叫她把开车那位男士抓去部门问话。

今天迟到完全是个意外，平时每天管止深叫她起床，都习惯了。今天变成了她叫管止深起床，偏偏没敢，结果就自己又睡着了，出乎意料的一个迟到。

近水楼台要流氓

Chapter 17

"不用解释，张望去见过你们领导了。"管止深在电梯中说。

阿年抬头，惊讶："那小领导不就是知道了吗？这样好吗？她会关照我吧？那我怎么在那个部门工作了……"

"你领导会装作什么都不知道，也不会过问你迟到。"管止深回答她。

阿年嘀咕嘀咕地："可是我迟到是有正当原因的，今早实属无奈……你也知道。"阿年白了他一眼，仿佛在说，你不是也一样迟到了。

"迟到了就是迟到了，谁在乎你无奈不无奈。"管止深抬手，摸了摸阿年的头，吸了一口气说，"阿年，如果怀孕了，打算继续上班，还是休息？"

"看情况。"阿年还没想过。

还没怀孕，就探讨起这个来了，未免太早了。

"恐怕妈会让你直接休息，一直到孩子出生妈都会寸步不离，如果你有什么想法，记得要先跟我说，我去跟妈那边沟通。"管止深叮嘱，希望家庭始终和睦。

阿年点头："不过有那么夸张吗，寸步不离……"

吓人。

"我的意思是，妈一定会让我们搬回去一起住。"管止深解释。

"哦。"阿年懂了。

电梯到了阿年的那一层，阿年先下去了，转身，对管止深摆了摆手。

到了部门，同事们奇怪地眼神看了她一眼，阿年心虚……顺利走到了自己的座位。小领导出来，见到她来上班了，也没说什么，表情正常。阿年好奇张望是怎么说的？不过阿年决定了，下班要买一个超级强力大闹钟，不把人叫醒就一直不罢休的闹钟中的战斗钟！

由于迟到了，表格一堆。

不过某小助理说了，这是最后一天制表格，以后不用她再制表格了。

阿年问了一句，为什么？

小助理说："我不清楚，还得等上级命令下来吧。这表格都堆积如山了……明年也用不完……所以……"

阿年："……"

堆积如山？什么情况？

午餐之前，阿年被叫去了小领导的办公室。

小领导说，收到上级下达的指令了，从明天起，阿年你正式被调去了"集团办公室"，负责文秘工作。阿年听话地点头，让干什么就干什么。

小领导说："过去之后，适应几天就习惯了，你们办公室一共有八个文秘，都是老人，她们可以带你。你的上级是办公室主任，没有下级，负责的工作挺多，介绍起来有点复杂，你过去了，她们会一项一项跟你说清楚。"

"好的。"阿年点头。

换部门，虽然集团是管止深的，但阿年还是心慌。

回到座位，阿年上网查了一下，GF投资集团历年招聘文秘的要求。

查到了，第一条是：具备文字写作、档案管理、公共关系管理等方面的知识。

咳，阿年直接蔫了。

文字写作她倒可以，档案管理弄懂了熟悉了，也没问题，公共关系这是她的一大难题，很难突破，管止深也知道，她不是一个能说会道八面玲珑的女人，一般见了生人偶尔会脸红。阿年"啊"了一小声，拍自己脸，怎么办怎么办……

人生，一片寒森森。

午餐时间，阿年去了餐厅，决定要多吃一点，给自己加能量。

集团待遇特别好，尤其是到了一定阶层的领导，居然午休时间还可以去集团的保龄球馆玩儿，健身房健身，各种休闲健康设施配备齐全！阿年咬着勺子找了个桌子坐下，觉得这是管止深的不人性化管理，干吗只给精明人好的待遇，歧视她这种不傻……但也算不上多精明的。

吃了一口，眼前一片影子，阿年抬头，果然是影子。

"我可以坐下吗。"影子说着，已经把餐盘放下了。

阿年看她，这架势似乎也不是来和好的，那就听她说什么吧。

影子坐下了，看阿年，手中的勺子拨了拨菜饭，脸色不好看地说："你很想让我离开集团？不过我暂时不会离开，你可以跟管止深打小报告。"

"随便你怎么想，我没有。"阿年说。

"对了，你还不知道吧，A大开学，宿舍管理员把我分配到了你们宿舍，那天是大三刚刚开学，其实我是管止深摆放在你身边的一个棋子……"影子看着阿年渐变的脸色。

影子继续言辞犀利地说："难道你都不会好奇，管止深究竟为什么爱上你？这可是我一直好奇的，我反复地想，也得不到一个答案，所以只能找你来要答案了。我一直特别纳闷，你究竟是哪里好？绝对不是因为你漂亮，你长得普通，化妆步骤都不懂得。好的家世你更没有了，你从小生活在一个单亲家庭里，跟孤儿没两样的可怜人。"

阿年手指有一点点抖，看着影子。

一个曾经你当成了朋友的人，一个曾经你一再维护的人。

曾在A大宿舍里一起住，你怕她没人搭理会孤独，你总会为了她对舍友说好话，希望大家可以和解，不要闹矛盾，现在看来，并不值得。你以为二十一二岁的那个年纪，女生还可以思想单纯，却忘记了并不是所有人都一样。你也忽略了，女生和女生之间，往往总会出现一些莫名其妙的嫉和妒。

以前为了安慰她的不开心，你挑一些你最不开心的事跟她分享，让她知道，这世上其实还有比她遭遇更不好的人，今天，你曾经对她分享的不好，却成了她奚落你嘲讽你的确据。

"跟你有什么关系？"阿年说。

"跟我没关系，但我喜欢给人添堵，大三开学前，管止深来过我家一次，我不知道他来干什么。后来我哥让我转学，我不知道我哥跟我爸妈怎么说的，我爸同意。我并不是一开始就属于A大的学生，大二结束大三开学，我是打算要出国的，可我没出去。我哥让我转学到A大，我问他为什么？我哥说，别问那么多，让我在A大熟悉一年，下一年要跟你成为好朋友，跟你住一个宿舍，我要留意你的一举一动，尤其是你和方默川之间的一举一动。"

"去了那个宿舍，我非常不喜欢向悦和乔辛，包括你，我和你们的生活习惯不一样，严重不一样。我原本不知道，我去A大上学是管止深的意思，我还好奇我哥为什么让我盯着你和方默川？我荒唐地猜过，是不是我哥喜欢你？后来我觉得不是，我哥他先前根本没见过你。直到大四快结束了，我才知道是管止深。"

在阿年的震惊和不敢置信中，影子幽幽说道："北京四合院的事我不知道，但我充满了好奇，我没想到四合院居然跟管止深有关。三四月份，你那段时间都在联系他，我也不敢猜测什么，直到一次你说他的车来了A大校门口，你说他要见你，还记得吧，你一个人害怕，宿舍里只有我们两个，你跑回来找我跟你一起去。"

"你后来下车，你说你们谈得并不愉快，你说他好像喝酒了。你们没了联系，是我主动打给你对你说的，我说'巧吧，我哥居然和管止深经常打交道，很熟。'你听了之后很惊讶，说谢谢。随后我哥安排你再次见到管止深，你上了他的车，他赶一个重要会议，你们一起去了邻城，你们在那边住了一晚，他一环一环地把你套死了。"

"还有，记得机票丢了的事吧……"

影子一直在看着阿年，说一些阿年以前疑惑，却得不到答案，以为是巧合的事。阿年的眼睛一眨不眨地，盯着影子，一句话没法说。

点头，她记得。

影子开口："你搬出了宿舍，后来医院中我们见面，我打了人。知道我为什么打那个人吗，那天我心情不好，我的初恋在国外和别人在一起了，准备订婚。我为什么答应我哥来A大接近你？因为我爸和我哥对我说，如果我不来A大，就不准我出国留学，我爸和我哥不让我出国，我自己没有钱怎么出国？我的初恋先我出国了，我一定要去，迟一年也没关系，我就来了A大，等待大四毕业。可是我还没毕业，他就在国外跟别人好上了，其实即使他没跟别人好，我也不打算找他了，大三大四两年，让我眼光和看法不一样了，我觉得他配不上我！但被人抛弃和抛弃别人，是两种感觉。"

"医院里我跟你们说，机票是我藏的，我忏悔……说担心你和一个陌生男人去北京不好。我说我是为了默川这个朋友考虑，其实不是。现在网上订了票，到机场拿身份证儿现取就来得及，管止深为什么给你准备了机票送到A大，现在想来你不觉得奇怪吗？别想了，我这里有答案，他想单独跟你去北京，他想单独开车带你去北京，这就是我藏了你机票的目的，一并把身份证也给藏了。我也不理解，飞机和开车，他不都是单独跟你在一起吗，有何区别？为什么他非要亲自开车？"

阿年眼睛眨动，心里乱得跳动异常，可是，那天在管止深的车上一路到北京，他并没有做什么过分举动，到底为什么，影子不清楚他为什么非要亲自开车去北京，她也一样不知道。

意外的是，原来影子和管止深是一边的人。

盯着方默川和她？

管止深到底什么意思。

"在我知道一切都是管止深的意思后，我明白了，我哥帮他，是私人的哥们人情，我爸也帮，那估计是我爸得了不少好处，你应该清楚，管止深看准的股票，百分之九十九的稳赚不赔，他最不屑的可能就是唾手可得的金钱。那正是我爸这种中等企业老板喜欢的。到头来，A大这两年，我过得毫无意义……"

"还有一次，我们和方默川一起吃饭，方默川被家长一通来电叫走，向悦和乔辛喝醉了，上出租车先回了A大，我让你陪我去商场买东西。我说碰见了熟人就迅速跑远了，你在原地等我，是不是几分钟后在大街上遇到了管止深？记得停在你面前的那辆车吧？阿年，这世上不存在那么多的偶遇和巧合，这些只是我想得起来的，还有我想不起来的。我想我只是他安插在你身边的一枚棋子，谁知道你的身边，还有哪一个也是他的人？"

"我猜不透，我以为他顶多是跟你玩玩，但这同时又很矛盾，既然是玩，至于认真到从大三还没开学就部署吗，如今我们都毕业了，他似乎对你依然认真。他在暗中，给你摆了这么一个大局，你一点都不知道么。"

"阿年，你没发现自从你认识了管止深，你就开始变得很浮躁吗，你当你这是一步登天了？你到处炫耀什么。"影子放下了勺子，眼里都是妒火。

阿年怔怔："我炫耀什么了。"

"你一副不在乎他的样子，好像不在乎你所得到的一切，这难道不是对我的一种隐晦的炫耀？"影子情绪激动。

阿年放下勺子，筷子，语气淡淡的，"你看一个人的角度偏了，你太看得起我了，你也太看得起你自己了。"

走出餐厅，一口东西没吃，阿年强忍住眼泪不流出来，站在电梯门口，吸了吸鼻子，呼出一口气。

回了部门，阿年开始了一个人发呆一个人难过的长久征程，心中有两个疑点，挥之不去，搅得她一直心神不宁。

下班的时候，阿年收拾了自己所有的东西，用一个小纸箱子装了起来，跟同事要了胶带，封了口，暂时搁在了部门里，明早上班，再来取。

给管止深发了一条短消息，阿年关机了。

集团楼上，管止深拿过手机，阿年的短消息说：我去乔辛那里，晚上回去再打给你。

然后，就没有什么了……

Chapter 17
近水楼台要流氓

115

情生以南

管止深回拨了号码，提示，已关机。

乔辛惊讶，这人怎么招呼都不打一声就来了，自从跟管止深在一起，阿年貌似出来得很少了，不知道那家教怎么那样严格，不只是不可以夜不归宿，稍微晚归都是不被管止深允许的。

"你马上要走啦，出去请你吃饭……"阿年说，我入职你给我买了衣服，你要走了我请你吃顿饭吧。

这个理由很不错，乔辛和向悦跟阿年一起出去。乔辛建议去方默川那里，离开Z市不放心阿年，知道阿年一直想见默川，说清楚一切，道个歉，阿年一直没有机会，方默川躲人躲得厉害。

"突然袭击去。"阿年说。

三个人六点多抵达了酒吧，果然方默川这会儿在……

见到阿年和乔辛她们进来，方默川愣了愣，坐在吧台那里，没动，转过了身去，视线不看阿年。

"我过去。"阿年对乔辛和向悦说。

她们两个去找位置坐下，阿年走向方默川。

感觉到身边多了一个人，方默川还是不动，捏着酒杯的手指，颤抖，阿年一靠近，他就可以闻到的清香，那么熟悉，曾经，是他手心里的，鼻息间的，现在，却觉遥远。

"干什么躲着我。"阿年没看方默川，站在吧台前，这吧台这一段没人，都在吧台另一头摆弄杯子。吧台挺高，方默川坐在高脚椅上倒还好，像阿年这样站着，滑稽得很，俩胳膊抬起来，扒着吧台，像个要偷吧台里糖果的孩子。

"没有见面的必要。"方默川回答，嗓子疼。

他仰头，喝了一整杯的酒，液体入喉，酒液润了他的唇，浅粉色的唇，一瞬变得愈发鲜艳了，阿年不知道那是什么酒，可他也别这么个喝法。

阿年睫毛眨动："对不起，跟你说分手对不起。"

"不准说那两个字了！"方默川转头，凶她。

阿年眼睛红："我刚才已经说了。"

"没听到！"方默川气急，捂上耳朵。

阿年闷闷。

乔辛她们这桌，在聊回海城的事。

向悦问左正："你怎么在这里？"

"什么。"左正心不在焉，若不是手背被重拍了一下，他还没回神儿，真的没听清。

"当我没问。"向悦觉得自己被无视了。

左正望向方默川那边，方默川似乎喝得半醉了，阿年也抱着一个酒杯，估计是心情复杂，不时地小口抿酒。左正看乔辛："把你手机给我用一下，我手机没电了……"

乔辛拿了出来。

左正出去了，他以前见过乔辛联系管止深，站在酒吧外的街边，俊美男子蹙眉，找了一遍号码，拨了出去，手指间的香烟扔在了电线杆底下，他说："阿年快喝醉了，希望你能过来接她。还有，请你不要说，是我给你打过……"

挂断之后，左正删除这条记录，拨了大哥的号码："哥，是我……没什么事，告诉你一声，乔辛要回海城了，你得有个心理准备，你那个宝贝果果，和乔辛这个差了好几岁的妹妹，向来不对盘。"

"好，就这样了。"左正挂断。

回到了酒吧中，左正把手机给了乔辛，乔辛看了一眼："打给你大哥了？干什么？"

"你和你姐互看不顺眼，别牵扯我哥，我哥也很可怜对不对，求而不得，不过这倒喜闻乐见，你爸前妻生的你这个姐，心理有病。"左正拿起酒杯，抿了一口，视线有意无意瞥向了吧台。

乔辛跟左正碰杯："好孩子所见略同，你是我真朋友！"

吧台这边。

阿年喝了几口，口渴了，嗓子不舒服，所以面前这杯酒她也没客气，心里堵着一些事，忍不住喝了几口，喝醉了要去报复社会，要去扰民，要撒酒疯，要问心里的问号——这些当然都是朝管止深！

"你跟管止深，有过节吗……"阿年吧嗒嘴，酒味很浓，问他。

方默川从没想过跟阿年这样一起聊天，且是聊着别的男人，管止深表哥，所以一不小心的，他把自己灌醉了，否则会受不了，会骂阿年，会忍不住看阿年喝了酒后的嘴唇，柔软的触感，他想念了。

不敢看阿年，点头："不知道，也许是有，也许没有。"

"嗯？"阿年。

方默川低喃，说的也许是藏在心底最深处的话："我不知道他恨我妈恨到了什么程度，我不知道他是否也恨我？毕竟因为我，导致表姐管止絮去世了，连同4岁的小孩子一起。表哥是不是恨我？我也想知道。"

阿年没说什么，夜里听管止深说，她觉得管止深应该是没有恨过方默川，不是恨方默川的吧？是恨管三数这个姑姑的吧？阿年又不确定了，管止深藏得多隐蔽呀，一手撒网，把她给逮住，不是影子说，她还都不知道。

可是管止深为什么让影子留意她和方默川的一举一动，如果这是一场蓄谋已久的横刀夺爱，那他是单纯地只想抢方默川的女朋友？而并非因为她是阿年？如果管止深因为她是阿年，才去抢去夺，那也不合理了，有疑点在这其中，日子对不上。

或者，管止深真的是因姐姐去世，恨方默川的？阿年头疼，管止深不像那种人。

在阿年纠结感到头疼时，管止深来了。

向悦看到进来的男人，惊呼了一声："管止深？"

阿年听到，蓦地整个人一怔。

方默川亦是。

还来不及回头，就感觉到了他的气息，大概很凶的模样。

"本来空调就冷，你站在这儿更冷了。"阿年说。

"是么。"管止深淡淡一声。

阿年缩在吧台，手捧酒杯无力地趴伏在吧台前，难过，可是下一刻感觉浑身一暖，一件男人外套披在了她身上，周身是他气息，接着身侧是管止深关怀的声音，不远不近，低沉阴郁："跟我回家。"

阿年听了，眼睛里一热，这关心难道也是假的吗，不是吧。忍不住回头，闷声委委屈屈地问他："你说是在大三招聘会上见过我，可是影子跟我说，大二结束，大三还没开学，你就知道我了。招聘会那已经是大三下半学期了，管止深，你说谎了，你到底是什么时候知道我的？"

"阿年……"方默川站起身。

方默川眼神闪烁地看了一眼管止深，阿年回头，看向了叫住自己的方默川，阿年不懂，不懂方默川是什么意思，也不懂管止深的眼眸里，为何被质问着，仍旧蕴含十分的笃定？

阿年是那么一个轻易不气的人，今晚却背着他喝酒，他来了，阿年进入他的视线，面上还带着些许误会了他的意思，他便确确实实地慌了，人生里头一次，他尝了这滋味儿。

对于一向从容的管止深来说，阿年，是会让他慌乱的唯一。

害怕摸不准阿年的小脾气，所以心上颤动，这叫做怕失去。

面对阿年的质问，管止深整个人，表面上没有一丝的慌乱，甚至他眼眸里的那十分笃定，可以说是很真的。

因为他的人和心，无愧于阿年。

他此刻在斟酌，该怎么去回答阿年这问题才合适，一直以来，都不曾想过刻意地欺瞒阿年，但往往有些问题，有些事，他无法直接地对阿年说出口。

第一，他从来没有想过，在自己已经拥有了阿年的同时，去想尽办法把默川置于一个被阿年瞧不起的境地。

方默川不是一个外人，是被他从小看到大的亲表弟，他希望默川能成长起来，默川可以有生活上的辛苦经历，但不要多次被感情伤害，投入感情，再离开，本就是一件伤元气的事，怎么可以再因感情被打击得一蹶不振？

正因为心里痛恨姑姑不知亲情为何物，所以他格外珍惜这份亲情。

在管止絮和外甥去世那年，方默川才18岁，他27岁，亲眼看到默川跪着不起，把头要磕破了，哭得伤心，替他母亲……跟去世的亲人致歉，那份悲伤，实在不假。

在他眼中，默川和姑姑的性格有七分相像，会因为金钱和地位而目中无人。剩下的那三分不相像，便是默川懂得人情世故，懂得什么是亲情，会尊重他该尊重的人，骨子里存着心软和良善，一直未被姑姑扭曲。

未满20岁的年纪，不论默川什么原因去南方小镇追求了阿年，那可能都是付出了单纯的喜欢和爱，并不龌龊，感情不是人所能控制住的。现在他一样从表弟手中抢了人，这行为，它并不高尚。

管止深算是阅人无数，经历较多，他所见的人，即使年龄和智慧皆无比成熟，也会偶尔守不住底线，凭感觉做了也许不该做，也许该做的，结果却有对有错，那都不是不可饶恕的，凡事没有定数，人总会凭己意，他认为自己本身也有错。

他得承认，自己当年只是喜欢阿年，想要在合适的机会下，认识阿年，并追求阿年，他自己有一个打算，是想和阿年永远在一起，那不是冲动，是站在窗子边看着阿年，然后心里沉淀了数次的想法。

默川对阿年接触的那个时期，说到底……阿年身上没有贴着他管止深的标签。

期盼一家人能一直圆满，不想阿年和表弟默川之间再有一些别的不好发生。

若是这个曾经横刀夺爱的人不是默川，是其他的男人，他一样不会说什么。

横刀夺爱？谁是谁的爱？

你爱她，她那时爱你吗，不爱，甚至从不认识。

今天阿年是爱上了他，不因过去而爱上他，他庆幸这爱的基础打得是如此坚固。

若今天阿年没有爱上他，坚持要默川，那么即使你管止深拿着DV，以死相逼声泪俱下，做尽一切幼稚感人的事，在阿年眼中，不还是叫她瞧不起的空气。

单恋一个人，表白被拒绝的比比皆是，当年管止深设想过，自己会不会到了阿年面前，也成为这样一个被拒绝的人。

也许是的。

所以此刻他只看现在，只看未来，从来没有想要拿过去说事，企图给自己加分的这类目的。

如果那一年小镇上的珍贵回忆，是用来俘虏阿年的，就显得不再珍贵。

他希望俘虏阿年的是他这个人，是被他呵护的感觉。

那份被他遗失的DV，和小镇上的所有经历，如果今天成了打破阿年质问的一份证据，因为一个江影紫，是不是太糟蹋了？

他是这样认为，糟蹋了，那是他一个人整理的美好记忆，封存在了心里，脑海里，即使丢了DV，曾经的阿年也在他心里，根本跑不出去。

甚至他不愿意说出来给任何人听，不愿意给任何人看到那份曾经，因为在他心中很珍贵，所以一直想私藏、独吞。

默川现在的紧张，是怕管止深一句话道出一切，让他在阿年眼中，变得一文不值，变成再也不是一个能接触的人。表哥了解他，但他不了解表哥。

酒吧里的人，来来回回，左正他们走了过来……

没有靠近。

阿年脸上微微潮红，有点醉了。

"回家去说。"管止深看阿年。

阿年唇色惨白，不愿意。

管止深蹙眉，看着阿年那双死死瞪着自己的漂亮眼睛，迈前一步，俯身，轻轻按住阿年的肩，在她唇上轻吻，拂了一下便离开。修长手指，把阿年身上的西装外套正了正，他说："跟我回去，我都告诉你。"

管止深看了一眼默川，默川紧张。

心情复杂，同居了吗……已经在一起住了吗……

表哥说，回家……

什么家，他和阿年的家在哪……

默川攥紧了拳头，骨节泛白。

只听管止深对他说："默川，你也出来。"

方默川点头，愣住。

管止深迈步走出酒吧，深邃视线，一扫而过那群人。

站过来的倒也没几个，所以比较好认，乔辛，向悦，管止深都认得，另外一个长相好看的，跟方默川大概同龄的男人，有着方默川身上同样未脱的年轻男子气质，应该就是给他打电话的那位了。

左正被打量，双手插在裤袋，迎上了管止深的视线，并不惧怕。

管止深不免双眉紧锁，他和这人并不熟悉，从来没有过交情，为何这人背后帮了他一个忙。

管止深一时很费解。

阿年头疼中……

为毛他说回家说就回家说？为毛他说出去她就出去？这岂不是被他牵着鼻子走了吗？可是，他都没有牵她鼻子啊，连手都没牵啊，他一个人出去了啊，让她一个人跟他后头走啊，有一种很丢份儿的感觉。

不过，这些都是阿年第二天醒酒后垂头后悔的想法。第二天，毕竟是第二天了，后悔莫及，追悔莫及，总之，全莫及——

酒吧外，管止深打开车门，回头，等阿年上车。

方默川站在了酒吧门口，鼻息间喘着粗气，那是一种什么心情？是嫉妒么，却要用理智压抑下去的嫉妒！

他就这么看着管止深耐心哄阿年，让阿年上车等他。

因为对方是表哥，一辈子不到死就割不开的亲情，这种嫉妒，要延续一辈子吗？表哥34，他25，计算下来，好像要真的看一辈子了？

可不可以选择早死。

最后，他见表哥走了过来。

"如果我想提以前的事，一开始就说了，没说，以后也不会。"

方默川心中石头落地，视线移开："谢谢。"

双手插在裤袋里，望着别处，他宁愿这样尴尬地欠表哥，也不愿让阿年用鄙夷的眼神看待他。

和阿年，或许一定做不成情人了，但至少，他还可以换一种方式继续在阿年身边。朋友，也许阿年一直是这样对他的，大概自己从来都是单恋，他给她压力，把她逼来了Z市而已。

阿年和他分手，他好奇，是否就跟阿年即将和乔辛分开一样，阿年单是难过，不会绝望？而他，失去阿年，对爱情已经绝望。

他明白，自己始终不及表哥会算，不如表哥那么稳得住。

压制住他方默川嚣张性格的是什么，并非是阿年的不爱，并非是表兄弟亲情，方默川就是一个混蛋他自己也承认。

那场火灾令表姐去世，在长辈们眼中，那仍旧是一场纯粹的意外，只有当事人知道，到底谁欠了谁的。

表哥一直隐瞒，顾虑了家人，如今表哥不对阿年提过去，不对阿年提他生活过的那个小镇，他的表哥用这份隐忍，挑起了他的愧疚，自己的这份愧疚，又成功把自己一贯的德性，全部镇压住了。

越能忍的人，越有谋？

"总不能这辈子都不回家，既然要回，那就早回。"管止深说。

他觉得默川还小，差了九岁，想法会不一样，曾经自己二十几岁，管止深一样不认为家有多重要。可当亲人去世，经历过悲痛和不舍，会自然珍惜那个家，会珍惜日子，会想多回家陪伴亲人，哪怕家人一起的一顿晚餐，也是愉快的。

方默川眼眸里闪着水光，压下。

蹙眉低头，"我不回去，我妈就摸不着我踪影……她只顾着找我了，她以为我跟阿年闹矛盾了，还没有去留意过阿年的动向，不过瞒不住多久了吧？……我姐，她你不用担心，她最近自己烦心事一堆，惹上一男人的正妻了，被我妈教训呢，都没空理我。"

"可我一旦回家，我妈就没事可做了，一旦没事可做，她就操心我的未来，整天想东想西，去帮我争抢。我不愿意要那些……方家的一切都是我姓方的，我会留意，而管家的一切，那自然是姓管的所有，我不会拿。外公无奈，也许想过给我一部分，那我也要看外公是以什么姿态给我，我也得想想，我要以什么姿态去接住？外公是迫于我妈这个女儿给的压力，对姓方的在施舍，我能接么？即使我接住了……我会用么？我不是做大生意那块料，生在大富大贵的权势家庭中，我的唯一作用，好像就是在败家，让家人整天因我为难……"

"不可以这样看低了你自己，每个人能驾驭的领域不同，默川，有时间来找我吧，我们聊聊。"管止深敛眸，伸手拍了一下方默川的肩膀。

情生以南

转身离开。

上车，他见阿年蒙着他的西装外套，不知道这是什么意思。

车驶离，阿年依旧是一动不动地在他西装外套下，不出来，倒很安静。

这一路上，管止深时不时地看她一眼，也没见她有什么。他不担心，所发生的他都想得到，比预期的还晚了点，这更好拯救了。江影紫那个女孩，不稳当。这件事，他总会面对，阿年心底是信任他的，如果不信任，早会冲上顶层骂他了。

二十几分钟后。

"到家了。"

管止深停车，叫副驾驶座上或许睡着了的人。

阿年动了动，拿下盖住自己的西装外套，很精神的样子，下车。

原来，阿年没睡么。

一前一后回了家，阿年走在前面，男人在身后跟着。这是史无前例的一次，反队形回家，以前都是他在前。

阿年手里甩着他的西装外套——管止深蹙眉，这是跟他要倔了……西装扔在地上让她踩半小时都可以，甩，小胳膊小腿儿的，别被西装把她甩出去……

进去家门。

管止深站在玄关处，对阿年说："家事不要在外人面前说。"

阿年回头。

管止深看她，那眼神，有多真挚。

"江影紫说的话，你不要全信，大二结束，大三还没开学，是，那个时候我认识你了，偶然下，见到过你。"

"你让影子接近我，留意我和方默川的一举一动，这是真的？"

"让江影紫接近你，目的是随时让我知道，有没有男生追求你。我意外那个人是默川……我想看你顺利毕业，这期间不要恋爱。毕业以后，在你同学的建议下，你能来到我的公司工作，我一直都是对你这样说的，希望你相信。"

"信你就出事了——"阿年把他西装外套扔到了他的脸上。

管止深本能一躲，皱眉，伸手接住了！

"去你公司工作，以便你近水楼台耍流氓么！影子负责把我推到你身边？管止深，你确定你不是为了报复默川才接近我？！"

"我确定。至于那个，近水楼台耍流氓……它其实是一件很辛苦的事情。"管止深说，目光流转。

阿年吸气，对我放电也没用！

岂会没出息地吃他这套……

阿年被酒精弄得有点迷糊，努力想着问题，说："那你第一次见我，到底是什么时候？"

"很久了，久到记不得。"管止深简单叙述。

阿年呼吸渐热，生气："你说话的时候多跟我说几个字，会死啊？"这话阿年憋了很久了，终于在今天借着酒劲儿说出来了！

"咱爷爷说，话少的人多半一生富贵。"管止深说。

"我不认识你爷爷……"阿年嘀咕。

你爷爷准是瞎掰的！

管止深上前一步，双手捧着她潮红的小脸儿，俯身说："阿年，过些日子跟我一起去见见爷爷？我们总要一起面对。"

阿年呼气，"也许结果很糟糕。"

"即使没人支持，我也会一直坚持。"他说，字字真诚，阿年觉得，这声音最好听了。

她说她难受，先上楼睡觉，等明天醒了再琢磨……阿年一副想不通的样子，转身上楼，一边走一边拧眉想着。

管止深薄唇紧抿，见爷爷，她必须去。

关于大二就认识她这件事，阿年此刻信没信，他无所谓，阿年软性子，他没有做过亏心事，阿年顶多疑惑一阵子，大概也就消除了心中的疑虑。

而他，在阿年心存疑虑这段时间，需要做的事情有很多……

次日清晨，七点二十分阿年起床，洗漱完毕下楼。

昨晚喝得不多，可是头真的疼了。

早上集团里。

阿年拿了自己的一小箱子东西，去了"办公室"，被人带着，东西放在了"办公室文秘"的桌子上。

上班的路上，管止深对她说了，让她在"业务辅助部"，为的是让她熟悉一下集团工作环境，阿年点头，熟悉了，八卦很多，人们想象力很丰富。

管止深说，集团的办公室文秘，能接触到外人，交际方面，可以在岗稍加锻炼。

阿年压力山大。

不过也珍惜每一个机会。

办公室主任是一位三十几岁的女人，长相温柔，微笑着对阿年说道："有不懂的可以问她们，也可以直接来问我。工作上，我们对内联系的人，是集团各部门都会时常接触到，对外联系，有政府相关部门，集团会议涉及到的相关单位。分时期，分投资项目合作方是哪个单位，私还是公。"

阿年大脑迅速地记了一下，生怕忘了。

办公室主任还说："会议安排，这个你暂时不用去做，可以在一旁跟她们学习。文件资料的传递和归档，这些你可以尝试着做，顺便熟悉一下集团内部各部门的情况，新人，不懂就大胆地问。"

一个上午，阿年都呆在办公室，认真地完成交代她做的工作。

办公室虽然有八个文秘，但总是忙碌的，时不时地回来一个，也是埋头工作。不过效率都很高，午饭之前，都忙碌完了，叫阿年一起去吃午餐。

餐厅，阿年刚坐下，手机就响了。

拿出来看了一下号码，是管止深。阿年接了："你好。"

"嗯？"

"请问你有什么事吗。"阿年问，可以想象，管止深在那边蹙眉了吧。

管止深没问什么，似乎猜测到了她不方便说话。

"没事，晚上再说。"他挂断。

阿年看着手机，对同事微笑："他说打错了……"

"有一种打错的人，还偏偏死不承认自己打错了，哇啦哇啦不停地问啊问，最烦啦。"一个同事说。

大家微笑，开始一起吃饭。

来到这个部门，给阿年的感觉是比上一个部门熟悉得快，上一个部门，三两个一伙儿不会主动搭理新来的人，这个部门，对新人都很热心。

吃完了午饭，阿年回去继续工作，希望能尽早熟悉这里的工作流程。

下班之前，手机响了起来。

号码显示的，是影子……

阿年犹豫了半分钟多，最终接了："什么事？"

还是年轻吧，会有一点较劲儿的心理在作祟。影子昨天午餐告诉阿年许多，也坦白就是想给她添堵，阿年想要证明，自己没有堵心，反而过得很好开心。

这种情绪，大抵跟小时候偷偷打架一样，不服气。

"我辞职了……"影子说。

阿年："……"

"为什么。"还是问了一句。

"我哥逼我辞职的……而且是立刻滚蛋！！"影子说，声音不好。

阿年没说什么。

影子问了一声："明天下午乔辛就走了？"

"嗯……"

"今晚你们要见面？还是明天？"

"今晚……"

"我想一起过去，毕竟以前同学一场，道个别。"

"你还是问她吧。"阿年说。

她做不了主。

阿年实在不懂影子，这是干什么，翻来覆去地跟大家闹不和，闹完再这样联系，一点意思都没有。这样折腾，久而久之，谁也无法敞开心怀把她再当朋友了。

下班之后，阿年自己坐出租车过去，跟大家集合。

管止深不高兴，但不是不让她来的那种专制不高兴，只是，两个人在一起了，占有欲再次作祟了。阿年的同学，朋友，没有一个是管止深熟悉的。

管止深曾哀叹地说：阿年，我和你之间，其实可怕的不是差了几岁，我们并没有什么代沟，最可怕的是，我们并没有共同的交心朋友。

管止深留下了许多话在心里，没有说出口，人无完人，他今天宠她纵她，就怕时间长了，争吵总会出现，一旦争吵，阿年的朋友都会谴责他，不会站在他这一边。他的朋友，似乎一样不会站在阿年那一边。

所以管止深时常会怕，怕有一天，一个冲动的转身，阿年就消失在他视线里了，那时他要去哪里找回来。靠他一个人之力，找寻不易，问谁，谁还会站在他这边？顾虑太多了，是太在意了，平时相处上过分地小心翼翼，没有年轻大男孩的一点脾气。

管止深和阿年约了一个大概时间，叮嘱阿年，完事了一定给他打过来，他来接她，阿年说好。管止深一个人也不想回家，便去了一个局。

见一见自己许久未见的朋友，自从跟阿年在一起，全心专注在了阿年身上，应酬推掉了一大半，甚少参加男人们组织的夜生活聚会。

管止深的车停在了会所外，眼眸一转，看到了一辆熟悉的白色SUV。

管止深便没有进去聚会打麻将的地方，而是拿出了手机。

拨了一个号码。

"你在里面？"他问。

那人说"在"。

"出来，我们换个地儿。"管止深开腔。

阿年她们，好久没有这样地聚一聚了。

乔易坐在向东旁边，一条腿翘起而坐，一副少爷我怎么坐都帅惨了的样子。问大家："玩儿得最疯的那个时期，到底过去了。"

"是啊。"方默川感叹，满眼悲伤汹涌得都要跌溢出来了，唇角微勾——"妈的，媳妇儿都成别人的了。"

阿年抬头看他，"喝多了？"

"没有，你在我怎么敢——"方默川似乎喝高了。

左正一旁默不作声，旁边一个空椅子，左正双腿交叠，伸到了椅子上，靠着自己的椅背，玩着掌上游戏，不时地抿一口酒润喉。

乔辛要发火，可这火也不好发，方默川憋屈得很，大家有目共睹这人生活一天比一天颓废，劝不得。

乔易打圆场，"阿年甭理他，喝多了，你没来之前大家就喝掉几箱啤的了，阿年在Z

情生以南

市最轻松的时期是?"

阿年没有喝酒,一口都没有喝,乔辛知道阿年准备生小孩的。向悦和乔辛没告诉任何人,直接给阿年喝的白水。昨晚在酒吧,阿年不小心喝了酒,自己今早起来悔死了,还好没有怀孕呢。一旁的影子,则是被大家视为空气。

"应该是大二的时候,大一的时候精神太紧张了,大三下半期和大四都太忙碌……"阿年回答乔易,努力让气氛缓和。

向悦举手:"我也是我也是……"

"我去接一下。"阿年的手机响了,拿着,站起来说。

乔辛点头。

阿年转身出了饭店一楼,A大附近,再熟悉不过,是舅妈的来电,阿年说:"舅妈,还没睡吗。"

"我一个同学明天走,今晚在一起吃饭。"阿年说。

感觉到身后的黑影,阿年转身,方默川站在她身后,双手插在裤袋里。阿年往别处走了几步,通话中,方默川跟了上来。

方默川这样步步紧跟,阿年紧张,跟舅妈聊天也心不在焉,舅妈说跟同学去吃饭吧,才挂断。

"你干什么。"阿年问他。

那眼神,带着一抹可怕的猩红色,是店门口的牌匾霓虹影射了进去瞳孔里。阿年打量他,方默川瘦了,真的瘦了。

管止深的黑色轿车,缓缓在路对面停下。

蹙起眉头,深邃眼眸望向了距A大正门不远的店,视线一扫,便看到了对阿年步步紧逼的方默川。

"什么情况?"陆行瑞随着管止深的视线,看了过去。

阿年说:"默川,你再往前走一步,躲开霓虹灯的光,可以吗。"

实在,是怕那抹红色的光。

方默川抬头看了一眼那霓虹,这么一看,的确晃眼得很。他双手插在裤袋里,往前走了一步。

即使喝了酒,喝了不少,也懂得,不管是现在还是将来,阿年,只准许他往前迈一步,这个不远不近的距离,折磨得心上,千疮百孔不敢示人。

"有话说?"阿年问。

方默川点头,垂首闭上眼眸,那眼睫毛很长,近距离看下来一片阴影,他皱眉说:"影子都跟我说了,我表哥,管止深接近你是有目的的?"

阿年没想到,影子居然也对默川说了,存心捣乱?

"没有目的,我已经问过了,管止深说他没有目的,影子的话我从来不相信,她这个人特别奇怪,我不想理她。"

方默川很费解："阿年，请你理智一点……"

"我现在就很理智。"阿年强调。

方默川似乎很无奈，语气不好。"那只是你自己认为的理智！你爱上他，你理所当然信任他，认为他做的全部是对的！就像我爱上了你，阿年，你说什么我都会绝对相信，毫不质疑！"

阿年，没说什么。

"我表哥，到底是我欠他的，是我妈欠了我表姐和孩子的。我从不阻拦他爱你，我没资格，也没有那个能力！我很清楚我的定位，我是你的前任，又因为他是我的表哥，我要表现得和你没有一点暧昧，我要把眼睛故意往别处看。可是，我受不了他爱你的成分里掺了对我的仇恨……"方默川对阿年说。

他不知道表哥对自己的仇恨是否真的？对于表姐去世的事情，他感到很抱歉，无法弥补。他相信表哥对火灾这件事，不会耿耿于怀。听说二次感染治疗期间，丢了 DV，又因治疗的疼痛而抑郁，那个阶段，不见任何姓方的人，也许是对火灾的事情恨着的。

方默川听说之后很怕，怕再去见表哥。

如果表哥对阿年的爱，真的掺杂了恨，那会是雪上加霜的恨了吧？恨火灾失去了亲姐和可爱外甥，然后努力压下去这股恨意，在得知他追求了阿年，并把阿年带到了 Z 市，他开始新仇旧恨一起算了？全部都压不住了？

方默川心中纠结，若是自己，会不会恨？

估计会吧……

阿年愣住了在那里，手指动了动，麻木。

管止深的真正目的这个问题，昨天在阿年的脑海里转来转去，管止深说，她就选择信任，似乎就是这么一个想法，没有复杂的揣测。不是心中没有疑问，不是没有心头动荡过，是抱着一个爱怎么样就怎么样的态度！

也许还小，不会为自己考虑筹谋，爱上一个人会冲动。选择相信了他，那就信任他，一直一直信任，若他舍得伤害，她就还是那句话，就当瞎了眼看错人了……

"我还是信他……"阿年低头说。

方默川，灿烂地笑了，眉眼那么温柔，却笑出了如同眼泪一样的东西，在眼眶中，徘徊不落，声音颤抖："阿年，拿出你如今爱他这份诚意的十分之三……给曾经的我，回头马路上来车立刻撞死我，我他妈也死而无憾了……"压低的声音，嫉妒，控诉。

阿年哭了。

不敢抬起头了。

方默川努力睁了睁眼睛，不知如何形容自己的心情，一个你认定的媳妇儿，好不容易看上了，到头来，被人抢走了，结果媳妇儿跟人更死心塌地，这滋味儿太他妈操蛋！不敢迈出一步，不敢生拉硬拽地抢回自己媳妇儿，是他得坦然承认，自己抢了别人中意的人在先！或者可称之为——因果循环，报应？

方默川红着眼睛，这次是真的红了，进去的时候，就见到了出来的陆行瑞，身边跟着一个乔辛。

方默川皱眉。

"先走了。"乔辛说。

陆行瑞经过了方默川身边，打量了一眼方默川。方默川皱眉："您看得我心发毛了……"

方默川进去，走到了乔易身边，伸腿，用力踢乔易的椅子："你妹被把了！不管？"

"小辛比你懂事……"乔易笑。

阿年在外面站了很久，不敢用力哭，怕脸上和眼睛上，有哭过的痕迹被管止深看到。低头，半天才控制住眼泪别再继续往下掉了。

手机响了，她接起："哦，我们，马上就结束了。"

"好……"阿年挂了。

进去之后，阿年看到乔辛不在桌上，向悦凑过来说了。阿年点头，乔辛明天走，陆行瑞来找了，这倒也不奇怪。影子一直空气一样，坐在那里玩手机，阿年没有跟影子说话，影子也不跟任何人说话，实在叫人搞不懂，她到底脑子里在想些什么？

总是，跟正常人思维有异。

阿年跟向悦说，马上她也走了，跟方默川刚才说得有点不愉快。方默川似乎没看到阿年进来一样，抢左正手里的游戏机，左正无奈，给他。

视线在阿年的脸上，一闪而过，手指捏起了酒杯，舔了舔唇，仰头若有所思地喝了半杯。那棱角分明的俊美侧脸，看得向悦一阵迷糊呆愣。

很快，管止深到了，阿年出去。

向悦出去送的……

阿年打给了乔辛，说明天走的时候去送她，乔辛却拒绝了，别送……

怕分开的时候难受。

阿年手里拿着手机，已经开始难受。

一路上，阿年都闷闷地不说话，管止深开车，没对阿年提起，他看到的听到的那些字。

到家之后，阿年说上楼洗澡，困了，想早点休息。

管止深点头，没说什么。

阿年洗澡，磨蹭地洗完了，照镜子认真看了自己，呆呆地对镜子里的自己说：你看看你，个子没有模特高，学习比不了学霸，五官不如谁谁谁……家世比不了谁谁谁……数落了自己一番，最后总结……你的外貌就直接告诉了你，他不是单纯喜欢你，捂脸，多么应该呜呜的一个事实。

这一晚上，沟通甚少。

阿年先睡觉的，躺下不久就睡着了，在怀疑他有目的的时候都能安心睡着，阿年觉得自己不是一般的没心没肺……

清晨阿年醒了，发现管止深不在卧室，阿年跑下楼，见到他在厨房做早餐。他已经穿衣完毕，每每见他站在厨房里，给她做精致早餐的样子，她就受不了。

这样的一个男人，怎么舍得怀疑？

"睡醒了？"管止深问。

"嗯……"阿年点头，忽然，觉得昨晚对他太冷淡了。

阿年往厨房里挪，还不好意思直接过去说对不起，就算不是直接过去的，是别别扭扭过去的，也还是不好意思说对不起。

"做的什么。"阿年伸头看。

管止深还没说出口，阿年先伸手指，指了一下："这个我太爱吃。"

"是么。"管止深不懂阿年忽然怎么了。

做好梦了？这么开心？

"上楼洗漱，下来吃早餐。"管止深伸手，摸了摸阿年的头。

阿年转身跑上楼。

动作太慢，管止深早餐已经完毕，她还没下来，管止深上楼来找，阿年在往脸上拍东西，管止深问："那是什么。"

"乔辛说，是润肤的。"阿年继续拍。

管止深拿下她的手："行了，要把脸拍坏了。"

阿年："连你也瞧不起我……"

管止深把阿年抱了起来，公主抱下楼，阿年搂住他脖颈，心思飘，捂脸瞎想，这人对她很好，简单的，应是从无目的。

"阿年皮肤很好。"管止深低头。

阿年点头，归功于老家了，说："小镇的地下井水，特别养人……"

很得意……

乔辛说什么是什么，没要任何人去送，包括深爱的男人陆行瑞。乔易这个哥哥安排的车，司机送的乔辛，从Z市直接回到了海城家中。

下午3点多，乔辛抵达，给阿年和向悦分别打了过来，报一声平安。

乔辛邀请阿年，说，你有时间就过来找我玩吧。

阿年点头，一定会的。

听得出来，乔辛不舍得Z市，虽然这里不是她的家乡，但是四年大学生活，对这个城市从生疏不适应变得熟悉依赖，和阿年心中的转变是一样的。

对这座城市，就好像是对一个人一样，从不喜欢，到非常爱。

乔辛是难过的，舍不得阿年和向悦她们也就算了，最不舍的还是陆行瑞，昨晚，谈得并不愉快，陆行瑞很严肃地，提出分手。

阿年不好细问乔辛什么。

乔辛主动说，不知道怎么一回事，忽然变得一点都不了解陆行瑞了，好像以往的相处，都是一种很容易幻灭的假象。

反正一直没有真正在一起过，乔辛口中，指的是在一起住过那样，所以，这一声分手，说明不了陆行瑞人品不好。

"你打算放弃吗？"阿年问。

乔辛摇头："不，我不会轻易放弃。除非我在这一段时间不见他，却很快从别人口中听说他身边有了固定的人，我才放弃。"

阿年觉得自己该问一下管止深，也许，他知道一点陆行瑞的事情。

中午，阿年取了一份请假需要填写的表格，认真地写了请假申请，规规矩矩地写了她请假的原因。

下午两点，准备交给办公室主任。

"主任不在？"阿年问自己的同事。

同事点头："出去好一会儿了，她小姨家的妹妹来找她。"

"那我等等再去送。"阿年回了座位。

同事安慰阿年，不用担心，这种外婆生日的请假，上司一定会批准的，每个人家中都有长辈，能理解吧，据她们了解来看，上司不是一个不通情理的人呢。

阿年点头，微笑，如果是这样最好了。

办公室主任回来，阿年去递交了请假条……

"阿年，你是A大毕业的吧，昨天看你资料，记得应该是……"主任接过请假条。

"是A大毕业的，今年刚毕业。"阿年说。

主任抬头，看阿年："我小姨家的妹妹也是A大中文系的，你们是今年同一年毕业，不知道你们两个会不会认识？"

中文系的，阿年认识的女生也蛮多的。

阿年问："主任的妹妹叫什么名字？"

"郑田。"主任说。

"郑田……"阿年想了一下，抱歉地笑了，"好像不认识……"

"没关系，你下午有什么事吗？"主任问。

阿年摇头："没有。"

"那帮我一个忙好不好？"

阿年："……"

下午快到四点了，主任带阿年一起进入了电梯中。

对阿年说："你去了也不用说什么，就陪着在一旁就好，帮我看看，这孩子相亲不成，到底是因为什么，太让我和她妈妈操心了。"

"好的。"阿年点头。

第一次负责监督一个人相亲，还要仔细观察相亲不成的原因，任务好艰巨的。

主任说，让她去是觉得，和郑田能聊得来，一个大学，一个系，同一年毕业的同龄女生，该是好相处的。

阿年好奇，主任怎么不自己监督去？

出了电梯之后，在集团一楼，主任打给了郑田："你不是怕自己紧张吗？我给你安排了人陪着一起，别再以紧张为借口，这回你给我好好相亲，不是我们逼你，是你自己对自己的事情太不上心，22岁，一个男生没接触过，你到底想干什么?!"

阿年在一旁听着，感到有压力，不过主任拜托了，也不好拒绝。

那边的郑田不知道是个什么性格的女生，不要觉得她是间谍，见面就冲上来挠她一顿那就还好……

集团不远处的地方，是主任定的。

阿年过去等着郑田，听说那个相亲的对象已经来了，阿年站在外头等人。

几分钟之后，马路此处，公交车上下来一个女孩儿，目测，清爽率真，白皙脸颊，但没有笑容，给阿年的第一印象是，这女生有一点冷。

刚才两个人今天穿衣打扮样子照片，主任都拍下来互传了，所以一眼就都认出了彼此。

"郑田。"来人自我介绍。

阿年示好："阿年……"

可是显然，你的示好被某女生忽视了。

"进去吧，谢了。"郑田冷冰冰地说了一句。

女生手中拎着一个双肩背包，虽然不太礼貌，不过不会叫人觉得反感，性格奇怪了一点而已。

相亲的男人，首先误会了阿年是来相亲的，这让阿年很尴尬，赶紧解释了一下。

郑田的手，一拍桌子，不轻不重的一下子下去，吓得男人愣住。郑田白皙手指摸着桌子面儿，对那男的说："是我，不管你看没看上我，我都没看上你——所以再见。"

那男的，文质彬彬，一下子就被吓跑了。

阿年愣住。

郑田看阿年："你可以对我姐这么说，就说我努力了，是那个男的太下流，不适合结婚相处……"

"可是……"阿年无语，明明是你的错……

"你姐说，给你介绍的对象是一个优质男，你为什么不试着了解一下？"阿年随口道。

郑田伸手，白皙纤细的手指拨了一下短发，喝了一小口咖啡："我不喜欢男人……"

"啊?"阿年差点摔了。

"你别误会,我也不喜欢女人的……"郑田一看阿年就知是误会她性取向了。

"哦……"阿年缓过来了。

"我姐和我妈,都怀疑我是不是喜欢女人?所以我才22!她们就着急给我相亲,介绍对象。烦死了……我姐不敢陪我相亲了,说是丢不起脸了。"

"那其实,她们也是好心啊。"阿年说。

郑田冷笑:"我不会结婚,这辈子拒绝男人,拒绝结婚!等我三十岁了,有了稳定的经济条件,我就领养一个可怜的小女孩儿!我不能这么无忧无虑地生活,我得尝一下当妈的教训女儿的滋味儿!老了,我就远走旅行,身体不行了,找个喜欢的地儿一死。"

由于郑田这个短发女生实在太能说了,阿年听得一愣一愣的,都快被郑田洗脑了。

郑田转头,看阿年:"你猜我是做哪一行的?"

是……安利么难道,阿年掐了一下自己。

微笑地说:"猜不到……"

"记者。"郑田说。

阿年瞬间崇拜了起来。

都是A大毕业的,两个人同年级同系,只是不认识,人家毕业当了记者了,阿年叹气,而自己,先是制了一堆表格,打印放好,接着就在混文秘这一职,还不知道何时是个头。

估摸着……管止深的意思就是,让她最近怀孕,然后让她在家,养胎,等待生孩子……生完,哄孩子……哄完孩子,接着给他怀二胎……再养胎,再生孩子……哄孩子……如此的循环。

郑田说,她一毕业就进了"Z市教育杂志社",短短数日,曾两次跑过外地采访,不过只是随行,见到过领导的车,没见过领导们的人。

其实跑外地是一件苦差事。

阿年却在羡慕中……

性格虽然大不一样,但很合得来,走之前互相留了联系方式,QQ号码之类的都留了。

阿年希望,有一天,在各方面条件都允许的情况下,自己也能成为一个新闻工作者。不要求赚多少,只是爱好这一行,辛苦一点也没问题,因为热爱。

跟郑田说,毕业之前,自己只想过做编辑这一行,没想过做记者。郑田开了句玩笑:"那你有机会也做记者啊,我可以带你,不过我也还是个新人,钻这个活儿还不能全揽下来,胜任不了,最近觉得写稿压力很大……"

下班回家,管止深和阿年去了母亲那边。车上,阿年问管止深:"你知道陆行瑞的情况吗?他居然跟乔辛提出分手。"

管止深若有所思,良久,开腔道:"不太了解。"

阿年点头,那没有办法了。

"不过……你帮我留意留意陆行瑞吧，他身边是不是有了别的女人什么的。"阿年说。

"嗯。"管止深点头。

到了管家，晚饭还需要一些时间，阿年在房间里上网。

郑田给她截图，说你看，这是我给你QQ名字的备注，叫"小文秘"。

阿年回复：我有名字！或者不用备注了！！

小文秘……暂时的而已！

一边发火，一边把郑田的也改了个备注，叫"神经病"。

阿年是觉得郑田的确有问题，下午她姐也坦白说了，郑田没朋友，对男性一直排斥，非常反感，小时候母亲再婚，可能是继父住进家中的原因。

曾经看过心理医生，不过医生拿她没辙。

"神经病是谁。"管止深进来，俯身在阿年身后，手指动了动阿年的鼠标，蹙眉看了一圈阿年的好友。

都是同学，校友。

"我们办公室主任的妹妹，人很好，她姐让我开导开导她，她很排斥男人。"阿年说。

管止深皱眉："怎么开导？"

"我还不知道……"阿年托腮。苦思。

管止深不希望阿年接触一些乱七八糟的人，阿年心思单纯，吃亏了往往自己难受。

饭前，方云拉过阿年坐在沙发上，阿年以为有什么事要说，认真听着。方云问阿年："最近有没有什么反应？"

阿年不懂。

"困不困？"方云问。

阿年想了想，实话实说："困……总是会困……但是我没有怀孕……"

"用验孕棒试过了吗？"方云又问。

阿年摇头。

婆婆从包里，拿出了一个长方形的盒子，"早早孕检测试纸"几个字，进入了阿年的视线里……

婆婆备好了一支验孕棒，就这么拿了出来，阿年一时凌乱了。

"去试一试，试了才准。"方云劝阿年，就把验孕棒放在了阿年的手里。

阿年回头，管止深此时从楼上走了下来，他单手插在裤袋里，另一手中的手机搁在耳边，跟什么人通话中。下楼到出去，管止深一句话没说，也没有看阿年一眼，直接迈开长腿走了出去，到了门口，恍惚才传入阿年耳中一句……他说："现在你说。"

跟什么人通话呢？

还非走到门口外面，才说话……

在婆婆的注视催促下，阿年拿着验孕棒去了洗手间。关上洗手间的门，看着验孕棒这东西，阿年第一次碰这东西，还不会用。

情生以南

拿出来说明书，阿年按照上面指导的步骤逐一操作了，才进来不一会儿，外面婆婆就喊了："好了没有？"

阿年看着手中的东西。

放在一旁，洗手。

阿年打开了洗手间门的时候，方云直接走进来，也不觉得别扭，是把阿年当成了亲女儿一样的家人。

阿年，还是会有一点不自在。

"没怀……"方云说。

阿年失落……

方云有点沮丧，每天都在期盼对人宣布，我儿媳妇怀孕了，我儿子结婚了。可是，管家大家大户的，不得不把脸面看得重一点！为保不出什么笑话，家人同意儿子管止深建议的，等阿年怀孕了，再宣布结婚的这件事。

儿媳妇怀孕，就成了她当婆婆的一块儿心头重。

甚至有人在背后议论，她儿子管止深是不是不能生育？！否则怎么这些年，管家一直没有一个孙子？

家族接触到的这个圈子里，许许多多跟管止深同龄的，家世财富不如管止深的，也都成了家，有了孩子，有的都儿女双全。比管止深年纪小的，也都成家立业。这些家庭，皆是富贵，平日在一起聊天，不比别的，光是比较谁的儿孙福多。

久而久之，方云不愿意出去打牌，生怕别人提起这个话茬。话上不过分，让你翻脸不得，又实在听不下去，盼着孙子，所以觉得那些人的多话，句句刺耳。

管止深一直未娶，私生子也不见他有一个，这在一些人眼中，是很奇怪的。

其实方云很反感，反感那种在外头胡来的男人，尤其是搞出私生子，就算是盼孙子心切，也不希望儿子真那样儿。

外面这些人的想法就奇怪，认为管止深在外面一定胡搞了，至于为什么一直没胡搞出孩子，那是管止深这个人身体有问题。方云不能说让儿子去检查身体，怕儿子不高兴，34了，也不是小孩子，当妈的也管不得太多。

管止深没有结婚，外面的人也纷纷议论起来，是不是因为管止深不敢娶？他怕娶了女人回去，夫妻一直不怀，女方一定表现出不甘心。管止深若因为妻子而暴露了不能生育这件事，管家就丢了大人了！

34岁了，没个孩子，猜测管止深不能生育的话茬就此打开……

方云在外面，说儿子有了固定女友，也把儿子的女友当成儿媳妇了，外面一口一个儿媳妇的叫，夸赞。但那些人都不以为意，以为她是在说谎，找回点脸面。

方云被逼急了，当妈的不容易，尤其是当一个34岁还不结婚生子的儿子的妈，尤为不易！

方云把从别处听来这些话给儿子说，为了抱孙子。管止深倒平静，对母亲讲了一番安慰的话，叫母亲放心，他身体没有任何问题，他说他曾经让女人怀孕过，不过当时年纪小，没有认真考虑过结婚不结婚的这些事，便打掉了。

方云始终不知儿子这话真假，儿子说话有时看着像真，偏偏最后就是假的。有时看着就像假，不久就被证实是真。所以真真假假，也猜不透，没准儿就是宽慰之说……

急归急，这也不能说怀上就怀上，方云转身，变成了一副和蔼的笑模样，对阿年说："慢慢来，心态好一点，这才一个月，怀不上也正常……"

"嗯……"阿年点头。

虽然方云这么说了，可阿年还是偷偷地在心里郁闷，觉得自己好不争气。

司机接了放放回来，家中开饭。

管止深看出阿年脸色不对，问她："怎么不高兴？"

阿年老实说了验孕棒的事……

"好阿年……别为这个难过，我们的孩子在排队，还没到——"管止深反复安慰。

"可是在哪排队？"阿年无语。

管止深薄唇贴去阿年耳边，分外认真："我下面——"

阿年躲流氓一样，躲开了他。

吃饭的时候，阿年专心在吃婆婆和管止深给夹的菜，阿年怕婆婆误会，就说，不用换筷子夹菜的，一点不嫌弃。可方云还是怕阿年心里嫌弃，孩子老实，恐怕是不敢说出口，他当婆婆的就是阿年另外一个妈，难为一点没事，别孩子吃不好饭就行。

吃饭中，电话响了起来。

"放放去接……"方云说。

放放撅嘴巴，跑去接了电话，"你好，请问你哪位？"

"呃……"放放拿着座机电话，看向远处餐桌那一边。小声说："秋实姐你有事？"

"我家在吃饭。"放放又说。

这个小姑子，是有点抵触非嫂子的女人，比较分得清里外！

回到餐桌上，方云问女儿："谁打来的电话？"

"就是那个……"放放吞吞吐吐的。

方云看这孩子，以为小女儿又惹祸了，当即怒了："是不是你们老师打给我的？说——你在学校又怎么着了？"

"不是！"放放毕竟才16岁，经不住激，为了证明自己清白，就说了出来："是秋实姐……"

管止深抬头，目光定住在放放脸上："她说什么了。"

阿年低头，吃白米饭，眼睫毛动了动，动筷子，又吃了一口白米饭，小嘴儿咕哝，吃得飞快。

方云见此，明白，李秋实的事，阿年大概是已经知晓了。

不然，为何这种反应……

情生以南

"秋实姐本来是找咱妈的，我说妈在吃饭。秋实姐就跟我聊了几句，问我学习怎么样了，跟得上吗，我就实话实说了……最后，秋实姐说，我们家那边的房子我也找得到，放学可以去那边，她养病期间无事可做，帮我补课……"

放放一五一十地说，也没斟酌……可是阿年筷子一下顿住，什么叫"我们家那边的房子？"李秋实……老师，现在住在管止深家的房子里吗？

"不去，咱们家又不是请不起家教，回头妈来跟她说，让她好好养病……"方云一边说，一边看阿年，这话是说给阿年听的，怕阿年多心。

怎么能不多心？

阿年晚饭吃得最快，王妈收拾，家里人说什么都不让阿年伸手，王妈说，有人跟我一起收拾，我就乱了套了呦……

阿年只好作罢，上楼趴在卧室床上，安静中。

听到有人进来，多半是管止深，人已经走到了床边，阿年依旧安静……等他说什么，倒不是什么大事，不过一个类似前女友的人平白无故住进管止深家的别墅，这也说不过去吧？

身上一沉，某男直接把身体覆在了她的身上，阿年趴在床上，他趴在她身上。管止深蹭着她的白皙脖颈，最后蹭到了阿年耳边，问她："误会了吗。"

"是的。"阿年说最真的想法。

"那套别墅，以前的确是给她买的，算我欠她一份情的偿还，不是爱情。她说不要，不过一直住在那边，别墅在我妈名下，现在……我们不好直接赶人走对不对？"管止深问阿年的意见。

阿年拧眉，对手指中。

纠结地小声说："没说赶人走啊，就是心里不大舒服……"

阿年第一次，即使听了他的解释，仍旧不妥协，反抗得却也不是那么明显。管止深心里，开始正视了这个问题，进行换位思考，在阿年眼中，李秋实住在那边别墅，的确也真的不太妥当……

该处理此事。

"儿子——下来一趟，妈有点儿话跟你说。"方云在楼下喊。

"不要多想，先在楼上等我。"管止深在阿年耳畔说，在她脸颊上亲了一口，起身。

等他走了出去，阿年继续一个人趴在床上纠结。

生来就一副温和模样，好像会一直愿意妥协于任何事和任何人一样，但阿年自己了解自己，妥协中不包括她爱情里对一个人的占有欲。阿年可以对任何人做出让步，李秋实老师大概不行……原谅她一根筋了，想要捍卫属于自己的人……

楼下，方云推放放："上楼陪着你小嫂子去，你小嫂子一个人在楼上多无聊。"

"那我叫小嫂子下来一起看电视……"放放说。

方云一把抢下女儿手中的遥控器，电视关了！

"妈——你干吗!"放放怒了。

"你妈干吗,你妈现在就是不准你看电视!上楼!"方云也怒了。

放放哼气:"我真不幸……"

"上楼跟你小嫂子说说话,哥在楼下和妈有话要说……"管止深对妹妹道。

放放眼珠子转。"哥,你和妈说的话,不想让我小嫂子听见?"

"对。"管止深点头。

放放比了个OK的手势:"我去拖住小嫂子,让她不下来……"

"快去。"管止深眼神鼓励妹妹,一副你一定行,一定能完成任务的夸赞模样。

放放最经不住夸了,哥哥一夸,放放一般就立刻找不着东南西北,这一点,阿年比放放强那么一点点儿……

楼上卧室。

"小嫂子。"放放来了。

"放放……"阿年从床上起来。

"一起吃橙子吧。"放放给了阿年一个大橙子,脐橙,好大一个脐鼓了出来……阿年蛮喜欢吃的,接下了橙子。

放放拿出水果刀,切橙子,说:"小嫂子放心,我不会出卖你,你说吧……你想不想让我去秋实姐那里补课?我可以去帮你打探敌情……"

"敌情?"阿年囧,小姑子,你说的这没必要吧。

管止深若对李秋实上心,那才可称之为情敌,管止深若对李秋实不上心,那只可称之为路人。但若管止深真的一边安抚她,一边还去在乎李秋实,那么这种顾左顾右的男人,阿年自认要不起。

放放一脸认真讲:"是的,我去给小嫂子你刺探敌情,我会掩藏好我自己,比如我哥和秋实姐在偷偷约会了……我好及时告诉小嫂子你,来抓住!"

阿年咳:"你最近,在看宫斗剧吧……"

"重温了好几部经典的呀……"放放切开橙子,说。

阿年摊手,看吧猜得真是准,不怪管止深说,小孩子还是少看一点阴谋和阴暗太多的剧比较好,放放的思想都歪七扭八了——

"小嫂子你不用客气,有任何指示你就直接对我说,我一定替你完成,还会绝对保守秘密。我哥如果出轨,我第一时间禀报——"

小姑子你真的不是谁派来黑管止深的么——

"我相信你哥……"阿年说。

放放抬头不解,为啥直接就相信了,为啥不是派她去调查?在她的印象中,皇帝和妃子们,可都不是这样的……

阿年看放放那怀疑她哥的眼神,真想告诉放放,你这些话要是被你哥给听见了,你哥绝对要不客气地拍扁你。

阿年站起来。

"小嫂子你去干吗。"放放立刻拦住。

阿年："我去洗手间啊……"

"不行。"放放阻拦。

"为什么不行？"阿年诧异。

放放觉得小嫂子骗人，可能是要下楼去听哥哥和妈妈在说什么，怕她拦着才说去洗手间……好吧阴谋论的孩子刹不住车地在阴谋论中。拽住小嫂子坐在地下，指着盘子里的大橙子说："小嫂子你说为什么这个橙子的脐这么大？"

"因为它是脐橙……"阿年。

"可是别的脐橙脐都很小，有的都没有……"放放问。

被放放用力拽着手腕，阿年拧眉说："我要去洗手间放放，真的，别闹，我很急——"

"那你先回答我问题。"放放说，拽着阿年拽得更紧了。

"为什么这个脐这么大……"

阿年深呼吸，瞎掰道："那可能是它吸收得比较好……TT小姑子我要去洗手间……"想去一下洗手间的心谁能感受到啊啊啊啊……再拽着她，她就要忍不住因为着急去洗手间跟小姑子干架了……

放放怕阿年跑下楼她抓不住，就纠结。最后阿年去了洗手间，放放在楼梯口把守。阿年囧，小姑子完全出卖了婆婆和管止深，就是一副此地无银的架势。

楼下。

方云叹气："当初妈是真以为你们能成，到底一个抱孙子心切，盼着你结婚心切，才努力撮合着你和秋实。妈要把那套别墅给她，也是准备把她当成自己家人了，可这会儿有了阿年，妈实在为难，但愿你们小两口日后别因为这个拌嘴。"

"不会，阿年很讲道理，非常懂事。"在管止深的印象中，阿年就是讲理的好孩子。大事上很有原则，小事上也分得清，无理取闹的一面儿，只有跟他玩闹，单独空间里腻着他的时候才会有。

算是一种撒娇，依赖，信任。

用阿年自己的话说，就是：我出门面对别人，必须要带着脑子。在你管止深的面前，我觉得我似乎不用带脑子，我也希望这种模式，可以保持。那起码说明，我很幸福。不用想方设法就能得到的许多快乐，都是你给的，是不是？

离开这边，回家。

路上，阿年嘀咕："我是真想给你生个孩子，给你妈妈生个孙子……"

"不怕肚子被撑破了？"管止深笑。记得阿年做过这梦。

阿年："撑破了我也乐意……"

管止深点头，总会有一些生活中轻松的瞬间，让他忍俊不禁，阿年的声音，总会润透他的全身。

"我到底什么时候才能怀宝宝……"阿年闷声地说。

管止深安慰:"还在排队。"

阿年手托腮,看着车窗外的公路两旁,公路两边开满了小花儿,却因为黑夜了,看不太清。阿年叹气,"别忘了取号……"

情
生
以
南

Chapter 18 ◀◀◀
并不是永远的再见

星期天，周六早上八点半。

Z市某处别墅的门被打开，有三个人一起走进来，其中一个拿着别墅大门钥匙，李秋实出来，诧异："你们是什么人？"

"你是？"手中拿着别墅钥匙和文件夹的中年女人，打量着李秋实。

自我介绍："我是地产中介的老板，4月份受别墅房主委托，出售这套别墅。这不，现在带人来看房子了……请问你是？"

李秋实听明白了，这套别墅她当时没要，但一直在这边住着，后来去了上海，别墅空了许久。大概是方云准备卖掉别墅，恰好，今天有人来此看房子了。

"看吧……"李秋实让开。

看了一圈儿，大概二十几分钟，中介女老板站在别墅院子里，打给了方云，哈哈大笑："是，对这套别墅很满意呢！好啊……回头儿我们约一下，再详谈？"

"嗯……就这样，那就不打扰您了。"中介老板挂断。

看房的一对夫妻，在院子里转了一圈儿，问了一句："这里现在住着的人，什么时候能搬出去？"

"……"李秋实。

管家别墅，方云挂断电话，松了一口气。

其实那中年女人并不是什么中介的，就是她一个牌友，关系不错。平时瞎扯什么话题，那女人都说得像真事儿一样，演技天生就这么好，所以方云想到了她，拜托她去帮演一场戏。以方云往日对李秋实这姑娘的了解，一定会难堪地搬出去。

至于难堪，那也就稍微难堪一下吧，回头说开了，安抚一下就好。

另一处，管止深手机响了起来，他离开餐桌，出去接。

阿年一边用小勺喝粥，一边拧眉看了过去，管止深拿着手机，一直走到了院子里，才把手机搁在耳边接听的。

"我住的这套别墅，阿姨好像打算要卖了，一个小时之前，有人来这里看了房子，我妈刚才在问我，怎么回事?"李秋实无奈，加上几分纠结的声音，从手机听筒传出，清晰地传入了管止深耳中。

她是在……问他要一个答案。

"你去上海，那套别墅就被闲置了很久，一直没有人过去住，我妈这边……也确实念叨过，要处理几处闲置的房产。"管止深如实说。

"哦，是阿姨的意思，我还以为这是你的意思……"李秋实说。

管止深转过身，阿年咬着勺子在看他。

他皱眉说："前段时间，娱乐新闻上刊登的消息，不知道你有没有看过，说我赠与一名女子别墅，金屋藏娇，这对我来说影响很不好。Z市的这套别墅，还有上海的那套别墅，总共这两套别墅……我妈和我打算全部赠予你，你也清楚，我和我妈两个人，完全是两个赠与意思，我妈把你当成了儿媳妇，赠与你别墅，留住你在Z市长住，这件事我反省过，是我对你的什么举动多余了，导致我妈误会了你和我的关系，后来江律说，不是我对你的举动导致我家人误会，是因为……"

是因为……李秋实到底是管止深身边停留时间最长的一个女人。

也许在某些场合上，管止深与李秋实并没有亲吻，牵手，甚至眉目传情都未曾有过。但这平静的相处，在方云眼里，却充满了遐想。

方云见到这女孩子时，李秋实才24岁，长相不错，温柔可人，学历也高，不论是不是家世匹配，只要是儿子喜欢的，外加这姑娘人好，那么长辈这里就一切都好，管家并不注重对方的门楣究竟高低。

管止深记得，自己伤病痊愈，李秋实之后本要离开，她在等他表态。最后，她没有等来管止深的一声挽留，却等来了方云的挽留。

两套别墅，方云情急之下就打算这么送出去，给未来儿媳妇多少都觉得不多。

那时候方云知道李秋实有个老母亲，本意是让李秋实把住在南方的母亲接来，一起住着。

赠与别墅这件事，管止深不久便得知了，得知母亲是以送儿媳妇的名义，主动帮他出击追求李秋实，管止深惆怅，母亲这话，他要怎么去收回。

李秋实在照顾他的那段时间，两个人单独相处的时光，非常之久，在上海的无数个日夜，一个病房中共同度过。

对方对他什么意思，管止深能感觉到。

无数个夜里，他去感受病房内另外一个人的存在，无数个白天里，他看见阳光下她的

情
生
以
南

一颦一笑，时常失神。失神是因为，他知道了这个照顾他的女人，家乡在哪里，那么巧合，也是小镇上。

熟悉，亲切，那些小镇回忆总会浮现，可是无论如何，入了眼的这个女人，都不及阿年给他的心安感觉，大概世上每个人的笑容都不一样，总之，阿年唇角一弯的温和笑容，他不曾再见到过。

相似，却也总有差别。

只因那人不对……

照顾一个男人大概两年之久，不分昼夜，聊天沟通中，她说她来上海，从只为赚钱这目的，到渐渐变成了用心照顾。

对他，用了心了。

管止深喜欢听李秋实说起那边小镇上的习俗，每每她说起一件有意思搞笑的事，管止深总会想到，阿年在做那件事时，会是什么模样。

一定滑稽可爱。

母亲赠与别墅，他不想因为别墅，让她误以为，他在对她暗示要建立某种暧昧关系。

所以管止深说清楚了，这两套别墅，是两年，七百多天的酬劳。

他记得，当时她说，远在南方的母亲生病了，连续多个月需要缴医药费，她才通过朋友找各种赚钱的工作，放弃了出国工作的机会，来到上海照顾一个有脾气的烧伤男人。

管止深问过她，介绍你来的人，是谁？

她淡淡一笑，CC啊。

管止深听了，便不再说什么。

他从不相信过多的巧合，总会揣测，很多事情属于人为。

她也会时常跟管止深谈起自己的梦想，她有一个比较好满足的梦想，未来能拥有一座大房子，跟母亲两个人一起住，安享生活。

跟管止深的通话，并没有继续。

她说，要吃早餐了……

他也一样，阿年等他一起吃早餐。

CC是被她叫来的，李母出去了，在院子里。

早餐的餐桌上，李秋实跟CC说，帮忙找一个房子吧，租金不要太贵，怕住的时间长了付不起。

"秋实，你傻掉啦！真的要搬离这个大别墅？"CC摊手，盯着这个大别墅的餐厅看，"你听我劝，改变主意收下这个别墅啦！他只当你跟他赌气，不会觉得你贪心啦。你是肝部手术，怎么还坏掉了脑子呢？"

李秋实摇头。

不要别墅……

按照管止深的说法，这是酬劳。

七百多天的酬劳价值几千万吗？李秋实当初听了管止深的话，满心失望，她知道管止深有很多钱，几千万的别墅是打算彻底打发她这个人，打发她这对他动了情的心，因此，她就不要。

　　当年的她，并不知道阿年的存在。

　　她知道管止深精明，必定明白她对他的一片心意，所以管止深急于打发她罢了，她那时不收别墅，是因为不懂，管止深的身边并没有一个他喜爱的女人，为何她不可以跟他在一起？起码，她坚持住了照顾他，陪伴他度过了最艰难时期，两年之久。

　　他身体疼，她一样心也疼。

　　她不在乎他是否处在病痛中，不在乎他治疗期间身体上有多吓人。

　　最初见到管止深，他在病房中，她看到了他的脸上接近脖颈位置，有两块小伤，已经快要痊愈，绷带纱布下，她可以看得清楚他的样貌。

　　他是一个非常帅气的男人，五官端正，眉宇之间的锐气掩藏不住。

　　他的脾气很大，对前来看望他的家人，时常发火。

　　亲眼见他从一个糟糕伤患，恢复成了一个工作起来十分有魅力的精英男人，她也渐渐知道，他对在乎的人，其实通常是很体贴温柔的，这样的男人，她会爱上，这不奇怪。

　　沦陷了，想要尝试接近。

　　她不接受别墅，不接受管止深变相的拒绝和打发，也不会闹，不会去刻意地接近他。了解他几分之后，她总是认为，以退为进是对这种男人最合适的表达方法。

　　可是，管止深无动于衷。

　　管止深的心，稳如磐石，从不动摇，他总会让她有种错觉，管止深的心里，是否已有了深爱难以拔除的人。

　　她旁敲侧击地问过管止深的朋友，他们都说，印象中大抵是没有过，没见他对身边的任何女人暧昧。

　　如果有接近过他，并被他允许暧昧的女人出现，他们这些朋友，必定会知道。

　　比如李秋实的出现，刚一下从上海抵达Z市的飞机，大家就一个传一个地皆是知道了。

　　抱着跟方云一样的心情和目的，每次见了李秋实或者管止深，会开玩笑，叫秋实一声"嫂子"。

　　第一次开玩笑叫"嫂子"，是在管止深爷爷的生日晚宴上，大概也是这个阳历八月份，具体日子李秋实却记不太清了，许多管止深的朋友都在，给管老爷子贺寿。

　　而李秋实过去，是方云背着儿子做的主，在场人多，起哄开来，往往这种人多起哄的时刻，辩解就显得多余了。

　　管止深越是严肃地辩解，就越是显得在护着李秋实，在外人眼中，这里一定有暧昧。

　　这种暗生情愫，得不到回应的感觉，只在两个人彼此心中知晓。

　　有一次李秋实生病了，难过，找他，管止深真诚地坦白过，说他可能没有办法爱上另一个人，心里装着一个，尝试过喜欢另一个人，可感觉总不对，生活节奏也变得不对，那些尝试，便在他自己的臆想中，被他毫不留情地捏死了。

管止深从未对李秋实表达过爱意，李秋实单恋一个人得不到回应，是很痛苦的，所以，她在离开Z市去上海工作的时候，哭得伤心。

现在因病手术，重新回来了Z市，她看到了管止深的身边有人，阿年，曾经她教过一段日子英语的女学生。

那天在商场电梯门口遇到，坐下聊了一会儿，她猜测过，阿年是不是管止深一直心里装着的人？

让她这些天一直想不通的是，阿年和管止深相差了12岁，她去上海照顾管止深之前，管止深就跟阿年认识了吗？那时阿年才几岁，不到二十岁的小女生，不过才十七八岁大，管止深是怎么接触到的。

方默川对她说过，他的女朋友是阿年，是她曾经的一个学生，怎么那么巧，表哥表弟喜欢上的，是同一个人？

这其中到底怎么一回事，她链接不上，也好奇着。

送走了一直叽叽喳喳劝她的CC，她去了院子，对母亲说："妈，这边的别墅准备卖了，去上海之前我就跟他的妈妈沟通了，只不过这次回来，我忘了走之前我提起过卖别墅的这件事，我们搬到市中心去住，房子小一点温馨，也好打理。"她不敢对母亲说出实情，怕母亲伤心。

"卖了好，这别墅住着不舒坦，太大，妈住着怪不自在……"李母对女儿叮嘱一番，不能要管家的一分钱，不能让人看低了。

李秋实点头。

回去房间，关上房门她就联系了方默川……

早上，方默川还在租住的房子里睡觉，拿过手机接了起来，听了一会儿，皱眉起身："我表哥和阿年，我也不知道什么时候认识的。你怎么了？"

"你打算放弃我表哥？"他问。

走到客厅，倒了一杯水喝了一口，方默川叹息："我表哥，有没有真的爱过你？"

李秋实的回答，对于他来说，非常重要。

一直信任表哥，从大火烧伤的事件，他看到了表哥的大度和气量，但表哥的心里一定是恨着母亲的，也是恨着他的，只是掩饰了吧。表哥以前喜欢阿年，可是这些年，中间过了那么长的时间，表哥又经历了一个李秋实，怎么还会对阿年念念不忘？

那对于表哥来说，被抛弃的李秋实算什么。

他不得不以小人之心去猜测，表哥是否因为知道了他拿走DV，追求阿年的这行为，气愤，恼怒了，才处心积虑夺回阿年，对他报复。

表哥这是要跟他新仇旧恨一起算？这个说法，他总认为，有那么几分可以成立。

方默川始终难以相信，单凭一份DV记录，表哥都没有去真实接触过阿年，就能爱到这个程度？他，起码是真的接触了阿年，吻过阿年，牵手过，有过许多共同的回忆。

表哥有什么？一个人的DV记录，单相思罢了。

李秋实拿着手机，站在窗边，安静地思考了片刻，说没爱过？那等于是在说明自己的等待，叫做不要脸。

她缓缓开口："爱过吧，我不知道……"只是，这只是想，在和管止深共同认识的人面前，留下一分尊严。

"……"方默川。

中午，方默川开车接了外公，出去找了个熟地儿，喝茶下棋。外公好哪一口儿，他当外孙的非常了解。

"小子学会孝心了，不出去鬼混来哄外公开心。"老爷子笑。

方默川俩手搁在了腿上，拧眉，在斟酌这步棋怎么走，摇头说："我下棋的技术远不如我表哥厉害啊，外公，我表哥好久没跟您下棋了吧？他是不乐意看您输棋……"

老爷子当即怒了，手朝棋盘上一拍，一掌震散了要输的这棋，"你表哥下棋，也是他爷爷手把手教他的——你表哥那是吃水从不记着挖井人的这么个东西，不知这性子他随了谁……哪一日外公赢他一盘棋，那准是他有大事相求——"提起孙子，老爷子言语上尽是责怪，语气中却透着喜欢，宠溺，和满意。

"表哥一不小心，就技高了您一筹！"方默川整理棋盘，随口说道，"外公，您搬回来管家这老房子里住吧，家里人照顾也放心，我妈总担心您的身体，为此老和我姑姑吵，说我姑姑不孝敬您。我姑姑平时可总念叨您，我姑父每次来电话都会提起您，问您回来住没有？姑父还以为我姑姑对您不好，您才不爱回去，我妈没准儿总跟我姑父告我姑姑的状，我妈和我姑姑一直不和，您清楚，外公——我姑姑里外都冤枉！"

"小子，谁派你来跟外公说这番话的？"老爷子头脑清醒。

接过外孙倒的茶，喝了一口，盘腿严肃地问了起来。

方默川笑："没谁派我来，是我自己想说就说了。外公您不知道，其实我表哥很久不回家住了，不知原因。您回来了，就让我表哥也都回家里住吧。从北京回来，您怕我烦我妈总唠叨，让我先在姑姑这边住着，闲着时间多跟表哥交流学习，等事业稳定了再一个人搬出去，我现在想通了，我搬到姑姑家跟表哥学习，可是表哥——"

"你也没仔细去问问你姑姑，你表哥他，怎么就突然很久不回家里住了？"管老爷子问外孙，表情严肃。

"……嗯，这个，我表哥他……"方默川几次话到嘴边了，都顿住，抿起唇想了一下，才抬头说："我姑姑还什么也不知道，我表哥多孝顺，所以在搬出去住之前，已经找好了借口，我表哥说的话，我姑姑能不相信吗。不过我在外面，也听说了一点表哥的事，消息不知真假，都说我表哥……好像有固定同居的女朋友了。"

"34了，也该有女朋友了！没什么值得大惊小怪。"老爷子点头，心思走远，叹起

Chapter 18
并不是永远的再见

气，"这小子……有女朋友了，也不往他爷爷跟前儿带，催也不好使，唉。"

方默川随着外公点头，看外公，瞳孔里是浅浅的笑意，也学着外公的样子盘起腿而坐，他说："外公，我已经试了，让我表哥承认恋爱，这太难了。我表哥这人非常挑剔，您以前给他介绍的那些女人，哪一个差的？哪一个也不差。我一直觉得外公您的眼光很毒，您随便选的一个孙媳妇人选，打分那都得是优，可是我表哥总能挑出别人的毛病。"

老爷子爱听奉承话。

"精挑细选，大伙儿一个个地给他精挑细选，废了苦心，愣是一个没成。"老爷子提起这个，就叹气，紧紧地拧起眉头。

给孙子找媳妇儿，从十四年前，老爷子就开始四处托人找靠谱的，漂亮，配得上孙子的，孙子刚过二十岁，长得那叫一个一表人才！

管止深那时诚恳地对爷爷说，爷爷，我在国外慢慢给您找孙媳妇儿，千万别急。而且，二十岁结婚这太早了。老爷子听了，直气得想抽这孙子！

二十结婚早？你爷爷十九岁就完成了给管家传宗接代的任务！

因为给孙子介绍女朋友这事儿，管老爷子落了老战友们无数次埋怨。

管止深不赴约，成了远近闻名的相亲鸽子王……在圈子里出了名。

因此也让许多名媛好奇，到底这是怎样一个贵公子。

一直到今天，单身的管止深会时常在媒体前露面，虽是保持缄默姿态比较多，但这也让一众名媛更加倾慕他这个性情神秘的男人。

方默川想事情，一想就走了神儿，在外公的严肃眼神下，他坐直了身体。

外公不喜欢坐没坐相站没站相的人，偏偏方默川就是这么一个连睡觉都不老实的人。这个坐姿，打小是一脚一脚被外公给狠端出来的。

端也端了，该歪歪扭扭还是歪歪扭扭，这会儿，盘腿而坐，腰板不直，是外公眼中的大忌！

坐直了腰板儿，方默川说："外公，让我表哥早点结婚生子，给家里冲冲喜气这个重任……可就包在您一人身上了。我倒是可以跟您里应外合，就是您得给我保密，不能让我姑姑和姑父，还有我爸妈，这些人太早知道这件事，提都不能提。我表哥这边有什么动向，我也及时汇报给您。保密是因为，万一表哥和对方最后不成，让人心里惦记的好事落了空，那显得我太缺德了。我过去住，愿意配合外公您，您只管回去住一段日子，逼我表哥回来，我表哥如果回来了，慢慢就受不了和女朋友分居住吧？到时候，一定会忍不住寂寞，公布恋情了。"

方默川说完，期待爷爷表态……

老爷子把这话听得认真。

孙子，外孙，都是诡计多端的小子。

诡计多端在管老爷子看来，这都不是什么坏事，只要人心本意不坏，那这诡计多端也都是人生来带的本事！

老爷子咳嗽了一声，严肃地开口，说道："你这些话，外公认认真真地从脑子里都过了一遍，让你姑姑和姑父，你爸你妈他们心里……最后落了空，就显得你缺德了……让你这个八十多岁的外公，心里落了空，这就不缺德了……"

"外公，最近莫不是遇着哪路神仙？怎么八十多岁了脑子还转得这么快，尽挑我语病了——"方默川眉毛差点立了起来。

"八十多岁了——老子也照样不糊涂，还能收拾你小子些年头——"管老爷子咬牙切齿，气得瞪眼，手纹粗糙的左手按着茶杯盖子，抓起茶杯就要朝外孙扔过去！

方默川吓得立刻——跪直！

老爷子的手……颤颤巍巍放下，茶杯，搁了桌上。

方默川举手发誓，真的不是故意气外公的，听老妈说，他这改不了的坏性格，和年轻时的外公，一模一样。

这话，还是在他在高中时干架，打破了别人脑袋，外公一边恼怒，一边嘀咕出来，被母亲听到……

星期六这天下午。

老爷子打了家中的电话，王妈接的。

听了老爷子的吩咐，回头儿立刻给方云去了电话。

方云接了，走出办公室，给儿子打了过去。

管爷爷要回管家老宅吃饭，见孙子和孙女，一家人齐全着，管止深必须得回去，别说没事可忙，就是有事在忙，也得暂且放下，陪爷爷吃饭，很重要。

只是，阿年要一个人在家了，这种家庭聚会，阿年本该在席，只是，还不太合适，为了未来幸福的稳妥，要忍耐下来。

阿年说没事，我去找向悦玩吧，等怀了宝宝，再说。

管止深回家之前，先开车送阿年去的向悦那边。

看着阿年上楼，他才放心地开车离开。

他不知道爷爷怎么突然，要回家吃饭。

向悦问阿年："有信心吗。"

阿年看向悦，淡淡地说她有，没做什么犯法的事，没伤天害理，只是感情上缘分那么荒唐，从表弟身上转移到了他表哥身上，会叫老人长辈不解吧，会偶尔觉得不是个好女孩子。

总有一天，会理解的，是不是。

和管止深分开，是六点半。

八点左右，阿年接到了管止深的来电。

他问，吃饭了吗。

阿年说没。

管止深说，别在外头吃没营养的，妈给你装了一个饭盒，很多你喜欢吃的。

所以，八点多，阿年见到了管止深。

他开车来接她，向悦出来送的。

抱着饭盒回家，路上，车停在了不违章的路边，阿年猜测，他可能回家一趟回来，有话说。

打开饭盒，准备边吃饭，边听。

管止深一只手把着方向盘，说："爷爷要回老宅住了，说让我也回去住，我以为爷爷是开玩笑，爷爷说是认真的。不知道具体什么原因，就非要让我回去住。"

"……"阿年。

为什么呢。

阿年拿着筷子，有点怕，是不是爷爷从什么途径，知道了她的存在？然后，开始逼着孙子抛弃她。

对一个跟表弟恋爱过五年，两个月却又爱上表哥的女孩子，长辈一定分外嫌弃，讨厌。

"我问了爷爷，什么意思，爷爷始终没说出。"管止深解释，"我分析，我父亲不在家中，爷爷是不是怕住回了家中感到无聊？再有一点，自从我姐和我小外甥儿去世，爷爷就再没回过家里长住。爷爷回去，想起我姐和外甥会难过，爷爷喜欢小孩子绕膝之乐，也非常喜欢我姐，从小就很疼懂事的大孙女。"

"你爷爷，后来搬出去住的，还是一开始就在省委院子？"阿年问。

"我姐去世，爷爷才搬出去住，爷爷也打算卖了这房子，但我爸不同意。"管止深说。

阿年静默了一会儿，并不反对他回去住，这个时候，如果孙子坚持不回去住，日后，爷爷知道孙子是跟她在一起，会埋怨的吧？

更要说她缠住管止深了。

"宽慰了老爷子的心，让爷爷住家里没了心理阴影，不会再总想起我姐和孩子，我就出来。机会适合，我会跟爷爷提起你，我希望我们一家人可以和谐地生活在一起。"管止深对阿年说。

"嗯，我真的没事。"阿年说。

她低头吃白米饭，吃得飞快，很好吃的样子来遮掩小小失落。

管止深说过，他姐和姐夫离婚了，他姐带着孩子在家中生活了一年多，管爷爷对那小孩子，喜欢得紧，整日一口一个曾孙子地叫，突然去世，且是一家两口，老人受到的打击不小。

管止深回去，阿年理解，只是突然要跟他分开住了，有一点不舍得罢了。

吃饭，补充能量，坚强一点啊。

管止深下了车，阿年吃饭，看他站在车边，垂首，点了一支烟。

抽完了一支烟，他上车。

阿年也吃完了，饭盒收了起来。

开车回去的路上，他研究阿年一个人怎么住？一个人住在房子里，管止深不放心，他晚上别指望睡了，惦记。

阿年说，我住到向悦那里去，管止深摇头，不行。阿年问，为什么不行？我俩的话，晚上很有意思啊。

管止深蹙眉，不知阿年是真不想那方面的事，还是故意为难他，晚上虽是回了老宅住，可是偶尔，他会夜不归宿。

管止深开车："这样，你先跟她住着，那个……我再安排。"

"咳，好……"阿年答。

开车回家的路上，管止深特意经过了爷爷住的地方，阿年在Z市四年多了，还不太清楚这里什么样子。车缓缓经过，阿年转头看，只觉得黑压压的，一片树，树中隐约可见的是建筑物，大门口在视线里，一闪而过。

"建筑物没看清，不太高。"阿年说。

管止深对阿年说："最高三层，院子里非常大，这是一片老建筑物了，多年前日本人留下的。"

"哦，怪不得看着风格不同于别处。"

管止深又转头说："早就让爷爷回老宅住，爷爷不听劝。这院子里树太多，去年夏天，爷爷的屋子进了一只小蝙蝠，保安没找到，我去抓了，那时就劝爷爷回来住，都劝不成，这次主动要搬回来，我得尽力先稳住爷爷，八十多岁，不容易。"

"你还会抓蝙蝠？"阿年惊讶。

管止深挑眉，眼眸深邃："我就不会生孩子……"

嘁，阿年无视他的自恋。

阿年说，现在就回去休息……太早了。今天星期六，明天又是星期日，不用早起上班的美好日子，那就在外面转一转吧！

她是想着，让心情好起来一些，再回去的。

管止深点头，同意。

他开车在路上，行驶在车辆稀少的这一段，车速非常的均匀，不算快。

奥迪车经过了Z市的市中心，这个时间，市中心堵车堵得并不过分。天窗打开着，车窗也落下了，阿年干脆就脱了鞋子，可爱的卡通小袜子露出来，蜷缩着腿坐在了副驾驶座上，靠窗窝着。

阿年怀中抱着方形外观的饭盒，这个姿势，对于小胳膊小腿儿的阿年来说，很是舒服。她听见管止深手指指着说，这里是什么地方，街道叫什么名字。其实他说了阿年也记不住，来到Z市的这几年，除了A大那一带，其他地方阿年即使去过，也都不熟悉的。

管止深蹙眉说，二十五年前的这条街，是一幅老旧废弃模样，他在十一二岁时，曾被爷爷领着来过这里，下了气派的车，跟在威风的爷爷后头，他总会看到，别人对他投以羡

Chapter 18

并不是永远的再见

149

慕的目光，其实，他只是跟爷爷路过，下车买些鞭炮罢了。

阿年看他，成熟魅力的男性侧脸，他没有多说一些小时候的事，只是手把着方向盘，深邃视线在这条街上，久久方才收回。

忽然，他皱眉说道："爷爷的脾气，其实……很好。"

像是一个人的，喃喃自语。

阿年便没有搭话，他家，好像也蛮复杂的。

手指抠着饭盒的棱角，阿年眨着乌突突水般眸子，那双眼睛，夜晚里显得更柔和好看。阿年一手抱着饭盒，一手支着额头，她看着前方的路，想起婆婆方云对她说过——管止深小的时候，也有不叫人省心的那股倔脾气，跟隔壁家的小子干架，人家的家长抱着"惹不起你我们还躲得起"的心态，把孩子搜到家里去了，不准出去。

管止深哪能服别人！

跑回家从书包里拿了一盒子的摔炮儿，隔老远扔不进去，爬人家墙上站着，往人院子里扔，往人家二楼窗子上扔。

摔炮这东西，里头火药，一扔一个响！出不了什么大事儿，但这东西毕竟也不安全。

家里人够淡定，可是惊得人家院子里大狗不淡定了……朝他叫。

管止深不懂事，往狗窝里扔摔炮儿，狗直接吓尿了——那狗许是记仇，在那年夏天的某日，把他追出二里地，成功咬伤，才松口。

因此，管止深天不怕地不怕，唯独怕狗。

前段时间管止深一次来接阿年，在向悦这里，阿年抱着和方默川养过的那小泰迪犬，逗它朝管止深撒娇，阿年让狗爪子碰管止深的大手，可管止深垂眸，怎么看，都不觉得这狗可爱，依旧反感。

惹得阿年几次都差点要当面说他童年糗事，但觉得一些事情应该埋在心底当乐子，当一份独有消遣，说出来，大概就不好玩了。

管止深小时候，也曾仗着爷爷和老爸的宠爱，做过不少坏事。长辈们都认为是惯的！管家和方家再有第二个男丁，不能惯了！

而管家和方家的第二个男丁，方默川出生比第一个晚了九年，盼得辛苦，所以方小子出生之后，两家都分外高兴。家中无人有重男轻女观念，但圈子里那些重男轻女的人，你想忽视都忽视不了。

方云第一次生了个女孩儿，办满月酒是要的，且得办得稍微隆重，地位叫管家的人低调不得，每一个前来祝贺的，满面笑意，嘴上说得也分外好听，可那有一多半是假话。

嘴上说着女儿好，女儿好，心里取笑方云，怎就生了个女儿？管老爷子这儿子也忒没眼光，换做娶了别人，那第一胎可不就是一索得男了。

当时方云一般大的女人，嫁了人的，许多生男。

现在，方云一提起三十六七年前的事情，还一股火一股火地往外冒。小姑子管三数言语犀利地讽刺这个嫂子，生个女孩子，给管家丢了人了！

方云有脾气没处发，丈夫常年在外，偶尔回来家里看看孩子老婆。

生了大女儿之后，方云就盼怀孕，加上心急了，丈夫不总在家，就迟迟怀不上，大女儿两岁多，才怀了第二胎。五个月多，看肚子人们就都说是男孩儿，方云摸着肚子不敢先笑。

直到生了，扒开一看，是个带把的够精神，当妈的激动，直哭。儿子满月酒上，方云可算才扬了眉，吐了一口气。

大女儿取名管止絮，因那时一家人已住进了老宅，看风水的人在家中一通神说，长辈们，宁可信其有的，就给大女儿名字中间搁了个"止"字，有"拦阻"之意，拦阻一切靠近的霉运、衰事。

后来的管止深，一样中间用了这个"止"字。在管家越来越好的那些年，管老爷子，还认为风水迷信有那么几分可信，起码，管家事事如意。

直到管止絮和孩子去世，管老爷子打算卖了老宅，再也不信迷信这一说。

管止深不能改名了，小妹妹还小，大姐去世，她才不到十岁，管爷爷给改了名。

老爷子找了几个字，放放自己抽到的一个"放"字。

放放还不是家中改名字的第一个人，方默川出生之前，家中就给准备了，生了男孩儿就叫"方宇川"。出生之后，方默川就哭，白天哭，晚上哭，半夜三更哭得更甚，要开着灯慢慢哭，如果管三数把灯关了，方默川就准能哭成一个撕心裂肺，嗓子哑了都不带停的。

老爷子张罗着给改名！

把"宇"字改成了"默"，希望这娃娃能沉默起来，不要哭了。不过……小子还是透亮着小嗓子，一直哭到给他上完户口。

方默川长大之后，十六七岁，认为有表哥真好，尤其是有一个你惹了大祸，他真罩着你的这表哥，跟亲哥一样。

管止深没有过分溺爱方默川，表弟十六岁，管止深已经二十五，时常跟表弟聊天，管三数希望儿子懂事早一些，在这种大家族里，懂事晚的男孩子，注定了要吃亏。

总教育方默川，让儿子不要听了表哥的话嘻嘻哈哈过去就拉倒，看儿子一副左耳听右耳冒的样子，当妈的就来气！

方默川表示他真听了，举手发誓：妈——我对表哥的尊敬，连起来可绕地球三圈儿……

那时方默川手里拿着一杯热奶茶，香芋味，电视上的很多广告词，都成了人们口中拿来说呵的玩笑。

方默川懂事，可能他的懂事只有表哥管止深知道。

方默川平日玩和学习两不误，总是分得清楚。方默川十七岁时听了母亲一番话，他才明白，母亲对他，某种目的上太急了。

外公早就对他说，近朱者赤，你表哥成年以后接触的都是一些什么人？所以你表哥现在很优秀，你要多跟你表哥接触，以后也差不到哪去。

管老爷子在外孙面前，从不吝啬于夸赞自家孙子管止深，甚至有时，老爷子故意夸大其词地赞赏孙子。若是外孙连这个都嫉妒，那多少是有些心胸狭隘在内，不敢勇于承认别人的好。若有一颗嫉妒的心，那么这个外孙的将来，管老爷子则是另有一番打算的。

还好，方默川不是，一直很虚心地接受一切教育。

他不傻，一些道理说得通他，他从心里对别人佩服得很。

方默川知道母亲对他抱着什么目的，他就在想，属于管家的一切，他一个外姓的人，为什么要争。

也许是从小衣食无忧，认为一大群人呵护他，很满足了，也从不曾想和表哥为敌，分拿本属于表哥的一分一毫管家大家业。

在母亲管三数面前，他表现得不懂事，母亲把他逼急了他就惹祸，他看着母亲一边对他头疼，一边在外公面前保证：您这个小外孙年纪还小，犯错也正常，也都是我从小娇惯他导致的……

外公迟迟不给他什么，母亲偶尔喝多了面对外公，就言辞激烈，叫一声：爸——我是不是您女儿？您别总觉得我们默川不如您那个孙子，"三辈不离姥家根儿"这话可是您总看着您自个儿外孙说的！

第二天早上，阿年起不来。

探讨起不来床这个问题，阿年说，过了夏天就好了，一年四季真的我就夏天赖床。

管止深说，不对，据我所知，一年四季你都赖床……

阿年总是惜，他哪里来的那么多"据我所知"，偏偏，每一个"据我所知"，说得都那么靠谱儿，好像两个人认识已久一般。

"九点了，起床。"管止深叫她。

阿年，"哦。"

哦了一声，继续翻身睡了。

管止深侧躺在床上，已经穿了衣服，手伸进了阿年的睡衣里，阿年痒得动了动，最后，被他逗得在床上实在呆不下去了。

无奈，想要一鼓作气地起床。

可是那总归……是想而已……

"怎么了。"管止深见阿年起了一半，又趴下了。

阿年迷糊，咕哝："你给我勇气啊……"

勇气，管止深咳，"加油。"

迷糊地，被管止深领着走出卧室，他怕她没睡醒撞门上。

昨晚就说好了的，今天早晨不在家里吃，去外面吃，去A大门口的早餐店，阿年想念已久……那边的早餐。

管止深开车。

在Ａ大门口吃完早餐，两个人一起回到家中。

他今天要去接他爷爷回家，早上，先送阿年离开这个家。管止深拿了阿年的行李箱下来，放在了外面的车上。

阿年站在楼梯口，呼气，转过身悄悄地摆手，家，Bye……

管止深站在外面，望向了室内的阿年，见她转过了身去，一直看着楼上，他并不知道阿年在看什么。

在外，他等阿年。

十点不到，向悦站在小区门口等阿年来，看到了管止深的车，停下，管止深拿下行李箱，向悦带路，一起上楼去了。

"放在这个房间里吧。"向悦说。

是打算，和阿年一起住的。

阿年脸红，扭扭捏捏地不知如何开口，那个啥，管止深说了，不同意她和向悦住一个房间，也许他偶尔会来做客，不方便。

"这个吧……"阿年指向那个，本来向悦和乔辛一开始就给阿年留的房间。

当初，是怕阿年挨欺负，才准备了一个房间，在Ｚ市，租三室的房子，跟两室的房子，价钱上没什么大差别。

向悦在，管止深叮嘱了阿年几句，便离开了。

"他怎么那么严肃。"向悦皱眉，吐槽了一句阿年家男人。

阿年也皱眉："不是，他平时一点都不严肃。"在家单独跟她在一起，一点都不严肃，一面对外人，不熟悉的，便一张严肃脸。

"哦，那估计他是没把我当朋友呢。"向悦说。

阿年摆手，真的不是这样，希望向悦不生气，阿年望天儿……"他，其实怕生。"

向悦猛劲儿咳，管止深怕生？开什么玩笑！阿年你护着人的时候，先打一番逻辑对路的草稿好吗！

阿年和向悦下楼溜达，接到了郑田的来电，阿年说了位置，说是和朋友要出去玩儿的，郑田你要一起吗？

郑田说好。

向悦问郑田是谁，阿年说，校友，都是Ａ大毕业的，同一年。

等郑田的时候，阿年和向悦路过药店，阿年嗓子不舒服，去药店……向悦见她买了一盒喉宝……

向悦脸红，盯着阿年瞧："那个什么，阿年，看你平时很腼腆啊，那方面……你也太卖力了。你们家管止深爱死你了吧——"嗓子都"叫"疼了呢，捂脸。

"哪方面？"阿年拆开喉宝盒，看向悦捂脸的样子。

几秒钟，阿年忽然懂了，踢了向悦一下："瞎说什么！就是昨晚被子没盖好，凉着

Chapter 18

并不是永远的再见

了，嗓子不舒服……"

俩姑娘，脸红红的，站在路边凉快处等人。

向悦问阿年，突然要这么分开住了，什么心情……

阿年摇头，也说不好到底心情怎么样。

心里想的是——好比外婆曾养过一只大肥猫，日子短，感情倒是不深。外婆住院之后暂放在了别人家，那家刚巧缺一个大猫抓老鼠，外婆后来出院了，身体不行，猫总是乱跑，舅舅和舅妈没时间经管，猫又不认得家路，就再也没有拿回来。

大肥猫，一开始离开外婆也许是不舍得，可是到了陌生人家早晚也要适应，等到真的适应了，主人也不来找了，那就把暂时的分开理所当然变成了永远分离。

不过，人怎可和猫相比较！

阿年只是有些感触罢了，相信有一天，管止深一定会把她重新带回家中的。

并不是永远的再见。

Z市某一条街上，按了挂断键，管止深开车来接爷爷。

回家的路上，红灯。

老爷子对孙子说："晚上，下了班就回来家里，应酬少一点，爷爷希望，咱们家里头能热闹些……"

"好，下班一定早点回来。"管止深点头。

回家陪爷爷很重要，陪阿年一样很重要，他会合理分配，也会尽快……让阿年成为他身边光明正大见长辈的女人。

老爷子忍耐，瞧着小子一副淡定的样子，老爷子就暗自佩服自己的孙子，这沉稳劲儿，像他爷爷！如果在外面真的和女人同居了，就这么突然回来住了，又是被叮嘱晚上早归，都不反抗，面不改色，那这小子真沉得住气！

"嗯——"老爷子嗓子不舒服，使了个动静！

绿灯了，车辆行驶。

老爷子再悄悄想着办法，到底怎么样做，才能让孙子带人回来给他见一见！

"止深哪，跟爷爷交个实底儿，喜欢什么样的姑娘。"老爷子问。

管止深不避讳谈这个话题："没有具体标准，看上了，温柔还是泼辣，聪明还是迷糊，都喜欢……"

"上次那个，照片派人给你送了，人还没见，过几天——叫家里来见！爷爷也看看！"老爷子说，观察孙子的表情。

管止深一派从容。

星期天方云也会去医院，管老爷子今天回来，方云本不想去医院了，得在家中迎接公公。

管老爷子知道了，摇头，第一天回来，老爷子想清静清静，怕会把女儿管三数招了来，徒增心烦。

到家的时候，已是中午十二点多。

爷孙二人进去，王妈倒水，家中司机的车随后也到，把管止深车上的东西搬了进来。

沙发上坐下，管爷爷看了孙子好几眼……

"爷爷，这么盯着我——我瘆得慌。"管止深察觉，莞尔道。

老爷子笑："我孙子——今儿看着比以前还精神许多，告诉爷爷，是不是交女朋友了？这是好事，有了不许瞒着爷爷——"

管止深也笑，"爷爷，交女朋友就……"

话未说完，爷孙二人听见车声，一起看向了外面。

方默川的车停下，打开车门，下车，手中的一罐功能饮料喝了一大口，剩下的随手扔在了地上远处树下，他从车后座，拿出了一个行李箱。

"砰"一声，关上了车门。

方默川拎着行李箱进来，刚走到门口，管家的司机下楼就看到了，跑过去准备接过行李："默川少爷，把行李给我。"

"叔叔，您歇——"方默川没接受，自己拿了行李箱进屋。

他把行李箱搁在沙发边上，坐在管止深左侧的沙发上，白皙好看的手指揉着眉心，仰头靠在沙发里，身体一歪，躺了进去，叹气："外公，我真怕我住不惯……要是哪天您见我晚上没回来，那准是我这两条腿认路——回了往天住的地儿。"

"往天住的地儿？"老爷子听着，蹊跷。

方默川反应过来，老爷子最爱挑人话里的不对之处了，赶紧说："往天住的地儿，住……我妈我爸家，这个解释。"

老爷子点头。

"就给我老老实实地在这儿住着！从北京回来也有俩仨月了，还没玩够本儿？外公这回——亲自看看你，省得你小子混，最叫人不省心的就是你小子——"

"外公，您损我的时候能别咬牙切齿吗，这叫我怎么住？"方默川忐忑模样。

老爷子笑。

管止深收回探索的视线，原本他看到默川来，带着行李，便多心了。现在听来，多半是爷爷逼着默川来这里住。

这个爷爷的外孙，他的表弟，的确需要严厉的人看紧一点。

老爷子折腾了一路，需要休息片刻，缓缓。

管爷爷躺下了，那个屋子里如同从前，不开空调，远远地开着一个电风扇，窗子也开着，在一楼。

王妈出来，对站在外面研究车的管止深和方默川说："也不知道该问问谁，老爷子每天都吃些什么药，这头儿好准备准备。"

老爷子随身带着心脏病药，别的药刚才王妈没看到，王妈知道，老爷子平日绝对不是

情生以南

就吃这一种药，好几样的。

管止深点头："回头我问。"

"晚上我都准备回来……"王妈说完，进去忙了。

方默川看管止深，眼神恍惚了几分："表哥，你这次回来住，打算住多久？"

"看爷爷的情况。"他皱眉，视线看向了街道另一边。何时……阿年能一起来，快乐地，无所顾忌，在他眼下走动。

管止深问了照顾过爷爷的人，爷爷都吃什么药，几点吃哪一种。随后他开车去了医院一趟，拿到了爷爷吃药的清单，不用麻烦王妈。

碰到刘霖，刘霖问他："今天怎么有空来？"

"这个你看看，上面的都有吗？"他把单子交给了刘霖，刘霖接过，看了一眼，"都有，你现在要的话，我马上去给你准备。"

"嗯，辛苦。"管止深点头。

走了两步，又转身对刘霖说："送到我母亲办公室，我去那边。"

刘霖点头。

管止深对母亲叮嘱了几句，暂时不要说阿年的事，他认为时机还不成熟，阿年，平时挺快乐的，坚强不坚强他还不清楚，所以稳妥了，他才放心。孩子，能收买母亲和爷爷的心，父亲的心，孩子，也能拴住阿年这个人，让她能不退缩，不逃。

对他来说，两边，都失不得。

方云叹气："妈看，这事儿早晚得露！默川被你爷爷逼着来了这边住着，你也被你爷爷叫了回来，委屈了阿年那孩子了咱们先不说，就是这茶余饭后的，你们几个爷孙聊天，早晚也得聊出事儿来！"

管止深淡笑，并不说话。

方云一身白大褂，看儿子："儿子，你跟妈说句实话，你说阿年和默川的女朋友有过节，怕阿年和默川撞在一起闹开了，这话都是蒙妈的吧？妈和你爸研究过了，这话一点都不靠谱儿，我们没问你，是放心你，你八成是有大事瞒着你爸你妈。"

"妈……别问了，也别多想。"管止深闭上眼眸。

方云看儿子这副样子，也不多说，儿子始终让她放心，她也怕多说了让儿子烦恼，有压力。

不过还是叮嘱了几句："咱们管家不是事儿多的人家，没那么多苛刻的说道儿。爸妈是什么人，你了解，咱们家找的儿媳妇，要求不高，人本分一点，不是什么坏心眼儿的孩子，妈就喜欢。"

管止深点头。

刘霖送了一小袋西药过来，在方云的办公室，把管止深拿来的清单，重新分别写成了几个纸条，用胶带贴在了瓶身上，刘霖说明："几点吃哪一种，治疗什么的，用法用量，都清楚标注上了。"

"这样看得比较清楚。"管止深放下手中捏着的小瓶子，这是一瓶降血压药。

王妈看不清有些药物的说明书，字太小，还有一些毫克单位，王妈也搞不懂怎么回事，怕剂量大小错误了，导致老爷子身体出现问题。刘霖这样标注上了……四分之一片，二分之一片，王妈看一眼就能明白。

管止深离开了。

方云交代刘霖："止深来给他爷爷取药这件事，先不要告诉你三数阿姨……"

"知道。"刘霖表情淡淡。

管三数和方云之间不和，但方云从不把管三数当成敌人，毕竟是自己丈夫的亲妹妹，关上门还是一家人的。刘霖跟在管三数身边久了，也知道一些这里头的事情，站在旁观者的角度，刘霖看得出，方云是一个以家庭和谐为主的人，很善良。

"刚才看到单子上写了，明早六点，老爷子要测血糖。"刘霖说。

方云点头，"嗯，我记着了。"

说完，方云皱眉想了想，片刻后，微笑地抬头看刘霖："明早你有没有事？早上过来家里吃饭吧，最近就负责给老爷子测个血糖血压。"

刘霖不懂，为什么？

可是不好拒绝……

点头，淡淡地说了句……好的。

方云一个人在办公室里，拿起手机，几次想要打给丈夫，问一问，到底儿子心里藏着什么不跟家人说。

最后，到底没敢打。

也怕丈夫发火，跟儿子吵起来，再惹得老爷子生气，八十多岁气不得了。

下午三点多，阿年接到了管止深的来电。

他约了她见面，下午四点半，准时。

郑田和向悦一拍即合，成了好朋友，阿年有约，她们只好一起吃麻辣火锅去。向悦管郑田叫姐，说你酷酷的，必须是姐！郑田听向悦说起暗恋的男生，从小时候到长大，一直没有变过，郑田无语，男人，有什么好的？一个人不是挺好的嘛……

相处的几个小时，郑田拼命地给向悦洗脑，阿年纠结，向悦彻底相信了阿年的话，这个郑田，哪里都好，就是排斥男人这一点，严重有病的。要说性取向有问题，那也好说，偏偏没有问题，那么是恋爱受过刺激？也没！

管止深开车接了阿年，一起用餐。

餐厅内的环境非常好，他点的东西，阿年负责闷头地吃。管止深说，默川也住进了家里。阿年诧异。他又说，是爷爷逼着住过来的，担心默川总这么吊儿郎当，要每天看着。

阿年点头："这样也好，他早点好起来，我也开心。"

尴尬的阿年，朝着对面最亲近的男人，笑开。

管止深点头，蹙眉。

阿年担心，万一在没有怀孕之前，就被方默川说了，或者默川一不高兴，就故意为难，那怎么办。阿年也怕，叫管止深先不要摊牌，还是再等等，挺住一天是一天，万一最近就怀孕了，总是每天都抱着希望的。

管止深安慰阿年，没事，每一个安静等待怀孕的日子，都是幸运的。

喂饱了阿年，管止深送他家阿年回去向悦那边。

车停在了小区门口，管止深俯身，解开阿年的安全带，就近，亲吻了阿年，突然袭来的气息，让阿年恍惚，安静地坐在副驾驶座上，被他的上身压下，吻在了一起。

气喘吁吁中，阿年推他，有人。

管止深放开，"晚上，我再过来？"

阿年摇头，"第一天回去住，还是不要再出来了。"

这才分开睡一晚而已啊。

没有管止深在身旁的第一晚，阿年辗转难眠，想要给他打过去，又怕他不方便接听，室内关着灯，阿年看着黑漆漆的夜晚，拿出手机，给他发了微信。

好久没有得到回复，阿年查看，从给他安装了微信开始，每一次跟他的沟通，都没有得到回复。

究竟，是为毛？

太烦……卸载了？

阿年打给了放放，放放接了，小声地说："小嫂子，我哥在客厅陪着我爷爷下棋呢。"

"下完棋，你问问你哥，他的微信为什么不看？"阿年说。

放放笑："我哥短信都不看的！"

"为什么。"阿年觉得这人不正常。

"可能觉得不好玩，我哥平时严肃，但是爱摆弄有意思的东西。"

有意思的东西？

放放在那头惊呼："小嫂子，你说如果告诉了我哥，微信可以摇到美女，他会不会玩上瘾？"

咳，阿年怒，小放放你把我置于何地了。

叹气，"摇到的不一定都是美女，也有人妖啊——"……和搞基的。

挂断的时候，阿年告诉放放，不要告诉你哥我给你打过了，让他陪着爷爷吧，她没什么重要的事情，就是乱发的。

放放，"哦。"

阿年睡不着，失眠。

从此，天南地北；从此，只忆往昔

清晨，阿年成功地挂着俩黑眼圈儿被向悦叫醒了。

"起床！"

阿年趴着，睡得正香甜，"我不起。"

"今天是星期一，你家那位早上六点半就打给我，问你昨晚睡得怎么样……哎哎哎，能不能顾忌一下我单身女青年的感受，他不想吵醒你却来吵醒我，他媳妇是媳妇，别人的媳妇不是媳妇是吧。"

"呃，也不对，我还不是谁的媳妇，左正——妈的，太磨叽！"向悦开始喋喋不休抱怨左正。

向悦说——好男人其实很多的，为什么一棵树上吊死。

向悦又说——谁还没爱上过一两个渣啊。

总之，她心中，左正最好。

阿年迷糊的那劲儿过了，睁开蒙眬睡眼，手指揉着眼睛，问向悦："他问你我睡得怎么样……你怎么说的……"

"我说，你睡得特别不好！凌晨一点多才睡着的！睡着了之后还说梦话了，叫——止深，止深……还总是抓身边的被子，当人搂着，往被子上蹭啊蹭的，还发出了古怪的声音，早上估计又要吃喉宝的……"

"向悦——"阿年吼。

这明显是造谣！

向悦哈哈大笑，"骗你的啦，不过我真的说你睡得不太好，冷不丁一个人睡，不太习惯。他在楼下等你呢，快点起床洗漱，懒猪！"

阿年洗漱飞快，跑下了楼。

还能跟他一起去上班，很好了。

上车，有管止深带来的早餐，是婆婆方云装的饭盒，米粥，鸡蛋，小菜……他把车停在了路边，给阿年吃早餐的时间。

都没有提起昨晚睡得好不好，从彼此的眼睛里，都可以看得出，不想分开睡。

一个人闭着眼，很难熬。

管家老宅。

管止深是第一个开车离开家的人，早餐只匆匆地吃了一口，说是有事。管爷爷笑，"有事好啊，年轻人有事忙好——去忙吧——"

爷爷那笑，总让管止深看着堵得慌，莫不是爷爷真的知道了什么。

即使默川是爷爷逼着来的，管止深心中也有几分怀疑，默川是什么意思，以往，爷爷不是没有逼着他来过，哪一次听了，哪一次顾及老人身体了，该逆着不该逆着的意思，默川一直都逆着，这次，很听话。

默川在这边住着，管止深有机会也不想带阿年回来。

方默川安静吃早餐，话倒不多，方云当姑姑的问他："是不是在这边睡着不习惯？慢慢就好了。"

方云转头看公公："爸，默川他妈要是知道了……"

"放心，有我在，让他妈来找我！"老爷子发话。

方云这就放心了。

"我吃完了，姑姑外公，慢慢吃。"方默川离开了餐桌，到了沙发那边，伸手捅了一下刘霖。

"什么事。"刘霖早餐吃完了，在装测血糖血压的东西。

方默川看那些东西，好奇得很："……你给我测测血压，我最近总晕。"

"是因为挨揍了吗？"刘霖拿过他的胳膊。

"老子挨揍？一向只有我揍别人的份儿吧？以前我打架，你还好心给我的敌人包扎过伤口——忘了？"方默川最怕小伙伴儿们瞧不起，刘霖在他眼中，是他哥们儿一样的女孩子，在哥们儿面前，得有面子。

方云在餐桌那边，看了过来，说道："姑姑有事今天不去医院了，等会儿你开车送刘霖一趟。"

"没问题——"方默川比了个OK的手势。

送完刘霖，方默川的车行驶到GF投资集团，方默川停了车，怎么……把车开来了这里？

"阿年，有人找你。"楼上办公室，同事叫埋头工作的阿年。

阿年站起身，有人找？

出去，见到的人是方默川。

带方默川去了没人的地方说话，站在楼道一个窗子前，望向楼下，太高太高了，根本楼下的什么都看不清楚。

"我表哥，回家住了。"他说。

阿年点头。

"你们……已经住在一起了吗？"方默川问。这个问题，他好奇了好久，不敢问不敢说甚至不敢想。每想一次，只需要经过大脑一秒钟，可是心里疼的滋味，却迟迟不会退。他努力了多久的，不敢碰的，得不到的，如今，表哥有了。

阿年没说什么，眼睛干涩难受了，心里悄悄地一声对不起，只能这样，抱歉。

方默川皱眉，深呼吸让自己平静下来，问阿年："最近怎么样，可以跟我聊聊，你过得好吗……"

阿年看他，他也看她，四目相接，看到阿年温和熟悉的样子，方默川努力按捺住自己，也很怕自己冲动，忍不住自己的理智，上去抱着她，强吻她，一样，作为一个男人，一样想要拥有她。

"……"

阿年不说什么，怕说的某一个字，伤害他。

最近，生活很平静，在管止深的呵护下，没有任何麻烦。唯一心里惦记的，是早一点怀孕，解决这个大麻烦，可是也知道，急不得。一个星期之后，要和他一起到南方小镇上，给外婆过生日，回来，不多日子就是四合院案子开庭的日期。

一切都还好。

阿年却不能跟默川说，除非，他过得也很好才行。

默川淡淡地笑，隐约地叹气声："为什么不让表哥带你见一见家人？"一天没见，默川一天不信任表哥，那付出到底是一场报复，还是真的在对阿年好呢。

表哥的心思，藏得很深，但有的时候，方默川想，也许是自己把表哥想得太复杂了。为何一定想成，表哥不是在简单地爱一个人，每一个人，爱人的方式不同吧。

心存芥蒂，所以不再跟表哥说起阿年的事。

"还不是时候。"阿年说，声音越来越低。

方默川皱眉，阿年这样的性子，若是遇上坏人，怎么办。

在方默川要张口之际，楼道的门被人推开，声音很大，他回头，阿年也回头。

管止深那精致的眼角眉梢，皆是凝滞的冷意，紧抿的唇，微张："上去，到我办公室聊，你们站在这里聊，不累吗？"

阿年见到管止深微怒的样子，心虚了，怕得都不敢抬起头。她的那种胆小和惧怕，看在方默川眼里，无比分明的，成了她和表哥之间的独有亲密。

方默川记得，阿年以前也曾怕过自己的，只是……当时那个怕，并没有达到今天他看到的这种程度。

爱，不这样深。

三个人，一起上了顶层。

管止深的办公室中，阿年和方默川后走进来的，管止深在前，进来后他直接坐在了自己的位置上，长腿交叠，隔得老远，他指着沙发的那一侧，对站着的两个人，挑眉道："坐下，你们两个继续聊，张望会送喝的进来。"

他气愤的是，两个人找了那么个地方说话！

怕见人？

"……"方默川。

阿年，胆怯地看向了方默川，快出招，怎么搞定他——

这一个对方默川求助的眼神儿，恰好被管止深看到，阿年察觉，小脖子一缩，管止深笑："阿年，你怎么了？"

"我……"阿年看他，"我想下楼……"

管止深皱眉。

阿年又说："我是……想去一下洗手间的。"

"去吧。"管止深点头，"我这层就有……"

"哦。"阿年灰溜溜地转身。

阿年出去的时候，方默川走向了沙发，坐下。

聊聊就聊聊——他不介意。以后如果阿年嫁进了管家，和他这个表亲，也会是抬头不见低头见的，三个人，每个人都要习惯这三人之间单独的相处。如果表哥对阿年是真心的，阿年又是真的非表哥不可，一点都对他不留恋了，那么，他必须得学会通过直接面对，而逼着自己死心。

明知道，那是一个痛苦且漫长的过程。

张望送喝的进来，两杯咖啡，另外一杯白水，是给阿年的。

管止深和方默川，二人等着阿年去洗手间回来，可是他办公室的门，一直没有再被人打开过，阿年……

当然是跑了。

"你胆子大了啊！"向悦听完阿年讲的，在手机里说。

阿年坐在自己的位置上，软成一团地："吓死我了……"

这个早上对于阿年来说，简直是个噩梦。

对于她的突然逃跑，管止深最后没有说什么，方默川离开集团的时候，给阿年发了一条微信，说，走了。阿年回复，哦。方默川又说，胆子那么小，小心以后被他欺负。阿年笑开，发了个奋斗的表情。

都一样，装作那么若无其事，其实心里大抵都不是滋味的。

人心倒很简单，复杂了的是情绪，阿年在工作位置前拿着手机看，一丝感伤。方默川站在集团楼下，迎着太阳看着手机屏幕，一声轻叹，却足以砸得他心上疼。

午餐过后阿年趴在位置上，打算休息半个小时，昨晚没睡好，所以很快她就睡着了。

做了一个可怕的梦……梦里，一只大狼狗朝她叫，凶猛的，公的，阿年吓得浑身都在发抖，那大狗恐吓阿年"说错一句话，小心我就一口吞了你!"

……另一只狗，则友善许多，朝她微笑，狗狗咬着手帕，眼含热泪，十分委屈的说"在他面前，你别开口刺激我嗷……"

隐约的，她察觉……一只是管止深，一只……是方默川。

然后她吓得跑了。

"手机响了啦。"同事叫阿年，阿年被推了一下，醒了。

迷迷糊糊地拿过手机，已经一点二十分了，阿年接起，还是午休时间内，她走了出去接。外婆问她，几时回家。

阿年说了一个时间，会和管止深一起。

外婆又仔细叮嘱了一番，大致就是——千万不要破费，人回来就好。

朋友们给方默川指点一条路，告诉他，想和阿年的关系缓和，那就趁热打铁。

不过，缓和了，不要再抱有非分之想，这里头的利害关系，你懂。

懂。

方默川点头。

他如何能不懂，他再掺和，那是生生地会把阿年撕碎……不用他伸手，不用表哥伸手，家中两边长辈，最后会毁了阿年，保住的，是兄弟情分。

怎么舍得。

本不想再理会阿年，不想这关系再有缓和，分开得彻底。阿年既然都下定了分手的决心，那就不要再表现出可怜他的样子，他的自尊，排斥着一切同情。可是现在，他担心的是，表哥不够爱阿年，从前的小镇上，到今天的北方Z市，毕竟，这中间时隔了五六年……

乔辛离开了Z市，影子这人又一点都不靠谱儿，方默川只能找上向悦，让左正打，左正摇头，不打。

向东刚好在，就直接打了妹妹，让向悦约阿年晚上出来，大家一起吃个饭，唱歌，说说话。

向悦点头，答应了。

不是谁都知道阿年跟管止深住在一起过，影子她们都以为，阿年一直是住在向悦和乔辛的住处。

三人感情好，众所周知。

按了挂断键，向东问左正："真不回海城了?"

"暂时……不想回去。"左正的眼神，片刻对视向东，又闪躲开来。

向东自然是不懂，点头："我妹妹，她怎么办。"

"对不起。"左正道歉。

向东勉强地笑，这声"对不起"左正不必说，也不怨左正，是向悦从小就喜欢跟左正玩儿，长大了，不巧，离不开了而已。

向悦找阿年，阿年点头。

下班之前，阿年打给了管止深，说了下班之后她和向悦有事，怕是不能陪他一起吃饭了。管止深那边有良久的停顿。

阿年怕他生气，可是，也不知该安慰他什么。

"不要喝酒，有事记得打给我，手机开着。"他叮嘱。

阿年点头，嗯。

管止深忽然惆怅，阿年一离开他身边，稍微离开，就好像脱离了他的管制一般，身边不缺找她一起玩的人。管止深明白，每个人都该有属于自己的，自由的空间，别人不要多加干涉，可是他怕，担心当她体会到了朋友带给她的乐趣，会将他看成了……是次要。

向悦和阿年到了的时候，已经开始了。

在酒吧后院的空地上，大家准备一起烧烤，东西全都弄好了，凉的啤酒被服务生搬了过来，只等人到齐了，动手，烤。

阿年看了一眼方默川，微微一笑，知道今天来此的目的，那就不能白来了。方默川在烤东西，阿年去送了两个鸡翅。

站在他旁边，阿年说："你行吗。"

"怎么不行。"方默川接过两串烤翅，"给你烤一个……给向悦，也烤一个……"

阿年点头。

方默川盯着两个鸡翅看，摆弄，其实不太会，本想说只给她一个人烤，却怕阿年多心，相处中不自在，只能说也给向悦烤一个……

忙了一会儿，能吃了。

"左正，给向悦拿一个椅子吧。"阿年拿着烤翅说。

左正抬眼，唇边温柔凝固住，却是犹豫着转了身，背过身去，停顿许久才去拿了一把椅子，走过来给向悦。

"谢啦。"向悦说。

左正没说什么。

烤好了东西，乔易才来，让方默川和阿年关系缓和，不是非得让两个人说话，就这么随着大家的欢乐，相处着就好，这种场合多了，也许，分手情侣，可以再变成朋友。

虽然他们都了解，方默川很执着。

阿年不喝酒，喝的白水，没人有异议。

其间向悦的手机响了，看号码，对向东说："家那边打来的。"

转身去接了。

这个时候，方默川去了酒吧里面，去拿什么了，左正随后也跟了过去……

向悦不到两分钟就接完了，回来跟阿年和桌子上的人说："乔辛要去外地一趟，散心，非要从海城到Z市，再从Z市走，明天我去接她。"

"真的吗，我可以请半天假陪她……"阿年开心。

向悦点头，皱眉找左正："左正呢，乔辛给他带了东西的。"

阿年和向悦一起进去了酒吧里，找了半天，才看到方默川的影子，方默川似乎在找什么，大概是红酒，听左正在身边大声说："吃烧烤喝红酒，那是什么感觉——"

"试试便知。"方默川拿出一瓶，给他。

左正接过。

眼睛，不经意地，看到了向悦和阿年走过来……

"特产吗，一定要分给我们点。"阿年和向悦走过来，打算明天打劫乔辛帮左正等人带的海城特产。

正说着，两个人同时，脚步无法再向前……

向悦蓦地浑身发冷，闭上眼睛。

"……"阿年愣住。

始终知道，向悦始终都知道，无论是曾经无聊消遣追过的剧，还是仔细翻看过的书籍，等等……都有走向一个结局那日。

结局，也无非就是喜和悲两种，可是那都摧残不了她的。

于是，自以为有着超强的承受力。

其实不是的，因为那看的，读的，都是别人的人生，入戏了，但走出来的会很快。可也自以为领悟得通透，受了启发，豁然开朗，当有事发生在了自己身上……手忙了吗，脚乱了吗。

是，她到底还是彻底凌乱了。

被阿年扯了出去，向悦发不出一点声音，手捂着嘴，蹲在酒吧后院的漆黑角落里，就是哭得上气不接下气了。

阿年心跳还没缓过来……

酒吧里。

方默川瞪大了一双眼睛，红酒瓶子滚落在地上，他看左正。

左正起身，抿唇，什么也没说。

方默川在地上，还好，这边客人不准进入，应该没人看到。他最好的哥们儿，居然在他毫无防备的情况下，把他推倒……一只手伸到了他的皮带里头去，同时，也吻了上来，直到身上的哥们儿下去，方默川还愣怔中。

左正点了一支烟："没事吧，对不起了——我只是想让向悦看到，把她逼回海城，她没必要在我身上浪费时间，不值得的。跟女人亲吻，她估计是不死心的，我跟女同学上了床，她都委屈完了照样儿不在乎。男人……兴许她看到就绝望了。"

情生以南

这晚的聚会，在方默川把左正揍得嘴角流血后，结束。

"老子他妈没被男人吻过——"

左正："……"

乔易向东他们并不知道怎么了，先是阿年和向悦不声不响地走了，接着，他们把左正带到车上。

左正直接躺在了车后座上，弯着长腿——嘴角微红，几分妖艳，他舔着嘴角望天儿，却望不见，……不禁叹息："你这车，前面有个天窗，后面，怎么不能也有个天窗……"

"被揍傻了？你他妈给我掏一个天窗看看——"向东回头。

酒吧，方默川给阿年打了过去，问了一下向悦的情况。

阿年在洗手间里，准备弄湿一条毛巾给向悦，向悦在床上窝着。听了方默川说的，阿年明白了……可是这个左正太奇怪了！什么烂招数！

和方默川说完，阿年又接到了左正的来电，左正恳求阿年，如果有可能，就帮他，劝向悦回家吧，在Z市即使待一辈子，她未来的丈夫，也不可能叫左正这个名字。

没戏的。

"真的……没可能吗。"阿年哽咽，她替向悦难过。

大学四年，向悦多喜欢左正，大家都知道的。左正的声音，有些沙哑，和向悦能没有一点感情吗，有的。

也许那只是青梅竹马情分，不掺别的。

阿年不想了，旁观者，怎么想得清楚。

有人敲门，阿年小声对左正说："先这样吧，有事我再找你。"。

挂断了，阿年怕向悦听见她跟左正通话。

去开了门……是管止深来了。

他让阿年下去，但阿年说了向悦的情况了，暂时她是出不去的，今晚都不行，管止深只好上来了。

"你先去我房间，好吧。"阿年推他。

管止深点头，蹙眉，摸了摸阿年的头，挺懂事的，"去安慰你朋友，我等你。"

"嗯。"阿年去了。

向悦不停地深呼吸，眼睛很红，阿年跟她聊了聊，只是阿年说，向悦不回答什么。

左正的拜托，让阿年很纠结，向悦那么喜欢左正，她是向悦的朋友，应该帮向悦还是应该帮左正？

向悦等，万一最终真的什么都等不来。

帮助左正把向悦劝回海城，阿年又会觉得很心虚……

"阿年，四年了吧，你觉得他喜欢谁……"向悦问，不甘心的眼神。

这个问题，如果不是发生了今天的事，向悦这么问阿年，阿年还是一样回答不上来的。了解中的左正，身边，没有固定的女朋友。

大一，女同学怀孕，听说是随便玩玩，大男生的左正，好奇"性"是什么。别人说，高中的时候左正就好奇侦查过了，大学这次怎么还好以好奇为烂借口？左正解释，高中好奇的……和大学好奇的……领地不一样呢。

好奇，也就真的是好奇一下，知道了那是什么，便抛开了。

至于后来的这三年，左正身边女生不少，但有没有发生过关系，估计只有他自己知道……

左正总说，发生过。

在大家看来，那多半是气向悦的，让向悦死心。

比如像今天这样，乌龙了一把……让方默川痛恨这哥们儿扑上来突然咬人，原来，为的是气向悦……

"你也不知道吧。"向悦咬唇，又要哭了的样子，"那估计，就是方默川了……我怎么这么笨呢……"

向悦说，明天接了乔辛，先跟乔辛去外地逛一圈儿，散散心……

"这四年，我们大多数时间都呆在Z市，哦对，还回了几趟老家。因为你，大家去过一次南京，因为陆行瑞，陪乔辛偷偷去过一次北京。唉，要不我先去西京吧，东京有点远啊……走齐了四个京，兴许能召唤一个男朋友啥的——"向悦边说，边掉眼泪。

阿年眼圈通红，低头。

乔辛走了，向悦如果也要走，那她两个最好的同学，姐妹，就都走了……剩下她一个了，怎么办。

有些事情，有些话……是只适合和她们说的。

向悦知道管止深来了，没缠着阿年太久，也是哭得累了，困了，就头痛地躺下准备睡了。要一个人冷静地想一想，消化一下。

"那我先出去了，有事叫我。"阿年还是不放心向悦。

向悦点头。

走出向悦的房间，关上了房门。阿年去了自己的房间，再关卧室的门。转身就见到，管止深正在注视着她的单人床……单手插在裤袋里，五官严峻。

阿年拧眉，纠结中，"你看它干什么……"

阿年搬进来，他送的行李箱等等东西，却并没有注意，阿年睡的是一个小单人床，睡得惯吗，难道她不会掉下来？

阿年跟他一起久了，睡觉时，总爱往他怀里钻。

如果哪天他来住宿，怎么睡……

"明天，给你换个大床。"他说。

"这小屋子，放得下吗……"阿年看了一下屋子，又看他。

管止深视线看了一圈儿，的确，未必放得下。

阿年把卧室的门打开了一个小缝儿，听了听向悦那边，没什么动静，估计是安静地在想事情，或者努力睡着。

阿年出去，蹑手蹑脚地去给管止深倒了一杯水，回来，一手轻轻关上了卧室的门，一手伸过去，把水杯递给了管止深。

管止深接过。

两个人在一起住的时候，阿年什么也不会做，三餐不是做不好，是做得不够美味，满足不了他的要求。

那么，就让他来做。

倒水，平时也是管止深做的，每天督促阿年多喝几杯水，是他的职责。现在刚分开第二天，他来了，阿年像对待客人一样倒水，管止深排斥这样的疏离感觉。

一把扯过阿年，他伸臂抱着阿年的小身子，水杯里的水，溅了出来，他的手扣住了她的细腰，所以那水，飞溅到阿年的身上，地板上。

隔壁房间还睡着别人，所以他压低了声音，在阿年耳边说："不用给我倒水了。"

阿年懵。

反应了一下，回嘴："你总给我倒呢。"

"那不一样。"他闭眼。

两种倒水方式，在他心里，会变成两种感觉。阿年给他倒水的感觉，他很反感，不想成为一个外人的样子，享受客人的待遇。

阿年纠结啊，他是怎么了……

俩手，犹犹豫豫地，抬起来……摸到了他的腰部，阿年一闭眼，搂住了……

管止深感受这一双小手在他的腰上爬动，他紧抿的薄唇，找到了阿年的嘴唇，吻了上去。

室内的空气，潮热得，能窒息人一般。

阿年今晚不能出去，自然是先跟管止深说明了向悦的事，那会儿阿年和向悦在出租车上，阿年也乱了，不知道方默川和左正到底是怎么一个关系。

阿年觉得不妥，需要告诉管止深，想想办法。

事后，管止深问起阿年，到底怎么回事？

阿年解释："先前是误会了，默川刚才打给我了，说左正只是为了气走向悦，让向悦回去海城，不要在Z市这么等他。他和左正清清白白，都是正常男人，没有那方面的嗜好——我觉得也是这样，他们是好哥们，好些年了。"

"左正？"管止深蹙眉，想着这个人是谁。

有印象……

阿年拿了自己的手机，里面有大家的照片，以前存的。

管止深倚在窗边，窗子打开着，他抽一口烟，烟雾吐出去到窗外，他眉头微动，接过阿年的手机，看到照片，和阿年指着的那个好看男生。

他确定了，这是上次他去酒吧找阿年，见到的那个人。

上一次，他便好奇为何此人帮他？

"他们两个经常玩在一起？"管止深问，表情颇为严肃，修长手指间夹着的香烟，搁在了唇边，他皱眉仔细看着这张照片。

几个人一起，左正的手，搭在了方默川的右肩上。

看着，一切倒很自然。

阿年点头，趴在窗口认真说："他们两个关系是最好的，默川老是欺负左正……默川如果打架，左正一般都不要命地护着，大一那年最甚。后来因为默川打架，我跟他闹过分手，他倒是收敛了很多，不过也偶尔打架。左正还是护着默川，默川不爽，生气了，惹了默川的人，不光要挨默川的揍，左正还得揍第二遍。"

说是教训人这东西，比九年义务教育还不容易，得来二遍，巩固巩固。

所以，揍得别人哭爹还不行，要揍得喊娘给爹伴奏……

阿年觉得……他们都太欠揍——

"管止深，你打过人吗？"阿年好奇。

"你喜欢打过人的男人，还是没打过人的男人？"

"没打过的。"阿年想也不想。

管止深点头，笑了："那我就没打过……"

阿年嘻嘻，没打过就好……

咳，忽然觉得哪里不对。

踢了他一下！

管止深看着阿年的样子，深思，又看了一眼手机上的照片，不管事实究竟如何，都不能让默川在外面这样混了。

他说，日子不能这么浪费着过。

阿年在想，在默川的心里，也许，虚度光阴，可勉强叫做随遇而安吧。只不过，是为自己的颓废，找着一个借口。

管止深离开的时候，阿年送到了门口。

说了一声"晚安"。

阿年轻手轻脚地去洗了澡，换上了一套特别保守的睡衣，爬进了向悦的被窝里，准备今晚一起睡的。

在A大宿舍的时候，阿年难过时，就被向悦抱着睡过……

"你老公走了？"向悦摘下耳机，问她。

阿年怔了一下，什么老公，不太适应这个称呼，不过也点了头。

向悦没睡，一直戴着耳机听有声小说，给了阿年一只耳机，一人一只，闭上眼睛准备就这样慢慢地睡觉。

阿年在闭着眼睛郁闷地琢磨，向悦是什么时候戴上耳机听小说的，翻来覆去，阿年好纠结……

次日阿年去集团上班，先请了下午的假。

办公室主任准了。

一个上午，阿年都在埋头工作，中午离开，和向悦一起去接了乔辛。

三个人去了 A 大，没人找影子，影子这几天消失了一样，估计是有自知之明的，知道自己有些事情做得过分了，没有办法再融入大家。

乔辛跟阿年说，叫上你新认识的朋友吧，认识认识，我看一下姑娘是个什么货色。

阿年见乔辛说话的大姐大架势依旧，没再担心，也许有些伤，在心里藏得很隐蔽。向悦主动说，是她告诉乔辛的。

一起去玩，且是 A 大，阿年觉得叫上校友郑田这也没什么。

郑田很爽快。

下午两点多，四个人在 A 大外吃饭，乔辛问了郑田一句："不会挨说吧，这还是上班时间，我们这么突然地叫你出来玩。"

"没事啊，下午是有工作，不过都是外出的工作，回了单位大不了我撒谎，说要采访的那大爷有事，我被放鸽子了我才无辜，领导也不会查这个，这篇稿子不着急。"郑田满不在乎地说。

乔辛觉得郑田这个人，还挺好的，第一印象就很不错，阿年可以放心地把她当成朋友来交……

一个下午的时间，越是珍惜它就过得越匆忙。

晚上六点，阿年接到了管止深的来电，问她，怎么样了。

阿年说，大家准备去吃晚饭了。

乔辛来了 Z 市，肯定要见一见她哥，还给左正带了特产，左正是准备要给别人的，向悦和左正昨晚的事，也要有个交代。

"散了记得给我打过来。"管止深说。

阿年点头。

听得出管止深语气中的落寞，可是阿年自己也不知道怎么回事，这两天，刚巧是和他分开睡的这两天，事情就特别多，总是无法陪他。

阿年她们的这个圈子，气氛之类，管止深这类型的人都不适合，男的女的，都是方默川的朋友，阿年和默川分手，大家没有生气排斥她就已经不错了，所以管止深怎么都融入不进来的。

索性，不打算让他融入，他也从未打算认识这些人。

吃饭的地儿是以前来过的，大家都没有怎么喝酒，光是聊天。

其间向悦和乔辛一直说着家里的事，向悦没有看左正，左正来了，照了一个面儿，也就立刻走了，说有事，方默川随后跟着。

阿年不懂，看来，方默川是打算帮左正的，不然怎么这么配合左正演戏。

向悦失落。

桌子上的人，都不知道怎么回事，就连乔辛也不知道的，向悦昨晚在被窝里跟阿年说，那太丢人，除了方默川和左正他俩当事人，外人，就咱们两个目睹的知道吧，不要跟别人说了。

乔辛那边，她在找借口解释，为什么突然要离开。

向悦无语啊，我暗恋了多年的人，喜欢的是他哥们儿。

向悦叹息，这年头，妈的，没防住女的跟我抢男人也就算了，还没防住男的跟我抢男人——活得真累。

可她不懂，问阿年，方默川跟你在一起的时候，怎么做的？男女通吃？

8月4号，早上，阿年起得很早，送向悦和乔辛离开Z市。

向悦把钥匙给了阿年，告诉阿年，还有三个多月的房租，住着吧，如果一个人住着害怕，就住到别处去，你家那位一定有安排的，把这房子租出去也行，或者就这么空着，随便阿年怎么处理。

再不然，叫郑田陪你一些日子。

阿年点头。

机场里，阿年攥着两把门钥匙，目送向悦和乔辛。

阿年很难过，难过得几乎忍不住要哭，紧抿着嘴唇，眼睛里火辣辣地疼痛，那是强忍着眼泪的感觉。

前些天，乔辛一个人离开的时候，阿年就难过，还好，还有向悦在。

如今，两个四年来陪伴她的人，关系最好的人，亲如姐妹的人，以这样叫她猝不及防的方式，离开了。

以后的日子里，也许是一个人，对着空气吐露心声，也许会新认识一些朋友，交心的，无法交心的，对你好的，对你坏的，都是未知。

阿年知道，总要学会自己面对一切，总要长大，这个长大的过程，她想要在有人陪伴的情况下。

向悦和乔辛回头，朝阿年挥手。

阿年站在那里，一动不动，三个人分开，都没有说过下一步的计划。

从此，天南地北，从此，只忆往昔。

愿，一切都好。

站在Z市机场，阿年许久才回神儿，转身时，发现脸上冰凉一片，到底还是没有忍住，哭了出来……

管止深开车来了机场，接阿年。

171

上车之后，阿年就低着头哭，管止深一言不发，搂过阿年，不知道怎么安慰。

这种姐妹情深的不舍得，她也许哭一哭就好了。

阿年说："你一定不知道，我有些心事，不能和你说，不能和外婆舅妈舅舅说，不能和陌生人说，我只能和乔辛向悦说……"

管止深心疼，说，我知道。

阿年哭得眼睛红红的，头也疼，昨晚就失眠了，是不想早上那么快地到来，就不愿意闭上眼睛。

偌大的Z市，这一次，她真的觉得，好像变得孤单了。

跟管止深在一起一段日子了，不长，也不算短，但阿年就是觉得，这层感情，浓烈，却也单薄……

差了一点什么，她也说不好。

开车回了住的地方。

上楼了，阿年说洗脸，然后上班。

管止深却叫张望给她请了假，让她今天休息，心情恢复了再去上班。

阿年有了小脾气，朝他问："你是不是觉得我很没用？我想去上班，不想到了哪个部门都总请假……"

管止深摇头，说心里话："不是你没用，是我一直不舍得用。你去集团，我从一开始就没打算让你干什么，那些鼓励你，激励你上进的话，不过就是在哄你。你说整天做表格这太奇怪，根本学不到什么，我就让你去了办公室工作，你以为会接触到外人，增强社交能力，可我却一直想要压制你，我从来没想过，让你变成另外一个样子……"

阿年惊诧。

"我存在的意义，究竟是什么？"阿年看他，不懂，眼窝滚热。

管止深直视阿年，语气无奈："那些先都不要想，你还很小，未来的机会有很多。阿年……先一起跟我做到冲破阻碍，在一起，好吗？"

阿年："……"

中午，管止深有事，被人一通来电叫走。

阿年一个人站在窗边，无聊地望着外面，心情晦暗，非常的不好。

和他一起冲破阻碍，哪有那么容易？或者是说，怀孕不容易，以前每次和他在一起，她会怕意外怀孕。

从前怕的事情，现在想要成真，却那么难。

关于工作这件事，阿年跟管止深严肃地谈了，可是他不同意，从前的诚意，原来都是在应付她而已。

他专横的意思——感情一天没有稳定，工作都先不定。他还没想好，究竟什么工作适合阿年，他观察，认为阿年不适合集团公司在办公室整天忙碌的工作。

管止深走的时候，让她考虑。

他说，他的话都是在为未来打算，希望她不要闹别扭，认真想一想。

头疼地睡到了下午，管止深来了，没用阿年开门，阿年不知道自己手里的两把钥匙，什么时候跑去了他手里一把。

阿年洗了个澡，浑身酸软无力，难受。

洗完了澡，阿年看到门开着，两个工人，把一个样子阿年很熟悉的沙发床抬了进来，阿年看管止深。

他看了一眼阿年那单人床，淡淡的语气："床太小了。"

可是沙发床放进去，小床拿出来，她的房间连走路的地方都没有了。

就算这里不是固定的家，那也不能这样啊……

阿年到底也没敢说什么。

管止深担心她一个人会害怕，想跟爷爷说出来住。

阿年说不用，你暂时先稳定你爷爷那边吧。

昨晚乔辛和向悦都跟郑田说了，既然都是在Z市租房子住，那就先搬过去阿年那边吧，拿点简单的东西，给阿年做个伴儿，大概用不了多久时间。

乔辛和向悦是觉得，管止深不会和阿年分居太久。

郑田同意，拿几件衣服和洗漱用品，电脑，就完全OK了。

乔辛还是担心了一下，觉得对郑田的信任，是不是太快了。

阿年觉得没事，很多租住插间的，还不是彼此都不认识，但住着，谁能把谁无缘无故吃了，她的肉又不是唐僧肉……

沙发床安在了阿年的房间里，给了钱，阿年有零钱，打发工人下去了。

这边没有双人的床上用品，三个房间，都是单人的。

阿年换了衣服，管止深开车带她一起去买，时间还早，他今天一天，推开了许多正事，就在围着阿年一个人转，甘心乐意。

车停在了商场外面，车牌号分外显眼。

在管止深车停下二十几分钟后，Z市大街上，管三数的车，如往天一样，必经这里……

车后排座的管三数，视线无意中瞥到了管止深的车，皱眉——她马上叫司机停下了车。

"下去看看，我刚才没看错吧，那是止深的车?"她指着远处的车。

司机靠边停车，打开车门，下了车。

一分多钟，跑回来，"是那辆，车牌号没错。"

管三数看了过去，大街上遇到管止深的车，实属不易，因为管止深自己开的车，轻易

情
生
以
南

不会在Z市的大街小巷随处停放。

"去了商场？"管三数疑惑。

她的笑容中充满了不可思议。

她的侄子，居然亲自开车来商场?!

买东西？

陪人来买东西？

这些猜测，可能，似乎都太不符合侄子往日的做派！

阿年和管止深在商场中挑了一套床上用品，阿年喜欢卡通，管止深都随她。

买完，一起走出了商场。

在外面，人多的公共场合，管止深不会对阿年表现亲密。

管止深从商场中走出，便是耀眼，晴天白日，男人手中拎着一套床上用品，笑容极具成熟魅力地走出，和身边的女人，有着眼神交流，并不明显。

管止深本就身高腿长，俊容引人注意。

再加上他此刻一身正式的黑色西装，西装的扣子却偏偏没有系，白色的衬衫在阳光照耀下，非常夺人眼球，不光是路人多看几眼，远处的管三数……亦是一眼认出。

他打开了车门，护着，让阿年上车。

床上用品搁在了车后座，那抹挺拔的男人身姿，上了车，快速驶离。

车在别墅外停下。

管三数见到了李秋实。

上一次见面，是管三数和几个老同学出去旅行，回国之后途经了上海，几个人做了短暂停留，几位同学研究了，一起去探望如今已九十多岁定居上海的老师。

那个时候，李秋实刚好在上海工作。

客气地接待过，管止深的这位姑姑……

"别忙了，坐下，来跟阿姨聊一聊……"管三数拍了拍李秋实的手。

李秋实微笑，把两个杯子里的水倒满了，拿起一杯给了管三数："阿姨，喝点水吧……我这里没有什么别的。"

"喝水就行。"管三数接过水杯。

李秋实也坐下了。

"回来这边这么久了，也没去看过阿姨，很不好意思。"李秋实说。

管三数眉头一挑，和蔼的样子笑着说："看什么看，阿姨又不是七老八十了，没那么多事儿，等阿姨真老了再表这份儿心，阿姨可喜欢你了，就是年龄太不合适，你也名花有主，不然，阿年都想让你当儿媳妇呢……阿姨理解，你这动了手术身体还没恢复，阿姨先前是一点都不知道你手术这事儿，如果阿姨知道，一定安排你来自家医院里做手术。"

李秋实浅笑。

见李秋实不说话，很腼腆的样子，管三数直接问："秋实，阿姨问问你，跟止深之间，到底怎么样？阿姨一直关心着你们两个，盼着侄子结婚，家里长辈盼了这么些年，都想看你和止深趁早修成正果呢。"

提起管止深，李秋实有些难堪了。

摇头否认："阿姨，其实我和他差不多已经分手了，回来这边做手术，其中有许多原因吧，这栋别墅，我也马上就要搬出去了。所以他结婚，还是怎么，对方新娘都不会是我，对不起，我让长辈们失望了，我还是做得不够好，不能让他对我喜欢。"

全都是心里话，也有一点悲哀，让语气变得低了又低。

如果今天跟管三数说话，她不是在这边管家的别墅，而是在别处的房子里，那么，可能心情会不一样。

她难堪是在于，没有跟管止深在一起，却住着他的房子，太叫人无法理解了。可是以前离开Z市之前，一切表象，仿佛都在告诉她，你是可以跟管止深在一起的。

回来Z市马上手术了，手术之后母亲来了，没有一个落脚之处，只能住在这里。

一切都没有一个转圜的余地、时间。

房子在市中心找到了，需要打扫一下，才能搬过去。

"分手了？"管三数一副惊讶万分的样子。

管三数忽然又笑了说："别骗阿姨，今天下午阿姨还在商场门口看到了你和止深，你们一起买的家居用品。这不，回头儿阿姨见了老爷子，跟老爷子说了，老爷子立刻让阿姨来问，你跟止深进展得怎么样了？如果很好，老爷子那边就催着止深抓紧办了婚礼得了。他一个单身男人，各方面都没得挑，就算止深到了四十岁，也照样找二十岁的小姑娘对吧，现在，哪家的姑娘能跟他耗得起？"

管三数夸赞着侄子，成功看到李秋实的脸色，越来越灰暗了……

一个优秀的男人，哪个女人，舍得？

完全掌握了李秋实的这种心理。

"阿姨，您看到的那个，真的不是我，他身边的确是有了人，但却不是我……"李秋实说。

管三数皱眉，"你是知道……他跟哪个姑娘在一起？"

李秋实点头。

次日清晨，阿年起床做了早餐，又下楼去买了咸菜，简单的米粥和煮鸡蛋，搭配了两种小咸菜。

郑田说："咸菜怎么不咸啊？"

"为什么咸菜一定要咸？"

"咸菜不咸那是咸菜吗……"

"可是不咸的咸菜好吃，一次可以吃掉很多。"

一大早上，两个人因为咸菜争辩起来了。

阿年觉得郑田幼稚，郑田觉得阿年幼稚。不过郑田主动承认了，说："我小时候脑子手术过，后来我妈老是骂我——脑子缺根弦儿。"

阿年，咳。

急忙说，我小时候很健康的，针都不打，如此说，她是为了证明自己和郑田不一样，她的弦儿可都在……

郑田去上班了，阿年也出门。

早上，站在GF投资集团的楼下，阿年有了一种和刚来上班的第一天，一样的心情，担心同事们嫌弃。

她说过会好好工作，认真对待，来上班的这段日子，没做什么有用的事，领导不让，其实是顶层那个男人不让。然后中间时而请假，这才刚又递了假条，就被逼无奈地辞职了，辞职申请不用递交，直接离职，这也是因为顶层的那个男人。

他一句话，她再也不属于这里的人。

阿年仰头，在阳光下仔细地看这幢大楼。

她伸手，遮住了刺眼的阳光，指缝儿并紧了，眯着眼睛望向了太高的顶层——管止深，你自己掌控的公司，你都不准我真的留下工作，以后，能说到做到，真的安排我走上记者这条路吗……

去办公室整理了自己的东西，跟同事，主任，简单告别。

拿着东西进去了电梯，来到这里上班，阿年觉得，唯一的收获，就是郑田这个新朋友了。

短短数日，平日能见到的朋友，也只剩下这一个了。

乔辛和向悦，不知以后会怎么样，还会不会再回来。

电梯刚到一楼。

阿年手机响了，她走出去，接了："啊——。"

"怎么了？"管止深一听阿年的叫声，紧张。

阿年拿着手机，看向进去了电梯，那个一点都不礼貌，回头看她一眼没道歉的那位美丽女同事，高跟鞋踩的她呀是高跟鞋！！

电梯门关上了，阿年委屈的嘀咕："我刚才硌到别人的脚了……阿嚏——"

阿年捂着鼻子，无缘无故打什么喷嚏，阿年觉得……那个踩她的女的，没准儿还骂了她一句。

你说冤枉不冤枉。

"你还是先上来吧，到我这来，快点儿。"管止深有点乱，实在，想象不到她那边什么情况。

阿年按了挂断键，等电梯，再去楼上。

很快抵达了顶层，不意外地，顶层的女人们用更加奇怪的眼神看她了。

阿年恨不得立刻变成一只猫，遛着墙边儿走……

进去了管止深的办公室，手抖得，门都忘了敲。

"呀，进去都不敲门，看到了吗?"顶层女A说。

"看到了，听说好多部门的人都在议论，这女孩儿辞职了……离职得这么突然，人事直接去财务给拿的薪水呢，一分不差。"

"看总裁的面子啊……"

"这女孩儿都已经辞职了，还能进管总的办公室? 汗喔，我们管总就连潜女员工都潜得这么有情有义，难得一见!"

"你们说，管总和这个女孩儿，在办公室干吗呢?"

"进行着……少儿不宜的事儿?"

"准是了，在进行着离别的最后一次潜，想想就骨头酥……"

"啧啧，看看你们几个的形象! 别幻想了，不记得上一周小董那丫头挨的教训了? 装清纯地往管总怀里撞，最后撞出事儿了吧!"某女说。

"是啊是啊，现在各部门都在奚落小董。小董……人家管总不屑知道她有多紧——辞职滚蛋了。"

同事ABCDEFG们……聊得很嗨。

办公室内，阿年的东西搁在了一旁，拿着管止深的手机，在给他弄微信这东西。阿年是才想起来这件事，问他，他不懂，说没有收到任何消息。

那你不登陆你怎么收。

阿年给他登陆，密码忘记了，找回密码。

"OK，看吧，这么多条未读消息。"阿年去了他旁边，工作中的管止深转过头，手指还在手提键盘上，眼睛盯着手机屏幕。

阿年认真地说:"语音的，你点一下，就听得见了，还有很多功能，我慢慢教你吧……你这么聪明，一定会用。"

阿年看他，俩人挨得太近了，他的睫毛，阿年数着，一根，两根，十根，七十六根，一百根……

"好，等会儿我看看。"

管止深收回视线，继续工作。

他让阿年坐在他旁边，阿年在玩儿他的手机，他想她能随便看，短信，通话记录，查看一切，然后明白他是个干净的男人。他瞥了一眼，发现阿年却都不看，在下载游戏，阿年问他:"你手机平时不玩儿吗?"

"那不是接电话用的?"他反问。

阿年哈哈笑，觉得这次自己一定可以胜他一次了，白眼他:"那你用王妈的黑白屏诺基亚呀……王妈花了200多块买的，你用刚好，能接电话能打电话经得住摔，把你这个一万多块我不知道什么牌子的手机给王妈，王妈还可以用它斗斗地主——"

阿年说了什么，他有一些略略地听不懂。

他工作完，拿过了阿年搁在桌子上的手机。

他的办公室非常大，设施齐全，阿年自己转悠了一会儿，已经在他办公室午睡了，沙发上，像一只猫一样老实地。管止深拿着手机站起身，一手看着微信这个东西，一手拎起了西装外套，轻轻盖在了阿年的身上。

转身，他坐在沙发的另一头，开始生平第一次玩手机。

多了个图标，花花绿绿，他蹙眉打开，瞬间有音乐声，阿年在睡觉，吓得他手一抖，手机就掉在了地上，发出"啪"的一声。他捡起，音乐声音已经没了，他皱眉心跳加速地按了"退出"键。

看这样子，可能它是个游戏。

阿年没醒。

管止深自学的第一步，是在"新的朋友"里加人，他发现许多通讯录里的人，都有这个东西！第一个是张望，发出请求，张望很快加他了，按照阿年说的，按住可以说话，他试了一下，但忽然觉得，他对张望这个下属实验这东西，似乎不太严肃。

想要停止，可是他手指一松，居然发送了出去，他又是惊得出了冷汗，打开一听，没有声音，这才放心。

还在研究功能的他，根本不知道……一向严肃的张望，在外面办公室里惊得发抖，看着手机，好奇管总在干嘛？

他一个一个地加朋友，男的女的，每一个被他加的人，拿着手机都处在了凌乱中，最后，他加了他家的阿年。

下午两点多，阿年醒了。

管止深带她去吃午餐，已经迟了许多时间。两个人一起走出去，阿年揉着眼睛，惊呆了一众顶层的ABCDEFG们。

那个啥了也就算了，还那个啥到睡着……

大家YY管总的体力和姿势中，顺便，用目光剥掉了管总的西装和衬衫，欣赏了一下臆想中的男性身体。

吃饭，等菜上来的时候，阿年给他又申请了一个微博。

这些东西，她都是玩儿的，他一样也有才行。

阿年教他，他就认真地保存在了脑海里。

阿年嘀咕："有微信和微博这俩就行了。"

管止深点头。

阿年又说："微博你只关注了我，就关注我就行了……"

"你的呢？"管止深拿过手机，点进去，看到阿年关注了一百多人，他不高兴："这都是什么，男人也有?"

阿年叹气，瞎吃什么醋呢。

阿年解释："主要是……我的是系主任给注册的，就可以关注很多人，你的是我申请的，我没有权利，你就只能关注一个，头像最近你都放不了的，还没权利放头像，那就先这样凑合用吧。"

阿年重新拿过他的手机。

管止深无所谓，一看阿年就是骗他的，不关注就不关注，这东西他也没打算玩过，没有那个兴趣。

"你不能不上啊，偶尔也看一下，我会在上面经常说话的……"阿年对他说，"别人问你微博名字，女的你最好就不要告诉她了……小心她盗你号。"

"不说。"他笑。

阿年心虚中……

管止深记得，去年过年妹妹缠着他，要给他注册一个微博账号，然后叫他申请认证，"GF投资集团总裁"管止深觉得妹妹太无聊，但过新年又不想扫妹妹的兴，问她，认证这个东西干什么用? 放放说，不管我发了什么微博，你都给我转发一下呀，你这么大的人物，那样我特别有面子。

即使是过新年，也挡不住他要扫兴了，一个眼神，吓得放放扔了哥哥手机迅速跑上楼，再也不缠他了。

今天，阿年都给他注册了，他没有反对，因为他想跟阿年接近一些。阿年22岁，玩的东西比较多，偏偏他都没有什么兴趣，他22岁时，这些微信微博还都没有。

管止深担心阿年觉得他很死板，非常无聊，会觉得在他身边没意思，所以这些东西，就先放着。

他以为这些对他来说，是没用的，可管止深一样也料不到，在那个他还看不见的以后……

寒冷的大年初一，管止深颤抖着修长手指，站在皑皑白雪中，因为这个他还不会玩儿的东西，经历了寒风摧骨，经历了满怀温热。那时的远处城市，天空中大簇大簇的烟花绽放，听不见声响，却璀璨了他的深沉眼眸，那是一个，他激动到，想流泪的时刻……

管三数找方默川，找了差不多一个晚上。

她甚至把电话，打去了方默川租住房邻居那里，方慈请的盯着弟弟的混混，那个邻居，老老实实地跟管三数说，早就不知道了，一次酒吧里被你儿子教训后，再他妈就没敢接过这玩命的活儿。

忍了一个晚上，管三数头疼地白天继续找儿子。

酒吧里根本就没有，也许是故意躲了……

方默川昨晚没回租住房睡，先前姑姑打过来，说母亲在那边吃饭，他就知道，那只好

Chapter 19
从此，天南地北，从此，只忆往昔

先不回去姑姑那边了。

今天下午约了人吃饭，结果他被放了鸽子。

左正找他，他还没顺过来，所以不见！

查找电话簿，居然没有什么人，是他能单独约出来吃饭说话的，都是一些狐朋狗友，一帮人在一块儿喝酒起哄还成。

打给了刘霖，他记得刘霖今天是休息日，每周四。

刘霖在跟朋友一起逛街，不过也答应了跟他一起吃饭。酒吧里面不用他操心，他没有开车，那破车也够破的，好车卖了投资酒吧入股了，还没回本儿。

上了出租车，他去见了刘霖。

A大附近的火锅城，刘霖说："坐靠窗的位置吧。"

她是第一次来。

"不要了……"方默川瞥了一眼靠窗的位置。那是他和阿年，以往会一起坐的，所以，总觉得和别人坐去那边，别扭，即使这个人是普通朋友，那也不成。总是有许多地方，眼睛看得见的，心里面的，专属于了阿年，再无动摇。

找刘霖，方默川才开机的，一直在躲着母亲。

这会儿，刚坐下不久，手机响了，是母亲打过来的，他看了一下，没有接听。

"你这样是不对的。"刘霖淡淡地说，低头点菜，不再多言。

方默川还是没接。

管三数发现儿子开机了，立刻气愤地编写了一条短消息！手指不好使，她怕儿子再关机，一不小心又联系不上了，编写完长长的消息，发了过去。

还好，此时方默川也没关机，管三数这边，显示了已接收。

方默川打开收件箱。

"你表哥居然抢了你的女朋友？这到底是不是真的?！马上回来见我！否则我立刻去告诉你爷爷，再打给你身在北京的姑父！两表兄弟，竟然被一个死丫头挑拨到如此地步！你们真是昏了头了！"

"怎么了？"刘霖问。

方默川愣住，脸色难看，"抱歉，不能陪你吃火锅了，下次补上！"说完，方默川拿出几张一百的，他也没数，手有点在发颤，放下，转身迅速跑下了火锅城的二楼。

刘霖错愕，她还哪能吃得下。

叫来了服务员买单，服务员还是鲜少遇上这种情况，点了东西还没上，客人就急匆匆地要走。

刘霖说，我会全部买单的。服务员说不用，一部分还没上来的青菜，羊肉，这些都不用了，把打开的啤酒和锅底，蘸料，这些买单就可以了。

随便了，刘霖扔下了一百元，把手机和果汁塞在包里，离开……

出去的时候，刘霖四处张望A大附近，却已经见不到方默川的身影了。

她看着A大的这一片环境，相比市区，这里显得清静许多。刘霖知道，方默川在这里读过书，听说，他大一那年，屡次逃课，气得他母亲患上了头疼病。

刘霖倾听过管三数对儿子的抱怨，很认真地听。

管三数说，我给他规划了一切，做妈妈的，给儿子规划的，必然那都是最好的，可是我们家默川，把我给他规划的人生，生生地就给活反了……若说他这是叛逆，未免也叛逆得太严重了，这叛逆期，也太长了些。

刘霖接触方默川不多，也不算少，她眼中的方默川，不是个叛逆的人，相反刘霖觉得，他心……很有谱儿。

一个人转身，离开。

方家。管三数和儿子之间的谈话，并没有心平气和。

"你究竟是着了什么魔了？你到底是不是我的儿子！为什么一点都不像我！这就是你口口声声说着非她不娶的女孩子！她连你所认识的其他女孩子一根手指头都比不上！"管三数终于见到了儿子的面，怒得脸色难看，语气极差，"认识了你五年——转头人家就跟了你表哥！倒是会择优！你和你表哥都没长脑子是不是？"

方默川低头，喉结滑动，他紧抿着唇，他痛苦地宁愿自己，就此变成一个聋子。

管三数声音很大，控制不住："就你最没长脑子！为了她跟家里对抗！这就是对抗之后的结果？分手了不告诉家人，一个人躲在外面干什么？怕丢人？不敢承认这个事实？你们不愧是表兄弟，一模一样，看女人的眼光都一样这么没水准！那个丫头，她借着你终于走出了穷乡僻壤的破地儿！现在见识大了，认识了你表哥了，看——是不是人家就立马换人了！方默川，你让妈说你什么好？"

"妈你不知道说什么好，那就不要说了！"方默川眼睛红，攥拳。

"还不让人说话了？"管三数盯着儿子看。

不可思议，"妈对你特别地失望……妈虽然不喜欢那丫头，可你被人撬走了女朋友，方默川你不觉得丢人妈都替你觉得丢人！被别人撬走了还好，这个人偏偏还是你表哥？！平时你处处不如你表哥也就算了，谈个恋爱都谈不过表哥！怎么那么巧，表兄弟一起看上了这个哪都不如人的丫头，八成你表哥就是看你不顺眼，跟你抢人是在告诉你，别跟人斗！"

"我没有跟他斗……表哥不一定那么阴暗。"方默川目光淡淡，语气一样。

管三数抬手扶着额头，坐在了沙发上，叹气，皱眉……好半天才对站在旁边的儿子说："现在没了女朋友，你到底是怎么打算的？关上门你和这个房子里的才是一家人！你想以后一无所有？你才25岁，这个圈子里无数双眼睛盯着我们家，你不能比你表哥差！女朋友都是被你表哥抢走的，你想这件事传出去，你妈和你爸让人笑掉大牙吗？"

"谁传？我都无所谓，你们忍下不就完了？"方默川回来的目的，便是要安抚母亲，可他高估了自己，自己的性子，有点不太习惯服软，哪怕很凶的这个人是母亲。

"忍下就完了？"管三数笑，笑得眼泪都要出来了，"你是真想把你妈气死啊！忍下？还要忍多少？你表哥在老爷子心里，那是顶尖的孙子！你外公回去了家里住，你去看过没有？学学你表哥——把老爷子哄得服服帖帖！"

方默川舔唇，看向了楼上，大姐没有下楼来。

他单手插在裤袋里，皱眉看着别处："表哥没哄，以前我都是和表哥一起见外公，待遇相同。我没想过从外公那里得到什么，我也没有那么大的野心，如果您非得要外公给的东西，您自己去争抢——跟我无关！我饿不死，用不着姓管的接济我一粒米，您就甭惦记了……"

管三数眼泪气得就要流出来了，站起身，对儿子抬手就是一巴掌！

方默川一步不动，挨了自己老妈的打，能怎么样？受着！他嘴角动了动，看母亲，依旧是那个态度："妈，不要为难阿年。"

"你跟妈说什么？"管三数的声音发颤，也带了几分冷笑，"儿子，妈什么脾气秉性还用再重申吗？五年多……从你大一那年开始，到现在，瞧瞧……她把我儿子祸害成什么样子了，我能饶得了她？管家和方家不都是好欺骗的人！谁也容不下这么一个丫头！"

"容不下也得容。"他说，声音很闷。

"你是疯了吧？方默川，妈问你，你是不是疯了！"管三数快要不认识儿子了，"往后，看着你的女朋友，却要叫一声表嫂——儿子你心里好不好受？这件事情，我一定要告诉你姑父，看你姑父丢不丢得起这个人！你外公那个性格，若是知道你们表兄弟周旋在一个女人之间，这个姑娘就别指望好了，你表哥和你，谁也别想躲得过责罚！你们就算都长大成人了，上头永远还有要脸的长辈管着你们呢！"

"不说不就OK了？情情爱爱我们年轻人的事，跟您有什么关系？我都忍得了的事情，您替我出什么头？说出去，对您有什么好处？丢的不还是管家和方家的人？让别人知道管家和方家两个唯一的男人抢女人，妈您觉得脸上分外有光？"方默川努力说服母亲。

阿年，他护着，如果因为他，母亲出言羞辱阿年，他会有罪恶感。如果曾经的觊觎今天的失去，最终放手了，还是给阿年带来了不好的事，他会后悔当年去小镇，见她，追求她，在白日黄昏下，让目光流连在阿年的身上。

管三数冷笑："为什么是我们方家丢人？丢人也是丢一时！后期会好起来！如果很多人都知道你表哥抢了你的女朋友，他才是丢人的那个人！你看你姑父和外公怎么教训你表哥！除非他想气死你外公！管家丢不起这个人，你表哥管止深也丢不起这个人！"

方默川眉心紧蹙，从裤袋里摸出烟盒，拿出一支烟搁在了唇边，拿出火柴，手指颤抖地，划了一根，点着了烟……

他抬头冷笑，整个人都在飘忽地发抖，拿着那根火柴的手指，颤得最为明显，"妈，我不管你是不是针对表哥，我眼里就看一个阿年，如果您为难了阿年，这个家，我不会再回来，Z市我也不会继续呆，反正混蛋了这么些年，您权当没生我……天底下路很多，我就绕开Z市走……"

说完……他便转身。

方默川不知道母亲气成了什么样子，可他服不了软，若是服软了，母亲会变本加厉的。再一次离开家，站在外面，眼睛里那抹红色血丝，是心头的伤，若不是体内哪里真的疼了，怎么会如此。

叼着的烟，抽着却忽然觉得无味，方默川嗓子里干干的，薄唇动了动，洁白牙齿愣是把那一根烟未燃的半截，在口中咬碎了，吐出去，真他妈难吃……

"饿了也别吃烟啊，不辣吗。"刘霖把手中的水递给他。

一瓶果汁，方默川皱眉接过，漱口。

"不放心，所以打算来看看怎么回事。"她看他，"没事吧？"虽然不知道什么事。

"还不知道。"方默川叹气。

一起离开了家的附近，路上，方默川双手插在裤袋，看北边，叹气，看南边，叹气，垂头走路，叹气。

路边跑过一孩子，方默川笑："我想过，我的孩子，一定得像阿年多一点，那叫一个乖啊，我要当个好爸爸……"

"很难过吧。"刘霖问。

方默川摇头："也不能叫难过，就是突然觉得，从我生，到我死，这漫长的人生路上，不会有结婚，生孩子，这些喜悦的事了。"

阿年现在盼着所有失恋的人能好，不敢说，只在心里偷偷地祈祷，因为想起方默川，她会内疚得心惊肉跳，而责问自己，你却可耻地生活很好。

悄悄在自己的手心，用蓝色的圆珠笔，写上了"可耻"二字。

"在干什么。"管止深走近，问她。

阿年攥紧了手心，抬头笑了，"没事，我看书……"

和管止深一起来公共图书馆，是一件很有意思的事，他引人注目，走在书架这边那边，看书的姑娘们窃窃私语，她老实地坐着看书。

偶尔他走过来，纠正一下她的坐姿，离书太近，伤了眼睛。今天阿年是实在无聊，他说集团内无事可做，便来陪她。

"在看什么。"管止深也坐下，凑近阿年。

"你看这些老照片，黑白的，每次看了都会小小激动。"阿年手指点着的，是书上的配图，黑白的，大多都是一些伟人照片，那时并没有彩色的。

管止深挑眉，"激动什么，什么时候你见我激动激动，我才感动。"

"不是啊。"阿年说正经的，"说不好，这就跟我看完别的国家奥运会开幕式，再看2008年北京奥运开幕式一样，总是指着电视屏幕说，看，中国人就是多，威武霸气……"

阿年现在最在意的两件事，一是怀孕生孩子，一是做一名新闻工作者，严肃认真地去做。

管止深认为，阿年可能年纪还是太小，经历得少了些，沉不住气，他答应了她给她安排杂志社工作，她就认真得上心了，泡图书馆，目光留在书上的时间，比留在他身上的时间多很多。

"你喜欢列宁？"管止深蹙眉，问阿年。

阿年摇头："倒也不是喜欢，就是三分钟的热度感兴趣。"

管止深陪她一起，在一旁很安静地，列宁结束流亡生活，1917年回了彼得格勒，他填写职业时，写下的是"新闻工作者"。管止深觉得阿年可能对这个感兴趣。列宁的新闻工作，是为"革命事业"服务。——阿年如此正式地研究这东西，管止深头疼，看来，她是把他安排工作那话，记在心上了。

阿年看书，不知道管止深在想些什么，可阿年想让他明白，她在意工作，读书这么多年，不是为了每天吃饭睡觉，无滋无味地生活着，她在意工作，在意生活上的另一种乐趣，也可称之为，和他无关的那一部分乐趣。

有了一份工作，如果能是自己所爱好的，那是幸运临了头。阿年不知道以后会不会有他认识的人，朋友，亲人，瞧不起她，说她完全是个没用的人。

阻止不了别人的看法，但是起码，在那之前要尽所能地自立起来，不是一个就连简单的吃饭穿衣，都要依靠他的人，像一只不长手足的软体虫子。

她希望自己的认真，能让管止深看到，不要因为工作的事压制她，阿年不想跟他争论，不想跟他吵，埋头看书，希望他懂得。

阿年的手机振动，她拿过来看，是微信。

方默川发来的。

打开来听，却没有声音。

阿年发过去了一个问号……

方默川回复，哦，发错人了。

阿年回复了个……＝＝

酒吧中，方默川拿着手机，又把手机搁在了桌子上。

方慈头发梳了起来，戴着鸭舌帽，脸上化了妆，所以那个巴掌印子，看不太清楚。方默川本想跟阿年说些什么，关于母亲知道了她和表哥的事。

看到了方慈，才收回了想说的话，一松手，空白地发了过去。

他放下了手机。

方慈进来就看到了弟弟，坐下了，酒吧里音乐声音不大，算是气氛挺好的，喝喝酒聊聊天的人很多。

"妈让我来的。"方慈说。

方默川抿唇，点头。

"姐不跟你兜圈子了，妈说，你想护着那个阿年安生，就得听她的，半个月之内订婚，一个月之内结婚，并且去她安排的地方工作！"方慈说完，小心看着弟弟的脸色，其实母亲这样逼迫弟弟，她也觉得过分了些。

方默川没有过多的震惊，身体向后仰了仰，椅子腿儿发出咯吱一声，他半靠在椅子背上，双腿抬起，搁在了酒吧的桌子上，优雅地交叠着，他双手十指交叉，搁在了颈后枕着，"半个月之内订婚，一个月之内工作，结婚……我要不要大街上拽个大了肚子的孕妇，俩月后让妈当奶奶？"

"别这么说话。"方慈皱眉。

"那我怎么说话？"方默川冷哼，"我只能做到半个月后残废，一个月后死，出殡。"

方慈是跟弟弟商量的语气，"那你不顾那个阿年了……"

方默川呼气，是啊，阿年，怎么办。

难不成，发一张请柬，请了表哥阿年，看他一个月结婚么，妈的，跟谁都不知道……

方默川尤其喜欢春天，冬天。

他不喜欢秋天，夏天。

甚至"深秋""炎夏"这四个字，他看到了都会厌恶，感到浑身不舒服。

春天的时候，很神奇的，他的心情会变得很好。冬天，是刺激他玩性大起的一个季节，他喜欢北方寒冷雪天的畅快。也忘不了抱着阿年在雪地里打滚的时光。

寂寥深秋，炎热夏季，这两个季节，他就把自己弄成了一只被困笼中的鸟。阿年大一那年，他在Z市，读大四了，夏天就很少带阿年出去玩。

失去阿年，等于失去了他最喜爱的春天。没了春天，起码他还有一个冬天，寒冷满身，他就单得痛痛快快。

算是给了自己一个交代，给一段感情，一个交代。

被母亲逼婚，如果失去阿年之后的现在，结束感情，娶了阿年以外的其他女人，这算什么？一场他并不想迎接的春去秋来？

方默川不想要别人。

谁他也不要……

方默川对方慈说，让我考虑一个星期吧。

只需要一个星期的时间，便会给妈妈一个答案，这一个星期，请妈妈你们，装作什么都不知道，不要为难阿年。

方慈点头，劝了弟弟几句，就离开了酒吧。

很晚了，方默川接到了方慈的短消息，方慈转达了母亲的意思，一个星期，也就是7天后，必须要有一个答案。

方默川看了一眼，放下手机。

三天后，是阿年外婆的生日。

去年的这个时候，方默川在北京焦急万分，担心阿年生他的气，因为阿年要一个人回去给外婆过生日。

今年，表哥会跟阿年一起回去吧？

方默川想要补偿阿年，给她一个无忧无虑的小空间，让她安心地回去给外婆过个生日，这些麻烦事和麻烦人，等回来了Z市，再研究，面对。

等表哥和阿年回到Z市，没几天，就是外公的生日了……

表哥心里应该有数，这样重要的日子，不如，就公布了阿年吧……

即使有些表哥和阿年在一起的画面，他非常不想看到，但仔细一想，若是永远看不到，那阿年算表哥的一个什么人？

就是有这么纠结的一幕，表哥带着阿年，将阿年公布出来，他看到了心疼，不看到，心还是疼。

只要阿年不疼，就好。

8月6日。

一大早，阿年被手机铃声吵醒了，她拿起来手机一看号码，惊讶。

李秋实老师……她打来干什么……

"喂?"阿年接了。

"是阿年吗? 你今天有没有时间，我们出来见一面，我有些事情要跟你说……"李秋实开口，语气温柔。

阿年愣了一下，"有的，好啊……那在哪里见呢?"

早上八点多，阿年和李秋实在市中心见了面。

都没有吃早餐就出来了，所以，找了个地方一起吃早餐。

阿年不是特别外向……

但也不内向。

就是跟不太熟悉的人，总是保持着一定的距离，对无法回答的问题，总是习惯性地闭口不言。

小时候别人说，阿年，你这样不礼貌，可阿年觉得，真的无法对不喜欢的人笑出来，真的无法说苦的东西很甜。

也正因为如此，管止深会认为，他家阿年可以自立，可以工作，但不适合正式的职场，可以选择，比较适合她性情的职业。

他看过几篇阿年在大学时写的随笔，那和阿年这个人的性子，感觉完全不同，生活中的阿年，和拿起笔的阿年，是两个灵魂。

也许成为一个新闻工作者，不是不好。

"老师，你身体怎么样了。"阿年尴尬地问了一下。

不知道什么样的开场白才合适，也忐忑，不知道找她来是什么事，不见吧，阿年总觉得是自己小气了，见了，也着实尴尬得无语。

"叫我秋实姐吧。"李秋实微笑。

阿年点头，却叫不出来，古怪得很叫姐。

李秋实首先道歉："阿年，我并不知道你还没见过止深的家长。止深的姑姑，默川的妈妈，来找过我了……"

阿年惊住。

"她从我这里问，止深现在的女朋友是谁，我说了是你……今天偶遇了江律，我才听说，你还没有见过止深的家人，希望没有给你带来什么麻烦。"她说。

阿年拧眉："他姑姑都不知道我的存在，不知道他恋爱中，然后去问了你，他的女朋友是谁……这不是很明显，她家人不知道我的存在吗。"

"我是觉得，也许你见过他其他的家人了，姑姑这种外亲不知道呢。"李秋实对她说，眼神在问阿年，没生气吧。

阿年是对李秋实有防备的。

管止深和李秋实过去是怎么一回事，阿年不了解，只是听着每个人的一面之词。

阿年担心守不住身边的有情人，像是方默川没有守住她一样，谁知道，口中的天长地久可信不可信，阿年觉得，自己那么狼心狗肺地离开了默川，也说不好会不会有人狼心狗肺地离开自己……

总是害怕着，报应，也会来到自己身上。

有一部分人的感情和承诺，肉眼看看，耳朵听着，真挚无双，可往往最后你知道，那只是你智商因爱透支后，所看到所听到的一些假象。

阿年特别不喜欢别的人叫他"止深"，除了管止深的家人们。

对于李秋实的道歉，阿年态度并不明朗。

孩子死心眼儿，一根筋儿了，她想不通的是，她觉得自己都够笨的了，当过她老师的人也反应慢吗，老师会不知道她没见过管止深的家人？会不知道她以前跟方默川什么关系？阿年所知，老师跟管止深认识多年，也认得方默川。

中午见到管止深。

说起这件事……

"我不是告状，就是不知道我是不是想法太死心眼儿了，怕冤枉人。"阿年声明。

管止深说："死心眼儿也挺好的，起码不会在她身上受到欺骗，轻易地相信一个人，不死心眼儿地随心计较细节，往往会吃亏。"

"管止深……"阿年叫她。

他蹙眉："嗯?"

"她欺骗过你? 你的表情出卖了你。"阿年说。

管止深把阿年搂在怀里，两个人走在路上，树下，阴凉小道儿上，高高的男人身影，搂着这个纤瘦的小身体，轻笑开来："你想多了。"

阿年攥住他的手，抚摸他的掌纹，嘿嘿。

Chapter 19

从此，天南地北； 从此，只忆往昔

187

管止深薄唇紧抿，思绪走远，搂着阿年往前方停车的地方走，眼前树枝柔软，垂下摇摆，他驻足，抬手在树上揪下一片柳树叶，放在唇边。

往前走，阿年四处看，说，"明天早上出发了，你见我外婆，会紧张吗？"

"紧张。"管止深蹙眉。

"啊？"阿年一听，现在就紧张了。

壮烈地说："管止深，我是抱着一个什么目的，我就是想听你说服外婆舅舅和舅妈，然后我随便你带到天南地北哪里去，这次的决心，和我17岁的时候，一点都不一样，我长大了！"

管止深站住。

他手指摩挲她严肃的脸颊，笑开，"阿年，我是抱着一个什么目的，我是想给你种上！带着姓管的小苗，去见你家长辈，然后你只能随我带到天南地北哪里去，不能回头。"

"这么贫啊——"阿年松了口气。

看来他是一点都不紧张……

管止深唇边的细长绿色树叶，在他修长手指上轻轻捏着，男人薄唇一动，吹出了好听悦耳的声响……

他说，姑姑知道了就知道了，我认定了，谁能阻碍。

▶▶▶ Chapter 20
一把糖果

管止深跟他的家人说，6号晚上，他就出发了，出差去别的城市。

7号上午，九点的航班。

6号这天的晚上，阿年和管止深住在一起，睡在一起，回了市中心，那处高档的住宅小区。

以往阿年有过深刻的教训，每次到了晚上，被管止深一番折腾完，第二天早上，她一般都起不来床，无数个发生在床上的惨痛事实，历历在目。她本身就是个赖床的懒家伙，那样过就会更赖床。所以晚餐的时候阿年就跟他说了，严肃的语气，管止深，晚上只是安分地睡觉，单纯地睡觉，行吧……

管止深抬头："你想多了。"

阿年囧……

由于明天早上真的要早起，晚上，管止深让阿年八点就睡觉了，她洗了澡上了床上，蒙着被子，管止深下楼了，在楼下的书房里忙碌。

明天去小镇，他想让阿年有个充足的睡眠，她白天就可以精神一些。

阿年微信催他，上来，睡觉。

不想他熬夜。

管止深实在觉得微信这东西很麻烦，说了话，还要等对方回复。他直接拨了阿年的号码，阿年接了，他说："我上去你就别指望睡了，听话，自己先睡，这样的情况下，明早如果你还起不来，看我怎么收拾你……"

阿年怕，迅速地挂断。

情生以南

闭紧了眼睛，睡觉。

一直到深夜，他还在楼下书房中。

管止深早已忙完，一个人坐在只有月光照进来的书房里，周围分外安静，书房两面都是落地玻璃窗设计，入眼，通透的黑。

他蹙起眉头，目光深沉地望着这夜色，点燃了一支烟，深深地吸了一口，薄唇微张，青烟逐渐散在了薄唇边。

夹着香烟的那一只手，抬起，拇指和无名指，轻轻按着太阳穴的位置，管止深闭上了眼眸。明天离开Z市，再回来，马上就是爷爷83岁生日，当天姑姑和母亲必定都会在场，阿年，他是带去，还是另找一个人少的场合，需要多方面考虑。

不会冲动，感情的基础，似乎还不太稳。

他又看过阿年在日历空白处写的话了，几天前，是阿年离开这个家的那天。阿年写道：还会不会回来了，为什么现在越来越怕，总是认为，年轻就应该不顾一切地去爱一个人，哪怕是冲动了，也敢于尝试这么一次，然后，未来和他究竟怎么样，都不管。小心翼翼等他，带我回来。

看了，他本该开心吧。

可是他不开心，看到阿年这样为他，他心中感动之余，有着伤感。阿年有了义无反顾的心，却也在担心未来。他到底要怎么做才能让阿年真的认为，他是要和她生活一辈子，认认真真。阿年不离，他一定不弃。

也许只能交给时间，从认识开始，到现在，总共才三四个月，也不怪阿年总是恐慌，阿年只要一想到他的家世地位，就会不敢看他，总怕他瞳孔里的自己，渺小，如同一粒轻尘。

如果将来，给他一个合适的机会，管止深很想让阿年看到，他，和街上的其他男人，并没什么两样。

阿年说，小心翼翼地等待，他带她回家。他会带她，一定走到哪里都带她。管止深在稳稳地用心等待，把她带到未来的幸福里，做真正的一家人。

8月7号早上。

阿年醒了的时候，管止深也醒了。

阿年看到行李箱在地上，这次两个人共同用一个，他在往里面装东西，阿年瞬间就精神了，下床抢过了行李箱："这些——都让我来。"

阿年觉得自己该有一个做人妻子的样子了，做菜没他好吃也就算了，整理两个人出行的东西，她再及不上他细心，那她就得做好下岗的准备了。

一个人在楼上卧室，书房，洗手间，穿梭着，生怕忘装进去什么东西。

管止深在楼下厨房忙碌。

他说，早上在家中吃了早餐再走。

整理好所有的东西，阿年洗漱完毕换了衣服，接到了向悦的来电，让她开电脑，聊一会儿。

管止深说还有时间，在楼上书房聊吧。

阿年开了电脑，链接视频。

向悦和乔辛这会儿身在澳门，俩人一个劲儿地显摆单身多么多么潇洒，下一站要去香港，阿年听了欲哭无泪，这是赤裸裸地气她呢。

她们开心，阿年也就开心。

乔辛和向悦问起，阿年和郑田相处得怎么样，会不会不和？阿年说，郑田不把她当外人，这样相处着真的很舒服，就像和乔辛向悦一样，简简单单，朋友好，自己就也觉得很好。

郑田这些天在拍马一个前辈，问杂志社缺人不，万一缺人，阿年立刻汇报给管止深，软磨硬泡，也得让管止深给她安排进去。

那个前辈是一名编辑，让郑田帮忙写一篇关于"青春"的短篇文章，要刊登的。

郑田觉得这东西阿年擅长啊，就把这件事揽了下来，回头，任务交给了阿年。

阿年顿时压力大了起来，以前在A大，她那几篇文章刊登在网络上，不是特别关注她的人，谁会看啊。

就连阿年自己，打开网页，都是率先冲向八卦论坛！

"青春要从哪儿算起？"向悦问。

阿年盯着屏幕里的向悦："十一二岁……十三四岁……？"

"那个范围是早恋！"乔辛说。

阿年拧眉："为什么青春要和恋爱有关？"

乔辛摇头："反正就是缺不了恋爱吧，你回头问问郑田，具体这个青春是要以什么为主题的，毕竟是Z市教育杂志，情情爱爱的话题估计刊登不成。"

"关键是阿年没撕心裂肺恋爱过。"向悦说着大实话，"唯一的那段十七岁开始的一小块儿青春，还被方默川给吞了！吞完就滚去了北京，好几年回来，丫的活该他被阿年甩！"

乔辛朝向悦的白嫩小脸上狠狠地拧了一下。

"你能不能不数落人家方少爷！最近听你数落，耳朵都要长茧子了……"乔辛喊。

阿年看向悦，向悦还是没心没肺地笑了起来，阿年看得出来，向悦估计心里是对方默川莫名其妙地就恨了起来。

这种恨，不好说出口，表达上也奇奇怪怪，也许是左正和方默川太奇怪了，认识四年，一声不响地，突然这么吓了向悦一回。

三个人聊着聊着，就又变成了欢乐模式。

乔辛不服气："我比你生日大，得是你姐，凭什么你就先找到了另一半……"

阿年努力逗她俩，管止深的这个椅子很大，她干脆一会儿蹲在上面的姿势，一会儿跪在上面的姿势，看着屏幕，一脸甜笑，双手捧着自己的小脸儿，无比装模作样地嘻嘻，臭

情生以南

美巴拉地对屏幕里那俩人自恋道："有原因吧，就是因为我青春无敌可爱美丽漂亮，漂亮得管止深一见到我就晕倒，医院救护车都……都……"

"怎么了？"乔辛问她，继续臭美啊，见鬼了吗。

阿年腿一软，差点从椅子上掉下去，扑腾——俩手把住了书桌边缘，纠正坐姿，头低得要没了……

管止深，什么时候站在门口的。

咳，管止深早上起床就有些感冒症状，昨晚睡得晚，吹了空调导致。这会儿咳了一声，他关上了书房的门，以免阿年觉得尴尬，他点了支烟，单手插在裤袋里……轻笑，露出雪白好看的牙齿，下了楼。

阿年伸手，"啪"一下，把手提扣上了。

心情一点都不美丽了……

十几分钟之后，管止深电话叫她，怎么不下楼吃早餐？

阿年跑下楼，低头站在他身边，咕哝："这么快就可以吃了啊。"

头都不敢抬起。

管止深站在她身后，双手轻按在阿年的肩上，吻着阿年的脸颊，身体某处蹭着阿年的身体，热气喷在阿年的颈上："我刚才上楼，不是叫你下来吃饭么，早餐都做好了。"

"你在楼上，没说过话……"阿年脸红，心，加速跳。

管止深蹙眉，他上去，没说过话么？

这一个早上，太阳升起的形状仿佛都不是圆的。从吃早餐开始，到管止深攥着阿年的一只手上车，出发去机场，阿年都处在萎靡中。

飞机上，阿年靠着他睡着了。

睡了一路，快抵达的时候，醒了，吃了一点水果。

下了飞机，跟他走出机场，阿年老老实实地跟在他身后，这次没被他攥着一只手，而是她拉着他结实的手腕，一路走，阿年一路需要飞快地跟上，他的腿长，迈出一步，快要顶上她两步。

找机会开口，解释一下：早上那都是瞎说的，我不无敌可爱美丽漂亮，你也没有晕倒……

管止深不给她机会。

机场外一辆SUV，车牌号是这边市区的，司机下车，把车钥匙交给了管止深，管止深接过，那个司机上了别的车，离开。

阿年上车，管止深把行李箱放在车上，也上了车。

"不用打开导航吗？"阿年问他。

管止深看她，然后打开了导航。

可是阿年一直盯着他，他只是看路，开车，并不看导航指示……

这个地方，从机场到市区，再从市区到小镇上，路绕来绕去阿年都分不清哪里是哪里，自己开车会迷路，导航她也看不太懂。

而管止深，全程没有看导航，直接找到了小镇。

开车不到一个小时，抵达。

车开到了小镇上，阿年纠结了，"管止深，你怎么跟走在自己家一样？"

"没有。"管止深看她。

"什么没有？你都不看导航……"阿年指着导航。

而且他走的路，似乎比导航上的近许多。

"我看导航了……"管止深说。

阿年："……"

明明没有看！

车开不进去巷子里，所以只能停在巷子外的小超市门前，阿年纠结："这里来往车多，人多，会不会被刮花了？"阿年觉得，他是借的别人的车吧，刮花了那多不好。

管止深觉得阿年又想多了，为了让阿年不惦记车的问题，他进去小超市买了一包烟，超市是老板娘售货，管止深给了老板娘一百元，帮忙看一下车。

出去的时候，阿年习惯性地拽着他左边手臂，淡淡地："你又接地气儿了一回，不过一百块给多了。"

他站在巷子口，打算抽完这支烟再走。

他看着阿年，喜欢一个人，得到什么程度才算满心踏实地拥有？他不知道。

也许是彼此已年老白发，才算，黄泉白骨，那时彼此身上也只刻着对方的痕，才算。

他是第一次这样喜欢一个姑娘。

管止深伸臂，拥抱阿年。

两个人拥抱在一起，小巷子里有人经过，认出了阿年，那位阿姨带着浓重的地方口音，跟阿年打招呼。

阿年赶忙推开管止深，也打招呼："阿姨好……刚回来的还没到家。"

那阿姨打量了一眼管止深，回了家。

古老稍显破旧的巷子里，阿年，多年来是第一次在家门口羞红了脸。

一个拥抱其实很平常，若是搁在Z市街上，任何一处也许这都没什么奇怪，但在小巷子里这地儿，怕会落人闲话。管止深这个人，从头发丝打量往下，外表气质自是尊贵不凡，但是习惯性地，会被人单单理解成"有钱男人"，只给你这四个字标签，多余的标签，没有。

"会说我什么？"管止深不懂。

阿年和他一起往外婆家那边走。

看他一眼，尴尬地说："其实还好，我的打扮和长相，从高中到大学，再到毕业的现在，基本上没怎么变过。如果我今天回来打扮得花枝招展，浓妆艳抹，穿着暴露，也许到不了明日一早，闲话就得从街头传到街尾巴了……"

管止深一开始没懂，不过很快就明白了阿年说的是什么，他家阿年，就这一副淳朴自然的小样子，希望不要因他而被人误会。

阿年叹气，跟他说："你知道吗？我舅妈说，小镇上有那种专门爱制造人家闲话的人，烦。即使哪家的姑娘打扮得很普通回来了，但只要姑娘身边的男人是有钱人，开一辆百十来万的车，就会被人说成这姑娘是回家打扮一个样，出去又是一个德行……"

"思想丰富。"管止深抬头，看眼前的阿年外婆家。

阿年点头，是丰富。

那些不愿意相信别人过得真的很好的心理……

不过，也真的存在那种女生。

阿年的舅舅和舅妈出来迎接，外婆也挂着拐棍出来了，一大把年纪，腿脚不好，见到了管止深，外婆满脸的慈祥笑容，伸手，恨不得快走两步到外孙女儿跟前儿，管止深上前扶住了老太太："外婆，我扶您进去。"

外婆欣慰，点头。

这人是好是坏，还待观察。

外婆希望阿年早点回来，在小镇上多呆两天，让她这心里不踏实的老太婆，好好审一遍这外孙女儿未来的丈夫，这个有钱人，什么作风。

管止深把外婆扶到了客厅。

简单的客厅里，比上次回来，大变了样子的。舅妈在门口忐忑的跟阿年说，"我让你舅舅前几天新买的沙发，招待客人，这样子阿年看着好不好看？"

"你舅妈选的。"舅舅说。

"舅妈的眼光很好！"阿年笑。

门口三个人说了几句悄悄话，舅妈大概就问了问管止深的个人习惯，有没得需要注意的，吃饭的口味，或者不爱吃什么忌口的？

阿年摇头，说没有，一切正常就好了，不用特别在意……

回来一趟这么折腾舅舅和舅妈，阿年不好受。

老太太喊着儿媳妇，泡点茶。

"来了，妈——"舅妈答应完，就先过去了。

阿年看舅舅，问："最近怎么样舅舅？"

"家里一切都挺好，你都不用惦记……"阿年舅舅说。

"新买的衣服吧……"阿年笑，轻轻拍了一下舅舅身上的衬衫，白色的，一看就是新买的，新衬衫的叠痕还在。

舅舅更不好意思了："你舅妈非让我穿，怕人家来了咱们家笑话。"

"笑话什么，他不会……舅舅这衬衫，真帅！"阿年竖起拇指，轻轻地拥抱了一下舅舅，在阿年眼中，舅舅人很好，这些年只顾着忙碌赚钱，为了外婆为了养活一家人。

这个已过中年的男人，也犯过错，出轨，外甥女也知道这件事，所以，面对外甥女他会没脸，抬不起头。

拥抱了舅舅，安慰舅舅，希望舅舅不要总是一副抬不起头的样子，舅舅是阿年很感激的人，在她的童年里，青春里……舅舅担任着父亲的角色。

也许舅舅总是以为，他做得不尽完美，没能在教育和生活上，做到预期那样好，阿年早恋，17岁认识方默川，而后19岁跟方默川离开南方，舅舅心里憋着一口气，怕阿年的未来栽在这个小子身上，当舅舅的有对外甥女思想教育上不尽职的责任。

舅舅以前总会说，自己是大俗人一个，啥也不懂，但就是想，好好尽力把阿年给供出去，阿年大学得考上清华北大，卖血也得供。在小镇这边人的眼中，谁家孩子考上了清华，会放鞭炮庆祝一番，请人吃饭。

阿年始终明白，舅舅为她付出许多，比自己的那个亲生父亲，要好何止千百倍。

为此阿年总是自责，当时17岁的年纪，考虑事情和现在不一样，人不成熟。那时候，就是跟方默川走了……一点都没有为舅舅和舅妈考虑，辜负了舅舅的期望。

巷子不大，阿年家里来了一个重要客人，就都知道了。

方云不光是让儿子带来了贵重礼物，还给阿年外婆准备了一些北方特产的补品。老太太点头，满意不少，听说男方的家庭非一般好，但这该走的礼数，男方一点没差。

管止深打给了母亲。

方云提前就对儿子说了，到了那边，一定要记得打个电话回来，方云要亲口跟老太太说说话，提前祝老太太生日快乐，长命百岁，表示一下对老太太的尊重。这样一来，老太太想必会对她儿子管止深的印象，好上一层。

老太太和方云通话中。

阿年见外婆这样乐呵，很开心。

管止深让她陪着外婆，他的手机在外婆手里，阿年在外婆旁边站着，见到管止深跟舅舅出去了，出门之时，管止深给舅舅点了一支烟。

舅妈出来，阿年问，舅舅和他干什么去了。

舅妈说，老太太吃的药，只有市里那家医院有开的，早上买招待客人的东西，一忙活就给忘了，老太太晚上没药吃了。舅舅说现在叫计程车去一趟市里，管止深有车，就说跟着去一趟市区医院。

"说了不用，非要去，人倒是真不错。"舅妈跟阿年说。

阿年笑："让他去吧。"

阿年觉得，自己到了他家，和他到了她家，完全是两种样子……社会阅历丰富的男人，做什么都那么自然周全。

阿年惭愧。

老太太和方云聊了有二十分钟才结束。

外婆把手机给了阿年，阿年接过，在手里拿着。

老太太看阿年，也看自己儿媳妇，笑着说："亲家那头的人，听着说话应该是能好相处……说对咱们阿年当亲女儿似的。"

"是真的，很好相处……"阿年让外婆放心，不要担心她受欺负。

阿年聊了一会儿那头的人都什么样，外婆还是放话了："你们两个人的年龄上，我和你舅舅舅妈，心里头都不太满意。不过要是两个人对上眼了，我们当长辈的也不阻拦……给你找个年龄相当的，结婚了……对你不好也全都是白搭。他要是真疼你，外婆就什么也不管，外婆还能活几年……这都说不准的事儿……这次你们回来，外婆就品一品这人，如果实在不好，外婆这心里头可下定了决心，硬闹，也得给你闹黄了不可……"

阿年惊。

外婆又说，语重心长的："别家的人老来跟外婆闲说，你家阿年哪，可得看住了，到了外面就野了……别被人骗了去。外婆听了这话不乐意，我们家阿年老实，但不傻，心里头有数。可是你妈当年外婆觉得可聪明了，还是没理智嫁了你爸，拦都拦不住，看，下场就是让家人都跟她操碎了心……结了婚和结婚前，两个样子，一个人闷头在那边吃亏吃苦，家人在南边，丈夫家在北边，孤孤单单的。"

提起阿年妈妈，外婆又湿了眼睛，阿年伸手给外婆擦了擦眼睛，眼圈儿也红了……

"没事，现在想起你妈……也不心疼了，都过去这么多年了……人和人还是不一样的，外婆看人也就看个表面，没两天你们就走了。这人好不好，还得你自己心里明白。"外婆拍阿年的小手。

阿年点头。

下午，管止深和舅舅回来了。

家里人在忙晚饭，阿年去厨房里帮忙，舅妈问阿年，会不会自己做饭？阿年实话实说，会做，就是没管止深做得美味吧。

舅妈惊讶，高兴，敢情这个男的还会下厨，那可挺好的，阿年往嘴巴里塞了一个黄瓜片，说，他还会洗衣服呢。

也好奇怪，管止深不会机洗衣服，他不会操作，活了34年他见过洗衣机，却没碰过洗衣机，只会手洗。

舅妈愣住了一会儿，思量着该不该问阿年，该不该问都问了："阿年，你俩……住一块儿了？"

阿年捂着嘴巴，觉得是一不小心说错话了。

"嗯。"诚实地点头。

叫舅妈不要告诉外婆。

舅妈明白。

不一会儿，门口的舅舅去了水果店里，拿些水果回来。

管止深一个人站在门口，不知在想什么。

阿年外婆和舅妈让阿年带管止深出去走走，别晾着人。

阿年说不用，帮帮舅妈忙吧她还是，舅妈一个人忙不过来……

"那你洗菜，去门口洗，陪他说话……"舅妈给了阿年一大盆青菜，各种东西都有。

阿年端着，就去了门口。

放在台阶下，阿年看了一眼管止深，他抬头看着外婆家对面的房子，出神儿。阿年去拿了一个小凳子，在门口洗菜。

让管止深坐在一旁的石头凳子上。

"小点声别让人听见了，我外婆说，这两天要观察你呢，不对，是考察你……"阿年说，紧张，叹气，怕他不过关。

不过阿年对他还是有信心的，就是太紧张了。

谁知道外婆看人的标准会是什么。

管止深摸了摸她脑袋，顺毛："别担心，接受考察。"

阿年叹气，鼓腮……手在大盆子里乱洗菜，一个人嘀咕嘀咕的："你心真大，大得跟个红萝卜似的……"

管止深看向盆子里的大红萝卜，长得那么奇怪，跟他的心怎么就一样了？

阿年抱着洗完的红萝卜进屋，攥拳，捶了一下。

管止深无辜，他的心挨揍了，惹到她了？

好疼……

晚餐的时候，聊了一些家常，基本上都不是管止深主动说什么。

他觉得，他对阿年的心意，不用说，做到了的，才算是他好。舅舅跟管止深交流，家里的两个男人，两个辈分，接触的领域不一样，舅舅也不敢多说，舅舅说卖水果的学问，管止深不懂，管止深如果说投资和股票，那舅舅直接就得跟喝了二斤白酒似的，直接倒下。

外婆就使劲儿把阿年小时候的囧事往外倒，听得管止深笑出了声儿，阿年都不记得了，怀疑外婆是不是瞎编的，不敢插话，只能飞快地吃饭。

晚饭之后，才五点半多。

夏天，白天比较长，距离天黑还有时间。

阿年准备带他出去转一转，上一次，委屈了他在旅馆住的，两个人在一起也不是现在这种感觉，阿年准备带他好好走一走，介绍一下小镇。

一起出去。

刚出门口，就遇到别家的媳妇儿推着个婴儿车，孩子在里头抱着个奶瓶子。

阿年不认识，阿年舅妈出来，问了那媳妇儿一句："吃完饭出来溜达啊……"

"这是那个外甥女儿？"小媳妇儿问。

阿年和管止深跟邻居简单打招呼，看来外婆和舅妈总是会提起她的。

蹲下逗了逗小孩子，小孩子朝阿年挥舞着小手，奶瓶子都不要了，一激动俩手一起挥

情生以南

舞，奶瓶子直接扔出了婴儿车。

"好大的劲儿啊。"阿年轻轻摸了摸小孩子的脸颊，喜欢，又不敢碰。

管止深捡起奶瓶子，给了阿年。

他家阿年，受到小孩子的欢迎了。

阿年把奶瓶子塞进小孩子手里，邻居说，喜欢小孩子，结婚，也抓紧自己生一个。

阿年腼腆地笑。

和管止深离开家门口的时候，阿年问他："可爱吧?"

"嫉妒。"管止深却没兴趣，只对自己的孩子有兴趣。

阿年无语："这有什么好嫉妒的!"

两个人一起往巷子外走，肯德基里走出来一群人，脸上都是洋溢着青春的样子，和阿年很搭，和管止深一点都不搭。

咳，其实就是阿年和管止深站在一起，非常不搭，所以引起了别人的注意。

"阿年?"同学惊呼。

阿年囧，远处扑面而来的都是谁家娃娃啊……

一个她都不敢认了，样子，多少变了。

女同学打量着阿年身边衣冠楚楚的男人，管止深等阿年介绍一下，可是转头，阿年也是一脸迷茫状儿，不认得人。

人家自己介绍自己。

"我是……"

"她和他是……"

一番介绍，阿年才认了出来，是小一届的，在这个小镇上，大家以前都熟悉，经常一起玩儿，所以不分谁比谁小，差一岁，也玩得到一起去。不过其中好几个，都是初中就分开了，长得完全变了!

"还记得当年咱们在河边沙子地上，烧火烤地瓜吗?"一个伙伴儿问。

阿年想起来了。

"小晨?"她问。

一个一个地说，记忆被唤起了，然后抱成一团，管止深被无视了。

不过管止深可认出了一个男生，比阿年小一届，那如今也是21岁了。曾经一个雨天，管止深出去，在小镇上默默地找阿年，担心阿年下雨没带雨伞，阿年身体不好，淋雨就发烧。可是阿年呢，正被一个男同学截住了，在胡同口的角落里，被男生表白，这个男生，自然就是眼前这位。

大家说找个地方坐一会儿去吧，反正大家没事。

烧烤店，啤酒，烤串，没人怎么吃，就是聊天。

阿年说："放假了真好啊，你们几月返校?"

"八月底就得走了，也没多少天逍遥了……大四的日子想都不敢想。"同学说。

阿年安慰，其实没那么可怕……早晚都得毕业。

"敬你一杯。"桌上，某21岁的男同学站了起来，对管止深说。

管止深抬眼，挑眉。

在挑衅他么……

在座的人都知道，此男生喜欢过阿年，担心"情敌见面，分外眼红"，虽然这情敌迟了许多年才见到。此男生对阿年死心归死心，但是看到阿年身边的管止深，还是会为了当年被拒不服气。

阿年怕管止深对人家小孩子态度过分，小声告诉管止深："态度好点。"

管止深冷笑，真的是小镇见情敌，分外不爽。那时候在小镇上，雨天，就是这小破孩子说他家阿年长得好看，甜美可人，这形容词被他听见，脖颈上的伤口疼。阿年甜给人看了？美给人看了？还是可人给这位幼稚男孩子看了？

蒙骗小女生的情话，他都不屑说！

"怎么叫态度好？"管止深问阿年。

两个人小声沟通中，其他人皆是不说话……

站起身举着杯酒挑衅管止深的男生，被晾着，更加愤怒。

"喝一杯酒就好了啊。"阿年的意思是，忍一下。

管止深依旧冷笑："你们两个，不简单？"

糟糕，管止深察觉了。

阿年伸手遮挡着一边脸，小声地拧眉说："他追过我，不过我没答应，连一块糖都没带，我怎么能答应，太没诚意。"

管止深蹙眉，他关心的是这男生有没有诚意的问题吗？那么给她几块糖儿，就能骗跑？

"他比你小，小无所谓，关键是他长得也幼稚！"管止深一副，你一个小孩子凭什么跟阿年表白的意思。

阿年想了想，说："可能是我长得……真老少皆宜？"

管止深弯起的嘴角上，一抹冷笑，霎时显得更重。

老少皆宜……

那么阿年，你是在说我老吗？

某个心思简单女，丝毫没有察觉，身边那位阴沉五官的某男，已经计较起了"老少皆宜"这四个字。

那个男生，是最幼稚的无疑。

可是，谁老？

管止深越仔细想，越受刺激。

小阿年一届的伙伴儿们胆儿小啊，怕这情敌二人最后打起来，赶紧对自己幼稚的伙伴儿劝说："喝酒伤身体！"

说完，伙伴儿们对举杯挑衅的这小子猛眨眼睛。你一个一米七二的，打得过人家么？可是，奈何这位……年不少了却还在轻狂期边缘徘徊的男生，眼见着你们眨眼眨到了眼皮抽筋，人该无视还是无视了。

"……这个小烧烤店里，我记得以前，卖假酒还被查过的吧？假酒更有害健康，嗯，有害。"阿年瞎掰着。

得压下来俩人这股火……

根本犯不上起冲突。

阿年倒不是怕俩人打起来，别人挑衅归别人挑衅，但管止深已经34了，熟男一个，还能搭理一个不懂事的孩子？

尤其是，过来给外婆过生日，应该不会惹事。

阿年这会儿已经忘了，江律和言惟还有陆行瑞，在家中打麻将那天晚上，江律曾对阿年独家吐露过：管止深这个阴险的人，一般都是擅长杀人于无形！至于管止深揍人，江律也不知道他揍过没有，也很好奇，让管止深动手，那得是在什么样的情况下？

管止深是真的没打算搭理这个幼稚的男生。

桌子上的人都在压事，但那个小子笑了，挑眉开口，"没事，我还年轻啊，怕什么，喝了假酒也没问题，又不是已经三十多岁身体不行了。"

大家齐齐无语。

刚才大家才知道管止深34，比阿年大了一轮！

挑衅升级。

"我看这酒，也不像假酒——"管止深举杯，眼神淡淡，却深邃非常。

那男生站了起来，管止深并没有站起来，举杯，一饮而尽。

那男生见此，也痛快地一饮而尽。

管止深，一晚上遭遇两次的……年龄刺激。

几个女生都拿着烤串，呵呵呵呵，互相尴尬地埋头呵呵中……阿年也迅速抢了一串，加入了旁观者队伍，边吃边无语……要说这种无聊的情敌街头偶遇情节，安排来干吗的？管止深专享，刺激管止深玩儿的吗？

人家一把年纪了，这样刺激真的好么！

阿年望着可爱的同学们，一个个都在闷头啃烤串儿，阿年真郁闷……哪有那么巧，每次她自己回来都碰不见同学，带了他一起，就一下子撞上了。

同学们呵呵地笑脸看阿年。仿佛在说：因为你这次回来，刚好赶上了我们都在放暑假呀，所以遇到我们你有毛意外的！

阿年似乎看到了潜藏在空气中的恶意……

一杯酒完毕，小男生坐下，生气。

管止深十分友善地笑了："来，再喝一杯。"

众女生皆是一脸为难，看向阿年，求助，劝劝这位笑里藏刀的男朋友呀……

阿年收到求助信号，转头在管止深耳边小声说：“你干吗？悠着点好吗，好歹都是我小时候一起玩的朋友。”

管止深眼神示意阿年，放心。

阿年手指捂着心脏，一点都没放心，反而心跳越来越快。

果然不出阿年那颗心所料，不到二十分钟，那个男生就已经喝得开始说胡话了，什么他爸他妈在研究生二胎之类的……一脸认真地在对大家说。

大家囧囧地啃串串。

谁问你爸你妈要生几胎了呀……

其中一女生，去买了解酒药和苹果醋，一起给这位醉酒神聊的男生灌了下去。

阿年埋怨管止深……能不劝酒吗，劝一杯这男生喝一杯，舌头都喝得不好使了，万一真是假酒喝坏了人，就糟糕了。

又过了半个小时左右，管止深买单了，可是某男生也神奇地半醒酒了，深刻记着管止深把他灌醉了的仇。

那男生晃晃悠悠地站起来，说：“打麻将吧，打完再接着喝！”

众人……小样儿居然还敢来。

“不敢吗？”此男生用那种“挨揍都没人会拉着的方式”在执意地邀请管止深去打麻将。

阿年觉得这样下去不是个办法。

她拉开了那个来拽管止深手的男生，阿年态度很好地说：“北方玩法和小镇上的玩法不同，所以，咱们散了吧？明天再聊！”

“不会可以学啊！”那男生再三挑衅。

想要去拉阿年的手，阿年却被管止深及时护到了自己的身边来，管止深已经不理会这个男生，奈何人不领情。

那男生看阿年，指着管止深道：“想要跟我们小镇上的女生在一起，连小镇上的麻将都不肯学，这算什么喜欢？北方麻将是怎么玩的？我学你们北方的就是了！”

推拒不了的邀请，管止深这个外来的女婿，倒也无法认屃！

何时被一小孩子挑衅过？

认识阿年，他这还是头一回。

这也让他觉得新鲜，很有意思。

管止深跟这男生一起喝酒时，阿年让管止深悠着点，他就把人灌傻了。这一次玩麻将，阿年让他一定要悠着点儿，主要是，千万别赢了人家的钱，不然就真的会被记仇了，小心回头别人报复你，散播你的人品不太好。

管止深听了，没什么明确态度。

一个南方，一个北方，散播什么？

随便……

阿年忐忑中。

"说吧，北方麻将是怎么玩的？"挑衅者开口。

管止深点了支烟，摇头："按小镇上的玩法，你们说，我听。"

他那种自信的模样，惊呆了桌上几个女生和阿年，尤其管止深麻将桌上抽烟的姿势，敛眸谁也不看。大家对熟男，真的没有抵抗力的啊……

大家踊跃地把小镇上的麻将规则跟管止深说了一遍，管止深点头，"明白了。"

阿年担心，他真明白了么。

钱带够了吗？

管止深也讲了一个规则，谁点和了谁拿钱，不要连累别人。

俩参与打麻将的女生都点头同意了，一看管止深就老玩家了，她们实在是怕被醉酒的那位连累……

阿年到底还是护短的，怕管止深没听明白而输得很惨，在管止深的身边，阿年眼睛一眨不眨地帮管止深盯着大家打的牌。

不过很快，阿年发现自己貌似多虑了……

管止深竟然很会玩小镇上的玩法，那么老到！

阿年崇拜地看着他，管止深是有惊人的记忆力和智商吗？没有听人说过啊。如果他真的有这属性，婆婆方云早就对她这儿媳妇炫耀了，管止深的优点，方云每次说起来都分外骄傲激动，所以不会瞒着任何儿子的优点。

阿年望着身边的男人，他手指间夹着一支香烟，薄唇紧抿，眉目端正，表情上没有任何变化，淡定得，好像他已经掌握了战况全局一样。平时较为沉默，玩麻将的时候管止深就更加沉默了，他只是在打牌，摸牌，不时地深邃眼眸扫视一圈儿别的三家。

管止深手指最后摸了一张牌，阿年激动，只见管止深修长手指捏着牌，他已经摸到了是什么，把牌一推。

不好意思，又和了。

阿年尴尬，努力朝大家僵笑。

那男生要掀桌子，说管止深出老千……管止深头疼，真是一个烦人的孩子。

从七点多开始玩起，到八点半结束。

管止深一点都没客气，那个男生，输得口袋干净了。但管止深也不是一句阿年的话都不听，他没有赢那两个女生的钱，反而输给了两个女生钱，只赢了某个不识趣男生的钱。那个男生总是给管止深点和，谁点和谁给钱，其他两家跟着白玩儿，阿年记得，向悦和乔辛她们那边，就是这种玩法。

管止深提出了这种玩法，估计就是为了专门赢这个男生的钱。

管止深赢了某男生点和的钱，回头就给两个女生点和，再把钱输出去。一个外来的人，赢了钱拿走也不太好，他也不缺这几个钱，图一个开心罢了。最后这一把自摸和了，他也没要钱。

离开后，阿年呼出一口气。

"为什么输给她俩啊。"在小镇街上，阿年问他。

难道是因为她们长得很漂亮么……

"你不是在担心，那个小男生事后散播我的人品不好吗，她们两个赢了我的钱，不傻就应该知道我是故意的，摸着良心帮我辩解辩解，二比一，应该没什么问题。"管止深挑眉，其实这几个阿年的朋友，都是心思挺简单的小孩子，包括那个喝醉酒的男生。

"哦。"阿年低头。

一起往家的方向走，阿年犹豫着，是想跟他开口，晚上，叫他老老实实睡觉，不要悄悄地来她房间……

万一他来了她房间，被人看到影响多不好。

小镇到了晚上真是各处都幽静，除了扎堆在一起玩的年轻人们，巷子深处的人们睡得普遍都比较早。

经过巷子外的一个超市，管止深进去，他说去买一包烟，让阿年在外面等。

阿年就老实地在外面等……

可是，为毛买包烟也怕她跟着啊？太奇怪了。

不会是去买那个啥去了吧——

似乎也不对，准备要小孩子的，不会用到那个。

严肃地说，阿年是不准他进她房间的，小镇上这两天三夜，一定要忍！

不多时……他出来了。

管止深点上了一支烟，他吸了一口，转头看阿年，有一点尴尬，他的温柔目光里，都是对阿年的宠溺爱意，管止深突然对她伸出了手，好看修长手指攥着，阿年拧眉，管止深是什么意思？让她拉他的手一起走吗。

阿年伸手。

两只手自然攥在了一起。

"什么东西……"阿年觉得，他的手中有什么，悄悄放在了她手心里。

管止深目光淡淡，松开了手。

阿年低头，看着转移到自己手心里的东西，一把糖果……

缤纷颜色的糖纸，在月光下，很好看。

阿年反应慢，但是她慢慢地反应了一会儿，还是能反应过来的。管止深给她买了一把糖果，难道是因为吃烧烤时，她随便瞎说的那句话么？"他追过我，不过我没答应，连一块糖果都没带，我怎么能答应，太没诚意。"

嗯？阿年看他。

他心中装着"诚意"二字。

管止深蹙眉，眼眸里满满的都是阿年，他伸手搂过了阿年在怀里，小巷子入口这里晚上基本没人经过，他就这样抱着她，"你曾幻想过的，一切都可以告诉我。"他在一天天变得幼稚，阿年以前想过男生送她糖果没有？他不确定，但是借此机会，送了。阿年是否还幻想过别的？小男生可以为她做的，他也想给。

不想单单让阿年觉得，是在跟一个34岁的成熟男人恋爱。

阿年点头。

完了，他手心的一把糖果，就让她对他的爱，再次升华了一成。

俩人一回来，看到客厅里在聊天没睡的舅舅和舅妈，阿年尴尬。

跟两位长辈聊了几句，说了刚才都去了哪里玩儿。

"早点休息吧。"阿年舅妈说。

阿年点头："晚安，舅舅舅妈……"

房间是一排的，阿年和管止深回房，是要经过同一条走廊的。

"晚安。"阿年打开自己的房门，对管止深挥手。

管止深攥住阿年的这只手，认为，阿年舅舅和舅妈应该懂得，晚上不会来房间这里走动，这边房间，距离客厅也有一点距离。

客厅那边，阿年舅舅对自己老婆说："去给俩人房间都送两瓶矿泉水，家里的水，怕是喝不惯。"

舅妈一想，是啊，晚上睡觉渴了找不到水喝的滋味也不好，

拿了两瓶矿泉水，舅妈一个人过去不敢，非拉着阿年舅舅一起……

阿年的房间里，管止深把人抵在了墙壁和他身体之间……

屋子里很热，小镇上这个房间，并没安装空调，平时只有一个小风扇转啊转……

"阿年啊——睡了没有？"

外面传来越来越近的脚步声，还有舅妈开口问的话。

阿年凌乱了。

管止深脸色当时黑了下来。

"阿年，睡了没有？"舅舅敲了一下门。

阿年的房间很小，卧室的房门距离她和管止深很近，还不能装作真的睡着了不答应，房门又不隔音，舅舅和舅妈这个喊法，她再不醒那简直就是一头猪了。

"没睡——马上来开门。"阿年说。

管止深拧眉，额头青筋凸起。

"快点快点。"阿年口语。

阿年迅速地整理了一下自己，又拿过了一副扑克，吸气……把扑克牌扔在了地上，天女散花。管止深看着满地扑克牌错愕无比，阿年一把就将没防备且没满足的管止深给推上了床，大喊："别抢我牌——差点被你捂嘴巴捂死了……"

打开了门，阿年阳光灿烂的笑脸对舅妈："舅舅舅妈，怎么啦？"

"哦，你舅舅怕你们晚上会渴，再喝不惯家里的水，让我给你们送两瓶矿泉水……"

阿年的舅妈说。

管止深淡定地来了门口，对舅舅和舅妈说道："阿年让我陪她玩扑克牌，一把还没玩完，我就把她惹毛了。"

阿年转头，上下打量他一眼。

刚才饥渴难耐的样子哪里去了，西装衬衫倒是一点都没有变样子，依旧笔挺，只是五官上，欲念还未全褪。

"谢谢舅舅舅妈。"阿年接过了两瓶水。

她揣测了一下管止深的意思，他可能是让她接过水，然后舅舅和舅妈离开，他和她继续玩牌的。

"玩的什么牌？"舅舅好奇了。

管止深不知道扑克牌这边都有什么，在小镇上那一年，没有玩过扑克牌，玩过麻将。

阿年随口说了一个。

阿年舅舅朝管止深笑："不会玩找舅舅给你支招啊，来——舅舅和止深一伙儿，你和你舅妈一伙儿……"

管止深看向了阿年，点头："好啊，我和舅舅一伙儿"他森冷的目光，分明在说着，阿年，你越来越让我不痛快了。

咳咳，阿年囧囧地缩了一下脑袋，跟她毛关系，希望回到Z市，他不要滥杀无辜虐她才好……

晚上十一点了，扑克牌还如火如荼地进行中。

阿年不时地跟舅妈说，舅妈你困了没，去睡吧……

舅妈说，不困，难得你们回来一趟，陪你们玩通宵都没事，明天舅妈照样起得来。

"K。"管止深从手中抽出一张扑克。

阿年一张扑克砸下去："2！"

"……"管止深。

舅舅提醒："阿年哪，上半场你和你舅妈一伙儿，下半场，你是和止深一伙儿的。"

由于事先讲了"纸牌落地不许拿"这个规则，阿年是把管止深砸了回去了。

管止深自从跟阿年一伙儿，就抓破牌，一般J和Q最大，好不容易这把抓了一张K，留到了舅舅舅妈大牌都被钓了下来，他想用这张K回牌一把，就被他媳妇儿……

阿年不愿意认错的，嘀咕："都半夜了，我困得迷糊了才砸懵了砸错人的……"

没人说话……

阿年觉得自己下不来台了。

"我出一张牌？"阿年说，小心的抽出来一张，"4。"

特意加了一个小字，阿年希望管止深能接过去，因为一般都是管止深出得去，她每一把都憋了一堆牌……

管止深看着手中的牌，34567，连着的不能拆，另外还有一个单着的3。看阿年的意

情生以南

思，阿年最小的牌是4，舅妈剩两张，舅舅剩一张……他这把牌特别不好，一把出牌的机会没有，唯一的一次，也被阿年砸没了，他认命了，把牌合上，随手搁在了桌子上，点了一支烟。

阿年嘟嘴，要不要一副我们伙儿死定了的样子。

然后舅舅一张J，管上了阿年的小4，没牌了，舅妈一个Q管上了J，接着舅妈一个3，也没牌了。

阿年拿着自己手里的一个小4，两个5，还有一个大Q，什么破牌——不玩了！

管止深第一个回了房间，走出阿年房间时，他深深地看了阿年一眼。不管他在给她什么信号，阿年都决定无视了……玩扑克玩得心情差死了。

舅舅也撤了。

舅妈留下帮阿年收拾一下房间，收拾完，舅妈离开。

阿年完全把管止深忘在了脑后，蒙被子就睡，困死了……

安静的夜晚，管止深翻来覆去睡不着觉，打扑克时分散注意力还好，这会儿躺在床上，想到阿年的身体，他硬得难受。

打给阿年，阿年关机了。

他试着推开房门，可是房门会发出声响……

"止深，有事啊？"舅舅的声音，从客厅传来。

管止深拧眉……舅舅怎么还不睡？

他说要去洗手间，舅舅很照顾他地过来给开灯，管止深说，舅舅这么晚了怎么还不睡，舅舅说，最近早上摸黑去进水果，起得都比较早，别人的车来了他怕不知道，舅舅的房间在大里头，屋子里手机信号也不好，接不到电话，别人敲门怕是会吵醒了老母亲和老婆睡觉，舅舅说，夏天没事，不冷，就拿个折叠床睡在客厅接近大门口的位置。

管止深点头，明白。

看来……他是进不去阿年的房间了。

次日清晨早上五点，管止深就被吵醒了，外面是卖早餐的声音。

他穿了衣服，出了房间，洗漱完毕，客厅早没了舅舅人影，昨晚舅舅说，四点半左右离开家，七点才能回来。

管止深四处看了一遍，家中安静，他走到阿年房间门口，伸手一推，没开，他再推了一下，还是不开。

阿年听见了敲门声，去抓手机，看到关机了，她吓了一跳，以为起床晚了，今天可是外婆的生日呀。

"几点了？我起晚了吗？"阿年问外面的人。

管止深的声音："开门，九点多了。"

阿年听此，差点从床上掉下来，从地上行李箱里拿出一件衣服，身上穿着睡衣就去开门，打开门让他进来，阿年说："能帮我准备一下洗脸水吗，快去，我现在换衣服，马上出来……哦不用了，我还是自己去吧——"

阿年从他身边钻了出去。

去刷牙洗脸了。

匆忙地洗漱完毕，跑回卧室，阿年又拿起那件衣服："我舅舅和舅妈他们呢，这么安静？"

"才五点……"管止深说。

阿年回头，什么??? 几点?!

管止深关上了门，拉过阿年，"为什么反锁了门?"

"怕你进来!"阿年诚实地说。

"你对我真的是非常好。"管止深笑，是在冷笑!

阿年知道昨晚让他难受了，可是阿年也理直气壮："昨晚打扑克，你还老是给我脸色看呢……"

管止深挑眉："阿年，我不是在给你脸色看，你老公是在努力攥紧我们管家的面子，还有，为了不让舅舅和舅妈头疼你这位同伙儿打牌的套路，我主动提出跟你一伙儿，出牌时，我一直在尽力护着你，不愿意看到别的你同伙儿用眼神埋怨你……我的心意，你都无视了。"

"我就看出来你也埋怨我了，还比我舅舅狠多了，最后一把牌我的确是砸懵了嘛，我也不是故意的……"阿年说。

说完，阿年上前双手搂住他腰，蹭啊蹭："你是谁老公啊……"

阿年外婆的生日庆典，安排在了市区的酒店。

管止深十天前就和阿年的舅舅沟通过，生日怎么安排，这件事，是阿年去酒店的路上才听舅舅说。

一家人，还有几个外地来的亲戚，一起吃饭。

阿年和舅妈陪外婆，陪着多年没见面的亲戚们聊天，管止深和舅舅跟男亲戚客套寒暄。阿年家的女亲戚，跟阿年聊起了管止深，夸赞："这人看着真不错，对老太太的生日还挺上心的，合适就抓紧结婚!"

"嗯。"阿年点头。

正在聊着，阿年的手机忽然响了一下，是郑田发来的短消息，阿年看完，错愕，表情极其丰富……

十几分钟之后。

阿年唯唯诺诺地挪到了管止深的身边。

管止深一脸严峻，站在外面，居高临下地转头看阿年，示意阿年，说。

好吧，阿年豁出去了。

Chapter 20
一把糖果

"我想拍婚纱照……"

拍婚纱照。

管止深抿唇，阿年很有想法……

他目光流转地盯着阿年，脸颊白皙，阿年是低着头的，管止深不知道阿年是害羞了还是怎么了，就是没有抬起头来，也不看他。

如果家中，有大幅的婚纱照做点缀，幸福的氛围一定更浓。

先有他和阿年的婚纱照，一年，或者两年，再有孩子的照片，非常好。

"不要化妆。"他说。

"为什么??"阿年终于看他，抗议，这绝对地不行。

主要是……对自己的脸，阿年非常地不自信。

"化了妆，你就变了样子了，还是现在的这张脸好看。"管止深这是发自肺腑之言，婚纱照纪念，他希望是纪念下阿年的最真实容颜。他虽然没有过婚姻的经历，没有跟别人拍过婚纱照，但是，跟女人拍过一组其他照片。

还有，他在国外留学时，二十出头的年纪，见过男同学带即将结婚的女朋友去拍婚纱照，管止深见过拍完的照片，也有的关系好他去了拍照现场看的，发现只认得新郎，新娘的脸，化了浓妆后，完全变成了另一个样子。

"稍微，化一点点吧。"阿年小心地说。

管止深点头："嗯。"

"那个……我……我想说的是……"阿年犹豫中，怕被他的眼神杀死，所以试着几度张口，最后还都是把话给咽了回去。

管止深看她，"有什么要求你都可以说，我来安排。"

阿年看了一下周围的亲戚们，大家都在忙着聊天，没人朝这边看过来。阿年伸手，小小心心地攥住了管止深的手臂，看他："……不是，跟你拍。"

鸦雀无声……

阿年觉得，心跳都已没了。

管止深首先是蹙眉，仿佛是听不懂。阿年斗胆直视他降到了冰点的眼神，再小心地解释了一遍"我不是要跟你……拍……拍婚纱照……"

"别生气！以后我会跟你拍……"阿年抓紧了他的手臂，低头为自己默哀中。正所谓，冰冻三尺非一日之寒，管止深的眼神冷了三度，也非阿年一句没良心的话造成。

他媳妇儿要拍婚纱照，他被宣告，新郎不是他。

这岂能忍？

答案是一定不能！

外婆这个生日，过得非常开心满意，由于管止深安排的阵仗算是比较上档次有面子的，亲戚们都觉得阿年找了个有钱男人，偏偏这男人除了与生俱来的贵气，没有端着其他架子，对老人又这么上心，以后阿年如果记得他们这些亲戚，大家就一定会跟着阿年沾有钱人的光，所以亲戚们都卖力哄得老太太高兴。

外婆高兴，阿年也高兴。

只是，这颗高兴的心，总被管止深不经意锋利了的眼神割成碎片……

从招待客人，到送走客人，管止深做到了让老太太非常满意，老太太竖起拇指，各方面全都给了他一百分。还对阿年说，这管止深可比方小子强了不知多少倍啊，方小子是上不了台面，这次找对了人。

阿年和外婆聊天中，摇头，为无辜的方默川辩解了那么几句："也不是啊外婆，管止深比方默川大九岁，这九年，多走了多少路，多吃了多少盐，多喝了多少酒，多抽了多少包烟……"多认识了多少女人。

方默川这个人在这方面到底怎么样，阿年还不知道，他父亲母亲从来不带他去这些场合，方默川也反感那些虚伪客套，所以每次家中有这种场合，据说方默川都躲得远远的，家中有一个强势的母亲，一个半强势的姐姐，他无比反感，就干脆每一次都逃离现场，甚至圈子里那些人，听闻方默川少爷其名，见不到其人。

管止深的家庭，又不相同。

方云属于知书达理的人，但严肃的事情上，方云严肃处理，比较公正不强词夺理。

管父家庭这边照应不到，管止深作为父母唯一的儿子，早早就踏入了这些场合，所幸，得心应手，是善于交际应酬的一块好料，做到了父母爷爷都满意。

"那倒也是，方小子这个孩子，人还是蛮不错。"外婆说心里话。

阿年点头，"对呀。"

然后，阿年眼睛一抬，就从包房装饰的镜子里，看到了一抹模糊的身影……伫立在包房门口，身姿挺拔……

"管止深比方默川，还是……要好上许多倍的……"阿年深呼吸。

外婆看外孙女儿。

门口那抹男人身影，消失。

阿年吓得虚脱中，懒懒的姿势……下巴搁在了桌子上，拧眉嘀咕："外婆，你觉不觉得管止深有暴力倾向啊，我怎么那么怕他，他对我很好，好得没话说，他全身上下好的表现再加上他的眼神，我怎么有一种他要把我养肥了再杀掉的感觉。"

外婆被愁眉苦脸的外孙女儿逗笑："哪舍得杀我外孙女儿！"

"但愿吧……"阿年心头上蓦地站立了一根蜡烛，在朝管止深敬礼，道歉。

不该伤他自尊心。

一个老人的生日，考虑全面周到的管止深，稳重外表加上成熟表现，成功赢得了外婆和舅妈舅舅的肯定。

连那帮阿年都认不全的亲戚，都要管止深的联络方式，管止深面带微笑地一个不敢得罪，给了联络方式……可是，阿年听见，那男人分明说的，是她的手机号码。阿年暗暗决定，回了Z市，陌生号码的来电，慎接。

情生以南

阴险的管止深，阿年咬唇。

由于婚纱照的事情闹得不愉快，管止深非但不答应，还愤怒了，阿年就要不停违心狗腿地往他身前凑，此种举动，堪比遇到男神非要截住求扑倒，你不扑我可我要扑你的架势……着实难住了阿年。

从市区回到小镇，这个路上，管止深开车是开车，但是，和来的时候安排大不一样，来的时候，管止深让外婆坐在车后座，他说后面宽敞舒适，外婆左右坐着舅舅和舅妈，老人累了，可以闭上眼睛休息，靠一靠。

回去小镇的时候，阿年要上车了，却被管止深抓住了她要打开车门的手，阴冷着五官挪开。他微笑地看阿年"去后面坐着"。阿年错愕，再看他阴冷的一副"不坐你自己找出租车"的眼神，阿年就蔫了，是自己解读他眼神出错了吧，他不可能那么狠心的。

老老实实地坐去了车后座上——

管止深让外婆坐在了副驾驶座上，管止深贴心……亲自把外婆扶上去的，据说是，怕外婆坐在车后排座位上晕车。

"还是止深有心，阿年找了个好男人。"舅妈当着全家人的面儿，夸他。

管止深看向阿年，夕阳下，此男更加面无表情。

阿年嘀咕："我外婆不晕车……"

回到了小镇上，车停在超市门前的空地上，阿年觉得自己快要被外婆，管止深，舅舅和舅妈孤立了，急忙上前准备扶着外婆下车，管止深却伸手挡开她，把外婆扶了下来，还说："外婆，慢点儿。"外婆被他扶了下来，接着，管止深一手扶着外婆，一手拿了车钥匙，锁车，转身扶着外婆往小巷子里走。

一个婚纱照，算是把管止深的心伤透了，不是伤透，是穿透了。

从提起婚纱照之后，到晚上，快要一天了，管止深都是不理她，阿年本来以为，他是很好哄的，谁知道，太难办了。

晚上，家中的人都休息了。

趁着舅舅出门去别人家打牌了，阿年跑到了管止深的房门外，小声地："管止深你开门，是我……"

"睡了。"他说。

"开门……我跟你讲婚纱照的事情，我是有苦衷的……"阿年觉得他还是无动于衷，便使出了大招，死皮赖脸地说："……我送上门来。"

管止深面对阿年的热情主动，却没有声音。

冷淡不懂色诱的伤悲，就好比白天不懂夜的黑。

无论阿年怎么说，管止深都丝毫没有给阿年开门的打算。

最后，阿年去了外婆的房里，恰好舅妈也在。阿年老实地把婚纱照这件事跟外婆和舅妈交代了一下，说管止深可能生气了，一直不理人，她想要那个房间的钥匙，进去，跟他面对面解释一下。

阿年舅妈去找钥匙，说："怪不得回来的路上，看你们两个情绪都怪怪的……"

外婆听了，高兴，但也攥着阿年的手叹气说："止深生气……是他在乎你。可这还没到谈婚论嫁的地步，他也不能急着跟我们家阿年拍婚纱照，你这是工作需要，算不得数。"

阿年点头。

舅妈找到了一大串钥匙，看着半天，弄下来那一把，给了阿年。

"谢谢舅妈。"阿年成功拿了钥匙，跑出去。

看着手中的这把钥匙，这钥匙上头贴了一小块白色橡皮膏，上面用蓝色圆珠笔写了字，标了是哪一个房间的钥匙。阿年有几分雄赳赳气昂昂，站在管止深的房门前，伸手拍了一下门，"开门！"

……里面还是没有声音。

屋子里，管止深的视线一直盯着手提的屏幕，在忙碌。他人虽来到了小镇上，心和脑却要同时分给好几个地方，晚上需要认真处理一些Z市那边公司的事情。听了阿年叫他开门的声音，他没理会。

没有因阿年要和朋友拍婚纱照而生气，管止深感到尴尬的是……他前一刻还以为阿年是要跟自己拍婚纱照，憧憬了才几分钟而已，下一刻就被阿年宣布，并非是他想的那样，憧憬的一幕幕，终究，落了个空。

很多时候，也许那只是旁人的一句玩笑话，却在某人的心中，落地，迅速生了根，当成希望一样，呵护着这根，他便是如此。旁人此时回眸，一笑，说这不过是玩笑，别当真，伸手拔去了那生根的苗，扔弃，便是阿年。

也看不到和根连着的地方，有无破裂。

总之，也算生了阿年的气。

听到有钥匙插进了门孔的声音，管止深蹙眉，却没有回头……

阿年打开了门，轻轻地推门走进来。见到管止深并没有睡觉休息，而是坐在屋子简陋的小书桌前，一个手提屏幕的光亮，是此刻屋子里所有的光，他没有开灯，一片昏暗中，男人的身影，略显忧郁的侧脸，叫阿年只觉得目眩。

走过去，阿年站在了他的身后，怯怯地伸出手，试探地……环住了他的脖颈，"别生气了，我们的以后再拍啊，你知不知道，我根本不敢跟你提我要跟你拍婚纱照这种事，一直都不敢说，我怕给你带来麻烦，怕你觉得我很幼稚，什么都跟你要。我也想过……我跟你去哪里拍？会不会被人知道不小心说出去？以前我很怕默川知道我们偷偷在一起，因为面对默川的人不光是我，还有你，他的表哥。"

"现在，你怕什么。"他开口，一动不动，声音低沉。

现在？

"不怕。"阿年说。

阿年不好说自己到底在怕什么，怕这条路走来走去，和他无法顺利地走到一起吗。认识了几个月，坚信可以和他一起生活一辈子，这样的坚信，有一日会不会垮塌？都不知道。又是不是每一个陷入爱情中的女生，都有这种美好的信念？大概每一个甜蜜恋爱中的人，都偶尔恍惚这样认为吧。

可是最后，仍然有许多人因为这样那样的原因，分开。

至于跟他的婚纱照，阿年愿意拍，以前，阿年是非常怕他不愿意，不过，要等她应付完杂志社这件事……

在不开灯的屋子里，阿年对管止深解释了十几分钟，毫无效果。

入室狗腿，隔门狗腿，效果简直就是一样嘛……

阿年赖在了他的床上，不下去。

"你不开灯看屏幕，很伤眼睛……"阿年说。

管止深："……"

时间，滴答滴答过去……

"都十点多了，你还不睡觉小心你老得更快！"阿年再说。

床上的阿年，翻来滚去一直不老实，书桌前工作的人，认真严肃，凭你怎么讨好，都毫不动摇。

"你是在偷看A片吗？"

……

"管止深，你是不是烦我了？"

……

"管止深……你快要被我烦死了吧？"

……

次日清晨，阴雨天。

阿年和管止深在小镇上的最后一天。

醒来了，阿年发现自己是在自己的床上，自己的屋子里。阿年无语了，想起昨晚自己那么去烦管止深，让他工作专心不了，叹气，想一想，自己都觉得自己其实挺烦人的，把自己都烦得睡着了。

是他抱她到这个屋子来的？

小心翼翼的掀开被子，看了看，自己居然是衣衫完整的样子，好吧，想多了……

早餐吃的美味，满足，小镇上的特产菜干在北方很少见，这些东西，一般到了冬天外婆和舅妈才拿出来吃，可是阿年和管止深难得回来一趟，外婆就全都拿了出来，开始用这些干菜做来吃。

吃完早餐，阿年觉得，这一天的时间不能浪费。

九点多，和管止深一起出了门，管止深举着一把深色的大雨伞，阿年举着一把小粉色的雨伞，心里怨念，舅妈干嘛找了两把，如果是一把……她好和管止深用一把，顺带凑近他身边，联络一下感情。

出小巷子，没有了遮风挡雨的建筑物，阿年的小伞，一阵风就给吹翻了。

"太脆弱了。"阿年说。

小雨淋下来，管止深一把扯过阿年，伞遮住了阿年的身体，他把阿年手中的小伞合上，放在了一旁立着。让阿年拿一下大伞，他始终沉默没有说话，点了一支烟，抽了一口，重新拿过了雨伞，却搂过了阿年的肩，怕她淋雨。

在小镇上转了一圈儿，感受着小雨中的小镇，管止深心里，有着别样的情怀……这份情怀，只可安静好好感受。

阿年回忆着曾经的小镇，这里有同学，朋友，不过都是小时候的玩伴，到了17岁，认识了方默川之后，那些同学玩伴，不再接近阿年了，以为阿年无论走到了哪里，身边，始终有一抹身影，方默川那一副纨绔模样的男子，尾随，寸步不离。

阿年的记忆中，没有管止深。

回忆一个人，一个地方，也是一件非常美好的事情。但是，阿年希望，现在和管止深所经历的一切，永远，永远都不要成为以后在其他地方，一个人想起的回忆。

阿年的手，被管止深的大手，攥住。

阿年看他，难道已经不生气了么，似乎也不是。

他带她走回那条小巷子里，阿年问他，不出去逛逛了吗，明天可就要走了，再来，已不知何时。

管止深摇头。不出去了，他心中所有的喜欢和爱，其实，都在这条小巷子里装着。

走到外婆家门口，对面房子的窗前有人叫管止深："上来，喝杯茶吧。"

阿年看了看那人，又看了看管止深。

这是新搬来的邻居吗？阿年不认得，许久不回来一次，邻居阿年认得的实在是不多。奇怪的是，为什么邻居认识管止深。

他让阿年先回去，他去喝茶。

阿年不乐意。

那人开口："带她一起过来，没事。"

对面这家的楼梯和装修好讲究，内部的一切，巷子里的任何一家想必都无法相比，那邀请管止深来喝茶的人说："这装修风格看着舒适对不对。有六年了，七年了？五年？忘了……"

管止深莞尔，双手插进裤袋里，迈开长腿，他往楼上走，视线看这房子的每一处，情绪……难掩怀念。

两个男人，进去了喝茶的房间，阿年一起，坐下，喝了一杯茶，阿年就觉得无聊了，对管止深说："我先回去，你们聊？"阿年对那人笑了笑，以为真的是邻居，便没有过分客气。

管止深看阿年，"在房子里转转，我们聊几句。"。

"哦。"点头，识相地出去。

关上了门，阿年不知，回家，还是留在这里等他。

放眼望去，这栋老房子里的装修，奢华，讲究。阿年好奇这是什么人住的，一直是那个认识管止深的男人住的？

六七年前，这里的确装修过，但阿年的印象已不深刻。

唯一的一点记忆，就是觉得这边装修，她在那边学习，好吵。

刚才站在窗口那里的人，和管止深究竟什么关系？阿年平时对事不敏感，但是，对于管止深认识这小镇上的人，她就觉得好巧，巧得有点敏感了……

既然允许她在房子里转，她就转吧……

阿年站在二层，这房子还有一个三层，她走上去。

三层算是一个小阁楼。

里面有几个大箱子，是一般超市都有卖的那种半透明大整理箱，里面装的是一些日常会用到的东西。

旁边地上，还有几个大的旅行箱，阿年不经意地看到了旅行箱牌子，和方默川的是一样的，以前阿年帮方默川整理去北京的箱子，因为难过，所以手指一直在抠那个牌子的标志，然后，似乎外婆家那个管止深的旅行箱，也是这个牌子，这个牌子的旅行箱……这么受欢迎？

墙角一个小纸箱子，没有封口，里面乱七八糟的一堆注射用针，还没有拆封，上面落了一层灰尘。抬头，上面的架子上，整齐的药，阿年看得见没有灰尘的侧面，都是进口药，上面一个中文字都没有。

阿年不好用手去碰，仔细地看了一眼，上面写着有效日期和产地，是一些澳大利亚进口的……烧伤药。

堆积了，许多治疗烧伤用药。

手指，蓦地已发抖，阿年站在那里，久久动不了步子。

楼下安静的房间里，茶香四溢。

窗子开着，伴随着细雨味道的风吹进屋子里，管止深双手十指交叉，熟悉的地方，熟悉的雨中味道，他很想抽一支烟，却不忍打破这熟悉的清新。

没有任何声音的屏幕中，是阿年的身影，从阁楼出来，秀气的眉微微拧起，走在二楼，思虑了什么……

离开这个房子时，阿年问他："不用跟主人说一声再见？"

"他有事先离开了。"他答。

阿年笑得不自然："管止深，这房子的主人不愧是你的朋友，装修风格都是跟你的房子差不多的，仔细看，你觉不觉得，这和我们在Z市所住的那个房子，好多地方，相似……"

"……"管止深。

回了外婆家。

阿年去了外婆的房间，问外婆："外婆，你记得吗，我们对面的房子里，以前住着什么人，今天碰到了一个屋主，我不认识。"

"以前住着的……"外婆想了半天，说："不总出来，出来也不跟人打招呼，平时，没怎么见到过，听说是个病人，来这边儿养伤的，打算，住上个两三年。"

"我也没印象。"阿年嘀咕。

阿年舅妈在一旁擦着桌子，转头，接上话说："好像就住了一年，那年冬天，救护车在巷子外停着，挺急的，人离开了就再也没回来过，房子是空着的，见过几次来人看房子，没见人住过。"

晚饭的时候，阿年一直在盯着管止深看，甚至都忘了要吃饭，筷子上的白米饭粒，掉在了桌子上……

"这孩子，专心吃饭！"外婆说。

阿年回过神儿，"哦。"

低头，飞快吃饭。

在外婆和舅妈舅舅眼中，阿年俨然成了大花痴……

管止深给阿年夹菜。

阿年的筷子，按住菜和白米饭，一起在飞快地扫荡。

吃完了晚饭，阿年没跟任何人说话，回了房间，没有缠着管止深了。外面，外婆跟管止深说了许多话，语重心长，总意就是让管止深担待阿年，照顾阿年，家家的孩子都是老人心中的宝贝，一定不能吵架，不能动手。

管止深了解外婆的担心，保证。

"阿年不杀人，放火，我就不会有一声责怪。"

阿年出来时，恰好就听到了这么一句，看外婆和管止深的样子，大概，是外婆在叮嘱他什么。

管止深回去处理公司事务，阿年陪外婆聊天。

因为要面对再一次的离开，所以，有很多的话要说，外婆和舅妈舅舅，无时无刻地担心着阿年，阿年宽慰长辈的心，坐在外婆的床上，掰着手指头数着管止深的好，发现，数着数着，十根手指头，不够用了。

外婆看着阿年笑："把脚趾头也算上！"

晚上九点多，管止深关上手提，出来看阿年睡了没有，只是看一眼，没有打扰阿年休息。碰上了舅妈，舅妈说，已经在外婆那屋子里睡着了，聊着聊着就睁不开眼睛了，就在那屋睡吧，床够大。

管止深点头。

回Z市的这个早上，得吃了早饭再走，阿年去超市给舅妈买白砂糖，路上，阿年下定决心，打了放放的手机。

放放接了，问阿年，小嫂子，你和我哥回来了吗？

"下午才到，放放，你记不记得……你哥转院住到上海的医院治疗，是什么时间的事情？"阿年问。

放放想不起来月份，但知道是哪一年。

阿年听了是哪一年，心悸，不知道此刻这是什么感觉，窥探到了什么秘密。放放说的年份，跟这里那个人搬走是同一年。阿年更想确定的是，管止深，几月份去上海进行治疗的。

放放说，打给家人问一下。

阿年叮嘱，不要说是我问的……

放放说，懂得。

几分钟之后，阿年买完了白砂糖，往家的方向走，放放打了过来，说，我问了我妈，我哥是那年冬天12月末，因烧伤的伤口感染，才去的上海治疗。

阿年听了，又问放放，那你知道，你哥去上海之前在哪个医院治疗吗？

如果管止深是住在医院，就对不上号了。

放放摇头，说不知道，在上海医院见到大哥之前，都没人带她去看过烧伤的大哥，她那会儿也还很小。

最近两年，偶尔听家里人说起，感觉大哥应该不是在医院一直治疗，烧伤之后，初期治疗了，后来大哥去了别的地方养伤治疗，离开Z市。

如果不是意外伤口感染，是要三年之后彻底恢复了才回Z市的。

阿年不懂，为什么不在医院住着治疗，要到别处。

放放说，去年过年的时候，曾听父亲和母亲在餐桌上说起，大哥是为了躲避媒体，管家在Z市声名显赫，大楼起火之后的三四个月，Z市的新闻就没消停过，管家死了一个女儿，儿子也很惨，一直想要知道，我哥是活不成了还是毁容了，记者每天在楼下堵得很烦人，爷爷后来决定，不做任何回应，叫人给孙子找一个好的地方养伤，不被人打扰，等完全恢复了，再回Z市。

集团的事情，在养伤的地方也可以处理。

阿年听了，点头，也不知道这些是真是假，阿年再三告诉放放，不要告诉你哥……放放对小嫂子做了保证！

早餐完毕，时间原因，阿年和管止深要立刻离开，外婆送到了门口，阿年回头，看到外婆在擦眼泪，阿年眼睛也红了。

舅舅和舅妈送到了小镇口，看着车远走，管止深带阿年再一次离开了这小镇。

去机场的路上，管止深专注开车，不言不语。阿年却在呜呜哭……开着车窗子哭得很大声，纸巾已是满车飞，一大半的原因，是离开家太难过了，一小半的原因，不太好说出来。

阿年想引起管止深的注意，对于婚纱照的事情希望他不要生气了，等他不生气了，她有话要问他。阿年心中疑惑很多，比如，管止深对这里的路况太熟悉了，若非是在这里生活过，不看导航，怎么会对路况如此熟悉？他对小镇一样也很熟悉，小镇麻将的玩法他厉害，估计不是因为他记忆力好，是他压根就会玩！

管止深喜欢君子兰，阿年记得，曾经在对面那房子门口，也见过君子兰这种花。

许多巧合。

心里没底，阿年觉得还是要正式问了他才算数，如果他在对面的房子里住过，那他见过她没有？一定见过的对吗？算来，那些日子她才不过16岁，那时还不认识方默川，这一切如果联系起来，阿年就有点懵了，方默川当年是为什么来到小镇上？是真的来周边旅行路过，还是有目的而来？管止深认识她，那方默川，也因表哥而认识她？

阿年压住想质问他的冲动，要回到Z市找到更多的证据，在质问时，争取一举拿下，让他没有狡辩的余地。

也暗自佩服他，沉得住气，如果她心里猜测的都是真的，管止深为何要瞒着？这么久，方默川和他，谁都没有提起半个字。

到了机场，有人来取车。

旅行箱被人拿了进去，管止深攥住阿年的手让阿年下车，把阿年抱在怀里，手抚摸阿年的发，亲了亲阿年的额头，亲了亲阿年的脸颊，"别哭，Z市是你以后的家，有我。"

阿年点头。

阿年以为管止深好了，可是她不哭了之后，他又冷冰冰的一张脸了。在机舱里，阿年对他解释："我和郑田一起拍婚纱照，又不是跟男人。郑田好不容易给我争取到的机会，我以后想去那个教育杂志社工作，靠我自己争取，比靠你去找关系给我安排好得多。"

管止深："……"

某男看杂志中，双腿交叠，完全无视了阿年的喋喋不休。

美丽的空姐问管止深喝什么，阿年替他说了，热咖啡。空姐给了热咖啡，阿年接过……俩小手端着热咖啡杯子在他旁边，小声地说："你喝。"

热咖啡都要变成凉的了，管止深依旧不理阿年。

机场外搭理她，是因为她哭才搭理，阿年酝酿情绪打算重新哭一遍，可是这会儿在飞机上，哭不出来。

昨晚问了乔辛，乔辛分析，管止深一定是受刺激了，这种占有欲强的男人，无论什么事情，都喜欢主导别人，看他的事业成功就知道，他掌控欲极高，这种人很反感被人忽视，偏偏这次，婚纱照上直接把他踢出局了。

把他一颗寒了的心，重新捂热，太难了，阿年在飞机上郁闷到困。

醒来，已经抵达了Z市。

情生以南

阿年揉揉眼睛跟在了他的身后，一只手被他攥着，阿年看他背影小声嘀咕："有本事你别叫醒我啊，有本事你自己走啊，有本事你再找一个媳妇儿啊。"

"小心我真的再找一个。"

前面的男人，沉声说。

阿年恼火。"可是你太老啦……"毫不客气！

"是吗，找更小的。"管止深不打算妥协一分。

好变态。

回到Z市，管止深主动把她送去了郑田住的地方，然后，他离开了。离开Z市的时候，阿年知道，马上是他爷爷的生日，他要去忙。

房间里，郑田见阿年一副病了的蔫样，而且一直用手捂着额头，长吁短叹。

"你干嘛一直捂着额头啊？"郑田问她。

阿年摇头。"没事。"

才不会告诉别人，每次管止深都是吻她额头一下再走，这次却没有呢。

▶▶▶ Chapter 21
比更久还要久一点

商议管爷爷的生日。

方云给北京去了个电话，问了丈夫，老父亲这次的生日，家人应该给怎么过？老爷子一年比一年岁数大，八十多岁奔九十，生日过的始终是个老调子，早腻了，老爷子估计也很难高兴起来。

管父说，生日还能过出个什么花样？

方云跟丈夫说了两句，也就挂了，心里知道，这种事情找丈夫商量白搭。

放放问："我爸怎么说的？"

"你爸就会板着一张臭脸，什么也不懂，他能说出个什么。"方云抱着手臂，叹气摇头，生气道。

放放嬉笑，对老妈说："我爸如果真的什么也不懂，当年怎么追得的我这个漂亮老妈呀……"

方云坐在女儿的床上，无奈地笑："要是把年轻时的你爸搁现在这个社会上，娶不着媳妇儿那是板上钉钉的事了。谁能跟他处对象啊，太没意思，处上了早晚也得黄，就你们的妈这一个傻！"

放放偷笑。

管止深站在妹妹房间的窗边，眼眸望向外面昏暗的街道，心中感触，像父母这样，互相体谅地过完了半生，没有任何轰轰烈烈，很好。

方云跟儿子说，"你爸还说了一句话，妈认为挺对的，跟你商量商量……"

"说了什么。"管止深转身，看母亲。

"你爸说，生日一定过不出什么花样让老爷子开心了，可是，你要是把阿年带到了老爷子跟前，老爷子看到孙媳妇儿，准是开心。"方云说服着儿子，"暂时也别担心什么怀孕没怀孕，有了孙媳妇儿，这对老爷子来说，就是高兴事一件。说阿年和默川的女朋友有矛盾，但是妈和你爸心里头有数，这就是你的一个借口，不想让全部的家人都知道阿年这姑娘。你是不是还没认定阿年，心里头惦记着李秋实？到底怎么一回事，你再不说实话，妈可得问默川了。"

"妈，您多心了。"管止深说道。

方云冷脸，劝："我们多没多心你自己心里有数。倒宁可你是因为别的事瞒着，不是吃着碗里的看着锅里的才瞒着。你爸你妈都是办事地道的人，一辈子没做过对不起别人的事，你也不能在感情上欺骗人家一个单纯的小姑娘，人比你小12岁，要是你半路不要她了。妈想想都替阿年可怜……"

"哥——不是吧？"放放站起来，急了。

管止深莞尔，真心实意地："不会半路不要阿年，没有的事，我心里也没有别人，都放心吧，谁不要阿年，我都要。"

"你爷爷生日，带上阿年吧。"方云说。

方云知道自己这是在逼儿子，可是不逼儿子也不行了，当妈的猜不透儿子心里到底是怎么想的，儿子是个稳重的人，办事一向牢靠，当父母的，从来不会质疑儿子的安排一分一毫，但是，这次儿子做的事，也确实太奇怪了。因为信任儿子，所以不多过问，但是，越不问也就越是心慌。

"是啊，哥，把小嫂子带上吧。"放放小心地说。

管止深蹙起眉头，思考了良久。

最终，接受逼迫点了头："我会带她。"

到时候……看情况再定，局面合适，就把阿年介绍给爷爷认识，不合适，就等人都散了，再把阿年带到爷爷的面前。

老爷子和宝贝外孙，在楼下下棋。

爷孙二人又吵了起来，这是家里经常发生的事，楼上的人听见也都见怪不怪，老爷子要是输棋了，那准是一堆教训的话出口，方默川屡次发誓，再也不跟外公下棋了。不过，都只是说说而已，心里清楚，外公八十多岁，亲人虽盼老爷子长寿，可是，人哪有长生不老之说，能陪外公下棋，多下一盘，觉得多补了一分孝心。

管止深下楼，老爷子叫孙子，"过来——陪爷爷下盘棋。"

然后，他说出去打一个电话，回来下棋。

晚上七点多，阿年接到了管止深发过来的微信，他说，陪爷爷下棋，不能出去，记得吃饭，早点休息。

阿年郁闷……

为什么不打来电话说？为什么要打字发过来？为什么不是按住说话发过来，还在生气吗难道。

她想听一听他的声音，他可知道。

一个人躺在床上，阿年反思，平时都是自己生气他来哄，难不成自己也这么难哄？没有吧？真的没有吧？？

所以说，生气不好哄的这种男人都不适合有生气这种功能。

下棋下到一半，管止深抬眉，对爷爷说："您生日那天，准备给您一个惊喜。"

"惊喜……"老爷子落棋子，点头，"好啊。"

管止深几分诧异，爷爷，为何这样淡然……

方默川看外公，爷爷心里，多半是已经有数，孙子带孙媳妇。

管止深在这个时候说，是为了给方默川打一个预防针，方默川应该可以听出，这个惊喜，指的是什么。带阿年见爷爷，要么同时见到方慈表妹和姑姑管三数，要么，不出一个星期，也是全家人皆知。

本打算等到阿年怀孕，可是，发现怀孕如此艰难。

在楼上，放放的房间里，母亲说出，阿年怀孕不好怀，身体特别不好，以前检查医生朋友就说了。但方云顾虑到阿年，怕阿年听了有压力，就没说，但不是不能怀孕，就是不容易受孕。

阿年身体不好，管止深知道，在小镇上住的那一年，他就知道。阿年小时候妈妈意外去世，父亲不管孩子，被外婆接过来，孩子小，但也明白事了，心里有火，就总是容易生病，感冒发烧，就烧出其他问题，小时候，阿年很瘦。

带大一个阿年，外婆也愁得苍老了许多。

也许真的是年龄问题，管止深比阿年大12岁，他就觉得真的大了很多，得照顾阿年，善待，比任何人对阿年的善待还要多几分。听外婆说起阿年小时候的事，他心里疼，那些都是阿年太小时候发生的，阿年长大已不记得。开车离开小镇上，到机场去，他沉默着对这里的外婆感恩，对舅舅和舅妈感恩，对这里的水和空气感恩，过去的许多年里，陪伴阿年的是这些，而不是他。

如今阿年长大了，一不小心，走进他设下的陷阱，被捕获，变成了他的。

管止深不知道其他男人，是否也如此，在选择任何事物上，都是一眼看上，即爱，想办法得到，对任何事物都有着占有欲。喜欢的人，一旦看上，就觉得这个人才是最好，别的人，到底哪里好，你不要跟我说，说了，我也真的看不到。

阿年的缺点，他都看不到，甚至有时候他怕阿年变了样子，怕她改掉缺点，如果阿年没了缺点，凡事都能自己处理，他怎么办？阿年那时，会把他放在什么位置上？

对于他的这种爱护，阿年有意见，阿年想要的生活，是一毕业就开始工作，白天忙碌在自己爱好的行业中，摸索，学习。也许一开始会做得不好，被领导骂，也许偶尔做得很好，被领导夸，但是，有苦有甜地过日子，伸手去碰人生百态，才有意思不是吗。

管止深试图让阿年什么也不做，但他没有直说，在这个过程中，他发现阿年在往杂志

情生以南

社那边靠，且很开心。拍婚纱照这件事，管止深跟阿年生气了，但心里没有真的生气，更没有开口阻拦，这是他对阿年的妥协。

放手，让她选择自己喜欢的职业。

阿年说，我不可能24小时都保持着开心，不无聊，如果我难过了，如果我遇到了什么不开心的事，工作，也是我需要的一种精神寄托，我想要接触更多的人，更多的事。

次日，Z市是一个阴雨天。

阿年不用上班的人，看了眼天，还是半黑的，就以为还是半夜。

起什么起，睡。

"八点啦！"郑田把她拉起来，阿年咕哝着"别骗我"，根本不知道叫她的人是谁，还以为管止深又来骗她起床了。不小心地打了郑田，把郑田的小白胳膊挠了一小块儿。

"你还敢打人了？"郑田出去拿了拖把，要把阿年揍起来，可是看到阿年的小胳膊小腿儿，最后决定还是算了！

拖把都要上身了，阿年还浑然不知，在睡眠中。

每一个室友，都需要适应阿年的起床气和赖床，想把阿年叫醒，难。

回到自己的房间，郑田琢磨着怎么办，要带阿年去见领导的，迟到了的话，领导对阿年的印象一定不好了。

忽然她想起了什么。

拿出装好的笔电，打开……

阿年睡得迷迷糊糊，被子也踢了，一个人占一个床，很爽。睡不着觉就可以左滚滚，右滚滚，中间呆一会儿。

睡着睡着，她眉拧了起来。

当阿年清晰地听到了一句"没钱，让账房给他拿五两银子——"阿年瞬间就醒了。

郑田在厨房做吃的，回头朝阿年说："早饭马上就好了！洗脸，吃饭！"

阿年磨蹭到了厨房，不可思议地问她："郑田，这段是向悦给你传的吧？"

"什么呀。"郑田装作不知道。

阿年说："单田芳的评书啊……你是为了刺激我起床？"阿年恨恨，以前在宿舍，向悦和乔辛，就是用单田芳的评书来吵她，一吵阿年就受不了，阿年听了评书会头疼，只好起床去关掉，这比闹钟都好用。

"不是，是我爱听评书，平时就爱听。"郑田解释。

阿年郁闷："你的爱好还真是奇葩，要不要这么巧，你听的也是《童林传》，也是这刺激了我大学早起将近四年的《童林传》第30回书，30回书我已经倒背如流了！就不能换一段？"

郑田："……"

下雨天带着雨伞，两个人坐出租车去杂志社。

阿年在路上就打给了向悦，和乔辛准是在一块儿游荡还没回家！

"你的良心呢?"阿年炸毛地问。

向悦在那边大笑："良心碎成渣渣拌饭吃了！管止深不知道你一听单田芳的评书就起床吧？好吧，我打算你们结婚的时候，送他这段音频当新婚礼物呢!"

阿年："……"

Z市的教育杂志社，大楼建筑一般，阿年和郑田一起进去。

内部非常严肃。

到了领导那里去，领导看了阿年本人，和照片上基本一样，是郑田向领导推荐的，给的照片，也是阿年的生活近照，所以，毫无差异。

"这次青春的主题，你们一定要配合其他参与策划的人，合作好这一期，不要浮夸，要贴近现实。"

领导在说，郑田也在认真记着。

关于"青春"的这篇短篇文章，阿年包揽下了，但是鉴于阿年没有太多的经验，阿年自己也没有太大的信心，怕搞砸了，跟领导提了一下，写完最终的稿子，还需要前辈帮忙审核，商量着做几次研讨和修改。

阿年在A大的时候，写的文章领导都看过了，评价很不错，因为阿年和郑田都是今年的毕业生，写关于这篇"青春"主题的文章，她们应该会深有感触。让其他资深的人来写，未必写得好，早已不记得大学这个阶段的青春是何滋味。

婚纱照拍出来，是要被登上杂志页面的。

上级领导发了话，这一期的《Z市教育》，要以青春为主题牵出一系列教育性话题，比如关于早恋的分析，大学生活，毕业以后，等等……不光要让年轻人看，最好，也能让初中到大学毕业这些孩子的家长，懂得一些东西。

从领导的办公室离开，阿年捂着脸，郁闷中了："婚纱照，居然要正脸登上杂志，那不是很多人都看到了?"

"怕什么，你又不是通缉犯。"郑田一句话堵上阿年的嘴巴。

阿年无语，好吧，豁出去了……

可是管止深看到，会不会取笑她拍得好难看，因为没他。然后，方云和管三数她们，会不会看到，还有，管止深的爷爷！而且青春这种话题，很敏感，一不小心会招来许多人的骂声，突出的主题不能做作，也不能毫无教育价值可言。

阿年也不是想写什么就能写什么，要顾虑官方的态度，下笔有局限性。

阿年的压力，一半来自于自己的不自信，一半来自于管止深的家人，希望，最好不要看到她写的文章。

去婚纱摄影店见摄影师的路上，郑田问她："你家管人的那个明显不同意你工作，你为什么坚持，我说男人都该绝种去死，你不是不同意吗?"

"我是不同意啊！你这态度得改正过来，男人有那么可恨吗?"阿年说，"我不工作的时候，我的生活中只有一个管止深，没有其他人，这感觉就像……我住着的地球并不是圆的，而是一个单面的，像一个危险陡峭的滑梯，颠簸中，我想要有能实际依靠的朋友，我要是和他吵架了，也好有多几个去处。"

"嗯，来我这里，他不跪下求你我都不让他带你走！"郑田说。

阿年点头，"说得太OK了！"

竖拇指。

据说提供婚纱的这个品牌，非常有名，这次婚纱品牌和杂志有合作关系，摄影师也是请的业内名人。

见到了，摄影师是个长发男人，很瘦，坐在了阿年旁边，在聊天中，郑田去看了婚纱，需要定一下。

"你看一下，这都是我拍摄的作品，有明星有富豪……"摄影男拿出他拍的集子，给阿年看。

哇，好性感的女明星。

阿年看花了眼，翻，翻，翻，直到翻到了……

阿年不敢相信自己的眼睛。

他太色情了……

摄影男的白皙手指，指着图说："著名投资商！在Z市生活，丫头片子你没听过这个人？管止深啊，我还有他私人联络方式呢。你不是A大毕业的吗？他可是A大女学生倾慕的对象，孩子你孤陋寡闻了。"

叫谁孩子！

阿年吞咽了一下口水，说，"不是啊，我认得他。"

"那你怎么了？"摄影男诧异，看阿年，阿年正用手指去抠管止深身边的那个裸女。

阿年神情古怪，结巴地说："他这是……这是……什么时候拍的A片宣传画？在国内拍A片……触犯法律了吧……"

阿年有一种撕了管止深的冲动，生气，生毛的气，你个二手货！

这位摄影男，显然是被阿年的话给镇住了。

"……A……A什么片……"摄影男的表情蓦地严肃，看着阿年，男人画了眼线的那双眼睛，忽然就带了几分冷意，"你在说，管止深先生拍的……这是在为A片做宣传？"

阿年微微懵了中。

"这……难道不是么。"阿年手指，弯曲，戳着图上的男人，使劲戳——这是全裸了吧！

色调极暗的色情图，管止深斜倚在一个长形的沙发上，阿年所看到的男人，全身没有一丝一毫的遮挡物，身体上的肌肤呈现出性感麦色，他闭上了眼眸，微微地仰起了头，凸出的性感喉结，和微张的男性薄唇，那副饥渴交加等女人往他身上爬的样子，看了，不禁让人遐想连连……

阿年自认，自己对他的身体已经非常熟悉了，可是看了之后，居然还会脸红心跳地愤怒抓狂嫉妒无语郁闷。

纯黑色的沙发，蜜色肌肤的强壮男人，线条感非常强烈，勾勒出的人和场景，就像色情拍摄现场一样。管止深在沙发上摆着那种撩人心魄的魅惑姿势，最可气的是，他的一条结实手臂，轻轻搂着他怀里女人的小腹位置。

那个女人，一头长发无比性感，身上穿着暴露的比基尼，性感女人是坐在沙发上的，所以，女人的身体遮挡住的刚好是管止深下体的隐私部位。不过，人鱼线完全露了出来，只差一点点，就全都看到了555……

这种照片，尺度未免也……

男摄影师一直盯着阿年，半天，男摄影师无语："你生什么气，管止深始终是管止深，跟你们这帮刚出校门的小女生没有一点关系，路上就算偶遇了，给你机会，你都未必能追得上他的步子，所以，孩子，就不要进一步地幻想了。"

"……"阿年。

由于阿年的手指，已经要把那个性感女人的胸部给抠坏了，男摄影师要收起来这张类似海报的图……

撇嘴："不给你看了！抠坏了管止深先生怎么办！"

"抠坏了就抠坏了，说得好像你和管止深先生真的认识一样。你有他手机号码，我还有他微信和微博呢……"阿年试图激他，希望他能多说些什么信息。

果然，那个男摄影师顿住了手上的收起海报动作，凑过来，小声地问阿年："把他的微信告诉我？"

"……"阿年。

郑田回来的时候，摄影师已经宝贝地收起了那个图册，郑田说看看，男摄影师说不给看了！这帮没见识的小丫头！

"他有病吧？"郑田坐下，对阿年说。

阿年纠结："可能是的，有病……"

娘娘腔，还用手指抚摸图上管止深的嘴唇，喉结，阿年想想都一身鸡皮疙瘩。

宁可不知道怎么回事，也不能给这人微信，大不了去问管止深，都是一样的，这种事情，应该没办法骗人……

阿年最开始也问了男摄影师，既然不是A片宣传用的，那是什么，总要有一个解释的吧，可是阿年的生气模样，惹到了这个对管止深的图占有欲非常强的怪异男摄影师，说什么都不讲出到底怎么一回事。

匆匆地看完了婚纱，阿年点头，郑田阿年跟造型师约好了，改天来试穿和试妆。

离开婚纱店。

"我回杂志社，你呢？"郑田问她。

"我去一个地方……"阿年跟郑田分开，愤怒地招手叫了出租车，直接去了管止深的

情生以南

公司，投资集团。

没有事先打招呼来的。

阿年上了顶层，脸色非常不好看，顶层的秘书们都认得阿年了，这就是那个辞了职的女生，今天来到底是干吗来了。

扑了个空，管止深在会议中。

阿年在外面等，没有领导的吩咐，就没人敢擅自让阿年进去办公室，张望不在，大家也不知道这种情况该问一问谁。

中午十一点不到，管止深的身影出现。

秘书在他身后，指了指阿年的地方，汇报……

阿年抬头，看到了他。

他的魅力指数，在阿年看过他拍的色情图后，就觉得直接又上升了几个高度。

办公室中。

管止深回头看她，表情淡淡："怎么了，不像是想我才来。"

阿年的眼睛，扫描着他的身体，一身西装穿得一丝不苟，表情上也是严峻端正，可是阿年这会儿看他，总是会跟色情联系到一起去。

好的印象，已经全无。

看着他的样子，阿年忽然想了起来，有一次管止深吻她，声音喑哑地对她说，每一个正常的男人，其实都是衣冠禽兽。

阿年纠结，那你也是？

管止深辩解，不过……我比较有原则。

原则兽？

有什么原则？阿年自己给他总结，他白天严肃的外表，的确正经，到了晚上，他释放着隐藏在身体里的无穷无尽兽性……

阿年表情委屈："我看到你以前拍的色情海报了……"

管止深蹙眉，什么。

"在哪里看到的？"他眉眼冷淡，阿年，是那一副小可怜的样子。

阿年低头，说了一堆在摄影师那里看到的东西，简单形容……

然后，管止深打给了张望，张望在外面忙着，管止深听到那边有其他声音，朋友的声音，他很熟悉，问道："江律现在跟你在一起？"

"是的，早上出了公司就遇到他，他开车送我过来，我处理完事情，他顺便要送我回公司……"张望解释。

"把手机给他。"管止深说。

张望点头，给了驾驶座的江律。

那边江律接了，管止深叫江律找一个摄影师，通话中间，管止深问阿年，有没有摄影师的手机号码，阿年找到了，给他。

"嗯，就是这个号码……你联系一下，把那图给我拿过来，我看看到底什么样的。"管止深说。

阿年站在那里，听不出他是什么意思。

他把手机随手搁在了办公桌上，抬头，管止深对阿年说："坐下等等，图会拿来。说实话，我忘了我都拍过什么。"

拍过很多？阿年惊讶。

阿年是真的吃醋了，一向这样大尺度的管止深，以前，初步估计……嗛，不屑，愤怒："以前，一定没少风花雪月地折腾吧……"

"……"管止深

"也不怕累坏了身体。"阿年冷哼。

管止深莞尔，深邃目光看向那个生气的小媳妇儿："劳动人民的身体，一般都非常不错，且会长寿。"

"你别侮辱了劳动人民……你们出的不是一样的力——别人靠手，你基本靠腰……管止深，五一劳动节跟你一毛钱关系都没有，中国的节日从1月1号数到12月31号，真的就没有适合你过的——你拍色情海报你爸妈知道吗？丢不丢你爷爷的人！我要告诉我婆婆——"阿年噼里啪啦地说了一堆，气得嘴巴都要歪了。

管止深："那是我妈。"

阿年歪过头去，等待。

他让她等，那一定是有一个解释的，如果没有一个合理的解释，阿年心里会不自在，虽然是他的过去，可是，有些过去未免也太不好了，叫人难以接受。如果管止深是那种随随便便就跟女人上床的男人，就太恶心了。

最怕的是，没有感情而经常滥交的男人。

等江律取来图的期间，管止深接了一个来电，他的声音非常地寒，面无表情，严肃质问那边的人："我明确说过，这种宣传图……最终只留一版，其他的全部销毁，你们现在这是什么行为？"

阿年老实地坐在沙发上，等他解释，可是听了他这些话……宣传图？什么东西的宣传图？？阿年是电影控，他没有拍过电影吧？？不然什么东西需要宣传？？阿年恨不得踢飞面前的黑色茶几！

这个茶几跟图上管止深斜倚的黑色沙发，一个颜色！

现在阿年的视线，看到所有的黑色东西都可以联想到，裸体的管止深，姿态撩人地斜倚在上面，一副勾人魂魄的男妓模样！

他通话结束，皱眉，看到阿年走了出去，立刻站起身问她："去哪里？"

"喝水！"阿年回头。

心里——呸！

管止深额头几道黑线直下。

阿年，真的把他当成了色情人士。

管止深没有过早地解释，让阿年急，吃醋，他发现自己居然莫名地高兴。

变态了吗？

"用我杯子。"管止深走到阿年面前，把手中的杯子给了阿年，然后，五官精致的男人，舔了舔唇。

阿年逃离，真色情！

出去了他的办公室，阿年找喝水的地方，一众女人们看着阿年，想给指路，又怕得罪这个女生，年纪轻轻和管总关系匪浅，心思一定不简单吧？

她们不敢上前，阿年主动去问："我找不到……这层喝水的地方……"

一个秘书，犹豫地带阿年去了茶水间。

天哪，大家的眼睛直了，这个姑娘用的……是管总的杯子。

茶水间里，阿年一个人抱着水杯冥思苦想，大概二十几分钟过去，就听到门口一道低沉的男音，问道："你喝了水，喝得找不到回办公室的路了？"

"……"阿年。

江律送了图上来，见管止深眉眼很冷地查看，阿年也是一副较劲儿的样子，江律后退，敬了个礼，"那个，我……先撤了？"

"嗯。"管止深点头。

见情况不妙，江律转身就走了。

江律转达，摄影师所在的团队给出了解释，这张图，是这个摄影师自己私藏的一张海报，属于个人行为。

此图原物交上，如果管止深对此事能不继续追究，他们会感激。

"明白了？"管止深拿着图，走到了阿年的身边，阿年老老实实地坐在沙发上，不理。他转而站在了阿年的面前，挑眉，莞尔浅笑。阿年一抬头……看到的就是他的长腿，和他手上那幅色情图。

想问一下，平时他都是裆部对着女的而站么，显示他某个部位的绝对优势吗。

管止深居高临下地摸了摸阿年的头，转身叹息着，坐在了阿年的身边……

他把海报搁在了茶几上，修长手指，指着道："这一版是拍了没用的，当时拍了我就觉得不妥，后来反对，用了比较保守的宣传。"

阿年听了江律说的，和管止深与摄影师那边沟通的，明白，当年管止深烧伤痊愈之后，发起了Z市首个"烧伤基金"，特此拍了一组大胆裸露照片用来宣传。阿年纠结，为什么现在许多公益都用裸照或者是露这里地露那里来宣传？见过了许多明星为了各种公益这样做，好，小人物拍没人看。

公益，A片，风马牛不相及。

"这个女的，江律说是当年A大校花啊……"阿年想要不屑，可是发现……貌似没有不屑这位校花的资本。

"是的，外语系的。"管止深解释，让阿年了解，"他的爷爷和我的爷爷，是好友，所以，选了跟她一起拍。"

看来关键时刻有个厉害的爷爷也是不错的。

"你的手……放在那里一定很舒服吧……"阿年一只手捏着鼻子，一只的手指，指着管止深图上的手指，他在摸人家校花的小腹。

管止深蹙眉："忘了。"

"管止深，你当时流鼻血了吗。"阿年咳了一声。

他最好悠着点回答……

管止深依旧蹙眉，语气认真："我只对你，流过那么一回鼻血——"

阿年对这个回答，甚是满意。

江律已经对阿年说了，这个校花，一毕业就嫁给了一个年轻的富豪，是校花父亲的意思，现在一家人都移民了，至于现在校花过得好不好，管止深不清楚，再也没有联系过。拍完这组照片，的确有过一段纠缠，但只是校花单方面的相思。

江律说的时候，阿年就想塞住耳朵，前面一段儿说了就OK了，后面夸管止深受到女生校花级人物喜欢的一段儿，就不要显摆了……

阿年的手指，到底抠着，把那张图抠坏了，针对了某校花的胸部。管止深一直有看到，但在阿年的手指，趁他不注意偷偷移向了他的脸上时，管止深笑，那么风情万种，手指攥住了阿年的手，定住。

阿年本想偷偷搞破坏，毁掉他脸……

他抬头，笑容妖娆："全世界，仅此一张，你确定要毁了？"

"难不成，我还每晚搂他睡……"阿年。

可是，全世界真的仅此一张，忽然就有点舍不得毁了的情绪了……

管止深叫张望送了进来一把剪刀。

张望出去，他拿起剪刀，亲手，把那个女人剪掉了，留下了他的上半身到人鱼线位置，剪得很好，丝毫看不出原来这上面还有另一个人。他放下剪刀，把图给了阿年："想怎么弄他，都随你了。"

咳，阿年脸红。

"怎么一直捏着鼻子。"管止深拿下了她的手，以为，这是放养了阿年半天，阿年新染上的坏毛病。

阿年说："我怕，一不小心鼻血喷出来……捏住了保险。"

他准备起身，阿年斗胆的拽住了他西装外套一角："我好奇的是，你……拍的时候，咳，有没有穿内裤……"

阿年尴尬，望天儿。

有些事情很小，但是不追问出来，心里不舒服。

情
生
以
南

接近8月中，阿年忙于"青春"主题的稿子，和郑田在一起的时候比较多，研究稿子经常研究到半夜，不过，那是因为研究着研究着就开始玩上了，一会儿捉蜻蜓一会儿捉蝴蝶的，怎么会有效率。

色情版本的管止深海报每天躺在阿年的包包里，阿年实在是找不到一个安全的地方放起来，怕被人拿走，又怕被人看到不太好，就只好搁在包包的一个夹层中，走到哪里带到哪里，成了色情版管止深的头号大粉丝。

那天在办公室中，阿年以为，一切矛盾就解除了吧……

她第二天搜了一下烧伤基金，却找不到宣传海报，管止深说，只宣传了一年，第二年开始，网络上图片全部删除了。

阿年以为，自己不追究色情海报这件事情了，管止深，一样也不生气婚纱照的事情了吧？可是事实证明，管止深是吃完不认账的死不要脸类型！

还是不准她拍婚纱照，无论跟谁，拍了，他大概会发脾气。

"一切，等我回来商量。"

他就留下这样一句话，出差了。

去北京出差两天，不想带她，因为这趟不是去玩，路上匆匆，处理事情也匆匆，吃一顿饭估计都吃不好，所以，阿年去了一定很累。

下次，再带她专程玩。

8月14号早上，7点他回来的，需要休息。

估计，要下午才能睡醒，听说熬了两个通宵，阿年听张望说他回来了，是因为马上要开庭的四合院案子，阿年不懂那些，他就全部都揽下了，需要阿年到场的，他会再带阿年一起过去。

下午两点，阿年接到了管止深的来电。

换了一套衣服，阿年去了市区两个人住过的房子，他在那里休息。

两点，他睡醒了。

醒了头疼，孩子般地不高兴了，找她……

路上，阿年忧愁，管止深头疼多半是熬夜抽烟导致，她在意他的身体，肺需要万分注意，最近，他经常会咳，多半跟感染过的肺部有关，戒烟，刻不容缓。

抵达了房子。

他在一楼的书房里，通透的玻璃，太阳光还没从这片落地窗上落下去。他要一杯水，阿年去给他倒水。

"今晚，爷爷生日，你也一起去。"管止深说。

需要商量一下吧。

阿年害怕自己不讨爷爷喜欢。

管止深五官上都是疲惫模样，大概是没睡好，他的眼睛里红血丝很重。双腿伸直坐在浅灰色地毯上，他身后靠着的，是一直到地上的书架，阿年被他拉着一只手，往他身前凑了凑，他一只手轻按阿年的腰，眼眸对视，痴痴地悸动，阿年不知道他怎么了。

最后，阿年被他带着，双腿弯曲，跪着，就在他眼前了，他仰头，看跪直了姿势的阿年，喉结滑动："这样跪着的姿势，不累吗，坐下，坐在我身上。"

"我们，谈谈你拍婚纱照的事情。"他抬起头，语气略显冷硬。

管止深压抑着情绪，忍住了笑，换上一副口干舌燥的模样，蹙眉注视低头的阿年，等待阿年的态度。

"同意，让我拍了？"阿年纠结，小声地问他。

他摇头，靠着书架闭上了眼眸。

刚睡醒，在等待阿年来的这个过程里，他很痛苦，因为不是住在一起，所以煎熬。此刻心头装着阿年，眼睛看着，呼吸着，哪怕这样，他还是想。管止深也会被自己的这种感觉震惊到，而后总结的结果是，可能从懂得情爱到认识了阿年，感情空窗这些年，才会如此地贪婪对方。

自己喜欢的人，有生之年，谁不想抓住得更久，比更久还要久一点。

阿年郁闷，见他摇头就有些不明不白了，小心翼翼地问："那你都说了不让我拍，我们还谈什么。"阿年是豁出去了的，如果他坚持不让拍，她就偷偷地拍。

拍完了，他能动手打她吗？不能。

商量省了。

不过，如果能商量好他，还是商量好了拍的时候心里踏实。

管止深蹙眉，修长手指抬起，抚过阿年的脸颊，眼眸带笑，他喉咙不舒服地咳了一声："你可以用你的各种办法，嗯……来说服我……"

说服他，办法？

阿年的眉心微微拧起……

心中小小惊喜。

"我想一想。"阿年思考中。

"嗯，坐下，慢慢想。"他按住阿年的肩，让阿年跌坐在他的身上，他的手指，抚摸着阿年的白皙脖颈，好细。

阿年躲他的手指，太痒。

满脑子都是婚纱照的事情，阿年双腿弯曲跪着，自己老公，什么姿势都无所谓了。

"想好没有。"他动了动身体，眼神蓦地染上一丝暧昧，手指攥住了阿年的手，他让阿年的双手，搂着他的脖颈。

阿年"嗯？"了一声，看他，实在是不敢胡乱揣测他的意思，见他薄唇微动，眼神迷离，阿年这才觉得哪里不对劲，某人的眼神和动作，仿佛都在对她暗示着什么。

"你睡好了？"阿年问。

阿年是搂着他脖颈的姿势，在他眼前问。

Chapter 21

比更久还要久一点

管止深看怀里的阿年，点头："嗯。"

"你吃饭了？"阿年又问。

管止深咳了一声，再次点头："嗯。"

阿年吸气，那就全对了……

"你想？"阿年蓦地搂紧了他的脖颈，说完，脸红害羞地一下就把脸颊藏了起来，藏在了他的怀里。

管止深忍笑。"你怎么知道？看得很透，了解我。"

阿年捂脸，解答："是不是有这样一句话，饱暖……思淫欲……"这话搁在了管止深的身上，还是有一些道理的吧。

"是有。"管止深的声音，喑哑了下去。

"唔……那么……"阿年嘀咕。

阿年的视线，看到了他的刺青文身，手指抚摸上去……

"都是，哪一年刺上去的？"

管止深睁开眼睛，额头抵着阿年的额头，温存中讲到了刺青的日子，阿年点头，哦。不知道究竟是为了谁，刺上去的呢。

"真羡慕，那水……"阿年叹息。

管止深"嗯"了一声，轻咬了一口阿年的白皙手臂。"我曾想要爱你，意外，失了机会，不管你现在信不信……"

阿年，彻底愣住了。

怀中的人，蓦地没有了任何动作，管止深的眼眶，只觉得又热又疼，不言不语。

失了，多少个年头。

将近六年……

阿年没有给他任何回应，只当做，没有听到……

每个女生，是否都想要一个坚实的臂弯，最好，这个男人能再有山一般坚固的心，不因别人而动摇。

听了他这样的话，阿年从小镇上出来，那些藏在心里的怀疑，更加透明了。觉得他一定那时就认识她了，见过她了。可是阿年此时不明白的，是方默川，管止深的表弟怎么认识的自己？是否真的，从管止深这里？

如果是，那多荒唐。

管止深和方默川之间，存在仇恨？到底是烧伤事件的仇恨，还是加上了爱情之间的仇恨？默川的放手，一巴掌，阿年都还清晰记得，想起这种种，阿年担心，担心是方默川横刀夺爱过所以心虚放弃。

正常来说，方默川的个性，面临分手，会不闹得天翻地覆？

不过，只是猜测，得不到证实，还需要证明……

阿年的一根手指，轻轻抚摸在他的文身上，肌肉紧绷的结实手臂，阿年抠了抠，抠不动……

下午四点半。

管止深从厨房走出，一身清爽，早已洗过了澡穿好了西装衬衫，手中端着一盘食物，放在了茶几上，伸手碰了碰趴在沙发上的阿年。

"干什么。"闷闷的声音。

阿年没有抬起脸来……

"吃一点东西，我怕你晚上会饿。"他说。

"等会儿再吃。"阿年不抬头。

管止深坐在沙发的这一边，沉默了片刻，转头去把阿年的脸找到，笑："怎么了？"

"少吃一点，晚上那里有更好吃的。"管止深把盘子，挪到了阿年的面前。

阿年趴在沙发上，身上围着毯子说："够不着。"

管止深把茶几挪到了阿年面前，阿年叹气，下巴搁在了茶几上，拿起勺子，一口一口地吃着东西，吃了几口，就饱了。

心不在焉，是因为在担心见他的爷爷这件事……

阿年希望自己可以让他省心一些，不要让他操心。爷爷是个什么样的人，会不会一眼就讨厌自己？或者，爷爷心中理想的孙媳妇，不是自己这种平凡类型，因为，他的孙子管止深，很不平凡。

34岁，一直未有个人，挑着挑着，挑了个她……

始终，不太自信。

阿年问，要带礼物吗，比如蛋糕之类的。问完，摇摇头，觉得不用。管止深说，如果场合不允许，暂时就不介绍，等生日结束，晚上回去，再介绍给爷爷认识。

介绍的时候，要躲开管三数和方慈，给爷爷的第一印象很重要，如果第一印象好了，第二印象以及以后的印象，不会糟糕到一个挽救不了的地步。如果介绍的时候就被管三数诋毁得抬不起头，爷爷会当场愤怒。

5点多，阿年和管止深离开。

这边房子里，有许多阿年的衣服，却没有合适的。阿年第一次这样在乎自己的外貌，又不想像在北京一样，要什么造型师帮助，不准备打扮，干净整齐地人过去就行了。管止深和阿年去了乔辛以前住的地方，找了一套衣服。

阿年头发是管止深给吹的，阿年自己把头发梳起来，简单地梳，涂了一点淡粉色的唇膏，管止深点头，这样就行了。

一起去酒店。

管止深在路上，跟母亲和方默川联系了，事先说好，任何人不要突兀地提起阿年，以防万一。

阿年脸颊惨白，紧张。

抵达酒店，管止深比别人先到。

给阿年安排了一个房间，这房间距离生日宴会厅不远，如果她好奇，想见一见爷爷长什么样，严肃不严肃，可以偷偷出去看一眼，但不要撞上管三数和方慈。

而且，爷爷来到酒店，出了电梯，一定会经过这个房间的门口。

酒店房间里，阿年呼气。

"你去忙吧。"

管止深捧过阿年的脸颊，吻了一下，阿年露出一个笑容。他出去了，阿年脸颊上的笑容一并消失，紧张。

等待的滋味难熬。

阿年接了一个来电，是郑田打来的，问她关于稿子的事情，阿年小声说："稿子什么稿子，如果我还能见到明天的太阳，稿子好说……"

然后，挂断。

门留了一个小缝隙，阿年耐心地等着他爷爷经过这里，阿年不停地告诉自己，别慌。大概过了二十分钟，管止深来了，打开门，吓了阿年一跳。

"我去楼下接爷爷。"他笑。

管止深并不紧张，因为，早晚要带阿年见爷爷，只要第一印象不出意外即可。

门被带上，阿年看到，管止深进入电梯，下楼了……

大概十几分钟，才听到有人的声音。

阿年在门口，也看到了电梯那边走过来的人……

心跳，已经不能抑制。

"爷爷，我和止深这是缘分，他34岁了身边没有女人，我在国外一直也没有交往的对象，我们好像在专门等待彼此。你说对吗？止深。"

一个女人的声音。

阿年一下就认了出来……居然是他爷爷要给他介绍的那个海归女？！

专门等待彼此？阿年恶寒，痴男怨女啊——

阿年一点都不担心管止深怎么回答，因为管止深知道她在门里站着呢，一定不会惹她生气的呀。

管止深挑眉，目光深邃，对那海归女道："相处一下，试试。"

够简单，够直白。

一见面男女双方就这样地表态，女的拿说谎脸红当腮红地表示自己没有恋爱过，男的默认表示身边一直没有女人……

精品男 VS 海归女……

生日宴上再都多喝点酒，会不会就直接喝到床上相处去了？

瞧瞧，那女的开始娇羞了。

阿年开始反思自己，自己娇羞的时候一般就如同在找地缝儿往里钻，可是没有地缝儿可钻怎么办，那就娇羞地往他怀里钻，钻进去还能钻出来，相比之下那个地缝儿真不保险，钻进去了估计就抠不出来了。

或者脸红了阿年就用毯子把自己蒙上。

管止深平时都很少看到她脸红的正面样子，那么，管止深冷不防地看到这个海归女脸红的娇羞样子，会不会心跳加快？

阿年的心，"啪"的一声，炸了。

不过阿年知道，就是自信地知道，管止深这是随口说说玩儿的。别人不了解管止深，阿年很了解，那语气，就是在胡扯……

而且是站在她房间门口胡扯，有摆明了气她之意。

不光是阿年一个心情此时复杂，重重地咳了一声的爷爷，也惊呆住了。

老爷子怕露馅，就没抬头看孙子的表情，连声说："好!"

毕竟这红线是老爷子亲自牵的，只想过这线松了得伸手拽，没想到孙子这话说得愣是把这线给说紧了，老爷子也不能太明显地撒手让人家海归女走，又担心孙子真不是个好东西，盯着外面的孙媳妇，也看着这个海归女，脚踩两船。

老爷子继续往生日宴会厅那头走，心里头想的却是，相信孙子的人品，所以……孙子在外面，到底有孙媳妇人选没？

默川这小子的消息，可靠不可靠？

阿年站在门口，时刻观望敌情。

站得累了，就回头去找东西，奈何这个酒店房间里，只有沙发椅子，单人的沙发椅子都是好大一个，阿年挪啊挪……终于挪到了门口一个，扒开一点门缝，坐在沙发上晃着腿观看，舒服多了。

如果这时备点零食吃就更好了……

不多时，门口又一批人经过……

阿年小心地看了一圈儿，没有一个认识的……

再不多时，门口又一批人经过……

阿年小心地又看了一圈儿，全部都是她认识的……

管三数为首，和方慈，都是趾高气扬的女强人姿态，在聊着老爷子生日的事情。

这对母女身后，是方默川，第一次见他穿西装走进视线，长得虽比他表哥单薄，却也帅得很，他手中玩着一个打火机，表情上很心不在焉，是一个人……

陆续地，阿年又看到一群一群的从眼前走过……

阿年眼花缭乱了。

最后，在阿年都要困了的时候，看到了方云和放放一起进去，阿年觉得，这是今天晚上，看上去最和善的两个人……

管止深来了。

阿年做好了咬他的准备。

打开门，管止深见阿年搬了一个沙发坐在门口，嗯，点头，很满意，倒是不傻，累了知道休息休息。

"吃醋了？"管止深挑眉。

阿年彻底确定了，他果然是为了气她才那么说的……

可是他都不怕因为那句话甩不掉海归女吗？

以后得看牢了他，小心海归女往他身上凑……

阿年仰头在沙发上，吃醋模式："一片两片三四片。"

"五片六片七八片……"管止深感慨，还好他会。

不过小媳妇儿突然有兴致念诗？

阿年叹气："千片万片无数片……"

管止深正在认真思量着，到底要念哪一个版本接上阿年的才合适？便听阿年长吁短叹道："妻心已碎夫不见……"

接着，阿年就感觉到一片黑影蓦地压下，管止深弯身撑在阿年的身上，阿年枕着沙发的靠背，眨眼看到他闭着眼眸的样子贴近。

他的声音很低，在耳边："我会好好爱你。"

说完……他就离开了。

某男特地抽空跑来安抚，表白。

直到他离开了，阿年还处在小小的甜蜜中，飘飘忽忽地脸红，吸气，呼气，这种感觉该要怎么形容？大概就是口中正苦，某人却用他性感柔软的唇，往她的嘴里输送了葡萄糖……

手机忽然响起……

阿年吓了一跳，整个人从飘忽中变得清醒了。

此刻回味中却被打扰的滋味也不太好受，好像突然发现，不是他在用嘴巴输送葡萄糖，是在扎针给她输送葡萄糖……

接了乔辛的来电。

乔辛问，看到老爷子长什么样子了吗？面相凶不凶？

阿年说："我觉得，他爷爷年轻时一定很帅！"

"这都看得出来？"

"我还没看到呢……"唯一看到的机会，也被那个高个子海归女给挡住了。

乔辛向悦无语："那你怎么知道很帅……"

"因为孙子帅，外孙帅，爸爸帅，爷爷一定更帅……"

"……"

"……"

阿年拿着手机，咦，怎么没了声音……

一定是因为距离太远窗外刮风导致信号在剧烈移动……

管止深很忙，来过一次，再也没有来。

阿年看了一眼手表上的时间，已经七点半将近八点了，下午吃的几口东西早就没了作用，阿年很饿，也困了。

精疲力竭地看着外面。

有服务员在陆续上菜了，菜肴的味道残忍狰狞地飘过……

阿年恨管止深，他安排的这个房间门口，此时觉得完全有利也有弊嘛！爷爷没看到，看到了这么多好吃的。

等服务员一趟一趟飘过，香味已经把阿年打击得肚子直叫了，小心翼翼地打开门走出去，想要看看大厅那边什么情况。

客人们都进去了，一般不会出来了吧，阿年觉得。

打开房间的门，阿年站在门外就瞬间心跳加速了，觉得脸热得血管里的血液都要沸腾了，看向大厅入口那边，阿年吸气……手指尖离开了门，"咔"的一声，阿年回头，门居然迅速地关上了。

"小姐，请问您有什么需要帮助的吗？"服务员在被阿年叫来后，问道。

两手空空。

房卡，忘记拿出来了……

还有……手机……

只怪门关上得太突然，和太紧张。

服务员听到阿年说的这些，为难起来。

不可能直接就去拿房卡开门，让这位小姐进去这个房间的，万一这位小姐是撒谎的呢，万一这位小姐进去有不轨目的呢！怎么才能证明这位小姐是这个房间里的人呢？如果出了事情，她可负不起责任呢！

阿年焦急，此时却看到生日宴会厅那边走过来一个人，就是方慈，阿年吓得立刻往服务员身后躲，像个贼一样，阿年怕被方慈看到。

还好，方慈拿着手机拐弯了，去了宴会厅里面的洗手间方向，没有出来。

服务员更加不相信阿年了！

最后阿年说，房间是管止深开的，不信的话可以去查一下。服务员说，房间的确是管先生开的，可是，怎么证明您和管先生认识呢？

"我给他打个电话证明。"阿年说完，皱眉……忘了，手机在房间里没拿出来。

"把你的手机借我用一下……可以不可以？"阿年小心地问。

服务员一脸冷淡："对不起小姐，我们上班不让带手机。"

阿年囧，那你工作服口袋里露出半截的手机是玩具吗……

服务员全部的耐性已经要耗光了，要离开去忙别的了。

阿年拽住不让走，可能阿年长得到底不像个坏孩子，二十八岁的服务员姐姐说帮忙，进去帮忙找一个叫管止深的出来。

Chapter 21

比更久还要久一点

237

嗯，是的，阿年把服务员姐姐今年多大，祖籍哪里，都给聊了出来，可是聊的这个过程里，阿年直冒冷汗，不时地就看到方慈和管三数在晃，还好只是在远处的大厅里晃……

一直没有看到管止深的身影，海归女也没看到，阿年觉得这情况不妙。

该不是搞到一起去了吧？

服务员姐姐进去的时候，阿年再三叮嘱，不要告诉别人……见到管止深才能说她找他……

美丽的服务员姐姐进去了，汇入衣香鬓影的人群中。

阿年站在了很隐蔽的位置，门口有一个大盆景，有一个人那么高，刚好遮住了阿年的身体。透过叶子的缝隙，还可以看到出口处的人。

突然，管止深出现！

阿年刚要从盆景后面跑出去叫他，就见到了另一个人，管三数带着海归女立刻出现，在管止深面前不停地说着海归女的好话。

听得阿年心里不舒服……

"希望我们，以后可以多些机会相互了解……"海归女举杯，手指修长白皙好看得令阿年嫉妒。

管止深挑眉，灯光璀璨中男人目光深邃，薄唇轻启："很抱歉……还没有同一时间跟两个女人谈恋爱的打算。"

与海归女碰了下杯，男人仰头，咕咚咕咚喉结滑动，红酒液体从薄唇入喉，眼神中透出的疏离拒绝，十分认真。

管三数在一旁尴尬了。

海归女眉头一皱，似乎没想到管止深以这样一句话挑出他已经有女朋友的事实，有点面子上挂不住。

但是，管止深这一声拒绝也算是礼貌绅士，喝光了杯中的酒，以表歉意。

面对八十几岁的爷爷，管止深解释，说了口是心非的话，倒也不算奇怪。

阿年听了，高兴。

靠谱的哦……

一个小孩子走了过来，三岁多一点的可爱样子。

这个小孩子拿着一个哗啦哗啦响的塑料小球儿走了过来，一晃一晃要摔了似的，其实没摔，小球儿滚来了阿年的脚边。

管止深和管三数她们要进去了……

阿年为了叫住管止深，把球儿给轻轻推了过去，希望管止深能发现这边。刚想要冒出去的，可是管三数猛地回头问："止深，你怎么了？"

"没事，这里有一个小孩子。"管止深说。

阿年怕管三数看到，又立刻缩绷了回来。

管止深看了一眼这球儿，完全没注意到阿年，他的视线也看不到盆景这边，把球儿捡了起来，刚要迈步还给小孩子，那小孩子哇的就大哭了起来，吓住了管止深！

他不懂，为什么哭。

那个海归女脸色已经缓和，见管止深不知所措，拿过管止深手中的球儿，来送给了小孩子。

由于海归女走到了这边，所以，就自然地看到了盆景后面的阿年。

"别哭了小宝贝，拿着球儿去找妈妈玩哈。"

起身的海归女，诧异地看了一眼阿年，不明白这女孩子躲在这里干什么。

阿年微笑了一下，海归女也微笑了下，互不相干地错过……门口的管止深和管三数，已经进去，没有看到。

所有人都离开，阿年看着附近，就只有她和这个呜呜哭的小孩子……哪一家的宝贝，宝贝的妈妈呢……

"不要哭了哦，看这个多好玩儿。"阿年捡起了球儿。

为了把小宝贝逗乐，阿年付出许多。

小宝贝爱玩头发，估计平时玩妈妈头发玩多了，这会儿把阿年梳起来的头发给弄开了，用手揉啊揉，阿年囧，还好发质不错，小宝贝的手肉乎乎的很小，揉不太乱。可是小宝贝的妈妈究竟长心没有，宝贝不见了都不找?!

在小宝贝的手揉头发揉得阿年一只耳朵发热的时候，阿年瞬间惊慌，这个小宝贝不会是个弃婴吧?

那岂不是……

如果告诉管止深，一直没怀上，却捡到了一个，不知道管止深会不会被她给气死了。

"这谁的孩子——"

方默川摇头："不知道，不过外公，一定不是阿年和表哥的。"

"……"

阿年回头，可不可以，不顾形象地吓得坐在地上！

画面倒回十几分钟之前。

宴会厅里，服务员找着一个叫管止深的人，服务员知道管止深长什么样子，Z市大多数年轻女人都知道。可是却一直没有找到，由于阿年祈求了不要随便问人，服务员就不问，找着找着就后悔了，还不如把手机借给那姑娘用一下。

不过心里不踏实，怕今天借用了，明天绑定了手机的相关账号，密码和钱就被盗，听说现在的科技非常可怕，境界高得骗子都长成了门口那小妹妹的一张善良脸。

怎么敢随便借。

一想到可能是个骗子，服务员就不管不顾地开始问人了，今天过寿的人是管止深的爷爷，问问这个爷爷总没错，也许知道孙子在哪里。

可是管爷爷一听，一个女孩子，在门口偷偷摸摸地找他孙子出去，还不让惊动任何人。管爷爷可没当阿年是骗子小偷，认为这是孙子外面藏着的孙媳妇来了，不放心来查岗的，还是来干别的什么，爷爷暂时还不知道。

先出去见一见再说。

方默川刚巧在爷爷身边，不放心，就跟了出来，也不敢多说什么，随机应变。

起身就跟了去，忘记了拿手机。

爷爷从偏门出来，躲开了正门口走进来的孙子和女儿管三数。

出来的时候，管爷爷就看到阿年蹲在地上拿个球儿哄小孩，显然小孩子对球儿不感兴趣，对阿年头发很感兴趣。

脸部表情是要掀桌了，还是任由孩子揉头发……

爷爷好奇，这孩子谁的，是孙子和这姑娘生的？

都这么大了……

方默川一开口，证实了这孩子不是姓管的，同时也让爷爷听出来了，外孙方默川和这个叫阿年的姑娘，认识！

那就是早知道未来表嫂是哪一个，居然欺瞒不报！

出来的服务员姐姐听了老爷子的吩咐，拿了房卡，打开了那个房间。

管爷爷用无比凌厉外带威武霸气的眼神把阿年给抓了进去……

酒店的房间里，老爷子用眼神质问阿年。

方默川则是观察着情况……

阿年紧抿着嘴巴，不先开口，抱着敌不动我也坚决不动的决心……

由于太安静了，以至于阿年清晰听到肚子咕咕叫……

老爷子一声令下，小酒小菜送了进来，管爷爷吩咐，不准惊动他孙子管止深，阿年一听，浑身发寒，自己要被管爷爷单独用刑了。

"来，一起喝点……"老爷子把酒给阿年满上了。

阿年立刻站起身："爷爷，我来我来——"

开始狗腿……

哪有长辈给小辈倒酒之礼，阿年俩手一起抱着酒瓶子，究竟是贵酒的瓶子本身都沉，还是吓得手指无力拿不住了。

阿年要倒酒，可是桌子好大，举着酒瓶子刚到桌子中间，够不着爷爷那边的酒杯……

阿年就迅速地挪了出来，心跳加速地走到管爷爷身边。

手发抖地，把酒……给倒满了。

洒出一点点……

阿年拿过纸巾，擦干净了。

"怕生？脸红得都成猪肝了——"老爷子说。

阿年："……＝＝"

外婆都是说红扑扑的，红扑扑，多好听，到了这里成猪肝了……

"爷爷，我去一下洗手间。"方默川说，就要站起身。

"坐下——"爷爷眼尖，看出这小子是要出去通风报信。

阿年紧张。

方默川这性格，沉不住气，泄气地呼气，"让她喝醉了，回头表哥要跟您发火。"

他没带手机，不然，可以打个电话给管止深。

不管怎么样，不能让阿年喝多了，老爷子又要玩这一套了，灌醉了使劲逼问，他和表哥小时候都遭过醉酒吐真言的殃……

阿年大着胆子，把手，悄悄地在桌子底下伸向了自己的包包，拿出了手机……

余光……找着管止深的号码……

还没找到，老爷子突然一声"自己先简单地说说吧"，阿年抬头，吓得魂儿都没了好不好……

"啪"

手指发抖地，把手机掉在了地上，简单说说……究竟要简单地说说什么。

"我……"

心脏吓得都不好好跳了。

管止深在生日宴会厅中，找爷爷。

发现哪里都找不到爷爷，打方默川的手机，方默川的手机在方慈手中，没人太注意到爷爷去了哪里。

管止深担心。

出了大厅，借此机会看一眼阿年睡着了没有，饿了没有……

他手中没拿房卡，敲门。

没有人应声。

"阿年，给我开门——"他继续敲门，怕她是睡着了。

此时，门打开了。

"爷爷?"管止深错愕。

随即……看到了方默川扶着的阿年……

老爷子走了出来。

腰板挺直，严肃地背着手!

一脸掩饰和心虚地指向方默川扶着的阿年，担心孙子发火地数落着："酒量不咋地……半杯就喝倒了，先安排个安静的房间，让她休息休息!"

"……"管止深。

接过方默川怀里的阿年，管止深皱眉，方默川尴尬地放开阿年，没说什么。

"半杯?"管止深看着阿年，心疼。

老爷子一听，孙子是觉得这一杯半里头有水分?? 不禁大声："就一杯半——"

说完，大步和外孙走向了宴会厅。

管止深觉得，一杯半，还是有水分……

阿年已经醉得脸红得像虾子，眼睛半睁不睁的蒙眬醉态，倒在了管止深的怀里，俩小手使劲儿揪着他的衬衫，看他，在他耳边嘀咕了一串什么，是真醉了，管止深一个字都没听懂，似乎说的也不是地球文……

"究竟喝了多少。"管止深蹙起眉头低语，扶稳了怀里的阿年。

他带阿年再次进入房间，弯身拿起了阿年的包包，视线看了一下酒桌，桌子上一瓶白酒已经被喝光了，管止深面色寒冷，爷爷和默川显然没什么事，估计是没怎么喝，一大半都被阿年喝了？

阿年醉酒之后对爷爷说了什么，对他来说，已经全部都不重要。

管止深看向了在收拾房间的服务员，吩咐服务员马上去帮忙买一些护肝的解酒药，还有，跟他过来一个服务员，帮他安排一间干净舒适的房间，再准备一点对胃部好的食物，尽快送来房间。

"好的，管先生……"服务员点头。

服务员都开始各自忙各自的任务了。

其中一个服务员走在了管止深的前面，态度小心翼翼，用对讲机跟楼下说了一声，然后，楼下有人上来，拿来了房卡。

服务员把管止深和阿年带过去。

管止深带阿年往出走。

阿年的手，抓着他的衬衫，还好今天管止深穿的这件衬衫，料子是怎么抓都不会皱的。阿年走路摇摇晃晃，不过阿年没耽误表达，一直对管止深叽咕着什么。

管止深实在听不懂，怕阿年摔了，磕了碰了再突然哭起来，索性不顾谁看，直接把阿年给抱了起来。

阿年在他怀里也不老实，说什么"逼供""用刑"……

管止深叹气，爷爷，到底都说什么了，还是她自己心理作用？

去了休息的房间，阿年被管止深轻轻放在了床上，服务员以最快的速度送来了解酒药和吃的。

管止深让服务员都出去了。

有事再叫她们。

房间里只有两个人，管止深扶起阿年让阿年靠在他怀里："先把解酒药吃下去。"

打开了解酒药的包装，微甜的液体，阿年这个样子不老实吃药，管止深不废话，仰头喝了一大口的解酒药，对准阿年的嘴，全部喂了进去。

"再吃一点东西。"管止深亲了亲她的嘴，拿过床上的抱枕和枕头，垫高了，放下阿年让阿年半躺下。

他拿了食物过来，一勺，吹了吹，要喂给阿年吃。

阿年伸出手指，指着管止深的眼睛。

"管……止深……我跟你说哈，你爷爷……是猪肝……"阿年揪着他领子，闭着眼睛难受地皱眉，说，是猪肝。

管止深无比头疼，爷爷，猪肝？

"安静……"管止深抬起手指，修长手指搁在了唇边，认真，小声地在阿年面前，"嘘……"了一声。

"嘘……"阿年也把手指搁在嘴边。

他喂食物过来，阿年躲。

"我的东西呢。"阿年在床上，胡乱地翻。

"什么东西？"管止深好奇，给她拿过包包。

阿年把包包里的东西倒出来，摇头，说，"你爷爷，给我的礼物……没了。"

管止深皱眉，放下了盛着食物的碗，爷爷居然给阿年买了东西？酒店中第一次见面，爷爷就给阿年买了礼物？

在酒店中，爷爷能买到什么。

管止深不放心阿年一个人，所以就问了下面，那个房间的座机号码是多少。问了之后，管止深打给那个房间，打扫的服务员接的，听了管止深的话，服务员开始翻找，一种类似礼物的东西都没找到。

管止深看阿年，阿年说，"我……喜欢……"

喜欢？管止深问阿年，是什么东西，阿年就栽倒了……

管止深让服务员再找。

服务员已经吓出了冷汗啊，如果是贵重礼物丢失了，酒店经理会不会处理她们。会不会因此丢了工作或者奖金啊之类的。

一边翻找，服务员们一边急得要掀桌了！

管止深放下了手机，转身，蓦地他又站住了，拿起手机打给了方默川，问了方默川，爷爷到底给阿年买了什么礼物，爷爷怎么知道阿年在酒店？礼物现买一定来不及送给阿年，除非，是爷爷提前准备了。

方默川在洗手间中，抽了一口烟，蹙眉看着镜子里的自己："礼物？什么礼物？"

"没有礼物？她一直在找她的礼物。"管止深说。

方默川回忆了一下当时的情景。

面对爷爷的威严，阿年不敢有一丝一毫的怠慢。

爷爷瞎说了一通，什么酒量不好的姑娘，根本就配不上我们管家的孙子，过年过节，管家的所有女人们，也都要喝上几杯全家才会高兴的。

爷爷的话，方默川不敢反驳。

阿年喝啊喝的，一不小心就喝醉了，但是没醉到说胡话不是自己，爷爷是不会罢休的。当阿年真的醉成了另一人时，就开始想什么说什么。

方默川希望阿年注意，可醉酒的阿年显然刹不住车了……

阿年说："我在房间等了那么久我可怜不可怜！"

阿年讲述自己辛苦……她要看看爷爷长得凶不凶？突然！冒出来一个高个子海归女就给挡住了！

然后，醉了酒的阿年站在墙边，认真地抠着酒店房间壁纸，念了好几分钟："走开，海归女你走开——"

爷爷无语。

以为阿年醉了可以听到些什么话，可没想到阿年醉得那么认真，醉得那么敬业。

一句着边际的话没有。

阿年被方默川扶到座位前，别摔到。

"西兰花，胡萝卜花……杏鲍菇，鲍鱼，大鱼……"阿年坐在位置上，额头无力地抵着桌子面，数着那时门口服务员端过去的菜肴。

爷爷问阿年，等着看他爷爷，等得不耐烦了是吧！

方默川看阿年，希望阿年能好好回答，没有不耐烦！坚决没有！

"有一点哪……"阿年嘀咕了一堆实话，把这次管止深带她来，是带来干什么的，都老实交代了。告诉爷爷，就是怕见爷爷，怕见了之后爷爷反对不喜欢！

方默川捏了一下眉心，正怕阿年说出和他还有表哥之间比较乱的关系时，爷爷问，"等着见爷爷的时候心里怎么想的。"

阿年说，太饿了……饿得要靠出去观察敌情转移饿的注意力……

爷爷愤怒，敌情！谁是敌人！

阿年说心里怎么想的，醉得一塌糊涂，脸红得像苹果，只抱怨了一句，却不是针对爷爷和别人，是针对管止深。

不知道她要饿扁了吗，买点好吃的送来收买她让她继续听话地等啊……就不至于出去乱串，忘拿房卡遇到爷爷。

爷爷以为阿年对好吃的感兴趣，就叫服务员去弄点好吃的来。

服务员去哪里弄？下楼一趟，附近没有超市，只能在同事那里搜刮一下，也就可怜地搜刮到了一袋干脆面。

方默川看了，把面扔了一边去。

当阿年傻瓜吗？一袋干脆面就能收买了？？？

阿年拿过干脆面，正式地站了起来，手指抓着干脆面的袋子，在耳边晃了晃，干脆面碎了，哗啦哗啦地，甜笑："谢谢爷爷的礼物——"

"……"

方默川觉得喘不上气了，爷爷把阿年当白痴了。

好吧，也的确，阿年醉了之后就会白痴上身。

最后，阿年指着方默川，刚要说"我对不起——"其余的话还没说出口，就传来了管止深的敲门声。

方默川摸着额头，差点吓得虚脱了……

管止深问礼物，方默川知道了，干脆面？

管止深听了，拧眉。

方默川告诉表哥，不用担心，阿年关键的一件事也没说，说的都是醉话，估计爷爷也被阿年搞得头大了。

管止深稍微放心。

打给那边的服务员，说是一袋干脆面。

干脆面送到的时候，管止深给了阿年。"你的礼物，爷爷给的，拿着——"

阿年眼睛睁开得费力，撩起衣服的一角，用衣服小心地把干脆面擦了擦，放进了自己的包包里，小心地拉上了拉锁，放了起来。

"吃点东西？"管止深问她，挑眉。

阿年看他："你是……管止深？"

他点头，没错。

阿年抱住了他的脖颈："我哪里比不上海归女……"

"哪里，都比得上。"管止深回答，整个人在阿年的身体上方，又不敢压阿年，怕她喘不上气，也不想欺负她。

阿年摇头："你胡说……她有36D……"

管止深打算让她好好睡一觉，也不打算回答阿年的问题，听着，问题是越来越不好回答了。

答错，惹哭了阿年划不来。

"不吃东西也行，睡一下。"管止深轻声说，把阿年醉成这样，他心疼啊。

"我想跟你睡……"

他的嘴唇刚贴上阿年热热的脸颊，就听到阿年突然这样说，身体，蓦地紧绷，一股暖流划过小腹。

"嗯，改天睡我，现在自己睡。"管止深拿下阿年的手，准备起身。

手机忽然响了。

管止深回头，一只手接起手机一只手捏着眉心，点头："全家合照没有问题，只是……爷爷——阿年醉成这样了照得了吗？"

"好，一切都听您的。"管止深放下手机，回头看阿年。

阿年跪在他身后，闭着眼睛俩手开始缠上了他的脖颈，"放倒你，你……有没有怨言……平时你怎么对我的……我就怎么对你了……男妓……"

管止深，被迫躺了下来。

阿年吸气，指着管止深："自己，脱掉裤子。"

情
生
以
南

Chapter 22 ◄◄◄
花开时候想起你

次日清晨，阿年头疼地醒了过来，周围很静很静……

从被子里钻了出来，眼睛很疼，迷迷糊糊地睁开了眼睛，这个房间很熟悉。仔细一看，居然是管家老宅这边，管止深的房间！

阿年吸了一口气，怎么回事？

昨晚的生日宴会……

她怎么跑到了这里？

手机，四处找都找不到。

身上穿着的是一套睡衣……

阿年心惊肉跳地起床，心惊肉跳地走到房间门口听声音，听不到，手指颤抖地打开了房门，望向楼下。

没人的感觉。

走出去了几步，甩着睡衣袖子走到了楼梯口，拖鞋摩擦地上的地板，还是会有很大声音的……

"丫头醒了，下来看看，昨晚拍的照片送过来了……"

谁的声音？？

阿年吓得，差点跪在了楼梯口……

管止深此时从厨房走了出来，黑色西裤，上身白色衬衫，衬衫的袖子挽起了一截，单手插在裤袋中，牙齿雪白，薄唇微红，笑起来是那样璀璨好看。

他手中端着一杯东西。

上楼，走到阿年面前，给了阿年。"喝了。"

"哦。"阿年眼睛偷偷地望向了楼下那个严肃老头，接过杯子问也不问是什么，咕嘟咕嘟就都喝了下去。

老头一边眉毛掀起，往楼上一瞥，阿年吓得"咳"了一下，咳到脸红才罢休，管止深轻轻拍了拍阿年的背。

还不敢用力，怕拍疼了。

阿年低头，喝光了。

"是缓解头疼的。"管止深摸了摸阿年的额头，温度还好，这次醉酒没有发烧等症状。

阿年吸气，小声地说："我昨晚，怎么来了这里？"

"先去洗漱，换衣服，然后下楼吃饭。"管止深带她一起回了卧室，阿年去洗漱了。

一边洗漱阿年一边忐忑地问他，"昨晚没事吧？"为什么心里毛毛的。

管止深站在衣橱前，正在给阿年找今天穿的衣服，蓦地顿住了修长手指，莞尔开口："没事，一切都还好。"

"哦。"阿年放心地刷牙，漱口。

咕噜咕噜……

洗漱完毕，阿年穿了管止深给找的那套衣服，阿年不挑食不挑衣服，款式顺眼穿着舒服就行。管止深总结，阿年对衣服款式无感的这个程度，就跟阿年站在城市中央，总是分不清东南西北差不太多。

"我脸色好吗。"在将要离开房间时，阿年惊怕地拍自己的脸，问他。

管止深点头，认真："很好。"

怎么问他什么他都只会说很好……

一点不诚实……

"我还是涂一下唇膏……才敢见人。"阿年低头，叹着气走到床的那边，找到了自己的包包，昨天去酒店之前郑田给了她一个秘密武器，一支浅粉色的唇膏，还有一盒和肤色一样的粉饼，如果鼓捣一下再下去，会好一点。

"谁的干脆面？"阿年拿出来，随手扔在了一旁。

一定是那个她还以为是弃婴的小孩儿的。

管止深："……"

看来，是全忘了……

涂抹完了唇膏，阿年准备和他下楼了。

管止深攥住阿年的手，问她："昨晚，你喝醉了，你还记不记得？"

"记得的。"阿年点头。

就好像真的记得一样。

"醉酒之后，你都说了什么做了什么，也都记得？"管止深挑眉。

阿年："……"

拍了一点白粉的脸颊，这会儿就跟拍了腮红一样……

"我，"逗号之后，阿年就立刻捂住了嘴巴。

昨晚喝多了。

阿年觉得自己一向喝多了都很听话老实，小时候喝多了会直接睡觉，长大了以后也是，多半喝多了就等于是睡着了，所以阿年从不担心自己喝多了会闯祸。

可是有点记忆渐渐浮了出来，昨晚管止深把她救了，跟管止深去了酒店的其他房间，由于身边有他晃来晃去，她就没有快速睡着。

把他放倒——脱了裤子。

然后，是管止深性感暗哑的声音来回飘荡……

阿年呼气："我，没流鼻血吧……"

"没有……"管止深笑。

看来阿年是忘记了干脆面那一片段了。

阿年捏住鼻子偷笑，抬头看他："真的没流鼻血哈哈，争气哈哈。"

阿年想要这辈子都保持着这种现状儿，只有管止深对她流过鼻血，她绝没有对管止深流过鼻血的记录。这样待到以后孩子们都长大，她已容颜苍老，也好在过年过节跟孩子们闲话家常时，显摆显摆，当年你们的妈妈美到过分，你们的帅爸爸对美妈妈总流鼻血。

而且，是真的哦！

长得并不美到过分，不过，管止深对她流过鼻血了。

阿年心情瞬间春暖花开，管止深顷刻一句话如同冰雹加雪，砸得阿年气喘……

他搂过阿年，嘴唇贴上阿年的嘴唇，近距离地两人四目相对，管止深淡淡地说："是你，开着灯在我身上……教会了我什么是……"

管止深的话还未说完，阿年捂住耳朵踢了他一脚迅速地冲下了楼！教会了什么……什么是什么……

阿年完全忘了楼下有一个她一面对就心怀视死如归壮烈心情的严肃爷爷。一不小心阿年已经冲到了客厅，蓦地站住，"管爷爷……"阿年脸色惨白，打招呼，心里不光是毛毛的，好像已经长出毛毛刺了。

"地太滑了，小心着点……"方云从厨房出来，"放放前儿个就摔了。"

阿年点头，不是自己跑得太快了吗。

管止深慢慢走下楼来，阿年从未如此地需要管止深在身边帮忙，这个爷爷头也不抬地不看她一眼，而阿年努力回忆昨晚，也只是想起一星半点的事情，根本衔接不上。怕是，得罪了这个爷爷。

"陪爷爷先下盘棋……一盘结束，就吃早餐了。"管止深对阿年说，手指捏玩着阿年的后颈，白皙细腻，手感好。

阿年"嗯！"了一声，希望管止深给个明确的指示，到底什么意思？管止深平日不是一直都说，她是……"臭棋篓子"吗……

爷爷显然是愿意的，已经开始摆棋了。

阿年回头，小声踮脚捂住了管止深的耳朵问："怎么办？我是要输还是要赢？"

"你，能赢谁？"管止深一副"你算了罢别装"的语气。"当然要输……"

爷爷被赢，会很火大！

"不是。"阿年重新在他耳边说，"我是怕暴露智商。"

管止深："……"

一盘棋结束，家里开饭了。

阿年输得惨兮兮，爷爷去洗手，阿年也洗手，两个人再到饭桌前，爷爷就一直在指着阿年说："乱走一通，不思考——不过，倒也不是完全不会下棋，就是今儿个遇到了爷爷这对手——再接再厉，年轻人，别意志消沉……"

"这孩子找对象，能遇上我的孙子止深——这叫什么……"爷爷思考，顿住，而后豁然想到了一个词形容起来恰当的，大笑地指着阿年，爷爷坐下在餐桌前对放放和管止深说，"这是，傻人有傻福——"

说谁傻！

管止深笑，爷爷一向爱这样损人，方默川就是个典型的例子，见一次被爷爷损一次，不过，越损说明爷爷越喜欢。

管止深的手，轻按在阿年的腰上，拉开椅子，让阿年坐下。

阿年现在只想跑……

坐下后，阿年小声对管止深说："昨晚我到底怎么了，你爷爷提起好几次，那种笑容很可怕你知道吗。"

"爷爷已经说了，不责怪你。"管止深安抚。

爷爷的眼神，朝这边看了过来……

阿年立刻低头飞快地吃米饭。

她在乎的不是爷爷对她责怪不责怪好不好，昨晚她到底怎么了……而且她也不傻，是故意输棋的好不好。放放说，爷爷是得了便宜卖乖类型，阿年原来还不信，这回是真的相信了，说得太对。

俨然真理。

饭后……

爷爷说把全家福拿来，给阿年看一看。

阿年正在疑惑不解，全家福上如果有自己，那方默川和管三数方慈她们呢，管止深昨晚一切都很安全，避开了那一家人，方默川临时有事，离开。

而后，姑姑和表妹接了一个来电，也匆匆离开。

全家福上只有爷爷，管止深和阿年放放。

方云都没参与进去的……

"给阿年看!"爷爷说。

阿年眉毛拧了一下,接过全家福照片,拿在手里仔细地看,眉毛又纠结地拧了一下:"咦……我在哪里?"

这张照片,乱七八糟照得。

"这个。"管止深指着。

全家福照的地点一看就是宴会大厅里,灯光璀璨,一个大大的圆桌前,蛋糕之类的应有尽有,爷爷站在中间,放放和管止深站在爷爷两旁。

阿年一开始并没有看到自己,经过管止深的指点,看到了……

在管止深的……确切地说,是在管止深的身上,被管止深背着,一只小手搂着管止深的脖颈,照片中显示的,有一点膝盖,白色裤子露了出来,管止深比爷爷高许多,所以脑袋不是在一个平行线上,上中下的方式,爷爷脑袋低了一点,老了,身高降了点。管止深高了一点,而中间那个……就是被管止深背着的阿年了……

楼上房间。

"你怎么不看住我啊!给我喂什么解酒药!喂一片安眠药我就老实了啊……"阿年趴在床上,害怕地哭了起来。

醉得像个弱智一样,要人背着才能离开房间,趴在他身上不老实地跟没脑动物一样阿年觉得难看死了,丑!好不容易地照个合照,没有人脸,全被干脆面挡住了,床头那袋干脆面的来历,终于也知道。

气得摔到一边去!

管止深安慰阿年,他侧躺在床上,手指拨了一下阿年哭湿了的发丝:"别人都不知道,就爷爷执意,让快点拍下的。"

"你爷爷这个老头……"阿年说了半句,不说了。

俩手平放,手指按着手指,阿年眼睛和额头趴在手背上,说完话,抬手抹了一下眼睛,哭得眼睛通红,憋着嘴纠结委屈地说:"别告诉别人说我哭了,我还是想装成……没气哭……我不小气……呜呜……"

又趴下哭了。

管止深叹息,阿年哭得直抽搭,他安慰:"好了好了,再哭爷爷上来抓到了。"把阿年抱起来,他干脆仰头躺在了床上,把阿年抱到自己的身上,"在我身上,哭花我的衬衫,再换一件,下楼爷爷看到,要想歪了。"

"为什么想歪。"阿年抽搭,问。

眼睛红红的,睁都睁不开了……

"那你看,一般人的想法,都会以为我们在楼上做了什么害羞的事,才会重新换衣服的对不对。"管止深蹙眉。

阿年点头,"是。"

擦了擦眼睛,"我洗洗脸……"

"嗯。"管止深点头。

不对……

阿年才看到他的脖颈，怎么好多红斑点？

由于管止深此刻躺着，被阿年压着，衬衫压得变形了，往下去了，领口被扯开了一颗扣子，露出了男人的性感锁骨。

"这个……"

管止深解释了一遍，昨晚阿年啃的，整个锁骨和脖颈几乎都遭殃了，管止深昨晚以为阿年没这个本事，吸不出来，可是，一片狼藉。

"阿年，这能吸出人命来。"他淡淡地说。

阿年抽搭，"那你爷爷，没看到吧。"

"看到了，不过你醉了，情有可原。我解释说……你想吃苹果了，抱住我当成了苹果啃，爷爷叫我们过去的时候，我们正在做。出去后，我对爷爷说，是你非要把苹果啃得只剩一个果核才罢休，啃完了我，费时许久，耽误了照相的时间。"

阿年的眼泪，在眼圈儿里旋转，管止深怕她真又哭了，他笑，仰起身亲了一下阿年的额头："骗你的，谁也没看到。"

这一天管止深本想不离开家，在家陪着胆小的阿年。

可是，终究有事被叫出去。

今天是星期六，还好放放在家……

放放在楼下做作业，许多不懂，阿年刚毕业的刚好可以指导放放。

两个人在楼下探讨学习的事情，爷爷刚刚得知阿年是中文系毕业的，提起了阿年的毕业论文题目，阿年说《老舍小说的京味特征》。

爷爷问阿年，止深……有没有在学习上帮你的忙？

爷爷说，孙子是学霸级别的孩子，外孙是学渣级别的孩子。

方默川是学渣，这个阿年知道。

在大学里，大家非常愿意跟方默川这样有钱有势的公子哥，出了事能轻易摆平的男生做朋友，但是方默川的脸上，一直都写着"学习好的给老子滚远点"这样一行字。

阿年想了想，没敢骗人。

诚实的说："写论文的时候，和管止深才认识不久。"

说完，阿年害怕心虚……

好在爷爷没有接着问这个问题，只说，感情的深浅，不一定都在于认识的时间久还是短，以后你们的路还很长，好好跟止深一起走。这小子这些年，难得看上眼一个人，孙子一定是个很贴心的丈夫……

爷爷对阿年学习的那些，似乎非常感兴趣。

聊起历史，爷爷和阿年还是能聊上一壶茶的时间的……阿年本想顺着爷爷说的，可是爷爷说得不对的，阿年后来生气就不客气了，不对呀说得，爷爷说阿年说得不对，总之，家里人看着，也插言不得，因为不懂阿年和爷爷聊的话题。

所以，在管止深回来的时候，也没纠结出一个明确结果——蒋介石到底算不算当时民国四美男其中之一？

"怎么戴了一副眼镜？"管止深走过来，手指捏着阿年的眼镜，要摘下来，怕阿年乱戴伤了眼睛。

阿年回头小声说："不要摘，我要挽回一下形象……"

管止深咳了一声，无语。

老爷子今儿个上午没少喝茶，下午到晚上的这段时间，已经不能再喝了，上了年纪，担心晚上会睡不实觉。管止深回来，双腿交叠地坐在了沙发上，表情严肃认真，不打扰爷爷和阿年一起探讨历史故事，看阿年怎么挽回形象。

王妈悄声走了过来，说重新给管止深泡一壶茶，管止深说不用，浪费了爷爷今年独爱的那罐茶叶，续上白水就可以。管止深对喝茶没有过多讲究，品不出什么，从小习惯了，和默川一样，只是尝一尝爷爷那些茶叶的味道。

小时候，只觉得味道太苦。

长大，从苦中倒也能喝出不少甘味。

管家现在是一团和气，王妈这个外人见了都很开心，王妈把水给他续上，管止深自己倒了一杯，喝了一口，茶香绕鼻，微烫。

听了一会儿，管止深觉得有意思，但也头疼。

老爷子的思想，和年轻人颇为不同，非常认自己的理儿，自己认为是对的，任何人都反驳不得。

阿年也观察出来了爷爷的性格，老爷子和阿年是头次见面，就是这头次见面相处的时间稍微长了一些，点头，表示认真在听爷爷的道理。

阿年一开始以为自己会听得犯困，可是后来就越听越激动了，爷爷这一辈子过的，年轻时每一年的经历，都特别精彩刺激，几番惊险，到了晚年，爷爷地位保得非常霸气。如今，爷爷很满足，儿孙们都很争气，说到最后，爷爷几乎落泪。

方云从医院回来，说老爷子怎么还哭了，担心。

管止深叹息，说没事。

老爷子摆手，没事，该吃饭吃饭，这是孙子有媳妇了，当爷爷的高兴。

管止深不阻拦爷爷对阿年说这些，早晚要说，不如现在就全说了。管家的，方家的，小辈儿的每一个家庭成员，都听爷爷长篇大论地说过这些过去。爷爷一生，值得骄傲的便是这些，就连方默川那么混蛋的人，感觉听着一点不感兴趣认为枯燥乏味，他也都不会表现出来，希望外公能开心。

爷爷跟阿年说这些，是不把阿年当外人了。爷爷曾经在生日宴会上，见到过李秋实，经过介绍，得知李秋实是名教师，爷爷当即表示，特别满意这个职业的孙媳妇，爷爷也有意促成过。爷爷知道了李秋实是孙子身边的女人，可是，见孙子没有正面承认，观察孙子的表情态度，也分不清是否属于默认。

到了晚上，阿年在洗漱间跟管止深说："我今晚能回去吗？稿子很急。"

"回去？"管止深问。

阿年点头。

两个人在镜子里对视一眼，管止深手中是一条白色厚毛巾。

让阿年站在镜子前，阿年站过去，管止深站在阿年的身后，厚毛巾在他手上，擦着阿年的湿发，一滴水珠滴在阿年的额头上，阿年闭眼，管止深擦掉那个水珠，把阿年的头发都揉在了手心中，不掉落出毛巾外，吸干水分。

"阿年，爷爷知道你了，这代表以后我们要住一起。你去同学以前租的房子里，可以说是去玩，去见朋友，但不是'回去'，你在外面，说回到这里，叫'回去'。有些分不清哪里是家，对不对。"

阿年提了一口气："还有点不适应。"

要睡觉时，阿年一个人在楼上，管止深下楼了，爷爷许是白天茶喝多了，睡不着，平时爷爷本也是容易失眠，孙子要下去陪着。阿年也要下去，可是，管止深说，晚上九点之前，阿年必须睡着。

阿年无语，哪有要人几点必须睡着的？

方默川今天和昨天，都没有来。

阿年喝茶了，怎么努力也睡不着。一个人闭着眼睛躺在床上，胡思乱想，不禁就想起第一次初见管止深，A大门口，那时的管止深和现在不一样，那时他一副冷冰冰的样子，说话行为，让阿年难以理解。阿年下了他的车就郁闷起来，没得罪他，初次见面，他为何言语轻佻，带着挑衅。

阿年现在再想起来，已经明白，管止深大概是早已认识她了。因为小镇上，外婆家对面的那栋房子里住着的，百分之九十八就是管止深。阿年好奇，管止深在A大门口见到她，那时候他知不知道，她和方默川的关系？

想到这里，阿年脑子里一片混乱，管止深说的什么大三招聘会是初次见面，其实，都是骗她的了。

管止深对她好，这小欺骗，被他的好给深深掩埋。

阿年听了管止深的话，早睡早起，星期日早晨跟管止深一起出门，离开家之前，陪着爷爷吃了早餐。

管止深今天要忙。

开车先把阿年送到了乔辛租的房子里，阿年和郑田埋头赶稿子。

"你们在一起，都不吵架的吗。"郑田问阿年。

阿年打字的手指停住，想了想，叹气，转头对郑田说："真正伤害对方的激烈吵架，算没有过。"

"真好，我妈和我后爸，在我小的时候就吵得激烈，还总动手打起来。"郑田低头说。

阿年皱眉，这是第一次和郑田这么安静地聊天。

写稿子不是一件轻松的事，尤其阿年是初次为《Z市教育》写稿，精神就更加紧张了。草稿不知道要打多少遍，又要对用词修饰多少遍，如果情绪焦躁起来，很有可能推翻全部重写，受灵感的驱使。

中午，阿年接到了管止深的来电，他叮嘱阿年吃午餐，晚上接她。阿年说好，让他也记得吃饭。

下午两点半，郑田要见一个同事，男的。

关于这个"青春"主题的杂志，里里外外不只是阿年和郑田两个人在忙，还有其他人帮助。阿年是负责出稿子的人，有必要接触这个男的记者，一起商量。

多人讨论，看法和角度会丰富，当然，意见不统一，阿年也做好了心理准备。

上了出租车，去的路上，郑田说："女同事都不愿帮忙，费力不讨好的事换做我们也不愿干！领导去问，大家都答应得很好，可是以后真让她们办起事来，就很费劲了。这个男同事是我师哥，人品良好，认识很久了。他对记者这个职业很尊重，阳光正经，我不担心我们和他沟通不来。"

阿年点头。

约的是个喝咖啡的地方，三杯咖啡，将近一百块，没要别的东西。

这位师哥付的钱。

"我来介绍一下，你可以直接叫她阿年，跟我一样，从A大毕业的，今年刚出校门的一只菜鸟，很老实，温顺好欺负……"郑田最后一句，开玩笑的。

阿年和那位师哥，相视一笑。

郑田转而介绍自己的师哥："优秀记者，苏宇阳，27岁，男。爱好摄影，如果你想拍照片，可以直接找他……看着是个业余的，其实他比专业的还专业！"

"你好。"

"你好……"

两个人握了一下手。

三人围着一个桌子而坐，找了一个安静的角落位置，讨论的声音不大。苏宇阳说，有一个病态青春期的孩子打来电话，精神饱受折磨，咨询，可不可以去采访她，在北京，如果开车来回，一天时间足够。

"多大？男孩女孩？"阿年问。

"16岁，女孩子，打过一次胎，被父亲知道后，打得住院了，说是……偷偷给我打的电话，告诉了我地址，我想过去，问问你们两个的看法。"苏宇阳挑眉。

这期杂志，肯定要刊登关于青春的真实事件，而且要刊登不止一个例子，起码需要八个。好的例子，正能量一点的事件例子，杂志社领导那边已经准备好了。这个社会上，幸福的孩子，在家长正确教育引导下，知道怎样正确管理自己青春期的孩子很多。

北京这个，阿年不知道会不会有用。苏宇阳说，联系不上那个16岁的女孩儿，他打去了北京这家医院，医院查了，的确有这个病人，苏宇阳拜托了许多人，打听了一下，消息应该可靠，不能白去。

病房里父亲母亲看管得严，护士根本不能把手机给姑娘，家务事，护士医生再怎么看不下去，也没人愿意出头说一句。

阿年和苏宇阳互相交换了手机号码。

晚上，阿年接到管止深的来电。

他和江律张望在一起，忙了一天，准备吃饭。

管止深去接阿年的时候，阿年和苏宇阳郑田刚散，一不小心就聊了五个多小时，说好，下次不来咖啡店了，店员都用奇怪的眼神看人了，时间太久。

恰好，管止深停车在咖啡店路边，深邃眼眸，看到了阿年和苏宇阳交换手机号码，两个人低着头弄手机，阿年的长头发和苏宇阳的短发，不小心碰到了一起，不能怪人，怪风，风吹地阿年头发乱飘。

看在管止深的眼里，不舒服。

阿年过来，找到管止深的车，上车后，系上了安全带。

江律跟阿年打招呼，主动坐去了车后座，车后座上，还有对阿年淡淡微笑打招呼的张望。

阿年跟后面的两个人打招呼。

管止深启动了车，始终沉默，过了一个高架桥，他对阿年说的第一句话是："风这么大，头发绑成一个马尾比较好。"

"今天风大吗？"阿年不觉得。

低头摆弄手机……

阿年不知道管止深的心思，一直很淡定地玩手机。

管止深蹙起眉头，红灯的时候问阿年："你们研究稿子，研究了一个下午？跟你站在一起的男的，是干什么的？"

"未来可能是同事，他是一名记者。"阿年没抬头，不知道管止深已经生气了，语气淡淡地说："不光研究稿子，还研究了点别的，不过都是跟稿子有关的。对了，管止深，星期二我要同行跟着去北京一趟。"

"几个人去？"管止深转头，问。

阿年抬头，看他，"我们三个。"

由于是晚上，光线昏暗，阿年也看不清他的脸色。

"什么事需要三个人都过去？阿年，你还不是杂志社的人，对杂志社付出得有点多了，你不觉得么。总之，我不同意。"管止深声音冷了。

阿年皱眉。

"早上走晚上就能回来。我虽然不是杂志社的人，可是这个专题搞得好不好，能决定我以后进去杂志社直接在什么位置上。"阿年拧眉，不愿意在别人面前跟他吵架，给他面子，可是，"你说让我工作的，怎么还管我，去一下北京又不是多远的地方。"

管止深沉默。

他放不开阿年离自己太远，这种占有，他明白不是溺爱而是有些病态，不知道自己怎么了，害怕，二次失去。

路上差点吵起来，江律在劝说，张望紧张。

到了吃饭唱歌一体的地方，气氛沉闷，管止深想要对阿年道歉，但是，担心这次道歉了，下一次阿年不是去北京，而是去更远的地方。阿年爱这一行，所以阿年一定做得认真，如果阿年总跟人去外地，他怎么能放心。

江律找了一首老歌，和张望一起唱的，张望人很冷，但是歌声甜美。

唱到中间，江律拿着麦克风说："下面这两句歌词，送给管止深阿年你们俩。"

两个人，不理对方。

张望严肃认真地，唱到那两句——你我约定，一争吵很快要喊停，也说好没有秘密彼此很透明……

一开始张望和江律唱起，阿年只觉得这歌曲非常熟悉，但却怎么都记不得名字。阿年一直是这种状态，自己熟悉的歌，早晚没事就能哼出来两句，若是不熟的歌，阿年听完半首了，都未必能知道这歌曲的名字。

张望手指轻捏麦克风，唱到了歌曲高潮的部分，阿年听了，才知道，哦……是一首老歌，歌名叫《约定》，却真不记得谁唱的。

阿年叹息，从没想到要跟管止深冷战的，毫无意义的吵架也实在没有必要。管止深平日待她如何，阿年自己心里非常有数，想要一直和他好好的，他已经很不容易，34 了，想要一个有老婆的家庭，一个可爱的孩子。他说，跟她在一起就是要宠她，爱她，当一个合格的丈夫。阿年心满意足，他是让阿年满意的男人，可是，即使有这些，阿年也没有恃宠而骄过，没有想过手握他的宠爱，反去气他、伤他。

"你我约定，一争吵很快要喊停，也说好没有秘密彼此很透明……"

这声音一直在阿年的脑海里，徘徊不去。

争吵了，管止深一般会主动喊停，怕两个人真的会闹僵。可是，做到彼此没有秘密很透明了吗？阿年觉得没有，管止深还有事情瞒着她的。阿年可以不问，不去在乎，但是，他全都说出来是不是更好？

或者他把她当成了一个什么都不懂的傻瓜，或者他在希望，她在小镇上看到的许多事情，明媚一笑，完全地忽略过去？

阿年沉得住气，是因为没有真的跟他生气。

而另一侧，管止深蹙起眉头，坐在长长的沙发中间，不知他听没听到江律和张望的一番苦心调解。

　　管止深独自醒了杯酒，仰头，呈深红色的酒液全部流入了喉中，然后，薄唇紧抿，管止深的身体缓缓向后靠去，目光，失了焦点，微微眯起眼眸，点上了一支烟。抽了一口，便是咳，直到咳得厉害，起身，走了出去。

　　阿年看到，跟了出去。

　　长长的走廊上，管止深的身影走在前，颀长挺拔，煞是迷人。凑巧这时其他包房走出来一位女服务员，撞到了经过门口的管止深，服务员羞涩一笑，管止深却没抬头，眉眼不抬地无视了人，继续往前走。

　　他修长的手指间夹着的香烟，却再也没抽一口，阿年跟在了他的身后，听着他不时的咳嗽声，拧眉心疼。

　　管止深知道阿年出来了，且跟着他。

　　男洗手间门口，管止深回头，声音沉得可怕："你要一起？"

　　阿年抬头，怎么走来了男洗手间，摇头。

　　他进去了。

　　阿年站在男洗手间外面，出来的人会瞄她一眼，阿年尴尬，就转过身去，小小身体靠着墙壁而站，手指无聊地抠着大理石墙面，这个大理石的纹理真不好看，好像用沸水打散的鸡蛋汤花一样，由于阿年吃饱了，所以对这鸡蛋汤花纹理欣赏不来。

　　大概五分钟，他出来了。

　　管止深经过阿年身边，阿年的食指还在大理石面上，阿年看他，没有躲避，想要和解，不想吵架后回家。

　　"我们谈谈。"管止深示意阿年跟着。

　　阿年老实地跟在他身后，往走廊的另一头走，管止深推开一个房门，里面有人在用餐唱歌，管止深关上，点了下头，口中一个道歉的字没说，有点过分！再往前走，走廊的灯光明显暗了下去，他推开门，走了进去。

　　阿年觉得，他是想要找个没人的房间谈。

　　阿年推门跟了他进去，却在进去的一瞬，就被他突然抵在了墙壁上，错乱的吻狂热压下，他娴熟地抵开阿年的齿，不容拒绝，只要回应，湿滑的舌头顺利钻了进去，身体里的心肝肺，仿佛一起燥热了起来在作怪。

　　"非要去吗。"管止深的呼吸，热热地喷在阿年白皙的颈上。

　　他的声音沙哑，是妥协了。

　　阿年点头："要去。"

　　管止深看着她，双手小心捧着她潮红的脸颊，没说什么，蹙起眉头，缓缓地吻上了阿年柔软的嘴唇。

一起回到家中。

已经是晚上八点半多，阿年手中拿着一个手提，还有一个小的袋子，里面是阿年记下的其他资料，需要拿回来再做整理。

回来的路上，阿年问了管止深，"我就这样住了过来，你爷爷会不会觉得我是个不良女生？早早就跟男人同居，会被看不起的。"

这是阿年心中顾忌的。

他说不会，他说爷爷对年轻人的这方面，看得很开，爷爷也知道，现在的社会和过去的社会，大不一样了。

年轻人，管也管不住。况且这不是爷爷的孙子吃亏的事，爷爷多半不会有干预想法。为了管家的下一代出生，爷爷会忽略。

怕阿年心里没底，管止深淡淡地说，"尽快找个适当的时机，我会告诉爷爷，我跟你已经领了结婚证了，不会有变。"

"嗯。"阿年同意。

管止深和阿年早已说了，晚上不回来吃，在外面吃了。

到家的时候，阿年跟婆婆爷爷打了招呼，就抱着手提上了楼，需要忙的东西有很多，洗了澡之后，就在房间整理了起来。

"阿年，在哪里上班？"爷爷好奇。

光知道孙媳妇是中文系的，刚毕业不久，还不知道这工作在哪里。

管止深坐在沙发上，叹气，对爷爷说："阿年还没有正式上班，以前在自家集团工作了一段时间，后来，我把她弄了下来。现在，阿年可能是不服气，自己认识的同学帮忙介绍了杂志社，大概是认真的，我看她对写稿很上心。"

管止深的语气里，对阿年工作的不满态度，非常明显。

"阿年去你那儿工作！你小子还给弄下来了？你到底安的什么心——"爷爷抬起头，大怒，哪有这么干的！

管止深："……"

阿年在楼上，认真整理。

王妈听方云的吩咐，熬好了一些补汤，盛在碗里端了出来放在客厅。方云在楼梯口喊阿年，让阿年下来喝碗汤再忙。

阿年立刻飞奔了下来，穿着一身浅色家居服，是方云先前给买的，款式中规中矩的很朴素，价格很贵。

阿年戴着眼镜下来的，手中还攥着一支笔，被方云按在了沙发上，"慢慢喝，喝完了这碗还有呢。"

管止深接过阿年手中的笔，老爷子抬起浓眉，看阿年，也端起了汤碗。

全家人都在喝的汤，那多半就光是对身体好的了，不会跟她怀孕有关的了，阿年放心大口的喝了下去。

爷爷问阿年："相中了，哪一家杂志社？"

阿年思考了一下，看管止深。

管止深没有任何表情，阿年明白了，多半是管止深对爷爷说的。阿年对爷爷说："Z市教育。"

"好，这个教育好。"爷爷点头。

管止深蹙眉，头疼，爷爷懂什么好不好，杂志社好，教育是好，可是这些跟阿年有什么关系，他不满的，是阿年出差这件事。

爷爷表明，大力支持阿年有一份自己的工作，阿年的小九九开始算了起来，爷爷问什么阿年说什么，阿年说自己会认真对待这职业，不会违背良心，不会乱写，会用心写有价值的东西。爷爷满意，希望阿年可以进《Z市教育》杂志社工作。

阿年来到北京的第二天，在管止深赤裸的怀里缓缓苏醒，动作很轻地起身，扭头拿过手机，看了一眼时间，七点四十二分了。阿年揉了一下还疲劳的眼睛，郑田和苏宇阳，应该已经上了Z市至北京的高速。

正想着去医院见问题少女的事情，忽然阿年腰上一紧，是管止深的一条手臂缠了上来。他整个身躯都贴了过来，性感薄唇，鼻端，均是贴上了阿年的白皙肌肤，他没有说话，再没有任何动作，安静地搂阿年在他呼吸范围内，继续睡着。

被管止深搂着，阿年一点都不敢动，一动，他准会醒。

阿年在床上，倚着床头伸手又够不到什么，索性就摆弄手机，还从没有过今早这样无聊且动弹不得的时候。肌肤暴露在空气里，不冷不热，酒店房间的温度刚刚好。打算玩一下手机上的游戏，调了静音，阿年不太会玩，这是第一次研究，摸索着玩了几次，就已经玩得很好了。

九点，管止深翻身，喉咙中发出睡饱的满足叹息，睁眼，却没起来。

九点二十，有他订的丰盛早餐送进来。

床上慵懒睡姿的男人也起了床，估计他是饿了，闻了饭香，起床起得格外利索。管止深去洗澡了，阿年看他不禁笑了笑，这个男人，白天费脑，晚上费力，属于一种特别坚强耐累的高等动物。

今天的阳光一直在努力，可就是穿不透雾霾。

吃饱了，不管天气如何，都要开始做正事。

见到律师，管止深负责跟律师沟通，阿年一旁听着，也实在是插不上嘴。律师那方一共三个人，两男一女，在对管止深分析情况。

管止深非常在意这个官司的输赢，就差劈头盖脸地朝律师直接下令——只许赢不许输。许是知道下令没用，所以他只在言辞态度上泄露了一些情绪，给律师团队施加压力。他平时是叫阿年不要在意输赢的，见此，阿年无语。

离开谈事的酒店，走到门口，阿年接到了郑田的来电。

情生以南

"到北京了？你们在哪里？"阿年问。

管止深转身，看阿年。

"等我，我很快就到啦。"

阿年兴奋地挂断，跑到管止深身边，开心地说："我现在要去和郑田还有苏宇阳会合，你开车送我吧。"

"这么高兴？"管止深冷哼。

要见谁了这么高兴，郑田认识好些天了，还会有这种朋友见面的新鲜感么，那个叫什么苏宇阳的，阿年对他有这么大的好感。

阿年想了想，他这是又吃醋了，羞愧地低头："那你要是很忙，就别送我了，我可以自己坐出租车去。"

"不忙！"

他率先走出了酒店。

阿年抬头看他，要有小癞皮狗儿一样的精神，跟住了他。

中午十一点半，在××医院门口，阿年见到了郑田和苏宇阳。阿年介绍了一下，郑田和管止深，在Z市已经认识介绍过了。这一次，主要是介绍管止深和苏宇阳认识，阿年心里慌慌的，苏宇阳非常礼貌。

而管止深的表现，居然很好，没有醋味上来针对苏宇阳，局面并不是阿年想象中的那么糟糕，阿年快乐了，悠哉了。自己跟苏宇阳只是同事，没有别的，且才认识，管止深还是比较明辨事理的。

"我们到了，请问现在方便进去吗？"苏宇阳联系了一下在医院内的人，问一问，什么时候可以进去。

"好的，我们马上找你。"苏宇阳看了一眼阿年和郑田。

采访女孩子，是郑田和阿年一起，两人进去。

安静的病房里，阿年开始问了，郑田没有记者证，苏宇阳有，可是苏宇阳人不能过来病房，但是很意外地，这姑娘没有防范陌生人的心，居然什么都不问陌生人，就全都说了。

阿年提醒了这姑娘一下，要防陌生人，但我们真的是没有记者证，有记者证的那个，出去拖住你爸爸了。

管止深站在远处，时不时地看过去病房里一眼，阿年工作的时候，秀气的眉微微拧起，样子认真，小嘴儿一张一合地对女孩儿说着什么，用手提打字的手指，攥了起来，阿年抬起手，轻轻拍了拍那哭泣女孩儿的肩头，继续问着，严肃认真。这倒让管止深刮目相看了一回，阿年，工作中也有另一面。

女孩子8岁时父母离异，判给父亲，母亲再嫁之后就不管她了。跟着父亲最先过三餐不饱的生活，长大了，稍微好了一些。

前两个月有好心人给女孩子父亲介绍了北京的工作，父亲是木工，干的活好，暑假女孩子来了北京玩儿，心想父亲在这边，就乘火车来了。没长心的父亲给安排了工地上吃住，工地上一帮大老爷们，这才住着不到二十天，姑娘被人强暴了，黑天里工地上对方是谁都不知道。

女孩子被弄到流产，医院的医生说，怀孕四十多天了，这很明显，是来北京之前就怀孕了，才16岁，女孩子父亲本就一肚子火，工地呆不下去了，没脸再呆，也惹不起那些人，不好追究，知道了女儿来北京之前就怀孕的事，干脆就抱着打死女儿，同归于尽，一了百了的心。

女孩子是Z市人，父亲也是，父亲常年在外打工。女孩子知道《Z市教育》这个杂志，经常会看几篇真实事件，反省自己。早前苏宇阳在找这种真实例子，女孩子就有注意到，但始终觉得自己情况没有太糟糕，也不需要找人倾诉，丢人。最近几天，挺不住了，需要有人给个意见，知道自己还有没有未来，有没有活下去的必要，谁的话女孩子现在都愿相信，所以，决定手机上网联系苏宇阳。

本以为不会被搭理，但是记者来了，她很感动。

阿年和郑田对女孩子安慰了一番，做了记录，也记了一下女孩子的手机号码，她说等到父亲消气了，大概会让她用手机的。

因为见女孩子费了时间，所以郑田和苏宇阳要在北京留宿一夜。

晚上七点，找阿年出去玩，玩完一起吃饭。

管止深在跟许久未见的朋友吃饭，一个必要的应酬。要带阿年，可是阿年借口没去，去了听他们男人聊的东西，她一定会犯困的，反倒窘迫。这会儿是郑田找，阿年试着问了一下管止深，他答应了！

不过他说："早点回来，手机不能关机。"

"保证不关。"对于管止深让她出去玩，不多过问，阿年惊讶地跟他直接说："以为你会不高兴了。"

"没有，回来的时候打给我，我去接你。"管止深在试着不约束阿年的自由。

他今年志在造人，不是志在抗情敌！

夜游北京，对于没怎么来过的这三人来说，很有意思。郑田上网，查找哪里有好吃的食物，三人去吃了，结果吃了发现很难吃，还特别贵。

苏宇阳皱眉，出去时说："这个推荐美食的帖子，也许就是这个店主发上去的。"

"同意。"阿年点头。

阿年说，等家里官司打完了，再专心写稿子，不会耽误多少时间的。郑田和苏宇阳离开北京的早上，祝官司顺利打赢。

阿年笑：借你们吉言了。

吉言有用，官司到底赢了。

阿年爸爸知道了这件事，支持阿年。

要上诉的阿年二叔态度嚣张，对阿年骂了难听的话，扯上了阿年奶奶。法院外，管止深护着阿年，让阿年上车呆着，不要下来。他警告阿年二叔，识趣一点。阿年二叔忌惮管止深，但也没想这么拉倒。阿年也怒，被骂了之后更觉得四合院跟二叔一毛钱关系都没有了，凭什么二叔要卖了拿去养不相干的女人！

Z市那边有事，管止深本想在北京留一两日再走，带阿年四处转转。可是，方默川说阻止不了母亲了，要么，他娶老婆，要么，老妈让阿年不好过。

方默川已经对母亲强调了——您别总拿阿年跟我说事儿，阿年我俩分手了，各不相干，一个阿年，威胁得到我吗？

口中说威胁不到，但是，实际上威胁得到。

管三数能豁出去了使劲儿祸害阿年，即使祸害阿年不成，还能一并搅和得管家日子鸡犬不宁。儿子在不在乎那个阿年，当妈的一眼就看得出来！儿子被表哥抢了女朋友，不论这个女朋友她管三数待见不待见，心里头都不会舒服。凭什么管止深处处在儿子上头，女朋友都能给挖墙脚挖走了，究竟是儿子太没用，还是儿子的这个表哥太嚣张了？

管三数较起真来，不讲理儿。

从北京回来Z市，阿年就提心吊胆的，管止深说，大约就是这几天，可能，我爸我妈，我爷爷，放放，都要知道一切。

阿年心慌，管家的长辈，包括管三数，估计也就是怪管止深两句，说他被迷惑了之类的。管止深34了，家里人管不得，一切的罪名，到时候都得阿年背着，管止深护，能护成什么样子？还能把长辈们的嘴巴都缝了不成？

夜不能寐，大抵最属现在。

管三数不发作，管止深是不打算主动交代的，好像在爷爷面前心虚默认了姑姑的话一样，那样降低了的是阿年的身份。

他想不只是护着阿年，还不能让家人低看了阿年。

方默川那头为了稳住母亲，也搬回了家里住，但就是不答应结婚这件事，跟谁？方默川搬回去第二天，杜雨宁登门了，手拿名牌包，身穿名牌衣，开着名车，嘴上涂的深粉色口红，不是唇膏。

方默川闻着那股口红的香味儿，垂首就冷笑地损了一句：今儿这嘴上涂的，亲一口，是个公的都得瘆了。

自此，自尊受伤的杜雨宁小姐嘤嘤地说："我再也不奢望方默川了，伤了我一次两次，没有第三次！高攀不起他这位公子哥儿！"

表面上，安生了几天。

8月26号，方默川也稳不住母亲了。

管三数从美容院出来，手拿爱马仕手包，钻戒和钻石项链镶的大钻，城市夜晚的霓虹下比着闪，女儿方慈开车来接的。

上车，母女二人直接就奔了管家。

路上堵车，方慈开得比较慢，管三数也不知道女儿怎么这么笨，专门往堵车的地方开！失恋闹得脑子不好了吧！

和女儿方慈到了管家的时候，全家人都在。

在管三数眼中，这是被她当场逮了个正着，太合心意了！因为，阿年今晚刚好也在座，老父亲，嫂子，管止深，自己的儿子方默川，该在的不该在的，居然都在！

阿年哪有经历过这个？心跳早就不稳了。

见了门口走进来的两人，管三数和方慈，阿年心知肚明这是冲自己来的，吓得，手中筷子终究还是掉在了地上，控制都控制不住。

"妈，您晚饭吃了吗？"方默川第一个起身，朝母亲走了过去，故作成了若无其事，可是他心里已经七上八下了。

走到母亲面前，方默川背对着所有人，态度就立刻变了。小声地问："妈……我外公的身体现在并不太好，您想就这么直接说出来点什么，是要气死我外公不成？外公要是没了，我第一个举手给外公守孝，别说三年，守孝到死我都无所谓！"

管三数看了一眼老爷子，气色，的确不如前几年，一年比一年差了，岁数在那摆着。

"今儿个倒孝顺起来了，知道担心你外公身体了。"管三数对儿子说。

方慈看了一眼母亲，又看了一眼弟弟。

方默川并不知道母亲今晚会来，也料不准，母亲到底哪一天会朝阿年发难。今天他本是在酒吧呆着，喝酒打牌，突然收到了方慈发来的微信，方慈简单地说，"妈过去了"。他这才急忙扔牌撤了。

上了出租车直奔管家，比母亲先到了大约有15分钟，王妈给添了碗筷，老爷子跟阿年介绍了一下，这是外孙方默川，止深的表弟，方默川抬头，跟家人打招呼。

方云和放放见着，也好奇，以前不是说阿年和默川认识吗，有过节，可是默川看阿年的眼神，丝毫就不是有过节的。

阿年还没想好怎么应声，管三数和方慈就进来了。

管三数和方慈落座，王妈又添了两副碗筷。

阿年不敢抬头……

如果不是身边有管止深，阿年恐怕要吓得发抖了。

在方云和老爷子眼中，放放眼中，管三数和方慈应该是不认识阿年的，甚至是头一次见面，理应介绍一下。管三数是管止深的姑姑，日后就也是阿年的姑姑。

方云简单地介绍了一下，阿年抬头，不说话。

管三数故意地皱起眉头："阿年？"

语气，表情，在座的谁都看得出，也听得出，估计管三数是认识阿年，不然为何瞧着

情生以南

阿年这么惊讶？

"认识阿年？"老爷子没当回事地问。

管三数一直盯着阿年，见阿年脸色惨白，管三数笑："不认识，我哪认识。"

方默川看母亲，彻底黑下了一张脸。

"这姑娘的长相，不得不夸，看着倒是挺乖巧老实的。"管三数对阿年笑，算是给了晚辈一个赞赏。

老爷子颇为满意，这个女儿总算说了句可他心的话。

阿年长得，绝对配得上模样生得好的孙子，阿年长得不是往那一站让人立刻惊叹，但是，干干净净的气质可了老爷子的心，孙子娶个本分老实不乱糟糟的孙媳妇儿，比孙子娶了漂亮的大明星还让老爷子有面儿！

管家晚餐的桌子上，有的人以为，管三数这是诚心赞赏阿年，有的人知道，管三数此时那就是对阿年口蜜腹剑。

阿年还是要礼貌地微笑，说谢谢。

心里已经怕得，慌了。

招呼也打了，管止深给阿年夹菜，非常淡定。阿年抬头看管止深，她眼睛里的所有慌乱，都在管止深的瞳孔中映出，那么胆小的样子，阿年自己也不喜欢，低头，安静地吃饭，筷子碰在碗上，只知道是把饭都吃进去了，却不记得味道。

方默川在一旁，视线瞥向了阿年，皱眉。

"爸，这几天身体怎么样？回头我让默川给您送点补品过来，是我同学在国外给家里头老人买的，听说吃着很好，我问问，能不能给我捎带几盒。"管三数对老爷子殷勤地说。

老爷子摆手。"最近什么补品都不吃，光吃治病保命的药就够了。"

阿年始终没有抬头，管三数就在自己的对面坐着。

大概二十几分钟，管家的晚餐结束了。

王妈撤掉了桌子上的饭菜，一家人沉默着，气氛不对老爷子能感觉到，看向管三数，八成是这女儿来了，又有什么幺蛾子。老爷子站了起来，对管三数说："有话，跟爸出来说……"老爷子担心，怕家里吵闹起来，这不和气让阿年看去了，阿年会笑话。

"方慈，陪你外公出去转转，妈有话跟你姑姑说。"管三数指示自己女儿。

"好的。"方慈站了起来。

去扶着外公，可是老爷子一步不动，怕女儿和儿媳妇吵起来！

方云根本不知道发生了什么事，万万没料到小姑子这一趟是来找自己的！小姑子找自己要说什么？不过方云也安抚公公："爸，您出去散步吧，家里没事。"

老爷子这才迈步出去，外孙女搀着散步。

方默川在餐桌那边，坐在一把椅子上没走过来到客厅，他手中玩着打火机，目光一直胶在阿年的小脸儿上，阿年低头，心里不安。管止深让阿年上楼，阿年摇头，不上去，如果要说，她就跟着一起坦白算了。

"听话，上去呆一会儿。"管止深甚至起身，攥住了阿年的手，送她上去。

阿年无奈，无论心里多不淡定，都不能跟他吵……再给他徒增压力。

管三数见此，只是笑了。

方默川走了过来，坐在了姑姑方云这边，转头看向楼梯口，阿年和表哥的身影消失，阿年上去呆着，也好。

两分钟左右，管止深走了下来。

放放迷糊中，到底怎么了呢……

方云也没有想出别的，只当儿子这是怕家丑给阿年听见，让阿年上楼去呆着，一家人在楼下说事，跟阿年什么关系都没有。

"嫂子，我就直接说了。"管三数态度立马转变。

方云眉眼淡淡，毫不在乎管三数刁难，为了常年在外的丈夫，她要照顾着家里的人，不能遇到事情就和管三数吵，她方云忍一时，准保能风平浪静，嫁进来管家，就开始挨欺负，为的就是家和万事兴。

"说吧，有什么话直接说！"

管三数一听，笑了："嫂子你这是什么态度，语气好硬，给我一副我是来你家找茬的对待法儿！我没有跟你较劲儿，不看你方云我还看我哥哥的面子！"

方云毕竟也有一对儿女在场呢，放放说："姑姑，您看过我爸的面子吗？前年我爸太忙，只有过年才回来了一趟，大年三十晚上您米我家闹，平时的那些我都不屑说了——今天我妈说一句话，您这么些句等着！"

"放放你跟谁学的开始没大没小的！家教哪儿去了！让你爷爷听听，得气死——"管三数大声呵斥。

不待放放回嘴，方默川自嘲地笑："妈，我平日比放放没大没小更甚，我外公还是好好的，这说明放放家里，还没达到咱们家的那个家教境界……"

阿年在楼上，卧室的门开着一个缝隙，阿年都听得见。

手机响了起来，吓得阿年激灵一下，目光失衡，手机在振动，她拿起来，是舅妈的电话，舅妈问了阿年一些事情。

阿年说："舅舅就一张存折吧，在外婆的手里。"

"怎么了舅妈？"

阿年再问，舅妈就没有再说什么了。

舅妈叮嘱阿年，在外要照顾好自己，这话，舅妈这四年多已是说了千遍万遍，但阿年还是会感动，身在远方，有亲人们惦记挂念，这感觉真是温暖。

挂断了电话，阿年开始琢磨舅妈和舅舅怎么了……

再到门口去听，楼下已经吵起来了！

阿年打开房门，就听见管三数大声地说："默川说他表哥没抢，这不代表你儿子就真没抢！默川凡事不吭声，不代表他这个妈也不会吭声！"

方云怔住了。

这辈子方云最不满意的，就是年轻时自己跟管三数成了好朋友，最后两家结亲，自己嫁给了管家，成了管三数的大嫂，管三数嫁给了自己的弟，成了弟妹。而后，两家因为利益之争，频频地发生口角之争。

这会儿，儿媳妇居然也跟这个管三数沾上了边儿！

怎么就事事都有她管三数的份儿！

方云原是以为，别的缘故导致儿子不让儿媳妇在家人面前露面。现在方云虽然嘴犟地说儿媳妇不是默川的女朋友，但是方云心里清楚，管三数说的，八成就是真的。儿子先前对阿年的遮掩，也有了一个合理的解释了。

表兄弟同时喜欢上一个女孩子，是方云万万没想到的，但这也不违背伦常！

"嫂子，这是没话说了吗？"管三数从沙发上站了起来，大眼睛死死地瞪着方云，指着自己的儿子方默川："他有委屈不往外说，你们就真当他好欺负？他担心他外公生气，身体会出问题，就选择一直忍着他表哥的行为，不来吵不来闹！再看看嫂子您的儿子，抢表弟的女朋友，抢得心安理得！"

"妈……"方默川淡淡地叫了一声。

管三数没听见儿子的声音一样，冷笑的看自己嫂子。

方云抬头，脑子里被管三数嚷嚷得成了一锅粥，方云谁也不看，这会儿就想丈夫能在家。亲哥，和这个跛脚的妹子，出去爱哪儿说理哪儿说理去！她当嫂子的，吵不得，吵了准会闹翻天！得压着，可现在偏偏压也不是，总得掰扯清楚了才行，否则三天两头地来闹，还让不让人活了！

方默川蓦地站了起来，方才那副玩世不恭的样子，难得添了几分做错事后的正经，他闭上眼睛，捏了捏眉心，说："妈，阿年我俩早就分手了……都是陈年旧事了，您拿出来刺激我姑姑，有意思吗？"

他挑起了眉，语气颇显凌厉！

管三数转身，看自己这个帮外人说话的儿子，感到不可思议，语气全是失望："你妈在这儿帮你，你反倒在这儿帮着外人！方默川，你是喝别人奶水长大的是不是！你真是对得起姓方的，不愧是他们方家的种！就要跟你那个窝囊的爸一个德行了！"

方默川冷笑，母亲怎么侮辱父亲，他早已不在乎。

可是，方云听得难受，管三数字字都让她感到头疼，方家的人怎么了？她也姓方！自己大哥娶了这样的女人，真是倒了八辈子霉了！气得牙齿发颤，也得忍着！不然一会儿老爷子回来了，知道了这事儿，准被气得晕过去不可！

就连家里的保姆王妈都知道，但凡管家的女儿回来一发疯，她就得在客厅一边上悄悄站着，心头发颤，头皮发麻，手指头发抖地攥上一瓶救心丸，还得攥住了那二百来块的诺基亚，随时准备按下120号码。

"默川和阿年，早没关系了。"一直未开腔的管止深，忽然抬头说。

语气漫不经心，态度亦是，仿佛完全没有把这件事当成一件大事……

方默川附和，点头："阿年刚来Z市，大概是四年前，我也在A大读书，同在Z市，又是同一所大学，我追过阿年几天，后来，没了兴趣……自然就放手了，当兵，去了北京，就再没有联系，这我姑父能给我作证，那地儿严格，我姑父可不让我用手机的，如果是正儿八经的掏心窝子谈恋爱，哪个姑娘等得了我？"

楼上的阿年，听了方默川的话，忽然，眼睛就潮湿了。

深深地呼出一口气，还是难受，方默川是自嘲吧，也是对她的埋怨吧？是啊，她没有等到他回来，在他回来之前，她就认识了管止深，被他吸引，最后，当了那个负心的人，伤了方默川的心。

方默川离开Z市之前，总挂在嘴边上说阿年是他媳妇儿，谁敢抢了，回来Z市，他就跟那人玩命……阿年笑他，哪有那么严重？阿年一直把恋爱看得很淡，一切随缘，情情爱爱分分合合，乃是常事。

可是方默川却说，有，抢了他媳妇儿，就有这么严重，别地儿的爷们什么样性情他不知道，但在Z市，他认识的这帮爷们儿都如此，不服人！媳妇儿是自己的，谁抢了那能成吗？这好比别人在他心口上戳了一刀，他戳回去十刀，百刀，都未必能解气！

方默川总怕失去阿年，因为他心里有鬼。方默川会多虑，会不自信，会跟阿年一起通宵上网，一向讨厌八卦的方默川，也会抽风地搜索异地恋分手的例子，看得那叫一个纠结的彻夜难眠！捂着心口问阿年，一个北京一个Z市那也算异地恋了，我和你能经得起考验吗？你能等我回来吗？阿年信誓旦旦地安抚他，等，一定等，这辈子不嫁你方默川还能嫁谁。

这话阿年是没少说，因为不说，方默川喝醉了会"作"，作到你说出来这话为止。他醉了那么一听，阿年也就那么不轻不重地一说，还是相信缘分，和老天安排。尤其感情的事，很难料得准一辈子怎么走，阿年说不出那么些海誓山盟的话，还是实实在在地恋爱比较合适，怕把话说得太满，最后悲惨。

但阿年那时从来没想过，会是自己先背叛了方默川，总以为，会是方默川抛弃自己，自己悲惨。他去北京，入伍，方默川的家人会给他介绍更好的女孩子吧，在北京，他的家人一定会让他接触很多优秀女孩子吧，然后，也许是某一天，她就会接到他的消息，他说分手，或者怎么。

最后的最后，没有把话说太满的自己，终究，让方默川悲惨……

方默川在楼下淡定的一席话，成功地让阿年自责了，阿年的确是在心口发疼。方默川的这番话里，也掺了别的意思，他提醒了管止深，他对这件事的态度。

方默川搬出了自己的姑父，为的是让姑姑方云相信他所说的话，不要以为，阿年是个什么不好的姑娘，阿年并非母亲口中的不检点，不三不四。姑姑和母亲不和，估计，姑姑是会选择相信他的话，不会相信母亲的。

管三数惊讶，嘲笑，指着楼上："编，你们继续编！要不要我把那个阿年叫下来，当面地问一问……她是不是跟我儿子恋爱了五年，为了我儿子来了北方读书，还是不知廉耻的早恋！如果不是我嫌弃，看不上这心机深的丫头，她早就登门入室嫁到我们方家来了！我们家保姆也能作证！两三个月之前，她还到我们家来吃过饭！"

方云头要炸了，两三个月之前？抬头，看向了自己的儿子！

"是去过，如果我没记错，阿年是跟我一起去的。"管止深解释。

方默川冷笑，嘴角微勾："妈，您记性不好！当时饭桌上，杜雨宁，您的真儿媳妇人选在呢……阿年跟表哥一对儿，我跟杜雨宁一对儿，我现在打给杜雨宁，让她来做个证？问一问？让她亲口对我姑姑和放放她们说，我带别的女孩子，当面羞辱过她这个当时的准女友？"杜雨宁那个性格，肯定会大笑，怎么可能呢？我的家世和样貌，方默川怎么会不喜欢我呢？杜雨宁不敢说实话，在圈子里年轻人面前丢人！尤其放放认识这帮哥哥姐姐！

方云坐在沙发上，闭着眼睛，手支额头，头疼得要命！

管止深蹙起眉头，点了一支烟，打火机随手扔在了茶几上，抽了一口，扭头，皱眉咳了一声。

一直，是静观其变的态度。

"说违心话，帮着别人一起对付你妈，方默川，你妈白养了你一回……"管三数抱着手臂，强势的高姿态不减一分，眼神失望，看着自己的儿子，摇头，眼泪就在眼窝里转着："你妈活了这么大岁数，只有自己儿子能把我这个当妈的气哭。"

方默川盯过楼上一眼。回过头说："妈，跟我交往过的女孩子多，说实话得算上阿年，不过这个，您儿子最没用心，因为我知道，您瞧不上她。还有医院护士，刘霖算一个，孟嘉嘉算一个，杨畅算一个，数不过来……您都瞧不上。我日日送玫瑰给她们，您看得见。阿年，一朵野花我都没给她摘过，别为难阿年了吧，我们回家，研究研究，我娶谁？"

管止深上楼的时候，阿年在抹眼泪，似是慌乱，似是怕管止深生气，慌张地用手背擦掉眼睛上不断涌出的东西。

"为了什么？"他问。

阿年答不出，答不出为什么。

管止深的眼睛发红，修长手指，颤着，终究是攥成了拳的，看她低头的样子。

有些小事，有些管止深心里滋生的感觉，有些他视线看出的什么，管止深都不想跟阿年计较，她小，他要让着她，答应了她外婆，答应了自己的心，就一定要做到。

管止深转身，要走出去。

长腿迈步到门口，最后他还是没有出去，而是拿了一条毛巾，去了洗手间，再出来，拽过闷头不语的阿年到自己身前，垂首，用湿软的毛巾，轻轻擦了擦阿年的眼睛，眼周围，红得不像话。

老爷子和外孙女儿散步回来，家里一切正常。

方慈知道是怎么回事，跟外公道别，跟姑姑道别，就离开了管家。

老爷子问儿媳妇方云，是怎么了？

看着表面一切没什么，气氛却不对，老爷子能感觉出来。

"跟往次一样，她心情不好，就来找我说一些无关紧要的抱怨……没事，放心吧爸。"方云叹气，起身走到了厨房，让王妈给老爷子敲敲肩。

方云装得像真没事，老爷子就没多问。

方云上楼找阿年的时候，阿年真的心惊。

管止深站在一旁，攥着阿年的手，对阿年笑，有他的笑，阿年就不害怕。方云和阿年像一对母女，坐在一起，方云问什么，阿年答什么，阿年自己听见了楼下说的，管止深也提醒了阿年。

临出去前，方云看着儿子说了一番话："妈不会算计，也没你姑姑精明，但是妈也不糊涂。阿年和默川究竟是怎么回事，妈先不问，妈当阿年是个好孩子，所以不会为难阿年。你们自己心里头有数，表兄弟追了同一个人，阿年还不是本地人，虽说同追一个没什么，不过听着看着，也真是巧合大发了。妈以前问过刘霖，默川日日往医院送花，哪个女孩子都追，到底怎么一回事？闹着玩的，还是来真的？可是刘霖说过，默川从没约过哪个女孩子真出去单独见面，一个个地都盼着默川主动来约，这花收着，约的消息却没收着一个，你姑姑不关心这些，知道儿媳妇的人选得自己说了算，才不过问。"

阿年心还没落下，方默川送花这件事，她清楚知道，不过当时阿年并不知道，是后来，方默川身在北京了，得到机会给她打个电话，一聊就是聊了大半宿，后来实在没什么可说的，他才提起的这件事。方默川说，我怕我妈盯上你，当时你才刚来Z市一年不到，如果被我妈盯上了，我妈为难你，你被一吓唬，退缩回去小镇上再也不来了怎么办。所以他就给护士们送花，让老妈以为，他正追求着那帮医院的小姑娘，外面，没女人。

掩他老妈的耳目。

方云看阿年，和蔼中也带着几分严肃："阿年，你和默川在一起过没有，妈知道。"

阿年低下了头，不敢抬。

手指发抖。

"妈，阿年和默川在没在一起过，我还不知道吗？"管止深说，他走到了母亲面前，双手按住母亲的肩，哄着母亲下了楼。

母亲，阿年，一样重要的人。

爷爷已经早早地回房休息了，管止深在客厅，低声地对母亲说："妈，阿年和默川是同一所大学的，认识，默川追求过阿年，阿年那时候不懂事，也没谈过恋爱，她试着答应了默川，也试着和默川相处一段时间，但是，阿年和默川绝对没有真的在一起过，阿年很自爱，非常自爱的姑娘，真的。"

"妈没多想，你上楼去，妈怕刚才话说重了……"方云说。

方云能接受阿年曾经跟男的恋爱过，跟谁都成，恋爱过很正常，但没想到是跟管三数的儿子，怎么都是亲戚一家子地搅和一起来了。现在的女孩子不比过去，说白了，到结婚的时候，现在还能有几个是处女，可是如果阿年嫁给了表哥，以前却和表弟发生过关系，那这就不太好了。

以后这一家子，可怎么相处啊，方云怕自己心里看着犯膈应！

管三数虽是被儿子给哄走了，却走得非常愤怒，今天她闹不成管家，就是因为儿子胳膊肘往外拐，否则，那房子里有一个算一个，谁能安生！

自知说下去没有用，才选择离开。

回到了家。

管三数直接就问儿子："哄着你妈，耍你妈呢对不对？"

"这话，怎么说？"方默川在冰箱里拿了一罐冰的饮料，打开，碳酸饮料，喝了一口，挑眉问自己的母亲。

"在你姑姑家，你说研究研究娶谁……"管三数盼自己的儿子结婚，盼得，心一直不能落地！

方默川走回客厅，在沙发上坐下："这话，没开玩笑。"

管三数松了一口气。

"你自己说的，妈这次可没逼你！"管三数去拿了照片，坐下在儿子身边，指着一张张的照片说："都是最近的生活照，样子，绝对没有掺假的，妈把过关了！糊弄我可不成，你自己看看，媳妇儿还得是你自己挑选，挑好了先相处着，相处得不好咱们也不能要，这么多，总有可心的。"

方默川眼睛盯着那些照片，这是什么时代了，他居然会以这样的方式挑老婆。他把一罐饮料喝光，捏得罐身变了形，扔到一旁。方默川蹙起眉头，拿过了那些照片，躺在沙发上安静地看着。管三数见儿子这么上心，就上楼洗澡去了。

方默川在楼下叹气，头疼，闭着眼睛躺在沙发里，手中的照片，一撒，搁在了自己的身上，一个样子都没有记住，在他眼中，仿佛长得都差不太多。方慈回来的时候，走到客厅，跟弟弟说话，发现弟弟已经睡着了。

方默川紧抿着唇，长长的眼睫毛动了动，但是没有醒过来，估计是累了。方默川翻身，照片就掉在了地上，方慈蹲下，看到了这些女孩子，都是家世好的，有的大学毕业工作了，有的还没毕业，在校生。

她捡起来这些照片，为弟弟感到心酸。

这一晚，阿年睡得不踏实。

她梦见了方默川，梦见了小镇的初遇，梦见了方默川和拿着煎饼的自己搭讪，自己坐在花坛上，花坛里种着大片万年红。梦里阿年仿佛已认识了管止深，时光对不上茬地在梦里折磨着阿年，阿年拒绝跟方默川认识，躲着方默川，因为在梦里阿年知道所有以后的事，可是躲不开，方默川在雨中，在外婆家的楼下，淋湿了全身，等阿年下去。

一身冷汗地醒过来，已经是早上。

浑身都很不舒服，眼睛也干干地疼痛。

早餐，阿年吃得沉默，几乎是想要逃离一般的速度，吃完了早餐，跟家里的人打了招呼，去了郑田那里，研究稿子。

方云没有对阿年冷淡，但是，态度上多少有了一点不一样。方云见阿年这样，心里也不好受，反省，是不是自己的态度，让阿年也难受了。

阿年，到底是个刚二十出头的孩子。

管止深坚持要送阿年去郑田那里，阿年拒绝了几次就没有再拒绝，也有话跟他说。

一路上，两个人沉默无言。

到了郑田住的楼下，阿年下车，管止深也下车，憋了一早上的话，阿年已经是闷声的哭腔了："我不知道要怎么做，你知道吗？"

"知道。"他说。

"怎么做？"阿年生气，"你姑姑这个人……真是……"

管止深搂过阿年，所幸附近无人，他俯身，温柔地用嘴唇碰了碰阿年颤抖的唇，两个人身上，是一样的气息，生活久了，就这样了。他抱紧了阿年，大手轻拍了拍阿年的背，声音暗哑，透着一种疼："阿年，记得我们签的协议吗。"

阿年收起了那份协议，那协议中列下的条条框框，在阿年有一次觉得管止深对自己耍了心机时，拿出来仔细阅读过一遍，读得含含糊糊，意思也是理解得半懂不懂，阿年当时特别纠结，管止深究竟找什么人写的协议？

在协议上，有诸多晦涩难懂的词字。你读着，看似是理解了个中意思，可是到了管止深的口中，却会因为协议上某一字眼的扭转，那一整条，都变成了另一个他想要的意思。

他拟的这份协议，以后如果发生了什么，拿到法庭上去辩解，官司输赢，全得靠律师的一张厉嘴。应该是说，在管止深拟下协议，阿年签字的那一刻起，已经全部由他说了算，握住协议，等于握住了阿年。

后来，阿年和管止深接触得多了，他的表现，让阿年对他本能地放心了，选择信任，再也没有注意过那份协议。

管止深此刻对阿年说起，阿年也想不明白，那份协议，跟管三数这件事有什么关系？

管止深一起上楼了。

郑田看到管止深来了，对进来的阿年说："我先回房间查资料。"

阿年点头。

协议在阿年的旅行箱里放着，就立在地上墙边，她放倒了，蹲下打开。这几年来，阿年的物品，重要的不重要的，都一直放在旅行箱里，管止深一直在给阿年家的感觉，阿年觉得自己一直不敢真正地要，还有许多事情没有解决，心不踏实。

情生以南

阿年找出了那份协议，管止深接过，蹙眉翻页，俯身，指给了坐在床边上的阿年看。

这房间的窗子是开着的，客厅的窗子也开着，有穿堂风，所以空气流通很好。管止深站在阿年的小床边缘，没有坐下，阿年也不要求他坐下，这个房间的空间的确太小，和他这样身高腿长的男人，显得不搭。

"这个第三方，是谁？"阿年抬头问他。

心里，突然慌慌的。

他俯下了身，五官就在阿年的眼前，管止深夹着香烟的那只手，修长手指轻搁在了阿年的一侧肩上。阿年知道，他心情不好，这一路上，他都在抽烟，管止深答应过阿年，戒烟，可戒烟也不是说戒就能戒的。一些时候，他习惯有烟的陪伴。

就论现在，管止深下意识地抽了一支烟，自己完全不能控制，已成了一种随手习惯。

阿年抬眼，看他："别抽烟了。"

管止深怔了怔，点头。

"给我处理……"阿年拿过烟蒂，去弄灭了，扔在了客厅的垃圾桶里。

当两个人正式面对这份协议的内容时，阿年低头，说自己心里的实话："管止深，我对协议这些东西本来都没概念，一开始签字了，我有点绝望，但也豁出去了，反正你也不能弄死我！后来我跟你在一起了，就完全不把它当回事，我觉得我可以把它随便扔了，毁了，这上面的每一条，我都没再当过真。"

"是真的。"他说。

阿年抬头，管止深是一副不在意，眼底内容格外的深沉，就跟协议中的晦涩文字一样，让阿年难懂。阿年不知道，他不在意是真是假，也理解不出他的表情里蕴含了什么，他嘴角动了动，在对阿年笑，似是真的无谓。

管止深希望，阿年不要可惜他的资产，钱是死的，人是活的，钱得要靠人去再赚，反正他很有办法赚钱，拿出现今为止的一部分资产，三分之一，不算什么。

他说，管三数最缺的，就是钱。

阿年听了，撇嘴："她还能缺钱啊……"钻戒，项链，镶的大钻那么老大一颗，吓人。车子，房子，管三数有太多了。

不过阿年也知道，自己的见识的确太浅。和有钱人衡量"有钱"一定不在一条标准线上。管三数随便一颗大钻石扔地下，阿年偷偷捡到都会觉得，这辈子瞬间发达了。而对于管三数来说，随手扔了十颗钻石，就跟阿年买一兜馒头路上丢了十个是差不太多的。

一想，阿年就蔫了。

管三数吞吃金钱的胃口，估计也小不了，不过管止深三分之一的资产到底是多少？阿年一样也不太敢想象。阿年甚至连问都不敢问管止深，怕自己会心疼。管止深似乎也看出了他家阿年的出息，从始至终，没提资产的具体数字。

管止深当初拟下协议，并没有写明，谁是这个第三方。

以前阿年注意到过这一条，管止深简单的提过一次。但那时候阿年不信任管止深，网络上咨询，阿年怕收费，去律师楼咨询，阿年也怕收费，主要是什么也不懂，导致什么也不敢去问。阿年就去咨询了A大法律系的，拦住了法律系的学霸，带必须的样子求人给解释这条，人要看协议整体内容，阿年捂住不给看，说你就给我解释这一条就行了。

最后阿年咨询知道，这个第三方，其实是由自己说了算。后来阿年琢磨了几回，如果要刻意为难管止深，那就让管止深把三分之一的资产给舅舅，让舅舅变成一个很有钱的人，算她报答了舅舅的养育之恩！但这些，只不过是阿年心里开的玩笑，从未当真。

三分之一的资产，管止深如果执意赠与表弟方默川，阿年也不敢有意见，阿年没有百分百的立场参与进来。

表面上看，管止深这是在补偿方默川，他得到了阿年这个小妻子，相伴一生。而方默川，在感情的路上和事业的路上，刚刚出发，一切都不会容易，方默川被母亲逼着，无异于赶鸭子上架。

在Z市，管止深盯上阿年的身影那一刻，他的眼睛一眨不眨，确定这就是阿年，居然真的是阿年，还能重逢。

在同一个城市重逢。

知道阿年早已和表弟默川在一起后，管止深心情不是一般的复杂，从任何男人手中抢一个女友，他都可以压制那个男人，带着那个男人的女友，直接走人，理都不理那个男人的死活。可是这个人，是表弟，究竟中间发生了什么，阿年和表弟巧合到他惊讶地认识了，并在一起了？

从他知道阿年一定会签下协议，他就可以预想到今时今日他要面对的一切。姑姑的挑衅，不是一天两天，管家但凡有事，一定就会招来姑姑的冷嘲热讽，身在北京的父亲，知道家中情况，父亲对这个妹妹很好，护着，所以母亲方云会很委屈。父亲严肃地说过，有事告诉他，小辈儿的不要掺和。

管父不准儿女掺和，但谁也管不住方默川，方默川向来想说什么就说什么，不管长辈不长辈，年龄小，还不稳重，曾因掺和长辈之间的事，把不能说的也对外公说了，见外公脑出血送医院，差点没了命，方默川才知道注意一点分寸，哦，原来外公真的老了，八十多岁的外公是这么不经气的。

那次事后，管三数作为亲妈，教训了儿子一番。方默川知道自己的亲妈还没老，经得住气，就直接说："我外公住院抢救，还不是您和那个叫岁月的狗东西一起联手，差点吃了我身体原本健康的外公？"

自己溺爱出来的儿子，说了什么，管三数这个当妈的都得受着！

对于这个姑姑，管止深可以说是束手无策，如果不是顾虑爷爷，如果爷爷已经不在了，他大可以告诉所有人，姐姐死了，姑姑的自私有一大部分责任！管三数这个姑姑，再也不准踏进管家半步。

但是爷爷还在，爷爷总是笑着说，自己可以活到九十岁，没几年就挺到九十岁了，当孙子的，一家人，都希望爷爷长寿，能活到一百岁才好！

大姐和外甥去世那年，爷爷的命，几乎是姑姑和母亲磨破了嘴拽回来的，姑姑也许是自责，心虚，日夜守着老父亲，说一些让老父亲不舍得离开的话，说您的孙子还没有娶妻生子，您外孙还没事业有成，您舍得闭上眼吗。

都以为爷爷过不去那关，爷爷却挺了过来，身体大不如从前是真，一年比一年差。大姐和外甥的忌日，简直要爷爷的命，爷爷每逢那天整宿睡不下。管止深不敢冒险刺激爷爷，也许爷爷不会被气死，也许爷爷会被气死，这个险，谁敢冒他都不敢冒。人有生老病死，可爷爷不能是被气死的，希望爷爷是安详地离开这个世间，看到了管家儿孙满堂，方默川这个爷爷很疼的外孙，能一切都好。

姑姑闹爷爷，成日地闹也有过。姑姑心情不好就喝酒，喝了伤胃，捂着胃也能来跟老父亲埋怨一通，管家在Z市和方家在Z市，地位差距太大！在姑姑口中，这全怪老父亲偏心导致，帮着孙子。管三数并不认为管止深的事业是自己创造的，一定是老父亲背后相助，老父亲的父亲手里，许多值钱古董宝贝传下来。现在都哪儿去了？一件看不见了！儿女都成了家，理应拿出来分了！

老父亲拿不出来，说从来没有宝贝！管三数一口咬定，因为母亲在世的时候告诉过她的！她认为老爷子都给他孙子拿去变卖投资了。事实上，管止深从来没见过什么古董。这种事情解释不清楚，管止深问过父亲，问过母亲，都说不知道，爷爷也说根本没有值钱古董。

管止深倒希望有，如果有价值连城的古董，全给姑姑，管家可以一件不留！

管止深现在要把三分之一的财产给方家，只是作为方家支撑方默川未来事业的资金。他资产的三分之一，就算姑姑的胃口再大，也能满足。这笔资金，管止深并不是单纯地给方默川，也是给姑姑。爷爷有没有古董宝贝，这事说不清，别家也有过这种事发生，老人把藏的什么东西给了儿子，没给女儿，姑姑身为管家的女儿，听了这种茶余饭后的闲话，就总会提示自己的老父亲几句，俨然已经认定，老爷子就是有宝贝，不往出拿，或者早已背后给了孙子立业用。

三分之一资产赠与出去这件事，阿年之所以插不上嘴，不敢阻拦，是因为这三分之一的资金，牵涉的是管家的内部家事。还有，管止深始终认为自己亏欠方默川几分，不论阿年和方默川因何认识，方默川一定都对阿年付出了真心，感情无价，可他找不到另一种方式弥补方默川的缺失。

此时管止深舍出钱财，拿出早已拟好的协议，正是最佳时候。第一，堵住姑姑的嘴，让姑姑拿了钱闭嘴，不要再吵着跟爷爷要东西，姑姑不讲理，但是向来很识相。第二，顺便让诋毁阿年的声音消失，拿了钱，尽量少来管家，有时间就去以方家之名支持儿子方默川的事业。第三，方默川若是事业有成，姑姑不会再对儿子逼婚，方家已经完全不需要靠娶名门千金来做后盾，方默川自然会成为Z市响当当的豪门公子。

他才25，还没接触过真正的社会，经历的一些挫折，无非就是在学校和部队跟人打架，吵嘴，挥挥拳头，图个一时痛快。社会上做生意，接触的人不擅挥挥拳头，擅长不动嘴的暗箭，绕脑筋的大事不能随时随地谋划，要比敌人提前做好打算。方默川娶的女人家世如果注定不简单，在管止深看来，过早结婚未必是好事。

阿年在这租的房子里，跟郑田研究杂志社稿子，也一直心神不宁。

管止深去见了他姑姑，阿年不知道情况怎么样了。

Z市的一家西餐厅。

管三数用完餐，谈完了事情，站了起来，笑容华贵地对管止深说："姑姑时常闹毛病，管不住自己这个臭脾气，从二十多岁没嫁人就这样，都是年轻不懂事失恋闹腾的。咱家人都知道，姑姑看错男人，被甩了受了刺激！也一直埋怨你爷爷拆散我们，那男人不好，但男人是姑姑选的，容不得人插手，你爷爷为了姑姑好，可姑姑这么些年也领不了这个情。姑姑冥顽不灵，自个儿知道，姑姑在你提的这事上不会冥顽不灵，得谢谢你有心帮扶你弟，Z市咱们家族圈子里头的人，都知道你们表兄弟，你们事业成功，我们长辈脸上有光。"

管止深点点头，双眉紧锁，他坐在窗边位置，通透的视线可看街道，并未看姑姑一眼，沉声开腔："您很聪明，应该知道，我今天能帮多少，日后也能弄回来多少，会不会不顾念亲情那么做，仅在我一念之间。我姐，我外甥，命怎么没的我不说，您心中该有数。我在乎爷爷的身体健康，在乎我们家阿年，我不希望以后管家任何一件不高兴的事，是因您而起。"

管三数离开餐厅，上车。

她心中自然有数，外甥顾及的是老爷子的身体，老爷子还能活几年？如果真惹了这个外甥不高兴，等老爷子去世后，外甥新仇旧恨会不会一起来算？这次谈的，并不是外甥随口稳住人，资产会进行公证，截止到9月1号，资产会有大概账面数字，只需要划分出三分之一，逐渐转移。

管止深有诚意，管三数也拿出了诚意，不是必要的情况下，她不会再去管家。在管三数狭隘的内心和眼睛看来，管止深如此舍得，就为护着一个阿年，倒真是个名副其实的情种。

管止深在餐厅也直说，方默川知道后，也许不会接受这三分之一资产，那怎么办？

管止深问的，语气中并没有一丝波澜，他在意的不是默川的态度，只要姑姑一个明确态度即可。

管三数也下了保证，不管儿子要不要这笔钱，她都会要这笔钱，也一定会充分利用这笔钱，让自己的儿子三十岁之前事业有成！白纸黑字签了保密协议，保的是默川不可以知道阿年在什么情况下嫁的管止深。管三数惊讶，原本以为是阿年这姑娘见异思迁，原来不是。

协议有了，双方也有了保证。但管止深不能彻底放心，按照先前和阿年的那份协议，是要等到明年五一。他直言说，他是商人，需要严谨，顾虑多方面是习惯，他说他甚至不

花开时候想起你

Chapter 22

信任阿年的保证，从九月到明年五月，如果因为什么事情，阿年要和他离婚，阿年是可以拿着协议逼他离婚签字的，如果这期间阿年和他有变数，这三分之一资产五一过后转出的商议，大抵，也不能作数了。

管三数拿了协议上车，回了家，没有再去医院。

她把协议锁在了抽屉里，夹在了一本厚厚的书中，上面又遮盖了许多东西，喘了一口气，来回在屋子里转着。

方默川的老爸回来，见到妻子在家，惊讶："怎么回来得这么早？"

"哦，头疼不舒服，就回来休息了。"管三数说着，下楼，坐在了沙发上，抬头要保姆手中端的那杯水，保姆低头送了过来，管三数皱眉："怎么是他的杯子？"

"马上给您换。"保姆准备拿回来。

管三数摆了摆手："算了，搁下吧。"

管三数心里烦着，昨天自己那么一闹，方云会不会对这个儿媳妇不好？会不会把这个丫头苛待得跟管止深闹离婚？如果是那样，到了明年五一，就一毛钱没有了。管止深三分之一的资产，管三数想想都激动不已，谁也不闹了，老爷子的宝贝，给孙子了就给孙子了，反正他孙子这回也都吐出来了。

这些个月，光是想想让儿子到底入哪一行，就得花时间研究了。如果以前各方面老爷子都让她心里平衡了，她也不是个没事找事的人，一定安分，父亲到底是自己的亲生父亲，也想父亲能安生长命！

连续三天，阿年没有回管家老宅住。

方云问怎么回事？管止深替阿年说，杂志社稿子要得急，阿年来回市区郊区这么跑，太浪费时间。

方云没多想。

管止深等姑姑一个结果，也就是方默川什么态度？但是，管三数找了儿子几天，也没有找到半个人影儿。到了九月底，管三数才听闻，儿子去南京玩了，带了个女人去的，是个27岁比他大两岁的女人，在那些照片中随便选的，第二天，把人约出来了，第三天，就好上了，第四天，两个人就奔南京了！

管三数了解了一下这女人的背景，也许是因为手握明年五一管止深拿出的三分之一资产了，有些财大气粗，先前要儿子攀着的高门女子，她也不放在眼里了，管三数不同意，这个比儿子大的可不成。儿子结婚，她认为可以不急了，这些女人未必能配得上儿子。

阿年听见了管三数和管止深的通话，方默川，去了南京。

南京，为什么是南京。

9月初，管止深购了一处新公寓，购买得稍急，装修是原本就有的，装修风格上阿年一点不挑，没有意见。处于Z市繁华地段，是在《Z市教育》杂志社大楼附近。阿年上班步行走慢一点需要十五分钟，开车堵车绕弯的情况下，同样时间，全为阿年方便而买。

住进去的第一天，管止深说他要为阿年做一次烛光晚餐，阿年笑得腼腆，说我没要啊，其实那样子就是想要。哪个女孩子不喜欢浪漫？只是这种浪漫阿年觉得好奇怪，别人都是事先安排好，给对方惊喜，管止深是直接说了出来，一点惊喜没有，阿年只有脸红、害羞。

对他的西餐料理制作，阿年竖拇指，色香味俱全。

阿年在房间练瑜伽，练着练着就偷懒了，坐在椅子上上网多舒服，伸伸腿，抬抬胳膊，也是锻炼嘛。管止深的那些仰卧起坐，俯卧撑，阿年都受不了，坚持不下来，所以就报了一个瑜伽班，和郑田一起。

其实这个瑜伽班，阿年报了完全是糊弄管止深的。

管止深敲阿年小书房的门，说晚餐好了的时候，阿年一看，已经七点半了，自己居然两个小时在房间上网没有出去看他一眼，把他忘了，真是……丧心病狂的人妻。

"马上出来。"阿年说。

他似乎离开了书房门口。

公寓是一层一户的，面积巨大，管止深注重的是个人隐私和阿年的安全，日后他一定会经常出差，阿年可以叫朋友来陪，两个姑娘更要注意安全，准备了阿年朋友的客房，只要阿年的朋友不乱走，不乱动公寓其他东西，管止深都可以接受。

烛光晚餐的浪漫情调，阿年没找到，管止深也没找到，也许是在一起一段时间了，对待爱情都不是浮夸的人，所以一切浪漫都融于了生活。阿年看着昏暗的烛光，想起离开集团时，他直白地问，"要不要，烛光晚餐？"这种直白阿年接受，阿年喜欢这个不会花言巧语的男人。管止深被阿年熏染得尴尬了，脸红："第一次，点蜡烛手都在抖，你不要笑了，再笑直接抱你回房干正事儿……"

阿年一直在笑，是因为阿年有点迷糊了，喝了两杯红酒，大杯的，不知怎么地就喝不对劲了，头晕，后劲严重，就一直对他傻笑。

例假刚结束一天，早上起床发现彻底没有了，从今天起连续到过几天，也都是安全期，所以阿年没有顾虑预备怀孕不能喝酒这种事。管止深也一样认为没事，太娇气了，反而是没怀上的。

如果两个人是在方云跟前生活，那喝酒就不行了，红的也不行，吃的，喝的，都要严格经手把关。

不过，到了非安全期那几天，阿年还是很注意自己身体的，不会沾酒，其实阿年一个月未必有机会碰一次酒，这次例外。排卵期，阿年就连外面的饮料咖啡都不会抿一口，也不熬夜，阿年很急着怀孕。管止深一样也会克制自己抽烟，只是，戒掉不易。

烛光在公寓里闪烁摇曳，阿年看了对面的男人半晌，再看挂钟，居然已经晚上八点多了，半醉地说："管止深，我可不可以买几瓶十几块的红酒，存在家的酒柜里啊？吱，什么？你在心里说，太便宜了？那就三十几块的干红！绝对不能再贵了，再贵，喝了我就不舒服，我就不喜欢贵酒！你管得着？"阿年说了一堆不着四六的话。

舔了舔全是清甜酒香的唇，站了起来不开心地说："把它放起来。"

阿年把喝剩下的半瓶红酒，拿在了手里。管止深又把红酒从阿年的手中拿了出来，搁在桌上，蹙眉垂首，站在了阿年面前，他用拇指摩挲着阿年微红的脸颊，捧着脸颊问："两杯酒，怎么就喝成了这样。"

"心情不好！"阿年的样子泛着委屈。

"心情怎么不好？抠我，会不会好一点？或者说出来。"管止深心知，阿年这几天很委屈，说出来，说完也许就好了。

阿年闭着眼睛，皱眉，努力让呼吸顺畅，说："管止深，我的自卑都藏在了心里，我没有表现出来过，那是我个人的自卑，与人无关，就算不得是真正的自卑。最近，面对你家人，我藏在自己心里的自卑，都冒出来了，变本加厉地表露在人前，这就是已成事实的自卑。为什么自卑冒出来了？因为我看到了奇怪的眼光，在看着我……我不能不回应这些眼光，回应了，要么是发我的小脾气摔筷子走人，要么，就是每一个动作、表情，都在自卑……可我心情不好的是，我为什么要自卑？"

说了半天，阿年忽然睁开眼睛，眼睛惨兮兮地通红一片，抬头："是你主动追我的。你最开始，骗了我你爷爷的生日日期，你说为了给你妈争取医院股份，我竟然信了你。我签了字，跟你去领了结婚证，现在我发现完全不是你说的那样，你爷爷的生日才过啊……医院的股份，你爷爷替你奶奶攥着37.3%的最大一股，你爷爷没打算给你们家的任何一个人。你说你结婚，你爷爷会送股份，都是谎话。你爷爷跟我聊过了，爷爷他早就告诉了管方两家每一个人，股份要给未来你的孩子，方默川的孩子，爷爷把遗嘱都立好了，你和默川这一代，爷爷还能活着扶持，下一代孩子成年了长大了，两家兴衰，爷爷说他要一个保障……"

"对，跟你领证，无关家族的利益关系。"管止深叹息。

阿年看他："谈恋爱，抱着结婚的目的而谈是正确的。可是我们还没谈，你就已经逼我把婚给结了，管止深……我理解不了你这正确到不可思议的谈法。"

管止深一个字不说，也许他在斟酌，有些事该不该说？

而阿年，是真的理解不了这种做法，结婚离婚，又不是一个人买了首饰再退那么简单，阿年从来没觉得自己美到过分，美到让管止深一见钟情，非一次性娶了不可。

阿年问他："你不怕我有病？比如时常发作的神经病，会摔东西会全身抽搐，你负责，你不嫌弃我？比如我有会传染给你的皮肤病，比如我生活不检点有艾滋，你都准备接受吗？"

这些话阿年憋了好久，跟他感情一直稳定，被他宠着被他呵护着，没有误会，所以阿年完全不提这些。

心里开始复杂是从什么时候起的？是从小镇上，阿年开始怀疑管止深早就认识自己了，许多疑点，那些从澳大利亚进口的烧伤药物，让阿年呆住。

在领证的时候，管止深是不是也就知道，他是在逼迫表弟方默川的女朋友，去跟他领证的？

方默川被人抢了女朋友，非但没有和表哥发生任何冲突，还在帮忙，这不符合方默川本性的莫名伟大，又怎么一回事？

管止深说："我只爱恋过这一次。"

"我想一次坚持一辈子……"

"我有将近六年，再也没见过你，我下病床，我走不出我的病房，你不认得我，你会害怕我的伤疤。我喜欢你的那些年它只是我自己一个人的事……"

"我时常在另一个窗子那边看你，你那么笨，你有那么多实现不了的小愿望，我知道你一定需要一个人，照顾你让你笑，你却是一个没有父母在身边的孩子，我每天清晨站在窗子那边，都想伤快点好，追你，然后带你走。"

"这么多年，我开车穿梭过无数街道，见过无数的女人——却再也找不到那种自然不能转移视线的感觉了。为何对你能深刻？因为我们等于在一起生活了一整年，我不看电视，非公事从不上网，我就爱看窗子那边的你，你咬着笔头皱眉做作业，英语走音，走音了自己尴尬脸红挠桌子，我笑你怎么那么笨，又那么可爱，笑得我时常伤口会裂开了疼，我曾听了医生的叮嘱警告，关上窗子，不看你我就不会疼。可是我忍不住，所以你明白吗，心里甜嘴角疼的感觉，一度差点折磨死我……"

"我是一个男人，我有正常的生理需求，但我不会无缘无故地想跟谁接触……我从想要吻你，到臆想着你的整体，这中间有一个漫长的心理挣扎过程，这个心理挣扎终于过了，我确定我要你。我一直在等，我会追你，我一旦有了追求你的想法，我发现我就认定了你是我的人，至少在你选择别人之前你就是我的，小12岁不算什么。"

"我没有忍住自己，我不知道你还记不记得，曾有一次你补课回来得很晚，漆黑小巷子里你被人强吻了，他本想狠狠地吻你的嘴，却只是亲吻了脸颊，因为他怕你哭。女孩子的初吻，很重要吧？早知未来他不该留情，留来留去，留给了别人……"

"在上海治疗，辗转回到Z市，我总是望着繁华城市和小镇上不同的那些窗外面，找你的样子，找不到样子就找你的感觉……"

"北方天气不同南方，在北方，我只有花开时候想起你……"

管止深说了那么多，趁阿年真的醉了，才说；担心阿年就此心乱纠结，对他疏远，才说。

他本可以有无数场的风花雪月，场场换新人，但他只想要属于他和阿年的简单生活……

这份爱的滋生，始于他的怜悯，他最初怜悯对面窗子里那个可怜的女孩子，强大的心正男人，渴望怜悯可爱弱小的她，一不小心变成了渴望呵护她，触手可及的人，他却偏偏无法呵护。最终，变成了一次心中越是急切，现实中越是需要等待的喜欢，这种在他心中实实在在煎熬过他折磨过他的感情，怎能浅得了？

喜欢着，珍惜着。

Chapter 22

花开时候想起你

情生以南

却背道，被盗。

Z市再遇阿年，管止深相信了宿命，这个东西无论存不存在，他都只能以此为借口，依赖命运擒获属于自己的人。

终究命运也怜悯了他一回，还给了他一个温和如初的阿年……